우편엽서

우편엽서

la carte postale

안느 브레스트 지음　**이수진** 옮김

contents

1부 약속의 땅　　　　　　　　　　　　　　　　14

2부 유대 회당에 다니지 않는
유대인 아이의 기억　　　　　　　　　　　　238

3부 이름들　　　　　　　　　　　　　　　　392

4부 미리얌　　　　　　　　　　　　　　　　404

미주　　　　　　　　　　　　　　　　　　　596

엄마는 하루의 첫 담배에 불을 붙였다.

하루에 피우는 모든 담배 중에서도 잠에서 갓 깨어난 폐를 달구는 첫 담배를 제일 좋아했다. 엄마는 동네 전체를 뒤덮은 흰빛을 감상하기 위해 정원에 나갔다. 밤새 최소 10cm의 눈이 내렸다.

추위에도 불구하고 엄마는 정원 위를 떠다니는 비현실적인 공기를 만끽하기 위해 밖에서 오래 머물며 담배를 태웠다. 엄마는 색채와 선들이 사라진, 별것도 아닌 그 모습을 아름답다고 여겼다.

그때, 쌓인 눈으로 인해 둔탁해진 소음이 들렸다.

우편배달부가 우편함 아래 바닥으로 우편물을 떨어뜨리는 소리였다. 엄마는 슬리퍼를 신은 발이 미끄러지지 않도록, 어디를 디딜지 주의를 기울이면서 우편물을 주워 왔다.

여전히 입에 물고 있는 담배에서 피어오른 연기가 차가운 공기 중으로 몸집을 키우며 떠올랐고, 엄마는 서둘러 집안으로 돌아와 추위에 꼬부라진 손가락을 데웠다.

　엄마는 제각각 다른 우편물 봉투를 훑어보았다. 대부분이 엄마 학교의 대학생들이 보낸 연하장과 가스 요금 고지서, 그리고 전단지 몇 장이었다. 아빠의 국립 과학 연구 센터 동료들과 박사논문 준비생들이 새해 인사를 위해 보낸 연하장도 있었다.

　1월 초면 어김없이 받는 이 평범한 우편물들 속에 '그것'이 있었다. 아무렇지 않게 편지 봉투들 사이에 끼어 있는 한 장의 엽서가. 마치 눈에 띄지 않기 위해 몸을 숨긴 듯이.

　엄마의 눈길을 사로잡은 것은 엽서에 적힌 글이었다. 기이하고, 삐뚤빼뚤한, 한 번도 본 적 없는 필체였다. 그다음으로 눈에 들어온 것은 목록의 형태로 한 줄에 하나씩 쓰인 네 개의 이름이었다.

　에브라임

　엠마

　노에미

　자크

　그건 엄마의 조부모님, 이모, 그리고 외삼촌의 이름이었다. 네 사람은 엄마가 태어나기 2년 전 수용소로 보내졌고, 1942년 아우슈비츠에서 생을 마감했다고 했다. 그리고 61년이 지나 별안간 우리 집 우편함에 다시 존재감을 드러낸 것이다. 바로 그날, 2003년 1월 6일 월요일에.

　엄마 렐리아가 중얼거렸다.

— 대체 누가 이 끔찍한 걸 내게 보낸 거지?

　엄마는 두려움을 느꼈다. 마치 먼 과거에서 온 누군가가 어둠 속에 몸을 숨긴 채 위협하기라도 한 듯, 엄마의 두 손은 떨리기 시작했다.

— 이것 좀 봐, 피에르. 내가 우편함에서 뭘 찾았는지 말이야!

아빠는 엽서를 받아 들고 자세히 살펴보기 위해 그것을 얼굴 가까이 가져갔다. 하지만 거기엔 서명도, 설명도 없었다.

아무것도. 오직 이름들뿐이었다.

당시 부모님의 집에서 우리가 우편물을 수취하는 방식은 나무에서 익어 땅으로 떨어진 과일을 줍는 것과 같았다. 낡은 우편함은 오랜 세월이 지나면서 더는 우편물을 붙들어 두지 못했다. 여과기가 따로 없었지만, 우리는 있는 그대로의 그 우편함을 좋아했다. 새것으로 교체하겠다는 생각도 하지 못했다. 우리 집에서는 그런 방식으로 문제를 해결하지 않았다. 우리는 물건들도 인간과 마찬가지로 똑같이 존중받을 자격이 있다고 여기며 살았다.

비가 쏟아지는 날이면 편지들이 흠뻑 젖었고, 잉크가 번져서 글자를 알아볼 수가 없었다. 그것이 엽서라면 더 심각했다. 겨울에 외투를 입지 않고 팔을 훤히 드러낸 어린 여자애들처럼 홀렁 벗겨진 모습이었으니까.

만약 누군가 만년필로 엽서를 썼더라면 그가 전하고자 한 메시지는 지워지고 말았을 것이다. 하지만 그 사람도 그걸 알았던 걸까? 엽서는 검은색 볼펜으로 쓰여 있었다.

그 주 일요일, 렐리아는 가족 전체를 소집했다. 아빠와 나 그리고 나의 자매들, 다이닝 룸의 식탁에 둘러앉은 우리는 한 사람씩 돌아가며 엽서를 읽었다. 그리고 오랫동안 침묵에 빠졌다.

우리 집의 평상적인 일요일 점심 식탁 분위기와는 사뭇 달랐다. 평소

라면 누군가는 항상 할 말이 있고, 즉석에서 그걸 다 풀어내야 성에 찼
다. 하지만 그날은 어디서부터 왔는지 모를 이 메시지를 어떻게 받아들
여야 할지 아무도 몰랐다.

엽서는 매우 평범했다. 파리 도처에 수백 개는 있을 담배 상점 속 여
느 철제 진열대에나 있을 법한, 오페라 가르니에[1] 사진이 담긴 관광 엽서
였다.

엄마가 물었다.

— 왜 하필 오페라 가르니에지?

아무도 대답하지 못했다.

— 도장은 루브르 우체국에서 찍은 거야.

— 거기 가면 누가 보냈는지 알 수 있을까?

— 파리에서 가장 큰 우체국이야. 거대하지. 거기서 뭐라고 물어 봐?

— 그래서 일부러 거기서 보낸 걸까?

— 그렇지. 익명의 편지는 대부분 루브르 우체국에서 보내지거든.

— 최근에 산 엽서가 아니에요. 최소 10년 전에 산 것 같아요.

내가 지적했다. 아빠는 엽서를 불빛 가까이 가져갔다. 그러고는 몇 초
간 주의 깊게 엽서를 살펴본 뒤, 사진이 찍힌 연도가 90년대라고 결론을
내렸다. 진분홍색 잉크과 아직 오페라 가르니에 주변에 광고판이 설치
되지 않은 풍경이, 내 예상이 맞다는 걸 확인해 주었다.

— 90년대 초인 것 같군.

아빠가 말했다.

— 그걸 어떻게 알아?

엄마가 물었다.

― 사진 속 배경에 보이는 녹색과 흰색 SC10[2] 버스는 1996년에 RP312[3]로 교체됐거든. 승강구가 하나고 엔진이 뒤에 달린 모델이지.

아빠가 파리 버스의 역사까지 꿰고 있다는 사실에 놀라는 사람은 없었다. 아빠는 자동차 운전을 한 번도, 버스 운전은 더더욱 한 적 없었지만, 연구원이라는 직업이 아빠를 잡다하고 때론 전문적인 주제들에 대해 상세하고 해박한 지식을 갖게 해 주었다. 아빠는 지구의 조수에 달이 미치는 영향을 계산하는 장치를 발명했고, 엄마는 촘스키의 생성문법 개론을 번역했다. 두 사람은 실제 삶에서는 대부분 쓸데없는 수많은 양의 지식을 알고 있었다. 하지만 때로는 그날처럼 예외도 존재했다.

― 엽서를 써 놓고 보내기까지 왜 10년이나 걸렸을까?

부모님은 계속해서 의문을 표했다. 하지만 나는 그 엽서가 뭐가 됐든 전혀 관심이 없었다. 그래도 거기에 나열된 이름들은 신경이 쓰였다. 그들은 내 선조이지만 나는 그들에 대해 아는 것이 하나도 없었다. 그들이 살았던 국가도, 그들이 가졌던 직업도, 죽임을 당했을 때의 나이도 몰랐다. 누군가 그들의 초상화를 내게 보여 준들, 모르는 사람들 사이에서 그들을 알아볼 수도 없었다. 그것이 부끄러웠다.

점심 식사를 마치고 부모님은 엽서를 서랍 안에 넣어 두었고, 그 뒤로 우리는 다시는 그것에 대해 언급하지 않았다. 그때 나는 스물네 살이었고, 살아야 할 삶과 써 내려가야 할 이야기에 온통 정신이 팔려 있었다. 나는 그 엽서와 관련한 일을 기억에서 지워버렸지만, 언젠가 엄마에게 우리 가족의 일에 관해 물어봐야겠다는 생각만은 버리지 않았다. 하지만 시간이 쏜살같이 지나가는 바람에 그걸 행동에 옮길 여유가 없었다.

그로부터 10년이 지나, 내가 아이를 낳는 순간까지는 말이다.

내 자궁 경부는 너무 일찍 열렸고, 아이가 너무 일찍 나오는 걸 방지하기 위해 당분간 누워 지내야 했다. 부모님은 아무 할 일 없이 지낼 수 있는 당신들의 집에서 며칠 머무르는 게 어떻겠느냐고 제안했다. 그렇게 아이를 기다리는 시간을 보내면서 나는 엄마와 할머니, 그리고 나보다 앞서 아이를 낳았던 집안의 여성들에 대해 생각했다. 선조들의 이야기를 알아내야겠다는 생각이 들었던 것도 바로 그때였다.

엄마는 자신이 대부분의 시간을 보냈던 어두운 서재로 나를 데려갔다. 엄마의 서재는 내게 언제나 무언가의 뱃속처럼 여겨졌다. 책과 서류 정리함이 켜켜이 쌓여 있고, 파리 교외를 밝히는 겨울의 불빛과 담배 연기가 이루는 두꺼운 공기에 잠겨 있는 곳. 나는 책꽂이와 연식을 알 수 없는 잡동사니들 아래 앉아 있곤 했다. 담뱃재와 먼지가 그때의 추억을 포근하게 뒤덮고 있었다. 엄마는 모두 똑같이 생긴 스무여 개의 서류 정리함 사이에서 검은 얼룩이 있는 초록색 상자를 꺼냈다. 청소년 시절의 나는 선반 위에 줄지어 놓은 정리함 속에 우리 가족이 지닌 어두운 과거의 흔적이 있을 거라고 생각했다. 그것들은 내게 작은 관을 연상시켰다.

엄마는 종이 한 장과 펜을 들었다. 엄마는 모든 은퇴한 교수가 그러하듯 모든 상황에서, 때로는 엄마로서 행동해야 할 때조차 교수처럼 굴었다. 엄마는 생-드니 대학에서 학생들의 애정을 듬뿍 받는 교수였다. 교실 내에서 담배를 피울 수 있었던 축복받은 시대에 언어학을 가르쳤던 엄마는 학생들을 매혹할 만한 행동들을 했다. 엄마는 담뱃재를 바닥에 떨어뜨리지 않고 끝까지 태우는 희귀한 재주를 자랑했다. 그렇게 손가락 끝에 원통형의 회색 자국이 남았다. 재떨이가 필요 없었다. 엄마는

다 타버린 담배를 책상 위에 올려놓고 다음 담배에 다시 불을 붙였다. 존경을 불러일으킬 만한 솜씨였다.

엄마가 내게 말했다.

— 미리 경고하지만, 이제부터 들을 이야기는 뒤죽박죽 섞인 이야기야. 어떤 것들은 근거가 존재하는 사실이지만, 네가 개인적으로 가정할 수 있는 몫도 남겨둘 거야. 이야기를 따라가다 보면 결국 내가 재구성한 이야기로 귀결되겠지만. 물론 나중에 새로운 자료들이 나타나면 내 가정을 보완해 줄 수도 있고, 그게 아니라면 내 가정을 상당 부분 수정해야 할 수도 있어.

— 엄마. 담배 연기는 아기 뇌에 좋지 않을 것 같은데요.

— 아유, 괜찮아. 아이 셋을 낳는 동안 매일 한 갑씩 담배를 피웠는데도 어디 내가 바보들을 낳았니?

엄마의 대답에 나는 웃었다. 렐리아는 담배에 새로 불을 붙였고, 엽서에 적힌 네 명의 이름, 에브라임, 엠마, 노에미, 자크의 이야기를 들려주기 시작했다.

la carte postale

1부

약속의 땅

— 러시아 소설이 다 그렇듯, 모든 이야기는 엇갈린 사랑 이야기에서 시작된단다. 에브라임 라비노비치는 안나 가브론스키를 사랑했어. 안나 가브론스키의 엄마인 리바 가브론스키, 결혼 전 성은 얀켈레비치였던 그녀는 에브라임과 사촌지간이었어. 가브론스키 가족은 두 사람의 사랑을 반기지 않았지….

엄마는 내가 무슨 말인지 전혀 이해하지 못했다는 걸 알아챘다. 엄마는 잇새에 담배를 끼운 뒤, 연기로 인해 한쪽 눈을 반쯤 찌푸린 채로 자료들을 뒤지기 시작했다.

— 자. 편지를 하나 읽어 줄게. 그럼 이해가 될 거야…. 1918년 모스크바에서 에브라임의 누나가 쓴 편지야.

「친애하는 베라에게

우리 부모님은 온통 근심에 잠겨 있어. 에브라임과 친척 아니우타의 이야기 들었어? 만약 못 들었다면 반드시 이 일을 비밀에 부쳐주길 바라. 아마 우리 집안사람 중 몇몇은 이미 알고 있을 것 같지만 말이야. 짧게 말하면, 안과 우리의 페디아(이틀 전에 그는 스물네 살이 되었어)가

서로 사랑에 빠졌어. 그것 때문에 우리 가족은 끔찍하게 고통받았고, 두 사람은 미칠 지경에 이르렀지. 이모는 아무것도 몰라. 만약 알게 된다면 재앙이 펼쳐질 거야. 두 사람은 늘 이모와 마주치고 있어서 많이 괴로워해. 에브라임은 분명 아니우타를 많이 사랑하고 있는데, 솔직히 말하지만 아니우타의 감정이 진실한지는 잘 모르겠어. 아무튼 이게 우리 집의 새로운 소식이야. 때론 이 이야기가 지긋지긋하게 느껴져. 아무튼, 친애하는 베라, 편지는 여기까지 써야겠어. 편지는 내가 직접 부치러 갈 거야. 제대로 보내졌는지 확인해야 하니까….

　애정을 담아, 사라」

— 이 편지를 제가 제대로 이해한 거라면, 에브라임은 첫사랑을 포기할 수밖에 없었던 거군요?

— 그래서 그의 가족이 다른 약혼자를 찾아 주었어. 그게 엠마 울프야.

— 엽서에 적혀있던 두 번째 이름이군요….

— 맞아.

— 엠마도 먼 친척이었나요?

— 아니, 전혀 아니야. 엠마는 우쯔⁴ 출신이지. 모리스 울프라고, 섬유 공장을 여러 개 가지고 있는 거대 기업가의 딸이었어. 엄마 이름은 레베카 트로츠키였는데, 혁명⁵과는 아무런 관련 없는 인물이야.

— 그래서 에브라임과 엠마는 서로 어떻게 만났대요? 우쯔는 모스크바에서 최소 1,000km는 떨어져 있잖아요.

— 1,000km는 훌쩍 넘지! 두 가족이 유대 회당의 샤드하닛chadkhanit, 그러니까 중매쟁이에게 요청을 했거나 에브라임의 가족이 엠마의 케스

트-엘테른kest-eltern이었거나.

— 그게 뭔데요?

— 케스트-엘테른은 이디시어[6]야. 어떻게 설명해야 할까…. 이누크티투트어[7] 기억나니?

어렸을 때 엄마는 내게 에스키모들이 사용하는 언어에는 눈을 지칭하는 단어가 52개나 존재한다고 알려 주었다. 하늘에서 내리는 눈은 카니크qanik, 이미 내린 눈은 아푸티aputi, 식수를 만드는 데 사용되는 눈은 아니우aniou라 부른다.

엄마가 말했다.

— 그러니까 이디시어에는 가족을 뜻하는 다양한 용어가 존재해. 말 그대로 '가족'을 뜻하는 단어가 있고, '배우자의 가족'을 뜻하는 단어, 혈연관계는 아니지만 '가족처럼 여기는 사람들'을 뜻하는 단어도 있지. 그리고 번역이 거의 불가능한 것도 있어. 예를 들면 아까 말한 케스트-엘테른, 즉 '양육 가족'이라는 단어야. '하숙 가족'이라고도 번역할 수 있을 거야. 부모가 공부를 위해서 집에서 멀리 떨어진 곳으로 자식을 보낼 때 대신 재워 주고 먹여 줄 가족을 찾는 게 전통이었거든.

— 그러니까 라비노비치 가족이 엠마의 케스트-엘테른이었다는 거군요.

— 그렇지. 하지만 지금은 그냥 둬. 신경 쓰지 않아도 결국에는 다 이해될 테니까….

일찍부터 에브라임 라비노비치는 부모님의 종교인 유대교와 연을 끊었다. 청소년기에 사회혁명당에 가입하면서 그는 부모에게 신을 믿지 않는다고 선언했다. 그리고 도발하듯 대속죄일Kippour에 유대인에게 금지된 모든 일을 하기 시작했다. 담배를 피우고, 수염을 깎고, 술을 마시고 음식을 먹었다.

1919년이 되어 에브라임은 스물다섯 살이 되었다. 에브라임은 현대적이고 호리호리하고 날렵한 몸매를 가진 청년이었다. 피부색이 더 연했더라면, 그리고 수염이 덜 검었더라면, 누구나 그가 '진짜' 러시아인이라고 생각했을지도 몰랐다. 전도유망한 공학도였던 그는 유대인의 수를 전체의 3%로 제한하는 입학 정원제에도 굴하지 않고 대학을 갓 졸업한 참이었다. 그는 진보라는 거대한 흐름에 편승하고자 했고, 조국과 그가 '자신의' 민족이라 여기는 러시아 민족을 위한 원대한 포부를 가지고 있었으며, 이들을 혁명에 가담시키기를 원했다.

에브라임에게 있어서 자신이 유대인이라는 사실은 아무런 의미가 없었다. 그는 자신을 다른 무엇보다 사회주의자라고 정의 내렸다. 그는 모스크바식으로 모스크바에서 살고 있었다. 그가 유대 회당에서 결혼식을 올리기로 한 이유는 단지 미래의 아내가 그것을 중요하게 여기기 때문이었다. 그는 엠마에게 미리 일러두었다.

"우리는 종교를 지키며 살지 않을 거야."

전통에 의하면 결혼식이 끝난 뒤 신랑은 오른쪽 발로 유리잔을 깨트려야 했다. 이는 예루살렘 성전의 붕괴를 연상시키는 의식이었다. 그 이후에 신랑은 소원을 하나 빌 수 있었다. 에브라임은 아니우타에 대한 기억을 영원히 지워 달라고 빌었다. 그는 바닥에 깨진 유리 조각을 보면서 그것이 산산조각 난 제 심장 같다고 생각했다.

2장

1919년 4월 18일 금요일. 신랑과 신부는 수도에서 50km 떨어진 에브라임의 부모님 내크먼과 에스더 라비노비치의 시골 저택으로 가기 위해 모스크바를 떠났다. 에브라임이 유월절Pessah을 기념하기로 한 것은 그의 아버지가 평소와는 다르게 그것을 종용했기 때문이고, 또 그의 아내가 임신을 했기 때문이었다. 겸사겸사 형제자매에게 소식을 알릴 기회였다.

— 엠마가 미리얌을 임신한 거예요?
— 그래. 바로 네 할머니지….

부모님의 집으로 향하는 길에 에브라임은 아내에게 자신이 언제나 유월절을 좋아했다고 털어 놓았다. 어렸을 때 그는 사람들이 식탁 한가운데의 쟁반에 올려 두던 쓴 나물, 소금물, 꿀을 뿌린 사과가 이루는 수수께끼 같은 조화를 좋아했다. 그리고 그것을 보며 아버지가 '사과의 달콤함은 유대인들이 안락함을 경계해야 한다는 사실을 상기시켜 준다'고 설명하던 것을 좋아했다.

"이집트에서 유대인은 노예였단다. 다시 말해 이집트인이 유대인을 재워 주고 먹여 줬단 거지. 언제나 머리 위에는 지붕이 있었고 손에는 먹을 것이 있었어. 무슨 말인지 알겠니? 그렇지만 자유는 없었단다. 자유는 그들이 고통 속에서 얻어낸 거란다. 유월절 저녁에 식탁 위에 올려 놓는 소금물은 족쇄로부터 풀려난 유대인들이 흘린 눈물을 상징해. 쓴 나물은 자유로운 인간의 삶이란 본질적으로 고통스러운 거라는 걸 알려주지. 아들아, 똑똑히 듣거라. 입술로 꿀의 달콤함이 느껴질 때, 우리는 이렇게 자문해 봐야 한단다. 내가 무엇의, 누구의 노예인지 말이야."

에브라임은 자신의 혁명적 영혼이 바로 거기, 아버지가 들려준 이야기 속에서 탄생했다는 것을 알았다.

그날 저녁, 부모님 집에 도착한 에브라임은 서둘러 주방으로 향했다. 나이가 지긋한 요리사 카트리나가 누룩 없이 발효해 만든 납작한 빵인 마차matsots 특유의 밋밋한 향을 맡기 위해서였다. 감격한 에브라임은 주름진 카트리나의 손을 잡아 젊은 아내의 배 위에 올렸다.

그 모습을 지켜본 내크먼이 에스더에게 말했다.

"저것 봐. 우리 아들이 마치 행인에게 자신이 키운 열매들을 자랑스레 보여주는 밤나무 같군."

에브라임의 부모님은 내크먼 쪽 친척인 라비노비치 집안과 에스더 쪽 친척인 프란트 집안을 모두 초대했다.

'왜 이렇게 사람이 많지?'

에브라임은 벽난로의 재로 닦아 반짝반짝 빛나는 은 나이프의 무게를 가늠해 보며 의아해했다. 그는 조심스레 여동생 베라에게 물었다.

"가브론스키 집안도 초대한 거야?"

"아니."

두 집안이 아니우타와 엠마가 서로 대면하는 것을 막기로 약속했다는 사실을 숨기며 베라가 대답했다.

"그런데 올해에 왜 이렇게 많은 친척이 온 걸까…. 부모님이 뭐 알릴 소식이라도 있나?"

불안감을 감추기 위해 에브라임은 담배에 불을 붙였다.

"맞아. 하지만 더는 물어보지 마. 저녁 식사 전에는 나도 말해줄 수 없어."

유월절 저녁에는 가장이 모세에 의해 유대 민족이 이집트에서 탈출한 이야기인 하가다Haggadah를 소리 내어 읽는 전통이 있었다. 기도를 마친 뒤 내크먼은 자리에서 일어나 나이프로 유리잔을 두드렸다.

내크먼은 식탁에 앉은 모두를 향해 「하루빨리 성도 예루살렘을 재건하라. 그리고 그곳에 우리를 오르게 하라」라고 적힌 부분을 읽은 뒤 말했다.

"오늘 저녁, 내가 하가다의 이 마지막 부분을 강조하는 건 가장으로서 여기 모인 모두에게 경고하기 위해서다."

"뭘 경고한다는 거예요, 아버지?"

"떠날 때가 됐다. 우리는 이 나라를 떠나야 해. 되는대로 가장 빨리."

"떠나다니요?"

내크먼의 아들들이 물었다.

그는 눈을 감았다. 자식들을 어떻게 설득해야 할까? 어떤 적당한 단어를 사용해야 할까? 그건 마치 닥쳐올 혹한기를 알리며 불어오는 차가운 바람, 그리고 공기 중에 떠 있는 톡 쏘는 냄새처럼 눈에는 보이지 않는 것이었다. 거의 아무것도 아니지만 그럼에도 불구하고 거기에 있는 것, 어릴 때의 기억으로 점철된, 크리스마스 저녁이면 '예수를 죽인 민족'을 벌하러 오는 술 취한 사람들을 피해 다른 아이들과 함께 집 뒤로 몸을 숨겨야 했던, 그날의 악몽 속으로 침투해 오는 것이었다. 그들은 집 안으로 들어와 여자들을 강간하고 남자들을 죽였다.

유대인에 대한 폭력은 황제 알렉산드르 3세가 유대인으로부터 대부분의 자유를 빼앗는 '5월 법령'을 제정하며 반유대주의 정책을 강화함으로써 누그러졌다. 유대인에게 모든 것이 금지되었을 당시 내크먼은 청년이었다. 대학에 가는 것도, 다른 지역으로 이동하는 것도, 자식에게 기독교식 이름을 지어주는 것도, 극장에 가는 것도 금지되었을 때였다. 이 모욕적인 조치는 사람들을 만족시켰고, 그로부터 30년간 유혈사태는 점점 줄어들었다. 그렇게 내크먼의 자식들은 한 무리의 사람들이 살인의 욕망을 품은 채로 저녁 식사를 마치던 12월 24일의 공포를 느끼지 않을 수 있었다.

하지만 내크먼은 수년 전부터 공기 중에서 유황과 부패의 냄새를 맡아 왔다. 블라디미르 푸리시케비치의 주도로 극우파 군주주의 집단인 〈검은 백인대〉가 암암리에 조직되었다. 러시아 황제의 추종자였던 블라디미르 푸리시케비치는 유대인에 관한 음모론을 만들어 냈다. 그리고 다시 자신의 때가 오기를 기다렸다. 내크먼은 그의 자손들이 일으킨, 이제야 막 시작되었을 뿐인 혁명이 역사 깊은 증오를 물리칠 수 있을 거라고는 믿지 않았다.

내크먼이 침착하게 말했다.

"그래. 떠나야 한다. 얘들아, 내 말을 잘 들거라. 구린내가 난다."

그 말에 그릇과 부딪치며 소리를 내던 포크들이 일제히 멈췄고, 아이들은 울음을 그쳤다. 적막이 흘렀다. 적막을 깨고 내크먼이 말을 이었다.

"너흰 대부분 신혼부부다. 에브라임, 너는 여기서 처음으로 아빠가 될 거야. 너희에겐 혈기도, 용기도 있어. 앞길이 창창하지. 그러니 지금이야말로 짐을 쌀 시간이야."

내크먼은 자신의 아내 쪽으로 몸을 돌리고 그녀의 손을 잡았다.

"에스더와 나는 팔레스타인으로 가기로 결정했다. 하이파 근처에 작은 땅을 샀지. 거기서 오렌지 농사를 지을 생각이야. 우리와 함께 가자꾸나. 너희들을 위한 땅도 사 주마."

"정말로 이스라엘 땅에 정착할 생각이세요?"

라비노비치 아이들은 그런 생각은 단 한 번도 해본 적이 없었다. 혁명이 있기 전 아버지는 최초의 상인 길드 일원이었다. 전국을 자유롭게 돌아다닐 권리를 가진 드문 유대인 중 하나였다. 러시아에서 러시아인들처럼 살 수 있다는 건 내크먼 같은 유대인에게는 더 없는 특권이었다. 그토록 훌륭한 사회적 지위를 가지고 있으면서 지구 반대편의, 사람이 살기 힘든 기후의 사막에서 오렌지 농사를 짓겠다니, 이 얼마나 이상한 생각인가! 요리사의 도움 없이는 배 껍질 하나 깎지 못하는 그였다.

내크먼은 입술 끝에 물고 있던 작은 연필을 들었다. 그리고 자손들을 바라보며 말했다.

"자. 이제부터 식탁에 앉은 순서대로 한 명씩 돌아가면서 묻지. 내 말 잘 들거라. 한 명씩 목적지를 말하면 내가 모두에게 배표를 사 주마. 그러면 앞으로 석 달 안에 이 나라를 떠나는 거야. 알겠니? 베라, 너부터 시작하자. 쉬워. 넌 우리와 함께 간다. 그러니까 이렇게 적겠다. 베라, 하이파, 팔레스타인… 자, 에브라임?"

"전 가장 마지막에 말할래요."

"전 파리에 가고 싶어요."

형제 중 막내인 에마뉘엘이 의자에 앉아 몸을 앞뒤로 흔들면서 껄렁거렸다. 에브라임이 진지하게 말했다.

"파리, 베를린, 프라하는 피해. 거긴 이미 오랜 세대를 거치면서 좋은 자리는 이미 다 찼어. 거기선 자리를 잡지 못할걸? 지나치게 뛰어나거나 부족하다는 평가만 듣게 될 거야."

"나는 상관없어. 이미 거기서 나를 기다리고 있는 약혼자도 있고."

에마뉘엘이 모두를 웃기기 위해 말했다. 내크먼이 신경질적으로 대답했다.

"불쌍한 녀석. 돼지 같은 삶을 살겠구나. 멍청하고 단순한 삶을 말이야."

"아빠, 전 촌구석에 가서 사느니 그냥 파리에서 죽겠어요!"

그러자 내크먼이 위협적인 모양새로 에마뉘엘 앞에서 손을 휘저었다.

"아이쿠." 내크먼은 한숨을 쉬었다.

"모든 멍청이들은 자신이 똑똑하다고 생각하지. 농담이 아니다. 나를 따라오지 않으려거든 아메리카는 어떠냐. 그것도 꽤 괜찮을 텐데."

'카우보이와 원주민들, 아메리카라니… 됐다.' 라비노비치 아이들은 그렇게 생각했다. 그곳의 풍경은 눈앞에 그려지지 않았지만 적어도 팔레스타인은 어떤 모습인지 성경에 적혀 있었다. 돌무더기의 땅.

내크먼이 아내에게 말했다.

"얘들을 좀 봐. 눈만 달린 갈비뼈들이라고 해도 믿겠어! 생각을 좀 해 보거라! 유럽에서는 아무것도 찾을 수 없을 거야. 좋은 건 아무것도! 하지만 아메리카, 팔레스타인에서는 일을 쉽게 구할 수 있단 말이다!"

사실 내크먼과 에스더를 보고 신세계의 농부를 연상하기란 어려웠다. 서로의 옆에 꼭 붙어 앉은 두 사람은 꼭 제과점 진열장에 위치한 작고 예쁜 케이크 같았다. 자세는 꼿꼿했고, 흠잡을 데 없이 한껏 치장된 모습이었다. 에스더는 하얗게 센 머리칼을 낮게 틀어 올렸지만 여전히 매력적이었다. 그녀는 진주 목걸이도, 카메오도[8] 마다하지 않았다. 내크먼은 항상 모스크바 최고의 프랑스 양장점에서 맞춘 스리피스 정장을 차려입었다. 그의 하얀 수염은 꼭 솜털처럼 보송했고, 주머니의 손수건과 매치한 물방울무늬 넥타이로 심심찮게 변주를 줬다.

내크먼은 자식들을 답답해하며 식탁에서 일어났다. 목의 핏줄이 서다 못해 금방이라도 터져 에스더의 아름다운 식탁보를 더럽힐 것만 같았다. 날뛰는 심장을 가라앉히기 위해 그는 잠시 몸을 누이러 갔다. 주방의 문을 닫기 전, 내크먼은 아이들에게 결정하기 전까지 충분히 고민해 보라고 당부했다.

"한 가지 꼭 알아야 할 사실이 있다. 언젠가는 모두가 너희들이 사라지길 원할 거라는 거야."

내크먼이 자리를 떠난 이후, 식탁에 둘러앉은 아이들은 밤늦게까지 즐거운 대화를 이어 나갔다. 엠마는 불러온 배 때문에 의자를 피아노로부터 멀찍이 떨어뜨려 놓고 앉았다. 엠마는 유수의 국립 음악 학교를 졸업했지만, 원래는 물리학자가 되길 원했다. 꿈을 이루지 못했던 건 입학 정원제 때문이었다. 엠마는 뱃속의 아이가 스스로 원하는 학업을 고를 수 있는 세상이 오기를 온 마음을 다해 바랐다.

아내가 거실에서 연주하는 음악을 들으며, 에브라임은 벽난로 앞에서 형제자매들과 정치 이야기를 나눴다. 참으로 즐거운 저녁이었다. 아버지를 장난스럽게 흉보면서 자식들은 결속을 다졌다.

라비노비치 아이들은 그것이 모두가 다 함께 보낸 마지막 시간이라는 사실을 알지 못했다.

3장

다음 날, 엠마와 에브라임은 가족의 저택을 떠났다. 모두가 기분 좋게 작별 인사를 나누었고, 여름이 오기 전에 다시 만나자고 약속했다.

엠마는 삯마차 창문 너머로 풍경이 지나가는 것을 바라보았다. 엠마는 내크먼의 말이 정말 틀린 것인지 곰곰이 생각했다. 어쩌면 팔레스타인으로 떠나 정착하는 것이 더 신중한 선택인지도 몰랐다. 남편의 이름은 '리스트'에 올라 있었고, 경찰이 남편을 체포하기 위해 언제 집에 들이닥칠지 모르는 일이었다.

— 무슨 리스트요? 에브라임이 왜 쫓기고 있었는데요? 유대인이라서요?
— 아니. 이땐 아니었어. 아까 말했지만 내 할아버지 에브라임은 사회혁명당원이었거든. 10월 혁명 이후 볼셰비키는 과거의 전우들을 제거하기 시작했고, 멘셰비키와 사회혁명당원들을 추격했지.

모스크바로 돌아온 에브라임은 몸을 숨겨야 했다. 그는 이따금 아내를 보러 자택에 들를 수 있도록 근처에 은신처를 구했다.

그날 저녁, 에브라임은 다시 은신처로 떠나기 전에 몸을 씻었다. 부엌 세면대 철통으로 떨어지는 물소리를 가리기 위해 엠마는 피아노 앞에 앉아 건반을 있는 힘껏 눌렀다. 이웃의 밀고가 두려웠다.

그때, 누군가 문을 두드렸다. 거칠고 권위적인 소리였다. 엠마는 커다랗게 부른 배 위로 손을 올려놓고 현관 쪽을 향해 섰다.

"누구세요?"

"네 남편을 찾고 있다. 엠마 라비노비치."

엠마는 장롱 구석, 이불과 빨랫감 뒤에 마련해 놓은 공간에 남편이 짐을 챙겨 들어갈 수 있도록 시간을 벌었다.

"그이는 여기 없어요."

"문 열어."

"목욕 중이었어요. 옷 입을 시간을 주세요."

"남편을 불러와."

경찰관들이 짜증스럽게 명령조로 말했다.

"소식을 듣지 못한 지 한 달이 넘었어요."

"어디 숨었는지 모르나?"

"전 몰라요."

"문을 강제로 열고 들어가 집안을 뒤지겠다."

"그이를 찾으면 제 소식도 좀 전해주시죠?"

엠마는 문을 열어 자신의 부푼 배를 경찰관들의 눈앞에 내밀었다.

"그이는 나를 이 상태로 내버려 뒀다고요!"

경찰관들이 집 안으로 들어왔다. 그때 엠마는 거실 안락의자 아래 놓여 있는 에브라임의 모자를 보았다. 엠마는 실신하는 척하며 그 위로 드러누웠다. 모자가 자신의 무게로 짓눌리는 게 느껴졌다. 심장이 터질 듯이 뛰었다.

— 네 할머니 미리얌은 아직 뱃속의 작은 태아에 불과했지만, 무의식적으로 공포를 느꼈단다. 태아 주변으로 엠마의 장기들이 수축했거든.

　가택수색이 끝날 무렵에도 엠마는 여전히 침착함을 유지했다. 그녀는 하얗게 질린 얼굴로 경찰관들에게 말했다.

　"배웅은 못 해요. 양수가 터질 것 같다고요! 당신들은 내가 아이를 낳는 걸 도와줘야 할 거예요."

　두 경찰관은 세상의 임신부들을 저주하며 달아났다. 길고 긴 침묵의 몇 분이 지나고, 에브라임이 숨어 있던 곳에서 나와 벽난로 앞 양탄자 위에 누워 있는 아내를 발견했다. 잔뜩 웅크린 채였다. 복부의 통증이 심해 몸을 일으킬 수 없었다. 에브라임은 최악의 상황을 염려했다. 그는 엠마에게 약속했다. 만약 뱃속 아이가 산다면 라트비아의 리가로 떠나자고.

— 왜 하필 라트비아였어요?
— 라트비아가 막 독립한 직후였거든. 그래서 유대인들도 상법에 구속되지 않고 정착할 수 있었어.

미리얌, 집안에서 부르던 별명으로 미랏슈카는 파리의 〈난민 보호국〉
에 등록된 서류에 따르면, 1919년 8월 7일 모스크바에서 태어났다. 하
지만 그레고리력과 율리우스력의 차이 때문에 정확한 출생일은 알 수
없었다.[10] 그렇게 미리얌은 자신의 정확한 생일을 모르고 살게 됐다.

미리얌은 러시아어로 여름을 뜻하는 '레토Leto'의 눈부시도록 포근한
날에 태어났다. 그녀의 부모님이 리가로 떠나기 위한 준비를 하며 거의
떠돌이에 가까운 생활을 하는 와중이었다. 에브라임은 캐비아 무역의
수익성을 검토한 뒤라 어서 쏠쏠한 사업에 뛰어들 수 있기를 학수고대
하고 있었다. 라트비아에 정착하기 위해 에브라임과 엠마는 가구, 식기,
양탄자 등 그들이 가진 모든 것을 내다 팔았다. 하지만 사모바르[11]만은 남
겨 놓았다.

— 거실에 있는 것 말이에요?
— 맞아. 그게 너와 내가 거쳐 온 것보다 더 많은 국경을 넘었지.

라비노비치 가족은 시골길을 따라 몰래 국경까지 도달하기 위해 한

밤중에 모스크바를 떠났다. 젖먹이를 대동하고 덜컹거리는 짐마차를 탄 채였다. 약 1,000km에 달하는 길고 힘든 여정이었지만 볼셰비키 경찰로부터 멀리 떨어져서 이동할 수 있었다. 엠마는 저녁의 공포에 관한 이야기를 들려주며 어린 미랏슈카와 놀아 주었다. 이따금 짐마차를 덮은 천을 걷어 하늘을 보여 주기도 했다.

"보통 어둠이 내린다고들 하지만 그건 사실이 아니야. 봐, 어둠은 땅에서부터 느리게 올라오거든….'

마지막 날 밤, 국경에 도달하기 몇 시간 전 에브라임은 기이한 기분을 느꼈다. 수레가 훌쩍 가벼워진 느낌이었다. 그리고 뒤를 돌아봤을 때, 수레는 정말로 사라지고 없었다.

수레가 분리된 것을 느꼈을 때 엠마는 사람들에게 들킬 것이 두려워 소리를 지르지 못했다. 그녀는 남편이 길을 되돌아오기만을 기다렸다. 자신이 두려워하는 것이 볼셰비키인지, 늑대인지 자기 자신도 알지 못했다. 하지만 에브라임은 결국 되돌아왔고 짐마차는 동트기 전에 국경을 넘을 수 있었다.

— 이것 봐. 네 할머니가 돌아가신 뒤에 내가 서재에서 서류들을 찾아냈어. 그녀가 휘갈겨 쓴 글과 편지들이야. 여기서 짐마차 일화를 알게 됐지. 이야기는 이렇게 끝나.

「모든 건 우중충한 새벽, 동이 터오기 전에 잘 마무리되었다. 라트비아에서는 행정 절차로 인해 며칠간 유치장에 있어야 했다. 엄마는 여전히 내게 젖을 먹이던 중이었고, 그 기간 동안 나는 호밀과 메밀 맛이 나는 모유로부터 오로지 좋은 기억만을 간직했다.」

— 그다음에 나오는 문장들은 거의 이해가 안 되네요….

— 알츠하이머 초기였거든. 나는 이따금 미리얌의 문법 오류 뒤에 뭐가 숨겨져 있는지 알아내려고 시간을 보내기도 했어. 언어는 미로와 같아. 그 속에서 기억이 길을 잃곤 하지.

— 경찰로부터 모자를 숨겨야 했던 일화는 들어본 적이 있어요. 제가 어렸을 때 미리얌 할머니가 동화의 형태로 그때의 일을 들려줬거든요. 제목은 '모자 에피소드'였죠. 실제 이야기인 줄은 몰랐어요. 할머니가 지어낸 거라고만 생각했죠.

— 할머니가 네 생일마다 적어 줬던 서글픈 이야기들은 모두 실제 있었던 일이란다. 나는 그걸 유년기 미리얌의 특정 사건들을 재구성하는 데 매우 유용하게 썼지.

— 나머지는 어떻게 그렇게 자세하게 재구성할 수 있었어요?

— 네 할머니가 돌아가신 뒤 발견한 아주 사소한 것들, 사진에 적힌 글귀, 종이 끄트머리에 적어 뒀던 비밀 낙서 같은 것들에서 출발했어. 2000년 대 초반 프랑스 문헌 자료, 야드 바셈Yad Vashem[12] 및 수용소 생존자들의 증언을 참고해서 그들의 삶을 재현할 수 있었어. 모든 자료가 다 믿을 만한 것은 아니었고, 어떤 것들은 이상한 길로 빠지게 만들기도 했지. 프랑스 행정에도 실수는 있으니까. 사실과 날짜를 연결하기 위해선 기록 보관원의 도움을 받아 끊임없이 꼼꼼하게 사실을 확인할 수밖에 없었단다.

나는 고개를 들어 거대한 책장 위를 바라보았다. 오래전 나에게 무섭게만 보였던 엄마의 서류 정리함들이 별안간 하나의 대륙만큼 커다란 지식의 보고처럼 보였다. 엄마는 여러 국가를 직접 다녀보기라도 한 것처럼 가족의 역사를 따라갔다. 그 여행기는 엄마 안에서 풍경을 그렸고, 이제는 내가 그곳들을 방문할 차례였다.

　나는 손을 배 위에 대고, 막 생겨난 그녀의 삶과도 연결되어 있는 이 오래된 이야기를 마저 함께 들어달라고 딸에게 조용히 부탁했다.

세 식구는 리가의 알렉산드라 아일랜드 N° 60/66 dz 2156에 위치한 예쁜 나무집에 정착했다. 동네 주민들은 엠마에게 호의를 보였고, 엠마는 주변에 잘 섞여 들었다. 엠마는 캐비아 사업을 성공적으로 벌이고 있는 남편에게 감탄했다.

그녀는 우쯔에 있는 부모에게 보내는 편지에 자랑스레 썼다.

「그이는 경영에 소질이 있고 사람들과도 잘 지내요. 그이가 피아노를 사 줘서 잠들어 있던 손가락들이 깨어났어요. 돈은 얼마든지 벌어다 주고, 동네 여자아이들에게 음악을 가르쳐 보라고 격려도 해 줘요.」

캐비아 사업을 통해 부부는 라트비아 상류 사회의 다른 가정들처럼 변두리에 저택을 샀다. 에브라임은 아내에게 집안일을 도와줄 독일인 도우미를 구해 주었다.

"이제 당신도 일을 더 많이 할 수 있을 거야. 여성들은 독립적이어야 해."

여유가 생긴 엠마는 성가대로 유명한 리가의 대형 유대 회당에 다니기 시작했다. 남편에게는 기도하러 가는 게 아니라 거기서 새로운 학생을 구하기 위한 거라고 둘러댔다. 예배를 마칠 때쯤 도착한 엠마는 그곳에서 폴란드어를 듣고 놀랐다. 우쯔에서 알고 지내던 가족들을 만난 것이다. 그리운 고향의 분위기가 느껴졌다. 유년기의 작은 기억을 하나씩 주워 담는 것만 같았다.

유대 회당에서 만난 부인들은 엠마에게 아니우타가 독일 출신 유대인과 결혼해서 베를린에 살고 있다는 소식을 알려 주었다.

"남편에게는 말하지 마. 지나간 사랑의 기억을 상기시켜선 좋을 게 없으니까."

유대 공동체 내에서 부인들에게 조언을 아끼지 않는 랍비의 아내 레베친Rebbetzin이 엠마에게 말했다.

한편 에브라임은 부모님으로부터 반가운 소식을 들었다. 부모님의 오렌지 과수원이 번성하고 있다는 소식이었다. 베라는 하이파 극장의 양장사로 취직했다. 형제들은 유럽 전역으로 흩어져 자리를 잘 잡았다. 막내 에마뉘엘만 빼고. 그는 파리로 가 영화배우가 되려고 했다. 그의 형 보리스는 편지에서 이렇게 말했다.

「아직은 배역을 따내지 못했어. 벌써 서른 살이나 됐는데, 에마뉘엘이 염려돼. 하지만 젊으니까, 해낼 수 있길 바랄 뿐이야. 촬영하는 걸 지켜본 적이 있는데 가능성이 있더라. 그러니 발전할 거야.」

에브라임은 미리얌의 모습을 영원히 간직하기 위해 카메라를 샀다. 그는 딸에게 가장 예쁜 옷을 입히고 풍성한 리본으로 머리를 장식해 주며 인형처럼 치장했다. 하얀 원피스를 입은 미리얌은 리가 왕국의 공주 같았다. 미리얌은 부모님에게 자신이 얼마나 중요한지, 그래서 세상에서 자신이 얼마나 중요한지 잘 알고 있는 자존심이 강하고 자신만만한 아이로 자라났다.

알렉산드라 거리의 라비노비치 가족이 사는 집 앞을 지나갈 때면 늘 피아노 연주가 울려 퍼졌다. 이웃들은 결코 불평하지 않았고, 오히려 피아노의 선율에 감탄했다. 그렇게 행복한 몇 주의 시간이 흘렀다. 모든 일이 순탄하게만 느껴졌다.

어느 유월절 저녁, 엠마는 에브라임에게 식탁을 차려 달라고 부탁했다.

"부탁해. 기도문을 다 읽지 않아도 돼. 이집트로부터 탈출한 부분만이라도 읽어 줘."

결국 아내의 청을 승낙한 에브라임은 접시에 달걀, 쓴 나물, 꿀을 뿌린 사과, 소금물, 그리고 중심에 새끼 양의 뼈를 놓는 모습을 미리얌에게 보여 주었다. 그리고 잠자기 전에 동화를 읽어 주듯, 과거 아버지가 자신에게 해 주었던 것처럼 모세의 이야기를 들려주었다.

"오늘 밤이 다른 날과 다른 점은 뭘까? 왜 쓴 나물을 먹는 걸까? 딸아, 유월절은 유대 민족이 자유로운 민족이라는 걸 알려 주기 위한 날이란다. 하지만 자유에는 대가가 따르지. 바로 땀과 눈물이야."

유월절 저녁 식사를 위해 엠마는 에브라임 부모님의 집에서 일하던 요리사 카트리나의 요리법을 따라서 마차 빵을 만들었다. 엠마는 남편이 밋밋하지만 맛있었던 유년기 식사의 추억을 떠올리기를 바랐다. 그날 저녁, 에브라임은 매우 기분이 좋았다. 에브라임은 자신의 아버지를 흉내내면서 딸을 웃음 짓게 했다.

"다진 간 요리는 우리 인생의 비참한 문제를 치료해 주는 최고의 약이야."

에브라임은 내크먼의 러시아 억양을 따라하며 작게 다진 닭의 간 요리를 입 안에 밀어 넣었다.

하지만 한참 웃던 도중 에브라임의 마음이 갑작스레 아파 왔다.

아니우타. 그녀의 모습이 떠오른 것이었다. 지금 이 순간 유월절을 기념하기 위해 자신의 가족, 남편, 어쩌면 아이까지 촛불을 켠 식탁에 둘러앉아 기도서 위로 몸을 기울이고 있을 그 모습이, 성숙해졌을 그녀는 얼마나 더 아름다울까? 훨씬 더 아름다워졌을 것이라고 에브라임은 생각했다. 그의 얼굴이 갑작스레 어두워졌고, 엠마는 그것을 알아차렸다.

"괜찮아?"

엠마가 물었다.

"우리 아이 하나 더 낳을까?"

에브라임이 대답했다.

그로부터 10개월이 지난 1923년 2월 15일 리가에서 노에미, 엽서에 적혀있던 바로 그 노에미가 태어났다. 여동생의 탄생으로 미리얌은 왕국에서 왕좌를 빼앗겼다. 노에미는 엄마를 쏙 빼닮아 달처럼 둥근 얼굴이었다.

에브라임은 캐비아로 벌어들인 돈으로 실험을 위한 연구소 부지를 샀다. 그는 기계를 발명하고 싶었다. 에브라임은 저녁 내내 반짝이는 눈으로 아내에게 자신의 발명품의 원리를 설명했다.

"이 기계들은 혁명이 될 거야. 피곤한 집안일로부터 여성들을 해방할 거라고. 들어 봐. 「가정 내에서 남성은 부르주아이고 여성은 프롤레타리아와 같다.」 당신도 그렇게 생각하지 않아?"

그는 번성하는 사업체의 대표가 되었지만 여전히 칼 마르크스의 저서를 읽고 있었다.

엠마는 부모에게 보내는 편지에 이렇게 썼다.

「그이는 꼭 전기 같아요. 진보의 빛을 전달하고자 세계 이곳저곳을 누비는 전기 말이에요.」

하지만 엔지니어, 진보주의자, 코즈모폴리턴이었던 에브라임은 이방인은 언제까지고 이방인일 뿐이라는 사실을 잊었다. 에브라임이 저지른 끔찍한 실수는 자신의 행복을 어딘가에 정착시킬 수 있다고 믿었던 것이었다.

이듬해인 1924년 한 통의 상한 캐비아가 그의 사업을 도산에 이르게 했다. 불운일까, 질투에 의한 음모일까? 짐마차를 타고 온 이주민들은 너무 빨리 유명 인사가 되었다. 라비노비치 가족은 이교도goys[13]들의 도시 리가에서 달갑지 않은 인물persona non grata이 되었다. 변두리 이웃들은 엠마에게 학생들과 교류하면서 동네를 어수선하게 만들지 말라고 했다. 엠마는 유대 회당의 지인들로부터 라트비아인들이 그녀의 남편을 목표로 삼았고, 그녀의 가족이 나라를 떠날 때까지 괴롭힐 것이라는 사실을 전해 듣게 됐다. 엠마는 또다시 짐을 싸야만 한다는 걸 알았다. 하지만 어디로 가야 한단 말인가?

엠마는 부모님에게 편지를 썼지만 폴란드의 상황도 좋지 못했다. 아버지인 모리스 울프는 파업이 전국으로 퍼져나갈 것을 우려하고 있었다.

「딸아, 너도 알 테지만 네가 내 곁에 있다면 이 아비가 얼마나 행복하겠니. 하지만 이기적으로 굴 수가 없구나. 아비로서 네 남편, 너, 그리고 네 아이들에게 더 멀리 가는 걸 생각해 보라고 권할 수밖에 없구나.」

에브라임은 파리에 사는 남동생 에마뉘엘에게 전보를 보냈다. 하지만 에마뉘엘은 어린 아들이 있는 로베르, 소니아 들로네라는 화가 친구들의 집에 얹혀살고 있었다. 에브라임은 많은 러시아 사회혁명당원들과 마찬가지로 프라하로 피난을 간 형 보리스에게 편지를 썼다. 하지만 그곳 역시 정치적 상황이 불안정했기에 보리스 또한 이주를 만류했다.

에브라임에게는 돈이 없었다. 선택권은 더더욱 없었다. 마지못해 그는 팔레스타인에 전보를 보냈다.

「저희가 거기로 갈게요.」

약속의 땅으로 가기 위해서는 리가에서부터 남쪽으로 직선거리 약 2,500km를 가야 했다. 라트비아, 리투아니아, 폴란드, 헝가리를 거쳐 루마니아의 콘스탄차까지 배를 탔다. 여정은 총 40일이 걸렸다. 모세가 시나이산에서 40일을 머물렀던 것처럼.

"우쯔의 우리 부모님 집에 잠시 들르자. 가족들에게 아이들을 소개하고 싶어."

엠마가 남편에게 말했다.

루드카 연못을 지난 뒤에 엠마는 그토록 그리던 어릴 적 고향과 마주했다. 교통은 복잡했다. 트롤리, 자동차, 마차가 서로 교차하며 참기 힘든 소음을 냈다. 아이들은 무서워했지만, 엠마는 반가웠다.

엠마가 딸 미리얌에게 말했다.

"모든 도시에는 저마다의 냄새가 있단다. 눈을 감고 숨을 들이쉬어 보렴."

미리얌은 눈꺼풀을 아래로 내리고, 콧속으로 들어온 발루티 구의 라일락과 타르 냄새, 폴레시아 길거리의 기름과 비누 내음, 주방으로부터 퍼져 나온 촐린트^{cholent}[14] 향과 방적 공장 창문을 통해 빠져나온 섬유 먼지와 보풀의 냄새를 맡았다. 유대인 노동자 구역을 지나면서 미리얌은 태어나 처음으로, 어두운 색의 턱수염과 양쪽 귀밑에서 용수철처럼 달랑거리는 구레나룻을 가지고 있고 긴 탈릿[15] 아래로 찌찌트tsitsits[16]를 늘어뜨리며 머리 위에 커다란 털모자를 쓴, 검소한 한 무리의 새들처럼 검은색 옷차림을 한 남자들을 보았다. 어떤 사람들은 이마에 미스터리한 검은색 주사위 모양의 테필린[17]을 착용하고 있었다.

"저게 뭐예요?"

다섯 살이 되었지만 아직 한 번도 유대 회당에 가보지 않은 미리얌이 물었다. 엠마는 존중을 담아 대답했다.

"종교인들이란다. 성경을 공부하는 사람들이야."

"아무도 저 사람들에게 20세기가 도래했다고 말하지 않은 모양이군!"

에브라임이 농담을 던졌다.

미리얌은 유대인 거주 구역의 몽환적인 모습에 매료되었다. 포피 씨드 케이크를 파는 또래 여자아이의 시선, 땅바닥에 앉아 썩은 과일과 이가 나간 빗을 팔고 있는, 머리에 색색의 베일을 쓴 노파들의 실루엣을 눈에 담았다. 미리얌은 과연 저렇게 더러운 것들을 사는 사람이 있을까 궁금했다.

당시 1920년대 우쯔 거리는 한 세기 전의 풍경 같았고, 기묘한 이야기들로 쓰인 오래된 책이나 환상적인 동시에 두려움을 자아내는 인물들이 우글거리는 세계에서 툭 튀어나온 것 같은 모습이었다. 그곳은 교활한 도둑들과 아름다운 매춘부들이 길모퉁이마다 위풍당당하게 나타나는, 미로처럼 얽힌 길에서 사람들이 짐승과 함께 살고 있는, 랍비의 딸들이 의학을 공부하러 오고 그들에게 퇴짜 맞은 연인들이 복수를 다짐

하는, 냄비에 담긴 살아있는 잉어들이 별안간 이디시 전설에서처럼 말하기 시작하는, '검은 거울'이 들려준 이야기를 사람들이 속삭이는, 사람들이 길에서 갓 구운 버터 빵에 흰 치즈를 발라 먹는, 그런 위험한 세계처럼 보였다.

미리얌은 들끓는 도시의 열기 속에서 초콜릿 도넛을 파는 사람들의 약간은 메스꺼운 그 냄새를 평생토록 기억했다.

라비노비치 가족은 폴란드인 거주 구역에 도착했다. 그곳에서는 방적기의 짤깍대는 소리가 들렸다. 하지만 그들을 기다리고 있는 건 난폭한 대접이었다.

"어이, 거기 유다."

가는 길에 그런 소리가 들렸다. 개들이 뒤따르고 있는 남자아이들 한 무리가 라비노비치 가족을 향해 작은 자갈들을 던지기 시작했다. 미리얌은 날카로운 돌에 눈 바로 아래 부위를 맞았다. 여행을 위해 차려입은 예쁜 원피스에 몇 방울의 피가 튀었다.

"별일 아니야. 그냥 멍청한 애들이야."

엠마가 말했다. 엠마는 손수건으로 핏자국을 지워보려 했지만 미리얌은 눈 밑에 빨간 점이 남았고, 나중에는 검은색으로 변했다. 에브라임과 엠마는 미리얌을 안심시키려 했지만, 미리얌은 자신의 부모님이 '무언가'에 의해 위협을 받고 있다는 걸 알 수 있었다.

엠마가 두 딸의 주의를 돌리기 위해 말했다.

"저길 봐. 빨간 벽 건물이 너희 할아버지 공장이란다. 옛날에는 방적 기술을 다양하게 공부하기 위해 할아버지가 상하이로 여행을 가기도 했어. 할아버지가 너희들에게 비단 이불을 만들어 주실 거야.”

그때 엠마의 낯빛이 어두워졌다. 방적 공장의 담벼락에 쓰인 글씨를 읽은 것이다.

「울프 = 늑대 = 유대인 사장.」

모리스 울프는 딸을 품에 안으며 한숨을 내쉬었다.

“말도 마라. 폴란드인들은 더는 유대인들과 같은 공간에서 일하려 하지 않아. 우리는 서로를 증오하거든. 하지만 그들이 그중에서도 가장 증오하는 건 바로 나야! 내가 그들의 사장이라서 그런 건지, 유대인이라서 그런 건지 알 수가 없어….”

험악한 분위기에도 불구하고 엠마, 에브라임, 미리얌, 노에미는 피오트르쿠프와 필리카 강 사이에 위치한 울프의 대저택에서 행복한 시간을 보냈다. 모두 억지로 기분 좋은 체를 했고, 대화의 주제는 아이들, 날씨, 음식을 중심으로 흘러갔다. 엠마는 팔레스타인으로 떠나는 것이 얼마나 설레는 일인지 과장하여 이야기했고, 이 새로운 모험이 남편에게 그간 발명한 것들을 발전시킬 수 있는 너무나도 좋은 기회가 될 것이라고 설명했다.

안식일 저녁, 울프 가족은 근사한 저녁 만찬을 차렸고, 폴란드인 가정부들이 주방에서 분주하게 움직였다. 가정부들은 오븐에 불을 켜는 것부터 유대인에게 금지된 모든 것들을 할 수 있었다. 엠마는 자신의 세 자매와 다시 만난 것에 행복해했다. 치과의사인 파니아는 결혼하여 라이처 성씨를, 의사가 된 아름다운 올가는 결혼하여 멘델 성씨를 가졌으며, 의학 공부를 준비하고 있는 마리아는 구트만과 약혼을 했다. 엠마는 너무나도 오랫동안 보지 못했던 남동생 빅토르 앞에서는 입을 다물지 못했다. 청소년이었던 빅토르가 곱슬곱슬한 수염이 난 청년이 되어 있었던 것이다. 그는 결혼한 뒤 시내 중심가에서 멀지 않은 제롬스키에고 거리 39번지에 정착하여 변호사로 일하고 있었다.

에브라임은 울프 가족 전원이 저택에 모여 계단 층계에 서 있는 바로 그 순간을 기념하기 위해 자신의 카메라를 가져왔다.

— 이걸 봐. 사진을 보여 줄게.

엄마가 내게 말했다.

— 불안해 보이네요.

— 너도 그렇게 생각하지?

— 네. 얼굴들이 흐릿하고, 미소도 거의 없고요. 마치 낭떠러지를 맴도는 영혼처럼요.

사진 속의 미리얌은 머리카락을 땋고, 흰 원피스와 신발을 신고 고개를 측면으로 기울인 소녀의 모습이었다.

— 이 사진은 정말 우연히 찾은 거야. 미리얌 친구의 조카 집에서 찾았지. 미리얌이 말하기로는 이 사진이 찍힌 날에 정원에서 다 함께 수건돌리기 놀이를 했대. 또 이날 미리얌은 놀이 중간에 문득 '이번 판에서 이기는 사람이 가장 오래 살 것'이라는 예감이 들었다고 말했다는 거야.

— 불길한 예감이네요. 다섯 살짜리가 하기엔 정말 이상한 생각이기도 하고요… 그런데 그 사람은 그 이야기를 그때까지 기억하고 있었던 거예요?

— 아주 명확하게 기억하고 있었다나 봐. 60년이 지난 뒤에도, 평생토록 그 생각이 머릿속에서 떠나지 않았대.

— 그런데 미리얌은 그런 비밀을 왜 낯선 사람에게 털어놨을까요? 가족에 관한 이야기는 아무에게도 털어놓지 않았잖아요. 이상해요.

— 아냐. 따지고 보면 그렇게 이상하지만은 않아….

나는 사진 속 얼굴들을 더 자세히 보기 위해 얼굴을 가까이 가져갔다. 각각의 얼굴을 알아볼 수 있었다. 에브라임, 엠마, 노에미, 모리스, 올가, 빅토르, 파니아… 유령들은 이제 더는 모호한 객체들도, 역사책 속의 숫자들도 아니었다. 배에서 강한 수축이 느껴졌고, 나는 눈을 감아야 했다. 엄마는 걱정스러운 기색이었다.

— 그만할까?

— 아뇨, 아뇨…. 괜찮아질 거예요.

— 너무 피곤하진 않니? 계속해서 이야기를 들을 수 있겠어?

나는 고개를 끄덕이는 것으로 대답을 대신했다. 그리고 엄마에게 배를 보여주었다.

— 수십 년이 지나면 내 딸의 자식들이 또 사진을 찾아낼 거예요. 그러면 우리 역시 아주 오랜 과거 세계에 속한 존재처럼 느껴지겠죠. 어쩌면 훨씬 더 먼 과거처럼 느껴질지도 몰라요….

다음 날 아침, 엠마와 에브라임, 그리고 두 딸은 약 2,000km의 여정에 나섰다. 미리얌이 기차를 타는 건 처음이었다. 미리얌은 몇 시간이고 창문에 코와 뺨이 뭉개질 정도로 얼굴을 붙이고 있었다. 풍경은 아무리 봐도 질리지 않았다. 마치 기차가 자신을 위해 풍경들을 만들어 내는 것만 같았다. 기차가 앞으로 나아감에 따라 미리얌은 머릿속으로 이야기들을 지어냈다. 인상적인 도시의 역들이 눈앞으로 지나갔다. 부다페스트에서는 기차가 꼭 성당 내부로 들어가는 것만 같았고, 농촌의 역은 붉은색 벽돌이나 생동감 넘치는 색들로 칠해진 나무 겉창들을 가진 인형의 집 같았다. 어느 아침에는 잠에서 깨자, 너도밤나무 숲이 사라져 있었고 대신에 바위 속으로 파고 들어가는 길이 보였다. 너무 가까이 있어서 마치 보는 이들을 덮칠 것만 같았다. 조금 더 멀리에는 안개 속으로 빠져드는 다리 하나가 보였다. 미리얌이 엄마에게 말했다.

"엄마, 저길 봐요. 우리가 구름 속으로 들어가요!"

하루에도 백 번씩 엠마는 딸들에게 주변 승객들을 방해하지 않도록 얌전히 있으라고 말했다. 하지만 미리얌은 특히 식사 시간이면 수천 가지 모험이 존재하는 복도로 빠져나갔다. 기차가 흔들릴 때마다 여자의 치맛자락에 접시를 뒤엎고 남자의 가슴팍에 맥주를 쏟았다. 미리얌은 어른들의 곤경 앞에서 아이들이 느끼는 보복성 기쁨에 즐거워했다.

한 시간이 지났을 무렵, 엠마는 미리얌을 찾아 나섰다. 엠마는 가족들이 카드 게임을 하거나 수많은 외국어로 언쟁을 나누고 있는 객차를 하나씩 지났다. 기차 복도를 거닐면서 엠마는 과거 우쯔에서 봄이 되면 열린 창문들 사이로 각 가정의 삶이 엿보였던, 자매들과 부모님과 함께 거리를 거닐던 그때의 기억을 떠올렸다. 엠마는 생각했다.

'언제 다시 만날 수 있을까?'

엠마는 객차 끝에서 사모바르를 감시하는 거대한 마트료시카 같은 여자에게 꾸중을 듣고 있는 미리얌을 발견했다. 엠마는 여자에게 사과한 뒤 미리얌을 식당 칸으로 데려갔다. 그곳은 꼭 항상 똑같은 양배추와 생선 요리만 나오는 군대 식당 같았다. 한 남성이 오리엔트 특급열차에 대한 신비한 이야기를 러시아로 말하고 있었다.

"거긴 이곳과는 차원이 달라! 사람들은 마치 보석 상자에 들어가듯 탑승하지. 모든 게 빛나! 잔들은 바카라 산 크리스털이고, 전 세계의 신문들이 따끈따끈한 크루아상과 함께 매일 아침 제공되지. 철도원들은 태피스트리 색에 맞춰 진한 파랑과 황금색 옷을 입고 있어….”

그날 밤, 기차의 흔들거림은 미리얌을 가만가만 흔들어 재웠고, 미리얌은 강철 혈관이 흐르는 멋진 골격의 생물체 내부에 들어와 있는 꿈을 꿨다. 그리고 어느 날 아침, 여행이 끝났다.

콘스탄차에 도착한 미리얌은 흑해가 검은색 바다가 아니라는 사실에 실망했다. 가족은 콘스탄차와 하이파를 연결하는 루마니아 국영 선박회사의 호화 쾌속 여객선 다시아Dacia에 탑승했다. 엠마는 신혼부부의 팔처럼 하늘 높이 솟아있는 두 개의 가느다란 굴뚝을 가진, 온통 하얀색으로 된 우아한 증기선의 모습에 감탄했다.

여객선은 매우 편안했다. 엠마는 약속의 땅에 도착하기 전, 세련된 유럽의 순간을 마지막으로 만끽했다.

첫날 저녁, 그들은 거대한 식당에서 꿀에 절인 달콤한 사과 디저트로 마무리하는 훌륭한 만찬을 즐겼다.

7장

　여객선에서 내린 엠마가 시부모인 내크먼과 에스더를 발견했을 때, 엠마는 괴상한 인상을 받았다.

　스리피스 정장은 어디로 간 걸까? 진주 목걸이는? 레이스 깃과 물방울무늬 넥타이는? 에스더는 흉측한 조끼를 입고 있었고, 내크먼은 낡아 빠진 신발 위로 바지를 둘둘 말아 올린 채였다.

　엠마는 남편을 바라보았다. 무슨 일이 있었던 걸까? 그들의 모습은 너무나도 달라져 있었다. 두 사람 모두 근육이 붙은 만큼 배도 나와 있었고, 몸이 두꺼워졌으며 햇볕에 그을린 피부에는 깊은 주름이 패어 있었다. 농부의 삶이 그들의 몸을 변형시켰다.

　꼭 아메리카 원주민 같은 모습이라고 엠마는 생각했다.

　아들 부부가 미그달에 도착할 때를 대비해 마련해 놓은 술병을 절박하게 찾는 내크먼의 우렁찬 웃음소리가 주방에 울렸다. 내크먼은 엠마와 포옹하며 말했다.

　"인간은 먼지로부터 오고, 먼지 속으로 사라질 것이다." 하지만 그전까지는 보드카를 마셔도 좋을 테지! 너희들이 내 피클을 가져오는 걸 잊지 않았어야 할 텐데!"

피클 병은 국경을 네 번이나 지나는 동안에도 깨지지 않았다. 엠마는 '약간 짠맛'이라는 뜻의 말로솔니예malosol'nyye 병을 가방에서 꺼냈다. 소금물에 절이고 정향과 회향으로 향을 낸 이 오이피클은 내크먼이 가장 좋아하는 것이었다.

에브라임이 아버지를 유심히 살펴보며 생각했다.

'아버지가 많이 바뀌셨군. 몸은 두꺼워졌고 성격은 부드러워졌어. 혼자 웃기도 하시고…. 우유가 오래되면 치즈가 된다더니….'

에브라임은 부모님의 집을 둘러보았다. 모든 것이 투박했다.

내크먼이 자랑스럽게 외쳤다.

"오렌지 과수원을 구경시켜 주마! 자, 가자!"

두 손녀는 끝이 보이지 않을 정도로 펼쳐진 오렌지 나무 사이로 난, 작은 강처럼 구불구불한 수로를 향해 달려갔다. 수로에 빠지지 않기 위해 줄 타는 곡예사처럼 두 팔을 뻗고 한 발 한 발 신중하게 내디뎠다.

과수원 노동자들은 주인의 손녀들이 먼지 가득한 신발로 발이 푹푹 빠지는 길을 내달리는 모습을 놀란 표정으로 바라보았다. 그들은 낮잠 시간이 되어 넓고 울퉁불퉁하게 비틀린 기둥의 캐롭 나무 그늘에서 쉬러 온 참이었다. 짙은 빨간색 꽃잎이 그들의 옷 위로 얼룩져 있었다. 그 열매를 갈아 만든 가루에서 초콜릿 맛이 난다는 사실을, 훗날에 미리얌은 기억해 냈다.

내크먼의 설명에 따르면, 나무에서 딴 오렌지들은 수레에 실려 대형 창고로 옮겨지고 그곳에서 바닥에 앉은 여성들에 의해 하나씩 낱개로 포장되었다. 길고 고된 작업이었다. 여성들은 담배 포장지만큼 얇은 일

본산 종이인 '감귤 종이'를 빠르게 붙이기 위해 손가락을 적셨다.

도착한 이래로 받은 괴상한 인상이 에브라임과 엠마의 뇌리를 쉽게 떠나지 않았다. 사실 그들은 반짝이는 신식 건물을 기대했었다. 하지만 막상 와보니 모든 게 허술했다. 부모님의 사업은 편지에서 이야기했던 것만큼 좋지 않았다. 팔레스타인은 라비노비치 가족을 위한 풍요의 땅이 아니었으며, 실제로 내크먼과 에스더의 오렌지 과수원은 크게 번영하지 못했다.

에브라임은 수많은 도안을 가방에 넣어 팔레스타인에 왔다. 특허를 낼 목적으로 만든 기계 도안들이었다. 그는 아버지가 자신의 계획을 발전시켜 나가도록 현지에서 자금을 지원해 줄 거라 믿고 있었다. 하지만 부모님은 금전적으로 어려운 상황이었다. 에브라임은 일을 구해야 했다.

에브라임은 돈독한 유대인 공동체 덕분에 팔레스타인 전력회사(PEC)에 취업하면서 하이파 사회에 속하게 되었다. 내크먼이 아들에게 자랑스레 선언했다.

"이제 나는 시온주의자란다!**¹⁸**"

내크먼은 읽고 또 읽으며 각주들을 달아놓은 책을 찾아와서 에브라임에게 내밀었다.

"자, 이게 바로 혁명이지."

책의 이름은 《유대 국가》였다. 저자는 테오도르 헤르츨. 유대 독립 국가 형성에 대한 근거를 제시해 놓은 책이었다.

에브라임은 그 책을 읽지 않았다. 그는 부모님의 오렌지 과수원에서 일을 거들고, PEC에서 엔지니어로 일하는 데 시간을 고르게 썼다. 개인 작업에 몰두하는 데는 나머지 얼마 안 되는 저녁 시간만이 남아 있었다.

에브라임은 도면 위에 쓰러져 잠드는 일이 잦았다.

엠마는 남편의 꿈이 산산조각 나는 것을 지켜보며 괴로워했다. 엠마 역시 악기가 없어 피아노 연주를 그만두었다. 연주하는 방법을 잊어버리지 않기 위해 엠마는 내크먼에게 자투리 나무로 건반을 만들어달라고 부탁했다. 두 아이는 가짜 피아노로 침묵 속에서 연주하는 법을 배웠다.

에브라임과 엠마는 탁 트인 자연 속에서 미리얌과 노에미가 행복하게 지내는 모습을 지켜보며 서로를 위로했다. 두 아이는 종려나무 아래에서 할아버지, 할머니의 소매를 잡아끌며 산책하는 걸 좋아했다. 미리얌은 하이파의 어린이집을 다니면서 히브리어로 말하는 법을 배웠고, 노에미도 마찬가지였다. 히브리어 사용을 독려하는 것은 시온주의 운동의 일환이었다.

— 그럼 그전까지는 유대인들이 일상에서 히브리어로 말하지 않았다는 말인가요?
— 그래. 히브리어는 문자 언어로만 쓰였거든.
— 파스칼이 성경을 프랑스어로 번역하는 대신에 라틴어를 익히도록 권장했던 것과 비슷하네요?
— 바로 그거야. 결국 히브리어는 미리얌이 읽고 쓰기를 익힌 세 번째 언어가 되었지. 여섯 살 나이에 미리얌은 러시아어, 리가의 유모 덕분에 터득한 독일어, 히브리어, 약간의 기초 아랍어를 할 줄 알았고, 거기다 이디시어를 알아들었지. 반면 프랑스어는 한마디도 하지 못했어.

12월, 유대인 빛의 축제 하누카Hanoucca를 맞아 미리얌과 노에미는 오렌지로 초를 만드는 법을 배웠다. 오렌지 과육을 파낸 껍질에 막대기를 꽂아 심지를 만들고, 거기에 올리브유를 채워 넣었다.

아이들의 한 해는 하누카, 유월절, 초막절, 대속죄일과 같은 유대교 기념일들로 채워졌다. 그리고 1925년 12월 14일, 가족에게 새로운 기념일이 생겼다. 남동생 이차크가 태어난 것이다.

아들이 태어난 뒤로 엠마는 공공연하게 종교 생활을 다시 시작했다. 에브라임은 아내를 막을 힘이 없었다. 다만 대속죄일에 면도를 하면서 자신만의 방식으로 반발심을 표출했다. 예전이었다면 에브라임의 엄마 에스더는 아들이 신에 반항한다는 사실에 한숨을 내쉬었을 것이다. 하지만 그녀는 더는 아들을 원망하지 않았다.

무더위와, 그리고 미그달과 하이파를 오가는 생활에 지친 에브라임의 상태가 영 좋지 못하다는 걸 모두가 알고 있었다. 지금의 그는 예전의 그가 아니었다.

그렇게 5년이 흘렀다. 그건 하나의 주기와 같았다. 라트비아에서는 4년을 조금 넘긴 기간을, 팔레스타인에서는 거의 5년을 보냈다. 급격하고 빨랐던 리가에서의 몰락과는 다르게 미그달에서의 상황은 해가 갈수록 느리지만 급격히 악화되었다.

— 1929년 1월 10일, 에브라임은 형 보리스에게 이 편지를 보냈어. 부모님과 자신이 겪은 팔레스타인에서의 모험이 얼마나 끔찍한 재앙이었는지 써놓았지. 편지엔 이렇게 적혀있어.

「돈 한 푼 없이, 그게 뭐든 앞으로의 전망도 없이, 내가 어디로 가는지, 내일 뭘 먹을지, 아이들에게 먹일 빵은 또 어떻게 구할지도 모른 채.」

그 밖에도, 「오렌지 과수원 사업은 부모님을 빚더미에 올려놓았어.」라고도 썼지.

팔레스타인에서의 유월절은 러시아에서의 유월절과 확연하게 달랐다. 은 식기의 자리를 이가 빠진 낡은 포크가 차지했다. 에브라임은 자신의 아버지가 해마다 더러워지는 하가다 책의 먼지를 터는 모습을 지켜보았다. 그런 와중에도 딸들이 조막만 한 손으로 커다란 책을 붙잡고 유대인들의 이집트 탈출기를 그럭저럭 읽어나가는 모습에 감동했다.

내크먼이 아이들에게 설명했다.

"히브리어로 유월절을 파스카라고 하는데, 그건 '넘어가다'라는 뜻을 가지고 있단다. 신께서 유대인들의 피해가 없도록 유대인 집들을 넘어 지나가셨기 때문이지. 그것 외에도 '통과'라는 의미도 가지고 있어. 홍해를 통과하고, 유대민족이 된 히브리 민족을 통과하고, 겨울에서 봄으로 이동하는, 즉 일종의 재생을 뜻한단다."

에브라임은 입술 끝으로 닳도록 외운 아버지의 말을 따라 했다. 아버지는 거의 40년에 가까운 세월 동안 매해 같은 말, 같은 문장을 말해왔다. 그는 새삼 놀랐다.

"곧 40년이 되겠네…."

그날 저녁, 에브라임은 온통 친척 아니우타와의 추억에 잠겨 있었다. 하지만 절대 입 밖으로 그 이름을 내뱉지 않았다.

"네 가지 질문Mah Nichtana. 무엇이 바뀌었는가? 오늘 밤이 다른 밤들과 어떻게 다른가? 우리는 이집트 파라온의 노예들이었다…."

아이들이 읽은 이 질문이 에브라임의 정신을 다른 곳으로 향하게 했다. 갑자기 그는 두려움을 느꼈다. 운명을 완수하지 못한 채로 이 나라에서 죽게 되는 것이 두려웠다.

그날 밤, 그는 잠에 들지 못했다. 우울함이 그를 덮쳤다. 우울은 그의 정신 속에서 하나의 풍경을 이루었고, 그는 그 속을 때로는 며칠씩 거닐었다. 그는 자신의 삶이, 진정한 삶이 결코 시작되지 못할 거라고 생각했다.

그리고 에브라임은 동생으로부터 편지를 받게 되었는데, 그것이 그의 불행을 더욱 심화시켰다.

에마뉘엘은 그 어느 때보다도 더 행복했다. 그는 추천서를 써준 장 르누아르의 도움으로 프랑스 귀화 신청서를 제출했다. 에마뉘엘은 그의 영화 작품에 출연한 뒤로 이름을 알리기 시작했다. 그는 약혼녀인 화가 리디아 망델과 함께 6구의 아사 거리와 노트르담 데샹 거리 사이에 있는 조셉-바라 거리 3번지에 살고 있었다.

그의 편지를 읽고 있자니, 저 멀리서 그의 동생이 자신을 버려두고 축제를 즐기는 소리가 들리는 듯했다.

엠마는 에브라임의 태도가 바뀌었다는 사실을 알아챘다. 그리고 유대 회당의 레베친에게 자문을 구했다.

"자네 남편이 우울한건 자네 탓이 아니야. 이 나라의 분위기 탓이지. 그는 자신의 성정과 맞지 않는 장소로 끌려온 한 마리 짐승과 같아. 여기에서 사는 한 자네가 할 수 있는 건 없어."

이런 자문을 듣고 에브라임이 말했다.

"랍비 아내가 웬일로 맞는 소리를 했네. 그녀 말이 맞아. 나는 이 나라가 싫어. 유럽이 그리워."

"좋아. 그럼 프랑스로 가서 살자."

에브라임은 엠마의 얼굴을 두 손으로 부여잡고 그녀의 입술에 격렬하게 입을 맞췄다. 놀란 엠마는 웃음을 터뜨렸다. 아주 오랫동안 목구멍에서 울리지 않았던 웃음소리였다.

그날 저녁, 에브라임은 주방 식탁에서 도안을 다시 검토하기 시작했다. 파리를 정복하려면 빈손으로 가선 안 됐다. 발명품을 하나 정도는 가져가야 했다. 그가 생각하는 건 빵 반죽이 부풀어 오르는 과정을 가속하는 기계였다. 파리는 바게트의 수도가 아니었던가? 이제 에브라임의 머릿속은 오로지 자신의 계획으로 가득 찼다. 에브라임은 며칠 밤이고 지치지 않고 특허 작업에 몰두할 수 있는 뛰어난 엔지니어의 모습을 되찾았다.

1929년 6월의 그 날, 엠마는 새로운 소식을 알리기 위해 딸들을 찾았다. 저 멀리서 티베리아스 호수의 기적 같은 물을 끌어오는 낮은 담 위를, 두 딸이 균형을 잡는 체조 선수들처럼 줄지어 걷고 있었다. 엠마는 미리얌과 노에미를 한 명씩 오렌지 창고로 데려갔다. 석유를 연상시키는 날카로운 오렌지의 향은 너무 강한 나머지, 그 잔향이 저녁까지 아이들의 머리칼에 배어 침실 속을 떠다녔다.

엠마는 감귤 종이를 펼쳐서 빨간색과 파란색의 배 그림을 보여주었다. 엠마가 딸들에게 물었다.

"유럽으로 우리 오렌지들을 실어 나르는 이 배가 보이니? 바로 이 배를 우리가 탈 거란다! 세계를 여행하는 건 정말 멋질 거야."

그리고 엠마는 오렌지 하나를 손에 쥐었다.

"이걸 지구본이라고 생각해 봐!"

엠마는 오렌지 껍질을 살짝 까서 육지와 바다를 표현해냈다.

"자, 우리가 여기에 있어. 그리고… 우리는 곧… 여기로 갈 거야…. 프랑스! 그것도 파리로 말이야!"

엠마는 못을 하나 집어 들고 오렌지 과육에 밀어 넣었다.

"봐, 이건 에펠탑이란다!"

미리얌은 엄마가 하는 새로운 단어들을 주의 깊게 들었다.

'파리', '프랑스', '에펠탑',

즐거운 수업 중에서도 미리얌은 알 수 있었다. 또다시 떠나야 한다는 걸. 늘 그런 식이었다. 미리얌은 떠나는 것에 익숙했다. 마음이 아프지 않으려면 그저 앞으로 쭉 나아가야 한다는 것을 알았다. 절대 뒤돌아봐서는 안 된다. 어린 노에미는 울기 시작했다. 할아버지와 할머니의 곁을 떠나야 한다는 사실이 끔찍이도 슬펐다. 노에미에게 할아버지와 할머니는 그들의 다리 아래 석류나무 그늘에서 낮잠을 자게 해주는, 올리브 나무와 대추야자 나무가 가득한 천국의 경이로운 신과 같았다.

에브라임이 내크먼에게 말했다.

"모든 준비가 끝났어요, 아버지. 엠마는 폴란드에서 여름을 보낸 뒤에 파리로 올 거예요. 가족을 못 본 지도 오래됐고, 이차크를 소개하고 싶다고 해서요. 그동안 저는 아이들이 파리에 오기 전에 미리 가서 준비해 놓고, 머물 곳도 구할 거예요."

내크먼은 흰 수염이 난 턱을 좌우로 저었다. 파리로 떠나는 건 좋지 못한 생각이었다.

"파리에서 네가 뭘 얻을 수 있겠니?"

"돈이요! 제가 고안한 빵 기계로요."

"아무도 널 원하지 않을 거야."

"아빠… '프랑스에 사는 유대인처럼 행복하다'라는 말도 있잖아요. 프랑스는 언제나 유대인에게 살기 좋은 곳이었어요. '드레퓌스 사건' 모르세요? 일면식도 없는 어린 유대인을 지키기 위해 전국의 프랑스인들이 들고일어났잖아요!"

"절반만 그랬지. 아들아. 나머지 절반을 생각해 보거라…."

"그만하세요…. 충분한 돈을 모으고 나면 두 분도 제가 모실게요."

"나는 됐다. 천국에서 멍청이로 살 바엔 지옥에서 현자로 살 테니."

8장

엠마와 에브라임은 하이파 항구로 갔다. 5년 전 이스라엘에 도착했던 바로 그 장소였다. 5년 사이 부부에게는 한 명의 아이가 더 생겼고 흰머리도 조금 자랐다. 엠마의 허리와 가슴에는 살집이 붙었다. 에브라임은 가느다란 끈처럼 살이 빠졌다. 두 사람은 나이 들었고, 의복은 낡아 헤졌다. 그런 건 아무래도 좋았다. 그들은 파리로 떠날 생각에 스무 살로 회춘하는 듯했다.

에브라임은 마르세유로 향하는 배를 탔고, 마르세유에서 파리로 가는 배로 갈아타기로 했다. 엠마는 폴란드로 가기 위해 콘스탄차로 향하는 배를 탔다.

엠마의 가족은 존재하는지도 몰랐던 이차크를 만나고 너무나도 기뻐했다. 할아버지 모리스는 담쟁이덩굴이 자라있는 현관 입구의 석재 계단에서 그에게 걷는 법을 알려주었다. 엠마는 이제 이차크를 '자크'라고 부르기로 했다. 세련된 느낌을 주는 프랑스식 이름이었다.

— 이 이야기에 등장하는 사람들은 여러 개의 이름을 가지고 있어. 그리고 이름의 철자도 다양하다는 걸 알아둘 필요가 있단다. 나도 에브라임, 페디아, 페덴카, 표도르, 테오도르라는 이름을 읽으면서 그것이 단 한 사람을 지칭하는 이름이라는 사실을 깨닫는 데까지 오랜 시간이 걸렸단다. 심지어는 보리야라는 사람이 라비노비치의 친척 이름이 아니라 보리스의 또 다른 이름이라는 걸 10년 만에 알았지 뭐니! 넌 걱정할 것 없어. 누구의 이름인지 찾아볼 수 있도록 목록을 써줄게. 러시아의 유대인들은 여러 세기를 거치면서 '러시아의 영혼', 즉 러시아의 고유한 정체성에 기인한 특징들을 갖게 되었단다. 대표적인 게 바로 이름을 다양하게 바꿔 부르는 애칭 문화이지. 사랑을 포기하지 않으려는 성향도 마찬가지고.

그해 여름, 즉 1929년 여름에 에브라임의 형 보리스가 울프 가족을 방문했다. 보리스는 체코슬로바키아에서 조카들과 엠마와 며칠간 시간을 보내기 위해 폴란드로 왔다. 그 역시 볼셰비키들로부터 도망쳐야 하는 신세였다.

젊었을 적 보리스 삼촌은 진정한 운동가Boïvik였다. 열네 살 때 그는 고등학교에서 정치 서클Kruski을 만들었다. 사회혁명당 군사 조직의 수장, 제12군, 북부 전선 소비에트 집행 위원회의 부의장으로 활동했던 그는 농민들의 소비에트 의원이 되었고, 사회혁명당에 의해 제헌 의회의 의원으로 지명되었다.

— 하지만 혁명에 25년이라는 세월을 헌신하면서 거대 정당들을 경험한

뒤로는… 갑자기 모든 걸 관뒀어. 하루아침에 말이야. 그리고 농민이 되었지.

미리얌과 노에미에게 있어 보리스 삼촌은 영원한 보리스 삼촌이었다. 우습게 생긴 밀짚모자와 깐 달걀처럼 반질반질해진 정수리. 그는 농부, 자연주의자, 농학자, 나비 수집가였다. 그는 여행을 다니며 식물에 대한 지식을 더욱 깊게 파고들었다. 체호프적 인물인 보리스 삼촌은 모두의 호감을 샀다. 자매는 숲속에서 그와 함께 긴 산책을 즐기며 꽃들의 라틴어 이름과 버섯들의 특징을 배웠다. 손가락 사이에 풀잎을 끼우고 트럼펫 소리를 내는 법도 배웠다. 소리가 울리게 하려면 단단하고 넓은 잎을 골라야 했다.

— 이 사진들을 보렴. 그해 여름에 찍은 거야. 미리얌과 노에미, 그리고 그 사촌들이 비슷한 패턴으로 재단된 원피스를 입고 있어. 짧은 소매, 꽃무늬 천, 그리고 하얀 앞치마….
— 미리얌 할머니가 우리가 어렸을 때 만들어 주셨던 원피스가 생각나요.
— 맞아. 할머니는 너희들에게 민속적인 원피스를 입히고 키 순서대로, 이 사진과 똑같은 사진을 찍었지.
— 어쩌면 우리를 보면서 할머니는 폴란드 생각을 했는지도 모르겠네요. 가끔 할머니가 생각에 잠기는 걸 본 기억이 나거든요.

에브라임은 하이파에서 마르세유로 향하는 여객선 속에서 기이한 기분을 느꼈다. 그렇게 혼자가 된 것이 10년 만이었다. 혼자 침대를 쓰고, 혼자 책을 읽고, 먹고 싶을 때 혼자 식사를 했다. 처음 며칠은 아이들의 존재, 웃음, 심지어는 다툼에 대한 그리움이 그의 주변을 맴돌았다.

하지만 별안간 아니우타의 우아한 모습이 공백을 채웠다. 바다를 건너는 동안 그녀에 대한 생각이 에브라임의 머릿속을 떠나지 않았다. 갑판에 서서 배가 나아갈 때마다 일어나는 포말에 시선을 고정한 채 에브라임은 그녀에게 편지를 쓰는 걸 상상했다.

「안…. 사랑하는 아니우타, 아누슈카야, 내 작은 풍뎅이…. 나는 지금 프랑스로 가는 여객선에서 네게 편지를 쓰고 있어….」

파리에 도착한 에브라임은 프랑스 국적을 취득한 동생 에마뉘엘을 만났다. 그는 영화 출연을 위해서 성도 바꾸었다. 이제 그는 에마뉘엘 라비노비치가 아니라 마누엘 라비Manuel Raaby였다.

"너 완전히 바보 아니냐. 기왕 짓는 거 프랑스식으로 지었어야지!"

에브라임이 놀라며 말했다.

"아냐! 내게 필요한 건 예술가의 이름이었다고! 미국식으로는 '우아-아-베'라고 발음할 수 있지."

에브라임은 전혀 미국인처럼 보이지 않는 동생의 발음에 폭소를 터뜨렸다. 에마뉘엘은 장 르누아르와 작품을 하는 중이었다. 그는 〈성냥팔이 소녀〉에 짧게 출연했고, 이후 알제리에서 촬영된 반군국주의 코미디 영화 〈게으름뱅이 병사〉에서는 주연 중 하나로 등장하기도 했다. 조르주 심농의 《메그레》를 각색한 〈교차로의 밤〉에도 출연할 예정이었다.

유성 영화가 탄생하면서 그는 러시아어 억양을 지우기 위해 발성 연습에 매진해야 했다. 그는 영어 수업을 들으면서 할리우드에 대한 꿈을 키웠다.

에마뉘엘의 넓은 인간관계 덕분에, 에브라임은 불로뉴-비양쿠르의 영화 촬영 스튜디오 근처에 집을 구할 수 있었다. 그렇게 여름이 끝나갈 무렵 에브라임, 엠마, 미리얌, 노에미, 그리고 이제 자크라고 불리게 될 아이까지 라비노비치 다섯 식구가 페사르 거리 11번지로 이사를 했다.

1929년 9월, 새 학기가 시작되었지만 에브라임의 두 딸은 학교에 가지 않았다. 가정교사가 프랑스어를 가르치기 위해 집으로 왔다. 두 딸은 부모님보다 더 빨리 프랑스어를 구사하게 되었다.

엠마는 동네 아이들에게 피아노를 가르쳤다. 진짜 피아노를 가지고 연주하는 건 5년 만이었다. 에브라임은 자동차 엔지니어링 기업인 〈연료, 윤활유, 액세서리 회사〉에 취직하여 이사회에 속하게 되었다. 사업을 하는 데 있어서는 썩 나쁘지 않은 출발이었다.

리가에서 보낸 초반 몇 년처럼 모든 일이 빠르고 순조롭게 흘러갔다.

에브라임은 자신의 결정을 자축하는 편지를 써서 아버지에게 보냈다.

1931년 4월 1일, 에브라임 가족은 불로뉴를 떠나, 파리 중심부에 더욱 가까운 포르트 도를레앙 근처 브뢴 대로 131번지로 이사했다. 새로 건축된 건물은 현대적인 안락함, 도시가스, 수도, 전기를 제공했다. 에브라임은 아내와 자식들에게 그와 같은 부귀를 누리게 해 줄 수 있다는 사실에 행복을 느꼈다. 그는 시트로앵[20] 가문이 기획한 베이루트와 중국 사이를 횡단하는 〈노란 원정대〉에 열광했다.

"레몬을 팔던 네덜란드의 유대인 가문이 다이아몬드로 재산을 불리고, 나중에는 자동차 회사까지 세우다니…. 위대한 시트로앵 가문!"

시트로앵 가문의 일대기는 그 역시 프랑스인으로 귀화하고 싶었던 에브라임을 단번에 사로잡았다. 귀화 절차는 길고 복잡할 테지만 끝까지 추진해 보고 싶었다.

에브라임은 두 딸이 파리 최고의 명문 학교를 다니길 원했다. 봄이 되어 라비노비치 가족은 페늘롱 고등학교 교장을 만나 학교를 둘러보았다. 19세기 말에 설립된 페늘롱 고등학교는 여학생들을 위한 최초의 '훌륭한' 세속주의 교육기관이었다.

"우리 교사들은 학생에게 높은 수준을 요구한답니다."

교장이 경고하듯 말했다. 2년 전만 해도 프랑스어는 한마디도 하지 못했던 외국인 아이들에게는 어려운 교육과정이 될 터였다.

"하지만 낙담하실 필요는 없어요."

체육관 외부로 난 창문 앞을 지나면서 라비노비치 가족은 불나방처럼 소용돌이치듯 공중을 누비는 여자아이들의 팔다리를 보았다.

미리얌과 노에미는 석고로 만들어진 그리스 두상들을 보고 감탄했다.

교장이 자매에게 말했다.

"루브르 박물관 같지?"

자매는 급식을 먹어보지 못한 걸 아쉬워했다. 급식실은 흰 식탁보, 버들가지로 엮은 빵 바구니, 작은 부케가 꽂힌 화병들로 너무나도 아름다웠다. 마치 고급 식당에 온 것 같았다.

페늘롱 학교는 학칙이 엄격했고, 올바른 복장이 요구되었다. 이름과학급이 빨간 글씨로 수놓아진 베이지색 블라우스를 입어야 했고, 화장은 금지되었다.

"남자아이를 학교 근처로 불러선 안 돼요. 그게 친형제여도요."

교장이 냉담하게 말했다.

커다란 계단 아래, 딸 안티고네에 의해 인도되고 있는 눈 먼 오이디푸스의 동상이 자매의 감탄을 불러일으켰다.

거리를 벗어났을 때, 에브라임은 몸을 숙이고 딸들의 손을 하나씩 붙잡았다.

"꼭 학급 일등을 해야 한다. 알겠지?"

1931년 9월, 미리얌과 노에미는 페늘롱 고등학교의 저학년 학급에 입학했다. 미리얌은 약 열두 살, 노에미는 여덟 살이었다. 자매의 입학서류에는 이렇게 쓰여 있었다.

「리투아니아 출신 팔레스타인인, 무국적.」

페늘롱 학교에 가기 위해 미리얌과 노에미는 매일 아침 지하철을 탔다. 포르트 도를레앙에서 오데옹 광장까지 10개 역을 지나, 에프롱 거리로 이어지는 로앙 안뜰을 가로질러 갔다. 달리지 않고 걸으면 한 시간 반이 걸리는 거리였다. 자매는 이 길을 하루에 네 번씩 지나다녔다. 통학생이었던 자매는 점심시간에 다시 브륀 대로로 돌아와 이십 분 만에 점심을 해치웠다. 급식비가 지하철표보다 더 비쌌기 때문이었다.

매일 이렇게 오가는 것은 고된 일이었다. 두 사람은 보초를 서는 병사들처럼 서로의 곁에 꼭 붙어 섰다. 미리얌은 노에미가 지하철 내에서 좋지 못한 일을 당하지 않도록 언제나 곁을 지켰고, 노에미는 학교 운동장에서 다른 아이들로부터 호감을 얻기 위해 미리얌의 곁에 머물렀다. 두 사람은 마치 두 여왕이 다스리는 작은 국가의 정부 기관 같았다.

— 1999년에 제가 페늘롱 고등학교 고등사범학교 입시 준비반에 들어가려고 서류를 준비할 때, 미리얌 할머니와 그 여동생이 70년 전 그곳의 학생이었다는 사실을 엄마는 알고 있었어요?
— 아니, 전혀. 생각해 보렴. 그때의 나는 아직 조사를 시작하지 않았었어. 만약 알았더라면 네게 말했을 거야.
— 신기하지 않아요?
— 뭐가?
— 그때 전 페늘롱 고등학교에 무척이나 입학하고 싶었죠. 기억나요? 서류를 준비하면서 제가 얼마나 확고한 마음을 먹었는데요. 마치….

에브라임 가족은 1932년 2월, 또 한 번의 이사를 했다. 아미랄-무세 거리 78번지에 있는 건물 6층, 조금 더 큰 집이었다. 이 건물은 오늘

날까지도 남아 있다. 주방, 욕실, 화장실, 현관, 도시가스, 수도, 전기가 포함된 방 네 개짜리 집이었다. 전화도 설치되어 있었다. 번호는 GOB 22-62. 1층 로비에는 우체국이 있었고, 건물 옆으로는 몽수리 공원이, 가까운 거리에 시테 위니베르시테르 역이 있었다. 자매의 학교까지는 두 개 역만 지나면 됐다. 자매의 일상은 한결 편해졌다. 링 게임에 성공해도 아무런 이득도 없는 회전목마를 따라서 뤽상부르 정원을 가로질러 곧장 가기만 하면 됐다.

엄마가 된 이후로 이번이 엠마의 다섯 번째 이사였다. 이사는 매번 시련이었다. 모든 걸 정리하고, 분류하고, 세탁하고, 개어야 했다. 엠마는 새로운 동네, 새로운 집에 도착해서 마치 잃어버린 물건을 찾듯 원래의 일상을 되찾아야 하는 것이 싫었다.

그렇게 몇 달이 지났다. 자매는 커갔고, 저마다 개성 있는 성격으로 자라났다. 막내 자크는 여전히 엄마의 치마폭에 싸인 볼이 통통한 아이였다.

미래는 그것의 전조들과 함께 점점 뚜렷해져 갔다. 미리얌은 열세 살, 대학 입학시험을 치른 뒤에 소르본 대학에 들어가기를 꿈꿨다. 저녁마다 미리얌은 자신들을 기다리고 있는, 앞으로의 삶에 대한 이야기를 여동생 노에미에게 들려주었다. 라탱 지구[21]의 연기가 자욱한 선술집들, 생트 주느비에브 도서관…. 자매는 엄마가 이루지 못한 꿈을 이루겠다고 다짐했다.

"나는 수플로 거리의 하녀 방[22]에서 지낼 거야."

"나도 같이 살아도 돼?"

"당연하지. 바로 옆에 네 방도 있을 거야."

이야기를 나누며 자매는 행복에 겨워 몸을 떨었다.

10장

페늘롱의 한 초등학생이 생일을 맞아 반 친구들을 위한 티 파티를 열었다. 모든 여자아이가 초대되었다. 노에미만 제외됐다. 노에미는 분노로 두 뺨이 달아오른 채로 집으로 돌아왔다. 유서 깊은 프랑스 가문이 파리 16구에 위치한 개인 저택에서 여는 티 파티에 딸이 초대받지 못했다는 사실에 에브라임은 딸보다 더욱 분노했다.

"지식이 많아야 진정한 귀족이지. 그 꼬마 아가씨들이 작은 케이크를 먹어 치울 동안에 우리는 루브르 박물관에 가자꾸나."

에브라임은 씩씩거리며 두 딸과 함께 인파 속으로 걸어갔다. 퐁데자르를 지날 때, 한 사내가 갑자기 팔을 낚아채 그를 멈춰 세웠다. 에브라임이 화를 내려는 순간, 그는 상대가 약 15년 동안 보지 못 했던, 사회혁명당 시절의 옛 친구라는 사실을 알아차렸다.

"자네는 소송 때문에 독일로 떠난 줄 알았는데?"

에브라임이 물었다.

"그랬지. 그런데 한 달 전쯤에 아내와 아이들과 함께 이곳으로 왔어. 자네도 알겠지만 그곳 상황이 우리에겐 좋지 못해."

사내는 얼마 전에 독일 국회의사당을 불태운 화재 사건을 언급했다.

당연히 사람들은 공산당원들과 유대인들을 탓했다. 그는 의회에 새롭게 등장한 국가사회주의 독일 노동자당[23]이 가진 반유대주의적 증오심을 언급했다.

"그들은 공적 사회에서 유대인들을 축출하려고 해! 정말이야! 모든 유대인을 말이지! 자네는 여태 그것도 몰랐나?"

그날 저녁, 에브라임은 엠마와 이야기를 나눴다.

"내 기억에 그 녀석은 옛날에도 별거 아닌 일에 호들갑을 떨곤 했어⋯."

에브라임은 엠마를 걱정시키지 않으려 둘러댔지만 엠마는 걱정스러웠다. 독일에서 겉으로 보이는 것보다 훨씬 심각한 수준으로 유대인들이 박해당하는 일은 이번이 처음이 아니었다. 엠마는 남편에게 정확한 상황을 조금 더 알아봐 달라고 부탁했다.

다음날, 에브라임은 파리 동역으로 가 가판대에서 독일 신문을 샀다. 그리고 유대인들의 악행을 고발하는 기사들을 모조리 읽었다. 그는 처음으로 새로운 수상, 아돌프 히틀러의 얼굴을 보았다. 집으로 돌아온 그는 수염을 밀었다.

11장

1933년 7월 13일은 페늘롱 고등학교에서 대대적으로 시상식이 열리는 날이었다. 교사들은 삼색휘장으로 꾸며진 연단 위, 교장 주변에 모여섰다. 학생들은 프랑스의 국가 〈라 마르세예즈〉를 합창했다.

미리얌과 노에미는 서로의 옆에 나란히 섰다. 노에미는 엄마의 둥근 얼굴과 아빠의 호리호리한 체격을 가졌다. 언제나 미소를 띠고 있는 장난기 많고 예쁜 소녀였다. 반면 미리얌은 그보다 엄격한 얼굴을 하고 있었다. 진지하고 올곧은 성격의 미리얌은 쉬는 시간에 친구들과 잘 어울리지는 못했지만, 매년 급우들에 의해 학급 대표로 뽑혔다.

교장은 최우수상, 우수상, 장려상, 우등생 명단을 발표했다. 교장의 연설 속에서 라비노비치 자매는 입학 첫날부터 훌륭한 성적을 보인 모범 사례로 언급되었다.

곧 열네 살이 되는 미리얌은 학급 최우수상을 받았고, 체육, 바느질, 그림을 제외한 모든 과목에서 1, 2등을 휩쓸었다. 열 살인 노에미도 훌륭한 성적을 보였다.

엠마는 이상하리만치 모든 게 완벽하다는 생각에 조마조마한 마음이 들었다. 반면 에브라임의 기쁨은 극에 달했다. 그의 두 딸은 이제 파리의 엘리트 계층에 속하게 되었다.

'꼭 행인에게 자신이 키운 열매들을 자랑스레 보여주는 밤나무 같군.'

내크먼이라면 그를 보고 그렇게 말했을 것이다.

시상식이 끝나고 에브라임은 온 가족이 함께 걸어서 아미랄–무세 거리로 돌아가기로 했다.

그해 7월 13일은 뤽상부르 정원의 포근한 정취를 만끽할 수 있는 날씨였다. 프랑스 왕비들과 유명한 여인의 조각상들이 지켜보는 가운데 나비가 빙글빙글 날아다니고, 어린아이들이 나무배들이 떠 있는 분수 가까이서 비틀거리며 첫걸음마를 내딛는 프랑스식 공원의 조화로움 속에서 가족들은 화단과 분수대의 물소리의 아름다움을 즐기며 평화롭게 집으로 돌아가고 있었다. 사람들은 서로 고갯짓으로 인사를 나누었다. 소르본 대학생들이 앉기를 기다리는 올리브색 의자들 앞으로, 남성들이 모자를 살짝 들어 올렸고 그 아내들은 우아한 미소를 지으며 걸어갔다.

에브라임은 엠마의 팔을 단단히 붙잡고 자신의 몸에 꼭 붙였다. 이토록 프랑스다운 배경의 일부가 될 수 있다는 사실이 도무지 믿기지 않았다.

"우리도 새로운 이름을 지어야겠어."

에브라임이 진지한 목소리로 저 멀리 앞을 바라보았다.

프랑스 국적을 갖겠다는 그의 말은, 불행을 쫓으려는 듯 막내의 손을 꼭 붙잡은 엠마를 두려움에 떨게 했다. 교장이 연설을 하는 동안 일부 엄마들이 그들의 등 뒤로 속삭이던 말이 떠올랐다.

"저 서민들 좀 보세요. 자식들이 자랑스러워서 어쩔 줄 모르는군요."

"너무 좋아하네요."

"제 자식들을 최고의 자리로 올리기 위해 우리를 밟고 올라서려는 거예요."

저녁이 되자, 에브라임은 아내와 딸들에게 다른 프랑스인들처럼, 바스티유 함락을 기념하기 위해 동네에서 열리는 대중 무도회에 가자고 제안했다.

"우리 딸들이 이렇게 열심히 했는데, 축하는 해야지!"

기분이 좋아 보이는 남편의 모습에 엠마는 나쁜 생각들을 멀리 쫓아 보냈다.

이제껏 미리암, 노에미, 자크는 한 번도 부모님이 춤을 추는 걸 본 적이 없었다. 그들은 부모님이 흥겨운 노랫소리에 맞춰 서로 껴안고 춤을 추는 모습을 커다래진 눈으로 바라보았다.

— 안, 이 해의 7월 13일을 기억해 둬. 1933년의 7월 13일은 라비노비치 가족에게는 축제의 날이었어. 어쩌면 완벽한 행복의 날이라고도 말할 수 있을 테지.

12장

다음 날, 1933년 7월 14일.

에브라임은 신문을 통해 나치당이 공식적으로 독일의 유일 정당이 되었다는 소식을 접했다. 기사는 게르만족의 순수성을 지키기 위해 신체 및 정신적 결함이 있는 사람들을 강제로 거세할 수도 있다는 사실을 전하고 있었다. 에브라임은 신문을 덮어버렸다. 지금의 좋은 기분을 그 무엇도 망치게 할 순 없었다.

엠마와 아이들은 짐을 쌌다. 7월 말까지 우쯔에서 엠마의 가족들과 시간을 보내기로 했다. 엠마의 아버지인 모리스는 유대인 남성들이 기도할 때 뒤집어쓰는 커다란 숄인 탈릿을 자크에게 물려주기로 했다. 그는 손자가 바르 미츠바bar-mitsva[24]를 치르게 될 날을 상상하며 딸에게 말했다.

"그럼 자크가 제 성인식에서 토라Torah[25]를 낭송하는 바로 그날, 자신의 할아버지를 등에 업는 것과 다름없게 되지."

이 선물은 모리스가 자크를 자신의 영적 후계자로 지정했다는 것을 의미했다. 감격한 엠마는 세월에 닳아 해어진 오래된 숄을 건네 들었다. 하지만 숄을 짐 가방에 넣으려는 순간에, 그것이 언젠가 부부를 옥죄게 할 것이라는 사실을 손끝으로 느꼈다.

8월이 되어 엠마와 아이들은 체코슬로바키아에 있는 보리스 삼촌의 실험농장에서 2주를 보냈다. 그동안 에브라임은 여전히 파리에서 머무르며 빵 만드는 기계를 개발하는 데 시간을 보냈다.

이때의 여름휴가는 라비노비치 아이들에게 더없이 커다란 행복의 순간으로 남았다. 파리로 돌아오고 며칠이 지난 뒤, 노에미는 이렇게 적었다.

「폴란드가 그립다. 그때가 참 좋았는데! 보리스 삼촌 집의 장미꽃 향기가 아직까지도 풍기는 듯하다. 아아! 체코슬로바키아, 집, 정원, 암탉들, 농원, 푸른 하늘, 산책길…. 그곳이 너무나 그립구나.」

이듬해, 미리얌은 스페인어 작문 대회에 참가했다. 스페인어는 미리얌이 완벽하게 구사하는 여섯 번째 언어였다. 미리얌은 철학에 관심이 많았고, 노에미는 문학에 빠져들었다. 노에미는 일기에 시와 짧은 소설을 지었고, 프랑스어와 지리학에서는 일등 상을 탔다. 노에미의 선생님인 르누아르 부인은 그녀가 '커다란 문학적 소질'이 있으니 글을 쓰는 것을 격려해 주라고 적었다.

'언젠가 출간이 되겠지?'

노에미는 눈을 감으며 그날을 상상했다.

청소년이 된 노에미는 소르본의 젊은 지식인 여성들이 그러하듯 검은색 긴 머리카락을 땋고 화환처럼 틀어 올려 꾸미는 머리 장식을 하고 다녔다. 노에미는 소설 《다비드 골더David Golder》로 이름을 알린 이렌 네미롭스키를 좋아했다.

"그 작가의 작품은 유대인에 대해 안 좋은 이미지를 준다고들 하던데?"

에브라임이 걱정스레 말했다.

"전혀 아니에요…. 아빠는 그녀를 전혀 몰라요."

"그것보다는 공쿠르 수상작이나 프랑스 소설가의 작품을 읽는 게 어떠냐."

1935년 10월 1일, 에브라임은 파리 13구 브리야-사바랭 거리 10-12번지에 소재한 자신의 회사, 〈라디오-전기 공업 회사 시르SIRE〉를 세웠다. 파리 상사 법원에 등록된 서류 속, 에브라임은 '팔레스타인인'이라고 규정되었다. 시르는 각 100프랑의 250개 출자 좌수로 구성된 자본금 2만 5천 프랑의 유한책임회사였다. 에브라임은 절반의 지분을, 그리고 나머지 절반은 두 명의 폴란드인 동업자 마크 볼로구스키와 오시아슈 코모른이 나눠 가졌다. 오시아슈는 에브라임과 같이 포부르그 생토노레 거리 56번지에 소재한 〈연료 · 윤활유 · 액세서리 회사〉의 이사회 소속이었고, 대간첩 보안기구는 이 회사를 요주의 대상으로 지목하고 눈여겨보고 있었다.

나는 연기가 자욱해진 방의 창문을 열었다.

— 잠시만요 엄마. 굳이 그렇게 자세하게 말하지 않아도 돼요. 주소까지 말할 필요는 없어요.

— 그런 것 하나하나가 다 중요해. 이 세부적인 정보들이 라비노비치 가문의 운명을 조금씩 재구성하는 데 도움을 줬거든. 아까도 말했듯이 나는 무無에서 시작했잖니.

엄마가 남은 꽁초를 사용해 새 담배에 불을 붙이며 말했다.

열 살 무렵의 자크는 어느 날 충격을 받은 모습으로 학교에서 돌아왔다. 방에 들어가 문을 걸어 잠근 자크는 누구와도 말하려 하지 않았다. 쉬는 시간에 반 친구 하나가 내뱉은 한 문장 때문이었다.

"유대인 한 사람의 귀를 잡아당기면 모두의 귀가 들리지 않는대."

당시에 자크는 그 말이 무슨 뜻인지 몰랐다. 잠시 후, 한 친구가 그의 귀를 잡아당기기 위해 달려왔다. 그리고 몇몇 남자아이들이 그 뒤를 따라 자크를 뒤쫓기 시작했다.

에브라임은 이 이야기를 듣고 격분했다. 그는 딸들에게 말했다.

"이 모든 건 다 파리로 쳐들어온 독일 출신 유대인들 때문이야. 그래서 프랑스인들이 침범당했다고 느낀 거지. 그래, 그게 맞아."

두 딸은 페늘롱 고등학교에서 갑작스럽게 아버지를 여읜 콜레트 그레라는 학생과 친해졌다. 에브라임은 딸들이 유대인이 아닌 친구를 사귄 것에 기뻐했다. 그리고 엠마에게 딸들을 본받으라고 말했다.

"프랑스인으로 귀화하려면 서류에도 신경을 써야지. 유대인들만 너무 만나지 말고…."

"그럼 이제 당신과 같은 침대를 쓰면 안 되겠네?"

엠마가 대꾸했다. 그 말에 딸들은 웃었지만 에브라임은 웃지 않았다.

콜레트는 에콜 거리에서 모퉁이를 돌면 있는 오트푀이유 거리의 포석이 깔린 안뜰과 중세식의 작은 탑이 있는 건물 3층에서 어머니와 함께 살고 있었다. 노에미와 미리얌은 책들로 둘러싸인 둥글고 낯선 방 안에서 긴 오후 시간을 함께 보내곤 했다. 두 사람이 자신들의 미래를 꿈꾼 곳이 바로 이곳이었다. 노에미는 미래에 작가가, 미리얌은 철학 교수가 될 것이었다.

13장

에브라임은 레옹 블룸의 행보를 예의주시했다. 그의 정적들과 우파 언론의 세력이 점점 커지고 있었다. 언론은 블룸을 '런던 은행가의 비루한 하수인', '로스차일드와 유대인 은행가의 틀림없는 친구'라고 취급했고, 작가 샤를 모라스는 그를 '등 뒤에서 총살해야 마땅한 자'라고 적었다. 이 기사는 파장을 불러일으켰다.

1936년 2월 13일, 레옹 블룸은 생제르맹 대로에서 그를 알아본 악시옹 프랑세즈[27] 회원과 왕당파에 의해 습격을 당해 목덜미와 다리에 부상을 입었다. 이들은 그를 죽일 뻔했다.

그 주 디종에서는 상점 유리창들이 부서지고 여러 상인이 익명의 편지를 받았다.

「너는 유대인이고, 유대인들에게는 조국이 없다. 너는 프랑스를 좀먹고, 남의 나라에서 혁명을 일으키려는 인종의 일원이다.」

몇 달이 지난 뒤, 에브라임은 루이 페르디낭 셀린의 반유대주의적 비방글이 실린 《학살을 위한 바가텔》을 어렵게 손에 넣었다. 단 몇 주 만에 7만 5,000부 이상이 팔려나간 책이었다. 에브라임은 프랑스인들이 어떤 글을 읽는지 파악하고자 했다.

책을 손에 쥔 채로 그는 카페에 자리를 잡았다. 그리고 평소라면 술을 입에도 대지 않지만 진정한 프랑스인처럼 보르도산 와인 한 잔을 주문했다. 그리고 그는 계속해서 책을 읽었다.

「유대인은 85%의 찌꺼기와 15%의 빈 공간으로 이루어져 있다…. 유대인들은 유대인이라는 자신의 인종에 대해 전혀 부끄러움을 느끼지 못하며, 빌어먹게도 오히려 그 반대다! 그들의 종교, 궤변, 존재 이유, 폭정은 모두 유대인 특권의식의 무기처럼 쓰인다….」

에브라임은 목이 메어 와 잠시 독서를 중단했다. 그는 와인 한 잔을 끝까지 마신 뒤, 한 잔을 추가로 주문했다.

「그 아둔한 유대인 놈이 누구였는지 기억도 안 나지만(정확히는 기억나지 않지만 분명 유대인 이름이었다), 그놈이 대여섯 부에 걸친 자칭 의학 간행물(실제로는 유대인들의 개)에서 정신과 의사라는 이름으로 내 작품과 내 '무례한 언행'을 언급하며 똥을 싸질러 놓았다.」

상식을 벗어난 이 궤변을 그토록 많은 사람이 읽었다는 사실을 떠올리자 에브라임은 숨이 막혀왔다. 그는 비틀거리며 거리를 벗어났다. 목구멍 깊은 곳에서부터 메스꺼움이 올라왔다. 그는 걸어서 생 미셸 대로를 걸어 올라, 뤽상부르 공원의 철책을 힘겹게 따라 걸었다. 그리고 어렸을 적, 그를 공포에 질리게 만들었던 성경의 한 구절을 떠올렸다.

「여호와께서 아브라함에게 이르시되, 너는 네 자손이 이방에서 객이 될 것임을 정녕히 알라. 그들은 네 자손을 부리고 400년 동안 괴롭게 하리니.」

미리얌은 대학 입학 자격시험을 통과하고 매년 「도덕, 지성, 예술적 측면에서 점수를 매길 수 없는 이상적인 학생」에게 수여하는 '페늘롱 출신 학생 단체상'을 받고 고등학교를 졸업했다.

노에미는 교사들의 찬사를 받으며 상위 학급으로 진급했다. 앙리 4세 중학교에 진학한 자크는 누이들보다는 뛰어난 성적을 내진 못했지만 체육에서 두각을 드러냈다. 12월이 되면 열세 살이 되는 자크는 바르 미츠바를 치를 나이가 되었다. 바르 미츠바는 유대인 남성의 생애에서 가장 중요한 날로, 성인이 되고 남성들의 공동체에 입성했음을 기념하는 날이다. 하지만 에브라임은 이 주제를 꺼내기를 꺼렸다.

"프랑스 국적을 취득하기 위해 서류를 제출했다고! 그런데 그런 민속적 의례를 치르고 싶어? 정신이 어떻게 된 거 아니야?"

바르 미츠바 문제는 부부 사이에 균열을 발생시켰다. 두 사람이 결혼한 뒤로 겪은 가장 심한 불화였다. 엠마는 아들이 유대 회당의 일원이 되어 할아버지로부터 물려받은 탈릿을 어깨에 두르는 모습을 평생 볼 수 없게 되었고, 그것에 크게 낙담했다.

자크는 무슨 일이 벌어지는지 잘 몰랐다. 그는 유대교의 예배 의식에 대해서는 아무것도 몰랐지만, 정확하게 설명할 수 없는 어떤 것 때문에 아버지가 그것을 거부하고 있다는 것만은 알 수 있었다.

자크는 1938년 12월 14일, 열세 살 생일을 맞았다. 여전히 유대 회당에는 다니지 않았다. 2학기 성적은 크게 떨어졌다. 학급에서는 꼴찌를 했고, 집에서는 어린아이처럼 엄마 치마폭에 파고들었다. 봄이 되면서부터 엠마는 우려하기 시작했다.

"자크가 더는 크질 않아. 성장이 멈췄어."

에브라임이 대답했다.

"다 지나갈 거야."

에브라임은 자신과 가족들의 귀화 신청에 온 신경을 쏟았다. 그는 작가 조세프 케셀에게 추천서를 써 달라고 요청하여 관할 당국에 신청서를 제출했다. 경찰서장의 의견은 호의적이었다.

「사회에 잘 동화되었으며 언어도 능숙하게 구사함. 기록도 깨끗함….」

"우린 곧 프랑스인이 될 거야."

에브라임이 엠마에게 장담했다. 당시 당국이 채워 넣은 서류에 이들은 '러시아 출신 팔레스타인인'이라고 규정되었다.

에브라임은 확신이 있었지만, 공식적인 답변을 얻기까지는 수 주를 기다려야 했다. 그동안 그는 가족들의 새로운 성을 정해놓았다.

외젠 리보슈, 그건 마치 19세기 소설 속 주인공의 이름처럼 들렸다. 그는 이따금 욕실 거울 속 제 모습을 바라보면서 그 이름을 소리 내어 발음해 보았다.

"외젠 리보슈. 정말 우아한 이름이야. 그렇지 않니?"

그가 미리얌에게 물었다.

"왜 하필 그 이름이에요?"

"음, 그건 말이지… 어디선가 우리가 로스차일드의 친척이었다는 걸 본 적이 있니? 예를 들면 족보 같은 데서 말이야."

"아뇨, 아빠."

미리암이 킥킥거리며 말했다.

"원래의 이니셜에 부합하는 이름을 찾았지. 셔츠와 손수건을 죄다 새로 제작할 순 없잖니?"

에브라임은 파리가 곧 자신을 두 팔 벌려 환영할 거라고 생각했다. 그는 자신의 발명품인 빵 만드는 기계를 세상에 알리기 위해 애썼다. 독일과 프랑스의 상공부에 에브라임 라비노비치와 외젠 리보슈, 두 개의 이름으로 특허를 출원했고, 자크에게 이렇게 설명했다.

"아들아, 인생에서는 앞날을 내다볼 줄 아는 게 중요하단다. 천재성을 지니는 것보다는 선제공격을 하는 편이 훨씬 더 유용하지."

엄마 렐리아가 내게 말했다.

— 처음에는 동일한 날짜에 똑같은 특허가 왜 서로 다른 두 사람의 이름으로 출원되었는지 이해하지 못했어. 정말 미스터리했지. 그 둘이 한 사람을 가리킨다는 걸 깨닫는 데까지 참 오랜 시간이 걸렸어.

에브라임 라비노비치, 다른 이름으로 외젠 리보슈는 빵을 제작하는 데 걸리는 시간을 단축해 주는 기계를 발명했다. 기계는 반죽의 발효 과정을 가속화하고, 한 번 구울 때마다 두 시간을 벌게 해주었다. 제빵사에게는 굉장한 시간 단축이었다.

에브라임의 기계는 단숨에 많은 사람들의 관심을 끌었다. 에브라임-외젠의 발명품을 다루는 대대적인 기사가 《데일리 메일》에 「주요 발명」이라는 제목으로 발표되었다. 기사는 기계의 성능을 증명하기 위해 센에마른의 상원 의원이자 공업가인 가스통 므니에—'므니에 초콜릿'의 바로 그 므니에—의 주도로 누아시엘 근처에서 실험이 진행되었다는 사실을 전하고 있었다. 에브라임은 최초로 감자를 으깨는 도구를 발명하며 르 물리넥스Le Moulinex를 창립한 장 망틀레처럼 대성공을 거두길 꿈꿨다.

자신의 빵 만드는 기계가 새로운 경쟁자를 만들어 낼 때까지, 에브라임-외젠은 학구적인 모험에 뛰어들기로 했다. 소리의 기계적 풍화 작용에 대한 연구였다. 에브라임은 광석 수신기를 위한 보빈을 만들려고 했다. 그는 서른 개나 되는 라디오들을 사들였고, 라디오는 온 집안을 점령했다. 두 딸은 아버지와 함께 라디오를 조립하고 분해하는 법을 익혔고, 그것에 매우 큰 즐거움을 느꼈다.

그로부터 몇 주가 지난 뒤, 라비노비치 가족의 귀화 신청이 거부되었다. 에브라임은 큰 충격에 빠졌다. 식도를 따라 가슴까지 엄청난 고통이 느껴졌다. 그는 귀화 신청이 거부된 이유를 파악하려 했지만, 당국은 그에게 서류를 더 갖추어 6개월 내로 신청서를 다시 제출하라고 답변할 뿐이었다.

이제 에브라임은 그의 완벽한 프랑스 사회로의 '동화'를 의심하는 당국 요원들이 파리 길거리 가로등 뒤마다 숨어있는 모습을 볼 수 있었다. 에브라임은 그가 타국 출신이라는 걸 연상하게 하는 모든 것을 멀리했다. 예전에는 자신의 이름을 발음하기 부끄러워했다면, 이제는 그것을 피하게 됐다. 길에서 러시아어, 이디시어, 심지어 독일어가 들리면 아예 다른 길로 빠졌다. 엠마는 장을 보기 위해 지나다니던 로지에 거리에 더는 갈 수 없게 됐다. 에브라임은 러시아 억양을 가리고, 마치 '파리식' 억양을 지닌 어린아이처럼 말하려고 노력했다.

그가 교류하는 유일한 유대인은 그의 남동생이었다. 에브라임에게 에마뉘엘이 말했다.

"점점 배역을 따내는 게 힘들어지고 있어. 영화계에 유대인이 너무 많다나 뭐라나. 앞으로 내가 어떻게 되는지 알 수가 없어."

에브라임은 20년 전 아버지가 했던 말을 다시 떠올렸다.

「얘들아. 구린내가 난다.」

이제는 행동에 나설 때였다. 그는 파리에서 멀리 떨어진 농촌에 집을 한 채 구입했다. 프랑스 북부 에브뢰 근처 외르의 포르주라는 작은 마을에서 농장을 하나 발견한 것이었다. 사람들은 그곳을 '작은 길'이라는 별칭으로 불렀다. 청석 돌판 지붕, 지하 저장실, 오래된 우물, 곳간, 25아르를 조금 넘는 면적의 늪지가 있는 아름다운 건물이었다.

마을에 도착했을 때, 에브라임은 아내와 아이들에게 말했다.

"앞으로는 조용히 사는 게 좋겠어."

"조용히 살다니요, 아빠? 그게 무슨 말이에요?"

"마을 사람들에게 우리가 유대인인 걸 굳이 알리지 말자는 거야."

가족들 중 가장 강한 러시아 억양을 가진 에브라임이 출신을 여과 없이 드러내며 말했다.

하지만 1938년 여름, 외르에 라비노비치 가족이 유대인이라는 사실을 알리는 바람이 불어닥쳤다. 그 바람의 이름은 바로, 손주들과 여름휴가를 보내기 위해 팔레스타인에서 온 내크먼이었다.

에브라임은 노르망디에 도착한 아버지를 보고 한숨을 내쉬며 말했다.

"단순히 유대인 한 명 정도로 보이는 게 아니야. 유대인 백 명분은 되는 것 같군."

16장

정원의 상태를 본 내크먼은 길게 기른 하얀 턱수염을 좌우로 저었다. 손으로 모든 걸 헤집어놔야 했다. 텃밭을 만들고, 우물을 원상태로 되돌리고, 작은 곳간을 닭장으로 변화시키고, 예쁜 꽃다발을 좋아하는 엠마를 위해 꽃도 심어야 했다. 엠마는 그런 내크먼에게 이리저리 돌아다니는 걸 좀 멈추고 휴식을 취하라고 말했다.

"팔다리 하나만 멀쩡해도 무덤 생각은 나지 않는 법이지!"

소매를 걷어붙인 내크먼은 노르망디의 땅을 파내기 시작했다.

"미그달의 토양에 비하면 이곳의 땅은 버터 같구먼!"

내크먼이 웃으며 말했다. 내크먼의 두 손은 식물들에 생명을 불어넣는 것처럼 보였다. 84세를 바라보는 나이인데도 그는 가족들 중에서 가장 부지런했고, 생기가 넘쳤으며, 그가 명령을 내리면 모두가 즐겁게 따랐다. 할아버지를 만난 자크가 특히 더 그랬다. 자크는 불평하는 일 없이 아침부터 저녁까지 석고 덩어리를 잔뜩 실은 손수레를 밀고, 땅을 갈아엎고, 씨앗을 뿌리고, 표지판을 꽂아 넣었다. 점심시간에 내크먼과 아이들은 농가의 노동자들처럼 정원에서 끼니를 때웠다. 주방에서 편안하게 밥을 먹으라고 권하는 엠마에게 내크먼과 아이들은 말했다.

"우린 해야 할 일이 있어."

자크는 입천장 안쪽부터 후두부까지 긁는 듯한, 할아버지가 지닌 억양의 저항할 수 없는 매력을 알게 되었다. 내크먼의 목구멍에서 마치 사탕처럼 굴러가는 달콤한 단어들을 가진 언어인 이디시어에도 흥미를 가지기 시작했다. 자크는 할아버지의 유리알처럼 빛나는 희끄무레한 회청색 눈을 좋아했다. 그 색깔은 미그달의 태양에 의해 엷어져 우울하고 아득해 보였다. 자크는 팔레스타인에서 온 할아버지의 매력에 푹 빠졌다. 할머니 에스더는 류머티즘 관절염으로 인해 장시간 여행을 버텨내지 못해 함께 올 수 없었다.

엠마는 아들의 가냘프고 신경질적인 몸이 노인의 육중하고 느릿느릿한 몸집 주변을 바쁘게 맴도는 모습을 반색하며 지켜보았다. 이따금 내크먼은 그 자리에 못 박힌 듯 섰다. 심장이 터질 듯해 가슴에 손을 올려두었다. 자크는 그런 할아버지가 도구들 가운데로 넘어질까 봐 서둘러 달려왔다. 하지만 내크먼은 정신을 차리고 고개를 내저으며 하늘을 바라보았다.

"녀석, 너무 걱정하지 말거라…. 이 할아빈 언제까지고 살아있을 테니까!"

그러고는 자크에게 한쪽 눈을 찡긋하며 이렇게 덧붙였다.

"내가 원체 호기심이 많아서 말이지."

그동안 철학과에 등록한 미리얌은 커리큘럼에 해당하는 작품들을 읽었다. 노에미는 소설과 극작품을 쓰기 시작했다. 자매는 긴 의자에 나란히 앉아 머리에 밀짚모자를 쓰고 친구 콜레트가 오기를 기다렸다. 그녀의 부친이 돌아가시기 얼마 전에 사둔 집이 포르주의 집으로부터 단 몇 km 떨어진 곳에 있었고, 콜레트는 그곳에서 여름휴가를 보내는 중이었다.

작업을 끝낸 뒤 세 사람은 자전거를 타러 갔고, 숲을 산책한 뒤에 식탁에 둘러앉아 가족들과 저녁을 먹기 위해 집으로 돌아왔다. 분위기는 언제나 즐거웠다. 마침 에마뉘엘 삼촌이 그곳을 방문했다. 그는 샹젤리제 거리 26번지의 양장점 투망에서 판매원으로 일하는, 리가 출신 나탈리아와 사귀기 위해 화가인 리디아 망델과 헤어졌다. 두 사람은 파리 13구의 에스페랑스 거리 25번지로 이사해 함께 살고 있었다.

"모든 걸 걱정하기를 관두면 세상이 이렇게 달콤한걸."

엠마가 촛불에 불을 붙이며 남편에게 말했다. 에브라임은 엠마가 내크먼을 기쁘게 해주기 위해, 안식일에 먹는 엮은 모양의 빵인 할라 hallots를 금요일마다 만드는 걸 허락했다.

"할아버지는 아빠가 신을 믿지 않아서 슬프지 않아요?"

자크가 할아버지에게 물었다.

"옛날에는 그랬지. 하지만 신이 네 아빠를 믿는다고 생각하니 괜찮단다."

엠마는 자크가 하루에 1cm씩 자라나는 걸 보았다. 그런 자크에게 '잭과 콩나무'라는 별명이 붙었다. 새 바지들을 주문해야 했고, 주문한 옷이 도착할 때까지 자크는 아버지의 옷을 입었다. 자크의 목소리가 변하기 시작하고 두 뺨에 솜털 같은 수염이 자라기 시작했다. 축구와 당구 외에는 아무런 관심이 없던 자크는 부모님이 젊었을 적에 러시아, 폴란드, 라트비아, 팔레스타인과 같은 여러 나라에서 살았다는 사실을 알게 되었다. 자크는 가족에 대해 여러 질문을 던졌고, 유럽 전역에 흩어져 살고 있는 친척들의 이름을 알고 싶어 했다. 그리고 맛을 좋아하진 않았지만, 어른 흉내를 내기 위해 와인도 마셔보았다.

"우리 아들을 어떻게 저렇게 빨리 자라게 하신 거예요?"

엠마가 내크먼에게 물었다.

"아주 좋은 질문이구나. 아주 좋은 대답을 해 주마. 학자들은 성정을 고려하여 아이를 교육하라고 말하지. 자크는 제 누이들과 성정이 매우 달라. 학교의 규칙도, 배우기 위한 배움도 좋아하지도 않지. 제가 지금 하는 일을 즉각적으로 이해하고 싶은 욕구를 가진 아이야. 영국에서는 그런 아이를 '늦게 싹을 틔우는 아이late bloomer'라고 부르더구나. 두고 보거라. 네 아들은 건설자가 될 거야. 나중에 너는 그런 아들을 자랑스러워할 거란다."

그날 저녁, 어른들은 팔레스타인에서 가져온, 자두로 만든 술인 슬리보비츠를 홀짝거리며 오래된 이야기들을 나눴다. 엠마는 문득 내크먼이 좀처럼 가브론스키 가족의 이야기를 언급하려 하는 법이 없다는 사실을 떠올렸다. 이미 이십 년이라는 세월이 흘렀는데도 말이다. 내크먼이 자기 앞에서 그 주제를 회피해 온 것이 벌써 이십 년째였다. 약간의 오만함, 취기, 도발이 뒤섞인 채로 엠마는 무심한 척 물었다.

"안나 가브론스키에 대한 소식은 없나요?"

내크먼은 헛기침을 하며 빠르게 아들의 눈치를 살폈다. 약간은 불편한 기색으로 내크먼이 말했다.

"그럼, 그럼. 있지. 아니우타는 남편과 외동아들과 함께 베를린에서 살았어. 아기가 너무 커서 출산 중에 하마터면 죽을 뻔했지. 그 이후로는 다른 아기를 낳을 수 없게 됐다나 봐. 그리고 언젠가 셋이 미국으로 떠나겠다는 계획을 세웠는데, 정확히 어딘지는 모르겠구나."

내크먼의 말을 들으며 에브라임은 생각했다. 만약 아버지로부터 아니우타가 죽었다는 답변이 돌아왔더라면 자신에게 어떤 마음이 들었을까. 상상이 되지 않았다. 그 생각을 하자 온몸이 떨려왔다. 침대에 눕는 순간까지도 충격이 너무나도 컸던 그는 불편한 기색을 숨기지 못했다.

"대체 왜 그런 질문을 아버지께 한 거야?"

"생각해 보니까 모욕적이더라고. 마치 그 애가 내 연적이라도 되는 것처럼 자꾸 회피하시잖아."

"당신 실수한 거야."

그랬다. 실수라고 엠마는 생각했다.

에브라임은 8월 내내 사촌의 추억에 잠기는 것을 뿌리치지 않았다. 아니우타는 그가 낮잠을 자는 한낮의 열기 속에서 나타났다. 양손으로 부여잡으면 손가락이 서로 닿을 정도로 가느다란 아니우타의 우아한 허리가 눈앞에 어른거렸다. 헐벗은 채로 자신에게 몸을 내맡긴 아니우타의 모습을 상상했다.

여름이 끝나갈 무렵, 가족은 두 달간의 여름휴가를 마치고 파리로 돌아갈 채비를 했다. 별장의 문을 걸어 잠글 시간이었다. 자크와 내크먼 덕분에, 정원은 작지만 제법 진짜 농가 같은 모습을 갖추게 되었다. 자크는 할아버지에게 자신이 농학자가 되고 싶다고 말했다.

내크먼이 칭찬하며 말했다.

"일곱 개의 세계만큼이나 멋지구나! 나와 함께 일하러 미그달로 와도 된단다!"

"아버님, 저희와 몇 주만 더 같이 지내요. 파리를 즐기다 가셔도 좋잖아요. 9월의 파리가 얼마나 멋진데요."

"손님은 비와 같아. 떠나기를 지체하면 불청객이 되지. 나는 내 자식인 너희들을 사랑하지만 아무도 지켜보는 사람이 없는 팔레스타인에서 죽음을 맞이하기 위해 가야만 한단다. 그래. 마치 늙은 동물처럼 말이지."

"그만 하세요, 아버지. 아버지가 죽긴 왜 죽어요…."

에브라임이 말했다.

"저것 봐라, 엠마. 네 남편도 다른 인간들과 다를 게 없구나! 언젠간 죽는다는 걸 알면서도 그걸 믿으려 하질 않지…. 그거 아니? 내년이면 너희가 내 무덤을 보러 오게 될 거야. 그리곤 미그달에 아주 살러 오렴. 왜냐하면 프랑스는…."

내크먼은 문장을 채 마치지 않았고, 마치 보이지 않는 날벌레들을 얼굴 앞에서 쫓아내듯 손을 휘저었다.

1938년 9월, 라비노비치의 아이들은 개학을 맞아 학교로 돌아갔다. 미리얌은 소르본 대학 철학과에 입학했다. 노에미는 페늘롱 고등학교에서 대학 입학 자격시험 1차를 합격하고 적십자사에 들어갔다. 자크는 앙리 4세 중학교에서 3학년 생활을 시작했다.

에브라임은 귀화 신청 절차를 진척시키기 위해 노력했지만, 당국과 면담을 할 때마다 매번 한 걸음 뒤로 밀려나는 듯한 기분을 느껴야 했다. 매번 새로운 문제가 등장했다. 서류가 하나 빠졌다거나, 명확하게 밝혀야 할 사실이 생긴다거나 하는 식이었다. 에브라임은 면담 이후 어두워진 낯빛으로 집으로 돌아왔고, 고개를 왼쪽에서 오른쪽으로 저으며 현관 입구에 모자를 걸어두었다. 아버지가 말했던 표현이 다시금 떠올랐다.

「한 무리의 군중에 속할 순 있어도, 그들 중의 진정한 한 사람으로 여겨질 순 없을 거다.」

11월 초가 되어 에브라임은 독일을 떠나온 난민들이 프랑스로 도착하는 것을 보고 심각하게 우려하기 시작했다. 하루아침에 끔찍한 사건들이 벌어지며 유대인들이 외국으로 빠져나갔다. 어떤 사람들은 가방에 짐을 되는대로 쑤셔 넣고 다른 모든 것을 내버려 둔 채로 떠났다. 에브라임은 한숨을 내쉬었고, 그 주제를 회피했다.

"중요한 사실은 이미 알고 있어. 프랑스로 들어오는 저 유대인들은 내게 아무런 도움도 못 된다는 거지….."

며칠 뒤 엠마는 뜻밖의 소식과 함께 집으로 돌아왔다.

"당신 친척 안나 가브론스키를 만났어. 파리에 아들과 함께 왔더라고. 남편이 독일 경찰에 체포되어서 베를린을 떠나왔대."

에브라임은 너무나도 놀라 아무 말도 하지 못했다. 그는 식탁 위의 물병에 시선을 고정한 채 멍하니 있었다.

"어디서 만난 거야?"

마침내 입을 연 그가 물었다.

"안나가 당신을 찾으려 했지만 주소를 까먹는 바람에 유대 회당을 여러 곳 다니며 수소문하다가… 나를 만나게 된 거야."

에브라임은 자신이 그렇게 부탁했음에도 불구하고 아내가 여전히 유대 회당에 다닌다는 사실을 믿을 수 없었다.

"서로 대화도 나눴어?"

에브라임이 혼란스러워하며 물었다.

"응. 아들과 함께 집에서 저녁이나 하자고 했지. 그런데 거절하던데."

에브라임은 마치 누군가가 자신의 심장을 강하게 짓누르는 듯한 통증을 느꼈다.

"왜?"

"초대를 되돌려줄 수 없으니 초대를 받아들일 수도 없대."

자신의 기억 속에 있는 대답이었다. 에브라임은 신경질적인 웃음을 내뱉었다.

"이런 혼란한 상황에서조차 예의를 생각하다니. 누가 가브론스키 가족 아니랄까 봐….."

"그래서 우린 가족이니까 그렇게 생각하지 말라고 했어."

"잘했네."

그 말과 함께 에브라임이 거칠게 몸을 일으키면서 의자를 바닥으로 넘어뜨렸다.

아직 에브라임에게 전해야 할 중요한 말이 남아 있었다. 엠마는 아니우타가 전해준 주머니 속의 종잇조각을 초조하게 만지작거렸다. 그녀가 아들과 함께 머무르고 있는 호텔의 주소가 적힌 쪽지였다. 그걸 남편에게 건네야 할지 망설여졌다. 그의 사촌은 여전히 아름다웠다. 임신과 출산에도 불구하고 몸매가 전혀 상하지 않았다. 얼굴에는 약간의 주름이 패여 있었고 가슴의 풍만함은 전보다 덜했지만, 여전히 매력적인 모습이었다.

"당신이 자길 보러 와주면 좋겠다던데."

결국 엠마는 쪽지를 건네주었다. 에브라임은 섬세하고 둥글둥글하게 공들여 작성된 사촌의 글씨체를 단박에 알아보았다. 혼란스러웠다.

"내가 어떻게 하길 원해?"

에브라임이 떨리는 두 손을 숨기기 위해 주머니 깊숙이 손을 찔러 넣으며 물었다. 엠마는 그의 눈을 똑바로 바라보며 말했다.

"난 당신이 그녀를 만나러 가야 한다고 생각해."

"지금?"

"응. 가능한 한 빨리 파리를 떠날 거라고 했어."

에브라임은 곧바로 코트를 잡아챈 뒤 모자를 눌러썼다. 마치 젊었을 때처럼 자신의 몸이 팽팽해지는 것과 피가 온몸으로 퍼져 나가는 것이 느껴졌다. 그는 파리를 가로질렀다. 마치 땅 위를 날아오르듯 잰걸음으로 센강을 지났다. 뒤엉킨 상념들은 머릿속을 벗어났으며, 다리는 예전의 근육질로 되돌아왔다. 그는 파리의 북쪽을 향해 전속력으로 달렸다. 그는 자신이 아주 오랫동안 이 순간을 기다려 왔고, 염원해 온 동시에 두려워했다는 것을 깨달았다. 마지막으로 아니우타를 봤을 때는 1918년, 그녀에게 엠마와의 결혼 사실을 알리기 위해서였다. 바로 20년 전 오늘이었다. 당시 아니우타는 그가 엠마와 결혼하려 한다는 것을 이미 알고 있었지만 짐짓 놀란 척을 했다. 처음에는 그의 앞에서 약간 울기도 했다. 아니우타는 쉽게 눈물을 흘렸고, 에브라임은 그때마다 쉽게 흔들렸다.

"네가 한마디만 해주면 난 이 결혼 무를 거야."

"네가 잘도! 비장하기도 하지! 멍청하지만 나를 웃게 만드네…. 그래봤자 우리는 영원히 사촌일 거야."

아니우타는 그렇게 대답했다. 눈물이 웃음으로 바뀌었다.

그날은 에브라임에게 나쁜 기억으로 남았다. 그것도 매우 나쁜.

파리 동역 뒤편에 가려진 아니우타의 호텔은 거의 무너져 내릴 것 같은 외관을 하고 있었다.

'가브론스키 가족치고는 이상한 장소로군.'

에브라임은 호텔 프런트 뒤에 서 있는 지친 기색의 노파만큼이나 낡은 양탄자를 바라보며 그렇게 생각했다. 노파는 유리 진열창 뒤에 선 채로 장부를 뒤적였지만, 숙박객 중에 아니우타의 이름은 없었다.

"그 이름이 확실한가요?"

"젊었을 때 쓰던 이름입니다만…."

에브라임은 자신이 그녀 남편의 성을 기억하지 못한다는 사실을 깨달았다. 예전엔 알았으나 지금은 잊어버렸다.

"골드버그로 찾아 보세요. 아니, 글래스버그요! 그것도 아니면 그린버그였던가…."

초조한 마음에 침착하게 생각할 수가 없었다. 바로 그때, 호텔 입구 문이 열리면서 방울 소리가 울렸다. 몸을 돌려 바라보자, 그곳엔 눈을 맞아 군데군데 표범 가죽 무늬처럼 얼룩진 코트를 걸친 아니우타가 서 있었다. 차가운 공기가 두 뺨을 붉게 물들였고 피부를 팽팽히 당겨놓아서 꼭 남자들의 속을 태우는 러시아 공주처럼 득의양양한 분위기를 자아냈다. 아니우타는 손에 예쁘게 포장된 봉투를 여러 개 들고 있었다.

"아, 벌써 왔네? 꼭 어제도 본 사이 같아. 응접실에서 기다릴래? 방에 짐을 두고 올게."

아니우타가 말했다. 에브라임은 비현실적으로 느껴지는 광경에 아무 말 못 하고 숨만 헐떡거렸다. 아니우타는 20년 동안 하나도 변하지 않은 것 같았다.

"뜨거운 코코아를 주문해 준다면 정말 고마울 것 같아. 잠깐 실례 좀 할게. 네가 이렇게 일찍 올 줄은 몰랐거든."

아니우타는 사랑스러운 프랑스어로 말했다. 에브라임은 그 문장이 꾸중은 아닌지 자문해 보았다. 자신이 귀가한 주인을 마중하기 위해 달려온 개와 같다는 사실을 인정해야 했다.

아니우타는 따뜻한 코코아를 홀짝였다.

"어느 날 아침에 남편과 잠에서 깼는데, 우리 집 옆 거리에 있는 유대인 상점들 유리창이 모조리 다 깨져 있었어. 유리 파편이 도로에 튀어서 온 거리가 크리스털처럼 빛났지. 넌 상상도 못 할 거야. 태어나 처음 보는 광경이었거든. 그리고 나서 남편 친구 중 하나가 한밤중에 집에서 아내와 아이들이 보는 눈앞에서 살해당했다는 전화를 받았어. 전화를 끊었을 때, 경찰들이 남편을 데려가기 위해 초인종을 누르더라. 떠나기 직전에 남편은 내게 그길로 아들과 함께 베를린을 떠나라고 했어."

"그가 잘한 거야."

에브라임은 의자 가장자리를 다리로 초조하게 치며 대답했다.

"무슨 뜻인지 이해했어? 나는 짐도 제대로 챙기지 못했어. 침대 이불 정리도 못 하고 그대로 떠났어. 달랑 짐 가방 하나만 들고. 공포에 질려서 허둥지둥했지."

관자놀이의 맥박이 너무나도 빠르게 뛰어서 에브라임은 아니우타의 말에 온전히 집중할 수 없었다. 아니우타는 엠마와 동갑, 즉 마흔여섯 살이었다. 하지만 꼭 소녀 같은 모습이었다. 에브라임은 어떻게 그런 것이 가능한지가 궁금했다.

"되는 즉시 마르세유로 내려갈 거야. 거기서 뉴욕으로 가는 배를 탈 생각이야."

"내가 뭘 해주면 될까? 돈이 필요하니?"

"아냐. 천사 같기는. 남편이 우리 아들 다비드와 내가 미국에 정착하는데 필요한 돈을 마련해 줘서 모두 챙겨 왔어. 얼마나 오래 버틸 수 있을지는 모르지만…"

"그래서? 그럼 내가 네게 무슨 도움이 될 수 있는데?"

아니우타는 에브라임의 팔뚝에 손을 올렸다. 에브라임은 그 동작만으로도 충격이 커서 아니우타의 말에 집중할 수 없었다.

"내 소중한 페디아. 너도 얼른 떠나."

에브라임은 몇 초간 침묵했다. 자신의 재킷 소매 위로 올라온 아니우타의 작은 손에서 시선을 뗄 수 없었다. 그녀의 연한 분홍색 손톱이 그를 들뜨게 만들었다. 에브라임은 아니우타와 함께 호화 유람선에 올라탄 모습을 상상했다. 그 옆엔 새로운 아들로 삼은 다비드도 함께였다. 그는 바닷바람을 느꼈고, 뱃고동 소리는 그의 감각들을 되살렸다. 그 광경이 그의 정신을 세게 때렸고, 목의 핏줄이 부풀어 올랐다.

"내가 너와 함께 떠나길 바라?"

에브라임이 물었다. 아니우타는 눈썹을 치켜올리며 그를 바라보았다. 그러고는 웃음을 터뜨렸다. 작은 치아가 빛났다.

"무슨! 아, 정말 웃겨! 왜 그런 결론이 나왔는지 모르겠네! 우리가 그동안 살아온 세월이 있는데. 그게 아니라, 좀 진지해져 봐…. 들어 봐. 너도 네 아내, 그리고 네 아이들과 지금 당장 떠나야 해. 짐을 정리하고, 재산을 처분해. 가지고 있는 모든 걸 금으로 바꿔. 그리고 미국으로 가는 배표를 사는 거야."

아니우타의 웃음소리는 작은 새의 휘파람 소리처럼 귓가를 때렸다. 참아내기 힘든 소리였다. 그녀가 에브라임의 두 팔을 잡고 흔들며 덧붙였다.

"내 말을 들어야 해. 이건 정말 중요한 말이야. 네게 연락한 건 경고하기 위해서야. 너도 알아야 하니까. 그들이 원하는 건 우리가 독일을 떠나는 것만이 아니야. 우리를 단지 쫓아내려는 게 다가 아니라고. 그들은 우릴 말살시키려고 해! 만약 아돌프 히틀러가 유럽을 정복한다면, 우린 어디서도 안전할 수 없게 돼. 어디서도. 에브라임, 내 말 알아듣겠어?"

하지만 에브라임이 알아들은 것은 야속하리만치 애정 어린 날카로운 웃음소리뿐이었다. 20년 전, 그가 그녀를 위해 결혼을 무르겠다고 말했을 때 들었던 바로 그 웃음소리였다. 이제 에브라임이 원하는 것은 다른 모든 가브론스키 가족들과 마찬가지로 오만한 이 여인의 곁을 떠나는 것이었다.

에브라임은 테이블에서 몸을 일으키며 말했다.

"네 입가에 코코아 묻었어. 그래도 무슨 말인지는 알아들었어. 고맙다. 나는 이만 가볼게."

"벌써? 내 아들 다비드도 아직 소개 안 했는데!"

"그건 안 돼. 아내가 기다려. 미안. 그럴 시간은 없어."

에브라임은 자신이 너무 일찍 자리를 떴다는 사실에 짜증을 내는 아니우타를 보았다. 그리고 그것을 자신의 승리로 여겼다.

'대체 그녀는 무슨 생각을 했던 걸까? 내가 자기 호텔에서 저녁이라도 함께 보낼 거라고 생각했던 건가? 어쩌면 침실에서?'

돌아가는 길에 에브라임은 택시를 잡았다. 백미러를 통해 아니우타의 호텔이 멀어지자 그제야 그는 한숨을 내쉬었다. 그는 택시 안에서 기묘한 웃음을 터뜨렸다. 운전기사는 고객이 취했다고 생각했다. 사실 그는 되찾은 자유에 일종의 취기를 느끼고 있었다.

에브라임은 뒷좌석에서 미친 사람처럼 혼자 소리 내어 말했다.

"나는 더는 아니우타를 사랑하지 않아. 참 이상한 여자야. 앵무새처럼 남편이 한 말만 되풀이하다니. 아마 어느 부유한 인사나 괴팍한 사장 중 하나가 유대인에 대한 증오심을 불러일으킨 걸 거야. 그리고 사실 예전처럼 그렇게 예쁘지도 않던데? 갸름했던 얼굴선도 흐릿해졌고. 그 축 처진 속눈썹들처럼. 손에는 거뭇거뭇한 점들도 있더군….”

에브라임은 모공으로부터 빠져나오는 아니우타에 대한 사랑을 온몸에서 배출하듯 택시 안에서 땀을 흘리기 시작했다.

“벌써 왔어?”

남편이 이렇게 일찍 귀가할 줄 몰랐던 엠마가 놀라며 말했다. 엠마는 초조한 마음에 떨리는 손을 진정시키기 위해 조용히 야채 껍질을 벗기고 있었다.

“그래, 벌써.”

에브라임이 엠마의 이마에 입을 맞췄다. 집의 온기, 주방의 냄새, 그리고 복도에서 울리는 아이들의 소리에 그는 행복감을 느꼈다.

그의 집은 그 어느 때보다도 더 다정했다.

“아니우타가 미국으로 떠난다는 소식을 알리고 싶었대. 저녁을 함께 먹지도 않았어. 우리도 짐을 챙겨서 할 수 있는 한 빨리 유럽을 떠나라던데. 당신은 어떻게 생각해?”

“그러는 당신은?”

“나는 모르겠어. 당신 의견이 궁금해.”

엠마는 오랫동안 곰곰이 생각에 잠겼다. 그러고는 식탁에서 일어나 물이 끓는 냄비 속으로 야채들을 모두 던져 넣었다. 수증기가 그녀의 얼굴로 솟아올랐다. 그리고 그녀는 남편에게로 되돌아왔다.

"난 언제나 당신을 따랐잖아. 당신이 우리가 떠나서 또 새로 모든 걸 시작해야 한다고 한다면 나는 당신을 따를 거야."

에브라임은 아내를 애정이 가득한 눈으로 바라보았다. 자신이 이렇게 헌신적이고 충실한 아내를 가질 자격이 있을까? 어떻게 다른 여자를 사랑할 수 있을까? 그는 아내를 품에 안기 위해 몸을 일으켰다.

"내 생각은 이래. 아니우타가 정치에 일가견이 있었다면 우린 그걸 오래전부터 알았을 거야. 그녀는 지나치게 감정적이야. 그래. 독일에서 일어나는 일은 물론 끔찍하지…. 하지만 프랑스는 독일이 아니잖아. 그녀는 모든 걸 혼동하고 있어. 당신, 그거 알아? 눈이 꼭 미친 사람 같더라고. 동공은 확장되어 있고 말이야. 게다가, 미국에 가서 뭘 할 건데? 그것도 이 나이에? 당신은 뉴욕에서 청바지나 다림질하려고? 보수도 형편없을 텐데! 그리고 나는? 아냐, 아냐. 거긴 이미 유대인들이 너무 많아. 이미 좋은 자리는 다 찼을 거야. 엠마. 난 당신에게 더는 그런 걸 강요하고 싶지 않아."

"정말 그렇게 생각해?"

에브라임은 몇 초간 아내의 질문을 진지하게 고민해 보았다. 그리고 결론을 내렸다.

"그건 완전히 멍청한 짓이야. 프랑스 국적을 취득하기 직전인 지금 떠나다니. 다시는 이 이야기는 꺼내지 말자고. 아이들을 불러. 식사할 시간이야."

11년의 연구 끝에 삼촌 보리스는 부화하기 전 병아리 성별을 알아볼 수 있는 기계를 개발했다. 병아리가 될 배의 혈관이 거미줄 모양으로 뻗어나가는 과정을 관찰하면서 그 병아리가 장차 암탉이 될지 수탉이 될지 예측할 수 있었다. 《프라하 프레스Prager Presse》, 친불파 일간지 《프라하 타그블라트Prager Tagblatt》, 《나로드니 오스보보제니Narodni Osvobozeni》를 비롯한 체코슬로바키아의 여러 언론이 보리스의 기계를 혁명이라고 평가했다.

1938년 12월 초, 보리스는 자신의 발명품의 특허를 출원하기 위해 체코슬로바키아를 떠나 잠시 프랑스를 방문했다. 에브라임의 회사인 시르가 그의 과학 연구를 대신하기로 했다. 두 형제는 서류를 작성하기 위해 몇 날 며칠을 사무실에 틀어박혔다. 그들은 흥분 상태였다. 그건 집안에까지 영향을 미쳤다. 엠마는 한숨 돌릴 수 있었다. 남편이 당국에 대한 분노를 되새김질하는 것을 잠시나마 중단했기 때문이다.

크리스마스 연휴를 맞아 온 가족은 노르망디 포르주에 있는 시골 별장으로 떠났다.

별장에 도착한 보리스 삼촌이 외쳤다.

"진정한 콜호스로군![29] 아버지가 왔다 가신 게 분명해! 그래도 조금 손볼 곳은 있어 보이는데…."

사회혁명당에서 고위직을 맡았다가 농부가 된 보리스 삼촌은 동물에 대해서라면 모르는 게 없었다. 그 덕분에 라비노비치의 작은 농장이 확장되었다. 보리스는 암탉들과 돼지들을 사 왔다. 미리얌과 노에미는 몽상가 삼촌을 좋아했다. 자식이 없는 어른들은 아이들을 매혹시키고 또 안심시킨다.

엠마는 가족끼리 하누카를 기념하고 싶었지만, 두 형제가 그것을 반대했다. 굳건히 반대하는 형제와 기분이 좋은 남편을 본 엠마는 더 고집을 부리지 않았다.

"하지만 얘들아, 아빠가 꼭 약속할게. 우리가 프랑스 국적을 취득하는 즉시 크리스마스를 기념하기로. 트리도 사자꾸나!"

"아기 예수가 있는 구유요?"

미리얌이 아빠를 놀리듯 물었다.

"아니…. 그건 좀…."

에브라임은 아내의 눈치를 살피며 답했다.

가족들이 파리로 돌아왔을 때는 1939년 1월 5일이었다. 보리스는 미국 메릴랜드 대학교에서 열리게 될 〈생산 가속화에 관한 제7회 세계 가금 학회〉에 초청되었다. 이는 보리스가 학계로부터 인정을 받았다는 말이나 다름없었다. 이를 기념하고자 에브라임은 샴페인 한 병을 샀다. 에마뉘엘이 아미랄-무세 거리로 저녁 식사를 하러 왔다. 그는 형들에게 할리우드에서 자신의 운을 시험해 보기 위해 미국으로 떠날 계획이라고 밝혔다.

"아빠가 미국으로 떠나라고 했던 말을 듣지 않았던 게 후회돼. 나도 때맞춰 떠났더라면 프리츠 랑, 루비치, 오토 프레민저나 빌리 와일더처럼 성공했을 텐데…. 그땐 너무 어렸어. 아빠보다 내가 더 아는 게 많다고 생각했었지…."

하지만 보리스와 에브라임은 에마뉘엘에게 조금만 더 심사숙고한 뒤 결정하라고 충고했다.

체코슬로바키아로 돌아간 보리스 삼촌은 조카들과 에브라임에게 걱정이 담긴 엽서들을 보내왔다.

유럽의 상황이 악화되고 있었다. 그는 이렇게 적었다.

「우리는 미처 몰랐어.」

그해 3월, 독일은 체코슬로바키아를 침공했다. 보리스는 체코슬로바키아를 벗어날 수 없어 세계 가금학회 참여를 위한 메릴랜드 행을 포기해야 했다. 그는 지난번 에마뉘엘과 나누었던 대화를 떠올렸고, 아예 불가능해지기 전에 미국으로 떠나는 것을 격려해 주었어야 했던 건 아닌지 자문했다.

내크먼은 모든 가족에게 1939년 여름휴가를 팔레스타인에서 보내라고 제안했다. 하지만 찌는 듯한 폭염에서 보냈던 지난 몇 주간의 기억을 떠올린 엠마와 에브라임은 그보다는 노르망디의 시원한 별장에서 여름을 보내기로 했다. 그리고 에브라임은 여전히 귀화에 기대를 걸고 있었다. 하이파로의 여행은 서류상으로 좋아 보일 것 같지 않았다.

5월이 되어 프랑스는 독일의 공격이 있을 시, 폴란드에 군사적 지원을 보낼 것을 약속했다. 엠마는 매일 우쯔에 있는 부모님에게 편지를 보냈다. 엠마는 아무에게도, 아이들에게는 더더욱 자신의 근심을 드러내지 않았다.

연휴 동안 미리얌은 정물화를 그리기 시작했다. 과일바구니, 와인 잔, 그리고 다른 것들. 미리얌은 자신의 그림에 영어로 이름을 붙이는 걸 좋아했다. 스틸 라이프Still life, 아직 살아있는 것. 노에미는 매일 성실히 일기를 썼다. 자크는 라스니에-라셰즈의 《농학의 개요》를 열심히 공부했다. 9월 초, 파리로 돌아오기 전날 미리얌과 노에미는 구아슈와 작은 캔버스를 구하기 위해 에브뢰로 갔다.

거대한 저축은행 건물을 따라 미리얌과 노에미가 나란히 자전거를 타고 있을 때, 커다란 시계탑에서 경종이 울려 퍼졌다. 경종은 오랜 시간 반복적으로 계속되었다. 뒤이어 모든 성당의 종들이 울리기 시작했다. 물감 상점 앞에 도착했을 때, 상인이 철이 부딪치며 내는 소란 속에서 철창을 내렸다.

"너희들 어서 집으로 돌아가!"

상인이 자매에게 소리쳤다. 열린 창문 사이로 비명이 들렸다.

이때의 경험으로, 미리얌은 전쟁 선포란 참으로 소란스러운 것이라고 기억하게 됐다.

자매는 가족의 농장까지 자전거를 타고 돌아갔다. 돌아오는 길에 보이는 시골의 풍경은 이전과 완전히 똑같은 무심한 모습이었다.

별장을 떠날 작정이던 라비노비치 가족은 싸놓은 짐을 다시 풀었다. 폭격 위협 때문에 파리로 돌아가는 건 포기했다.

부모님은 시청에 가서 포르주 집을 주 거주지로 등록했다. 노에미와 자크는 에브뢰의 고등학교에 다닐 수 있게 됐다.

시골에서 지내는 것이 더욱 안전하게 느껴졌고 이웃들은 친절했다. 내크먼이 가꿔놓은 텃밭과, 보리스가 사 온 암탉들로부터 나오는 신선하고 커다란 달걀들 덕분에 먹을 것을 구하기는 쉬웠다. 혼란스러운 상황 속에서도 에브라임은 좋은 타이밍에 농장을 구입했다는 사실에 흡족해했다.

일주일이 지나고 노에미와 자크는 학교에 갔다. 노에미는 고등학교 3학년, 자크는 중학교 3학년이었다. 미리암은 소르본에서 철학 수업을 듣기 위해 파리를 왕복하며 다녔다. 엠마는 피아노 연습을 위해 집에서 레슨을 받았다. 일요일이면 에브라임은 교사의 남편과 체스를 두었다.

"우린 지금 전쟁 중이야."

라비노비치 가족은 이 말을 되뇌었다. 너무나도 일상적인 삶 속에서 그 말의 의미가 비로소 와닿을 수 있도록.

자국이 전쟁 중이라는 말은 라디오에서 수없이 들려왔고, 신문에서도 읽을 수 있었으며, 선술집에서는 이웃들의 입을 통해 퍼져나갔다.

보리스 삼촌에게 보낸 편지에 노에미는 이렇게 적었다.

「그래도 나는 죽고 싶지 않아요. 하늘이 이토록 푸르른데, 죽기엔 너무 좋은 날씨잖아요.」

기묘한 분위기 속에서 몇 주가 흘렀다. 멀리서는 전쟁에 대한 비현실적인 소문이 들려왔지만, 혼란한 시기에 대한 태평함과 전선의 무수한 사망자에 대한 막연함만이 자리했다.

— 미리암의 서류들 속에서 노에미의 노트 몇 장을 발견했어. 거기엔 이렇게 쓰여 있었지.

「나머지 세상은 이전과 똑같이 흘러갔다. 사람들은 먹고, 마시고, 잠자고, 필요한 만큼 휴식했다. 그게 다다. 맞다. 세상 어디선가는 사람들이 서로 싸우고 있다. 그래서 어쩌라는 거야. 내겐 필요한 모든 게 있다. 농담이 아니라 사람들은 다양한 음식을 배불리 먹으면서 '세계 어느 곳에서는 사람들이 굶어 죽는다'고 말하곤 한다. 바르셀로나만 하더라도, 노래가 듣고 싶을 때 버튼 하나만 누르면 뉴스를 들려주는 아나운서 목소리가 티노 로시의 황홀하고 달콤한 목소리로 전환된다. 이 얼마나 훌륭한가. 무심하다. 정말이지 무심하다. 두 눈을 감은 천진함과 순진함. 사람들이 죽어 나가는 이 시각에도 우리는 평소처럼 토론하고, 소리를 지르고, 머리끄덩이를 잡고 싸우고, 또 화해한다.」

독일이 폴란드를 침공했다. 프랑스와 영국은 그것이 믿기지 않는 듯 미약한 공세를 펼쳤다. 이른바 '가짜 전쟁[30]'이었다. 영국은 이를 '포니 워phoney war'라고 불렀고, 프랑스의 한 기자가 이를 인용해 '퍼니funny'라는 단어를 사용하면서 '우스꽝스러운 전쟁'처럼 여겨지게 되었다.

엠마의 아버지 모리스 울프는 딸에게 편지를 써서 나치 독일이 폴란드를 침공한 일과 우쯔 시내로 장갑차들이 밀려 들어온 일을 들려주었다. 울프 가족은 독일 점령군들에게 집을 내어주고 이사를 해야 했다.

어쩌면 곧 방적 공장과 돌로 만든 현관 계단이 있는, 자크가 첫걸음마를 떼었던 아름다운 별장 저택까지 내어주어야 할지도 몰랐다. 담쟁이덩굴이 올라와 있는 계단을 독일군이 걸어 오르는 것을 상상만 해도 고통스러웠다. 도시 전체가 재조직되었고 여러 구들이 각각의 거주 지역으로 분할되었다. 미아스토, 발루티, 메리신 지역은 유대인들에게 할당되었다. 울프 가족은 발루티의 작은 아파트에 정착해야 했다. 야간 통행금지가 선포되었다. 그곳의 주민들은 저녁 일곱 시부터 아침 일곱 시까지 집 밖을 나설 수 없었다.

프랑스에 사는 대부분의 유대인들처럼 에브라임은 어떤 일이 꾸며지고 있는지 알지 못했다.

"폴란드는 프랑스가 아니잖아."

에브라임은 아내에게 이 말만을 되풀이했다.

학기가 마무리될 때쯤 '우스꽝스러운 전쟁'도 끝이 났다. 시험은 연기되거나 취소되었다. 자매는 자신들이 학위를 취득할 수나 있을지 의문이었다. 에브라임은 신문을 통해 독일군이 파리에 도달했으며, 먼 동시에 가까운, 기이한 위협을 끼치고 있음을 알게 되었다. 첫 폭격이 일어났다. 1940년 6월 23일, 히틀러는 자신의 직속 건축가인 슈페어와 함께 파리를 방문했다. 세계수도 게르마니아Welthauptstadt Germania 계획을 위해 파리에서 영감을 얻으려는 목적이었다. 아돌프 히틀러는 유럽의 가장 위대한 건축물들을 원본보다 열 배는 더 커다랗게 복제하여 베를린을 유럽의 축소판처럼 만들고자 했고, 그중에 파리의 샹젤리제 거리와 개선문이 포함되었다. 히틀러가 가장 좋아했던 건축물은 신바로크

양식의 오페라 가르니에였다.

「세계에서 가장 아름다운 계단을 가지고 있군! 줄지어 선 제복들 앞으로 세련되게 치장한 부인들이 걸어 내려온다면…. 슈페어 씨, 우리도 이런 건축물을 지읍시다!」

모든 독일군이 히틀러처럼 프랑스로 오는 일에 열성인 건 아니었다. 나치 독일의 군인들은 집, 고향, 아내와 자식들을 떠나야 했다. 나치 선전부는 대대적인 선전을 출범시켰다. 프랑스인들의 삶의 질을 홍보하려는 취지였다. 이디시어로 '프랑스에서 신처럼 행복하다'라는 표현이 파렴치하게도 나치의 슬로건으로 둔갑했다.

라비노비치 가족은 1940년 6월 22일의 휴전협정 이후 파리로 돌아가지 않았다. 이들은 서쪽으로 떠나는 사람들의 행렬을 따라, 브르타뉴 생 브뤼외 인근 르파우에에 몇 주간 짐을 풀었다. 처음 자매는 해안가에서 풍기는 해조, 소금기, 해초의 냄새에 놀랐지만, 서서히 익숙해졌다. 어느 날 아침에는 바닷물이 저 멀리 보이지 않는 곳까지 떠밀려 나갔다. 태어나 처음 보는 광경에 자매는 말을 잃었다.

"바다마저 두려운가 봐."

노에미가 말했다.

며칠 사이 신문이 발간되지 않았다. 해안가에서 해질녘 저물어 가는 태양을 만끽하는 그 순간만큼은 나치의 파리 점령이 사실이 아닌 것처럼 느껴졌다. 자매는 두 눈을 감고 바닷가를 바라보고 섰다. 파도치는 소리와 모래성을 만드는 아이들의 소리가 들렸다. 그해 8월의 마지막 날들은 그와 같은 행복한 순간들이 다시는 오지 않을 것 같다는 막연한 인상을 주었다. 태평한 나날과 무용한 순간이었다. 이제껏 경험한 모든 것들이 이미 사라져 버렸다는 불쾌한 감정이었다.

19장

　1940년, 새 학기가 시작되었다. 프랑스의 시간대는 나치 정권에 의해 독일 기준으로 수정되었다. 프랑스 당국은 그에 맞추어 모든 시간대를 한 시간 앞당겨야 했다. 프랑스 국유 철도(SNCF)의 환승 시간표에는 커다란 혼선이 빚어졌다. 이제 우편에는 '도이치 제국Deutsches Reich'이라는 우표가 덧붙여졌고, 국회의사당에는 나치 문양이 걸렸다. 학교들이 동원되었고, 저녁 아홉 시부터 아침 여섯 시까지 통행금지가 시행되었으며, 야간에는 가로등이 꺼졌고 장을 보기 위해서는 배급표가 필요하게 되었다. 시민들은 동맹군 비행기에 신호를 주지 못하도록 창문을 검은색 천으로 가리거나 페인트칠을 해야 했다. 독일 병사들이 돌아다니며 이를 확인했다. 날이 짧아졌다. 페탱은 친독 정부인 비시 정부의 수반이 되었다. 그는 국가 개혁 정책을 시행하고 최초의 '유대인 신분법'을 제정했다. 모든 것이 여기서 시작되었다. 그리고 여기에 1940년 9월 27일 독일의 최초 법령과 10월 3일의 법령이 추가되었다. 미리암은 당시의 상황을 이렇게 요약해 놓았다.

　「어느 날, 모든 것이 어지럽혀졌다.」

재앙은 더딘 속도와 난폭함이라는 모순적인 양상을 보였다. 사람들은 과거를 되돌아보았고, 시간이 있었을 때 어째서 제대로 대응하지 못했는지 자문했다. 또 자신만만해했던 자기 자신을 책망했다. 뒤늦은 후회였다. 1940년 10월 3일에 추가된 법은 '조상 중에 유대인 혈통을 가진 이가 3명이 있거나, 만약 배우자가 유대인인 경우에는 조상 중 유대인 혈통을 가진 이가 2명이 있는 모든 사람'을 유대인으로 규정했다. 이 법은 유대인들을 모든 공직에서 몰아냈다. 교사, 군대 인사, 정부 및 공공 단체의 직원들은 그렇게 일자리를 잃었다. 또한 유대인은 언론지에 기사를 발표할 수 없고, 또한 연극, 영화, 라디오 등 공연에 관련된 직업을 가질 수 없었다.

— 판매가 금지된 작가들의 목록도 있지 않았어요?
— 맞아. 파리 주재의 독일 대사였던 오토 아베츠의 이름을 딴 '오토 리스트'가 그거야. 이 리스트에 해당하는 책들은 서점에서 판매가 금지됐어. 유대인뿐만 아니라 공산주의자, 정권에 「방해가 되는」 프랑스인 저자들의 작품이 모두 포함됐지. 콜레트, 아리스티드 브뤼앙, 앙드레 말로, 루이 아라공, 심지어는 이미 고인이 된 장 드 라퐁텐까지….

1940년 10월 14일, 에브라임은 태어나 처음으로 에브뢰 도청에 의해 '유대인'으로 규정되었다. 그와 엠마, 자크는 네모난 작은 칸들이 즐비한 두꺼운 장부에 순서대로 1, 2, 3번으로 기록되었다. 에브라임의 귀화 신청이 받아들여지지 않았기 때문에, 그가 프랑스에서 거주한 지가 10년이 넘었지만 그의 가족은 '외국인 유대인'으로 분류되었다. 에브라임은 프랑스 정부가 자신이 얼마나 국가에 순종했는지 언젠가는 기억해 줄 거라 기대했고, 그랬기에 자신의 정체성을 외면했고 직업을 숨기지 않았다. 그리고 그것이 화살이 되어 돌아왔다. 독일 법령에 따르면 유대 인은 '기업인, 장, 관리자'가 될 수 없었다. 그러니 그가 작은 엔지니어링 회사를 이끌고 있다는 사실을 밝혀서는 안 되었다. 그렇다고 자신이 무 직이라고 말하기는 싫었다. 그래서 그는 거짓말을 해야 했고, 유대인에 게 허락된 직업 중에서 무작위로 하나를 골랐다. 팔레스타인에서의 농 부의 삶을 끔찍이도 싫어했던 그는 그렇게 '경작자'가 되었다. 장부에 서 명을 하면서, 에브라임은 여백에 1939년과 1940년에 독일에서 전쟁을 위해 싸웠던 이들이 자랑스럽다고 적었다. 그리고 두 차례 서명했다. 두 딸은 그런 아버지의 태도가 거슬렸다. 아버지가 그런 괴상한 행동을 했 다는 것이 부끄러웠다.

"페탱이 그 장부를 읽을 거라고 생각해요?"

자매는 조사를 받으러 가지 않겠다고 버텼다. 그것이 불러올 위험을 예측하지 못하는 두 딸에 에브라임은 분노했다. 엠마는 어찌할 바를 몰 랐고, 두 딸에게 아버지의 말을 따르라고 애원했다. 그로부터 나흘 뒤인 1940년 10월 18일, 자매는 도청에 가서 어쩔 수 없이 조사 장부에 서명 했다. 자신들을 무교라고 규정한 두 사람은 각각 51번과 52번으로 기록 되었다. 도청은 그들에게 새로운 신분증을 발급했는데, 거기엔 '유대인' 이라는 명칭이 적혀있었다.

1940년 11월 15일, 에브뢰 도청은 송장 번호 n°40 AK 87577로 신 분증을 발송했다.

에마뉘엘은 여전히 미국으로 이주하겠다는 희망을 품고 있었다. 하지만 당장 미국으로 건너갈 자금이 없었다. 영화 출연이 금지된 이후로 일을 하지 못했기 때문이다. 그는 어디서 돈을 구해야 할지 몰랐고, 그러는 동안 조사에 응하지 않았다. 에브라임은 늘 혼자만 튀는 행동을 하는 동생에게 짜증이 났다.

"반드시 도청에 가서 조사에 응해야 해."

에브라임이 지적하자 에마뉘엘은 무기력하게 담뱃불을 붙이며 말했다.

"행정기관은 무섭단 말이야. 저리 꺼지라고 할 것 같단 말이지."

― 에마뉘엘은 조사를 받으러 가지 않았나요?

― 응. 그는 불법을 택했어. 내크먼과 에스더는 평생 에마뉘엘을 걱정했었어. 학교에서 공부하는 것도 싫어하고 남들과 조금이라도 똑같이 사는 걸 싫어하는 별난 아이였기 때문이지. 그리고 그런 그의 태도가 아이러니하게도 그의 목숨을 살리게 돼. 에브라임과 에마뉘엘을 보렴. 두 형제는 모든 면에서 달랐지. 참 신기한 형제지 않니? 에브라임은 언제나 성실하게 일을 했고, 아내에게 신의를 지켰고, 공익을 신경 썼어. 반면에 에마뉘엘은 여인들과의 약속도 지키지 않았고, 조금만 곤란한 일이 생기면 도망쳤고, 프랑스가 어떻게 되든 말든 관심도 없었지. 평화로운 시기에는 에브라임 같은 사람들이 민족을 이뤄내. 아이들을 낳고, 하루하루 사랑과 인내, 지성으로 그들을 기르지. 국가가 제 기능을 하도록 보장하는 게 바로 에브라임 같은 사람들이야. 하지만 혼란의 시기에는 에마뉘엘 같은 사람들이 민족을 구한단다. 어떤 규칙에도 굴복하지 않고, 자식들을 타국으로 흩뿌리지. 그들이 알지도, 기르지도 않을 그 아이들이 결국 그들을 구하게 될 거야.

— 에브라임은 단지 국가에 복종했고, 그러는 동안 국가는 그를 파괴할 계획을 세우고 있었단 걸 생각하면 마음이 아파요.

— 하지만 그 사실을 그는 몰랐어. 상상조차 못 했지.

그리고 '유대 인종'의 재외국민이 '수용소에 보내지고', '강제 거주지'에서 지내게 된다는 법령이 발표되었다. 법령은 짧고 간단했지만 동시에 불분명했다. 대체 어떤 연유로 수용소에 보내진다는 걸까? 어떤 목적으로? 아무런 부가적 설명이 없었기에 이 같은 '독일에서의 노동'을 위한 이주는 무성한 소문만을 양산했다. 법령에 따르면 직업이 없는 외국 출신 유대인들은 '국가 경제의 잉여'처럼 여겨졌다. 따라서 이들은 승전 국가의 노동력으로 사용될 것이었다.

— 여기서 또 하나 중요한 건 첫 번째로 이송된 사람들이 '외국 출신 유대인'들이었다는 사실이야.

— 그래요?

— 그럼. 프랑스 국적을 취득한 사람들은 프랑스 사회의 도움을 받았어. 첫 번째 대상을 '프랑스인' 유대인으로 정했더라면 사람들은 친구, 직장 동료, 고객, 배우자를 위해 더욱더 크게 반발하고 나섰을 거야…. 드레퓌스 사건 때 벌어졌던 일들을 생각해 보렴.

— 하지만 외국인들은 국내에서의 입지도 단단하지 않고, 그래서 '보이지 않는' 사람들이었죠….

— 그들은 사람들의 무관심이 작용하는 회색 영역에 살고 있었어. 라비노비치 가족이 공격받은들 누가 선뜻 나서 주겠니? 자기 가족 외에는

알고 지내던 사람들도 없었으니! 그러니까 법령이 중요하게 여겼던 건, 초반부터 유대인들을 '별도의' 범주에 속하게 하려던 거란다. 그리고 이 커다란 범주 내에 여러 하위 범주가 존재하지. 외국인, 프랑스인, 청년, 노인. 모두 다 고심해서 만들어진, 철저히 계획된 체계였던 거야.

— 엄마… 그럼 '그럴 줄 몰랐다'라는 말을 더는 쓸 수 없게 되는 순간이 분명 있었겠네요?

— 무지란 모든 사람에게 해당하는 거야. 지금도 마찬가지지. 너는 누구에 대해 무지하지? 스스로 질문해 봐. 고가도로 아래에서 천막을 치고 살고 있거나, 도시에서 멀리 떨어진 좁은 곳에서 살고 있는 피해자들 중 네 눈에 보이지 않는 사람들이 누군지. 비시 정부는 유대인들을 프랑스 사회에서 축출하고자 했고, 그것에 성공했어….

에브라임은 도청에 소환되었다. 이 방문을 제외하고 그는 더 이상 집 밖으로 나올 수 없었다. 에브라임은 그와 가족들에 대한 정보를 업데이트하라는 명령을 받았다.

"저번 만남에서 당신은 자신을 '경작자'라고 밝혔더군요."

그를 맞이한 행정 직원이 말했다. 그것이 거짓말이었기에 에브라임은 마음이 불안했다.

"보유한 땅은 몇 헥타르나 됩니까? 직원들은 있습니까? 농장 노동자들은요? 어떤 기계들을 사용합니까?"

에브라임은 결국 진실을 털어놓았다. 그의 작은 정원, 암탉 세 마리, 돼지 네 마리, 이웃과 공유하는 작은 텃밭을 제외하고는 그를 '거대 농장주'라고 부를만한 어떤 것도 없었다.

에브라임의 서류를 업데이트하는 일을 맡았던 직원은 서류에 적힌 '경작자'라는 글귀에 재빨리 줄을 그었다. 그리고 여백에 이렇게 기재했다.

「라비노비치 씨는 25아르 면적의 땅과 사과나무 몇 그루를 소유하고 있음. 개인적 소비를 위한 암탉과 토끼 몇 마리를 보유함.」

— 이게 무엇인지 알겠니? 아주 위험한 말이란다.
— 계속해서 거짓말을 하도록 밀어붙여서 거짓말쟁이로 만들려는 거 아니에요? 노동을 못 하게 만들어서 이 나라의 기생충과 같은 존재라고 취급하는 거죠.
— 서류에 명시된 '경작자'라는 표현이 '무직'이라는 표현으로 대체되었어. 그렇게 에브라임은 무국적 실업자가 된 거야. 그리고 프랑스 영토의 과일들을 취해 그것의 '소유주'가 되기를 원했다는 거지. 그의 것이어서는 안 되는 것을 말이야. 여기서 끝이 아니었어. 나중에는 '무국적'이 아니라 '출신이 불분명한' 사람이 되거든.
— '무국적'은 그래도 확실한 느낌인데, '불분명'이라는 표현은 수상해 보이네요.

그와 동시에 유대인들이 가지고 있던 기업과 재산이 국가로 기탁되었다. 상인들과 사장들은 거주 지역의 경찰서를 방문해서 이를 자진 신고해야 했다. 이를 '기업의 아리안화'aryanisation[31]라고 부른다. 에브라임은 자신의 회사 시르를 프랑스인 경영주에게 넘겨줘야만 했다. 그의 발명품과 특허, 그리고 형의 것까지, 20년 동안 일궈온 모든 것들이 프랑스 수도 회사의 손에 넘어갔다.

비시 정부와 나치 정권에 의해 거대한 그물망이 한 땀 한 땀 지어지는 동안, 라비노비치 자매의 삶은 여전했다. 노에미는 소설을 썼고, 그것을 페늘롱 고등학교를 다녔을 당시 알게 된 르누아르 선생님에게 보여주었다. 르누아르 선생님은 출판계 사람들과 인연이 있었다. 물론 출간을 위해서는 가명을 써야 하겠지만 노에미는 자신의 재능을 믿었다.

한편, 미리얌은 소르본 대학가에서 빈센트라는 이름의 청년을 만났다. 그는 스물한 살이었고, 부친은 화가 프란시스 피카비아, 모친은 파리 지식인 계급의 인사인 가브리엘 뷔페였다. 평범한 부모가 아닌, 천재들이었다.

20장

    빈센트 피카비아는 어떤 약품을 써도 없앨 수 없는 민들레처럼, 정원사의 일을 고되게 만드는 잡초 같은 청년이었다. 태어나서 스물한 살이 될 때까지 이곳저곳을 누볐고, 어느 곳도 갈망하지 않았고, 나쁜 평판을 몰고 다녔으며, 교사들에게는 경멸을 받았고, 여러 기숙학교를 전전했다. 어릴 적, 다른 친구들이 집으로 돌아가는 연휴에 그는 종종 초등학교 입구 문간에 홀로 남겨졌다. 그의 부모님은 자식의 부모로 존재하기에는 너무 바빠서 그를 찾으러 오지 않았다.

    가브리엘은 흐릿하기만 한 자신의 막내아들과 함께 시간을 보내는 일이 거의 없었다. 그에게 해줄 말이 전무했다. 그가 흥미롭게 변하기를, 그래서 그를 알아가게 되기만을 기다렸다. 빈센트는 다른 형제자매와 터울이 컸다. 아마 실수로 찾아온 아이였을 것이다. 그의 부모는 이미 오래전에 헤어진 사이였다. 가브리엘은 빈센트를 외르의 베르누이에 있는 에꼴 데 로슈 기숙학교에 등록시켰다. 야외 체육 수업과 아틀리에 활동에 기반을 두고 있으며, 영국식 교수법에서 영감을 얻은 현대적인 교육 기관이었다. 가브리엘은 다른 사람들과 마찬가지로 8개국의 언어로 번역된 에드몽 데몰랭의 베스트셀러를 읽었다. 《앵글로색슨의 우월성은 어디에서 유래하는가?》의 뒤표지에는 어떤 긴박감도 허용하지 않겠다는 듯, 즉각적인 대답이 적혀있었다.

「그것은 교육에 있다.」

에콜 데 로슈 학교의 앞선 교육 방식에도 불구하고 빈센트는 아무것도 배우지 못했다. 다음에 올 단어를 떠올리지 못해 문장 첫머리에서부터 같은 단어만 반복했다. 아무리 해도 집중하지 못했고, 학급에서 소리 내어 글을 읽어야 할 때는 글자와 단어의 순서가 뒤죽박죽이 되었다.

"아들아. 학교는 아무런 쓸모가 없단다. 중요한 건 살아가고, 느끼는 거야."

가브리엘은 그에게 말했다. 그의 아버지도 거들었다.

"철자 같은 건 신경 쓰지 마라. 아름다운 건 단어를 창조해 내는 거야."

그런 빈센트가 미리얌을 만났을 때는 1940년 10월. 그는 어떤 학위도, 심지어 중학교 졸업장조차 가지고 있지 않았다. 전쟁 전에 그는 식당에서 접시를 닦았다. 이제 그는 산악 안내인과 시인이 되길 원했다. 하지만 문법이 걸림돌이었다. 그는 그에게 수업을 해 줄 대학생을 찾아 소르본 대학에 구인 공고를 냈다. 그렇게 미리얌을 만났다. 두 사람의 생일은 단 3주 차이가 났다. 미리얌은 러시아에서 8월의 어느 날에 태어났고, 빈센트는 파리에서 9월 15일에 태어났다.

― 우연이 아니네요.

내가 엄마에게 말했다.

— 그게 무슨 말이니?

— 제가 할아버지와 똑같이 9월 15일에 태어난 게 우연이 아니라고요.

— 우연이라는 건 세 가지 측면에서 사용될 수 있어. 기적 같은 일, 무작위로 발생한 사건, 우발적으로 벌어진 일을 가리킬 때나 쓰이지. 네가 이 세 가지 경우 중 하나에 속한다는 말이니?

— 저도 모르겠어요. 하지만 어떤 기억이 우리를 선조들이 알았던 장소로 데려가고, 과거에 중요한 의미를 가졌던 날짜를 기념하게 만들고, 자기 자신도 모르는 사이에 선조들이 만났던 가문의 사람을 좋아하게 만드는 것 같다는 생각이 들어요. 이걸 정신적 계통학이라고 부를 수도 있고, 선조들의 기억이 세포에 남아 있는 거라고도 볼 수 있겠죠…. 하지만 전 이게 우연이 아니라고 생각해요. 제가 9월 15일에 태어났고, 페늘롱 고등학교에서 대입 준비반을 마쳤고, 소르본 대학을 다녔고, 에마뉘엘처럼 조셉-바라 거리에 살고 있잖아요…. 이런 세세한 사항들을 나열하다 보니 이상한 기분이 들어요, 엄마.

— 어쩌면 그럴지도 모르지…. 하지만 누가 알겠니?

미리얌과 빈센트는 소르본 광장의 에크리투아르라는 선술집에서 일주일에 두 번 만났다. 미리얌은 보줄라의 문법책, 공책과 연필을 가져갔다. 빈센트는 주머니에 손을 찔러 넣고 부스스한 머리를 하고 나타났고, 마구간 같은 기묘한 냄새를 풍겼다. 차림새도 우스꽝스러웠다. 하루는 오래된 케이프를 둘렀고, 다른 날에는 산악 보병과 같은 행색으로 나타났다. 하지만 그 두 가지를 한 번에 입지는 않았다. 미리얌은 그와 같은 남자는 처음 보았다.

곧 미리얌은 그가 발성에 어려움을 가지고 있고, 어려운 단어를 발음하지 못한다는 사실을 파악했다. 그는 집중하는 것을 어려워했다. 하지만 그는 사람을 웃게 했고, 사람을 무장해제 시킬 줄 알았다. 빈센트가 던지는 농담에 미리얌은 교사 같은 진지한 태도를 취할 수 없었다. 미리얌은 규칙에 맞지 않는 단어와 어법을 사용하는 그의 모습에 폭소를 터뜨렸다.

빈센트는 그로그를³² 주문했다. 가볍게 취기가 오르자, 그는 발음이 까다로운 문장들을 만들어 내면서 문법 규칙이 얼마나 비논리적인지 지적했다. 그는 진지하게 거드름을 피우는 소르본 대학의 학생들을 조롱했고, 유식한 체하며 차를 마시는 교수들을 따라 했다. 그가 큰 목소리로 말했다.

"여기가 뤼테티아 호텔 수영장이었다면 더 좋았을걸."

수업이 끝나고 빈센트는 미리얌에게 질문을 했다. 부모님, 팔레스타인에서의 삶, 미리얌이 거쳐 온 나라들에 대한, 돌풍 같은 질문들이었다. 그는 동일한 문장을 미리얌이 아는 모든 언어로 말해달라고 요구했다. 그러고는 집요한 시선으로 미리얌을 바라보았다. 미리얌에게 이토록 강렬한 관심을 보이는 사람은 처음이었다.

반면에 빈센트는 자기 자신에 대해서는 말을 아꼈다. 미리얌이 알게 된 것은 그가 '기압계 판매원'이라는 직업을 때려치웠다는 사실뿐이었다.

"한 달이 지나고 그들이 나를 해고했어. 책을 팔았더라면 더 잘했을 거야. 난 미국 작가들을 좋아해. 《사보이 칵테일 북》 알아?"

미리얌은 첫날부터 스페인 혈통의 아름다운 얼굴, 검은 머리칼, 과거의 슬픔이 남긴 상흔처럼 존재하는 눈빛 속 그림자에 동요되었다. 빈센트는 평생 일해본 적 없는 냉정한 성정의 제 할아버지를 닮았다. 그럼에도 불구하고 그의 할아버지는 젊은 투우사처럼, 딸뻘의 오페라 수습 무희를 첩으로 들였다. 그의 눈 밑은 거무스름했다.

몇 주가 지나자, 빈센트와의 만남은 미리얌에게 있어 유일하게 중요한 일이 되었다. 야간 통행금지 조치로 인해 지하철 막차 시간이 앞당겨지고, 상점들이 문을 닫고, 책들이 검열당하고, 여행이 금지되고, 이곳저곳에 장벽이 세워지면서, 미리얌의 주변 공간은 좁아졌고 하루는 짧아졌다. 하지만 빈센트를 만나고서부터는 숨이 막히지 않았다. 그는 미리얌의 새로운 지평이 되었다.

태어나 한 번도 그래본 적 없던 미리얌은 빈센트의 환심을 사려 노력했다. 세제 없이 찬물로 설거지를 해야 하는, 물자가 부족했던 시기였지만 미리얌은 반쯤 사용된 에드제 샴푸 한 통과 이제 바닥을 보여서 아껴 써야 하는 부르주아의 '파리의 저녁'이라는 향수 한 통을 손에 넣을 수 있었다. 출시되었을 때부터 유명세를 얻은 이 향수는 '사랑의 묘약'이라는 별명이 붙은 다마스쿠스 장미와 바이올렛 향이 났다.

향수병을 본 노에미는 언니가 남자를 만난다는 사실을 알 수 있었다. 언니가 자신에게 털어놓지 않는 혼자만의 비밀을 갖게 되었다는 사실은 노에미에게 불안함과 멍한 기분을 안겨주었다. 노에미는 상대가 유부남이거나 소르본의 교수 중 하나일 거라고 짐작했다.

하루는 빈센트가 약속 장소에 나타나지 않았다. 미리얌은 수업을 위해 화장을 하고 향수를 뿌린 채 초조한 마음으로 그를 기다렸다. 미리얌은 뭔가 위험한 상황이 벌어져 그가 지하철에서 옴짝달싹 못하고 있는 건 아닌지 걱정했다. 4시간을 꼬박 기다린 미리얌은 수치심과 함께 가스통 바슐라르의 과학철학 수업을 놓친 것에 대한 원망을 느꼈다.

다음 수업이 되어 선술집에 도착한 미리얌에게 종업원은 '늘 오던 젊은 남자'가 자기에게 편지를 한 통 남겼다고 말했다. 봉투 속에는 연필로 휘갈겨 쓴 종이 한 장이 있었다. 한 편의 시였다.

그거 아니? 여자들이란,

붙들려고 해서는 안 된다는 걸

그들은 머리카락과 같아서

떠나는 시간을 늦출 수는 있어도

결국에는 떠나버리고 말아.

너는 다른 사람들과는 달라

대체 어느 시대에서 온 거야?

내 주위의 친구들은 나를 공허하게 만드는데.

너는 검은 눈을 가진 달 같아

네게 해 줄 말이 많은데

다 잊어버렸어.

나는 지쳤어

내 정신은 조금은 무너졌고,

담배는 아직 있지만 라이터가 말썽이고

세상의 모든 성냥은 눈물로 젖어버렸어

삶은 죽음의 반대말이 아니야

낮이 밤의 반대말이 아닌 것처럼

그 둘은 어쩌면 어머니가 다른 쌍둥이 형제일지 몰라.

세계의 시작

너와 나

세계의 끝

잉크가 다 떨어졌어.

네게는 다행인 건가?

종이 뒷장에는 일부러 철자를 엉망으로 적어놓았다.

「네일 울이 엄마내 지배서 열리는 파티애 널 초데할개. 와 줘.」

미리얌은 웃었다. 갑작스레 심장이 뛰었다.

미리얌이 노에미에게 종이를 보여주며 말했다.

"주소는 있는데 시간이 적혀있질 않아. 내가 어떻게 하면 좋을까? 너무 일찍 가기도 싫고 늦기도 싫거든."

노에미는 곧바로 자신의 언니가 모친의 집에서 파티를 여는 아름다운 시인과 사랑에 빠졌다는 사실을 깨달았다.

"나도 가도 돼?"

"이번엔 안 돼."

미리얌은 최대한 동생이 상처받지 않도록 속삭이며 대답했다. 이날 밤은 온전히 자신만의 것이고, 태어나 처음으로 혼자서 보내고 싶다는 걸, 어떻게 하면 노에미에게 설명할 수 있을까? 미리얌과 노에미는 언제나 함께였다. 하지만 이번만은 둘일 수밖에 없었다.

상처받은 노에미는 자신이 무시당했다고 생각했다. 자신에게서 언니를 빼앗아 간 남자가 미웠다. 아름답고 괴상한 시를 쓴 그가 미웠다. 미리얌은 그녀와 함께 철학교수 자격시험을 준비할 젊은 대학생과 약혼해야 했다. 시인, 화가의 아들, 반사회적인 청년 같은 건 자신에게나 어울렸다. 남자들은 언니가 아닌 자신에게 시를 써줘야 했고, 검은 눈의 아름다운 달과 같은 자신을 위해 즐거운 파티를 열어줘야 했다. 방안에 틀어박힌 노에미는 분노로 공책에 무언가를 적었고 그걸 이불 속에 감췄다.

다음 날 저녁, 미리얌은 친구에게 다리에 색을 칠하는 것을 도와달라고 부탁했다. 콜레트는 야무진 손으로 미리얌의 종아리가 스타킹처럼 보이도록 연필로 색칠했다.

"그 남자가 널 만지게 해도 되긴 하는데, 너무 아래까지는 안 돼. 색칠한 걸 들키게 될 거야."

콜레트가 웃으면서 말했다.

미리얌은 열에 들뜬 채로 빈센트의 파티에 갔다. 하지만 건물 계단을 오르는 중에 아무런 대화도, 음악 소리도 들리지 않았다. 고요했다. 날짜를 착각한 걸까? 미리얌은 당황한 채로 초인종을 눌렀다. 망설이던 미리얌이 숫자를 삼십까지만 세고 떠나려고 하는데, 바로 그때 빈센트가 문틈으로 모습을 드러냈다. 아름다운 그의 얼굴은 어둠 속에 파묻혀 있었다. 자고 있던 것이 분명해 보였고, 집은 텅 비어있었다.

"미안. 내가 날짜를 잘못 알았나 보네…."

미리얌이 사과했다.

"파티를 취소했어. 잠시 기다려. 촛불을 가져올게."

빈센트는 잉크와 먼지 냄새를 풍기는 동양식 가운을 입은 채로 돌아왔다. 그가 손에 든 촛불이 가운 위에 박음질 된 수많은 작은 거울 속에서 일렁거렸다. 빈센트는 마치 마하라자 왕자처럼 맨발로 앞장서서 걸어갔다.

미리얌은 오로지 촛불만이 공간을 밝히고 있는 집 안을 가로질렀다. 마치 골동품 상점처럼 온갖 오래된 잡동사니들이 가득한 방들을 지났다. 벽 아래에 그림들이 켜켜이 쌓여있었고, 선반에는 사진들이 놓여있었다. 아프리카 조각상들도 있었다.

빈센트가 속삭였다.

"시끄럽게 하면 안 돼. 자고 있는 사람이 있거든…."

그는 조용히 미리얌을 전등이 켜진 주방으로 데려갔다. 미리얌은 그가 두 눈에 화장을 하고 있는 것을 발견했다. 그는 와인 한 병을 따서 병째로 들이켰다. 그리고 미리얌에게 한 잔을 내밀었다. 미리얌은 빈센트가 여성용 가운 속에 아무것도 입고 있지 않다는 사실을 알아차렸다.

"시가 마음에 들더라."

미리얌이 말했다. 하지만 빈센트는 고맙다는 말을 하지 않았다. 사실 그 시는 그가 쓴 것이 아니었다. 그의 아버지인 프란시스 피카비아가 어머니 가브리엘 뷔페에게 쓴 편지 속의 시를 훔쳤던 것이다. 이혼한 지는 15년이나 되었지만, 편지 속의 두 사람은 여전히 서로를 사랑하고 있었다.

"먹을래?"

빈센트가 과일바구니를 가리키며 물었다. 그는 배 하나를 꺼내 껍질을 벗기고 작은 조각으로 잘라 미리얌에게 건넸다. 미리얌은 과즙이 뚝뚝 흐르는 배를 하나씩 고분고분히 받아먹었다.

"오늘 아침에 아빠가 재혼했다는 사실을 알게 돼서 파티를 열기가 싫어졌어. 재혼한 지 6개월이나 됐대. 그런데 그 사실을 아무도 내게 알려

주지 않았어. 우리 가족에게 나는 눈곱만큼도 중요하지 않은 사람이야."

그가 미리얌에게 말했다.

"누구와 재혼하셨는데?"

"어느 멍청한 독일계 스위스인. 우리 집에서 일하던 젊은 보모였어. 그땐 보모가 아니라 아빠의 여자인 줄로만 알았지."

미리얌이 이혼한 부모를 둔 남자를 만난 건 처음이었다.

"한 번도 슬프진 않았어?"

"슬프긴, 왜, 그런 말도 있잖아. 등 뒤에서 누군가가 나를 헐뜯는다면 내 엉덩이가 그들을 주시할 것이다…. 아버지와 그 스위스인 여자는 6월 22일에 재혼했어! 무려 휴전 기념일에 말이야. 이제 두 사람 관계가 어떤지 알겠지…. 그래도 내가 초대받지 못했으니 아마 내 쌍둥이 동생도 마찬가지일 거야."

"네게 쌍둥이 동생이 있어?"

"엄밀히 말하면 쌍둥이는 아닌데, 그냥 그렇게 부르는 거야. 그냥 형제라고는 내가 받아들이기 힘들어서."

그렇게 빈센트는 자신의 출생에 대한 기이한 이야기를 들려주었다.

"부모님이 헤어진 뒤에 아버지는 애인이었던 제르멘의 집에 들어갔고, 어머니는 이 집에서 아버지의 절친한 친구인 마르셀 뒤샹과 함께 살았어. 그러니까, 너도 알겠지…."

미리얌은 무슨 말인지 전혀 이해하지 못 했지만 가만히 그의 말을 들었다. 그런 이야기는 어디서도 들어본 적이 없었다.

"아버지의 애인인 제르멘은 자신이 원하던 대로 프란시스의 아이를 가졌어. 하지만 비슷한 시기에 어머니 가브리엘도 임신했다는 사실을 알고부터 오해가 시작됐지. 프란시스가 여전히 그의 전처를 사랑하고 있었던 게 아닌지 의심하게 된 거야…. 프란시스는 그건 자신의 아이가 아니라 마르셀의 아이라고 제르멘을 안심시켰어. 여기까지 이해했어?"

미리얌은 차마 아니라고 말하지 못했다.

"두 여자가 동시에 임신을 한 거야. 우리 엄마와, 아빠의 애인이. 꽤 명료하지 않아?"

빈센트는 재떨이를 찾으러 몸을 일으켰다.

"제르멘은 불만이 많았어. 아이 문제를 깔끔하게 정리하기 위해 아버지랑 결혼하고 싶어 했거든. 하지만 프란시스는 '신이 내연 관계를 만들었고, 사탄이 결혼 제도를 만들었다'라는 문장을 건물 벽에 적어놨지. 그걸 본 이웃들은 불평을 터뜨렸고, 아주 난리가 났어…."

두 아이 중 먼저 태어난 것은 빈센트였고 그를 받은 건 마르셀이었다. 어쩌면 그는 살아있는 '레디메이드 작품[33]의 아버지가 되기를 바랐을까? 그러나 빈센트는 스페인 출신의 투우사처럼 피부색이 짙었다. 누가 봐도 프란시스 피카비아의 아들이었다. 모두가 낙담했다. 가장 먼저 낙담한 것은 친부로서 이름을 지어줘야 했던 프란시스였다. 그는 아이를 로렌조라고 부르기로 했다. 몇 주 뒤, 모든 책임에서 벗어난 마르셀 뒤샹은 미국으로 떠났다. 그리고 자신의 차례가 된 제르멘은 검은 머리칼의 남자아이를 낳았다. 이름을 하나 더 지어야 했지만 프란시스에게 떠오르는 다른 이름은 없었다. 그래서 그는 그 아이도 로렌조라고 부르기로 했다.

"모든 걸 실용적인 측면에서 고려할 필요가 있지."

빈센트는 자신의 이름과 배다른 동생을 미워했다. 연휴가 되어 아버지를 보러 남프랑스에 갈 때면 동생과 시간을 보내야 했다. 프란시스는 농담을 즐겼다.

"내 두 아들을 소개하지. 로렌조와 로렌조!"

빈센트는 괴로웠다.

프란시스는 젊은 보모와 약혼을 했다. 그녀의 이름은 올가 몰러. 두 아들은 그녀를 올가 드 말뢰[34], 혹은 올가 몰레라고 불렀다[35]. 올가는 가브리엘만큼 똑똑하지도, 제르멘만큼 아름답지도 않았지만 프란시스와 함께 지내는 법만은 잘 알았다. 그녀는 그에게서 모든 것을 취한 뒤, 진정한 본성을 드러냈다. 그녀는 아이들을 돌보는 걸 싫어했다.

"그래서 나는 갈 곳이 없었어. 나를 맡으려는 사람도 없었지. 여섯 살이 되던 해에는 목숨을 끊으려고 했어. 기숙학교에 있었거든. 3층에서 뛰어내렸지. 불행히도 갈비뼈 두 개에 금이 가고 팔 하나가 부러지는 것으로 끝났어. 하지만 아무도 그 사건을 내 부모님께 알리지 않았어. 열한 살이 되던 날 아침에 나는 로렌조가 아닌 빈센트라는 이름으로 불리기로 스스로 정했어. 그리고 1939년에 산악 보병대 70연대에 입대하고 이등병이 되었지. 어머니가 내게 스키 타는 법을 가르쳐 줬었거든. 그래서 어쩌면 처음으로 나를 자랑스러워할 거라고 생각했어. 그리고 나서는 산악 보병 전투부대와 함께 노르웨이 산골로 떠났고, 거기서 나르비크 전투에 참전했어. 그리고 6월에 폴란드인들과 함께 대피했지. 그렇게 브레스트까지 온 거야. 죽음조차 나를 원하지 않았어. 그렇게 된 거야."

빈센트는 과일을 작은 조각으로 잘랐다. 미리얌은 그가 말을 멈추는 것이 두려워, 하나도 거절하지 않고 천천히 받아먹었다.

"제길. 혹시 나 우는 것처럼 보이지는 않지?"

그가 과일즙이 잔뜩 묻은 달콤한 손가락으로 검게 칠해진 눈을 문지르며 물었다.

빈센트가 행주를 가지러 가기 위해 몸을 일으켰을 때, 미리얌은 그의 손가락을 자신의 입으로 가져갔다. 그리고 그의 손가락을 핥았다. 빈센트는 서투르게 미리얌의 입술에 자신의 입술을 포개고 가만히 있었다. 가운 속으로 빈센트의 발가벗은 상체가 느껴졌다. 그는 미리얌의 손을 잡고 복도 끝에 있는 작은방으로 데려갔다.

"누나 자닌이 쓰던 방이야. 통행금지 때문에 밖에 나갈 수 없으니 오늘은 여기서 자도 돼. 다시 올게."

빈센트가 말했다.

미리얌은 옷을 입은 채로 침대에 길게 누웠다. 차마 옷을 벗을 수 없었다. 빈센트를 기다리면서 그의 손가락의 냄새, 어둡고 뜨거운 그의 아름다움, 그리고 이상했던 입맞춤을 다시 떠올렸다. 뱃속 깊은 곳에서 뭔지 모를 열기가 느껴졌고, 닫힌 창문 너머로 동이 터오는 것을 지켜보았다. 그때 주방에서 소리가 들렸다. 빈센트가 커피를 만드는 소리 같았다.

"뭐 필요한 거 있어요?"

전날 밤 자신의 아들이 입고 있던, 인도풍 거울 장식들이 달린 가운을 입은 작은 키의 여자가 물었다. 미리얌이 채 답을 하기도 전에, 가브리엘이 커피 한 잔을 내밀며 덧붙였다.

"두 사람, 주방을 예쁘게도 어지럽혀 뒀던데."

다 마신 와인 병, 과일 껍질, 그리고 담배꽁초를 본 미리얌의 얼굴이 붉어졌다.

가브리엘은 미리얌을 훑어보았다. 전에 보았던 키 작은 로지보다는 덜 예쁜 얼굴이었다. 그녀의 아들은 꾸준히 여자들의 마음을 아프게 만들었다. 그것이 그가 꾸준함을 보이는 유일한 분야였다.

"빈센트와는 언제나 끝이 좋지 않죠."

가브리엘은 차라리 아들이 남자를 좋아하기를 바랐다. 그편이 세련되고 도전적이었으니까. 그녀는 아들에게도 종종 그렇게 말했다.

"남자애들이 더 단순하다니까. 내 말을 믿어 봐."

"엄마가 뭘 알아요?"

엄마가 하는 자유분방한 말들을 못 견디는 빈센트는 날카롭게 대꾸했다.

빈센트는 어린 여자부터 나이가 지긋한 남자까지 모든 사람의 갈망을 불러일으키는 아름다운 외모를 가지고 있었다. 청소년기에는 기숙학교 학생들과 연애했고, 추잡한 교사들로부터 더러 추행도 겪었다. 부모님 집으로 돌아가고부터는 아이가 감당하기엔 너무나도 자유분방한 어른들의 세계를 경험했다. 그는 부모님의 침대 시트에서 나는 정사의 냄새를 알아차렸다. 결국 그 모든 것이 그의 내면 무언가를 고장 냈다. 그래서 그의 연애는 언제나 괴상했다.

'하지만 어쩐단 말인가?'

가브리엘은 자문했다.

빈센트가 잠에서 덜 깨어 반쯤 잠긴 눈으로 주방으로 들어왔다. 눈꺼풀은 퉁퉁 부어있었다. 그는 난감해하는 엄마를 발견하자, 깊이 생각하지 않은 채 미리얌의 손을 잡고 엄숙한 목소리로 말했다.

"엄마, 미리얌을 소개할게요. 우린 약혼할 거예요."

미리얌과 가브리엘은 동시에 하던 행동을 멈췄다. 미리얌은 순간 눈앞이 캄캄해지는 기분을 느꼈고, 그의 말을 이해하지 못한 가브리엘은 오히려 차분했다. 그가 평온하게 덧붙였다.

"두 달 전부터 만나왔어요. 진지한 관계라 엄마한텐 말하지 않은 거예요."

"무슨 말을 해야 할지 모르겠구나."

가브리엘이 신경질적으로 대답했다.

"미리얌은 소르본 대학에서 철학을 전공해요. 6개 국어를 하고요. 네, 여섯 개요. 아버지는 혁명가고, 짐마차를 타고 러시아에서 건너왔어요. 라트비아에서는 감옥살이도 했고, 기차에서 카르파티아 산맥도 봤죠. 흑해를 떠돌아다녔고, 예루살렘에서는 히브리어를 배웠대요. 팔레스타인에서는 아랍인들과 함께 오렌지도 땄고요….."

"인생이 무슨 소설 같네?"

아들의 과장에 가브리엘은 약간 빈정거리는 투로 대답했다.

"부러워요?"

빈센트가 삐딱하게 되물었다.

미리얌은 하룻밤에 자신의 평생을 걸었다는 기분을 느끼며 파리 거리로 뛰쳐나왔다. 집에 돌아왔을 때는 새벽녘이었다. 달은 마치 동화처럼 그녀에게 약혼자를 만들어 주었다. 이제 전과는 같을 수 없었다. 복잡하지만 아름다운, 지독히도 아름다운 한 남자 때문이었다.

몇 주가 지난 뒤 미리얌은 에콜−드−메디신 거리의 비엔나풍 제과점에서 뜨거운 코코아를 마시며 여동생 노에미와 콜레트에게 약혼자를 소개했다. 콜레트는 그를 '근사하다'고 여겼고 노에미는 보다 신중한 태도를 보였는데, 언니의 연애를 자신에 대한 유기처럼 받아들였다.

　"조심해. 선착순도 아니고, 처음 사귄 상대에게 온몸을 내맡기지 말란 말이야. 페탱 정부가 이혼을 금지하는 건 알지?"

　노에미가 말했다. 미리얌은 노에미의 다정한 조언 안에 날카롭게 숨어있는 질투를 알아보았다. 하지만 그것을 지적하지 않았다.

　빈센트 역시 친구들에게 약혼자를 소개했다. 이상하고 버릇없는 친구들이었다. 그들은 마리화나에 잼을 발라 피우고, 술을 마시고, 부르주아를 혐오했으며, 포마드 스타일의 장발을 하고 풀무질한 재킷을 입었다. 그리고 몽마르트, 몽파르나스, 몽모랑시 사이의 지역만 돌아다녔다. 빈센트는 심지어 시코모르 가로수 거리에 있는 앙드레 지드의 집에서 밤을 보내기도 했다. 그들은 미리얌이 너무 진지하다고 여겼다.

　"지루하고 영 별로야. 로지는 부르주아였지만 적어도 예뻤는데."

　그러자 빈센트는 언젠가 자신의 아버지가 석양을 보며 했던 말을 그대로 인용했다.

"예쁜 사람을 조심해라. 아름다운 것을 찾아라."

"걔 어디가 그렇게 아름답다는 거야?"

빈센트는 자신의 친구들을 바라보면서 단어 하나하나에 힘주어 대답했다.

"유대인이거든."

미리암은 그의 전쟁 구호였다. 그의 아름다움의 검은 파편이었다. 그녀와 함께라면 그는 온 세상을 성가시게 할 수 있었다. 독일인, 부르주아, 그리고 올가 몰레까지도.

늘 명석한 학생이었던 노에미의 학업이 점차 삐걱거리기 시작했다. 노에미의 독일어 교사는 1학기 말의 성적표에 「예측할 수 없는 학생. 아주 잘하거나 아주 못함.」이라고 썼다.

그녀는 고등사범학교 수험 준비반을 그만두고 소르본 대학의 문학 수업을 청강했다. 그렇게 다시 언니와 함께할 수 있었다. 노에미는 중학교를 마치고 집으로 돌아가던 예전처럼, 리슬리외 강당 문 앞에서 미리암과 함께 지하철을 타고 집으로 돌아가겠다는 단순한 이유로 몇 시간이고 언니를 기다렸다.

"노에미가 절 숨 막히게 해요."

미리암이 엄마에게 말했다.

"네 동생이잖니. 네겐 동생과 함께 지낼 행운이라도 있지."

엠마가 목이 메는 소리로 대답했다. 미리암은 곧바로 자신의 말을 후회했다. 지난 몇 주 동안 엄마가 할아버지, 할머니와 이모들의 소식을 듣지 못했다는 것을 알고 있었다. 폴란드로 보낸 엄마의 편지에 아무도 답장을 보내오지 않았다.

우쯔에 있는 엠마의 부모는 갑작스럽게 죄수가 되었다. 그들이 거주하던 구역 주위로 하룻밤 사이 나무로 된 장벽이 세워졌고, 철조망이 그것을 이중으로 둘러쌌다. 정규군의 순찰대가 사람들이 그곳을 빠져나가지 못하도록 막았다. 나가는 것도, 들어오는 것도 불가능했다. 상점에는 물자가 부족해졌다. 세균들이 퍼졌다. 한 주가 지날수록 유대인 거주지는 하늘을 향해 문을 활짝 열어놓은 무덤으로 변해갔다. 매일 굶주림이나 질병으로 수십 명의 사람들이 죽어 나갔다. 시체들은 수레 위로 차곡차곡 쌓여갔지만, 그것들이 어떻게 되는지 아무도 알지 못했다. 지독한 냄새가 퍼져나갔다. 독일인들은 전염병을 이유로 구역 내로 들어오지 않았다. 그들은 그저 기다렸다. 그것이 '자연사'를 통한 유대인 말살의 시작이었다.

또한 바로 그것이 엠마가 부모님, 올가, 파니아, 마리아, 그리고 남동생 빅토르로부터 아무런 소식도 듣지 못했던 이유였다.

노에미는 교수 속성 연수 강의에 등록했다. 시험에만 통과한다면 7월 내로 학위를 따는 것이 가능했다. 그렇게 되면 글을 쓰면서 먹고 살 수 있었다.

— 이 편지를 보렴. 유대인은 책을 출간하는 게 금지되었지만, 노에미는 자신의 계획을 포기하지 않았다는 걸 알 수 있어.

「소르본에서, 9시, 선생님을 기다리면서,

사랑하는 엄마, 아빠, 자크에게

지난 몇 주간 저는 일종의 '감정적 충격'을 겪었어요. 그리고 짧은 시부터 수필에 이르기까지 여러 편의 글을 너무나도 쉽게 쓸 수 있게 되었죠.

이제껏 제가 써왔던 모든 글 중에서도 가장 출판할 만한 것들이에요. 그런 의미에서 이 글들은 무르익었고 그 안에 무언가를 담고 있죠. 저는 그것들을 르누아르 선생님께 보냈어요. 그랬더니 선생님은 그것에 대해 함께 이야기를 나누자고 했어요. 글이 마음에 들었대요. 어떤 글이 가장 좋은지 제게 말해주기도 했어요. 그건 좀 민망했지만요…. 아무튼 선생님이 매우 열성적이세요.

소르본 도서관에서, 3시 20분

선생님은 타자기로 제 글들을 입력해서 그걸 누군가 더욱 공정하게 읽어줄 사람에게 보냈어요. 선생님이 너무 엄격하게 평가하거나 충분한 도움이 되지 못할까 봐 걱정된대요. 정말이지 어제는 제 인생에 가장 중요한 날이었어요.

정확히 뭐라 말할 순 없지만, 어제의 저는 나중에, 막연히 '언젠가'가 아니라, 더 이를 수도 더 늦을 수도 있지만, 이삼 년 내로 책을 쓰고 그걸 출간할 것 같다는 기분을 느꼈어요.

더 자세한 이야기들을 들려줄 수 있게 된다면 좋겠어요. 하지만 지금은 그럴 수 없어요. 상황이 복잡하고, 때로는 마음이 괴롭거든요. 어쨌든 누군가에게 그걸 말할 필요가 있는 건 사실이에요. 나쁘지만은 않아요. 많이 사랑해요.

금요일, 역에서 자코를 기다릴게요. 커다란 포옹을 담아.

사랑하는 노가.」

　날짜가 기재되지 않은 이 편지는 1941년 6월 이전에 쓰인 것이었다. 이날을 기점으로 미리얌과 노에미는 대학교에서 유대인 학생의 입학을 제한한다는 사실을 알게 되었고, 두 사람은 소르본 대학에 다니는 것을 포기해야 했다.

　'누메루스 클라우주스'[36]

　이 단어는 두 사람에게 커다란 충격을 주었다. 꿈꾸던 물리학 공부를 하지 못했던 엄마의 입에서 들었던 단어였다. 이 라틴어 단어는 19세기 러시아, 그 먼 과거의 시기를 떠올리게 했다…. 그것이 자신들과 연관되리라고는 꿈에도 상상하지 못했다.

　파리에서는 독일 군인들을 겨냥한 테러들이 발생했다. 그에 대한 보복으로 포로들이 총살되었다. 극장, 식당, 영화관은 기약 없이 문을 닫았다. 미리얌과 노에미는 더는 아무것도 할 수 없게 될 거라는 기분을 느꼈다.

　며칠이 지난 뒤, 에브라임은 독일이 리가를 재점령했다는 소식을 접했다. 한때 아내가 성가대에서 합창을 했던 유대 회당은 민족주의자들에 의해 불탔다. 그들은 유대인들을 회당 안에 가두고 산 채로 불태워 죽였다.

　에브라임은 엠마에게 이 일을 함구했다. 엠마가 폴란드로부터 더는 편지를 받지 못하고 있다는 사실을 그에게 알리지 않았듯, 두 사람은 서로를 보호했다.

장부에 서명하기 위해 에브라임과 엠마는 도청을 방문해야 했다. 유대인이 독일로 떠나게 된다는 소문을 들었던 에브라임은 행정 직원에게 물었다.

"독일에서 저희가 정확히 무슨 일을 하게 되는 겁니까?"

직원은 동쪽을 바라보고 있는 노동자가 그려진 팸플릿을 내밀었다. 거기엔 대문자로 이렇게 적혀있었다.

「더 많이 벌고 싶다면… 독일로 일하러 오세요. 독일 고용 알선 센터 : 야전 지휘소, 지역 지휘소로 연락.」

"안 될 이유도 없지. 프랑스를 위해 몇 달 일하는 게 우리 귀화에 도움이 될지도 모르잖아? 우리의 노력, 그리고 무엇보다도 우리의 선의를 증명할 수 있을 거야."

에브라임이 엠마에게 말했다. 라비노비치 부부는 복도에서 포르주에 사는 교사의 남편인 조셉 드보르와 마주쳤다. 그는 도청에서 직원으로 일하고 있었다.

"이거 언제 봐요?"

에브라임이 팸플릿을 보여주며 물었다.

조셉 드보르는 좌우를 연신 살피더니, 아무 말 없이 에브라임의 손에서 팸플릿을 낚아채 반으로 찢었다. 라비노비치 부부는 조용히 복도를 지나 건너편으로 멀어지는 그를 멍하니 바라보았다.

오페라 가르니에 맞은편의 아르데코 양식의 건물 파사드는 상점가, 르 벌리츠 영화관, 알렉상드르 지노가 배경을 그린 무도장이 있는 거대한 분홍빛 크래커처럼 보였다. 공중그네를 타듯 몸을 줄로 연결한 십여 명의 노동자들이 거대한 크기의 광고판을 올리고 있었다. 몇 미터 위에는 지구본에 딱 붙어서 그것을 소유하길 원하는 듯 갈고리처럼 휘어진 손가락과 두꺼운 입술을 한 노인의 그림이 걸려있었다. 빨간 대문자로 '유대인과 프랑스'라는 글자를 읽을 수 있었다. 이 전시는 나치 독일을 위해 반유대주의 프로파간다를 대대적으로 기획하는 임무를 맡은 〈유대인 문제 연구소〉가 기획한 것이었다.

1941년 9월 5일부터 시작된 전시는 유대인들이 왜 프랑스에 위험이 되는 인종인지를 설명하려는 목적으로 만들어졌다. 유대인들이 탐욕스럽고, 거짓말을 일삼고, 부패했고, 성적으로 집착하는 특성이 있다는 걸 '과학적'으로 증명하려는 것이었다. 이는 프랑스의 적이 독일이 아니라 유대인이라는 인식을 심어주기 위한 여론 조작의 일환이었다.

전시는 교육적이고 유희적이었다. 입구부터 방문객들은 유대인의 코를 커다랗게 재현해 만든 모형 앞에서 사진을 찍을 수 있었다. 모형은 다양한 표정으로 등장했다. 갈고리처럼 굽은 코, 두꺼운 입술, 지저분한 머리카락…. 출구의 벽에는 수많은 유대인 인사들의 사진도 함께 게시되어 있었다. 레옹 블룸, 피에르 라자레프, 앙리 번스타인, 심지어 버나드 나탄과 같은 인물들은 「국가 경제 활동의 전 분야에 걸쳐 존재하는 위험한 유대 세력」으로 소개되었으며, 프랑스는 「지나친 관용에 의해 희생자」가 된 아름다운 여인으로 묘사되었다.

방문객들은 르 벌리츠 영화관에서 요제프 괴벨스의 주도하에 만들어진 독일 다큐멘터리 〈영원한 유대인〉을 관람할 수 있는 표를 구입할 수 있었다. 프랑스 작가 뤼시앵 레바테는 이 작품을 걸작이라고 평가했다.

나치의 이 같은 여론 조작은 상당한 여파를 몰고 왔다. 10월 한 달 동안 파리의 유대 회당 중 여섯 곳이 나치에 협력한 무장 운동가들에 의해 폭파되었다. 코페르닉 거리에서 폭탄은 건물의 일부를 파괴했고, 창문들이 뜯겨 나갔다. 다음날, 나치 보안경찰의 보고서는 이 사건을 이렇게 기록했다.

「어제 유대 회당을 대상으로 벌어진 테러들에 대한 발표가 있었지만 대중은 경악하지도 동요하지도 않았다. 대중은 무심하게 '일어날 일이 일어났다'라는, 일종의 신랄한 반응을 보였다.」

나치의 프로파간다는 점점 극심해지는 반유대주의 조치에 정당성을 부여했다. 라디오를 소유한 가정은 장부에 등록되는 동시에 라디오를 경시청에 반납해야 했다. 모든 은행 계좌는 임시 행정관리국에 위임되었다. 노동이 가능한 나이대의 폴란드인을 주축으로 검거가 시작되었다.

도청은 프랑스 영토에 거주하는 가정의 모든 재산을 조사하여 원하는 것을 몰수하고자 했다. 유대인들은 10억 프랑에 달하는 벌금을 내야 한다는 법령이 공포되었다.

— 내가 찾은 서류에서 확인할 수 있는 것처럼, 라비노비치 가족의 재산은 이제 거의 남지 않게 됐어.

유대인에게 부과된 벌금에 관한 법령
성 : 라비노비치
이름 : 에브라임, 엠마 그리고 그들의 자녀
거주지 : 포르주
일반 경제 또는 프랑스 채권자에게 피해를 주지 않고 압류할 수 있는 귀중품(은, 보석, 예술품, 유가증권 등) : 자가용과 필수 가구.

일요일마다 에브라임은 교사의 남편 조셉 드보르와 체스를 두었다.
"내 생각에 유대인들은 프랑스를 떠나는 편이 좋을 것 같아."
말을 판 위로 옮기며 드보르가 에브라임에게 말했다.
"그러기엔 서류도 없고, 거주지도 여기로 정해져 있는걸."
"어쩌면… 그래도 알아볼 수는 있지 않나?"
"어떻게?"
"예를 들면, 누군가 자네를 대신해서 알아봐 줄 수도 있겠지."
에브라임은 자신을 이용하라는 드보르의 메시지를 이해했다. 하지만 에브라임은 특히 가정에 관련된 문제라면 스스로 일을 처리하는 편을 선호했다. 드보르가 속삭였다.

"귀담아듣게. 어느 날 자네에게 무슨 일이라도 생긴다면… 그때는 우리 집으로 나를 찾아와. 절대 도청으로 가선 안 돼."

그의 말은 마침 해외로 떠나는 것을 고려하고 있던 에브라임의 정신을 지배했다. 불법으로 여행할 방편을 찾는 동안 잠시 내크먼의 집으로 돌아가도 되지 않을까? 하지만 영국은 자국의 위임 통치를 받고 있던 팔레스타인으로 유대인들이 이주하는 것을 더는 허용하지 않았다. 그래서 에브라임은 미국으로의 이주를 알아보았지만, 이미 이민자 수용에 관련된 정책이 엄격해진 뒤였다. 루스벨트 대통령은 이민자와 관련해서 매우 제한적인 정책을 시행했고, 나치 독일을 피하기 위해 떠난 여객선 생-루이 호는 결국 배를 돌려 천여 명의 승객들을 유럽으로 다시 데려다 놓았다.

여기저기서 경계선들이 그어졌다. 몇 달 전만 하더라도 가능했던 경로들이 더는 가능하지 않게 되었다.

떠나려면 먼저 돈을 구해야 했다. 하지만 그들이 가졌던 모든 것이 프랑스 국고에 압류되었다. 게다가 프랑스를 떠난다면 불법적으로 여행해야 할 것이고, 그건 밑바닥부터 다시 시작해야 한다는 말과 같았다. 에브라임은 그러기엔 자신이 너무 늙었다고 생각했다. 눈 쌓인 숲을 통과하기 위해 짐마차에 가족들을 태울 용기가 더는 나지 않았다.

그의 지친 몸 역시 하나의 제한이자, 또 다른 경계선이 되었다.

1941년 11월 15일, 빈센트와 미리암은 포르주 시청에서 결혼식을 올렸다. 축하 케이크도, 사진사도 없었다. 피카비아 가족에게 그의 결혼은 그리 중요한 일이 아니었기 때문에 그들은 방문조차 하지 않았다. 미리얌은 가장자리를 붉게 수놓은, 엄마의 분홍색 리넨 드레스를 입었다. 시청까지 가기 위해서는 온 마을을 지나야 했다. 마을 주민들은 라비노비치 가문의 우스꽝스러운 행렬을 바라보았다. 노에미는 교사 드보르 부인이 빌려준 작은 보라색 모자를 썼고, 미리얌은 스카프처럼 주름이 잡힌 면사포를 썼다. 포르주의 시장은 라비노비치 가족들이 절반은 예술가이고 절반은 절도범인, 도시 주변을 어슬렁거리는 어릿광대들 같다고 생각했다.

"저 유대인들은 어딘가 괴상한 데가 있군….."

시장이 비서에게 말했다.

포르주에서는 예배식도, 노래도, 아코디언 연주를 따라 추는 춤도 없는 결혼식은 처음이었다. 비록 초라한 결혼식이었지만 미리얌은 해방되었다. 미리얌은 외르의 유대인 장부에서 삭제된 뒤, 파리의 장부로 이전되었다.

그렇게 미리얌은 공식적으로 파리에 정착하게 되었다. 집은 파리 5구의 보지라르 거리 꼭대기 층이었다. 긴 복도를 따라 하녀 방 세 개가 연결된 구조였다.

갓 결혼한 미리얌은 살림을 하려 했다. 하지만 빈센트는 본래의 습관을 조금도 바꾸려 하지 않았다.

"관둬. 우리가 무슨 풋내기 부르주아도 아니고. 요새 누가 살림을 신경 써?"

그래도 먹고는 살아야 했다. 미리얌은 소르본에서 수업을 듣지 않는 날이면 식량 상점 앞에서 줄을 섰다. 유대인은 프랑스인들과 동시에 장을 볼 수 없었다. 유대인에게 허용된 시간은 오로지 오후 3시부터 4시까지였다. 배급표 'DN'으로는 타피오카를, 'DR'으로는 완두콩을, '36번'으로는 꼬투리 강낭콩을 얻을 수 있었다. 배급받을 차례가 되었을 때 아무것도 남아있지 않은 경우도 있었다. 그럴 때면 미리얌은 빈센트에게 사과했다.

"사과할 필요 없어! 먹을 게 없으면 마시면 되지. 그게 먹는 것보다 나아!"

빈센트는 빈속으로 술에 취하는 걸 즐겼다. 그는 에콜 거리 모퉁이의 뒤퐁−라탱과 수플로 거리 카풀라드 카페의 금지된 와인 창고로 미리얌을 데려갔다. 미리얌은 그 일을 이렇게 적었다.

「어느 날 저녁, 게이뤼삭 거리로 빈센트와 함께 갔다. 우리가 내는 소리가 이웃들을 불편하게 만들었는지 그들이 경찰을 불렀다. 그래서 나는 창문으로 뛰어내렸다. 캄캄한 밤이었다. 뢰이앙틴 거리쯤 도착했을 때 나는 두 명의 프랑스인 경찰이 순찰하러 오는 소리를 들었다. 어두운 골목에서 나는 몸을 웅크리고 있었다.」

뛰어내리고, 몸을 숨기고, 경찰로부터 도망치는 것. 그것은 생사가 걸린 엄청난 도박과 같았다. 미리얌은 스스로 무적이라고 느꼈고, 그래서 아무것도 두렵지 않았다.

— 전쟁 이후 일부 레지스탕스들은 일종의 우울증을 앓았다고 해요. 그래서 매 순간 죽음을 아슬아슬하게 비껴가면서 어느 때보다도 더 살아있음을 느끼려 했던 거죠. 어쩌면 미리얌도 그랬던 걸까요?

— … 적어도 내 아버지는 그랬을 거야. 확실해. 빈센트는 '일상'으로의 복귀를 괴로워했거든. 그에게는 위험이라는 자극이 필요했어.

프랑스 당국이 자국에 거주하는 유대인을 한 명 한 명 조사하는 작업에 착수함에 따라, 나치 독일은 유대인들의 자유를 갈수록 더 억압하는 새로운 법령들을 공포했다. 느리지만 효율적인 작업이었다. 1941년 말과 1942년 사이, 유대인들은 거주지 반경 5km 내에서만 움직일 수 있었다. 야간 통행금지는 저녁 8시부터 발효되었고, 이사를 하는 것 또한 금지되었다. 1942년 5월, 유대인들이 통행금지와 이동금지를 준수하는지 경찰이 쉽게 확인할 수 있도록, 유대인은 의무적으로 겉옷에 노란색의 별을 달아야 했다.

이에 반발하기 위해 소르본 대학의 학생들은 재킷에 '철학'이라고 새긴 노란색 별들을 꿰매어 달았다. 경찰은 라탱 지구에서 그런 차림을 한 학생들을 체포했다. 대학생 부모들의 속이 타들어 갔다.

"너희들이 어떤 위험한 짓을 하는 건지 알기나 해?"

라비노비치 가족은 꼼짝없이 시골 별장에 갇혔다. 여행할 수도, 저녁에 외출할 수도, 기차를 탈 수도 없었다.

미리얌과 빈센트는 파리와 노르망디를 자유롭게 오갈 수 있었다. 노르망디로 갈 때마다 두 사람은 가방 속에 생활필수품들을 챙겨갔고, 파리로 올 때는 식료품을 가지고 왔다. 이들의 이동이 라비노비치 가족에게 숨 쉴 구멍이 되어 주었다.

이들 중 가장 괴로웠던 건 노에미였다. 특히 언니가 젊고 잘생긴 남편과 함께 기차를 타고 파리로 떠나는 모습을 볼 때면 더욱 그랬다.

어느 날 저녁, 미리얌은 생제르망 대로 166번지 마르티니크 럼주 가게의 테라스 자리에 앉아 빈센트와 그의 친구 무리와 어울려 술을 마셨다. 날이 저물고 있었다. 통행금지법은 저녁 8시 이후로 유대인의 외출을 금지하고 있었지만, 취기가 오른 미리얌은 마음껏 웃을 수 있는 그곳을 떠나고 싶지 않았다. 그녀는 성인이었고, 결혼했으며, 또 여성이었다. 피부를 날카롭게 파고드는 자유를 느끼고 싶었다. 미리얌은 두 눈을 감고 럼주가 입술을 지나 목구멍을 태울 듯이 내려가는 홧홧한 느낌을 음미하기 위해 고개를 뒤로 젖혔다.

그리고 눈을 다시 떴을 때, 거기에 경찰이 있었다. 신원 확인이었다. 그것은 물이 차오르는 속도처럼 빨랐다. 몇 초만 더 빨리 알아챘다면 미리얌은 자리에서 일어나 그곳을 벗어날 수 있었을 것이다. 그랬더라면 빠져나갈 수 있었다. 하지만 곧 그녀는 붙잡힐 뻔했다. 그러면 끝이었다. 미리얌은 두 뺨과 목덜미, 그리고 겨드랑이 아래로 차갑게 옥죄어오는 손길을 느꼈다. 익사하는 기분이었다. 그런 와중에도 취기로 인해 웃음이 나왔다. 알코올은 이 모든 것이 실제 상황이 아닐지도 모른다는 둔탁한 감각을 가져다주었다.

마르티니크 럼주 가게 테라스에 앉은 사람들 사이에 긴장감이 감돌았다. 달갑지 않은 제복의 등장에 손님들은 반감을 드러냈다. 남자들은 경찰관들의 신경을 긁을 요량으로 괜히 느릿느릿하게 자신들의 주머니를 더듬었다. 여성들은 핸드백 속에서 서류를 찾으며 한숨을 내쉬었다.

미리얌은 자신이 난처한 상황에 부닥쳤다는 걸 알았다. 무용한 번득임이 머릿속을 지났다. 화장실에 가서 숨을까? 경찰이라면 그녀를 그곳까지 찾으러 올 것이었다. 술값을 계산하고 아무렇지 않게 자리를 뜰

까? 안 된다. 그들이 이미 그녀를 본 뒤였다. 뛰어서 도망갈까? 그들의
속도가 더 빠를 것이다. 덫에 걸린 기분이었다. 모든 것이 부조리했다.
자신이 들고 있는 럼주 잔. 재떨이. 뭉개진 담배꽁초. 파리 카페테라스
에 앉아 술을 마시며 자유를 만끽하다가 맞이하는 죽음. 이대로 삶이 멈
춘다니 이 얼마나 부조리한가? 미리얌은 '유대인'이라고 쓰인 자신의 신
분증을 경찰에게 건넸다.

"당신은 불법을 저질렀소."

그렇다. 미리얌은 알고 있었다. 이 일로 미리얌은 강제 거주지 이전을
당할 수 있었다. 그길로, 그곳에서 무슨 일이 벌어지는지 아무도 모르
는, 낯선 '수용소'로 보내질 수도 있었다. 침묵 속에서 미리얌은 몸을 일
으켰다. 자신의 짐, 외투, 가방을 챙긴 미리얌은 빈센트에게 손짓을 한
뒤, 경찰관들을 따라갔다. 카페테라스의 손님들은 손목에 수갑을 채우
고 멀어지는 미리얌을 바라보았다. 몇 분 동안, 그들은 유대인에게만 가
해지는 불공정한 처사에 울분을 토했다.

"저 젊은 여자는 아무 짓도 하지 않았어."

"정말 수치스러운 법이야."

그런 다음, 그들은 곧 다시 웃고 떠들었다. 그리고 럼주를 탄 칵테일
을 홀짝거렸다.

절망에 빠진 빈센트는 테이블을 벗어나 어머니의 집으로 갔다. 그리
고 무슨 일이 있었는지 이야기했다. 가브리엘이 고함을 쳤다.

"대체 길에서 뭘 하고 있었던 거야? 너희 둘 다 제정신이 아니구나.
이 상황이 무슨 장난인 것 같아? 미리얌은 밤에 밖에 다녀선 안 된다고
말했잖아!"

"하지만 엄마, 내 아내예요. 혼자서 밤새 집에만 갇혀 있게 할 수는 없잖아요."

"내 말 잘 들어. 농담 아니야. 우리 진지한 대화를 좀 하자꾸나."

엄마와 아들이 인생 최초의 대화를 하는 동안, 미리얌은 아베이 거리의 경찰서로 끌려가 그곳에서 하룻밤을 보냈다. 아침이 되자, 생-루이 섬에 있는 경시청 유치장으로 걸어서 이동했다. 수갑을 채우지는 않았다. 미리얌은 유치장 안에서 두 번째 밤을 보냈다.

일요일 아침, 한 경찰관이 미리얌을 찾아왔다.

딱딱하게 굳은 무신경한 표정의 남자였다. 그는 미리얌과 눈을 마주치지 않고 오로지 땅만 바라보았다. 밖으로 나오자 그는 자동차에 미리얌을 태우며 이렇게 말했다.

"올라타요. 아무 말 말고."

경찰관이 운전석에 앉기 위해 차를 빙 둘러 가는 동안, 미리얌은 자신의 셔츠 겨드랑이 부분의 냄새를 맡았다. 유치장에서 이틀을 보낸 뒤라 자신에게서 좋지 못한 냄새가 나는 것을 깨닫고 짜증이 났다.

미리얌은 자신이 파리의 다른 감옥으로 이감되는 것인지 물었다. 하지만 경찰관은 대답하지 않았다. 그는 텅 빈 고요한 파리 시내로 차를 몰았다. 프랑스인들의 운전이 금지된 이후로 도시는 끔찍하리만큼 조용해졌다. 미리얌과 경찰관은 독일인들이 알아볼 수 있도록 도시 이곳저곳에 세워진 검은 테두리의 흰 표지판을 따라 차를 몰았다.

경찰관은 곧장 생라자르 기차역 방향으로 향했다. 미리얌은 그가 자신을 기차역으로 데려가고 있다는 걸 알게 되었다. 그가 자신을 파리에서 멀리 떨어진 수용소로 보내는 건 아닐까 하는 두려움에 미리얌은 몸을 떨었다.

미리얌은 창밖으로 번쩍거리는 안경을 쓰고 가죽 가방을 들고 검은색 정장과 윤이 나는 구두를 신고, 질이 나쁜 가스 연료로 인해 속도가 느리고 몇 대 안 되는 숫자로 운행되는 버스를 따라잡기 위해 달리고 있는 사무직들의 모습을 바라보았다. 미리얌은 자신도 언젠가 유리창 너머 배경이 되어버린 그들의 일부가 될 수 있을지 자문해 보았다.

바로 그때, 자동차가 인접한 골목길에서 멈추었다. 경찰관은 제복 주머니에서 10프랑 동전 세 개를 꺼내서 미리얌에게 건넸다. 그의 가느다란 손가락이 떨리고 있었다.

"이걸로 기차표를 사요. 그리고 부모님 집으로 돌아가요."

경찰관이 돈을 쥐여 주면서 말했다.

군더더기 없이 명확한 말이었다. 하지만 미리얌은 손 위에 놓인 동전 속, 프랑스의 신조인 자유, 평등, 박애 아래 그려진 밀알을 가만히 바라보았다. 아무것도 할 수 없었다. 그가 채근했다.

"서둘러요."

"혹시 저희 부모님이…."

경찰관이 말을 잘랐다.

"질문은 하지 마세요. 기차역으로 들어가요. 지켜보고 있겠습니다."

"편지 한 장만 쓰게 해주세요. 남편에게 알려야 해요."

— 잠깐만요. 엄마, 이 경찰관 이야기는 너무 이상하게 들리는데요. 혹시 엄마가 상상해 낸 거예요?

— 아니야. 내가 지어낸 건 하나도 없어. 재현하고 재구성한 것뿐이지.

그게 다야. 이걸 읽어 보렴.

렐리아는 내게 격자무늬 학생용 노트 한 장을 찢어낸 종이를 건넸다. 앞뒤로 글이 적혀 있었다. 미리얌의 필체였다.

「사실 행운은 내게 종종 찾아왔다. 별? 난 그걸 단 한 번도 달지 않았다. 생제르망−데프레의 마르티니크 럼주 가게에서 나는 이미 유대인이라는 붉은 낙인이 찍히지 않았던가? 유대인. 그것이 내 이름이었던가? 너무나도 늦은 저녁 8시경에 있었던 신분증 검사. 유대인들은 야간 통행금지법을 지켜야 했기 때문에 나는 체포되어 아베이 거리의 경찰서로 끌려갔다. 나는 포주가 직업인 어느 매력적인 남자의 어깨에 기대서 잠들었다. 이름이 리통이었나. 아침에는 수갑도 웃음기도 없는 한 사복 경찰이 나를 생루이섬에 있는 경시청으로 데려갔다. 그곳은 돈을 지불할 수 있는 사람들에게만 커피를 줬다. 거기서는 프랑스인들에게 욕을 퍼붓던, 몸집이 커다란 스페인 여자와 같이 있었다. 내겐 약간의 돈이 있었다. 빈 컵을 수거하러 온 카페 종업원이 설거지 거리와 함께 내가 팁으로 동전 아래에 깔아놓은 쪽지 한 장을 가져갔다.

"이게 제가 가진 돈의 전부예요…. 이 번호로 전화해서 내가 경시청에 있다는 사실을 알려 줘요."

나는 거기서 또 한 번의 하룻밤을 보냈다. 그리고 일요일 아침, 한 경찰관이 나를 찾아왔다.

"당신을 역으로 데려가기 위해 왔습니다. 표를 살 돈은 제게 있습니다."

나는 집에 들르지 못했다. 경찰관은 남편에게 편지를 쓰는 것을 허락해 주었다. 그는 내게 신분증을 돌려주었고 거기서 나는 포르주로 떠났다.」

— 기억하니? 아까 1933년 7월 13일이라는 날짜를 기억해 두라고 했었잖아. 완벽했던 행복의 날 말이야.

— 페늘롱 고등학교에서 자매가 상을 받은 날….

— 그때로부터 정확히 9년이 지난 날이야. 1942년 7월 13일, 포르주.

23장

자크는 바칼로레아[37] 1차 시험에 합격했다. 그리고 겉옷에 노란색 별을 단 채로 성적표를 받으러 에브뢰로 향했다. 자전거를 타고 집으로 돌아오는 길에, 자크와 노에미는 좋은 소식을 전하기 위해 콜레트의 집에 들렀다.

날은 더웠다. 세 사람은 즐거운 시간을 보냈다. 미리암이 결혼한 뒤로 자크가 노에미와 콜레트 사이에 자리를 잡았다. 노에미는 예상치 못한 새로운 조합에 나름대로 흡족해했다. 그리고 동생의 명랑한 성격을 보게 되었다. 콜레트는 두 사람에게 집에서 자고 가라고 권유할까도 생각했지만 이내 포기했다.

부모님 집으로 돌아가면서, 자크와 노에미는 포르주 마을 광장에서 잠시 자전거를 멈췄다. 사람들은 저녁에 있을 무도회를 준비하기 위해 단상과 조명을 설치하고 있었다.

"저녁 먹고 여길 둘러보러 와도 돼?"

자크가 노에미에게 물었다. 노에미는 장난스럽게 동생의 머리칼을 헝클어뜨렸다. 자크는 공중으로 두 팔을 크게 내저으며 불만을 터뜨렸다. 그는 누군가가 머리카락을 건드리는 걸 싫어했다.

"가야 해. 너도 답을 알잖아."

집으로 돌아온 두 사람은 선반 위에 겉옷을 개어 두었다. 그렇게 하면 노란색 별이 보이지 않았다. 노란색 별이 달린 옷을 입은 건 잘한 일이 었다. 돌아오는 길에 오토바이를 탄 독일인들을 마주친 데다, 통행금지 시간이 다 되었기 때문이었다.

저녁 식사를 위해 엠마는 괜찮은 음식을 구해 나무 아래 예쁜 테이블에 식탁을 차렸다. 자크의 시험 결과를 축하하는 식사였다. 농학자가 되기로 결심한 이후부터 자크는 누이들만큼 열심히 공부했다.

엠마는 집에 오는 길에 따온 꽃들로 식탁보를 꾸몄다. 미리얌도 그곳에 있었다. 감옥에서 기적적으로 빠져나온 뒤로 미리얌은 파리로 돌아가지 못했다. 모든 가족이 집 뒤편 정원에서 식사를 했다. 다섯 식구는 팔레스타인, 폴란드, 그리고 파리의 아미랄−무셰 거리에서 그랬던 것처럼 식탁에 둘러앉았다. 식탁은 그들의 작은 배였다. 해가 떨어질 생각을 하지 않았다. 정원의 공기는 여전히 낮의 달콤한 열기를 잔뜩 머금고 있었다.

바로 그때, 그르렁거리는 엔진 소리가 고요한 저녁의 분위기를 깨트렸다. 자동차 한 대, 아니, 두 대가 가까워지고 있었다. 정원의 대화 소리가 끊겼다. 소심한 동물들처럼 귀를 쫑긋 세웠다. 소리가 멀어지고, 잦아들기를 기다렸지만, 아니었다. 소리는 계속해서 이어졌고, 오히려 점점 크게 들려왔다. 심장이 오그라들었다. 다섯 식구는 숨을 멈췄다. 문이 열리는 소리와 군화 소리가 들렸다.

에브라임이 말했다.

"다들 가만히 있어라. 내가 문을 열 테니까."

집 앞에는 두 대의 자동차가 있었다. 한 대에는 독일군 세 명이, 다른 한 대에는 프랑스 헌병 두 명이 타고 있었다. 그중 한 명이 지시 사항을 통역하고 있는 듯했다. 독일어를 할 수 있던 에브라임은 지령과 대화를 알아들었다.

헌병들은 그의 아이들을 데리러 온 것이었다.

"대신 나를 데려가세요."

에브라임이 헌병들에게 말했다.

"그건 안 돼. 어서 짐을 싸라고 해."

"짐이요? 어디 멀리 가는 겁니까?"

"때가 되면 알려줄 거다."

"제 아이들입니다! 제겐 알 필요가 있어요!"

"일을 하러 가는 거다. 아무도 그들을 해치지 않아. 나중에 소식을 전해 주겠다."

"어디로 가는데요? 언제요?"

"지금 논의나 하자고 온 것 같아? 두 사람을 데려오라는 지시를 받았으니, 우린 두 사람과 함께 돌아간다."

'두 사람?'

그래, 그렇지. 에브라임이 생각했다. 미리암은 파리의 장부에 속해있으니, 그들이 말하는 두 사람은 노에미와 자크일 터였다.

"모두 자고 있어요. 제 아내도 취침 중이고요. 내일 아침에 오는 편이 더 간편할 텐데요."

에브라임이 말했다.

"내일은 7월 14일이라 헌병대가 쉬는 날이다."

"아내와 아이들이 옷을 갈아입을 수 있도록 몇 분만 시간을 주세요."

"1분을 주지. 더는 안 돼."

에브라임은 머리를 굴리며 집 안으로 차분히 걸어 들어갔다. 미리얌에게 동생들과 함께 가라고 해야 할까? 미리얌은 맏이에다 가장 똘똘한 아이니, 곤란한 상황이 생긴다면 동생들을 도울 수 있을 것이었다. 혼자서도 감옥에서 빠져나오지 않았던가? 아니면 체포될 수도 있으니 몸을 숨기라고 해야 할까?

정원에서는 네 식구가 조용히 기다리고 있었다.

"헌병이야. 노에미와 자크를 찾아왔대. 방으로 올라가서 짐을 싸라. 미리얌, 너는 말고. 너는 장부에 올라 있지 않으니까."

"우리는 어디로 가는데요?"

노에미가 물었다.

"독일로 일하러 간다는구나. 두꺼운 스웨터를 챙기렴. 자, 서둘러."

"저도 함께 떠날게요."

미리얌은 자신도 짐을 챙기기 위해 자리에서 벌떡 일어났다. 그때 어떤 생각이 에브라임의 머릿속을 스쳤다. 볼셰비키 경찰이 자신을 체포하기 위해 왔던 그날 밤의 오래된 기억이었다. 엠마는 매우 불안해했었고, 그들이 거의 자신을 잡을 뻔했던 만큼 아기 또한 죽을 뻔했었다.

"얼른 정원에 몸을 숨겨라."

에브라임이 미리얌의 팔을 붙들고 말했다.

"하지만 아빠…."

미리얌이 반발했다. 에브라임은 헌병들이 집 안으로 들어오기 위해 현관문을 두드리는 소리를 들었다. 그는 거의 딸의 목을 조를 듯이 목덜미를 붙잡았고, 눈을 똑바로 마주 보며 공포로 일그러진 입으로 말했다.

"당장 여기서 멀리 떨어지라고. 알아들어?"

24장

— 왜 부모가 아니라 아이들이 잡혀간 거예요?

— 안 그래도 그게 이상하지? 보통 부모, 조부모, 아이들…. 온 가족이 한꺼번에 잡혀가는 그런 그림을 상상할 테니까. 실제로는 검거에도 다양한 유형이 있었다고 해. 수백만 명을 말살시키려는 나치 독일의 계획은 그 규모가 매우 컸지. 그래서 여러 해에 걸쳐 단계적으로 진행될 수밖에 없었어. 초기에는 유대인들이 대응하는 걸 막기 위해서 그들을 무력화시키는 것에 초점을 맞춘 법령들이 공포되었지. 그들이 어떤 마술을 부렸는지 이해했니?

— 네. 유대인들을 프랑스 국민과 떨어뜨려 놓고, 물리적으로 고립시키고, 눈에 보이지 않는 존재들로 만들었죠.

— 지하철에서까지도 그랬단다. 유대인들은 프랑스인들과 같은 객차를 타지 못했거든….

— 하지만 모두가 무관심하진 않았잖아요. 시몬 베유가 한 말이 생각났어요. 「그 어떤 국가에서도 프랑스에서 나타났던 것에 견줄만한 연대 의식을 찾아볼 수 없었다.」

— 맞아. 제2차 세계 대전 동안 프랑스 내 강제 수용소에서 목숨을 구

한 유대인의 비중은 나치가 점령한 다른 국가들에 비해 월등히 높았어. 하지만 처음의 네 질문으로 돌아가 보자. 실제로 초반에 강제 수용소로 보내졌던 유대인들은 가족 단위가 아니었단다. 1941년 최초로 강제 수용된 사람들은 한창때의 남자들이었지. 대부분이 폴란드인이었어. 그걸 '그린 티켓 소환'이라고 부른단다. 당시 강제 수용소로 끌려간 사람들이 초록색의 티켓 형식으로 된 소환장을 받았거든. 그들은 독일에서 일할 노동자들을 구한다는 이야기에 신빙성을 부여하기 위해서 용감한 남성들을 먼저 소환했어. 젊은 가장들, 대학생들, 건장한 노동자들이었지. 50세가 넘은 에브라임은 해당하지 않았어. 그들은 강한 남성들부터 제거한 거야. 맞서 싸울 수 있고, 무기를 사용할 줄 아는 사람들을. 넌 사람들이 왜 이미 죽은 사람처럼 나치의 요구에 순순히 따랐는지 도무지 이해가 안 되고, 그게 아주 불쾌한 계획이라고 했지…. 사실 '그린 티켓'을 받은 남자들이 모두 아무런 대응 없이 순순히 따라갔던 건 아니야. 이들 중 거의 절반은 소환에 응하지 않았어. 그들은 온 힘을 다해 반발했단다. 많은 사람이 자신들이 갇혀 있던 프랑스 임시 수용소에서 탈출했고, 혹은 탈출하기 위해 노력했지. 수용소 탈출기와, 감시자와의 끔찍한 싸움에 얽힌 이야기들을 읽은 적이 있어. 그린 티켓을 받고 잡힌 3,700명의 사람들 중에서 800명이 탈출에 성공했는데, 그중 대다수가 다시 잡혀 왔다고 해. 모든 건 '단지' 유대인들을 수용소에 가두고, 노동을 위해 프랑스의 어딘가로 보내기 위한 거라고 믿게 하기 위해 계산되었어. 유대인들을 죽이기 위한 게 아니라. 대체로 사람들은 그들을 전쟁 포로와 같은 존재로 여기게 됐어. 그러고 나서 점차 자크와 노에미 같은 청년, 그리고 다른 국적의 유대인들이 소환됐고, 그 뒤엔 청년, 노인, 남자, 여자, 외국인, 자국인, 심지어 아이들까지, 그야말로 유대인 전체로 확대됐지. 내가 강조하고 싶은 건 바로 유대인 아이들의 강제 수용 문제야. 아마 독일인들이 아이들의 부모를 먼저 소환한 뒤에 아이들을 수용소로 보내려 했다는 사실을 알지도 모르겠구나. 비시 정부는 유대인 아이들을 가능한 한 빠르게 제거하고 싶어 했거든. 프랑스 당국은 독일 당국에 '독일을 목적지로 하는 수송대에 아이들도 포함되기를 바란다'는 의사를 표명했던 것이 명백하게 기록되어 있어. 독일인들은 서유럽의 유대인들을 강제 수용소로 이주시키는 과정을 가속하는 작전을 지칭하기 위해 코드명 '봄바람'을 만들어 냈어. 본래의 구상은 모든 유대인을 같은 날에 암스테르담, 브뤼셀, 파리에서 체포하는 거였지.

— 같은 날에요? 유럽 전역의 유대인들을 한날한시에 체포하겠다니, 야심이 너무 큰데요?

— 맞아. 실행에 옮기기에는 매우 까다로운 작전이라는 게 드러나기 시작했지. 1942년 7월 7일, 프랑스와 독일 양국의 대표단이 파리에서 회담을 가졌어. 독일은 자신들의 계획을 발표했고, 그걸 실행하는 게 프랑스의 몫이었지. 계획에 따르면 이 작전은 매주 네 대의 수송 기차가 각각 1,000명의 유대인들을 이동시키는 거였어. 즉, 한 달이면 동유럽으로 이송되는 유대인들의 수가 16,000명, 석 달이면 프랑스에서 40,000명의 유대인의 강제 수용이라는 목적을 달성하게 되는 거였지. 그게 첫 번째 할당량이었어. 첫 번째. 시작에 불과했지. 그 사실은 분명하고, 명확하고, 정확해. 회담 다음 날, 여러 지역의 헌병 지휘관들이 다음과 같은 지령을 받았어. 여기 쓰인 그대로 읽어볼게.

「18세 이상 45세 이하의 폴란드, 체코슬로바키아, 러시아, 독일 국적,

그리고 과거에 오스트리아, 그리스, 유고슬라비아, 노르웨이, 네덜란드, 벨기에, 룩셈부르크, 무국적이었던 모든 유대인 남녀들은 즉각 체포되어 피티비에 임시 수용소로 이송된다. 육안으로 신체적 장애가 인정된 유대인들과 국제결혼으로 인해 유대인이 된 경우는 체포 대상에서 배제된다. 체포는 7월 13일 20시에 전부 완료된다. 체포된 유대인들은 7월 15일 20시를 기해 임시 수용소로 이송되어야 한다.」

— 7월 13일이라면 라비노비치의 아이들이 체포된 날이네요. 노에미는 열아홉 살이었으니 체포 대상에 포함되는데, 자크는요? 자크는 열여섯 살이었잖아요. 18세가 기준이라면 당국이 그 기준을 분명 따랐을 텐데요.

— 그래 네 말이 맞아. 원래라면 자크는 체포되지 않아야 했지. 하지만 비시 정부에는 문제가 있었어. 일부 지역에서 독일이 요구했던 목표 수익을 채우기엔 수용소로 보낼 유대인들의 수가 충분치 않았던 거야. 내가 말했던 거 기억나니? 한번 수송할 때마다 1,000명, 일주일에 총 네 번. 비공식적인 지령에 따르면 체포 대상인 유대인의 나이는 16세까지 확대됐다고 해. 내 생각엔 아마 그래서 자크가 체포 대상에 포함되었던 것 같아.

— 그럼 미리얌은요? 그날 저녁 독일인들에게 미리얌의 존재를 들켰더라면 무슨 일이 벌어졌을까요?

— 아마 동생들과 함께 보내졌겠지….

— … 목표량을 채워야 했을 테니까요.

— 하지만 그날 저녁 미리얌은 체포 대상 목록에 없었어. 결혼한 지 얼마 안 됐기 때문이야. 우리들의 목숨은 바로 그 가느다란 우연의 끈에 달려있었단다.

알 수 없는 목적지로 향하는 동안 노에미와 자크는 서로를 꼭 붙잡은 채로 헌병대 차량 뒷좌석에 앉아있었다. 자크는 두 눈을 감고 누나의 어깨에 고개를 기댔다. 그리고 스포츠, 유명한 전투와 영웅들 같은 동일한 범주에 속하면서 동일한 글자로 시작하는 단어를 찾아야 했던, 과거의 놀이를 떠올렸다. 노에미는 한 손으로는 동생의 손을 잡고 다른 한 손으로는 가방을 쥐고 있었다. 서둘러 챙기느라 빼먹은 짐들을 하나씩 떠올렸다. 갈라진 입술에 바르는 장미 향 크림, 비누 조각, 아끼는 와인색 조끼. 노에미는 쓸데없이 자리만 차지하는 자크의 '페트롤 한' 헤어크림을 괜히 챙겼다고 생각했다.

노에미는 자동차 유리창에 한쪽 뺨을 기대고, 이제는 눈을 감고도 떠올릴 수 있는 마을의 거리 풍경을 바라보았다. 그날 밤, 또래 청년들이 무도회에 가기 위해 몇 명씩 작게 무리 지어 이동하고 있었다. 자동차 전조등이 그들의 다리와 상반신을 비추었다. 얼굴은 보이지 않았다. 그 편이 차라리 나았다.

노에미는 지금 자신이 겪는 시련이 자신을 작가로 만들어 줄 거라고 생각했다. 그렇다. 언젠가 이 모든 걸 글로 쓸 것이다. 노에미는 그 무엇도 잊지 않도록 사소한 디테일 하나하나 관찰했다. 돌길에 상하지 않도록 반짝이는 구두를 손에 들고 맨발로 걷고 있는 여자아이들, 꽉 조인 코르셋 때문에 부풀려진 그들의 가슴. 그런 그녀들이 웃음을 터뜨리게 하기 위해 앞에서 자전거 페달을 밟으며 동물의 포효 소리를 내는 남자아이들, 달빛을 받아 빛나는 그들의 포마드 헤어. 그것들을 언젠가는 꼭 이야기할 것이다. 또 공기 중으로 느껴지는 7월의 바람, 여름밤의 묵직하고 향기로운 바람에 실려 온 무도회의 시끄러운 음악에 술을 마시지 않고도 취한 젊음과 에로틱한 약속에 대해서도 묘사할 것이다.

헌병대 차량은 마을을 벗어나 에브뢰 방향으로 달렸다. 숲 주변에서 한 커플이 전조등 불빛 때문에 마치 현행범으로 붙잡힌 듯한 모습으로 덤불 속에서 걸어 나왔다. 그들은 손을 맞잡고 있었다. 그 모습을 보자, 자신에게 그런 일은 절대 일어나지 않을 것 같다는 생각에 노에미는 슬퍼졌다.

차량은 숲속으로 사라졌고, 도로에는 고요함만이 자리했다. 공포에 질린 채로 둘만이 남은 에브라임과 엠마의 집, 미리얌이 몸을 숨긴 정원을 고요함이 차지했다. 미리얌은 그게 무엇인지는 자신도 모르지만, 어떤 일이 일어나기만을 기다렸다.

그로부터 한참의 세월이 지난 1970년대의 어느 날, 찌는 듯한 오후의 무더위 속 니스의 한 치과에서, 미리얌은 그날 정원에 누운 채로 자신이 무엇을 기다리고 있었는지를 문득 알 수 있게 됐다. 그날 그것을 기다리던 기억이 미리얌을 덮쳤다. 입술 끝에 닿던 풀의 감촉이 되살아났다. 뱃속으로 느껴지던 공포의 감각도. 미리얌이 기다렸던 것은 아버지가 생각을 바꾸는 것이었다. 단지 그것뿐이었다. 아버지가 자신을 찾으러 와서 자크와 노에미와 함께 가달라고 부탁하기를.

하지만 에브라임은 결심을 번복하지 않았고, 조용히 엠마에게 창문 덧창을 닫고 잠에 들라고 말했다. 공포가 그들의 집을 장악하지 못하도록. 촛불에 불을 끄기 전, 에브라임이 말했다.

"공포는 잘못된 결정을 내리게 만들지."

미리얌은 부모님이 방 창문을 닫는 모습을 보았다. 미리얌은 조금 더 기다렸다. 누구도 정원으로 나와 자신을 데려가지 않으리란 사실을 깨달았을 때는 이미 한밤중이었다. 미리얌은 조용히, 자신에게는 너무 커다란 아버지의 자전거를 잡았다. 자전거 핸들을 손가락으로 감싸자 용기를 북돋아 주는 듯한 아버지의 온기가 느껴졌다. 자전거는 뼈대는 얇지만 단단하고, 강인하고 유연한 근육을 가진, 제 딸을 밤중에 파리까지 데려다줄 수 있는 아버지의 몸체가 되었다.

미리얌은 자신이 있었다. 관대한 어둠, 그리고 그 누구도 판단하지 않고 모든 도망자를 포용해 주는 숲의 선의를 이용해야 한다는 걸 알았다. 미리얌의 부모님은 러시아에서 도망쳐 나오면서 짐마차가 서로 분리되었던 때의 일화를 수도 없이 들려주었다. 도망치고 궁지에서 벗어나는 것은 자신 있었다.

바로 그때, 미리얌은 도로 가장자리에서 동물의 형태를 발견하고 멈춰 섰다. 죽은 새의 사체였다. 이리저리 흩어진 깃털이 검은 피와 뒤섞여 있었다. 그 참혹한 모습은 마치 나쁜 징조처럼 미리얌에게 충격을 주었다. 미리얌은 주변의 흙으로 아직 온기가 남아있는 동물의 볼록한 몸을 덮었고, 속삭이는 목소리로 팔레스타인에서 내크먼이 가르쳐 주었던 아람어 구절인 '애도를 위한 카디시kaddish[38]'를 외웠다. 짧은 의식을 치르고 나자 다시 길을 떠날 힘이 솟았다. 새의 후손 미리얌은 지름길을 따라 달려 숲의 가장자리에 몸을 숨겼고, 길에서 만난 동물들처럼 교묘히 빠져나갔다. 동물들과 함께라면 미리얌은 혼자가 아니었다. 그들은 도피의 동반자였다.

아침의 첫 여명이 비치며 공기가 진동하기 시작할 때, 마침내 파리 빈민촌이 미리얌의 눈에 들어왔다.

렐리아가 내게 설명했다.
— 파리 빈민촌은 원래 파리 주변의 거대한 황야 지대였어. 프랑스 포병대에 한정된… 발포 지역이었지. 건축이 금지된 구역이었다는 뜻이야. 하지만 수도에서 내몰린 가난한 자들, 빅토르 위고의 소설에 나올만한 비참한 자들, 아이들을 줄줄이 낳은 가정, 오스만 남작의 파리 개조 사업으로 파리 중심부로부터 쫓겨난 모든 사람이 이곳에서 점차 터전을 잡아나갔고, 가건물, 나무 헛간이나 트레일러, 진흙과 고여서 썩은 물이 배어든 오두막집, 대충 수리한 초라한 집에 이런 사람들이 빽빽이 모여 살게 됐어. 동네마다 특징이 있었지. 클리냥쿠르는 넝마주이, 생투앙은 폐품 줍는 사람들, 르발루아는 보헤미안, 이브리는 밀짚을 엮어 가구를 만드는 사람들, 그리고 센 강 부두의 연구소 실험을 위해 쥐를 잡는 사람들까지. 가죽 표백에 쓰일 흰색 변을 주워서 장갑 제작자들에게 판매하는 사람들도 있었어. 각각의 동네에는 이탈리아인, 아르메니아인, 스페인인, 포르투갈인 등 다양한 출신의 공동체가 있었지만, 사람들은 모두를 뭉뚱그려 '빈민촌 사람들'이라고 불렀지.

미리얌이 빈민촌의 띠 모양으로 길게 늘어선 어두운 지역을 지날 때, 수도도 전기도 없는 그곳은 고요했지만 사람들은 유머를 잃지 않았다. 곰팡이가 가득한 공간에 터를 잡은 이들은 거리를 뜻하는 단어rue에 예기치 못한 글자를 조합해 장난스럽게 거리 이름을 지어놓았다. 미리얌은 그렇게 루바브rue-barbe 거리, 리본rue-bens 거리, 러시아rue-scie 거리를 지났다.

아침 여섯 시, 빈민촌의 꽃들이 밤의 작업을 끝마치고 노동자들과 장인들이 하루를 시작하는 시각이었다. 그을린 피부의 육체노동자들은 통행금지가 풀리자마자 크림을 넣은 커피를 갈망하며 파리에서의 노동을 시작했다. 미리얌은 그들과 함께 파리의 문이 열리기를 기다렸다. 그녀는 앞장서는 자전거 무리 틈에 끼어 규칙을 준수하기 위해 조심스럽게 행동했다. 자전거를 타고 이동하는 모든 거주민들은 수도의 도로 규칙을 준수해야 했다. 핸들에서 손을 놓아서도, 주머니에 손을 넣어서도, 페달에서 발을 멀리 떼어서도 안 되었다. 그리고 'WH', 'WL', 'WM', 'SS', 'POL'이라는 번호판이 달린 차량에 우선권을 주어야 했다.

미리얌은 거의 텅 비어 있는 파리를 지났다. 몇 안 되는 보행자들은 벽에 바짝 붙어 지나가고 있었다. 도시의 아름다움을 보자 다시금 희망이 솟아올랐다. 날이 밝자 상념들은 사라졌고, 여름의 선선한 새벽 날씨가 지난밤의 어두운 생각들을 씻어 냈다.

'동생들이 독일로 보내질 거라고는 상상조차 못 했어! 말도 안 돼. 걔들은 아직 미성년자인데.'

미리얌은 불로뉴의 집에서 보냈던 어느 밤을 회상했다. 팔레스타인에서 돌아온 뒤에 가족이 처음으로 살았던 집이었다. 그날 노에미는 침대

가까이에 있던 거미 때문에 잠에 들지 못했다. 하지만 새벽이 되어서야 그 끔찍한 거미가 사실은 돌돌 말린 실오라기였다는 사실을 알게 됐다. 어두운 생각들도 이와 같았다. 상상력은 어둠 속에서 별것 아닌 것에 털가죽을 씌운다. 미리얌은 그렇게 생각했다. 또한, 새벽은 밤의 분별없는 불안들을 쫓아버린다.

미리얌은 콩코드 다리를 건너 생제르망 대로로 향했다. 미리얌은 부르봉 궁전 파사드에 걸린 거대한 깃발을 주의 깊게 보지 않았다. 거기엔 승리를 뜻하는 거대한 'V'와 함께, 독일어로 「독일은 모든 전선에서 승리한다Deutschland siegt an allen Fronten」라고 적혀있었다.

미리얌은 자신의 부모님이 독일로 이송되기 전에 자크와 노에미를 다시 만나게 될 거라는 생각을 했다.

'자크와 노에미가 손가락 하나 까딱할 줄 모른다는 걸 알게 된다면 독일인들도 그 애들을 집으로 돌려보낼 거야.'

미리얌은 보지라르 거리에 있는 건물의 6층까지 빠르게 계단을 올라가면서 생각했다.

빈센트는 자욱한 담배 연기와 함께 문을 열었다. 미리얌을 들여보낸 빈센트는 커피를 마저 마시기 위해 거실로 갔다. 커피 때문에 밤새 뜬눈으로 지새우며 생각에 잠겨있었던 것인지 눈 밑에 다크서클이 심했고, 테이블 위의 재떨이는 가득 차 있었다. 미리얌은 흥분한 채로 자크와 노에미가 체포된 사실과 자신이 파리까지 자전거를 타고 돌아온 이야기를 들려주었지만 빈센트는 그녀의 말을 제대로 듣고 있지 않았다. 그의 정신은 다른 곳에 가 있었다. 그 역시 한숨도 자지 못했다. 꽁초가 짧아져 새로운 담배에 불을 붙인 빈센트는 자리에서 조용히 일어나 주방에서 토니 몰트 한 잔을 가져오겠다고 말했다. 그것은 맥아를 가공하여 만든 음료로, 커피를 대체하기 위해 빈센트가 약국에서 비싼 값을 치르고 사 온 것이었다.

"잠깐 기다리고 있어. 곧 올게."

빈센트는 잔을 내밀며 미리얌에게 말했다. 복도 저편으로 사라지는 남편의 머리 위로 담배 연기가 피어올랐다. 미리얌은 그 모습이 마치 긴 터널 속으로 사라지는 기관차 같다고 생각했다. 미리얌은 카펫 위로 지친 몸을 누였다. 하룻밤을 꼬박 도망 다녔더니 온몸이 아팠다. 뒤꿈치가 페달에 수천 번은 두들겨 맞은 것 같이 느껴졌다. 미리얌은 거실의 먼지 쌓인 카펫 위에 길게 누워 몸을 떨었다. 두 눈을 감으려는 찰나, 복도 끝 방에서 무슨 소리가 들렸다. 여자 목소리였다.

'여자? 여자가 내 남편과 내 침대 위에서 잔 걸까? 아냐, 그럴 리가 없지.'

미리얌은 잠에 빠져들었다. 얼마 후, 몸집이 아주 작은 한 여자가 자신을 힘차게 흔들어 깨울 때까지.

26장

"우리 누나야."

빈센트는 몸집이 작은 그녀를 여동생으로 착각하지 않도록, 또렷하게 말했다.

자닌은 빈센트보다 세 살이 많았지만 키는 그의 어깨에도 미치지 못했다. 그 점에서 그녀는 가브리엘을 똑 닮아있었다. 현명함을 연상시키는 넓은 이마, 가늘고 단호해 보이는 입술까지. 미리얌은 딸이 엄마를 지나치게 닮았다고 생각했다.

— 몇몇 사진을 보다 보니까 정말 두 사람을 구분하지 못하겠더라고. 렐리아가 말했다.

— 어떻게 그동안 미리얌이 남편의 누나를 한 번도 만나지 않을 수 있었던 거죠?

— 피카비아 가족은 '가족'이라는 개념을 크게 중요하게 생각하지 않았어. 부르주아적 관념을 깨부술 때를 제외하고는 관심이 없었지. 빈센트와 미리얌의 결혼식에도 피카비아 사람들은 한 명도 오지 않았어. 자닌이 매우 바쁜 젊은 여성이었던 탓도 분명히 있었지. 당시로부터 2년 전

인 1940년 3월, 자닌은 적십자사에서 간호 학위를 따고 메스Metz 19연대의 위생반에 들어갔어. 휴전 이후 소집 해제가 된 1940년 12월까지 자닌은 브르타뉴와 보르도 포로 수용소의 보급품 관리를 위해 샤토-루소대로 배치되었지. 그러니까 그들이 아무 이유 없이 만나지 않았던 건 아니야. 그녀는 뒷모습만 보면 열두 살 아이처럼 보였지만, 구급차를 모는 일을 했어.

"임신한 건 아니지?"

자닌이 직설적으로 물었다.

"아녜요."

미리얌이 대답했다.

"그럼 괜찮아. 엄마의 시트로앵에 태우면 되겠다."

"시트로앵이요?"

자닌은 대답하지 않았다. 그녀는 오직 빈센트와 대화했다.

"장의 짐 가방이 있는 자리에 태울 거야. 짐은 네가 기차에 실어. 왜? 그럼 뭐 어쩔까? 이렇게 된 이상, 이제는 다른 대안이 없어. 내일 아침 통행금지가 해제되자마자 떠나는 거야."

미리얌은 아무것도 이해하지 못했다. 하지만 자닌은 질문하지 말라는 표시를 해 보였다.

"한 경찰이 널 감옥에서 빼내 주었던 그 '기적' 기억하지? 그 '기적'에는 얼굴, 이름, 가족, 그리고 아이들이 있었어. 준위라는 계급도 있었지. 그 기적이 지난주에 게슈타포에게 붙잡혔어. 무슨 말인지 알겠니? 지금 상황이 그래. 넌 독일 점령지 내에 머물 수 없어. 언제든지 경찰이 네 동생들과 같은 명목으로 너를 찾을 수 있다는 걸 알게 된 이상, 여기서 머무는 건 너무 위험해. 네게도 위험하고, 네 남편이나 나에게도 마찬가지야. 우린 널 자유 구역으로 보내줄 거야. 오늘은 공휴일이라 떠날 수 없어. 차들의 통행이 금지된 날이거든. 그러니까 내일 새벽이 되자마자 우리 엄마 집에서 출발할 거야. 얼른 준비해. 지금 바로 거기로 갈 거니까."

"부모님께 알려야 해요."

자닌이 한숨을 내쉬며 말했다.

"안 돼. 그걸 알리면 안 되지⋯. 너나 빈센트나 정말 어린애구나?"

빈센트는 제 누이가 더는 참아주지 않을 거란 걸 느꼈고, 태어나 처음으로 미리암에게 남편처럼 말했다.

"더 이야기할 필요 없어. 당신은 자닌과 함께 떠나. 당장. 그냥 그렇게 해."

자닌이 미리암에게 조언했다.

"속옷을 여러 장 껴입어. 넌 짐을 들고 다닐 수 없으니까."

건물 밖을 나서면서 자닌은 미리암의 팔을 붙잡고 말했다.

"아무 질문도 하지 말고 그냥 나를 따라와. 만약 경찰을 마주치면 가만히 있어. 말은 내가 해."

이따금 정신은 쓸데없는 표면에 달라붙는다. 현실에서 더는 익숙한 실체를 찾아볼 수 없게 됐을 때, 삶이 어떤 경험에도 의존할 수 없을 정도로 미쳐버렸을 때, 사람의 신경을 붙드는 것은 아주 사소하고 말도 안 되는 세부적인 것들이다. 두 명의 젊은 여자가 오데옹 극장가를 따라 걸어 내려오고 있었을 때, 미리암은 기억 속에서 하나의 이미지를 끄집어냈다. 조르주 쿠르틀린의 희극 작품 포스터였다. 그녀는 전쟁이 끝난 이후 오랫동안, 말도 안 되지만, 어쩌면 속바지culotte와 쿠르틀린 Courteline의 발음상의 유사성 때문인지, 극작가를 떠올릴 때마다 자동으로 다섯 개의 속바지를 껴입고 있었던 이날의 기억을 떠올렸다. 황갈색 돌로 만들어진 아치형 통로 아래, 극장의 긴 벽을 따라 걸어가면서 자신의 치마를 한껏 부풀려 주었던 다섯 개의 속바지. 그것들은 헤져서 가랑이에 구멍이 날 때까지, 일 년 내내 미리얌을 지탱해 주었다.

가브리엘의 집에 도착했을 때, 자닌이 미리얌에게 말했다.

"짠 음식은 절대 먹지 마. 내일 아침에는 물 한 방울도 마셔선 안 돼. 알겠니?"

자크와 노에미는 범죄자들처럼 감옥에서 눈을 떴다. 수감 기록에 따르면 두 사람은 전날 23시 20분, 에브뢰 감옥에 구금되었다. 구금의 이유는 그들이 유대인이기 때문이었다. 자크는 이제 '이삭'이라는 이름으로 불렸다. 그는 베를린 출생의 열아홉 살 독일인 나탄 리버만, 서른두 살 폴란드인 이스라엘 구트만, 그리고 그의 형인 서른아홉 살의 아브라함 구트만과 함께 수감되었다.

자크는 부모님이 러시아를 떠나 라트비아에 도달하기 전 철창신세를 졌었다는 이야기를 떠올렸다. 당시 부모님의 일은 잘 풀렸었다. 그가 나탄과 이스라엘, 아브라함을 안심시키기 위해 말했다.

"저희 부모님도 며칠 있다가 풀려나셨대요."

7월 14일의 그날, 헌병대 분대 전체가 동원되었다. 독일은 애국주의자들이 폭동을 일으킬 것을 두려워했고, 그래서 모든 시위와 집회를 금지했다. 이송 절차는 연기되었다. 자크와 노에미는 에브뢰에서 하루를 더 보냈다.

그날 아침, 자식들이 머무는 감옥으로부터 단 몇 km 떨어진 곳에서, 에브라임은 침대 위에 두 눈을 크게 뜬 채로 누워있었다. 하나의 문장이 그의 머리를 떠나지 않았다. 온 가족이 다 함께 보냈던 유월절의 마지막 밤에 아버지가 했던 말이었다. 내크먼은 이렇게 말했었다.

「언젠가는 모두가 너희들이 사라지길 원할 거라는 거야.」

'아냐… 그럴 리가 없어….'

에브라임은 생각했다. 그렇지만… 우쯔에 있는 엠마의 부모님에게서 왜 아무런 소식이 없는지 의문이었다. 프라하에 있는 보리스에게서도 아무런 소식이 없었다. 리가의 친척들도 마찬가지였다. 도처에 죽음의 침묵이 깔려있었다.

에브라임은 아니우타의 웃음을 회상했다. 그녀가 늘어놓은 피난 계획을 진지하게 여기지 못하게 했던, 신랄했던 웃음소리… 그녀가 미국으로 떠난 지도 벌써 4년이었다. 그때의 일이 머나먼 옛날처럼 느껴졌다. 그는 그러는 4년 동안 대체 무얼 했는가? 그는 해결할 수 없는 상황 속에 스스로 곤경에 처박히도록 내버려 두었다. 덫에 걸린 채로 물이 차오르는 것을 지켜보면서. 천천히, 하지만 확실하게.

같은 시각 파리, 가브리엘의 아파트에서 자닌이 잠든 미리얌을 깨웠다. 그녀는 기차에서 하룻밤을 보냈던 차림새 그대로 잠들어 있었다.

미리얌과 자닌은 아파트를 벗어나 그들을 기다리고 있는 자동차가 있는 골목길로 향했다. 그곳엔 가브리엘이 있었다. 그녀는 단호한 모습으로 손에는 장갑을 끼고, 천을 뒤집어쓰고, 모자를 착용한 채였다. 4기통 엔진과 오버헤드 밸브를 장착한 시트로앵 트락시옹 포 카브리올레 모델을 타고 있는 그 모습은, 마치 랠리 경주를 참관하러 온 사람처럼 보였다. 뒷좌석에는 가방과 트렁크들이 한가득 쌓여있었고, 그 위에 포장된 소포 한 무더기가 올라가 있었다. 신문지 속에 둥글게 말린 검은 형태가 보였다. 까마귀 네 마리의 머리가 밖으로 튀어나와 있었다. 기이한 모습이었다. 미리얌은 저 많은 잡동사니 사이에 자신이 탈 수나 있을지 의문스러웠다. 자닌은 좌우를 번갈아 살폈다. 골목길에는 아무도 없었다. 행인도, 자동차도 보이지 않았다. 자닌은 재빠른 몸짓으로 뒷좌석의 짐들을 치우고는 해치를 가리켰다.

"얼른 이 안으로 들어가."

미리얌은 뒷좌석 등받이에 트렁크와 연결되는 공간이 만들어져 있다는 걸 깨달았다. 자동차 수리공 친구를 둔 덕에 자닌은 모친의 차를 개조하여 미리얌이 몸을 숨길 수 있을 정도의 비밀 공간을 만들 수 있었다. 마치 이상한 나라의 앨리스처럼, 미리얌은 트렁크 내부로 들어가기 위해 몸을 작게 말았다. 두 다리를 뻗으려는 순간, 트렁크 구석에서 뭔가가 움직이는 게 느껴졌다. 살아있는 것이었다. 처음에는 동물이겠거니 했지만, 그건 그곳에서 가만히 대기하던 한 남성이었다.

전체적인 생김새를 볼 수는 없었지만 일부분은 알아볼 수 있었다. 시인처럼 맑은 눈빛, 수도승처럼 둥근 머리 모양, 무엇보다도 턱의 보조개가 눈에 띄었다.

— 그건 장 한스 아르프였어. 당시에 56세였지.

— 화가 말이에요?

— 응. 가브리엘의 친한 친구였거든. 미리얌의 사후에 그녀가 썼던 글에서 이 일화를 발견했어. 거기엔 이렇게 쓰여 있었지.

「장 아르프와 함께 자동차 트렁크 속에서 경계선을 넘다.」

그때 그는 아내인 조피 토이버를 만나기 위해 프랑스 남서부의 네락으로 향하던 중이었다는 걸 알게 됐어. 장이 독일 출신이기도 했고, 두 사람이 '타락한' 예술가라고 여겨졌기 때문에 파리를 떠나야 했지. 그땐 그런 명목으로도 체포될 수 있었거든.

서로의 곁에 나란히 누운 미리얌과 화가는 아무런 대화도 나누지 않았다. 당시는 침묵의 시대였다. 자기 자신을 지키기 위해 말을 꺼내지 않고, 곤경에 처하지 않기 위해 질문을 던지지 않았다. 심지어 자기 자신에게도. 장 아르프는 자신의 옆에 있는 젊은 여자가 유대인인지 알지 못했고, 미리얌은 장 아르프가 이념적인 이유로 나치 독일로부터 도피하는 중이라는 사실을 몰랐다.

차는 포르트 도를레앙을 향해 천천히 전진했다. 그곳에서 자닌과 가브리엘은 그들에게 통행을 허가하는 증명서인 '아우슈바이스Ausweis'를 제시해야 했다. 물론 가짜였다. 자닌과 가브리엘은 군인들에게 당당하게 가짜 증명서를 내밀었다. 두 사람은 결혼과 관련한 이야기를 하나 지어냈다. 자닌이 결혼식을 치르기 위해 남편 될 사람을 만나러 가는 길이라는 것이었다. 군인 앞에서 자닌은 정서가 불안한 젊은 여성을 연기했고, 가브리엘은 많은 일을 치르며 지쳐버린 엄마를 연기했다. 살면서 그토록 매력적으로 굴고 많은 미소를 지었던 적이 없었다.

"제 딸이 트렁크 안에 짐 가방을 몇 개나 실었는지 몰라요…. 이사라도 가는 줄 알았다니까요? 나중에 도로 파리로 가져와야 하는 것들인데, 이게 말이 된다고 보세요? 혹시 결혼하셨어요? 하지 마세요."

가브리엘의 말에 군인들이 웃음을 터뜨렸다. 가브리엘은 베를린에서 음악을 공부하던 당시에 배운 유창한 독일어로 말했다. 군인들은 프랑스인으로서 흠잡을 데 없는 독일어를 구사하며 톡톡 튀는 가브리엘을 칭찬하고는 자닌의 결혼을 축하했다. 가브리엘은 감사 인사를 전했고, 서로 수다를 나눴다. 가브리엘은 결혼식 만찬을 위해 준비한 죽은 새들 중 하나를 그들에게 권했다. 까마귀는 독일 점령기에 한 조각에 20프랑까지 판매되는 인기 있는 음식이었고, 수프로 끓이면 맛이 좋았다.

"Wollen sie eins?(하나 드릴까요?)"

가브리엘이 물었다.

"Nein, danke, danke.(아뇨, 고맙지만 됐습니다.)"

통행 허가증 확인은 무리 없이 통과되었고, 군인들은 두 여성을 보내주었다. 그리고 가브리엘은 서두르지 않고 자동차를 차분히 출발시켰다.

에브라임과 엠마 라비노비치는 잠을 이루지 못했다. 어서 아침이 오기를, 그리고 시청이 문을 열기를 기다렸다. 두 사람은 침착하게 옷을 갈아입었다. 엠마는 에브라임에게 무언가 할 말이 있었지만, 에브라임은 '지금은 아무 말도 하고 싶지 않다'는 손짓을 해 보였다. 옷을 갈아입은 뒤에 엠마는 주방으로 내려가 식탁에 아이들의 그릇, 숟가락, 냅킨을 올려놓았다. 에브라임은 아무런 말 없이, 그러한 행위를 어떻게 해석해야 할지 모른 채 그냥 아내가 하는 대로 내버려 두었다. 그리고 두 사람은 함께 꼿꼿하고 당당하게 포르주 시청으로 향했다. 그들을 맞이한 것은 시장인 브리안스였다. 그는 생선의 배처럼 반질거리는 흰 이마에 검은색 머리칼이 달라붙어 있는, 체구가 자그마한 남성이었다. 라비노비치 가족이 그의 코뮌에 정착한 이래로, 그가 원하는 것은 단 하나였다. 바로 라비노비치들이 사라지는 것이었다.

"우리 애들이 어디로 보내졌는지 알고 싶어요."

"도청으로부터 아무런 정보를 받지 못했습니다."

시장이 가늘고 높은 목소리로 대답했다.

"둘 다 미성년자란 말입니다! 그러니 당신은 애들이 지금 어디에 있는지 알려줄 의무가 있어요!"

"제겐 아무런 의무도 없습니다. 그런 식으로 말씀하시지 마시죠. 그래도 소용없으니까요."

"애들에게 돈을 보내고 싶어요. 애들이 여행을 해야 한다면 말이에요."

"그럼 제가 여러분 대신 돈을 맡아드리죠."

"그게 무슨 말입니까?"

"아뇨, 아뇨. 아무것도 아닙니다."

시장이 성의 없이 대답했다. 에브라임은 그의 얼굴을 한 방 때려주고 싶었지만 이내 모자를 고쳐 썼다. 그는 선한 행동을 하면 아이들을 더 빨리 만날 수 있을 거라 믿으면서 시청을 나왔다.

"드보르 씨네 집으로 가면 어때요?"

시청을 나서면서 엠마가 남편에게 물었다.

"왜 진작 그 생각을 못 했지?"

엠마와 에브라임은 드보르 씨네 집의 초인종을 눌렀다. 하지만 아무런 답이 없었다. 그들은 교사와 그녀의 남편이 시장을 보고 돌아오기를 바라며 조금 기다렸다. 하지만 지나가던 한 이웃이 드보르 부부가 이틀 전에 여름휴가를 떠났다는 말을 전해 주었다.

"그 집 남자가 짐을 들고 있던데요. 굉장히 서두르는 것 같았어요!"

"언제 돌아오는지 아십니까?"

"여름 전에는 안 올 것 같은데요?"

"편지를 쓸 수 있는 주소를 혹시 아십니까?"

"아뇨. 안타깝지만 9월까지 기다려야 할 것 같네요."

휘발유는 독일에 의해 징발되었기 때문에 자닌과 가브리엘은, 모든 프랑스인과 마찬가지로, 내연기관을 작동시킬 수 있는 대체 연료를 사용해야 했다. 자동차는 고데Godet 코냑, 오데 코롱, 의류용 얼룩 제거제, 용액, 심지어는 레드 와인으로도 이동이 가능했다. 자닌과 가브리엘이 사용한 것은 휘발유, 벤졸, 사탕무 주정을 섞은 것이었다.

엔진에서 배출되는 향기는 미리얌과 장을 반쯤 의식이 없는 취기 상태에 빠트렸다. 두 사람은 커브 길에서는 서로의 몸에, 차가 덜컹거릴 때는 트렁크 천장에 부딪쳤다. 장은 자신이 팔이나 허벅지로 미리얌을 깔아뭉갤 때마다 최선을 다해 사과했다. 그의 두 눈이 '닿아서 죄송합니다', 혹은 '부딪쳐서 죄송합니다…'라고 말하는 듯했다. 이따금 차는 숲 근처에서 멈추었고, 자닌은 미리얌과 장을 밖으로 나오게 한 뒤, 몸을 일으켜 세우고 피가 돌게 했다. 그리고 둘은 다시 트렁크 안으로 들어가 몇 시간을 또 달렸다. 점점 자유 구역이 가까워지고 있었다. 경계선에 있는 검문을 통과하는 일이 남아 있었다.

경계선은 약 1,200km에 걸쳐 프랑스를 반으로 갈라놓았다. 경계선이 비상식적으로 그어진 곳도 있었다. 예를 들면 강바닥에 지어진 슈농소 성은 들어가는 입구는 독일 점령 지역에 위치하지만 정원은 자유 구역에 속해있어 자유로운 산책이 가능했다.

가브리엘과 자닌은 손에루아르의 투르뉘를 지나기로 결정했다. 네락으로 가는 최단 경로는 아니었지만 가브리엘이 자신의 손바닥처럼 훤히 꿰뚫고 있는 곳이었다. 프란시스, 마르셀, 기욤과 함께 수도 없이 오갔던 길이었다.

경계선을 통과하기 위한 검문소는 샬롱쉬르손에 있었다. 가브리엘은 근로자들이 식사를 위해 집으로 돌아갈 점심 무렵에 맞춰 그곳에 도착하리라 예상했다.

'군인들이 그렇게 열심히 근무를 설 것 같지 않아.'

자닌이 생각했다. 그녀와 가브리엘은 위협적으로 바람에 나부끼는 나치 깃발이 걸린 시청 광장을 건너 도시를 가로질렀다. 카르노 병영은 독일군의 주둔을 위해 징발된 이후 '아돌프 히틀러 병영'이라는 이름으로 바뀌었다. 차는 포트빌리에 광장으로 나아갔다. 그곳엔 녹여서 쓰기 위해 독일 점령군이 회수한 청동상의 빈 받침대만이 쓸쓸히 남아있었다. 사진 발명가 조제프 니세포르 니에프스 전신상의 유령이 자신의 초석을 찾아 공중을 떠도는 듯했다.

자닌과 가브리엘은 샤반느 다리에 있는 검문소를 발견했다. 중세 시대 통행료를 걷었던 곳과 똑같은 장소인 샤반느 다리 초입에 나무로 된 초소가 자리 잡고 있었다. 독일 진영에서는 국경 감시군이, 프랑스 진영에서는 예비역 기동 헌병대가 검문소를 맡고 있었다. 숫자도 많고, 파리를 지키던 군인들에 비해 호의적이지 못한 모습이었다. 독일이 점령한 프랑스 전역에서 유대인에 대한 단속이 대대적으로 벌어지고 있어, 도주를 시도하는 유대인들을 잡기 위해 감시 인원을 두 배로 늘린 탓이었다.

두 사람의 심장이 터질 듯 뛰었다. 다행히도 예상했던 것처럼 자신들 외에도 검문소를 통과하려는 사람들이 더 있었다. 매일 직장과 집을 오가는 인근 주민들이 자전거를 타고 국경을 통과하기 위해 양방향으로 줄을 서 있었다. 이들은 반경 5km 이내에서 사용 가능한, '인근 주민'이라고 적힌 아우슈바이스를 제시해야 했다.

차례를 기다리면서 자닌과 가브리엘은 경찰에 쫓기는 사람을 돕는 사람과 그 사람의 일가족에게 어떤 처벌이 내려지는지 상세히 설명하는 포스터를 읽었다.

1. 18세 이상의 배우자의 남자 형제 및 사촌 및 남성 친족은 모두 총살된다.
2. 같은 촌수에 속하는 모든 여성은 강제 노역에 처한다.
3. 이 조치에 해당하는 모든 17세 이하 남녀 아동은 감화원에 위탁된다.

자닌과 가브리엘은 그들을 기다리고 있는 것이 무엇인지 이미 알고 있었다. 지금은 주저할 때가 아니었다. 헌병대가 검문을 위해 차량으로 다가오고 있었다. 자닌과 가브리엘은 가짜 아우슈바이스를 내밀었고, 다시 한번 결혼의 기쁨, 웨딩드레스, 혼수, 지참금, 하객들에 관한 연극을 펼치며 매력을 발산했다. 헌병대는 파리의 군인들에 비해 호락호락하지 않았지만, 결국 두 사람을 통과시켜 주었다. 딸을 결혼시키는 엄마는 존중받을 만했다. 이제는 몇 미터 떨어진 곳에 있는 독일군의 검문을 받을 차례였다.

그들이 짐 가방이나 트렁크를 열지 않도록 설득하는 것이 관건이었다. 가브리엘이 독일어를 완벽하게 구사한 것이 도움이 되었다. 군인들은 가브리엘의 노력에 마음이 이끌렸다. 가브리엘은 자신이 음악 공부를 하러 떠났던 1906년과 비교해 사뭇 달라져 있을 지금의 베를린으로부터 새로 도착한 소식은 없는지, 자신이 베를린 사람들을 얼마나 좋아하는지 이야기했다.

바로 그때, 갑작스럽게 군견이 트렁크 근처의 냄새를 맡기 시작했고, 고집스럽게 줄을 당기며 점점 더 강하게 짖어댔다. 주인에게 트렁크 안에 뭔가 살아있는 것이 있다는 걸 알리려는 것이었다.

미리얌과 장 아르프는 잔뜩 흥분한 군견들이 트렁크 천장을 치는 소리를 들었다. 미리얌은 두 눈을 질끈 감고 숨을 멈췄다.

밖에서는 독일 군인들이 왜 군견들이 날뛰는지 이해하려 애쓰고 있었다.

"Tut mir leid meine Damen, das ist etwas im Kofferaum….(죄송합니다만 부인, 트렁크에 뭔가 군견들을 흥분시키는 게 있나 봅니다….)"

"아, 그건 까마귀 때문이에요!"

가브리엘이 독일어로 외쳤다.

"Die Krähen! Die Krähen!(까마귀! 까마귀!)"

그녀는 뒷좌석에 놓인 까마귀들을 낚아챘다.

"결혼식 연회를 위한 거예요!"

그리고 까마귀들을 군견의 주둥이에 가져가 댔다. 군견들은 트렁크 안의 존재를 잊고 식욕을 이기지 못해 까마귀에게로 달려들었다. 검은

깃털이 사방으로 뜯겨 나갔다. 군인들은 결혼식 연회를 위한 요리가 군 견들의 뱃속으로 순식간에 집어삼켜지는 것을 바라보았다.

당황한 채로 그들은 시트로앵 차량을 보내주었다.

백미러를 통해 가브리엘과 자닌은 군인들의 초소가 점차 작아지다가 이내 사라지는 걸 지켜보았다. 투르뉘를 벗어나자, 자닌은 자신의 엄마에게 잠시 차를 멈춰달라고 부탁했다. 트렁크에 있는 사람들을 안심시키기 위해서였다. 미리얌은 온몸을 사시나무 떨듯 떨고 있었다.

"이제 괜찮아. 성공했어."

자닌이 미리얌을 안심시켰다.

그리고 나서 자닌은 몇 발짝 걸어가 자유 구역의 공기를 폐 속으로 가득 들이쉬었다. 다리가 후들거렸다. 한쪽 무릎을 바닥에 대고, 다른 쪽 무릎도 댔다. 그렇게 진이 빠져버린 채, 자닌은 고개를 앞으로 숙이고 몇 초간 머물렀다.

"얼른 타렴. 해가 지기 전에 아직 600km는 더 가야 해."

가브리엘이 딸의 어깨에 손을 올려놓으며 말했다. 그녀가 자식들에게 애정을 보인 최초의 순간이었다.

자동차는 쉬지 않고 달렸다. 자정을 조금 앞둔 야간 통행금지 시각에 자동차는 커다란 저택에 들어섰다. 미리얌은 자동차가 속도를 줄이는 것을 느꼈고 사람들이 속삭이는 소리를 들었다. 트렁크 밖으로 나오라는 소리에 몸을 일으키려 했지만, 팔다리가 굽어져 쉽지 않았다. 미리얌은 마치 죄수와 같은 모양새로 알 수 없는 방으로 옮겨졌고, 거기서 까무룩 잠에 들었다.

다음 날 미리얌이 잠에서 깼을 때, 피부에는 온통 멍 자국이 생겨나 있었다. 어렵게 바닥을 딛고 일어서 창문으로 조금씩 다가갔다. 커다란 참나무가 주위를 둘러싸고 있는 장엄한 오솔길을 가진 성이 보였다. 황갈색 파사드와 오페레타 난간을 가진 이탈리아식 대저택이었다. 루아르 지방에 와본 적이 없었던 미리얌은 숲속의 습기를 머금어 반짝이는 햇빛의 아름다움을 바라보았다.

　　그때, 한 여인이 주전자와 물 잔을 가지고 방 안으로 들어왔다.

　　"여기가 어디죠?"

　　미리얌이 물었다.

　　"빌뇌브쉬르로트에 있는 라모스 성이에요."

　　"다른 사람들은 어디에 있나요?"

　　"오늘 아침 일찍 떠났어요."

　　미리얌은 안뜰에서 시트로앵이 사라지고 없는 것을 발견했다.

　　'나를 여기에 버려두고 갔구나.'

　　그렇게 생각하면서 미리얌은 바닥에 누웠다. 두 다리에 더는 힘이 들어가지 않았다.

7월 15일 새벽, 자크와 노에미는 열네 명의 사람들과 함께 에브뢰 감옥을 떠났다. 자크는 그중에서 가장 나이가 어렸다. 이들은 루앙 3군단의 본부로 이송되었다. 7월 13일에 있었던 대량 검거로 체포된 모든 유대인이 그곳에 모였다.

다음 날 오후, 1942년 7월 16일 라비노비치 부부는 같은 날 아침 파리에서도 대규모 유대인 검거가 이루어졌다는 소식을 들었다. 새벽 4시에 유대인들이 침대에서 끌어내려졌고, 폭력이 동반된 협박에 못 이겨 강제로 짐 가방을 싸고 그길로 떠났다. 검거는 사람들의 눈을 피하지 못했다. 나치 보안경찰은 보고서에서 이렇게 언급했다.

「파리 시민들은 총체적이고 전반적으로 반유대주의 정서를 가지고 있음에도 불구하고, 이번 조치를 비인간적이라 평가했으며, 심각한 사안으로 받아들였다.」

마을의 한 이웃이 엠마에게 말했다.

"아이가 있는 젊은 여성들까지도 데려갔대요. 친언니가 파리에서 관리인으로 있는데 제게 그렇게 말해줬어요. 경찰들이 철물공을 대동하고 와서 문을 여는 걸 거부한 집은 강제로 따고 들어갔대요."

그녀의 남편이 덧붙였다.

"거기다 건물 관리인을 찾아가서 집주인들이 금방 돌아오지 않을 테니까 가스를 잠그라고 했다지 뭐예요⋯."

"사람들을 동계 경륜장[40]으로 데려갔다는데, 혹시 아세요?"

동계 경륜장. 엠마는 그곳을 알고 있었다. 자전거 경기, 아이스하키, 복싱 경기가 열리던 파리 15구 넬라통 거리에 있는 경기장이었다. 자크가 어렸을 때, 롤러스케이팅 경기인 '파탱 도르'를 관람하기 위해 에브라임이 자크를 그곳에 데려간 적이 있었다.

'이게 대체 무슨 일이야?'

공포에 사로잡힌 에브라임은 생각했다.

엠마와 에브라임은 더 많은 정보를 알아내기 위해 시청으로 향했다. 포르주 시장 브리안스는 당당하게 시청을 방문해 복도를 어슬렁거리는 이 외국인 부부의 존재에 분노했다.

"파리에서 유대인들이 한곳에 집결되었다는 이야기를 들었어요. 거기 우리 애들도 있는지 알고 싶어요."

에브라임이 시장에게 말했다.

"그러기 위해서는 특별 통행 허가증이 필요해서요."

엠마가 덧붙였다.

"도청과 의논해 봐야 합니다."

시장은 사무실 문을 걸어 잠그며 대답했다. 그는 분노를 가라앉히기 위해 코냑 한 잔을 들이켰다. 그리고 비서를 시켜 라비노비치 부부의 접근을 차단할 것을 지시했다. 젊은 비서의 예쁜 이름은 바로 '로즈 마들렌'이었다.

7월 17일, 자크와 노에미는 루앙 교도소로부터 200km 떨어진, 오를 레앙 근처 루아레에 있는 수용소로 이송되었다. 이송에 오전 시간이 모 두 소요되었다.

피티비에 수용소에 도착한 이들이 처음으로 발견한 것은 조명기가 달 린 망루들과 철조망이었다. 음산한 철망 뒤로는 온갖 형태의 건물들이 늘어서 있었다. 경비가 삼엄한 군부대, 혹은 야외 교도소처럼 보였다.

경찰은 사람들을 모두 트럭에서 내리게 했다. 수용소로 들어가면서 자크와 노에미의 앞뒤로 수많은 사람이 줄지어 섰다. 기록을 위해 모두 가 대기하고 있었다. 도착한 사람들의 정보를 기입하는 한 경찰관은 나 무로 된 작은 책상 뒤에 앉아 군인 한 명의 보조를 받으며 기록에 열중 하고 있었다. 자크는 그들의 반짝거리는 모자와 7월의 햇살을 받아 빛나 는 가죽 부츠를 바라보았다.

자크는 수감 기록에 2582번으로 기록되었다. 노에미의 번호는 147번 이었다. 모두가 특별 계좌 서류를 작성했다. 자크와 노에미는 돈은 단 한 푼도 가지고 있지 않았다. 두 사람이 속한 그룹은 다른 사람들과 함 께 안뜰로 이동했다. 스피커에서는 이들에게 조용히 줄지어 서고, 수용소의 규칙을 따를 것을 지시했다. 일과는 매일 똑같았다. 아침 7시 커피, 8시부터 11시까지 위생 및 정비 작업, 11시 30분 식사, 14시부터 17시 30분까지 다시 위생 및 정비 작업, 18시 식사, 그리고 22시 30분 소등. 수용자들은 차분하게 협조해야 했고, 외국으로 배속된다면 거기서는 더 좋은 노동 환경을 보장받을 수 있을 거라고 약속받았다. 수용소는 하나의 중간 단계에 불과했고, 모두가 통제와 명령에 따라야 했다. 스피커에서는 수용자들에게 각자의 막사로 이동하라는 지시가 흘러나왔다. 자크와 노에미는 피티비에 수용소를 살펴보았다. 총 19개의 막사를 포함하며 최대 2천 명의 인원을 수용할 수 있는 규모였다. 막사는 목조 건물이었다. 모든 것이 1차 대전 당시 빠르게 조립이 가능한 막사를 고안했던 기술 장교 루이 아드리앙의 이름을 따서, '아드리앙' 모델로 건축되었다. 길이 30mm, 너비 6m, 가운데 난 복도가 수많은 짚으로 덮인 이 층짜리 침대 틀을 반으로 가르고 있는 구조였다. 그곳이 수용자들의 침실이었다.

막사 안은 여름에는 열기로 숨이 막힐 듯 덥고 겨울에는 얼어 죽을 듯 추웠다. 위생 환경 또한 열악해서 칸막이 안에서 쥐 수십 마리가 우글거리는 만큼 빠르게 질병이 돌았다. 밤이고 낮이고 나무를 타고 다니는 쥐들의 발톱 부딪히는 소리가 들렸다. 자크와 노에미는 외부에 위치한 화장실과 욕실을 살펴보았다. 시멘트로 마감된 구멍 위로 각자 몸을 웅크리고 볼일을 봐야 하는 그런 곳도 '화장실'이라고 불렸고. 이곳에선 다른 사람들이 보는 앞에서 용변을 해결해야 했다.

주방과 관리자들이 사용하는 곳만은 영구적으로 지어진 건물이었다. 의무실 앞을 지나가면서 노에미는 흰 블라우스를 입은 여자가 자신을 빤히 바라보는 것을 느꼈다. 곱슬머리를 가진 40대로 보이는 프랑스인이었다. 일 중간에 잠시 계단으로 나와 휴식을 취하고 있는 듯했다. 그녀는 맑고 강렬한 눈빛으로 노에미를 오랫동안 쳐다보았다.

자크와 노에미는 또다시 서로 떨어졌다. 자크는 5번 막사, 노에미는 9번 막사에서 지내게 되었다. 매번의 헤어짐은 고통스러웠고, 자크는 그럴 때마다 극도의 두려움을 느꼈다. 남자들과의 생활은 익숙하지 않았다. 노에미가 자크에게 약속했다.

"될 때마다 너를 보러 올게."

노에미는 배정받은 막사 안으로 들어갔다. 한 폴란드인 여자가 밤사이 짐을 도둑맞지 않고 옷들을 널어놓는 방법을 알려주었다. 그녀는 알아듣기 힘든 방언을 사용했고, 노에미는 폴란드어로 대답했다. 1942년 7월에 수감된 사람들은 대부분이 폴란드, 러시아, 독일, 오스트리아 등의 외국 출신 유대인이었다. 많은 이들이 프랑스어를 잘 구사하지 못했고, 가정 내에 머무르던 대다수의 여성은 더욱더 그랬다. 수용소에서는 모두가 알아들을 수 있는 이디시어가 공용어로 쓰였다. 한 수용자는 낮 동안 스피커에서 쏟아지는 지령을 통역하는 일을 맡기도 했다.

노에미가 짐을 푸는 동안, 누군가가 자신의 팔을 세게 붙잡는 것을 느꼈다. 남자의 손목이었다. 하지만 뒤를 돌았을 때, 눈앞에 보이는 것은 의무실 앞에서 자신을 뚫어져라 바라보았던 맑은 눈빛의 여성이었다.

"너, 프랑스어 할 줄 알지?"

그녀가 노에미에게 말했다.

"네."

노에미가 놀라며 대답했다.

"다른 언어도 할 줄 알아?"

"독일어요. 러시아어, 폴란드어, 그리고 히브리어도 해요."

"이디시어는?"

"조금요."

"좋아. 짐 다 풀고 나면 의무실로 와. 군인들이 뭐라고 하면 오발 선생이 기다리고 있다고 말해. 서둘러."

노에미는 그녀의 지시를 따라서 짐을 풀었다. 그리고 가방 바닥에서 잃어버린 줄 알았던 장미 향 크림을 발견했다. 그러고는 곧장 의무실로 향했다.

그곳에 도착하자, 강렬한 눈빛의 여자가 노에미에게 하얀 블라우스를 건넸다.

"이거 입어. 그리고 내가 하는 걸 지켜봐."

그녀가 말했다. 노에미는 블라우스를 바라보았다.

"그래, 그거 더러운 거 나도 알아. 하지만 그것보다 더 나은 게 없어."

"그런데 누가 오발 선생님이에요?"

노에미가 물었다.

"나야. 이제부터 네게 간호 보조가 알아야 하는 모든 걸 알려줄 거야. 너는 용어들을 외우고 위생 규칙을 준수하기만 하면 돼. 알겠어? 네가 잘하면 매일 여기서 나와 일하는 거야."

저녁까지 노에미는 쉬지 않고 의사가 하는 일을 주의 깊게 지켜보았다. 노에미는 기구 소독을 맡았다. 그녀는 곧 자신의 할 일이 의무실을 찾은 여성들을 안심시키고, 그들의 말을 들어주고, 도움을 주는 일이라는 걸 이해했다. 의무실에서의 하루는 긴급한 처치가 필요한 다양한 국적의 환자들이 몰려드는 탓에 순식간에 지나갔다.

일과가 끝나고 오발이 말했다.

"잘했어. 다 외운 것 같네. 내일 아침 다시 여기로 와. 한 가지 주의할 게 있어. 환자들에게 너무 가까이 다가가지 마. 그들의 피에 닿아서도, 그들이 내뿜는 가스를 마셔서도 안 돼. 네가 병에 걸리면 누가 날 도와줘?"

— 잠깐만요, 엄마. 이 의사와 의무실 이야기는 어떻게 알게 됐어요?

— 이것도 내가 지어낸 게 아니야. 아델레이드 오발이란 의사는 실제로 존재했어. 전쟁이 끝난 뒤에 《의학과 반 인류 범죄》라는 책을 냈거든. 자 봐, 이게 그 책이야. 좀 잡아줄래? 몇몇 구절에 줄을 쳐놨어. 읽어 봐. 7월 17일, 새로운 수용자들이 대거 도착한 날에 대해 서술하고 있어.

「여성 스물다섯 명. 모두가 프랑스에 거주하는 외국인들이었다. 수용소로 들어오는 그들을 보는데 한 젊은 여자가 시선을 사로잡았다. 이름은 노 라비노비치. 그녀는 리투아니아인의 전형적인 얼굴, 골격이 잘 잡힌 건강하고 단단한 몸을 가지고 있었다. 나는 곧장 그녀를 선택했다. 그리고 그녀는 곧 최고의 동료가 되었다.」

— 이 여자가 노에미를 기억하고, 또 노에미에 대한 글을 썼다는 게 감동적이네요.

— 맞아. 그녀는 책 속에서 노에미를 아주 많이 언급했어. 이 아델레이드 오발은 '열방의 의인[41]' 중 한 사람이란다. 당시 나이는 36세. 신경정신과 의사였어. 부친은 사제였고, 수용소의 의무실을 담당하기 위해 피티비에 수용소로 전근을 왔지. 노에미에 관한 기록이 담긴 책은 이것 말고도 더 있었어. 노에미는 어느 곳에서나 사람들의 눈에 띄었지. 그 이야

기도 차차 들려줄게.

첫날을 마무리하면서 오발은 자신의 새로운 간호 보조에게 흰 설탕 두 조각을 주었다. 노에미는 설탕을 주머니에 소중하게 넣고 수용소를 가로질러 달려갔다. 얼른 동생에게 설탕을 주고 싶었다. 하지만 노에미가 동생을 찾았을 때, 자크는 불같이 화를 냈다.

"어떻게 한 번을 보러 오지 않을 수가 있어? 하루 종일 기다렸다고!"

자크는 설탕 두 조각을 입속에 털어 넣고 나서야 마음을 누그러뜨렸다.

"오늘 뭐 했어?"

노에미가 물었다.

"고역이었어. 다른 애들이랑 같이 화장실로 보내졌거든. 손가락만큼 굵은 구더기들이 화장실 바닥에 우글거려. 정말 역겨워. 크레질을 뿌려 버려야 하는데. 냄새가 너무 지독해서 막사로 돌아왔는데도 머리가 아직도 아파. 여긴 너무 끔찍해. 누나는 모를 거야. 여기엔 쥐들도 있어. 침대에 누우면 소리가 들려. 집에 돌아가고 싶어. 뭐라도 해 봐. 미리암 누나였다면 해결책을 찾았을 거야."

노에미는 자크의 지적을 참을 수 없었다. 그녀는 동생의 어깨를 잡아 흔들며 말했다.

"그래서 그 미리암이 지금 어디에 있는데? 어? 보러 가, 그럼. 가서 해결해 달라고 하라고!"

자크는 눈을 내리깔며 노에미에게 사과했다.

다음 날 아침, 노에미는 수용소가 한 달에 한 번, 수용자 한 명당 한 장의 편지를 보낼 수 있게 허용한다는 사실을 알게 됐다. 노에미는 그

즉시 부모님을 안심시키기 위해 편지를 쓰기로 결심했다. 서로 헤어진 지 벌써 닷새째였다. 그동안 서로의 소식을 듣지 못했다. 노에미는 편지 속에서 자신이 처한 상황을 미화시켜 적었다. 자신은 의무실에서 일을 하게 되었고 자크는 건강하다고 썼다.

편지를 쓴 후 노에미는 일터로 향했다. 노에미가 도착했을 때, 의사는 수용소 관리인과 언쟁을 벌이고 있었다. 그녀는 의무실의 물품 부족에 대해 항의하고 있었다. 관리자는 협박으로 응수했다. 그때 노에미는 오발 박사가 수용소 직원이 아니라 수용자 중 하나라는 사실을 알았다. 그녀는 자신과 다를 바 없었다.

오발이 일과를 마치고 털어놓았다.

"엄마가 작년 4월에 돌아가셔서 장례식 때문에 파리에 가야 했어. 그런데 아우슈바이스가 없었지. 비에르종의 경계선을 불법으로 넘다가 경찰에 체포된 거야. 그리고 부르주의 교도소에 수감되었지. 거기서 독일 군이 유대인 가족을 학대하는 걸 보고 끼어들었더니, '너는 유대인들을 옹호하니까 너도 그들의 운명을 나눠 짊어져라', 군인이 그렇게 말하더라고. 여자가, 그것도 프랑스인이 자신에게 대드는 게 열받았던 거지. 그래서 노란 별과 '유대인들의 친구'라는 완장을 차게 됐어. 얼마 후에 피티비에 수용소에서 의료진을 필요로 한다는 이야기를 들었고, 이곳 의무실을 관리하기 위해 보내졌어. 하지만 여전히 수용자 신세지. 그래도, 적어도 나는 사람들을 도울 수 있어."

"혹시 제가 종이랑 연필을 얻을 수 있을까요?"

"뭐 하게?"

"소설을 쓰려고요."

"내가 뭘 할 수 있는지 알아볼게."

그날 저녁, 오발은 노에미에게 연필 두 자루와 종이 몇 장을 가져다주었다.

"관리자들에게서 겨우 얻었어. 대신 내 부탁도 들어줘."

"제가 뭘 하면 되나요?"

"저기, 저 여자 보여? 오데 푸르흐트Hode Frucht라는 사람이야."

"누군지 알아요. 같은 막사를 써요."

"그럼 오늘 저녁에 저 여자가 남편에게 보낼 편지를 대신 써줘."

— 이 모든 내용이 오발 선생의 책에 나와 있다고요?

— 노에미가 피티비에 수용소의 여성들의 대서인이 되었다는 사실은 우연히 알게 된 거야. 오데 푸르흐트의 후손들을 만나면서지. 그들이 내게 노에미의 예쁜 필체로 작성된 편지들을 보여 줬어. 너도 알겠지만 노에미는 다른 청소년들처럼 자신만의 독특한 필체를 가지고 있었단다. 대문자 'M'의 세로획을 둥글게 말린 형태로 썼지. 수용소 동료들을 위해 써준 모든 편지에서 그걸 확인할 수 있었어.

— 편지 내용은 뭐였어요?

— 수용소에 온 여성들이 자신의 친지들을 안심시키는 내용이야. 그들이 걱정하지 않도록, 모든 게 괜찮다는 내용이었지…. 그들은 사실을 있는 그대로 털어놓지 않았어. 그래서 이후 수정주의자들이 이들의 편지를 이용하게 되지.

자크는 의무실로 노에미를 보러 왔다. 되는 일이 없었다. 군인 하나는 그의 헤어크림 패트롤 한을 빼앗아 갔고, 배가 아팠고, 외로웠다. 노에미는 친구를 사귀어 보라고 조언했다.

그날 저녁, 자크가 지내는 막사 사람들이 수용소 한쪽에서 안식일을 기념했다. 자크는 구석에 자리를 잡았다. 집단의 일부에 속한다는 건 기분이 좋았다. 기도가 끝난 후에 사람들은 유대 회당에서 그랬듯이 서로 대화를 나누었다. 자크는 그들의 대화를 들었다. 그들은 수용소에서 떠나는 기차에 관해 이야기했다. 그 기차가 정확히 어디로 가는지 아는 사람은 없었다. 어떤 이들은 동프로이센이라고 했고, 또 어떤 이들은 쾨니히스베르크라고 했다.

"실레시아의 소금 광산에서 일하러 가는 걸 거야."

"나는 농장이라고 들었는데?"

"에이. 우리가 소젖이나 짜러 갈까 봐?"

"도축되는 건 소가 아니라 우리야. 뒷덜미에 총구를 겨누고, 구멍 앞에 서서. 한 사람씩."

사람들이 나눈 이야기는 자크를 공포에 질리게 했다. 자크는 그 이야기를 노에미에게도 전했다. 노에미는 오발에게 끔찍한 소문들에 대해 어떻게 생각하느냐고 물었다. 오발은 노에미의 팔을 낚아채서는 눈을 똑바로 바라보며 쏘아붙였다.

"내 말 잘 들어, 노. 여기선 그걸 '개똥 방송국'이라고 불러. 그런 역겨운 이야기들과는 거리를 두도록 해. 네 동생에게도 똑같이 전해. 여기 상황은 힘들어. 그러니 견딜 줄 알아야 해. 그런 끔찍한 이야기들은 멀리하라고. 알아들었어?"

— 당시 오발 선생은 피티비에 수용소의 수용자들이 정말로 독일에 노동을 하러 가는 거라 믿었어. 회고록에 이렇게 썼지.

「상황을 파악하기까지는 아직도 멀었다.」

그녀가 머잖아 겪게 될 일들을 조심스럽게 표현한 문장이지. 그게 뭔지 간단하게라도 알고 싶다면 오발 선생의 책 부제목을 읽어 봐. '의학과 반인류 범죄: 아우슈비츠에 강제 수용된 어느 의사의 의학 실험에 대한 거부.' 더 읽고 싶으면 읽어도 돼. 대신 양동이 하나는 꼭 챙기고. 왜냐면 읽다 보면 토가 나오거든. 그냥 하는 말이 아니야.

— 그런데 왜 오발이 아우슈비츠로 보내진 거예요? 유대인도 아니고 정치범도 아니었잖아요.

— 목소리를 너무 크게 냈거든. 약자들을 지나치게 보호하려 한 거지. 그래서 1943년 초반에 아우슈비츠로 보내지게 돼.

7월 17일과 18일은 매우 더웠다. 의무실은 수많은 일로 바빴다. 실신, 불편함, 임신부들의 자궁 수축…. 한 헝가리인 여자는 니케서마이드를 놔 달라고 했다. 의사였던 그녀는 자신이 심장마비를 겪고 있다는 걸 알았다.

다음 날인 7월 19일, 동계 경륜장으로부터 첫 번째 수송자들이 도착했다. 지난 며칠 동안 수감되었던 8,000명의 가족들이 임시 수용소인 피티비에와 본라롤랑드로 분산되어 이송되었다. 처음으로 그곳에 유아들과 그의 엄마들, 그리고 노인들이 도착했다.

— 대량 검거가 있기 며칠 전에 파리에 소문이 퍼졌어. 그래서 일부 가

장들이 몸을 피할 수 있었지. 홀로 말이야. 아무도 아내와 아이들까지 검거될 거라고 예상하지 못했거든. 남은 가장들의 죄책감이 어떠했겠니? 그런 일을 겪고 어떻게 살아갈 수 있겠어?

피티비에 수용소는 그렇게 많은 인원을 수용할 만한 공간이 부족했다. 막사에 자리는 없었고, 침상도 모자랐으며, 그만큼 많은 인구를 수용할 준비가 전혀 되어 있지 않았다.

수송 버스는 쉬지 않고 도착했다. 피티비에 수용소로 도착하는 가족들의 모습은 모두를 패닉에 빠트렸다. 그들 이전에 피티비에로 왔던 수용자들뿐만 아니라, 수용소 관리자들, 의료진들, 경찰관들 역시 마찬가지였다. 보건 총국은 경찰 총수 르네 부스케에 피티비에와 본라롤랑드 수용소의 상황을 경고하는 편지를 보냈다.

「피티비에와 본라롤랑드 수용소는 그처럼 많은 인원을 수용할 여력이 없습니다. … 비교적 짧은 기간만이라고 한대도 그들 모두를 수용하는 것은 불가능합니다. 가장 기초적인 위생 규칙을 준수하지 않으면, 특히나 무더운 계절에는 전염성이 있는 질병들이 확산하고 말 것입니다.」

하지만 아무런 위생 조치가 취해지지 않았다. 7월 23일, 루아레 도청이 수용소에 50명의 헌병을 추가로 파견했을 뿐이었다.

또한 수용소 측은 유아들을 수용하리라고 예상하지 못했다. 유아를 위한 적절한 음식도, 유아를 씻길 준비나 갈아입힐 옷도 마련되지 않았다. 유아에게 적합한 약도 없었다. 7월의 무더위 속에서 아이 엄마들이 처한 상황은 끔찍했다. 기저귀도, 깨끗한 물도 없었다. 당국은 분유를 제공해야 한다는 생각조차 하지 못했고, 물을 끓일 용기조차 마련해 놓지 않았다. 이 주제에 대한 조사 보고서가 도청에 제출되었다. 하지만 도청은 아무런 대처도 하지 않았다. 대신 이미 존재하는 것만큼의 새로운 철조망들이 신속하게 배송되었다. 몸집이 작은 아이들이 철조망 사이를 빠져나가 탈출할 것을 우려했던 것이다.

수용소에서 한 경찰이 쓴 보고서에 따르면, 「현재 수용된 유대인들은 최소 90%가 여성과 아이들로 이루어져 있다. 모든 수용자는 동계 경륜장에서의 체류로 인해 매우 피곤하고 지친 상태다. 그곳에서의 생활은 매우 혹독했고 모든 물자가 부족했다.」 아델레이드 오발은 이 보고서를 읽고 '매우 피곤하고 지친 상태'라는 완곡어법의 사용이 정말이지 우습다고 생각했다.

동계 경륜장에서 도착한 유대인 가족들의 상태는 비참함 그 자체였다. 그들은 며칠 동안 경기장에 촘촘하게 밀집된 채로, 바닥에서 아무렇게나 잠을 자고, 욕실도 없이, 견디기 힘든 악취가 나고 소변이 졸졸 흐르는 계단식 좌석에서 용변을 해결하며 생활했다. 더위로 인해 숨은 턱턱 막혔다. 먼지가 가득한 공기가 가뜩이나 힘든 호흡을 방해했다. 그들은 가축 취급을 받았고, 모욕을 당했다. 경찰에게 두들겨 맞은 남성들은 지저분했고, 여성들 역시 더위로 인해 악취를 풍겼고, 월경으로 인해 의복에 피가 배었으며, 아이들은 먼지투성이에다 상상도 못할 정도로 기진맥진한 상태였다. 한 여성은 계단식 좌석에서 군중을 향해 투신해 스스로 목숨을 끊기도 했다. 총 10개의 화장실 중에서 절반의 사용이 금지되었는데, 길거리를 향해 난 창문을 통해 탈출이 가능하다는 게 그 이유였다. 따라서 약 8,000명의 사람들이 화장실 5개를 나눠 써야 했다. 첫날 아침부터 변기가 막혀 역류했고, 사람들은 다른 사람들이 싼 대변 위에 앉아 용변을 해결해야 했다. 식량도 물도 지급되지 않아 소방관들이 소방호스를 열고 말 그대로 '목이 말라 죽어 가는' 남자와 여자, 아이들에게 물을 뿌려주어야 했다. 시민 불복종이었다.

7월 21일, 아델레이드와 노에미는 그전까지 작업장으로 쓰이다 동원 이후 숙소로 바뀐 창고 안으로 유아와 엄마들이 이동하는 것을 지켜보았다. 그들은 짚이 깔린 바닥에 누웠다. 모두가 사용하기에는 숟가락도 그릇도 충분치 않아, 오래된 통조림의 빈 통에 수프를 담아 배식했다. 아이들은 적십자사의 오래된 비스킷 통을 사용했다. 그것은 식사 시간에는 식기로 사용되다가 밤에는 소변을 담는 용도로 쓰였다. 아이들은 날카로운 철 부분에 베여 상처를 입었다.

위생 상태가 계속해서 악화하면서 전염병이 번지기 시작했다. 자크는 이질에 걸렸다. 아델레이드 오발은 가능한 한 막사 안에서 머물렀는데, 회고록에서 그는 막사로 들어가는 것을 두고 이렇게 묘사했다.

「그곳은 마치 토끼 우리 같다. 짚, 먼지, 기생충, 질병, 다툼, 징징거리는 소리…. 단 일 분도 타인과의 격리가 불가능한 곳이다.」

노에미는 할 일이 태산인 의무실 운영을 도왔다. 오발은 회고록에 이렇게 덧붙였다.

「의무실의 인원은 노와 나, 단둘뿐이었다. 발병할 수 있는 모든 병이 여기서 발병했다. 심각한 이질, 성홍열, 백일해, 홍역….」

헌병대는 피티비에를 드나드는 그들의 트럭 주유권을 요구했고, 새로 도착한 수용자들을 몰아넣을 막사를 지어달라고 요구했다. 그들도 이 같은 상황을 미리 알지 못했다.

— 헌병대는 저녁에 집에 돌아가서 자기 아내에게 뭐라고 했을까요?
— 이 이야기는 그것까진 담고 있지 않아.

노에미는 일을 해내는 능력뿐만 아니라, 지혜로도 오발 박사를 감탄하게 했다. 노에미는 종종 자신도 끔찍한 시련을 겪고, 커다란 용기를 보여줘야 할 때가 올 것이라고 말했다. 노에미는 그렇게 느꼈다. 오발은 회고록에 이렇게 썼다.

「노에미는 어디서 그런 지혜를 얻게 된 걸까?」

저녁이 되면 노에미는 막사 안에서 어둠이 시야를 완전히 가릴 때까지 소설을 썼다.
한 폴란드인 여자가 다가와 말했다.
"그 자리에서 자던 여자. 당신이 오기 전에 있던 그 여자도 작가였어요."
"정말요? 여기에 여성 작가가 있었다고요?"
"이름이 뭐였더라?"

폴란드인 여자는 다른 여자에게 물었다. 그녀가 대답했다.

"성은 기억이 안 나지만 이름은 이렌이었어요."

"설마 이렌 네미롭스키요?"

노에미가 눈썹을 치켜올리며 물었다.

"맞아요, 그 이름이었어요!"

이렌 네미롭스키는 피티비에 수용소 9번 막사에서 단 이틀만을 머물렀다. 그녀는 7월 17일, 6번 수송차량을 타고 노에미가 도착하기 몇 시간 전에 이송되었다.

7월 25일, 오발은 관리소 복도를 지나면서 새로운 이송이 준비되고 있다는 사실을 알게 됐다. 수용소가 더 가득 차기 전에 1,000명을 독일로 이송하려는 것이었다. 오발은 노에미와 헤어지는 게 두려웠다. 오발은 이렇게 기록해 놓았다.

「노는 훌륭한 간호 보조이다. 그녀는 삶을 똑바로 바라본다. 그리고 삶에서 무언가 강력하고 풍요로운 것을 기대한다. 그녀의 가능성은 무궁무진하며, 몸과 마음을 다할 준비가 되어 있다. 그래서 많은 사람이 우러러볼 그런 사람이 될 것이다.」

아델레이드 오발은 '노'를 자신의 곁에 붙들어 놓을 방법을 강구했다. 그리고 수용소 관리자 중 한 사람에게 말했다.

"내 간호 보조를 내게서 뺏어가지 말아줘요. 그 아이를 가르치느라 많은 시간을 썼어요. 일도 잘해요."

"그래, 좋아. 대책을 강구해 보지. 생각할 시간을 줘."

노에미가 포르주의 부모님에게 보낸 편지는 같은 날, 7월 25일 토요일에 도착했다. 부모님은 안심했다. 에브라임은 외르 도청에 편지를 쓰기 위해 펜을 들었다. 프랑스 당국이 자신의 아이들을 어떻게 하려는지 알고 싶었다. 그들이 피티비에 수용소에 얼마나 더 머무를 것인가? 앞으로 몇 주간의 상황은 또 어떻게 될 것인가? 그는 답장을 받기 위해 편지와 함께 회신용 봉투를 동봉했다.

— 어느 날, 외르 도청의 기록 보관소에서 에브라임이 보낸 이 편지를 우연히 발견했어. 충격이었지. 에브라임이 동봉했던, 페탱의 얼굴이 그려진 1.5프랑짜리 우표가 붙은 회신용 봉투가 거기 그대로 있었거든. 아무도 답장을 써주지 않았던 거야.

— 전쟁 이후에 기록 보관소들은 다 파괴된 게 아니었어요?

— 아냐. 비시 정부가 자신에게 위협적이라고 판단한 서류들을 모두 파기했다고들 하지만, 3개 도에서는 그 명령을 따르지 않았어. 외르는 그중 하나였어. 우리에겐 천운이었지. 그곳 기록 보관소에 아직 뭐가 남아 있는지 너는 상상도 못 할 거야. 마치 지하 세계, 평행 세계처럼 여전히 생생히 살아있지. 조금만 숨을 불어넣어도 활활 타오르는 숯덩이처럼 말이야.

여러 날이 지났다. 에브라임과 엠마는 간간이 자신들의 존재를 고지하기 위해 시청으로 갔다. 아이들의 소식을 기다리는 것 외에 그들이 달리 무슨 할 일이 있었을까?

그러는 동안 오발과 피티비에 수용소 관리소는 노에미를 다음번 이송 대상에서 제외하기 위한 방책을 찾아냈다.

1942년 7월, 아우슈비츠로의 이송에서 일부 사람들이 제외되었는데, 그것은 바로 프랑스인 유대인, 프랑스인과 결혼한 유대인, 루마니아인, 벨기에인, 튀르키예인, 헝가리인, 룩셈부르크인, 그리고 리투아니아인 이었다.

"자네 간호 보조가 그중 하나에 속하나?"

아델레이드는 노에미가 리가에서 태어났다는 사실을 기억하고 있었다. 리가는 리투아니아가 아닌 라트비아의 도시 이름이라는 걸 알았지만, 한번 운을 시험해 봐도 좋을 터였다. 과연 수용소 관리자들은 그 둘을 구분하지 못했다.

"입소할 때 그들이 제출했던 출신 증명 서류를 찾아서 가져와. 그러면 자네 간호 보조가 떠나지 않도록 신경을 써줄 테니까."

오발은 서둘러 입소 서류를 찾으러 관리소 사무실로 갔다. 하지만 노에미의 출생지는 서류에 명시되어 있지 않았다.

"어떻게든 해봐. 출생증명서를 떼어오든지. 그때까지는 불분명한 경우로 분류하고 이송을 중단시켜 주지."

수용소 관리자는 7월 28일 화요일에 다음과 같은 제목의 명단을 작성했다.

「피티비에 수용소: 착오로 인해 체포된 것으로 보이는 사람들.」

그는 목록에 자크와 노에미 라비노비치의 이름을 적었다.

— 그런 명단이 정말로 있었어요?

렐리아는 고개를 끄덕였다. 말로 표현하기에는 너무나도 깊은 감정이 차오른 듯했다. 그 표현을 읽으며 나는 엄마가 느꼈을 것을 상상해 보았다. '착오로 인해 체포된 것으로 보이는 사람들.' 하지만 때로는 상상만으로는 불가능한 것도 존재한다. 그럴 때는 침묵의 울림을 들어야 한다.

아델레이드 오발은 자크와 노에미의 프랑스 입국 서류를 떼기 위해 당국에 특별 요청을 했다. 기적을 바란 건 아니었지만 얼마간의 시간은 벌 수 있었다.

새로운 이송이 임박했다는 소문이 수용소에 퍼져나갔다. 기차들은 어디로 향할 것인가? 아이들은 어떻게 될 것인가? 수용자들은 패닉에 빠졌다. 몇몇 여성들은 자신들이 죽음으로 내몰리게 될 것이라며 고함을 질렀다. 그들은 결국 모두 죽게 될 거라고 주장했다. 이들은 '미친' 사람으로 여겨졌고, 다른 사람들의 사기를 해치지 않도록 구금되었다. 아델레이드 오발은 이때의 일을 회고록에 썼다.

「그들 중 하나가 이렇게 외쳤다. '그들은 우리를 기차에 태우고, 국경을 넘으면 객차에서 뛰어내리게 할 거예요!' 그 말이 우리를 깊은 생각에 빠트렸다. 만약 그녀의 말이 맞는 거라면? 그것이 미친 자들이 이따금 가지는 번득이는 통찰력에서 기인한 거라면?」

피티비에 수용소에서 13번 수송 대열이 꾸려졌다. 오발은 관리소 사무실에서 수송 대상 명단을 확인했다. 그럴 권리는 없었지만, 위험을 감수할 필요가 있었다. 그녀는 루앙 교도소 출신의 수감자들이 모두 이송 대상에 포함된다는 사실을 확인했다. 자크와 노에미도 루앙 교도소 출신이었다. 오발은 마지막으로 수용소장을 설득해 라비노비치 남매의 이송을 연기하고자 노력했다.

"정부가 그 두 사람이 리투아니아 출신이라는 증명서를 발급해 주기를 기다리고 있어요."

"그걸 기다려 줄 시간은 없어."

수용소장이 말했다. 오발은 분통을 터뜨렸다.

"그 애가 없으면 저 혼자서 어떡합니까? 의무실 일이 얼마나 과중한데요! 전염병이 지금보다 더 빨리 퍼지길 바라세요? 재앙이 닥칠 거예요. 감시인들, 경찰들에게까지 병이 퍼질 거라고요!"

오발은 그것이 관리소가 가장 두려워하는 거란 걸 알았다. 외부 노동자들이 전염병 때문에 수용소로 일하러 오는 걸 꺼리게 되면서 인력을 구하는 게 갈수록 힘들어지고 있었다. 수용소장이 한숨을 내쉬었다.

"장담은 못 해."

모든 수용자가 안뜰에 소집되었다. 이송될 690명의 남성, 359명의 여성, 그리고 147명의 아이들의 이름이 스피커를 통해 호명되었다. 자크와 노에미의 이름은 포함되지 않았다.

아이들, 심지어 몇몇은 신생아를 두고 떠나야 하는 엄마들이 이송을 거부했다. 일부는 땅바닥에 머리를 박고 버텼다. 한 여자는 헌병대에 의해 옷이 벗겨졌고, 찬물이 끼얹어진 뒤에 나체로 대열에 다시 복귀해야 했다. 수용소의 지휘관은 아델레이드 오발에게 통제를 어렵게 만드는 모든 여성들을 진정시키라고 명령했다. 그는 수용자들에게 오발이 미치는 영향력을 인지하고 있었다.

아델레이드는 당국이 남겨진 아이들에 대해 마련한 대책을 고지받는 조건으로 지휘관의 명령을 받아들이기로 했다. 지휘관은 오를레앙 도청으로부터 온 편지를 보여주었다. 거기엔 이렇게 쓰여 있었다.

「부모들이 수용소를 준비시켜 놓기 위해 미리 이송될 예정. 가능한 최선의 상황을 아이들에게 보장해 줄 수 있도록 최대한의 배려를 할 것임.」

좋은 대우를 해주겠다고 보장하는 내용에 안심한 아델레이드 박사는 아이들이 건강한 상태로 뒤따라갈 거라고 엄마들에게 약속했다.

"결국엔 모두가 다 만나게 될 거예요."

자크와 노에미는 루앙에서부터 함께 해온 동료들이 커다란 문밖으로 떠나는 모습을 지켜보았다. 철조망을 통해 그들은 수용소 인근의 거대한 들판으로 줄지어 향했다. 그곳에서 그들은 값나가는 물건들을 모두 내려놓고, 걸어서 피티비에 역으로 이동했다.

많은 사람이 떠난 뒤의 수용소는 조용했다. 아무도 말을 하지 않았다. 그리고 한밤중이 되자, 비명이 침묵을 갈랐다. 한 남자가 시계의 유리로 자신의 동맥을 그었다.

노에미와 오발은 지난번 수송으로 엄마를 떠나보내고 남겨진 어린아이들을 돌봐야 했다.

「노와 나는 밤에도 아이들을 돌보았다. 사방에서 오줌과 똥을 누는 소리가 들렸다.」

수용소의 아이들은 어른들이 알아듣지 못하는 어린애 말로 서로 대화했다. 많은 아이들이 아팠다. 그들은 발열과 귀의 염증, 홍역, 성홍열 등 아이들이 앓을 만한 모든 질병을 가지고 있었다. 어떤 아이들은 속눈썹에까지 이를 달고 다녔다. 수용소 내에서 무리 지어 어슬렁거리는 비교적 높은 연령대의 아이들은 변기 아래로, 수송자들이 떠나기 직전 헌병대에 빼앗기지 않기 위해 던졌을 귀중품들을 구경했다. 그보다 더 어린 아이들은 반짝이는 눈으로 간이 변소 밑바닥, 대변 한가운데에서 빛나는 물건들을 바라보았다.

다음 날인 8월 1일부터 아델레이드 오발 박사는 수용소가 또 다른 이송을 준비하고 있다는 걸 알게 되었다. 그녀는 사법 경찰을 위해 일하는 수용소 지휘관의 명령으로, 엄마와 아이들을 떼어놓는 일을 맡게 되었다.

"이번에는 그곳에 가게 되면 아이들이 학교에 다니게 될 거라고 말해."

여성들은 아이들을 두고 떠나기를 거부했고, 점점 미쳐갔다. 그들은 아이들을 보호하기 위해 헌병의 매타작도 감수했다. 어떤 이들은 정신을 잃고 아이들의 손을 놓칠 때까지 매를 맞았다.

노에미는 아이들의 성, 이름, 나이가 적힌 흰색 이름표를 옷에 달아주는 일을 맡았다.

"이송상 편의를 위한 것입니다. 다시 만났을 때 서로 만나기 쉽도록 말이죠."

수용소 측은 떠나야 하는 엄마들에게 그렇게 말했다.

아이들은 아무것도 이해하지 못했다. 아이들은 이름표를 붙여 주자마자 떼어버리거나, 서로 이름표를 교환했다.

"이래선 나중에 아이들을 어떻게 찾나요?"

"우리 아이는 가족의 성을 못 외워요!"

"아이들은 어떻게 보내줄 건가요?"

혼란 속에서 아이들은 지저분한 몰골로 콧물을 훌쩍거리며 멍하니 수용소를 돌아다녔다. 헌병대는 마치 작은 동물을 대하듯 아이들을 가지고 놀았다. 그들은 이발기를 가지고 아이들의 머리를 모양내서 깎았고, 괴상한 머리 스타일을 만들어 주며 비참함에 모욕까지 더했다. 그것이 그들의 유희고 기분 전환이었다.

창고 안에서 지난번 이송 때 엄마와 헤어진 아이들을 알아보는 건 쉬웠다. 그들이 울음을 그쳤기 때문이다. 어떤 아이들은 더는 움직이지 않앉고, 죽은 듯이 짚 더미에 몸을 절반 가까이 파묻고 있었다. 아이들은 이루 말할 수 없을 정도로 지저분했고, 마치 흐늘거리는 인형처럼 정신을 놓은 듯 놀라울 만큼 고분고분했다. 그들 주변에는 살아있는 살결이 시체가 될 때를 기다리는 벌레들이 날아다니며 윙윙거렸다. 차마 눈 뜨고 보기 힘든 광경이었다.

아이들은 이름을 불러도 대답하지 않았다. 그들은 너무 어렸다. 헌병대들은 어찌할 바를 몰랐다. 한 남자아이가 그들에게 다가가 호각을 가지고 놀아도 되냐고 얌전히 물었다. 뭐라 대답할지 몰랐던 헌병은 자신의 상관만 바라보았다.

다음 날 아침, 오발 박사는 다음번 이송 명단에 노에미와 자크의 이름이 올라가 있는 것을 보았다. 그들을 또 한 번 구해내야 했다.

아델레이드는 독일인 지휘관만 믿고 있었다. 그가 최후의 구명줄이었다. 그는 이송 날이 되면 현장을 지휘하기 위해 오곤 했다. 그는 프랑스인들에게 명령할 수 있는 권한을 가지고 있었다.

그가 수용소에 도착했을 때, 오발 박사는 지휘관을 찾아가 자신의 간호 보조의 부재가 수용소를 지휘하는 데 얼마나 커다란 손실을 끼칠지 설명했다.

"대체 왜지?"

"그녀에겐 애가 없거든요."

"그게 무슨 상관이지?"

"창고 안을 둘러보시죠. 그럼 세상의 어떤 엄마도 그곳에서는 일을 할 수 없다는 걸 알게 될 거예요. 저는 평정심을 유지할 수 있는 사람이 필요해요."

"Einverstanden.(알았다.)"
독일인 지휘관이 대답했다.
"명단에서 그들을 지워 주지."

그날은 1942년 8월 2일, 매우 무더운 날이었다. 이송은 52명의 남성, 982명의 여성, 그리고 108명의 아이들로 예정되어 있었다. 아이들을 떼놓고 떠나게 된 엄마들은 비명을 질러댔고, 그 소리가 인근 피티비에 마을까지 울려 퍼졌다. 수십 년이 지난 뒤, 그곳에 살았던 초등학생들은 쉬는 시간에 운동장에서 놀다가 여성들의 비명을 들었던 기억이 난다고 증언했다.

크나큰 혼란 가운데 스피커를 통해 자크와 노에미의 이름이 호명되었다. 오발 박사는 노발대발하며 독일인 지휘관을 찾아갔다. 지휘관은 그런 그녀를 안심시켰다.

그가 오발에게 말했다.

"약속을 잊은 게 아니다. 그녀는 떠나지 않을 거야. 다른 사람들처럼 몸수색만 마치고 다시 돌려보낼 거야."

여성들은 줄을 지어 수용소 밖의 들판으로 보내졌다. 어린아이들이 그들의 곁에서 떨어지지 않으려고 매달리며 바닥에 질질 끌렸고, 헌병대들은 강한 발길질로 그들을 때려눕혔다. 한 생존자는 이후에, 어느 헌병이 철조망 사이를 더듬거리는 고사리손을 보며 눈물을 흘리는 것을 보았다고 증언하기도 했다.

스피커는 반복적으로 외쳤다.

"아이들과 부모는 나중에 다시 만나게 될 겁니다."

하지만 엄마들은 그 말을 믿지 않았고, 다 함께 무리를 지어 사방으로 원을 그리며 돌았다. 프랑스 헌병들은 지쳐갔다. 원의 규모는 점점 커졌다. 그들은 입구의 커다란 문을 향해 달려가 밀고, 또 밀었다. 문은 금방이라도 열릴 듯했다. 하지만 그때, 별안간 문이 활짝 열리며 독일의 군용 트럭이 들어와 군중 앞에서 멈췄다. 내부에는 각기 총으로 무장한 군인들이 있었다. 그들은 여성들에게 일제히 총구를 겨눴다. 스피커 연설을 맡은 책임자가 '모두 막사로 돌아가지 않으면 피투성이가 될 것'이라고 경고했다. 이름이 호명된 사람만이 그곳에 남았다. 그들은 침묵 속에서 줄을 섰다.

노에미와 자크는 몸수색이 진행되는 들판을 향해 걸었다. 그들은 한 줄로 줄을 섰다. 각자 테이블 위에 가지고 있는 보석과 현금을 올려두어야 했다. 여성들이 신속하게 움직이지 않자 헌병들은 귀에서 귀걸이를 곧장 뜯어냈다. 그리고 그들은 몸속에 돈을 숨기지 않는지 확인을 받기 위해 질과 항문을 수색 당했다. 몇 시간이 흘렀다. 노에미가 돌아오지 않을까 봐 걱정했던 오발 박사는 회고록에 그날을 이렇게 묘사했다.

「햇볕이 들판을 강하게 내리쬐었다. 햇볕을 피할 곳은 아무데도 없었다.」

오발은 지휘관을 찾아갔다.
"약속했잖아요. 벌써 그들이 떠난 지 몇 시간이나 지났다고요."
"곧 돌아오지."

들판에서 노에미는 독일인 지휘관이 자신을 향해 걸어오는 것을 보았다. 그는 프랑스인 책임자들과 대화를 나눈 뒤, 검지로 노에미를 가리켰다. 노에미는 그들이 자신에 관해 이야기한다는 걸 알았다. 아델레이드 박사가 자신을 구하기 위해 개입하는 데 성공한 것이었다. 독일인 지휘관은 행렬을 지나쳐 노에미를 향해 걸어왔다. 노에미의 심장이 빠르게 뛰었다.

"네가 그 간호 보조인가?"

"네."

"넌 나와 함께 간다."

노에미는 행렬을 지나쳐 그를 따라갔다. 그리고 걸음을 멈추었다. 저 멀리서 자크의 실루엣이 보였다. 노에미가 지휘관에게 물었다.

"제 동생은요? 제 동생도 데려가야 해요."

"내가 알기론 그는 의무실에서 일하지 않는다."

노에미는 그럴 수는 없다고, 자신은 동생과 헤어질 수 없다고 대답했다. 화가 난 지휘관은 헌병대에게 손짓해 보였다. 결국 노에미는 행렬에 남았다. 이제 그들은 역을 향해 떠나야 했다. 호각 소리가 났다. 걸어야 했다. 들판 한가운데에서 한 남성의 목소리가 침묵을 깨고 하늘 높이 퍼졌다.

"Frendz, mir zenen toyt!(친구들이여, 우린 다 죽었다네!)"

시각은 19시였다. 엄마들의 대열이라 불리는 14번 대열이 역을 향해 걸어갔다. 아델레이드 오발은 철조망 앞에 서서 무리 속에서 노에미를 발견하려 했지만 헛수고였다.

피티비에 역에서 남매는 그들을 기다리고 있는 기차를 발견했다. 한 객차당 여덟 마리의 말을 수용하도록 설계된 화물용 기차였다. 군인들은 남자와 여자의 수를 센 다음에 하나의 객차마다 80명의 사람들을 밀어 넣었다. 한 여자가 몸부림치며 탑승을 거부했다. 두들겨 맞은 여자는 턱이 깨졌다. 수송 책임자들이 수용자들에게 말했다.

"이송 중에 탈출을 시도하는 사람이 있다면 그 객차 안의 모두가 처형될 것이다."

기차는 역에서 머물렀다. 객차 안에 갇힌 채로 1,000명의 사람들이 옴짝달싹 못 하고 하룻밤을 꼬박 대기했다. 그들에게 무슨 일이 벌어질지 아는 사람은 없었다. 창살이 달린 천창 가까이 위치한 사람이 가장 운이 좋았다. 그들은 조금이라도 숨을 쉴 수 있었다. 이질로 인해 몸이 허약해진 자크는 악취로 인해 토기가 밀려왔다.

새벽이 되자, 출발 신호가 들렸다. 기차가 느리게 움직이기 시작하는 동안, 한 남성의 목소리가 객차 위를 울렸다.

"Yit-gadal ve-yit-kaddash shemay rabba, Be-al-ma dee vrachi-roo-tay ve-yam-lich mal-choo-tay⋯."

죽은 자를 위한 기도인 '랍비의 카디시' 첫 구절이었다. 한 엄마가 딸의 귀를 손으로 막으며 분노로 고함쳤다.

"Shtil im!(저 입 좀 다물게 해요!)"

힘을 내기 위해서, 청년들은 독일에서 자신들이 하게 될 일을 상상했다. 한 소녀가 노에미에게 말했다.

"너는 의사니까 병원에서 일하면 되겠다."

"아냐, 나는 의사가 아니야."

노에미가 대답했다. 그러자 어른들이 소리쳤다.

"조용히 하지 못 해! 수분을 낭비하지 마."

그들의 말이 맞았다. 8월의 무더위는 사람들을 점점 숨 막히게 만들고 있었다. 서로 몸을 밀착하고 있는 수용자들에게는 마실 물도 없었다. 이들이 객차 밖으로 손을 내밀어 마실 것을 달라고 요구할 때마다 헌병들은 지팡이 끝으로 손을 내리쳤고, 수용자들의 손가락이 그것에 부딪혀 부러졌다.

자크는 누워서 바닥에 얼굴을 박고 객차 바닥의 틈 사이로 약간의 공기를 들이마셨다. 노에미는 다른 사람들이 자크를 밟지 못하도록 그의 위에서 버텼다. 햇볕이 가장 강하게 내리쬐는 시간대에 몇몇은 옷을 벗었다. 남녀 할 것 없이 그들은 반쯤 나체가 되어 속옷만 입고 있게 되었다.

"우리가 꼭 짐승이 된 것 같아." 자크가 말했다.

"그렇게 말하지 마."

이송에는 사흘이 걸렸다. 그동안 그들은 모두가 보는 앞에서 작은 통에다가 용변을 봐야 했다. 통이 가득 차자, 용변을 볼 곳이라고는 짚이 쌓여있는 객차 구석밖에 남지 않았다. 객차 밖으로 몸을 던지고 싶어도, 다른 사람들의 목숨을 위태롭게 할 수 있기에 차마 그럴 수 없었다. 노에미는 자기 방에 남겨둔 자신의 소설, 그 첫 부분을 머릿속으로 다시 썼고, 그 이후의 이야기를 상상하면서 버텼다.

53개의 기차역을 지나는 동안 한 번도 획획 거리는 소리를 내지 않던 기차는 사흘을 달린 끝에 비로소 귀가 찢어질 듯한 소리를 내기 시작했다. 그리고 갑작스럽게 멈추었다. 객차의 문이 우악스럽게 열렸다. 자크와 노에미는 자신들을 비추는 환한 조명에 앞을 볼 수 없었다. 그것은 피티비에 수용소의 조명보다 훨씬 눈부셨다. 앞이 보이지 않았고, 자신이 어디에 있는지도 알 수 없었다. 자신을 물어뜯기 위해 달려들려는 개들이 거칠게 짖어대는 소리가 들렸다. 간수들이 1,000명의 사람들을 기차 밖으로 이동시키기 위해 화난 목소리로 "alle runter!(모두 아래로!)", "raus!(밖으로!)", "shcnell!(빨리!)"라고 외치는 소리가 들렸다. 간수들은 객차 바닥에 누워있는 환자들을 곤봉으로 때렸다. 기절한 사람들은 깨우고, 죽은 사람들은 밖으로 꺼내기 위해서였다. 노에미도 얼굴에 한 대를 맞았고, 그로 인해 입술이 부풀어 올랐다. 갑작스레 가해진 폭력에 노에미는 상황을 분별할 수 없었다. 자신이 어느 방향으로 걸어가는지도 모르게 된 노에미는 자크의 손을 놓쳤다. 얼마 후 노에미는 자신의 앞에서 오르막을 달려가는 자크를 발견했다. 자크를 따라잡으려고 뛰는 동안, 독일어로 된 명령 아래 갑작스럽게 끔찍한 악취가 코를 덮쳤다. 살면서 한 번도 맡아본 적이 없는, 뱃속 깊은 곳에서부터 구역질이 나게 만드는, 살갗과 지방이 타는 냄새였다.

"네가 열여덟 살이라고 말해."

정신없이 뛰는 와중에 자크에게 누군가 그렇게 말했다. 줄무늬 파자마를 입은 산송장들 중 하나가 그에게 조언한 것이었다. 마르고 뼈만 남아 앙상한 그 존재들은 피가 전부 빠져나간 듯 창백했다. 머리에는 강도들이나 쓸 것 같은 이상한 둥근 모자를 쓰고 있었다. 마치 자신만이 볼 수 있고 남들에게는 보이지 않는 무언가를 공포에 질려 바라보는 것처럼, 그들은 어딘가로 시선을 고정한 채였다.

'Schnell, schnell, shcnell, 빨리, 빨리, 빨리.' 간수들은 그들에게 더러워진 짚을 객차에서 꺼내라고 명령하고 있었다.

모두가 오르막 위로 올라왔을 때, 환자와 임신부, 그리고 아이들이 열외 되었다. 지친 사람들도 그곳에 합류할 수 있었다. 도착한 트럭들이 그들을 곧장 의무실로 데려갔다.

하지만 그때, 갑자기 모든 움직임이 멈추었다. 고함과 개들이 짖는 소리, 곤봉 타격이 이어졌다.

"아이 하나가 없다!"

총들이 조준되었다. 사람들이 두 손을 머리 위로 들었다. 모두가 공포에 질렸다.

"아이 하나가 탈출한 거라면 나머지 모두 처형한다."

총구가 조명을 받아 빛났다. 사라진 아이를 찾아야 했다. 엄마들은 몸을 떨었다. 그렇게 몇 초가 흘렀다.

"그만 됐어!"

그들의 앞을 지나는 제복을 입은 남성이 외쳤다. 그의 손에는 어린아이의 시체가 들려있었다. 뭉개진 고양이 사체만 한 크기였다. 객차 안 밀짚 아래에서 찾아낸 것이었다. 총구들이 바닥을 향하고 사람들이 다시 움직이기 시작했다. 남성과 여성이 분류되었다.

자크가 노에미에게 말했다.

"나는 지쳤어. 트럭에 타고 의무실로 갈래."

"안 돼. 우린 함께 있어야 해."

그 말에 자크는 잠시 망설였지만 결국에는 트럭에 탄 사람들을 따라갔다.

"저기서 만나."

멀어지면서 자크가 말했다. 노에미는 트럭 뒤로 사라지는 자크를 무력하게 바라볼 뿐이었다. 곤봉이 또 한 번 머리를 내려쳤다. 멈추어 서 있어선 안 됐다. 수용소 본관 건물을 향해 대열을 맞춰 걸어야 했다. 약 1km 정도 길이의 벽돌로 만든 직사각형 건물이었다. 중간에 삼각형 지붕으로 된 탑이 솟아있었다. 수용소 내부로 들어갈 수 있는 문이었다. 악의에 찬 눈처럼 비쭉 솟아있는 망루들은 꼭 지옥문이 그들을 향해 입을 활짝 벌리고 있는 것만 같은 모습이었다. 슈츠슈타펠(SS)[42] 군단이 새로운 수용자들에게 간략한 질문을 했다. 그리고 수용자들은 두 개의 집단으로 나뉘었다. 하나는 일을 할 수 있는 집단, 나머지는 일을 할 수 없다고 판단되는 집단이었다. 노에미는 전자에 속했다. (1942년 여름에는 왼쪽 팔뚝에 문신을 새기는 방법이 아직 사용되지 않았다. 소련의 수용자들만이 흉부에 바늘로 된 판으로 숫자를 새겼다. 슈라이버—신규 수용자들에게 숫자 문신을 새기는 수용자——는 1943년부터 등장했다. 이는 식별을 단순화함으로써 사망자 관리를 합리적으로 운용하기 위해 도입되었다.)

한 장교가 새로 도착한 수용자들에게 말했다. 그의 제복은 번쩍거렸다. 신발의 가죽부터 재킷의 단추에 이르기까지 모든 것이 빛났다. 그는 나치식 경례를 한 다음 말했다.

"너희들은 나치 독일의 모범적인 수용소에 와있다. 이곳에서 우리는 지금까지 다른 이들에게 얹혀살아온 기생충들에게 노동을 시킬 것이다. 비로소 너희들은 유용해지는 법을 배울 것이다. 나치 독일이 전쟁에 기울이는 노력에 기여할 수 있음에 기뻐하라."

노에미는 왼쪽의 여성 수용소로 보내졌고, '사우나'라고 불리는 중앙 소독실 앞을 지났다. 모든 여성이 옷을 벗은 채로 빽빽하게 계단식 좌석에 앉아 있었다. 머리카락이 전부 제거되어 털 하나 없는 머리뼈가 드러나 있었다. 그들은 그곳에서 씻겨졌다. 일부 머리카락이 깎이지 않은 여성들도 있었는데, 그들은 수용소의 위안소로 보내졌다.

이발기가 지나면서 노에미의 자랑이었던, 머리 위로 왕관처럼 틀어올렸던 긴 머리카락이 바닥으로 떨어졌다. 그녀의 머리카락은 다른 사람들의 머리카락과 뒤엉키며 빛나는 거대 양탄자를 이루었다.

1942년 8월 6일의 글뤼크Glücks 공문에 따르면, 이 머리카락들은 잠수함 선원들을 위한 슬리퍼와 철도 회사 회원들을 위한 펠트 스타킹으로 만들어졌다고 했다.

수감자들의 의복은 '캐나다'라고 불리는 막사로 수거된 다음, 그곳에서 값이 나가는 물건들과 함께 추려졌다. 손수건, 빗, 면도솔, 가방은 독일어 전파를 담당하는 사무소로, 시계는 오라니엔부르크에 있는 슈츠슈타펠 경제 관리 중앙 사무국으로, 안경은 검역소로 보내졌다. 수용소에서는 돈을 받고 팔 수 있는 모든 것들이 회수되고 재활용되었다. 심지어 시체마저 재활용되었다. 인산염이 풍부한 인간의 재는 메마른 늪지 땅에 비료로 뿌려졌다. 녹여진 금니들은 매일 몇 킬로그램에 달하는 순수한 금으로 바뀌었다. 수용소 인근의 제철소에서는 베를린에 있는 슈츠슈타펠의 비밀 금고를 채울 금괴들이 우르르 쏟아져 나왔다.

노에미는 막사로 이동하기 전에 사발 하나와 숟가락 하나를 받았다. 그곳의 수용소는 피티비에보다 스무 배는 더 컸다. 무장한 간수들의 감시를 받고, 울부짖는 사람들과 개들이 짖는 소리를 들으며 쉬지 않고 걸어야 했다. 그때 오케스트라의 바이올린 연주가 들리는 것 같았다. 말도 안 된다고 생각하려던 순간, 노에미는 연단 위에 있는 유대인 음악가들을 발견했다. 그들은 수용소의 활동에 맞춰 음악을 연주하고 있었다. 간수들은 재미를 위해 남성 음악가들에게 드레스를 입혀놓았다. 오케스트라 지휘자는 새하얀 웨딩드레스를 입고 있었다.

막사 안의 여자들은 모두 대머리가 된 채였다. 몇몇은 면도날에 베인 상처로 피를 흘렸다. 노에미는 피티비에 수용소에서와 마찬가지로 침대를 발견했다. 하지만 이곳에서는 대여섯 명이 이불을 나눠 덮어야 했다. 밀짚은 없었고, 모두가 맨바닥에서 잠을 잤다.

노에미는 한 수감자에게 이곳이 어딘지 물었다.

아우슈비츠.

처음 듣는 지명이었다. 그것이 지도의 어디쯤 위치한 곳인지도 몰랐다. 노에미는 다른 사람들에게, 남동생이 환자들을 태운 트럭에 탔는데,

그를 어디서 찾아야 하는지 물었다. 한 수감자가 노에미의 어깨를 붙잡고 막사의 입구로 끌고 갔다. 그녀는 손가락으로 회색 연기가 뭉게뭉게 피어오르는 굴뚝들을 가리켰다. 기름기가 섞인 검은색 연기였다. 노에미는 그녀가 의무실 방향을 가리키는 거라고 생각했고, 내일이면 동생을 찾을 수 있기를 바랐다.

자크를 태운 트럭은 수용소를 가로질러 작은 자작나무 숲으로 향했다. 숲속에는 작은 막사들이 있었고, 사람들이 말하기를 그곳에서 몸을 씻을 거라고 했다. 그곳에 도착하자 누군가 그의 대학 전공을 물었고, 어른들에게는 직업을 물었다. 수감자들이 일을 하게 될 것이라고 믿게 하기 위한 질문이었다.

자크는 자신의 출생일을 사실대로 말했다. 누군가 그에게 조언했던 대로 열여덟 살이라고는 말하지 않았다. 진실이 밝혀졌을 때의 보복이 두려워서 차마 거짓말을 할 수 없었다. 그러자 간수는 그를 지하 계단으로 데려갔고, 그곳에는 탈의실이 있었다. 거기서부터는 아주 길고 긴 줄을 서야 했다. 트럭에 탄 이들은 '일을 할 수 없다'고 여겨진 사람들과 합류했고, 그래서 줄은 마치 검은 뱀처럼 길게 늘어졌다.

자크는 수용소 내로 들어가기 위해서는 소독을 위해 특별한 제품을 사용해서 샤워를 해야 한다는 걸 알게 됐다. 그는 수건 한 장과 비누 하나를 건네받았다. 슈츠슈타펠은 샤워가 끝난 뒤에 식사를 할 수 있다고 말했다. 심지어는 휴식을 취하고 잠을 잘 수 있고, 일을 하는 건 내일부터라고도 말했다. 그 말은 자크에게 약간의 희망을 심어주었다. 그는 서둘렀다. 소독 일을 빨리 끝내면 끝낼수록 텅 빈 배를 더 빨리 채울 수 있을 것이었다. 나약한 신체가 수감자들의 절대적인 복종을 설명해 주었다.

탈의실에서는 모두가 벽을 따라 선 다음에 번호를 부여받았다. 자크는 옷을 벗기 위해 작은 판자 위에 앉았다. 남자들 앞에 서서 옷을 벗기는 싫었다. 누군가 자신의 성기를 보는 것도 싫었고, 남들의 몸을 보는 것도 불편했다. 통역을 담당하는 프랑스인 수감자를 대동한 슈츠슈타펠 군인 하나가, 각자 부여받은 번호 아래에 짐들을 내려놓으라고 지시했다. 샤워가 끝나고 밖으로 나갈 때 그 편이 용이하기 때문이었다. 신발 두 짝을 서로 끈으로 묶어두라고도 했다.

짐들이 '캐나다'로 도착했을 때 분류 작업을 쉽게 하기 위해, 모든 것들이 정갈하게 정돈되었고 정리되었다.

Schnell, schnell, schnell. 자크와 다른 사람들은 그 속도에 맞추기 위해 우왕좌왕하며 서로 부딪쳤다. 그건 그들에게 생각할 시간, 대응할 시간을 주지 않기 위한 것이기도 했다.

슈츠슈타펠 간수들은 총구를 겨눈 채로 샤워실 안으로 최대한 많은 사람을 밀어 넣었다. 자크는 그 과정에서 지팡이로 어깨를 세게 맞았고, 그로인해 어깨뼈가 탈구되었다. 샤워실이 사람들로 가득 차자, 간수들은 문을 걸어 잠갔다. 바깥에서는 두 사람이 안으로 가스를 주입했다.

치클론 B.

단 몇 분 만에 작용하는 시안화수소산계 독가스였다.

천장에 달린 샤워기 호스를 바라보고 섰던 수감자들은 이윽고 그 사실을 알게 되었다.

나는 가스실 바닥에 누운, 갈색 머리칼을 한 자크의 얼굴을 보았다.

나는 두 눈을 커다랗게 뜨고 있는 자크의 눈을 감겨주기 위해 페이지 위로 손을 올렸다.

노에미는 아우슈비츠에 도착한 지 몇 주 뒤에 티푸스에 걸려 죽었다. 이렌 네미롭스키처럼. 두 사람이 서로 만났는지는 아무도 모른다.

8월 말, 조셉 드보르가 에브라임과 엠마 라비노비치를 찾아왔다. 연휴에서 돌아온 그는 라비노비치의 아이들이 초여름에 검거되었다는 사실을 알게 되었다.

"스페인으로 가는 걸 내가 도와줄 수 있어."

드보르가 말했다.

"아이들이 돌아오기를 기다리고 싶네."

에브라임이 그를 현관까지 배웅하며 말했다.

에브라임은 집으로 돌아왔다. 그는 식탁을 차리고 아이들의 식기를 놓았다. 아이들이 잡혀간 이후로 부부는 늘 그래왔다.

1942년 10월 8일 목요일 오후 4시, 라비노비치 부부는 현관문을 두드리는 커다란 소리를 들었다. 부부는 그 소리를 오랫동안 기다려 왔다. 두 사람은 차분히 문을 열었고, 거기엔 부부를 찾아온 두 명의 프랑스 헌병이 있었다. 무국적 유대인들을 검거하기 위한 새로운 작전이 시작된 것이었다.

렐리아가 내게 말했다.

— 두 헌병의 이름을 알고 있어. 알고 싶니?

나는 잠시 생각에 잠겼다. 그리고 엄마에게 원치 않는다고 대답했다.

엠마와 에브라임은 준비가 되어 있었다. 그들은 짐 가방을 쌌고, 집을 정돈해 두었으며, 먼지로부터 가구를 보호하기 위해 천을 덮어두었다. 엠마는 노에미의 글들을 공들여 정리해 두었다. 딸의 공책들은 서랍에 가지런히 정리했다. 겉면에 노에미가 '노에미의 공책'이라고 써놓은 것들이었다.

라비노비치 부부는 헌병들에게 몸을 맡겼다. 아이들과 만나게 될 거라는 걸 느낄 수 있었고 그렇게 알고 있었다. 그들은 헌병들을 따랐다. 정말로 그들을 순순히 따랐다.

에브라임은 머리에 우아한 회색 펠트 모자를 썼다. 엠마는 편안한 감청색 양복을 입고 걷기에 어렵지 않고 너무 굽이 높지 않은 빨간 구두를 신었다. 핸드백에는 연필, 샤프펜슬, 잭나이프, 손톱깎이, 검은 장갑, 동전 지갑, 식권 카드, 그리고 그들이 가진 모든 현금을 넣었다.

두 사람은 하나의 가방만을 챙겼다. 소지품은 거의 없었지만, 다시 만났을 때 아이들을 기쁘게 만들 물건 몇 가지가 들어 있었다. 엠마는 자크를 위해서 너클본을, 노에미를 위해서는 고급 용지로 된 새 공책을 챙겼다. 부부는 기뻤다. 에브라임과 엠마는 포르주의 자택 현관문을 넘어 두 명의 헌병을 따라갔다.

그리고 다시는 되돌아오지 못했다.

차량은 부부를 콩슈 헌병대로 데려갔고, 그곳에서 두 사람은 이틀 동안 수감된 뒤에 외르의 작은 도시인 가이용으로 이송되었다. 행정 분류 상 그들이 수용된 곳은 도시를 내려다보는 언덕 비탈에 위치한 르네상 스 성이었다. 나폴레옹 치하에서 감옥으로 사용되었던 이곳은 1941년 9 월부터 공산주의자, 관습법을 어긴 사람들, '식료품을 불법으로 거래한' 즉 암시장 이용자들을 가두는 감옥으로 쓰였다. 몇몇 유대인들은 이곳 을 거쳐 드랑시로 이송되었다.

헌병대 사무실에서 부부의 수감 기록이 작성되었다. 에브라임은 165 번, 엠마는 166번을 부여받았다. 이들은 각각 3,390프랑과 3,650프랑 을 소유하고 있었다.

서류는 에브라임을 '청회색' 눈을 가진 인물로 기록했다.

며칠이 지나고 에브라임과 엠마는 가이용으로 떠났다. 이들은 1942 년 10월 16일 드랑시 임시 수용소에 도착했고, 그곳에서 그들이 가진 모든 돈을 빼앗겼다. 이날 신규 수용자들의 몸수색을 통해 공탁소로 향 한 돈은 총 141,880프랑이었다.

드랑시 수용소의 운영 방식은 피티비에 수용소와 달랐다. 수용자들 은 막사가 아닌, 여러 층으로 된 건물에 수감되었다. 이곳에서의 생활은 호각 소리에 맞춰 이루어졌고, 수감자들은 그 호각 소리를 외워야 했다. 긴소리 3회와 짧은소리 3회: 소수의 신규 수용자들을 맞이하기 위한 각 층 대표 소집. 긴소리 3회와 짧은소리 3회를 총 3회 반복: 대규모 신규 수용자들을 맞이하기 위한 각층 대표 소집. 긴소리 3회: 창문 닫기. 긴 소리 2회: 채소 껍질 깎기 업무. 긴소리 4회: 빵과 채소 준비 업무. 긴소 리 1회: 소집과 소집 종료. 긴소리 2회와 짧은소리 2회: 일반 업무.

11월 2일 저녁, 소집된 사람들의 수는 약 1천여 명에 달했다. 그들 중에는 엠마와 에브라임도 있었다. 그들은 철창이 쳐진, 1계단에서 4계단으로 통하는 안뜰에 모였다. 1계단에서 4계단까지는 이송이 임박한 수용자들이 배정되었다.

'이송의 계단'에 배정된 수용자들은 수용소의 나머지와 철저히 격리되어 다른 사람들과 어울릴 수 없었다. 엠마는 3층, 7번 방, 2계단, 280번 문에 배정되었다.

떠나기 전 최후의 몸수색이 시행되었다. 날은 추웠고, 여자들은 신발도, 속옷도 착용할 수 없었다. 다음 수용소로 도착할 때의 짐을 줄이기 위한 마지막 조치였다.

그런 다음, 에브라임과 엠마는 부르제 역으로 가기 위한 차량에 탑승했다. 그들의 아이들과 마찬가지로 부부 역시 하룻밤을 기차 안에서 대기했고, 수송 기차는 11월 4일 아침 8시 55분에 출발했다.

에브라임은 두 눈을 감았다.

몇 가지 이미지가 떠올랐다. 어렸을 때 머리를 만져주었던, 기분 좋은 크림 냄새가 나는 어머니의 두 손. 부모님의 대저택 주변 나무들로 쏟아지던 햇빛. 가족 식사에서 본, 레이스로 장식된 우리 속에 갇힌 두 마리 비둘기처럼 가슴을 옥죄는, 친척 아니우타의 하얀 원피스. 결혼식 날 자신의 발밑에서 깨졌던 유리잔. 재산을 불려주었던 캐비아의 맛. 부모님의 오렌지 과수원에서 뛰노는 두 딸을 바라보았을 때의 기쁨. 아들 자크와 정원에서 시간을 보내던 아버지 내크먼의 웃음. 자신이 수집하는 나비에 열중한 형 보리스의 수염. 외젠 리보슈의 이름으로 특허를 제출하고 돌아오는 길에 느꼈던, 이제야 비로소 자신의 삶이 시작된 것 같았던 기분.

　에브라임은 엠마를 바라보았다. 그녀의 얼굴은 자신이 이제껏 지나왔던 길을 담은 풍경이었다. 그는 아내의 발을 잡았다. 가축용 객차의 추위로 인해 딱딱하게 얼어있었다. 에브라임은 따뜻한 숨을 불어넣으며 아내의 발을 녹였다.

　엠마와 에브라임은 아우슈비츠로 도착하자마자 가스실에서 생을 마감했다. 11월 6일에서 7일로 넘어가는 새벽, 각각 50세와 52세 나이였다.

「행인에게 자신이 키운 열매들을 자랑스레 보여주는 밤나무 같군.」

포르주 시장 브리안스는 외르 도청에 매주 목록 하나를 보내야 했다. 「해당 코뮌에 존재하는 유대인」이라는 제목의 목록이었다.

그날, 시장은 둥글둥글하고 예쁜 필체로, 자신의 할 일이 비로소 마무리되었다는 만족감을 담아 목록을 썼다.

「없음.」

─ 여기까지가 이야기의 끝이란다. 내 딸아. 에브라임, 엠마, 자크, 노에미의 삶은 이렇게 끝났어. 미리얌은 살아생전 내게 아무런 이야기도 들려주지 않았지. 미리얌이 자신의 부모님이나 형제자매의 이름을 이야기하는 걸 한 번도 들은 적이 없어. 내가 아는 건 책과 미리얌이 사후에 남긴 짐 속의 메모들을 읽으며 오로지 기록에 의존해 이 모든 걸 재구성했다는 거야. 예를 들면 클라우스 바르비의 재판이 있던 때에 내 엄마 미리얌이 썼던 글이지. 읽어 줄게.

「바르비 사건.
재판이 어떤 형식으로 진행되든지 기억들이 깨어나고 내 기억의 작은 상자 속에 담긴 모든 것들이 점점 제 순서를 찾았다가 다시 뒤죽박죽이 되곤 한다. 거기엔 공백도 존재하고 많은 (글씨를 알아볼 수 없음)도 있다. 기억일 뿐이라고? 아니다. 이건 삶의 순간들이다. man hat es etlebt(우리가 경험한 것들), 그 자체로 우리가 경험했고, 스며들었고, 어쩌면 흔적을 남긴 것들이다. 하지만 나는 그 기억을 가지고 살아가고 싶지 않다. 왜냐하면 그것으로부터 우리가 아무런 경험도 도출하지 못했기 때문이다. 모든 설명은 진부하다. 우리는 결국 뒤를 돌아보지 않고, 거대한 재앙 앞에서도 무력하고 능동적으로 살아가고 있다. 비행기 사고에서 살아남은 사람은 자신의 운이 어디서 왔는지 알까? 만약 몇 분만 더 일찍 도착했더라면, 혹은 조금만 더 늦게 도착했더라면, 그가 그 운 좋은 자리를 차지할 수 있었을까? 그는 살아남은 영웅이 아니라 단지 운이 좋았던 거다. 그게 전부다.

나를 구한 커다란 운이 작용한 순간들.

1) 탈출 이후 파리를 향하는 기차 안에서의 신분증 검사

2) 푀이앙틴과 게이뤼삭 거리 모퉁이에서의 야간 통행금지 이후

3) 마르티니크 럼주 가게에서의 체포

4) 무프타르 거리의 시장에서

5) 장 아르프와 함께 자동차 트렁크에 몸을 싣고 투르뉘 경계선을 넘었을 때

6) 뷔우 고원에서 만난 두 명의 헌병들

7) 레지스탕스에 가입하고 전쟁이 끝난 뒤 피이뒤칼베르에서의 만남

가장 평범했던 상황 : 1, 4, 6

가장 우스웠던 상황 : 2

놀라운 행운의 순간 : 3

위험했던 순간 : 5

내가 받아들였고 예상했던 위험의 순간 : 7

이 모든 상황들이 평범했든, 위험했든, 우스웠든, 놀라웠든, 내가 예상했던 것이든, 운이 내 편이었다는 사실만은 변함없다. 나는 언제나 희망을 품으려 노력했고 가능한 냉철함을 유지하려고 애썼다. 기억은 즉각 이루어진다. 하지만 기억을 기록하는 건 완전히 다른 일이다. 오늘은 여기까지.」

렐리아가 어둑해진 하늘을 향해 창문을 열고, 담뱃갑에서 마지막 담배를 꺼내 불을 붙이며 말했다.

— 모든 사람은 그늘을 가지고 있어. 죽음의 순간에서 어떻게 벗어났는지 말할 수 있는 사람은 이제 사라지고 없어. 미리얌은 대부분의 일을 비밀에 부쳤거든. 하지만 곧 미리얌이 멈추었던 곳에서 다시 시작해야 할 순간이 올 거야. 그리고 기록해야겠지. 자, 이제 담배나 한 대 태우러 가자. 기분 전환이 될 거야.

바슈누아르 교차로, 저녁 8시 이후에도 운영하는 담배 가게 앞에 차를 주차한 채로 나는 렐리아를 기다렸다. 그때 나는 희미한 소리를 들었다. 허벅지를 따라 무언가가 약하게 흘러내리는 게 느껴졌다. 멈출 수 없이 나의 몸 밖으로 흘러나오는 미세하고 따뜻한 물줄기였다.

유대 회당에 다니지 않는 유대인 아이의 기억

— 할머니, 할머니는 유대인이에요?

— 그럼. 나는 유대인이지.

— 할아버지도요?

— 아니. 할아버지는 아니야.

— 아. 그럼 엄마는 유대인이에요?

— 그렇단다.

— 그럼 나도 유대인이에요?

— 응. 너도.

— 저도 그럴 거라고 생각했어요.

— 그런데 표정이 왜 그러니, 아가?

— 할머니 말이 짜증나서요.

— 왜 그러니?

— 학교에서는 유대인들을 별로 안 좋아하거든요.

엄마는 수요일마다 학교로 내 딸 클라라를 데리러 가기 위해 오전 늦게 빨간 소형차를 몰고 파리로 온다. 짧지만 할머니와 손녀가 단둘이서 보내는 날이다. 두 사람은 함께 점심 식사를 하고, 엄마는 클라라를 유도 수업에 데려다준 뒤에 다시 교외로 돌아간다.

언제나 그렇듯 나는 수업이 끝나는 시간보다 훨씬 빨리 도착했다. 일주일 중에서 내가 가장 좋아하는 시간이다. 희미한 네온사인이 불을 밝히고 있는 체육관 내부는 꼭 시간이 멈춘 것 같다. 세월의 흔적으로 물든 다다미 위에서 서로 겨루고 있는 새끼 사자들을 유도의 창시자 가노 지고로가 따뜻한 눈으로 지켜보고 있다. 그중에는 여섯 살 난 내 딸도 있다. 아이의 작은 몸에 비해 몹시 헐렁한 유도복이 펄렁이고 있다. 나는 그 모습에 매료되어 아이를 바라봤다.

휴대 전화가 울렸다. 다른 사람의 전화라면 받지 않았을 테지만, 엄마의 전화였다. 엄마의 목소리는 떨리고 있었고, 나는 무슨 일이 있었는지 물으며 여러 번 엄마를 진정시켜야 했다.

— 오늘 네 딸이랑 나눈 대화 때문에 그래.

엄마는 마음을 가라앉히기 위해 담배에 불을 붙이려고 했지만, 라이터가 말썽이었다.

— 부엌에 가서 성냥을 가져와요, 엄마.

엄마는 수화기를 내려놓고 불을 붙이러 갔다. 그동안 내 딸은 단호하고 힘이 넘치는 몸짓으로 자신보다 몸집이 더 커다란 남자아이를 바닥으로 내리꽂았다. 엄마로서 느끼는 뿌듯함과 함께 미소가 지어졌다. 그때, 엄마가 돌아왔다. 담배 연기가 폐 속을 드나들면서 숨소리가 점차 안정되었다. 이윽고 엄마는 클라라가 했다는 말을 내게 전했다.

「학교에서는 유대인들을 별로 안 좋아하거든요.」

    귓속이 윙윙거리기 시작했다. 전화를 끊고 싶었다. 엄마, 이만 끊을게요. 클라라 수업이 끝나서요. 나중에 다시 전화할게요. 목구멍 깊숙이 뜨거운 것이 역류하는 게 느껴졌다. 체육관이 위아래로 흔들리기 시작했고, 나는 마치 빠져 죽지 않기 위해 하얀 뗏목에 매달리듯 딸의 유도복을 움켜쥐었다. 엄마로서 할 일은 해냈다. 딸에게 서두르라고 말하고, 탈의실에서 옷을 갈아입는 것을 도와주고, 유도복을 개켜서 운동 가방 속에 넣고, 바지 밑단 속에 말려들어 간 양말들을 찾고, 탈의실 벤치 아래로 들어간 샌들과, 온갖 구석으로 사라지기 위해 고안된 모든 작은 물건들―신발, 간식 상자, 털실 하나로 연결된 장갑―을 찾아냈다.

    나는 딸을 품안에 안고, 내 심장을 진정시키기 위해 온 힘을 다해 끌어안았다.

「학교에서는 유대인들을 별로 안 좋아하거든요.」

    집으로 돌아가는 길에 그 문장이 거리 위로 나와 딸의 몸 위로 둥둥 떠다녔다. 그것에 대해서는 이야기하고 싶지 않았다. 엄마와 나눈 대화를, 마치 일어나지도 않은 일처럼 잊어버리고 싶었다.

    나는 슬리퍼를 신고 매일 저녁의 일과 속으로 빠져들었다. 목욕을 하고, 버터 마카로니를 만들어 먹고, '아기 갈색 곰' 이야기를 읽고, 양치질을 하면서 스스로 보호막을 쳤다. 이 모든 반복적인 일들은 내가 상념에 빠지지 않게 해준다. 상념은 나로부터 떨어져 나간다. 나는 기댈 수 있는 단단한 엄마로 돌아간다.

　잠자기 전 포옹을 해주기 위해 클라라의 방으로 들어가면서, 나는 질문을 해야 한다는 걸 알고 있었다.
　'학교에서 무슨 일 있었어?'
　하지만 그러기에는 내 안의 무언가가 걸렸다.
— 잘 자렴, 아가.
　단지 불을 끄면서 그렇게 말했을 뿐이다.
　나는 잠에 들 수가 없었다. 이불 속에서 뒤척였다. 더웠다. 허벅지가 불에 타는 듯했다. 창문을 열었다. 그러고는 자리에서 일어났다. 근육이 결렸다. 머리맡의 스탠드를 켰지만 여전히 어떤 불편함이 나를 감쌌다. 침대 발치에서 소금기가 밴 탁한 물이 느껴졌다. 지하에 고여 있던 전쟁의 더러운 즙, 그 즙이 하수구를 타고 올라와 우리집 마루의 나무판 사이로 새어 나온 것이었다.
　그러자 하나의 이미지가 떠올랐다. 아주 선명한,
　해 질 무렵 촬영된 오페라 가르니에의 사진이, 마치 플래시가 터지듯.

　바로 그때부터 나는 조사에 착수했다. 어떤 대가를 치르든 엄마가 16년 전에 받았던 엽서의 발신인을 찾아내고 싶었다. 그 장본인을 찾아야겠다는 생각이 뇌리를 떠나지 않았다. 그 사람이 왜 그런 행동을 했는지 이해해야만 했다. 하필 바로 그 순간에, 그 엽서가 내 머릿속에 떠올라 나를 사로잡은 이유는 무엇일까? 모든 건 클라라의 학교에서 일어났을 어떤 사건으로부터 시작되었다. 하지만 돌이켜 보면, 그보다 더 조용한 다른 사건 하나가 이 이야기 속에 들어와 있었다. 나는 곧 마흔 살이 될 터였다.

　　내가 인생의 절반을 살았다는 사실은, 수개월 동안 낮이고 밤이고 온통 매달리게 만든 이 조사에 대한 나의 집착을 설명해 준다. 어떠한 힘이 지나온 길을 뒤돌아보도록 만드는 그런 나이에 도달했던 것이다. 그건 과거의 영역이 앞으로 펼쳐질 미래의 영역보다 훨씬 더 거대하고 미스터리하기 때문이다.

1장

다음 날 아침, 딸을 학교에 데려다준 뒤에 엄마에게 전화를 걸었다.

― 엄마. 예전에 왔던 익명의 엽서 기억나요?

― 응. 기억하지.

― 그거 아직도 있어요?

― 서재 어딘가에 있을 텐데….

― 그것 좀 보고 싶어요.

이상하게도 엄마는 내 생각보다는 그리 놀라지 않은 것 같았다. 엄마는 내게 어떤 질문도 하지 않았고, 그토록 오래된 일을 불쑥 끄집어낸 이유도 묻지 않았다.

― 집에 있으니까 원하면 와.

― 지금요?

― 언제든.

나는 잠시 망설였다. 해야 할 일, 써야 할 글이 있었다. 나는 전혀 이성적이지 않은 판단을 내렸다.

― 바로 갈게요.

동전 지갑에는 수도권 고속 전철(RER) 티켓이 두 장 남아 있었다. 이미 기한이 지난 것이었다. 딸이 태어난 이후로 부모님 집에는 언제나 자동차를 타고 갔고, 그것도 많아 봤자 일 년에 한두 번이 다였다.

부르라렌 역의 플랫폼에 도착하면서, 파리와 교외 지역을 수백 번, 수천 번도 넘게 오가던 때를 회상했다. 청소년기의 나는 토요일마다 지금처럼 여기서 RER B노선을 기다리곤 했다. 그 몇 분의 시간은 아무리 기다려도 끝나지 않을 것 같았다. 수도와 그 가능성의 세계로 나를 데려가기엔 전철은 늘 충분히 빠르지 않았다. 나는 항상 같은 자리를 고수했다. 전철 마지막 칸, 진행 방향의 창가 자리였다. 여름이면 의자의 빨간색과 파란색 인조 가죽이 허벅지로 달라붙었다. 90년대 RER B노선의 특징적인 쇠 냄새와 삶은 달걀 냄새, 사람들이 어느새 익숙해진 그 냄새는 내게 있어서 자유의 냄새와 같았다. 열세 살부터 스무 살이 될 때까지 교외로부터 나를 먼 곳으로 데려가 주던 이 열차 속에서, 나는 발개진 두 볼을 하고 열차의 속도와 탁한 소음에 도취되어 너무나 행복해했다. 그로부터 20여 년이 지난 지금, 역시 나는 초조한 마음이었지만 방향은 과거와 정반대였다. 나는 엽서를 보러 가기 위해, RER이 얼른 나를 엄마의 집으로 데려다주기를 고대하고 있었다.

— 여기까지 나를 보러 오는 게 얼마 만이니?
  현관문을 열어주며 엄마가 말했다.
— 미안해요, 엄마. 안 그래도 더 자주 와 봐야겠다고 생각하던 차였어요. 엽서는 찾았어요?
— 아니. 시간이 없었어. 차를 우리던 중이었거든.

하지만 나는 차를 마시는 것보다는 엽서를 보고 싶었다. 그런 내 생각을 읽은 것인지, 나의 엄마, 렐리아가 말했다.

— 넌 언제나 서두르는구나, 딸아. 하지만 하루의 끝에서 어둠은 누구에게나 똑같은 시각에 내려오지. 클라라와 학교에서 있었던 일에 대해 이야기는 해 봤니?

엄마는 물을 넣은 주전자를 끓이면서 훈연 향이 나는 중국차 상자를 열었다.

— 아뇨, 엄마. 아직요.

— 이건 중요한 일이야. 너도 알잖니. 이런 일은 그냥 흘려보내면 안 돼.

그녀가 개봉된 담뱃갑 속에서 꽁초를 찾으며 내게 말했다.

— 할 거예요. 엄마. 그럼 서재로 가서 찾아볼까요?

렐리아는 세월이 지나도 여전히 그대로인 서재 안으로 나를 들여보냈다. 벽에 압정으로 고정된 내 딸의 사진을 제외하고는 모든 것이 예전과 똑같은 모습이었다. 가구 위에 놓인 물건들과 재떨이, 책과 서류 정리함으로 가득 차 있는 책꽂이들도 그대로였다. 엄마가 엽서를 찾는 동안, 나는 양면이 사선으로 비스듬하게 깎인 작은 검은색 잉크병을 손에 쥐었다. 책상 위에 놓인 잉크병은 마치 흑요석처럼 반짝거렸다. 직접 타자기의 카트리지를 교체해야 했던 시절의 물건이었다. 그때의 나는 엄마가 타자기로 기사를 작성하는 것을 옆에서 지켜보곤 했다. 지금의 클라라와 비슷한 나이였다.

렐리아가 책상 서랍을 열며 말했다.

— 여기 있을 텐데.

엄마의 손가락은 어두운 서랍 속을 더듬었다. 거기엔 보관용 수표 용지 반쪽, 전기료 고지서, 날짜가 지난 일정표, 오래된 영화관 티켓표들이 모여 있었다. 그것들은 우리가 무심코 쌓아두는 종이들, 우리가 떠난 뒤 후손들이 우리가 사용하던 가구의 서랍을 비울 때 내다 버리기를 주저하는 그런 종류의 것이었다.

어렸을 적, 발에 박힌 가시를 빼내 주었을 때처럼 엄마가 소리를 질렀다.

— 이거다! 여기 있네!

엄마는 내게 엽서를 건네며 말했다.

— 이 엽서로 뭘 하려고?

— 이걸 보낸 사람을 찾으려고요.

— 시나리오를 쓰려고?

— 그것과는 전혀 관련 없어요…. 그냥… 알고 싶어서요.

그녀는 놀란 눈치였다.

— 뭘 어떻게 찾으려고?

— 그거야 엄마가 절 도와줘야죠.

내가 엄마의 책꽂이를 눈짓으로 가리키며 말했다. 엄마의 서재 속 서류 정리함들은 전보다 더 양이 늘어나 있었다.

— 엽서를 보낸 사람의 이름이 저기 어딘가에 있을 것 같다는 직감이 들어요.

— 네가 그걸 갖든 말든 상관은 없는데…. 나한텐 저걸 다 뒤져볼 시간은 없어.

엄마는 엄마만의 방식으로, 이번에는 나를 도와주지 않겠다고 말했다. 서류 정리함 속에 그 사람의 이름이 없을 거라고 생각한 것이다.

— 엄마가 엽서를 받았을 때 말이에요. 기억나요? 우리 가족이 다 함께

이야기를 나눴잖아요….

— 그럼. 기억하지.

— 그때 누군가 떠오르지는 않았어요?

— 아니. 전혀.

— 아니잖아요. 말해 봐요. 이 엽서를 보낼 만한 사람이 있을 거 아녜요?

— 없어.

— 이상하네요.

— 뭐가 이상해?

— 꼭 엄마는 그게 누군지 알고 싶어 하지 않는 것 같아서….

　렐리아가 내 말을 끊으며 대꾸했다.

— 원한다면 엽서는 네가 가지렴. 그리고 엽서에 관해서라면 내게 아무 말도 하지 마.

　엄마는 담배에 불을 붙이기 위해 창가로 향했다. 공기 중의 무언가가 엄마의 화를 돋운 것 같았고, 나로부터 멀리 떨어져서 마음을 진정시키려 한다는 걸 알 수 있었다. 불빛 앞에서 종이의 품질이 드러나는 것처럼, 엄마가 창가로 가서 섰을 때 그 안에서 가장자리에 녹이 슬은 차가운 철 상자 하나의 형태가 보였다. 엄마가 엽서를 처박아 둔 데는 이유가 있었다. 지금까지 말로 표현할 수는 없었지만 이제야 그것이 선명하게 보였다. 철 상자 밑바닥에 엄마가 처박아 두었던 것, 헬렌 엡스타인 Helen Epstein의 문장을 빌리자면 그것은 "너무나도 강력해서 채 기술하기도 전에 표현들이 바스러졌다."

— 미안해요, 엄마. 엄마를 화나게 만들려는 건 아니었어요. 엽서에 관해 이야기하고 싶지 않다는 거 이제 잘 알겠어요. 자… 차 마셔요, 우리.

엄마와 나는 주방으로 돌아갔다. 거기엔 내가 가장 좋아하는 말로솔 피클 병과 함께 엄마가 싸 놓은 가방이 있었다. 어렸을 때의 나는 새벽 네 시부터 일어나 피클을 맛보곤 했다. 물컹하면서도 아삭한 식감과 어딘가 밋밋하면서 새콤달콤한 그 맛이 좋았다. 렐리아는 우리에게 절인 청어, 자른 호밀 빵, 흰 치즈, 감자 갈레트, 타라마,[44] 블리니,[45] 바바가누쉬,[46] 가금류의 간으로 만든 파테를 먹였다. 사라진 문화를 영속해 나가는 엄마만의 방식이었다. 거기에 중부 유럽만의 맛을 더해서.

— 이제 가자, RER 역까지 차로 데려다줄게.

엄마가 내게 말했다.

현관문 앞 계단을 내려가면서, 나는 완전히 새것으로 바뀐 우편함을 발견했다.

— 우편함 바꿨어요?

— 옛날 우편함이 돌아가시는 바람에.

나는 몇 초 동안 그 자리에 못 박힌 듯 서 있었다. 오래된 우편함이 사라졌다는 사실이 너무나도 섭섭했다. 마치 앞으로 시작될 나의 조사를 지켜보던 목격자 하나가 세상을 떠났다는 소식이라도 접한 것 같았다. 나는 차 안에서 그 변화에 대해 미리 알려주지 않은 엄마를 책망했다. 내 반응에 놀란 엄마는 창문을 열어 몇 번째인지 모를 담배에 불을 붙이며 내게 약속했다.

— 엽서 발신인이 누군지 찾는 거 도와줄게. 대신 조건이 있단다.

— 뭔데요?

— 네 딸이 학교에서 겪은 일을 얼른 해결하는 거야.

나는 RER 창가에 앉아 남부 교외 풍경이 지나가는 것을 바라보았다. 그 속의 쇼핑몰, 주택, 사무실, 어느 하나 내가 모르는 곳이 없었다. 기억하기로 1942년에 미리얌이 자신의 목숨을 구하기 위해 자전거를 타고 가로질렀던, 밀짚을 엮어 의자와 광주리를 만들던 사람들의 동네인 파리의 '빈민촌'이 있던 곳이 저기 바니유와 정띠이Gentilly 사이였다.

시테유 역을 지나자 7층 높이의 주홍색 벽돌로 된 오래된 건물들이 나타났다. 공공 임대 주택(HLM)의 전신이자 '저가 노동자 주택(HBM)' 이라 불리던, 당시 세금 면제 혜택과 함께 낮은 임대료로 공급되었던, 서민들을 위한 주거지였다. 그건 오늘날에도 여전히 존재했다. 라비노비치 가족은 그중 한 곳인 아미랄−무셰 거리 78번지에 살았다. 당시 그곳은 '프랑스에 거주하는 외국인'들이 살던 동네였다. 그로부터 75년이 흐른 지금, 나는 에브라임의 꿈이었던 '프랑스 사회로의 동화'를 이루어냈다. 이제 나는 변두리가 아닌 중심부에 살고 있다. 진정한 파리 시민으로서.

나는 핸드백에서 엽서를 꺼내 살펴보기 시작했다. 엽서 속 오페라 가르니에의 모습은 나치 점령기의 어두웠던 시절을 떠올리게 했다. 엽서를 보낸 사람이 오페라 가르니에를 고른 건 어쩌면 우연이 아니었을지도 모른다. 파리에 방문한 히틀러가 처음으로 갔던 곳이니까.

내릴 역에 도착했을 때는 아예 발상의 전환이 필요한 건 아닌지 자문해 보았다. 그 사람은 어쩌면 그냥 손에 잡히는 대로 우연히 그 엽서를 골랐던 건지도 모른다. 거기엔 아무런 메시지도 없는 것이다. 조사를 진행하기 위해 나는 당연하게 여겨졌던 모든 것을 의심해야만 했다. 특히 비현실적인 거라면 더더욱.

엽서의 뒷면에는 이름 네 개가 기이한 필체로, 마치 고의로 이름들을 조작한 듯, 위아래가 일종의 퍼즐처럼 쓰여 있었다. '엠마'의 마지막 글자인 'A'는 뒤집어 놓은 두 개의 'S'처럼 쓰여 있었다. 한 번도 본 적 없는 방식의 필체였다. 어쩌면 레오나르도 다빈치의 거울 수수께끼처럼, 거울에 비추어봐야 할지도 몰랐다.

오페라 가르니에의 사진은 가을, 아마 10월의 온화한 저녁 시간대에 촬영되었을 것이다. 낮에서 밤으로 바뀌는 시간대. 아직 하늘이 여름처럼 파란 것으로 보아, 실수로 가로등이 켜진 바로 그 순간에 찍혔을 것이다. 그래서 나는 익명의 발신인을 두 세계의 경계에 위치한, 저물어 가는 어떤 존재로 상상해 보았다. 엽서의 전경에 등장하는, 오른쪽 어깨에 가방을 멘 남자처럼 말이다. 그의 투명한 모습은 완전히 살아있지도, 그렇다고 완전히 죽은 것도 아닌 유령 같은 분위기를 선사했다.

엽서는 누군가 그것을 부친 2003년보다 훨씬 이전의 것이다. 그 사이에 무슨 일이 있었던 걸까? 우체국에서 마음을 바꿨을까? 보내기 전에 조금만 더 생각할 시간이 필요했던 걸까?

어쨌든 그는 망설였고, 우체통에 엽서를 밀어 넣을 준비를 마쳤다가,

최후의 순간에 행동을 멈췄다. 어쩌면 가벼워진, 혹은 걱정스러운 마음으로 그는 몸을 돌려 집으로 돌아가서 그것을 서랍에 놓아두었다. 한 세기가 바뀔 때까지.

그날 저녁, 딸과 저녁을 먹고, 그녀를 씻기고, 잠옷을 입히고, 입맞춤을 해주고, 침대에 누인 다음에도 나는 학교에서 무슨 일이 있었던 건지 차마 물어보지 못했다. 엄마에게는 물어보겠노라 약속했지만, 이번에도 역시 무언가가 발목을 잡았다.

그 대신 나는 주방으로 가서 후드 불빛에 엽서를 대고 오랫동안 그것을 들여다보았다. 마치 그러고 있으면 결국 알게 되리라는 듯.

나는 손가락으로 엽서를 가볍게 쓸었다. 마치 처음에는 약하지만 문지를수록 점점 맥박이 세게 뛰는 게 느껴지는, 어떤 살아있는 존재의 피부를 느끼듯이. 나는 그들의 이름을 불렀다.

에브라임, 엠마, 자크, 노에미.

그들에게. 나의 안내자가 되어 달라고.

나는 몇 초간 머리를 짜내었다. 어디서부터 어떻게 이 문제에 접근해야 할까. 집 안의 고요 속, 나는 주방에 가만히 서 있었다. 한참을 그런 뒤에 자러 갔다. 잠에 빠지는 순간 그를 얼핏 본 것도 같았다. 엽서의 발신인. 그의 모습이 순식간에 지나갔다. 오래된 아파트의 동굴의 심부와도 같은 캄캄한 복도 끝, 그 어둠 속에서 그는 내가 자신을 찾으러 오기만을 수십 년의 세월 동안 가만히 기다리고 있었다.

— 나도 내가 이런 말을 하는 게 이상한데… 가끔은 어떤 보이지 않는 존재가 나를 추동하는 것 같다는 생각이 들어….

— 네 '디북dibbouks[47]' 말이야?

다음 날 점심, 조르주가 내게 물었다.

— 어떤 면에서 난 유령의 존재를 믿거든…. 아니, 그보다도 내 이야기를 좀 진지하게 들어 줄래?

— 지금도 '매우' 진지하게 듣고 있어. 그거 알아? 그 엽서를 사립 탐정에게 보여 주는 거야. 그런 사람들은 사람 찾는 기술을 가지고 있잖아. 오래된 전화번호부나 우리가 모르는 방법들을 사용해서….

— 아는 사립 탐정이 없는걸?

내가 웃으며 말했다.

— 뒤퓍 탐정한테 가면 되지.

— 뒤퓍 탐정이라고? 트뤼포 감독 영화에 나오는?

— 맞아.

— 요즘 그런 게 어디 있어? 70년대에는 있었을지 몰라도….

— 아냐. 있어. 뒤퓍 탐정. 매일 아침 병원 가는 길에 내가 그 앞을 지나가는데?

조르주와 알고 지낸 지는 몇 개월이 되었다. 그가 의사로 일하는 병원 근처에서 함께 점심을 먹는 것이 요즘의 일상이었다. 그리고 이따금, 내 딸이 집에 없고 그의 아이들도 없는 토요일 저녁마다 우리는 만났다. 그와 함께 보내는 순간들은 좋았다. 오로지 단둘이서, 천천히 시간을 갖고 연애의 시작 단계를 즐기고 싶었다. 급할 건 없었다.

— 유월절 예식Seder 말이야. 잊은 건 아니지? 내일이야.

점심 식사를 마무리하면서 조르주가 말했다. 잊지 않았다. 처음으로 우리 둘의 관계를 공식화하기로 정한 날이었다. 그리고 내가 처음으로 유월절을 기념할 날이기도 했다. 그 사실을 떠올리자 마음이 불편해졌다. 조르주에게 내가 유대인이라고는 말했지만, 태어나 단 한 번도 유대회당에 가본 적이 없다고는 밝히지 않았다.

우리 둘이 처음으로 저녁 식사를 하던 날에, 나는 그에게 우리 가족의 이야기를 들려주었다. 1919년 러시아를 떠난 라비노비치 가족. 조르주도 자기 부모님 이야기를 들려주었다. 그의 아버지 역시 러시아에서 태어났으며, 이민자 출신의 노동자로 항독 레지스탕스 대원이었다. 우리는 몇 시간이고 선조들의 운명이 스쳐 지나간 순간에 대해 대화를 나누었다. 우리는 같은 책을 읽었고, 같은 다큐멘터리를 보고 자랐다. 그것은 마치 우리가 이미 서로 알고 지낸 사이 같다는 인상을 받게 했다.

그날 저녁 이후, 조르주는 한 인터넷 사이트에서 대니얼 멘델슨의 저서 《사라진 사람들》에 언급된, 19세기 아슈케나즈[48] 유대인의 계보에 관해 조사한 자료를 찾았다. 그로부터 체르톱스키 가문의 남성과 라비노비치 가문의 여성이 1816년 러시아에서 혼인했었다는 사실을 알아냈다.

전화로 그가 말했다.

"우리 조상들은 이미 서로를 사랑했던 거야. 그리고 그들이 우리를 서로 만나게 한 거고."

조르주가 그 말을 내뱉은 순간, 말도 안 되지만 나는 그를 사랑하게 됐다.

점심을 먹고 집으로 돌아온 나는 작업을 위해 곧바로 서재로 갔다. 하지만 좀처럼 일에 집중할 수 없었다. 계속해서 엽서를 생각했다. 장례를 치를 기회를 빼앗긴 사람들을 위한, 일종의 사죄를 담은 엽서였을까?

가로 17cm, 세로 15cm의 직사각형으로 덮인 묘지의 비석 같은 거였을까? 아니면 반대로 해를 가하기 위해? 겁을 주려고? 조소가 곁들여진 불길한 시구 '메멘토 모리memnto mori'인 걸까?

오페라 가르니에의 양쪽 꼭대기를 장식하고 있는 두 금빛 석상처럼, 나는 엽서의 의미를 어떻게 해석할지를 두고 빛과 어둠, 그 두 개의 길목에서 끊임없이 고민했다. 엽서 속 '조화'를 뜻하는 석상이 빛날 동안, '시詩'를 뜻하는 석상은 어둠에 잠겨 있었다. 마치 빛을 마주한, 두 날개가 달린 정령들처럼. 그래서 나는 작업을 하는 대신 구글 검색창에 '뒤뢰 사무소'를 검색했다.

「1913년 설립, 조사, 사람 찾기, 미행 전문, 파리 소재」

뒤뢰 씨의 프로필 사진이 화면에 떴다. 갈색 피부에 각진 얼굴을 하고, 숫양의 두 뿔처럼 솟아오른 눈썹을 가진 작은 체구의 남자였다. 터무니없이 큰 그의 콧수염은 둥글게 말려 콧구멍에 들어갈 듯했다. 색이 너무 짙은 검은색이라 펠트 모직으로 만든 가짜 수염이라고 해도 믿을 정도였다.

「1945년부터 파리 1구의 같은 장소에서 운영되고 있는 뒤뢰 탐정 사무소는 활동 영역을 다양하게 확장해 왔습니다. 우리는 기업 및 개인을 위한 조사 및 사람 찾기를 전문으로 합니다. 사무소는 연중무휴 24시간 내내 열려 있습니다. 상담료는 무료입니다. 결정을 내리기 위해서는 먼저 알아야 합니다.」

마지막 슬로건이 나를 생각에 잠기게 했다. 나는 곧바로 연락처를 적어 메일을 보냈다.

안녕하세요. 2003년에 우리 가족이 받은 익명의 엽서를 누가 보냈는지 찾고 싶어서 연락드렸어요. 제겐 매우 시급하고 중요한 일이에요. 빨리 회신 주시면 감사하겠습니다.

그리고 1분이 지난 뒤, 휴대전화에 알림이 떴다. 탐정 사무소에서 보낸 메시지였다. 광고 문구가 거짓말이 아니었다 :「연중무휴 24시간.」

안녕하세요. 16년이 훌쩍 지난 뒤에 발신인을 찾겠다니 놀랐습니다! 지금은 출장지에서 파리로 이동하는 중이라 사무실에는 한 시간이면 도착합니다. 감사합니다. FF.

퐁데자르 다리를 지나자 멀리서 형광 연두색으로 된 익숙한 대문자 간판이 눈에 들어왔다. 늦은 저녁, 루브르 근처 리볼리 거리를 지나면서 그것이 반짝거리는 걸 한 번은 본 기억이 났다. 몇몇 글자에는 불이 들어오지 않았다. 읽을 수 있는 글자는 '뒤', 'ㄹ', '타', 'ㅈ'이 전부였다. 나는 항상 그곳이 낡은 재즈 클럽일 거라고 생각했다.

나무 문 앞에 섰다. 공동 현관의 전자 잠금 장치 바로 위, 작은 금빛 놋쇠 이름표에서 '조사'와 '2층'이라는 글자를 찾을 수 있었다.

문은 자동으로 열렸다. 나는 복도를 따라 걸어가 대기실로 향했다. 거기엔 아무도 없었고, 주변은 고요했다. 탐정 사무소의 설립자인 장 뒤

뤽 씨의 자격증 원본이 벽에 걸려있었다. 그것으로 내가 잘못 찾아온 것이 아님을 알 수 있었다. 유리 진열장에 놓인 자질구레한 장식품들 외에, 방 안은 텅 비어 있었다. 그 물건들이 사립 탐정의 개인적인 추억이 담긴 것인지, 아니면 대기실을 꾸미기 위해 구입한 것인지 궁금했다. 그것들은 너무나도 엉뚱해서 일종의 최면 효과를 불러일으킬 정도였다. 첫 번째 물건은 '땡땡'과 강아지 '밀루'가 얼굴을 내밀고 있는, 《푸른 연꽃》[49] 속 도자기 항아리 장식품이었다. 그 옆에는 유리로 된 수도꼭지 아래, 서로 입맞춤을 하고 있는 빨간 물고기와 수많은 소형 물고기 조각상이 있었다. 진열장 내의 물건 중에서 땡땡의 존재는 이 장소와 어울렸지만—벨기에 소년 땡땡은 사립 탐정이 아닌 리포터지만, 그가 진행하는 조사가 종종 수수께끼를 해결하는 역할을 했다—물고기들의 존재는 난해하게만 느껴졌다.

나는 낮은 탁자 위에 놓인 사무소 광고 전단지를 집어 들었다.

「결정을 내리기 위해서는 먼저 알아야 합니다. 하지만 정보를 조사하고, 완전하고, 믿을 수 있고, 유용한 정보를 가져다주는 건 아무나 할 수 있는 일이 아닙니다. 많은 경험, 기술, 정확성, 직감, 물적 및 인적 자원이 필요하죠. 우리는 고객에게 완벽한 비밀을 보장합니다.」

그다음으로 기술된 전단지의 내용은 장 뒤뢱이 1881년 6월 16일 프랑스 랑드주의 미미장에서 태어났으며, 그로부터 29년 후에 프랑스 경시청으로부터 탐정 자격증을 부여받았다고 밝히고 있었다. 수많은 사진 속에서 그가 154cm, 당시로서도 작은 키를 가지고 있으며, 〈호랑이 여단〉⁵⁰ 속 주인공들을 연상시키듯 자전거 핸들처럼 양쪽 끝이 둥글게 말린 길쭉하고 신기한 콧수염을 가진 인물이라는 사실을 알 수 있었다.

그때, 대기실 문이 열리는 바람에 나는 전단지의 글을 마저 읽지 못했다. 마치 누군가에게 쫓기듯 숨을 헐떡거리며 탐정이 말했다.

— 저를 따라오세요. 기차가 연착하는 바람에… 죄송합니다.

호감형, 작고 다부진 몸매에, 헝클어진 회색 머리칼, 60대로 보이는 프랑크 팔크는 귀갑 테두리 안경을 쓰고, 조끼와 다소 색깔을 통일한 밤색 벨벳 멜빵바지와 한 번도 다림질을 하지 않은 게 분명한 셔츠를 입고 있었고, 둥근 얼굴의 서글서글한 인상을 가지고 있었다. 나는 그를 따라 사무실로 갔다. 두 팔을 벌리면 양쪽 벽에 닿을 만큼 좁은 방이었다. 창밖으로는 루브르 미술관과 인파가 보였다.

창문 바로 아래에 푸른 네온사인으로 밝혀진 거대한 어항이 있었다. 거기엔 중남미의 민물에서 온 물고기인 구피 스무여 마리 정도가 헤엄치고 있었다. 파란색 또는 노란색으로 된 원색 몸통에 검은색 테두리가 둘린 비늘이 탐정의 안경테를 연상시켰다. 어쩌면 프랑크는 물고기에 커다란 애정을 품고 있는 게 아닐까…. 그래서 대기실에 '어항' 장식품들을 가져다 놓은 건지도 모른다.

책상 뒤쪽으로는 속이 터져서 내용물이 흘러내리는 샌드위치처럼 서류들이 어지럽게 쌓여 있었다.

— 그래서, 엽서라고요?

남서부 억양으로 프랑크가 말했다. 미미장에서 태어났다는, 한 세기 앞선 그의 선조 장 뒤뤽의 억양도 아마 그러했을 것이다.

— 이거예요.

그의 맞은편 자리에 앉으면서 나는 그에게 엽서를 내밀었다.

— 어머님께서 받았다는 익명의 엽서가 이겁니까?

— 맞아요. 2003년에요.

프랑크 팔크는 엽서를 찬찬히 살펴보았다.

— 그럼 이 사람들은 누굽니까? 에브라임… 엠마… 자크와 노에미?

— 어머니의 할아버지와 할머니, 그리고 그녀의 외삼촌과 이모예요.

— 좋습니다…. 이 중의 누군가가 이 엽서를 보낸 건 아니고요?

그는 고객이 단순히 주유를 깜빡한 것은 아닌지 연거푸 물어보는 자동차 정비공처럼 한숨을 내쉬며 물었다.

— 아뇨. 그들은 1942년에 죽었어요.

— 모두 다요?

놀란 듯 탐정이 물었다.

— 네. 네 사람 다요. 아우슈비츠에서 생을 마감했죠.

팔크는 얼굴을 찌푸리며 나를 바라보았다. 그가 나를 동정하는 것인지, 내 대답의 의미를 이해하지 못한 것인지 알 수 없었다.

— 강제 수용소에서요.

그는 여전히 눈썹을 찌푸린 채로 입을 다물고 있었다.

— 나치에 의해 죽임을 당했죠.

나는 그와 내가 모두 확실히 이해하도록 한 마디를 덧붙였다. 그가 남서부 억양으로 말했다.

— 아이고, 저런. 정말로 끔찍한 이야기군요! 정말이지 끔찍합니다.

그 말과 동시에 팔크는 엽서를 부채처럼 앞뒤로 휘저었다. 자신의 사무실에서 '아우슈비츠'나 '강제 수용소'와 같은 단어를 듣는 게 익숙하지 않은 듯했다. 그는 놀란 기색으로 잠시 침묵했다.

— 엽서 발신인을 찾는 걸 도와줄 수 있을 것 같나요?

　내가 대화를 재개하기 위해 질문하자, 팔크가 엽서를 휘저으며 말을 이었다.

— 이런, 글쎄요. 저와 제 아내는 불륜이나, 기업 스파이, 이웃과의 갈등 같은… 일상적인 사건들을 주로 맡습니다만… 이런 일은 처음이라!

— 익명의 편지에 대한 조사도 해본 적 없으세요?

　팔크가 세차게 고개를 끄덕이며 답했다.

— 물론 있죠, 있습니다. 하지만 이건… 문제가 너무 복잡해 보이는군요.

　그와 나는 서로에게 더 무엇을 말해야 할지 몰랐다. 팔크는 내 얼굴에 떠오른 실망감을 알아차렸다.

— 2003년에 쓰인 엽서가 아닙니까! 조금 더 일찍 움직이셨어야지요. 정말 솔직하게 말씀드리는 겁니다만, 부인, 이걸 보낸 사람이 살아있을 확률도 거의 없다고 봐야 합니다….

　나는 겉옷을 잡아들고 그에게 감사 인사를 전했다.

　프랑크 팔크는 귀갑 테두리 안경 너머로 나를 빤히 바라보았다. 그는 땀을 흘리고 있었다. 그가 원하는 건 내가 이곳을 박차고 나가는 일이란 걸 알 수 있었다. 그럼에도 불구하고 그는 내게 몇 분의 추가 시간을 내어 주는 데 동의했다. 그가 한숨을 내쉬며 말했다.

— 좋습니다. 지금 제 머릿속에 떠오르는 생각을 말씀드리지요…. 왜 오페라 가르니에일까요?

— 저도 잘 몰라요. 왜일까요?

— 당신의 가족 중 누군가가 그곳에 몸을 숨겼을 가능성은요?

— 솔직히 말해서 모르겠어요…. 그건 아마 아주 위험한 행동이었을 거예요.

— 그건 왜지요?

— 나치 점령기에 오페라 가르니에는 독일 사교계의 명소였어요. 건물 외벽이 전부 나치 문양으로 뒤덮일 정도였죠.

프랑크는 생각에 잠겼다.

— 당신 가족이 그 동네에 살았나요?

— 아뇨. 전혀요. 그들은 14구의 아미랄-무셰 거리에 살았어요.

— 이곳이 만남의 장소였던 건 아닐까요? 그들이 레지스탕스들이었나요? 생각해 보세요…. 지하철역이나 뭐 그런 곳 말이지요.

— 네. 그럴 수는 있겠네요. 만남의 장소….

나는 탐정이 생각을 전개하도록 일부러 문장을 끝마치지 않고 말했다.

— 가족 중에 음악가가 있었습니까?

몇 초 동안 침묵하던 그가 내게 물었다.

— 네! 엠마요. 여기 쓰인 이름 중 한 사람이에요. 피아니스트였죠.

— 그 엠마란 사람이 오페라에서 연주를 했을 수도 있을까요? 오케스트라 단원이었다거나?

— 아뇨. 그냥 피아노 교사였어요. 연주회를 연 적은 없었어요. 아시겠지만 전쟁 기간에 유대인은 오페라에서 연주를 할 수 없었죠. 유대인 작곡가들도 목록에서 지워졌고요.

팔크는 엽서의 양쪽 끝을 번갈아 바라보면서 말했다.

— 흐음. 이 이상 뭘 더 말씀드려야 할지 모르겠군요….

그는 자신이 할 만큼 했다고 생각했다. 그리고 엽서를 천천히 바라보면서 내가 떠나기만을 기다렸다. 하지만 나는 버텼다. 그가 한숨을 내쉬며 말했다.

— 그래요. 한 가지 말씀드릴 게 있습니다….

　　그러고는 조용히 이마를 문질렀다. 뭔가 말할 게 있다고 한 걸 후회하는 듯 보였다.

— 그게, 제 조부께서… 당시에 헌병이셨는데… 우리에게 항상 헌병대의 이야기를 들려주곤 하셨지요….

　　그는 그렇게 말하고 잠시 말을 멈췄다. 그는 아주 오래된 일을 곰곰이 생각하고 있었다. 그리고 그 생각 속에서 길을 잃은 듯했다.

— 흥미로운 이야기네요.

— 아뇨. 그건 아닙니다. 조부께서는 허튼소리를 많이 하셨지요. 항상 같은 일화를 되풀이하셨는데, 그게 가끔은 유용할 때도 있었지요. 그게 뭐냐면… 여기 우표 보이시나요?

— 우표요? 네. 방향이 거꾸로 붙여져 있던데요.

— 그렇지요. 그게 사실은 아무런 의미가 없는 게 아닐 수도 있습니다….

　　팔크가 고개를 위아래로 저으며 말했다.

— 엽서를 보낸 사람이 의도적으로 거꾸로 붙였다는 말인가요?

— 바로 그겁니다.

— 메시지를 전하기 위해서요?

— 네. 메시지를 전하기 위해서지요.

　　그는 정면을 바라보았고, 나는 그가 뭔가 결정적인 말을 할 거란 걸 직감할 수 있었다.

— 제가 받아 적어도 괜찮을까요?

— 그럼요, 그럼요. 얼마든지요. 한 번 생각해 보세요. 옛날에는… 그러니까 19세기에는… 우편을 부칠 때 비용을 두 번 내야 했습니다. 보낼 때 한 번, 받을 때 한 번. 이해하셨나요?

그가 안경에 서린 김을 닦으며 말했다.

— 편지를 읽으려면 돈을 내야 했다고요? 그건 몰랐어요….

— 네. 우체국이 처음 생겼을 때는 그랬지요. 편지를 받은 사람이 읽기를 거부할 수도 있었답니다. 그러면 비용을 치르지 않아도 되었지요…. 그래서 사람들이 하나의 암호를 생각해 낸 겁니다. 두 번째 요금을 내지 않기 위해서지요. 봉투에 우표를 어떻게 붙이느냐에 따라 특별한 의미를 전달하는 겁니다. 예를 들어 우표를 오른쪽으로 치우치게 기울여 붙이면 그건 '질병'을 의미합니다. 이제 뭔지 아시겠지요?

— 네. 그럼 굳이 요금을 내고 편지를 열어 볼 필요가 없겠네요. 그렇게 우표에 메시지를 담아 놓았다, 이 말이죠?

— 그렇습니다. 그때부터 사람들은 우표가 붙은 위치에 의미를 부여하기 시작했지요. 예를 들면 오늘날에도 반혁명주의자들은 우표를 거꾸로 붙이곤 합니다. 그건 항의를 뜻하지요. 공화국에 죽음을 고하는 하나의 방식입니다.

그가 덧붙였다.

— 그럼 이 엽서에 붙은 우표도 일부러 거꾸로 붙여졌다는 말씀인가요?

그는 다시금 고개를 끄덕였고, 그런 다음 자기 말을 잘 들으라는 표시를 했다.

— 레지스탕스들이 편지를 보낼 때 우표를 거꾸로 붙이는 것은 '반대로 읽어라'라는 뜻이라고 합니다. 예를 들어, '모든 게 잘되고 있다'는 '모든 게 잘되지 않고 있다'로 해석해야 한다는 뜻이지요.

탐정은 의자에 몸을 기대었고, 한숨을 푹 내쉬었다. 엽서에서 뭔가 단서를 끄집어내는 데 성공했다는 사실에 안도한 모양이었다.

— 자, 여기서 제가 이해가 안 되는 게 있습니다. 이 엽서가 어머님께 왔다고 했지요? 그럼 이 'M. 부브리'는 누굽니까? 당신의 어머님인가요? 그게 아니면?

— 아뇨, 저희 어머니는 아니에요. 'M. 부브리'는 제 할머니인 미리얌 부브리를 뜻해요. 결혼 전 성씨는 라비노비치였고, 피카비아 씨와 결혼해 저희 어머니를 낳으신 다음에 부브리 씨와 재혼하셨죠. 그러니까 요약하자면 이 엽서는 제 할머니에게 보내졌는데, 그 주소가 어머니의 집이었고, 제 어머니 이름은 렐리아예요.

— 무슨 말인지 당최 이해가 안 됩니다만.

— 좋아요. 제 어머니의 집주소는 데카르트 거리 29번지예요. 그리고 'M. 부브리'는 제 할머니 미리얌이고요. 이제 아시겠어요?

— 아, 아. 이해했습니다. 그럼 할머님께서는 뭐라고 말씀하셨나요? 그 미리얌이라는 분께서는?

— 아무것도요. 할머니는 1995년에 돌아가셨어요. 이 엽서가 도착하기 8년 전이죠.

프랑크 팔크는 눈을 찌푸리며 잠시 생각에 잠겼다.

— 제가 이 질문을 꺼낸 건, 처음 엽서를 봤을 때 제가 읽기로는 'M. 부브리'가 '부브리 씨'를 뜻하는 것인 줄 알았기 때문입니다.

그의 생각에도 일리가 있었다.

— 그렇군요. 한 번도 그걸 '부브리 씨'라고 읽어 본 적이 없어서요….

나는 그 사실을 메모했다. 엄마에게 이 이야기를 전해야 할 것 같았다. 프랑크 팔크는 내 쪽으로 몸을 기울였다. 탐정의 지식을 조금 더 활용해 봐도 좋을 것 같았다.

— 좋아요, 그럼 부브리 씨는 누굽니까? 그에 관해서 더 말씀해 주실 게 있으실까요?

— 별로 없어요. 할머니의 두 번째 남편이었어요. 90년대 초에 돌아가셨죠. 우울한 성격의 남자였던 것 같아요. 잠깐 세금 관련한 일을 했던 걸로 아는데 정확하지는 않아요.

— 어쩌다 돌아가셨지요?

— 정확히는 몰라요. 스스로 목숨을 끊은 것 같아요. 첫 번째 할아버지도 그랬죠.

— 할머님께 두 명의 남편이 있었는데 두 사람 모두 자살했다?

팔크는 두꺼운 눈썹을 치켜올렸다.

— 네. 맞아요.

— 그렇군요.

그가 나에게 엽서를 내밀었다.

— 당신의 가족은 대체로 침대에서 죽음을 맞이하는 일이 없군요…. 그럼 할머님께서 이 주소에서 사셨던 겁니까?

— 아뇨. 미리암 할머니는 프랑스 남부에 사셨어요.

— 또 복잡해지는군요….

— 왜죠?

— 할머님의 성씨인 '부브리'가 당신 어머님 댁 우편함에 붙어 있지는 않았을 거 아닙니까?

나는 고개를 끄덕였다.

— 그럼 'M. 부브리'라는 이름도 없는데 우편 배달부가 왜 그곳에 이 엽서를 넣었을까요?

— 그건 미처 생각하지 못했는데…. 그러고 보니 이상하네요.

바로 그때, 우리는 깜짝 놀라 동시에 자리에서 튀어 올랐다. 현관 벨소리가 울린 것이었다. 귀를 찢을 듯이 날카로운 소리였다. 팔크의 다음 고객이 도착했다.

나는 자리에서 일어나 감사의 표시로 탐정에게 손을 내밀었다.

— 정말로 감사드려요. 얼마를 지불하면 되나요?

— 괜찮습니다.

내가 문을 열고 나가려고 할 때, 프랑크 팔크는 내게 색이 바랜 명함 하나를 건넸다.

— 받으세요. 제가 잘 아는 녀석인데, 제가 소개했다고 하면 됩니다. 익명으로 수신한 편지의 필적 감정이 전문이지요.

나는 명함을 주머니 속에 밀어 넣었다. 딸을 데리러 학교에 갈 시각이었다. 나는 늦지 않기 위해 버스를 탔다. 버스를 타고 가는 동안 나는 조르주가 말했던, 강력하고 눈에는 보이지 않는 일들을 경험하기 위해 사람의 몸속으로 들어와 자신이 살아 있다는 감각을 되찾는 악랄한 영령 '디북'에 대해 생각했다.

「유월절에 알맞은 복장」

구글 검색창에 이 문장을 입력했다. 그러자 화면에 미셸 오바마가 나타났다. 그녀는 키파kippa를 쓴 남자들에게 둘러싸인 채 테이블에 앉아 있었다. 특유의 시원시원한 미소를 짓고 있는 그녀는 짙은 푸른색 드레스를 입고 있었다. 내 옷장 어딘가에 있는 것과 꽤나 비슷해 보였다. 나는 안심했다. 조르주의 집에서 보내는 저녁이 꼭 그렇게 끔찍하기만 한 일은 아닐지도 모른단 생각이 들었다.

베이비시터가 도착했다. 그녀가 딸에게 책을 읽어 주는 동안, 나는 계속해서 검색을 이어 나갔다. 화면에 나타난 사진 속에는 테이블 위에 히브리어로 된 책들이 놓여 있었고, 기묘한 것들로 채워진 접시들이 있었다. 뼈, 채소잎, 삶은 달걀… 기호들의 미궁. 그 안에서 길을 잃을 것이 두려워지는 미지의 세계였다. 지난번 대화를 마치면서 조르주는 내가 유대교 명절의 예배식에 대해 알고 있고, 히브리어를 읽을 줄 안다고 믿고 있었다.

나는 아니라고 말하지 못 했다.

자신이 유대인이라고 밝힌 남자와 데이트하는 건 처음이었다. 그를 만나기 전에는 유월절 예배식이 어떻게 진행되는지 아느냐고 내게 물어보거나, 내가 바트 미츠바bat-mitsva[51]를 치렀는지 궁금해하는 사람은 단한 사람도 없었다. 나는 유대인의 성씨를 가지고 있지 않았기에, 남자를만날 때마다 어느 정도 시간이 흐른 후 그 사실을 알게 된 상대는 깜짝놀라는 반응을 보였다.

— 정말? 네가 유대인이라고?

그렇다. 보이는 것과는 다르지만….

대학교에서 나는 검은 머리칼과 갈색 피부를 가진 사라 코헨이라는친구를 사귀었다. 사라는 내게 자신이 만난 남자들은 자연스럽게 그녀가 유대인이라고 생각했다고 말했다. 하지만 성서에 따르면 사라의 모친은 유대인이 아니었고, 사라도 유대인이 아니었다. 그렇게 사라는 유대인에 관련한 콤플렉스를 가지게 되었다.

나는 겉으로는 전혀 그렇게 보이지 않지만 유대인이었다. 그리고 사라는 척 보기에도 유대인처럼 생겼지만 유대인이 아니었다. 우리는 그사실에 웃곤 했다. 모든 게 부조리했고 하찮았다. 하지만 그것은 우리의삶에 표식을 남겼다.

세월이 흐르면서 그것은 다른 무엇과도 비교할 수 없고, 파악할 수도 없는 복잡한 문제가 되었다. 내게는 스페인 혈통이나, 브르타뉴 혈통을 가진 할아버지가 있을 수도 있었다. 화가이거나 쇄빙선의 함장인 증조할아버지가 있을 수도 있었다. 하지만 그 무엇도 내 외가가 유대인이었다는 사실과는 비교 대상이 되지 못했다. 내가 사랑했던 남자들의 눈에는 그보다 더 강력한 표식은 없었다. 레미에게는 나치 독일에 협력했던 할아버지가 있었다. 테오는 자신에게 숨겨진 유대인 혈통이 있을지 궁금해했다. 올리비에는 유대인처럼 생겨서, 사람들이 그를 유대인으로 착각하곤 했다. 조르주와의 관계 역시 마찬가지였다. 유대인이라는 문제는 결코 사소할 수 없었다.

결국 나는 짙은 푸른색 원피스를 집어 들었다. 허리 부분이 전보다 약간 죄었다. 출산 이후에 골반이 넓어진 탓이었다. 하지만 다른 옷을 구할 시간이 없었다. 지금도 이미 늦었다. 조르주의 집에 손님들이 모두 도착했을 시각이었다.

— 드디어 왔군! 안 오는 줄 알았어. 안, 여긴 내 사촌 윌리엄과 그의 아내 니콜이야. 조카 둘은 주방에 있어. 그리고 여긴 내 가장 친한 친구 프랑수아—그리고 그의 아내 롤라야. 내 아들들은 시험 기간이라, 안타깝지만 런던에 남기로 했어. 슬픈 일이지. 그 녀석들 없이 유월절을 보내는 건 이번이 처음이야. 그리고 여긴 나탈리. 책을 한 권 냈는데, 이따가 당신에게 줄게.

조르주가 내 겉옷을 건네받으며 말했다. 그리고 거실로 들어오는 한 여자를 가리키며 덧붙였다.

— 아, 저긴 데보라야!

한 번도 만난 적 없었지만 나는 누가 데보라인지 알아볼 수 있었다. 조르주가 그녀에 관해 이미 여러 번 말한 적이 있었기 때문이다.

데보라의 눈빛에서 나는 여러 가지를 파악했다. 그녀는 독선적이고 자신감이 넘치는 여성이었으며, 오늘 저녁 식사에 내가 왔다는 사실을 마뜩잖게 여겼다.

데보라와 조르주는 인턴 시절부터 아는 사이였다. 당시 조르주는 데보라를 열렬히 사랑했지만, 감정은 쌍방이 아니었다. 데보라는 그의 구애를 밀어냈다. 그는 어떻게 저런 여자가 자신 같은 남자에게 단 한 번이라도 관심을 가질 거라 상상했던 걸까?

"우리는 친구로 지내는 게 좋겠어."

데보라는 그에게 그렇게 말했다.

그리고 삼십 년이라는 세월이 훌쩍 지났다. 조르주와 데보라는 계속해서 마주치면서 살아갔다. 그들은 같은 병원에서 일했다. 조르주는 두 아들을 낳았고 길고 긴 이혼 과정을 겪었다. 데보라는 딸을 하나 낳았고 조속한 이별을 했다. 두 사람은 동료 의사의 생일 장소에서 멀찍이 떨어져 서로를 바라보았다. 대화는 나누지 않았다.

"예전부터 우린 서로를 잘 몰랐어."

데보라는 조르주를 언급하며 그렇게 말했다.

"예전엔 잘 아는 사이였지."

조르주는 데보라를 언급하며 그렇게 말했다.

삼십 년이 지난 뒤에야 데보라는 조르주를 새로운 눈으로 바라보았다. 비로소 그가 흥미롭게 여겨졌다.

데보라는 조르주가 인턴 시절의 사랑을 되찾으면 행복해하리라 생각했다. 하지만 일은 생각대로 흘러가지 않았고, 조르주는 그녀에게 이렇게 말했다.

"데보라. 우리는 친구로 지내는 게 좋겠어."

데보라는 조르주의 사랑을 쟁취하는 것이 생각했던 것보다는 쉽지 않을 거라는 결론을 내렸다.

'다행이네.' 데보라는 그렇게 생각했다.

조르주는 데보라와 관계를 유지하면서 그것을 우정이라고 불렀다. 하지만 마음속 한편에는 은근한 복수심이 있었다. 그는 우쭐함을 느꼈다. 한때 그토록 마음을 아프게 했던 여자가 지금은 자신의 마음을 사려고 애쓰고 있었다.

데보라는 내가 조르주의 집에 온 것을 보고 놀랐다. 조르주가 나에 대해 말한 적은 있었지만, 그녀는 내가 의사가 아니었기에 자신의 연적으로 진지하게 여기지 않았다. 하지만 유월절 만찬 자리에 내가 참석하면서 그녀는 나에 대한 평가를 바꿔야 했다. 조르주가 그곳에 내가 온다는 사실을 미리 귀띔하지 않았다는 사실은 그녀를 상처 입혔다. 데보라는 조르주가 자신에게 모욕을 주었다고 생각했다.

— 저녁 식사를 시작하자.

조르주의 말에 데보라는 생각했다.

'어디 두고 보자고.'

남자들이 키파를 쓰는 동안 데보라는 스파라드[52] 유대인과 아슈케나즈 유대인의 차이점에 관한 농담을 했고, 모두가 재미있어하며 웃었다. 물론 나만 예외였다. 데보라는 내가 아무것도 모른다는 걸 알아채고는 사과의 말을 건넸다.

— 죄송해요. 유대인 농담이라….

— 안도 유대인이야.

조르주가 말했다.

— 그래요? 브르타뉴계 성이길래 몰랐죠….

데보라가 조심스럽게 말했다. 나는 얼굴을 붉히며 대답했다.

— 어머니가 유대인이에요.

조르주는 히브리어로 기도를 하기 시작했다. 점차 심장이 쿵쾅거렸다. 사람들은 조르주의 기도 중간마다 '아멘'을 외쳤는데, 그것을 '오-메인'이라고 발음했다. 기독교인들만 '아멘'을 말하는 줄 알았던 나는 적잖이 당황했다. 데보라가 나의 행동 하나하나를 예의주시하고 있음이 느껴졌고, 모든 것이 악몽 같았다.

조르주는 바르 미츠바를 준비하고 있던 조카 한 명에게 유월절 정찬에 대해 설명해 보라고 했다.

— 유월절 정찬을 상징하는 것은 마로르maror로, 이집트에서 노예 신분이었던 우리 선조들의 고난을 떠올리게 하는 쓴 풀입니다. 거기엔 포로였던 히브리 민족의 수난의 기억이 담겨 있어요. 마차matza는 자유를 되찾은 히브리 민족의 기쁨을 상징합니다….

그의 조카가 배운 것을 읊는 동안, 모두가 자리에 앉았다. 그런데 내가 의자에 앉으려 할 때, 원피스 옆구리의 옷감이 터져 버렸다. 데보라는 웃음을 참지 못했다.

— 각자 하가다를 꺼내. 나는 부모님 것을 가져왔어. 모두에게 한 권씩 나눠줬으니 각자 보면 돼.

조르주가 말했다. 나는 접시 위에 놓인 책을 들었다. 당혹감을 숨기려고 했지만 모든 게 히브리어로 쓰여 있었다.

데보라는 내 쪽으로 몸을 기울이고는 모두가 들을 수 있을 정도의 큰 목소리로 말했다.

— 하가다는 오른쪽부터 펼치는 거예요.

나는 어색하게 사과의 말을 뱉었다. 조르주는 엄숙한 목소리로 이집트에서의 탈출 이야기를 읽기 시작했다.

— 「올해의 우리는 노예이다….」

하가다의 이야기는 식탁에 앉은 모두에게 모세가 겪은 수난을 떠올리게 했다.

나는 히브리 민족의 탈출기에 대한 반응과 그 신랄한 아름다움에 가만히 몸을 맡겼다. 유월절의 와인은 내게 강하고 유쾌한 취기를 안겨주었고, 이 장면을 이미 경험했다는, 지금 다 함께 하고 있는 이 모든 행위를 이미 알고 있는 것 같다는 감각을 선사했다. 손에서 손으로 마치 빵을 건네주고, 소금물로 쓴맛이 나는 풀을 적시고, 손가락 끝으로 와인 한 방울을 찍어 접시 위에 올리고, 팔꿈치를 식탁 위에 올려두는 것. 이 모든 것이 익숙하게 느껴졌다. 구리로 만든 접시 위로 유월절의 상징적인 음식들이 놓인 모습 역시, 내가 언제나 두 눈으로 생생히 목격했던 것처럼, 이미 모두 알고 있는 것 같았다. 귀에서 울리는 히브리어 노래도 낯설지 않았다. 시간 개념이 사라진 듯, 나는 일종의 경탄과 저 멀리서부터 다가온 깊은 쾌락이 내뿜는 열기를 느꼈다. 유월절 예배는 나를 오래전의 시간대로 옮겨다 놓았다. 내 손 위로 다른 손이 얽혀드는 감각이 느껴졌다. 오래된 참나무 뿌리처럼 까끌까끌한 내크먼의 손가락. 촛불 위에서 나를 향해 드리우는 그의 얼굴이 내게 말하는 듯했다.

「우리 모두는 하나의 목걸이 속 진주들이란다.」

그것이 유월절 예배의 끝이었다. 그리고 정찬이 시작되었다.

수다가 많고 모든 사람과 편하게 지내는 데보라는 집의 안주인 행세를 했다. 사람들에게 칭찬의 말을 건네었고, 모두에게 질문을 던졌다.

물론 나만이 예외였다. 나는 마치 내가 축제 날 저녁을 홀로 보내게 할 수 없어 어쩔 수 없이 초대한, 나눌 말이라곤 하나도 없는 머나먼 친척처럼 느껴졌다.

말이 많고 아름답고 재미있는 데보라는 유머를 담아 말했다. 자신이 조르주를 위해 만든 저녁, 일부러 불에 태운 파프리카, 모친으로부터 배운 바바가누쉬, 부친으로부터 배운 파프리카 절임에 대해 그녀는 말하고, 말하고, 또 말했다. 그리고 모두가 그녀의 말을 경청했다.

— 그쪽은요? 그쪽 어머니는 게필테 피슈Gefilte fish[53]를 어떻게 요리하시죠?

데보라가 내게 물었다. 나는 아무 대답도 못 했고, 못 들은 척하는 편을 택했다. 그러자 데보라는 조르주에게 말을 걸었다.

— 매년 하가다를 읽을 때마다 박해를 피하기 위해서 이스라엘로 가야 한다는 오래된 대목에서 항상 놀라곤 해. 「하루빨리 성도 예루살렘을 재건하라.」 아주 명명백백히 쓰여 있잖아. 5,000년도 더 전에 말이야.

— 들리는 소문에 너는 이스라엘로 가는 걸 고려 중이라며?

조르주가 자신의 사촌 윌리엄에게 물었다.

— 응. 너도 고려해 봐. 신문을 읽을 때나, 우리에게 벌어지는 일을 접할 때마다 여기 사람들은 우리를 더는 원하지 않는 것 같다는 생각이 들어.

— 아빠. 아빠는 너무 과장이 심해요. 누가 박해를 받았다고 그래요.

윌리엄의 아들이 말했다. 윌리엄은 아들의 지적에 놀라 의자를 뒤로 밀었다.

— 올해 초부터 벌어지고 있는 반유대주의 활동들을 쭉 나열해 볼까?

그가 아들에게 말했다.

— 아빠, 프랑스에서는 매년 흑인이나 아랍인에 대한 공격이 훨씬 많이 일어나거든요.

— 《나의 투쟁》[54]을 재출간한다는 이야기는 못 들어 봤니? '신중한 코멘터리'까지 달아서 말이야. 파렴치하기도 하지. 아주 불티나게 팔려 나가겠어.

윌리엄의 아내는 아들에게 대답할 필요도 없다는 사인을 보냈다. 조르주의 가장 친한 친구인 프랑수아가 화제를 돌렸다.

— 국민전선[55]이 총선에서 승리하면? 그땐 떠날 거야?

그가 조르주에게 물었다.

— 아니. 나는 떠나지 않아.

— 왜? 너 미쳤구나!

윌리엄이 말했다.

— 나는 저항할 거니까. 현지에서 저항 운동을 일으킬 거야.

— 네 논리를 당최 이해할 수가 없어. 정말 싸우고 싶은 거라면 더 늦기 전에 지금 싸우면 되잖아? 중요한 건 우리가 공격당하는 상황을 피하는 거 아니야?

프랑수아의 아내 롤라가 말했다.

— 롤라 말이 맞아. 우리는 그저 여기에 있기만 할 뿐이야. 그냥 의자에 앉아서 재앙이 닥치기를 기다리고 있지….

— 솔직히 네게 중요한 건 전쟁과 레지스탕스 시절에 네 아버지가 했던 일을 다시 하느냐 마느냐의 문제지. 하지만 역사는 똑같이 흘러가지 않아. 네가 무장 항독 지하 단체를 이끌 수 있으리란 보장은 없다고!

— 맞는 말이야. 그건 우리 가족의 끈질긴 환상에 불과해.

— 바로 그게 문제란 거예요. 아저씨의 환상이요. 아저씨가 그랬죠. 국

민전선이 총선에서 승리하면 맞서 싸울 거라고요. 아저씨 부모님이 68 혁명에서 그랬고, 아저씨 조부모님이 2차 대전 때 그랬듯이요. 아저씨는 살아 있다는 걸 느끼기 위해서 극우 세력이 득세하기를 고대하고 있어요. 아저씨 같은 좌파의 권력자가요. 아저씨 인생에서 어떤 일을 해내기 위해서 재앙이 일어나기를 기다리고 있는 거라고요.

늘 어른들과 맞먹으려고 드는 윌리엄의 아들이 말했다.

— 내 아들놈이 미쳤나 봐. 용서해라.

— 아냐! 꽤나 흥미로운 말인데?

프랑수아가 거들었다. 롤라는 분위기를 진정시키며 말했다.

— 재앙이라니…. 잠깐, 국민전선이 승리한다고 해도, 그럴 리는 없을 것 같다만. 그런 극단적인 상황을 가정한다고 해도 말이야. 우리 유대인들이 그 결과로 어떤 고통을 받게 될지 나는 모르겠는걸? 현실적으로 생각해 보자고. 난 네 아들 말에 동의해, 윌리엄. 나도 유대인이지만, 당장 위험해지는 건 불법 체류자, 아프리카 출신, 이민자들이 될 거야. 실망하게 해서 미안하지만, 길거리에서 체포되는 건 너희가 아닐 거라고.

— 왜 아니란 거야?

윌리엄이 묻자, 그의 아내 니콜이 말했다.

— 당신도 롤라 말이 옳다는 걸 알잖아! 당신과 나, 우리에겐 아무 일도 일어나지 않을 거야. 우리가 노란 별을 다는 일은 없을 거야.

— 그것 말고도 유대인에게 가해지는 폭력은 다양하지….

— 논점을 벗어나지 마. 국민전선이 권력을 잡으면 위험해지는 건 아프리카 출신이나 북아프리카계 사람들이지. 우리보다 훨씬 더.

— 문제는 이거예요. 여러분도 다른 사람들을 위해 싸울 준비가 되어 있

느냐는 거죠. 의인이 될 수 있겠어요? 길거리에 나앉은 가족들과 매트리스 위에서 굶주리는 아이들을 떠올려 보세요. 뭐 기억나는 거 없어요? 만약 이번에는 여러분이 베풀어야 한다면요? 누군가를 집 소파에서 재워 주면서 위험을 감수할 수 있겠어요? 이번에는 희생자가 아니라 도움을 줄 수 있는 누군가의 위치가 된다면요.

— 과거 프랑스에는 유대인들의 적이 있었지. 하지만 지금 이 땅에 이민자들의 적은 없어.

— 그럼 아빠의 무관심은요? 그건 또 다른 형태의 협력이 아닌가요?

— 어이, 진정해. 아버지한테 그런 말투로 말하지 마라.

윌리엄이 말했다.

— 그런 보수주의적인 말은 너무 단순한 사고방식 같구나. 그리고 유대인들에게 죄책감을 심어주는 말이지. 우리는 여전히 반유대주의 정서가 팽배한 국가에 살고 있어. 오늘날에도 그 증거를 곳곳에서 찾을 수 있지. 한번 상상해 봐라. 국민전선이 승리해서 법정에 서야 할 일이 생겼는데, 국가의 피라미드 꼭대기에 앉은 사람들이 네 편이 아니라면 어떻겠니? 나는 그런 상황을 떠올리면 이 나라에서 유대인으로 산다는 것에 대한 인식이 바뀌던데.

— 그런 형편없는 말은 아빠가 다른 사람들을 위해서라면 아무것도 하지 않겠다는 소리로 들리네요.

— 너희들은 이해 못 해! 조르주와 나, 우리 세대는 반유대주의를 많이 경험해 봤어. 그리고 그 경험은 우리에게 흔적을 남겼지. 안 그래, 조르주?

조르주는 갑자기 연극적인 태도를 취하는 윌리엄을 보고 웃기 시작했다.

— 윌리엄, 내 말을 들어 봐. 네 말에 동의해. 하지만 솔직히 말하자면 나는 반유대주의적 행위를 겪은 적이 없어. 학교에서도, 직장에서도.

윌리엄은 두 팔을 배 위에 올려놓았다. 사촌의 입에서 그런 멍청한 소리가 나온 것이 믿기지 않았다. 그는 회심의 미소를 지으며 조르주에게 질문했다.

— 그래? 확신해?

— 그럼.

조르주가 말했다.

— 확신하지.

— 네 바르 미츠바가 있던 해에 있었던 일도?

조르주는 그가 한 말의 의미를 이해하고 자신이 졌음을 인정했다.

— 그래, 좋아…. 그래. 코페르닉 거리에서 테러가 일어났을 때 나는 회당 내에 있었어.

— 그게 반유대주의 행위가 아니라고?

윌리엄이 자리에서 일어나며 외쳤다. 반동으로 의자가 뒤로 쓰러졌다. 그건 마치 두 사촌이 벌이는 연극의 한 장면 같았다.

— 그래. 1980년 10월 3일, 내 바르 미츠바로부터 몇 달이 지났을 때였지. 그때의 나는 여전히 유대교에 열렬히 빠져있었어. 내가 주기적으로 회당에 다녔던 얼마 안 되는 시절이었지….

— 말을 끊어서 미안하지만, 내 아들에게 이거 하나는 분명히 하고 싶어서. 그날은 파리에서 유대 회당 여섯 곳이 공격 당했던 1941년 10월 3일의 저녁을 기념하기 위해 선택된 날이야! 그중에 코페르닉 회당도 있었지.

— 그날은 금요일 저녁 예배가 있는 날이어서 회당은 사람들로 가득 차

있었어. 나는 누이와 기도를 올리고 있었지. 예배가 끝나기 십여 분 전인가, 〈아돈 올람 애셔Adon 'olam asher〉를 부르는 중에 폭탄이 터졌지. 폭발음이 들렸어. 스테인드글라스가 몇몇 교인들의 몸 위로 떨어져 내렸지. 뒤에서 랍비가 우리에게 얼른 회당에서 나가라고 외쳤어. 누이와 나는 불타는 자동차를 보았지. 왼쪽 길을 따라 클레베 대로까지 달려서, 거기서 가까스로 버스를 탔어. 집에 도착했을 때, 유모였던 이렌이 프랑스3(FR3) 채널의 뉴스를 보고 있다가 우리를 발견했어. 뉴스에서는 테러 소식을 전하는 중이었고. 그녀는 우리가 방금 엄청난 위험에서 벗어났다는 사실을 알게 되었어.

— 그러는 너는?

— 바로 그 순간에는 몰랐지. 하지만 밤에 자려고 침대에 누웠을 때 다리가 내 말을 듣지 않고 덜덜 떨리기 시작하더군.

— 그러고 나서 있었던 레몽 바르의 반유대주의적 발언을 기억해?

— … 응, 그는 당시 총리였지…. 그는 그날의 테러가 회당 앞에 우연히 있었던 '무고한 프랑스인들'까지 공격했다는 점에서 더욱 충격적이라고 말했지.

— '무고한 프랑스인들'이라고 말했다고?

— 그래! 그의 머릿속에서 우리 유대인들은 완전한 프랑스인도, 무고한 사람들도 아니었던 거야….

— 그런데 조르주 너는 그날의 테러가 네게 아무런 영향을 남기지 않았다고 생각해?

— 응. 그렇게 생각해 본 적 없어.

— 그건 현실 부정 아닌가?

— 그런가?

— 그래. 그건 현실 부정이고 매장이야. 동일시를 통해 보호받는다는 기분을 느끼고 싶은 거지.

— 그게 무슨 말이야?

— 이 식탁에 둘러앉은 우리를 봐.

프랑수아가 말했다.

— 우린 모두 이민자 2세나 3세들이지. 우리 모두. 그런데 우리는 스스로 그렇게 생각할까? 전혀 아니지. 우린 우리 자신을 프랑스의 성공한 중산층 부르주아 계층이라고 생각해. 이 사회에 완벽하게 동화되었다고 생각하지. 이름도 프랑스식이고, 훌륭한 와인 산지들을 꿰고 있는 데다가 고전 문학을 두루 읽었고 블랑켓 드보를 요리하지…. 하지만 우리가 지금 이 사회에 깊숙이 뿌리내렸다고 느끼는 이 감정이, 1942년 프랑스에 살았던 유대인들이 느꼈던 것과 똑같지는 않은지 생각해 봐. 많은 유대인이 1차 대전 당시 국가를 섬겼지만, 그럼에도 불구하고 기차를 타고 수용소로 보내졌어.

— 내 말이 그거야. 모두가 똑같은 현실 부정을 했어. 자신에게는 아무런 일도 일어나지 않을 거라고.

— 하지만 지하철을 탈 때 우리에게 신분증을 요구하거나 하지 않잖아요. 정신 나간 소리는 그만둬요.

윌리엄의 아들이 말했다.

— 이건 '정신 나간 소리'가 아니야. 프랑스는 경제적으로나 사회적으로 극심한 폭력의 시대를 겪었어. 19세기 러시아, 1930년대의 독일 역사를 본다면 언제나 이런 점들이 반유대주의적 행위를 촉발했다는 걸 알 수

있지. 이 세상이 생겨났을 때부터 그래 왔다고. 지금이라고 다를 이유가 어디 있단 말이야!

— 참, 안의 딸이 학교에서 무슨 일이 있었다던데. 그렇지? 무슨 일이 있었는지 한번 말해 봐.

그러자 모두의 시선이 나를 향했다. 식사를 시작한 이후로 나는 논쟁에 거의 끼지 않았다. 조르주의 친구들은 내가 무슨 말을 할지 궁금한 모양이었다. 조르주가 그들에게 내 이야기를 많이 한 탓이었다. 내가 운을 띄웠다.

— 그게, 아직 학교에서 무슨 일이 있었는지 몰라요…. 하지만 뭔가 불편한 일이 있었던 게 분명해요…. 할머니에게 자기가 유대인이냐고 물어봤거든요….

— 그쪽 딸은 자기가 유대인인지 모르고 있었다는 말인가요?

데보라가 내 말을 끊으며 물었다.

— 알긴 했지만, 정확히는 몰랐나 봐요…. 제가 종교 활동을 하지 않거든요. 그러니까 어느 날 아침에 잠에서 깨서 '있지, 사실 우린 유대인이야…'라고 말하지 않았던 건 사실이에요.

— 기념일을 안 챙기나요?

— … 모든 기념일을 챙기진 않아요! 크리스마스… 갈레트 드 루아[57]… 그리고 핼러윈… 또 부활절…. 이런 것들이 머릿속에서 한데 뒤엉켰나 보더라고요.

— 알겠어. 그래서 무슨 일이 있었던 건지 말해 봐.

조르주가 말했다.

— 딸이 "학교에서는 유대인을 별로 안 좋아하거든요."라고 말하더라고요.

— 뭐라고요?

— 그럴 수가!

— 그런 생각을 하다니, 무슨 일이 있었던 겁니까?

— 잘 몰라요. 사실….

— 네?

— … 안 물어봤거든요…. 아직은요.

심장이 죄는 기분이 들었다. 조르주의 친구들을 처음 만나는 자리에서 나는 자격 없는 엄마, 경솔한 여자가 되었다.

— 딸이랑 그것에 대해 대화할 시간이 없었어요…. 며칠 전의 일이거든요.

조르주는 아무 말도 하지 않았다. 그는 나를 어떻게 도와야 할지 모르는 눈치였다.

긴장감이 느껴졌다. 그의 친구들과 친척들의 표정이 바뀌었다. 모두가 나를 멸시하는 눈으로 바라보았다. 나는 변명하듯 말했다.

— 심각하게 생각하고 싶지 않았어요. 유대인이라고 유난을 떨기 싫었거든요. 게다가 학교 운동장에서 오가는 욕설들을 하나하나 심각하게 받아들이기 시작하면 끝도 없으니까요….

그 말이 꽤 설득력이 있었던 모양이었다. 조르주의 친구들은 어쨌든 내 말에 동의하려고 노력했고, 다른 주제로 화제를 전환했다. 마침 거실로 자리를 옮길 때이기도 했다. 조르주는 모두에게 자리에서 일어나자고 제안했다. 그때, 별안간 데보라가 내게 말했다.

— 만약 그쪽이 '정말로' 유대인이라면 그 일을 가볍게 여기지 않았을 거예요.

그 말이 채 내게 와 닿기도 전에 모든 이의 얼굴이 일그러졌다. 데보라가 한 말에 담긴 공격성에 모두가 놀랐던 것이다.

조르주가 물었다.

— 그게 대체 무슨 뜻이지? 안의 어머님이 유대인이라고 말했잖아. 할머님도 유대인이고. 그녀의 가족이 아우슈비츠에서 목숨을 잃었어. 더 알아야 할 게 있어? 증명서라도 필요해?

데보라는 눈 하나 깜짝하지 않았다.

— 참, 책에 유대교에 관한 내용을 쓰긴 하나요?

나는 뭐라고 대답해야 할지 몰랐다. 어안이 벙벙했고, 곧 횡설수설하기 시작했다. 그러자 데보라는 내 눈을 똑바로 마주보고 이렇게 말했다.

— 그럼 그쪽은 내킬 때만 유대인인 거네요.

4장

조르주에게,

데보라의 말에 나는 상처를 받았어. 하지만 솔직히 말하자면 그녀의 말도 어느 정도는 사실이야.

나는 당신의 집에서 유월절을 기념하는 게 불편했어.

우리가 처음 만난 날부터 우리 사이에 생겨난 오해 때문이야.

나는 당신에게 우리 가족, 그리고 그들의 운명에 관해 이야기했지. 그래서 자연스럽게 당신은 내가 당신과 같은 문화 속에서 자랐다고 생각했어. 그리고 그게 우리를 가깝게 만들어 줬다고 말했지. 그리고 나는 그것이 우리를 가깝게 만들어 주길 바랐기에 오해를 바로잡지 않았어.

하지만 그건 사실이 아니야.

나는 유대인이지만 유대인 문화에 대해 아무것도 아는 게 없어.

전쟁이 끝나고 나의 할머니 미리암은 과거 러시아에 살았던 증조부의 혁명주의적 사고를 이어받아 공산당과 교류했어. 할머니는 당신의 자식들이 과거 세계와 아무런 연관이 없는 새로운 세계에서 태어났다고 생각하셨어. 전쟁 이후 홀로 살아남은 할머니는 유대 회당에 발도 들이지 않았어. 죽음의 수용소에서 신은 죽은 존재였거든.

그리고 우리 부모님 역시 나와 자매들을 유대교 문화 속에서 기르지 않았어. 나의 유년기, 문화, 가정 형태의 바탕에는 세속적이고 공화주의적인 사회주의가 주를 이뤘어. 20세기 말 젊은 세대들이 꿈꿨던 것처럼 말이야. 그렇게 우리 부모님은 저번에 내가 말했던 나의 증조부와 증조모인 에브라임과 엠마 라비노비치를 닮아가셨지.

부모님은 1968년 당시 스무 살이었어. 그리고 그 해는 부모님께 매우 중요한 의미를 갖고 있었지. 굳이 말하자면 내 종교는 거기에 있어.

그런 이유로 나는 유대 회당에 단 한 번도 간 적이 없어. 부모님에게 있어 종교는 민중의 아편과 같았거든. 나는 금요일 저녁 안식일을 챙기지 않아. 유월절도, 대속죄일도. 우리 가족이 모이는 가장 큰 행사는 뤼마니테 음악 축제[58], 바버라 핸드릭스가 바스티유 광장에서 〈체리가 익어갈 무렵Le Temps Des Cerises〉을 불렀을 때, 그리고 '어머니의 날'에서 패텡파적, 자본주의적 요소를 제거하고 만들어 낸 '부모님의 날'이었어. 나는 성경은 단 한 구절도 몰라. 예식도 모르고, 탈무드 율법도 몰라. 아버지는 잠들기 전에 《공산당 선언》을 읽어 주셨지. 나는 히브리어는 읽을 줄 모르지만 롤랑 바르트의 모든 작품을 읽었어. 부모님의 책꽂이에서 책을 빌려 읽곤 했지.

나는 대속죄일에 부르는 찬송가는 모르지만 〈파르티잔의 노래〉[59]의 모든 가사는 알아. 내 부모님은 유대교 명절에 하잔Hazzan[60]의 노래를 듣기 위해 회당에 나를 데려가진 않았지만, 도어스의 노래를 들려주었고, 나는 열 살이 되던 해에 그들의 모든 노래를 외웠어. 내게 이집트에서 탈출하기 위해 선택받은 민족이 있었다고 아무도 이야기해 주지 않았지만, 부모님은 내가 여자이고 물려받을 것이 없기 때문에 열심히 공부해야 한다고는 말해 주었어.

나는 예언자 엘리야의 삶을 몰라. 하지만 체 게바라와 마르코스 부사령관의 파란만장한 삶은 알고 있어. 마이모니데스에 대해서는 들어본 적도 없지만, 아버지는 내게 프랑스 혁명을 공부할 때 프랑수아 퓌레의 작품을 읽어 보라고 조언했어. 어머니는 바트 미츠바를 기념하지 않았지만, 5월 혁명은 꼭 챙겼어.

부모님의 교육 방식은 내가 살아가는 데 있어 나를 보호하는 무기가 되어 주지 못했어. 하지만 조금은 낭만적인 이 문화, 내가 먹고 자란 젖은 다른 무엇과도 바꿀 수 없는 거야. 부모님은 내게 평등의 가치를 새겨 주었고, 유토피아가 도래할 거라고 진심으로 믿었어. 그리고 문화의 계몽주의가 모든 형태의 종교적 반계몽주의를 명료한 지성으로 지워버리는 사회에서 지적으로 자유로운 여성으로 자라나도록 나와 자매들을 길렀어. 하지만 성공하진 못했지. 거기까지 가려면 아직 한참 멀었거든. 그래도 노력하셨어. 정말로 노력하셨지. 그 점에 있어서 나는 두 분을 존경해.

하지만.

하지만 부모님의 교육법에 어긋나는 불편한 요소가 주기적으로 나를 찾아와.

그 요소는 한 단어로 되어 있어. 그건 바로 '유대인'이야. 이 이상한 단어는 이따금 그것이 무얼 뜻하는지 내가 이해하지 못한 채 어머니의 입에서 튀어나왔어. 이 단어, 혹은 개념, 어쩌면 설명할 수 없는 비밀스러운 이야기에 가까운 이것을 어머니는 언제나 혼란스러운 방식으로 언급했고, 그럴 때마다 나는 너무나 갑작스러웠어.

나는 숨겨진 모순에 부딪혔어. 한쪽에는 부모님이 그리는 유토피아가 있었지. 부모님은 종교란 반드시 없애버려야 할 골칫거리와 같다는 인식을 심어 주었어. 그리고 다른 한쪽에는 우리 가족이 등한시하는 종교적 삶 속에 숨겨진 정체성, 미스터리한 선조들의 존재, 종교를 삶의 중심에 두었던 기이한 혈통이 있었어. 우린 모두 하나의 거대한 가족이야. 우리의 피부색이 어떠하든, 출신 국가가 어디든, 우리는 '인간'이라는 공통점으로 서로 연결되어 있지. 하지만 내가 배운 계몽주의 담화 속에, 알 수 없는 수수께끼를 뒤집어 쓴 검은 별, 기묘한 별자리 같은 단어가 있었어. : '유대인'.

그러자 머릿속에서 관념들이 서로 부딪쳤어. 모든 형태의 문화적 유산을 거부하기로 했더니, 어머니가 우리 가족이 대대로 유대교 신자였다는 사실을 밝혔지. 법 앞에서 모든 시민은 평등하다고 생각했더니, 선택받은 민족이라는 소속감을 알게 되었어. 모든 형태의 '선천성'을 부인했더니, 사람은 누구나 태어날 때부터 소속이 정해진다는 걸 배웠어. 우리는 모두 보편적인 세계 시민이라고 믿었더니, 사람들은 지극히 특수하고 폐쇄적인 하나의 세계로 우리의 출신을 규정했어. 그러니 내가 뭘 어떻게 하겠어? 부모님이 내게 가르쳐 준 것들은 멀리서 볼 때는 명료해 보였지만 가까이서 보니 그렇지 않았어.

나는 내 삶의 몇 달을, 심지어는 몇 년을 통째로 잊었어. 내가 방문했던 도시들, 내게 일어났던 일들, 사람들이 보통은 잊지 않는 이야기들을 잊었지. 대학 입학시험 점수, 초등학교 때 선생님의 성함 같은 것들. 구멍이 숭숭 뚫린 기억에도 불구하고 나는 어린 시절 내가 유대인이라는 단어를 들었던 매 순간을 정확히 기억할 수 있어. 그게 처음으로 내 삶에 등장했을 때, 나는 여섯 살이었어.

1985년 9월.
밤사이 누군가 우리 집에 나치 문양을 그려 놓았어. 물론 그땐 그 의미를 몰랐어.

"아무것도 아니란다."

엄마가 내게 말했어.

하지만 나는 공격받았다는 느낌을 지울 수 없었지.

엄마 렐리아는 스펀지와 표백제를 가지고 그 문양을 지우려고 노력했지만 검은 페인트가 지워지지 않았어. 색은 여전히 짙고 어두웠어.

한 주가 지나고 우리 집에 또 다른 낙서가 생겼어. 이번에는 마치 표적처럼, 사선이 그어진 원형이었지. 그전까지는 한 번도 들어본 적이 없는 말들을 부모님이 발음했어. '유대인'이라는 단어는 마치 따귀를 때리듯 내게 충격을 주었고 처음으로 내 삶에 침투했지. '귀드'[61]라는 단어도 들었어. 어딘가 우스운 의태어 같은 그 발음이 어렸던 내게 강하게 각인되었지.

"자, 그것에 대해서는 더 생각하지 않아도 돼. 저 그림들은 우리와 아무런 연관도 없으니까."

엄마는 내게 말했어.

나를 안심시키는 말에도 불구하고 나는 엄마가 '무언가'에 의해 위협을 느끼고 있다는 걸 알 수 있었고, 그 '무언가'인 반유대주의는 내 유년기 주위를 에워싼 시공간, 즉 나의 세계 가까이 존재하고 있었어.

1986년 1월.

엄마가 하는 말들이 내 머리 위를 날아다녔고, 귀 주위로 밤의 벌레들이 윙윙거렸어. 그들 중에는 대화 속에서 되풀이되는 한 단어가 있었거든. 특별한 억양을 가진, 다른 단어들과는 다르게 발음되는 그 단어가 나를 두렵게 만드는 동시에 흥분시켰지. 그것을 들을 때마다 드는 본능적인 거부감은 내 몸의 떨림과 반대되는 것이었어. 나는 그 단어가 나와 관련되어 있다는 것을 잘 알고 있었어. 맞아. 나는 그 단어의 '표적이 되었다'고 느꼈던 거야.

나는 쉬는 시간에 학교 안뜰에서 다른 친구들과 숨바꼭질하는 걸 더는 좋아하지 않게 되었어. 발각된다는 끔찍한 두려움, 먹잇감이 되었다는 두려움을 비로소 알게 되었기 때문이야. 우리를 지켜보던 선생님 중 하나가 내게 왜 우느냐고 물었고, 나는 이렇게 대답했어.

"우리 집에서 우린 유대인이에요."

그때 그 선생님의 놀란 시선은 지금도 기억나.

1986년 가을.

나는 초등학교 2학년이 되었어. 친구들 대부분은 교리 교육을 받으러 갔고, 수요일 오후에는 종교 활동을 위해 모였어.

"엄마. 저도 학교에서 해 주는 교리 교육을 듣고 싶어요."

그러자 렐리아가 신경질적으로 대답했어.

"그건 안 돼."

"왜 안 돼요?"

"우린 유대인이니까."

그게 무슨 뜻인지 알 수는 없었지만, 더 고집을 부리면 안 될 것 같았지. 그러자 내가 원했던 것들, 교리 교육에 참여하길 원했다는 사실, 이 모든 것이 단지 여자아이들이 일요일에 성당 앞에서 예쁜 흰색 원피스를 입기 때문이라는 사실이 부끄러워졌어.

1987년 3월.

달콤한 향기가 나는 말라바 캐러멜 포장지에는 판박이가 있었어. 보호 필름을 뜯어내고 물에 잠시 담근 뒤 그림이 피부에 달라붙기를 기다리면 되지. 나는 판박이 하나를 손목 안쪽에 붙였어.

"당장 그거 지워."

렐리아가 내게 말했어.

"그냥 하고 있으면 안 돼요, 엄마?"

"할머니가 네가 무슨 짓을 했는지 보면 엄청 화를 내실 거야."

"왜요?"

"유대인은 문신을 하지 않아."

또 다른 수수께끼였지. 아무런 설명도 없는.

1987년 초여름.

클로드 란츠만의 〈쇼아〉[62]가 처음으로 프랑스 텔레비전 채널에서 나흘 동안, 저녁 시간대에 방영되었어. 고작 여덟 살의 나이였지만 나는 그게 아주 중요한 사건이라는 걸 느낄 수 있었어. 부모님은 지난 여름 월드컵을 위해 구입한 비디오테이프 녹화기를 사용해 그 방송을 녹화하기로 했지.

〈쇼아〉의 비디오테이프는 다른 것들과 섞이지 않도록 따로 보관되었어. 언니는 테이프 겉면마다 다윗의 별을 그려 놓았고, 빨간 느낌표와 함께 커다란 글씨로 이렇게 적었어. "지우지 마시오."

나는 그 테이프들이 무서웠고, 그것들이 따로 보관되어서 내심 좋았어.

엄마는 그것들을 오랜 시간 감상했어. 그런 엄마를 방해하면 안 됐어.

1987년 12월.

결국 나는 엄마에게 묻고 말았어.

"엄마, 유대인이라는 건 어떤 뜻이에요?"

렐리아는 뭐라고 대답해야 할지 몰랐는지, 곰곰이 생각에 빠졌어. 그러고는 서재에서 책 하나를 가져왔어. 가장자리에 흰색 두꺼운 천이 둘린 그 책을 엄마는 카펫 위에 올려놓았어.

흑백으로 된 사진들, 파자마를 입은 야윈 몸들, 눈이 쌓인 철조망들, 겹겹이 쌓여있는 시체들과 산처럼 쌓인 의복, 안경, 신발들을 보았을 때, 8년이라는 내 짧은 삶은 정신적인 충격으로부터 나를 보호해 주지 못했어. 나는 그 사진들로 인해 물리적으로 공격당했고, 상처를 입었다고 느꼈거든.

"만약에 우리가 이 시대에 태어났더라면 우린 단추로 변했을 거야."

렐리아는 그렇게 말했어.

'우린 단추로 변했을 거야'라는 문장에 담긴 단어들은 너무나도 기이한 생각을 심어 주었고, 나를 수렁에 빠트렸지.

그날 그 단어들은 내 머리를 불태울 듯했어. 그건 어떤 것도 더 밀어 넣을 수 없는, 생각의 사각지대였거든.

엄마가 그날 '단추boutons'를 사용한 건 어쩌면 실수가 아닐까? 아니면 내가 '비누savons'를 잘못 들은 건 아니었을까? 실제로 유대인들의 유해는 그것의 지방으로부터, '단추'가 아닌, '비누'를 만들기 위해 실험 대상이 되었으니까.

그럼에도 불구하고 여전히 그 단어가 머리에 남았어. 나는 단추를 꿰매는 것을 싫어하게 됐어. 마치 나의 조상을 꿰매는 것일지도 모른다는 아주 불쾌한 생각이 들었거든.

1989년 6월.

프랑스 혁명 200주년 기념일이었어. 우리 학교는 1789년 당시의 상황을 공연으로 만들었지. 각자 역할이 주어졌어. 내게는 마리 앙투아네트 역이 주어졌고, 루이 16세를 연기하기 위해 선택된 남자애의 이름은 사무엘 레비였어.

공연 날, 나의 엄마와 사무엘의 아빠는 토론을 벌였어. 렐리아는 참수형을 당할 운명인 왕족 역할의 배우 선정을 두고 비꼬는 평을 했지. 그때, 또다시 '유대인'이라는 단어가 단두대의 소름끼치는 차가운 느낌과 함께 귓속으로 들어왔어. 그때 느꼈던 감정은 복잡했어. 남들과 다르다는 뿌듯함과 죽음의 공포가 한데 뒤섞였지.

같은 해, 1989년.

부모님이 《쥐 : 한 생존자의 이야기》⁶³를 사 왔어. 나는 반드시 건너야 하는 무시무시한 물가의 수면처럼 그 만화책의 표지를 바라보았지. 망설여졌어. 나는 열 살에 불과했지만, 그것을 읽고 나면 다시는 예전과 같을 수 없다는 걸 어렴풋이 느꼈거든. 결국 나는 책을 펼쳤어. 만화책 페이지가 내 손가락에 달라붙었어. 종이가 손의 살결에 붙어 떨어지지 않았지. 떨쳐낼 수가 없었어. 흑백으로 그려진 인물들은 내 안에 자리를 잡았고, 폐의 내벽을 뒤덮었어. 내 귀는 매우 뜨겁게 달아올랐어. 밤잠을 이룰 수가 없었어. 머릿속의 벽면으로 마법 랜턴을 쥐고 쥐들을 뒤쫓아 달리는 고양이와 돼지들이 추는 끔찍한 죽음의 무도가 펼쳐졌어. 줄무늬 파자마를 입은 형체, 창백한 모습의 사람들이 나를 둘러싸고 앉았고, 내 침대 안까지 들어왔어. 악몽의 시작이었지.

1989년 10월.

나는 열 살이었어. 나는 엄마와 함께 동네의 작은 영화관에서, 칸 영화제에서 황금종려상을 받은 스티븐 소더버그 감독의 〈섹스, 거짓말, 그리고 비디오테이프〉를 관람했어. 당시 어린 나이였음에도 불구하고, 좌석 안내원 겸 영사 기사이기도 한 카운터 직원은 나를 들여보내 줬어.

영화에 나오는 단어 중에 하나 이해할 수 없는 게 있었어. 집으로 돌아와 방으로 들어온 나는 종이 사전을 펼쳤어.

'수음.'

카펫 위에 눕고 옆에 사전을 편 채로 그 단어의 정의를 실천해 보기로 했지. 새로운 세계가 열렸어. 강렬한 미지의 세계였어.

이후 며칠간, 나를 매혹시켰던 그 영화를 내가 봐서는 절대로 안 됐다는 어른들의 반응을 비로소 이해하게 됐어. 친하게 지냈던 급식 관리인은 내 말을 믿지 않았지. 그녀는 나를 거짓말쟁이로 생각했고, 엄마가 나를 데리고 그 영화를 보러 갔다는 사실을 그만 말하고 다니라고 했어. 그렇게 나는 어른들이 말하기 싫어하는, 아이들에게 숨기고 싶어 하는 두 가지 주제가 성과 강제 수용소라는 사실을 알게 됐어.

〈섹스, 거짓말, 그리고 비디오테이프〉의 이미지가 《쥐 : 한 생존자의 이야기》의 이미지와 겹쳐졌어. 나는 쥐들이 겪었던 고통, 그리고 소속감이 느껴지는 유대 민족의 고통 때문에, 이유를 다 알지 못한 채로 쾌락을 멀리하게 되었어.

1990년 11월.

초등학교 6학년이 되었어. 나는 받아쓰기와 문법, 그리고 특히 글짓기를 가장 잘했지. 학급에서 내내 일등을 차지했고, 선생님들은 나를 예뻐해 주셨어. 프랑스어 선생님은 언제나 모직 스커트를 입고 다니는, 키가 크고 마르고 칙칙한 인상의 여자 선생님이었는데, 만성절에 우리에게 가족 계통수를 그려오도록 했어. 각자 집에서 그려오되, 점수를 매기지는 않을 테지만 연휴가 지나고 학급 게시판에 게

시될 거라고 했어.

엄마 쪽 가족들의 이름은 적기가 어려웠어. 모음에 비해 자음이 너무 많았지. 프랑스어 선생님은 아우슈비츠라는 마을이 내 계통수 그림에 자주 등장하는 것에 불편함을 드러냈어.

그날 이후, 난 뭔가가 달라졌음을 느꼈어. 그리고 더는 반에서 제일 총애 받는 학생이 아니게 되었지. 내가 노력을 곱절로 해도, 내 성적이 최상위권을 유지해도 소용이 없었어. 다정함과 애정은 사라지고 그 자리를 멸시가 채웠어.

소용돌이치는 물속을 헤엄치고 있는 것만 같은 느낌, 어두운 시기와 연관되었다는 느낌이 들었어.

1993년 4월.

그해 봄, 나는 프랑스 중학생들을 대상으로 시행된 〈레지스탕스 및 강제 수용에 관한 전국대회〉에서 4등을 했어. 몇 개월 전부터 나는 역사책에 등장하는 세계 2차 대전에 관한 모든 책을 다 읽었어. 아빠는 프랑스 중심부에 위치한 라씨 호텔에서 열린 시상식에 나와 동행했어. 아빠와 함께 갈 수 있어 행복했지. 연설 중에는 '유대인' 문제가 여러 번 언급되었고, 나는 또 한 번 자랑스러움과 두려움이 뒤섞인 감정을 느꼈어. 학교에서 책으로 배웠던 유대인이라는 집단에 속한다는 두려움이었지. 나는 사람들 앞에서, 마치 방금 막 받은 상에 가치를 부여하듯, 내가 유대인이라는 사실을 밝히고 싶었지만 무언가가 내 발목을 잡았어. 불편한 마음이었어.

1994년 봄.

토요일마다 나는 RER을 타고 친구들과 함께 클리냥쿠르 벼룩시장에 갔어.

밥 말리 티셔츠와 소 냄새가 나는 가죽 클러치를 샀지. 하루는 오후에 다윗의 별 목걸이를 목에 걸고 집으로 돌아왔어. 엄마는 아무 말도 하지 않았고, 아빠도 그 랬어. 하지만 그들의 눈빛에서 두 분이 내 목걸이를 탐탁지 않아 한다는 걸 알 수 있었지. 우리는 한마디도 나누지 않았어. 나는 목걸이를 상자 안에 넣어뒀어.

1995년 가을.

고등학교 1학년의 모든 학급은 핸드볼 시합을 위해 체육관에 모였어. 여학생 네다섯 명이 체육 교사에게 그날이 '대속죄일'이라 시합에 참여할 수 없다고 말했 어. 나는 그들이 부러웠어. 본래라면 내게 속해야 했을 세계에서 제명된 것 같다 는 기분이 들었거든. 핸드볼 경기에서 '비유대인들'과 함께 시합하는 게 짜증이 났어.

그날 집으로 돌아가면서 나는 슬픔을 느꼈어. 내가 진정으로 속할 수 있는 건 엄마의 고통뿐인 것 같았거든. 그게 내 유일한 공동체였던 거야. 살아있는 두 명 과 죽은 수백만 명으로 구성된 하나의 공동체.

1998년 여름.

일 년간의 고등 사범 학교 입시 준비반이 끝나고, 한 학기 동안 나는 미국에서 지내고 있던 부모님을 방문했어. 아빠는 미니애폴리스 대학교 캠퍼스의 '초청 교 수'로 임명되었지. 내가 도착했을 때 분위기는 영 좋지 못했어. 미국 땅에 도착한 이래로 렐리아는 슬픔과 기묘한 '공황'을 겪고 있었거든.

"미국으로 피난 가지 못했던 내 가족들이 생각나서 그래. 그들보다 오래 생존 해 있다는 사실이 죄스러워. 그래서 이렇게 아픈 거야."

엄마가 '내 가족'이라는 말을 꺼냈다는 사실이 충격으로 다가왔어. 그 말은 마치 우리 가족, 그리고 딸인 나까지도 별안간 낯선 관계로 만드는 것 같았거든.

또 엄마가 과거의 일을 현재처럼 이야기하는 것도 충격이었어. 거기엔 뭔지 모르게 당황스러운 구석이 있었지. 엄마는 모든 혈연관계와 정체성을 혼란스러워하는 것처럼 보였거든…. 다행히도 프랑스로 돌아오자 엄마의 공황은 사라졌고, 모든 게 다시 정상으로 되돌아왔어.

그해 여름이 끝날 무렵, 나는 부모님 집을 떠나 나의 삶을 살기 시작했어.

나는 내 할머니 미리암과 미리암의 여동생인 노에미가 나보다 70년 앞서 학업을 했던 고등학교에서 사범 대학교 입학을 준비했어. 당시엔 그 사실을 몰랐지. 시험에는 떨어졌고, 이후 십여 년 동안은 고통스러운 세월을 보냈어. 글을 쓸 때, 사랑을 할 때, 그리고 아이를 가졌을 때 그 고통은 가라앉았지.

이 모든 건 내게 커다란 에너지를 치르게 했고, 나를 완전히 지배했어.

그리고 그 길의 끝에서 당신을 만난 거야, 조르주.

당신은 그날의 유월절 연회가 내게 얼마나 아름다웠는지 상상도 못 할 거야. 어떻게 내가 단 한 번도 겪어보지 못했던 것이 그토록 그리울 수 있었던 걸까? 꼭 선조들의 손끝이 나를 스치는 것만 같았어….

조르주, 해가 떠오르고 있어. 이 메일을 다 쓸 때쯤 당신은 잠에서 깨어나 그걸 읽겠지. 하얗게 지샌 밤이 후회되지 않아. 당신 곁에서 보낸 것만 같거든.

몇 분 후면 나는 클라라의 방에 들어가서 그녀를 깨울 거야. 그리고 이렇게 말할 거야.

'아침을 차려 놨단다, 아가. 서두르렴. 네게 물어볼 중요한 것이 있어.'

— 클라라, 내 딸. 할머니가 네가 무슨 문제를 겪었다고 말하던데.

— 아니에요. 문제없어요, 엄마.

— 아니잖아. 네가 그렇게 말했다며⋯. 네가 느끼기에, 사람들이 그다지⋯.

— 그다지 뭐요, 엄마?

　클라라는 내가 무슨 말을 하는지 분명히 이해하고 있었다. 집요해져야 했다.

— 학교에서는 유대인을 그다지 좋아하지 않는다며.

— 아, 맞다. 사실이에요. 별일 아니에요, 엄마.

— 더 자세히 말해 봐.

— 알겠어요. 화내지 마세요. 같이 축구를 하는 친구들과 쉬는 시간에 있었던 일이에요. 친구들과 천국, 그리고 죽음 이후의 삶에 관해 얘기했어요. 그래서 각자 자신의 종교를 말했죠. 내가 유대인이라고 말했더니⋯ 엄마가 그렇게 말하는 걸 들은 적이 있었거든요, 친구 아싼이 이렇게 말하는 거예요.

　"이런, 너는 우리 팀에 계속 있을 수 없어."

그래서 내가 물었죠.

"왜?"

"우리 가족은 유대인을 그다지 안 좋아하거든."

"대체 왜?"

"우리나라에서는 유대인을 그다지 안 좋아하거든."

"아, 그래?"

나는 너무 실망했어요, 엄마. 아싼은 축구를 가장 잘하는 애였고, 쉬는 시간에 아싼이 속한 팀이 늘 이기거든요. 그래서 곰곰이 생각한 끝에 다시 물어보았죠.

"네 나라가 어딘데?"

"내 부모님은 모로코에서 왔어."

나는 그 대답을 기다렸어요. 그렇게 대답할 경우에 대비해 답변을 준비해 뒀거든요.

"걱정 마, 아싼. 그럼 문제없겠다. 그거 알아? 너희 부모님이 잘못 아신 거야. 모로코에서는 유대인들을 무지 좋아해."

"정말이야?"

"응. 내가 엄마랑 방학 때 거기 호텔에 갔었는데, 우리한테 다들 되게 친절했어. 그러니까 그곳 사람들은 유대인을 좋아하는 거지."

그러자 아싼이 대답했어요.

"그래, 알겠어. 그럼 계속 우리 팀에서 놀아도 돼."

— 그래서 그 뒤로… 다시 그것에 대해 이야기해 봤니?

— 아뇨. 그 뒤로는 전처럼 쉬는 시간마다 같이 놀았어요.

나는 딸이 자랑스러웠다. 그리고 너무나도 단순하고 논리적인 아싼이라는 아이의 반응도 자랑스러웠다. 나는 전 세계의 바보 같은 일을 순식간에 사라지게 만들 수 있는 딸의 똑똑하고 넓은 이마에 입을 맞췄다. 모든 게 끝났다. 나는 안심한 채로 딸을 학교에 데려다주었다.

조르주가 전화 통화로 말했다.

— 내가 미안해. 하지만 당신이 쓴 모든 것, 당신이 내게 들려준 모든 이야기를 고려한다면 당신은 당장 학교 교장에게 그 사실을 알려야 해. 공립 학교에서 그런 반유대주의적 발언이 나왔다는 사실을 그냥 넘겨서는 안 돼⋯.

— 반유대주의적 발언은 아니야. 그냥 자신이 무슨 말을 하는지도 모르는 어린애가 바보 같은 말을 한 것뿐이지!

— 하지만 누군가는 그에게 설명을 해줘야 해. 그리고 그 누군가는 바로 세속 공화주의 학교고.

— 걔네 엄마는 가사 도우미야. 나는 가사 도우미의 아들을 고발하기 위해 교장을 찾아가진 않을 거야.

— 왜?

— 내가 그를 고발한다면 사회적으로 조금 가혹한 일이잖아. 아닌가?

— 만약에 클라라에게 그 말을 한 애가 프랑스인이었다면, 당신은 교장을 찾아갔을 거야?

— 그럴지도 모르지. 하지만 아니잖아.

— 비난하려는 건 아니지만, 당신, 그게 얼마나 오만한 태도인지 알고 있어?

— 응. 알아. 나도 그렇게 생각해. 하지만 이민자 출신 여성에게 고통을

주고 얻는 수치심보다는 오만이 낫다고 봐.

— 그러는 당신은, 당신의 출신은 뭔데?

— 그래, 무슨 말인지 알겠다…. 조르주 당신이 이겼어. 클라라의 학교 교장에게 만남을 요청하는 메일을 쓸게.

전화를 끊기 전, 조르주는 내 생일을 기념하기 위해 주말 시간을 비워두라고 말했다.

— 앞으로 두 달 뒤의 일이잖아.

— 그러니까. 당신 시간 되지? 둘이서만 어딘가로 떠나면 좋겠어.

하루 종일 나는 교장에게 이 문제를 어떻게 꺼내야 할지 고민했다. 감정이 나를 지배하지 않도록, 머릿속으로 교장과의 대화를 몇 번이고 상상했다. 교장이 할 질문에 머뭇거려서는 안 됐다.

'학교 쉬는 시간에 제 딸과 다른 학생 사이에 있었던 대화를 알리기 위해 왔어요. 이 일을 크게 키우고 싶은 마음은 없지만요….'

'말씀하시죠….'

'… 그리고 이 일은 교장 선생님과 저 단둘만 알았으면 해요. 아이 담임 선생님에게도 말하고 싶지 않아요.'

'알겠습니다….'

'한 아이가 제 딸에게, 자기 가족이 유대인을 그다지 좋아하지 않는다고 말했대요.'

'뭐라고요?'

'네…. 종교에 관해 대화하다가 이런 말도 안 되는 문장이 아이의 입에서 나온 거죠. 그리고 이 지적이 제 딸을 약간 혼란스럽게 했어요. 하

지만 그게 다였죠. 제 생각엔 제 딸보단 우리 어른들이 그 발언에 더욱 불편함을 느낄 것 같네요.'

'그 아이가 누구죠?'

'아뇨, 죄송하지만 아이의 이름은 밝히고 싶지 않아요.'

'전 이 학교 안에서 무슨 일이 벌어지는지 알아야 할 필요가 있습니다.'

'네. 그래서 선생님을 뵈러 온 거예요. 하지만 그렇다고 누군가를 고발하고 싶지는 않아요.'

'클라라의 담임 선생님에게 아이들에게 공립 학교의 세속주의 원칙을 단단히 가르치라고 일러두겠습니다….'

'… 선생님께서 그렇게 반응하시는 것도 이해해요. 하지만….'

모두가 흥분했고 나는 아무것도 통제할 수 없었다. 내 딸이 입을 피해는 상대보다 훨씬 더 심각했다. 클라라를 전학 보내야 할지도 모른다…. 벌써부터 마이크를 들고 있는 르포르타주 기자들이 '이 학교에 반유대주의 문제가 있다는 사실, 알고 계셨습니까?'라고 말하는 장면, 길가에 계속해서 들이닥치는 뉴스 채널 트럭들의 모습이 눈에 선했다.

그렇게 나는 진짜 면담 시간이 다가올 때까지 최악의 상황을 가정했다.

학교의 로비에 들어서자 벽면에 걸려있는 그림들, 구석에 방치된 고무풍선들, 암청색의 작은 매트리스, 요란한 색의 벽들이 눈에 들어왔다. 그리고 한 여자가 내게 다가와 교장실로 안내했다. 점심시간을 기다리는 듀라렉스 유리컵들이 쌓인 급식실 유리창 앞을 지나면서, 어렸을 때 저마다 장난을 치며 컵 바닥에서 나이를 읽곤 했던 기억이 떠올랐다.

교장이 문을 열자, 나는 그와 악수를 나눴다. 그건 조금은 비현실적이었다. 사무실만은 상상했던 그대로였다. 코르크 게시판에 일정표와 한

해의 달력이 걸려 있었다. 해외여행을 떠올리게 하는 엽서들도 몇 장 있었다. 서류들이 정리된 책꽂이 하나, 책상 위에는 클립이 담긴 유리병이 놓여 있었다.

교장은 바퀴가 달린 의자에 앉으면서, 틈이 벌어진 가지런한 작은 치아를 내보이며 웃었다. 그 모습은 꼭 하마를 떠올리게 했다.

나는 용기를 끌어모았다. 크게 숨을 들이쉰 다음, 딸에게 일어났던 상황을 그에게 설명했다. 교장은 내 말을 경청했다. 고개를 가볍게 내 쪽으로 기울인 그의 얼굴은 차분했고 거의 미동이 없었다. 그는 이따금 두 눈을 깜빡거리기만 했다.

— 일을 크게 키우고 싶지는 않아요. 이해하시죠? 그저 이 교정 안에서 일어났던 일을 알려드리고 싶었어요.

— 좋습니다. 잘 알아들었습니다.

— … 담임 선생님이나 학부모들에게도 알리고 싶지 않아요….

— 알겠습니다. 알리지 않도록 하죠. 또 하실 말씀 있나요?

— 음… 아뇨….

— 네. 말씀해 주셔서 감사합니다.

나는 너무나 당황스러웠고, 가만히 서서 그를 멍하니 바라보았다.

— 달리 제게 하실 말씀이라도?

그가 내게 물었다. 내가 의자에서 일어나지 않자 걱정스러운 모양이었다. 나는 꼼짝하지 않고 말했다.

— 아뇨. 그러는 교장 선생님께서는 제게 하실 말씀이 없으신가요?

— 없습니다.

우리는 그렇게 서로의 얼굴을 바라보면서, 끝나지 않을 것 같은 몇 초간의 시간을 침묵 속에 보냈다.

— 자…. 그럼 좋은 하루 보내시길 바라고요.

　　교장이 면담 시간이 끝났음을 알리기 위해 문 쪽으로 걸어가며 내게 말했다. 나는 멍하니 그의 사무실에서 나왔다. 휴대전화 전원을 켰다. 이 모든 일은 단 6분 만에 끝났다.

　　이 일이 조용히 지나가도록 애를 쓸 필요도, 이 일을 아이들에게 알려선 안 된다고 교장을 설득할 필요도 없었다.

— 네 입으로 일을 키우지 않길 원한다고 말했으니 교장을 도와준 셈이지, 뭐.

　　엄마가 말했다.

— 맞아요. 조금 시간이 지난 뒤에 문득 그 사실을 깨달았죠.

— 뭘 기대했던 거니?

— 모르겠어요…. 어쩌면… 그가 이 일을 자기 일처럼 여기길 바랐던 건지도요.

— 교장이 '자기 일처럼' 여기길 바랐다고?

제라르 랑베르의 웃음소리가 중국 식당 전체에 쩌렁쩌렁 울렸다. 천둥소리만큼 커다란 웃음이었다. 가까운 테이블의 손님들이 뒤를 돌아볼 정도였다.

제라르는 파리와 모스크바를 오가며 살았다. 우리는 그의 여행 일정에 맞춰 열흘에 한 번씩 그의 아파트와 나의 아파트 중간 거리에 있는, 언제나 같은 중국 식당에서, 언제나 같은 자리에 앉아 점심을 함께했다. 우리는 항상 '오늘의 요리'를 골랐다. 여름이 다가오면서부터는 거기에 메뉴를 추가했다. 나는 디저트를, 그는 맥주 한 잔을 시켰는데, 그는 언제나 몇 모금만을 홀짝거렸다.

제라르는 키가 크고, 언제나 수염을 바짝 깎아 말끔한 피부를 가진 남자다. 목소리가 크고 냄새가 좋다. 그러고 싶지 않을 때도 언제나 쾌활한 제라르는 파리에서 길을 잃은 로마인을 떠올리게 했다. 그렇다. 제라르는 이탈리아 사람이라고 믿어도 이상하지 않았다. 맞춤 정장, 보라색 스웨터, 바티칸 추기경들의 옷을 재단하는 가마렐리의 신발.

'제라르와 있으면 지루하지가 않아.'

그와 한 번이라도 교류한 몇 안 되는 사람은 늘 그렇게 생각했다.

제라르는 말했다.

— 그거 알아? 나는 같이 있기에 꽤 좋은 사람이야. 나 자신에게조차 말이지.

그날 나는 그에게 학교에서의 면담과 교장의 반응까지 모든 일을 이야기했다.

— 그래서, 교장이 자기 일처럼 여기지 않아서 놀랐어? 웃어서 미안한데, 웃지 않으면 울음이 나올 것 같아서 그래. 내가 우는 건 싫잖아, 안그래? 그러니까 조금만 비웃을게. 작은 새fegele 같으니. 당신은 작은 새야. 당신이 왜 작은 새인지 알려주지. 하지만 그 전에 나를 기분 좋게 해줘. 당신의 넴을 먹게 해 줘. 그리고 귀를 크게 열어. 듣고 있어? 너무 맛있다! 나도 하나 시켜야겠어. 여기요? 이 여성분이 시킨 것과 같은 걸로 주세요! 좋아. 듣고 있어?

— 그래, 제라르. 아까부터 난 쭉 듣기만 했어!

— 내가 여덟 살 때 일이야. 공립 초등학교에 다녔는데 거기 체육 교사가 있었지. 그가 내게 말했어.

"제라르 로젠버그. 넌 탐욕스러운 인종을 대표할 만한 녀석이야."

그땐 60년대 초였어. 가수 달리다Dalida가 〈아주 작고 작은 비키니itsi bitsi petit bikini〉를 불렀던 때지. 그리고 또, 프랑스에는 여전히 반유대주의 정서가 팽배했어. 이해하겠어? 그 교사는 당시 보통의 프랑스인들과 조금도 다르지 않았어. 가스실의 존재도 알고 있었지. 그 재의 열기가 채 식기도 전이었는데. 하지만 그는 내게 말했지.

"넌 탐욕스러운 인종을 대표할 만한 녀석이야."

당시엔 그 문장을 이해하지 못했어. 그때 나는 고작 여덟 살이었으니까. 각 단어의 뜻도 모르는 게 당연했지. 하지만 그 문장은 내 뇌리에, 마치 하드디스크에 기록되듯 콕 박혀서, 때때로 그것을 떠올리곤 했어. 그다음 이야기도 궁금해?

― 당연하지, 제라르!

― 2년이 지난 뒤, 내가 열 살이 되었을 때야. 1963년이었지. 아버지는 콩세이 데타[65]의 법에 따라 이름을 바꾸기로 했어. 그래. '성씨 바꾸기'를 결심한 거지. 왜냐고? 아버지는 당시 열다섯 살이었던 내 형이 장차 의사가 되기를 바랐거든. 하지만 의학 대학교에는 반유대주의 정서가 심했어. 그래서 아버지는 형의 학업을 방해할 '누메루스 클라우주스' 정책이 되살아나는 걸 걱정했던 거야. 그게 뭔지는 알지?

― 그럼, 그럼…. 러시아에서… 5월 법령…. 그뿐만 아니라 프랑스 비시 정부의 법령도 대학에 갈 수 있는 유대인의 정원을 대폭 축소한 거잖아….

― 맞아! 잘 아네! 사람들은 우리 유대인들이 자신들의 영역을 '침범'하는 걸 싫어했지. 이 이야기의 뿌리는 깊지만 동시에 매우 최근의 것이기도 해. 곧 알게 될 거야. 어쨌든, 내 아버지는 하루아침에 가족의 성씨를 로젠버그에서 랑베르로 바꾸기로 했어. 그때 내가 얼마나 분노했는지 당신은 상상도 못 할 거야!

― 왜?

― 그거야 나는 성씨를 바꾸고 싶지 않았으니까! 거기다 부모님은 내가 학교까지 바꾸도록 했거든! 이름도 바꿔, 학교도 바꿔. 열 살짜리 남자

애에게는 너무 큰 일이었던 거지! 나는 온통 불만이었어. 한바탕 난리를 치고 부모님에게 내가 열여덟 살이 되는 날에 진짜 이름을 되찾겠다고 선언도 했지. 그리고 새로운 학기가 시작됐어. 담임 선생님이 나를 호명했지.

"랑베르!" 그 이름에 익숙하지 않았던 나는 대답하지 않았어.

"랑베르!" 조용했지. 랑베르란 아이는 대체 왜 빨리 대답하지 않는 거지? 난 그렇게 생각했어. 담임 선생님도 굉장히 언짢아 보였거든.

"랑—베르!" 아차! 그때가 되어서야 깨달은 거야. 내 이름이 랑베르란 걸! 그래서 내가 놀라서 대답했지.

"네!"

애들은 깔깔대고 웃고 난리가 났어. 당연한 반응이었지. 담임 선생님은 내가 일부러 그랬다고 생각했나 봐. 내가 관심을 끌려고, 튀려고 그런 바보 같은 행동을 했다고 말이지! 당신이니까 말하는 거지만, 나는 그 상황이 정말이지 너무 싫었어. 너무나도 싫—었—어. 하지만 차츰차츰 학교에서 제라르 '랑베르'라고 불리는 것과 제라르 '로젠버그'로 불리는 것은 전혀 다르다는 걸 이해하게 됐지. 뭐가 다른지 알아? 쉬는 시간마다 '더러운 유대인'이라는 말을 더는 듣지 않아도 됐거든. 그리고 '히틀러가 네 부모님을 놓쳐서 아쉽다' 같은 문장도 듣지 않았어. 새로운 학교에서, 새로운 이름을 가지고, 나는 아무도 나를 건드리지 않는다는 게 얼마나 좋은 건지 비로소 알게 됐어.

— 말해 봐, 제라르. 열여덟 살이 되고는 결국 어떻게 했어?

— 결국 뭘 해?

— 아까 열여덟 살 되는 날에 진짜 이름을 되찾겠다고 선언했다고 했잖아.

— 실제로 열여덟 살이 되었을 때 누군가 '제라르, 다시 제라르 로젠버 그가 되고 싶니?'라고 물었다면 나는 '절대 아니오'라고 대답했을 거야. 자, 이제 넴을 마저 먹어. 하나도 안 먹었네.

— 나도 프랑스인보다 더 프랑스인 같은 이름을 가지고 있잖아. 당신 이야기를 들으니까 그런 생각이 들어….

— 무슨 생각?

— 솔직히, 사람들이 나를 보고 '그렇게 안 보인다'라고 생각해서 안심이라는 생각.

— 그건 맞아! 당신에게 라틴어 성가를 불러 달라고 요청해도 이상하지 않을 정도니까! 나도 고백할 게 있어…. 우리가 서로 알고 지낸 지가 십 년이나 됐지만, 당신이 유대인이라고 내게 말했을 때, 하마터면 의자에서 떨어질 뻔했지 뭐야!

— 그 정도야?

— 그렇다니까! 당신이 내게 털어놓기 전에 만약 누군가가 '안의 모친이 아슈케나즈 유대인인 거 알아?'라고 물었다면 나는 '너 미친 거 아니니? 헛소리 집어치워!'라고 답했을 거야. 당신은 '프랑스인 여성' 특유의 외모를 가지고 있어. 진짜 기독교도 같아! 진정한 이교도echte goy!

— 제라르, 당신도 알겠지만 나는 살면서 '나는 유대인이야'라는 문장을 내뱉는 게 항상 어려웠어. 그런 말을 할 자격이 없는 것 같았거든. 그리고… 이상하지만… 마치 내 할머니의 두려움이 내 안에 내포되어 있는 것 같았어. 알 수 없는 방식에 의해 내 안에 감추어진 유대인의 일부가, 겉을 덮고 있는 '이교도적인' 부분에 안심하는 것 같아. 확신해. 나는 내 증조할아버지 에브라임의 꿈을 이뤘어. 프랑스인의 얼굴을 가지게 되었

으니까.

— 무엇보다 당신은 반유대주의의 악몽이야.

제라르가 말했다.

— 왜?

그가 웃음을 터뜨리며 결론을 내렸다.

— 왜냐하면 '당신조차도' 반유대주의자니까.

7장

— 엄마. 클라라와 이야기 나눴어요. 교장도 만났고요. 엄마가 하라는 거 다 했어요. 이제 엄마도 약속 지켜요.

— 좋아. 질문하고 싶은 거 있으면 해. 최대한 답변해 줄 테니까.

— 왜 알려고 하지 않았어요?

— 설명해 줄게, 잠깐 기다려 봐. 담뱃갑 좀 가져올게.

렐리아는 서재로 사라지고는 몇 분 뒤에 담배에 불을 붙이면서 주방으로 돌아왔다. 그녀가 내게 물었다.

— 〈마테올리 연구단〉이라고 들어본 적 있니? 2003년 1월인가…. 나는 연구단 일에 매진하고 있었어. 당시 그 우편을 받은 게 너무나 이상했거든. 꼭 위협처럼 여겨졌지.

나는 연구단과 엄마가 느낀 위협 사이의 연관성을 곧바로 이해하지 못했다. 내가 눈썹을 찡그리자 렐리아는 내게 설명이 필요하다는 걸 알았다.

— 네가 이해하려면 언제나 그랬듯이 조금 더 시간을 거슬러 올라갈 필요가 있겠구나.

— 저 시간 많아요, 엄마….

— 전쟁이 끝나고 미리얌은 자기 가족들의 공식 서류를 제출하려고 했어.

— 어떤 서류요?

— 사망 증명서!

— 하긴… 그렇군요.

— 하지만 문제는 매우 복잡했지. 미리얌이 서류를 제출하기까지 행정적 절차는 꼬박 2년이 걸렸거든. 당시 프랑스 행정 기관은 공식적으로 '수용소 내 사망자'라거나, '수용소 이송자'라는 표현을 사용하지 않았어…. 그 대신 '미귀환자'라는 말을 썼지. 그게 무슨 뜻인지 알겠니? 상징적으로 말이야.

— 그럼요. 비시 정부는 유대인들에게 이렇게 말한 거예요. 너희 가족들은 우리의 잘못으로 죽임을 당한 게 아니다. 그들은 그냥… 못 돌아온 거다.

— 그게 얼마나 위선적인지 알겠니?

— 거기다 가족들은 제대로 된 장례를 치르지 못했으니 얼마나 고통스러웠을까요! 작별 인사도 못 하고, 유해를 모실 무덤도 없었으니까요. 그리고 무엇보다 정부가 그런 모호한 단어를 사용하고 있으니….

— 미리얌이 가족과 관련해서 처음으로 받은 서류는 1947년 12월 15일의 것이었어. 1947년 12월 16일, 미리얌과 포르주 시장이 각각 서명한 서류지.

— 미리얌의 부모님을 이송하는 데 서명했던 바로 그 시장이요? 브리안스?

— 맞아. 그가 미리얌과 직접 대면했어.

— 드골 대통령의 명령이었겠죠. 국민을 화해시키고, 그저 '제 의무를 다한' 사람들의 행정적 기반을 다지고, 분열 없이 국가를 재건하는

것…. 미리얌이 받아들이기엔 어려웠겠어요.

— 에브라임, 엠마, 노에미, 자크가 공식적으로 '실종자'로 인정된 건 1948년 10월 26일, 일 년이라는 시간이 더 걸린 뒤였지. 미리얌은 1948년 11월 15일에 서류의 수령을 확인했어. 그리고 새로운 여정이 시작됐어. 사망이 공식적으로 증명이 되어야 했거든. 시신의 부재를 대신하려면 오직 민간 재판소의 결정만이 필요했지.

— 바다에서 목숨을 잃은 선원들처럼요?

— 맞아. 그들이 사망하고 7년이 지난 1949년 7월 15일, 판결이 내려졌어. 하지만, 잘 들어 보렴. 프랑스 당국이 제공한 사망 증명서 속 가족들의 공식적인 사망 장소는 에브라임과 엠마의 경우 드랑시, 자크와 노에미는 피티비에였어.

— 프랑스 당국은 그들이 아우슈비츠에서 죽었다고 인정하지 않았네요?

— 그래. '미귀환자'에서 '실종자'로, 그리고 또 '프랑스 영토 내 사망자'로 수정되었어. 공식적인 사망 날짜는 수용소 이송을 위해 프랑스를 떠난 날짜로 기재되었어.

— 믿을 수가 없군요….

— 〈퇴역 군인 및 전쟁 피해자 부서〉가 1심 법원 검찰 측에 사망 장소가 아우슈비츠가 아니냐고 묻는 편지를 보냈어. 하지만 법원은 그와 다른 판단을 내렸어. 이게 다가 아니야. 사람들은 유대인들이 인종차별적인 이유로 수용소로 이송되었다고 말하지 않으려 했어. 대신 정치적 이유를 내세웠지. 수용소 출신자 단체들은 1996년에야 비로소 '수용소 내 사망'을 인정받게 돼. 사망 증명서도 그때가 되어서야 수정되었지.

— 그럼 수용소 해방과 관련한 영상들은 어떻게 만들어졌어요? 프리모

레비[67] 같은 수용자들의 진술로요?

— 전쟁이 끝난 직후 수용소가 해방을 맞고 수용자들이 돌아왔을 때, 그와 관련한 문제의식이 존재했어. 하지만 점점 시간이 흐르면서 프랑스 사회는 그것을 쉬쉬했지. 더는 아무도 그 문제에 관해 이야기하는 걸 듣고 싶어 하지 않았어. 말이 되니? 아무도. 독일 협력자들도, 피해자들도 마찬가지였어. 물론 목소리를 내는 사람들도 있었어. 사람들이 '잊어서는 안 된다'고 말하기까지는 80년대, 세르주 클라르스펠트[68]와 클로드 란츠만[69]의 등장을 기다려야 했지. 바로 이들이 거기에 필요한 일을 했어. 일평생을 바친 거대한 작업이었지. 하지만 이들을 제외하고 나머지는 침묵했어. 이해가 되니?

— 상상하기 어려워요. 저는 클라르스펠트와 란츠만 덕분에 그 문제에 관해 많은 정보를 알고 자란 세대잖아요. 그 이전에 침묵의 시대가 존재했다는 사실은 상상도 못 했어요.

— 그래서 내가 〈마테올리 연구단〉에 가게 된 거야…. 그게 뭔지 아니?

— 잘 알고 있죠. 〈프랑스 유대인 재산 탈취 연구단〉이잖아요.

당시 프랑스 총리였던 알랭 쥐페는 1997년 3월, 담화를 통해 연구단의 성격을 규정했다.

「우리 역사의 고통스러운 측면에 관해 공권력 및 시민 여러분께 완전한 해명을 전달하기 위해 저는 1940년과 1944년 사이 비시 정부나 점령국에 의해 몰수되었거나 사기, 폭력, 혹은 절도에 의해 습득되었던 프랑스 유대인의 자산, 부동산 및 동산의 상태를 연구하는 임무를 여러분에게 맡기는 바입니다. 무엇보다 저는 그렇게 집행될 수 있었던 탈취의 규모를 여러분이 밝혀주기를 바라며, 또 어떤 유형의 자연인 및 법인이 그것으로부터 이득을 취했는지 알아내기를 바랍니다. 또한 전쟁이 끝난 뒤부터 현재에 이르기까지 그 자산들이 어떤 상황에 처해 있는지 명확히 밝혀주기를 바랍니다.」

— 그렇게 하나의 재판소가, 나치 점령기 동안에 반유대주의 법에 따라 피해를 본 사람들이나 권리 소유자들이 작성한 개인적 요청 사항을 검토하는 일을 맡게 되었어. 자신의 가족이 소유했던 자산이 탈취되었다는 사실을 증명할 수 있다면, 1940년부터 프랑스 정부는 공소 시효 없이 그것을 배상할 의무를 졌지.

— 제가 기억하기로는, 대부분이 그림이나 예술작품이었죠?

— 아니! 모든 자산이 그 대상이었단다. 집, 회사, 차량, 가구, 정부가 여러 임시 수용소에서 회수했던 현금까지 모두 다 포함되었지. 〈나치 점령기 시행된 반유대주의 법에 의한 탈취 피해자들에 대한 배상 위원회〉는 해당 요청의 처리를 보장했지. 그리고 보상금을 제공했고.

— 보상금을 받았어요?

— 결국에는 해냈지만… 그 과정은 순탄치 않았어. 우리 가족이 아우슈비츠 수용소에서 죽었단 사실을 어떻게 증명해야 할까? 정부가 그들이 프랑스 내에서 죽었다고 공표했는데 말이야. 파리 14구가 발행한 사망 증명서에 그렇게 적혀 있었지. 또, 그들의 자산이 탈취되었다는 건 또 어떻게 증명할까? 프랑스 정부가 대대적으로 그 흔적을 지워 왔는데! 막막했던 건 나뿐만이 아니었어…. 나를 비롯한 많은 후손들이 아무것

도 할 수 없었지….

— 그래서 엄마는 어떻게 했어요?

— 조사를 했지. 도움을 준 건 2000년에 일간지 《르 몽드》에 게재된 한 기사였어. 기자 하나가 위원회에 서류를 제출하기 위해 필요한 주소를 적어놓았거든.

「서류 발급을 원한다면 여기, 여기, 그리고 여기로 요청서를 보내세요. 〈마테올리 연구단〉을 위한 거라고 밝히세요.」

그렇게 기록에 접근할 수 있었지.

— 그전까지는 기록을 열람할 수 없었어요?

— 공식적으로 대중에게 열람이 '금지'되었던 건 아니었어…. 하지만 당국은 그 절차를 어렵게 만들어 놓았고, 무엇보다도… 홍보를 전혀 하지 않았지. 그땐 인터넷으로 모든 걸 할 수 있는 지금과는 달랐어. 어디로 서류를 보내야 하는지, 뭘 어떻게 보내야 하는지 몰랐지…. 그 기사 하나가 모든 걸 바꿨어.

— 그래서 요청서를 썼어요?

— 《르 몽드》에 실린 주소로 요청서를 보냈지. 금방 답장을 받았어. 두 번의 방문 기회도 얻었지. 하나는 국립 기록 보관소로의 방문이었고, 다른 하나는 경시청 기록소로의 방문이었어. 그 후에는 루아레와 외르의 기록소로부터 사진이 첨부된 서류들을 받았어. 그 서류들 덕분에 가족들의 수용소 입소 및 퇴소 기록을 손에 넣을 수 있었지…. 그래서 그들이 아우슈비츠로 이송되었다는 걸 증명하는 자료를 제시할 수 있었던 거야.

— 빼앗긴 자산 문제가 남았네요.

— 그래서 요청서를 제출했어요?

— 2000년에. 3816번 서류였지. 그리고 내가 구두 진술을 위해 소환되었던 건… 이 날짜를 주의해서 보렴…. 다름 아닌 2003년 1월 초였어.

— 엽서가 도착한 시기와 같네요….

— 맞아. 그래서 내가 불편함을 느꼈던 거야.

— 이제야 이해가 돼요. 마치 누군가 엄마의 일을 방해하기 위해 위협하는 것처럼 느껴졌겠어요. 그럼 연구단 일은 어떻게 됐어요?

— 논문 심사를 받는 것처럼 심사위원단과 대면했지. 연구단의 단장, 그리고 정부의 대표단, 내 보고서 담당자…. 어찌나 사람이 많던지…. 나는 짧게 내 소개를 했어. 그들은 내게 할 말이 있는지, 질문할 게 있는지 물었지. 나는 없다고 답했어. 그러자 보고서 담당자가 그렇게 잘 구성된 서류는 처음 본다고 말했지.

— 엄마가 한 거니, 놀랍지도 않네요.

— 몇 주 뒤에, 정부가 내게 배상하게 될 금액이 적힌 서류를 받았단다. 정말… 형식적인 금액이었지.

— 그걸 보고 어떤 마음이 들었어요?

— 사실 금액은 문제가 아니었단다. 내게 중요했던 건, 프랑스 공화국이 내 조부가 프랑스 밖으로 강제 이송되었음을 인정하는 거였어. 그게 내 유일한 목적이었지. 그 공식적 인정을 통해서라면… 이 프랑스 어딘가에서 내가 존재할 수 있을 것도 같았거든.

— 그래서 엄마는 그 엽서가 연구단 일을 맡았던 사람들과 관련이 있었다고 생각한 거였네요.

— 그땐 그렇게 생각했어. 하지만 이제는 그냥 단순한 우연이 아닐까 싶

구나….

— 정말 그렇게 믿는 것 같네요.

— 그래. 몇 주 동안 정말 많이 고민해 봤거든. 연구단의 누가 내게 그런 걸 보냈을까? 그리고 그 이유는 뭘까? 내게 겁을 주려고? 연구단에 출석하지 않도록 하려고? 그렇게 머리를 쥐어짜고, 이름과 서류들을 읽고 또 읽다 보니 하나의 계시를 받았어. 그로부터 몇 달 후의 일이었지….

   렐리아는 몸을 일으켜 재떨이를 가지러 갔다. 나는 그녀가 조용히 방을 나서고 다시 돌아오는 걸 지켜보았다.

— 저번에 내가 러시아인들은 여러 이름으로 불린다고 했던 말, 기억하니?

— 네. 러시아 소설처럼요…. 그래서 '그 속에서 길을 잃곤 한다'고….

— 이름도 다양하지만 같은 이름도 철자를 다양하게 쓴단다. 에브라임은 'Ephraïm'이라고도 쓰고, 'Efraïm'이라고도 쓸 수 있었어. 행정 서류에서는 'f'를 하나만 썼지만, 개인적으로 보낸 서신에서는 'f' 대신 'ph'를 썼어.

— 그래서요?

— 하루는 연구단에 제출한 서류에 '에브라임'의 철자를 'f' 하나만 써서 보냈다는 사실을 깨달았지. 엽서에 적힌 것처럼 'ph'가 아니라.

— 그래서 연구단과 엽서가 서로 관련이 없다는 결론을 내린 거군요….

— … 그 엽서는 가족과 가까운 사이로부터 온 게 분명했어.

1. 통계적으로 익명의 편지는 가까운 사람이 보내는 경우가 많다. 그중에 첫 번째는 가족 구성원, 그리고 친구, 이웃, 마지막으로 직장 동료이다. (= 라비노비치 가족의 지인)

2. 마찬가지로 통계상으로 볼 때 이웃은 사건·사고에서 중요한 비중을 차지한다. 예를 들어 파리 지역에서 일어난 살인 3건 중 1건 이상이 이웃간 말다툼에서 기인한다. (= 라비노비치 가족의 이웃)

3. 저명한 필적학자 수잔 슈미트는 이렇게 말했다 : 경험에 비추어 보아 익명의 편지를 보내는 사람들은 대부분 신중한 성격의 사람으로 보인다. 익명으로 편지를 쓴다는 것은 말로는 할 수 없는 것들을 표현하는 하나의 방식이기 때문이다. (= 신중한 성격)

4. 익명의 서신은 대부분의 경우 쓴 사람의 흔적을 지우기 위해 대문자로 쓰인다. 필체를 바꾸기 위해 오른손잡이일 경우에는 왼손으로, 왼손잡이일 경우는 반대로 편지를 쓴다. 수잔 슈미트는 이렇게 지적한다 : 하지만 왼손으로 쓸 경우에도 고유의 필체가 드러난다. (= 익명의 엽서 발신인은 대문자를 사용하지 않았다. 원래의 필체를 변형한 것일까? 아니면 자신을 알아보길 바랐던 것일까?)

나는 렐리아의 메모를 읽고 노트에 옮겨 적었다. 엄마는 집중할 때면 으레 그러하듯이 시선을 멍하니 먼 곳에 두고 내 말을 듣고 있었다. 나는 노트의 한 페이지를 펼쳐 세 개의 기둥을 그리고 차례로 이웃, 친구, 가족이라고 적었다. 백지 위에 덩그러니 쓰인 세 단어가 갑자기 막막하게 느껴졌다. 그래도 어쩔 수 없었다. 그것들은 바위, 종탑, 혹은 망루와 같이 항해자들에게 길잡이가 되어 주는 유일한 항로 표지였다. 우리는 그것을 꼭 붙들 것이었다.

— 좋아. 말해 보렴.

렐리아는 가위로 반을 자른 담배에 불을 붙이며 말했다. 흡연량을 줄이기 위해 스스로 고안해 낸 방법이었다.

— 미리얌과 노에미의 친구에서부터 시작해 봐요. 아는 사람 있어요?

— 한 사람밖에 모르지. 콜레트 그레.

— 맞아요. 엄마가 언급했던 기억이 나요. 콜레트가 2003년에도 살아 있었어요?

— 그럼. 콜레트는 2005년에 죽었어. 내가 장례식에도 갔거든. 전쟁이 끝난 뒤에 콜레트는 파리의 피티에-살페트리에르 병원 수술실 간호사가 됐어. 훌륭한 여성이었지. 네 할머니와 친했어. 내가 어렸을 때, 미리얌이 자신의 삶을 다시 살기 시작하면서 그녀가 나를 잘 돌봐주었지. 콜레트는 오트푀이유 거리 21번지에 살았어. 나는 그곳의 3층에 있는 작은 방에서 종종 잠에 들곤 했지.

— 그럼 콜레트가 엽서를 쓴 사람일 수도 있다고 생각해요?

— 전혀! 내게 익명의 엽서를 보낼 사람은 아니야.

— 소심한 성격이었나요?

— 소심? 아니. 소심한 성격은 아니었어. 그보다는 신중했지. 조심스러운 성격이었어.

— 말년에 정신을 조금 잃은 건 아닐까요?

— 아니야. 죽기 1, 2년 전쯤에 내게 매우 멀쩡한 편지를 보냈었어…. 문제는… 그 편지가 어디 있더라? 너도 알겠지만 내가 자료를 찾고 기록은 잘하는데… 정리는 잘 못 하잖니. 뒤죽박죽이구나…. 뭐가 어디에 있는지 정확히 모르니….

엄마와 나는 서류 정리함으로 가득 찬 책꽂이 위를 바라보았다. 수십 개의 분류함 속에 한 장 한 장 코팅된 수백 장의 종이. 그중에 콜레트의 편지는 대체 어디에 있을까? 찾으려면 몇 시간은 족히 걸릴 것이었다. 정리함이란 정리함은 다 열고, 행정 서류 복사본과 오래된 사진들에 주석이 달린 종이 분류함을 모조리 뒤져봐야 할 것이었다. 엄마와 둘이 마치 모래밭에서 땅을 파듯 서류를 뒤지는 동안, 나는 최근에 했던 생각들을 엄마에게 들려주었다.

— 엽서 발행소에 대해 조사를 해봤어요. '라 시고뉴 소달파(SODALFA)[70]', 엽서 중간에 작게 사진작가의 이름과 함께 그곳의 주소가 적혀있더라고요. 루브르 95380, 산업단지 사서함 28번. 어쩌면 사진이 찍힌 날짜를 아는 데 그게 도움이 될 수도 있겠다 싶었죠. 하지만 아무 도움도 안 됐어요.

— 아쉽구나.

— 도장은 루브르 중앙 우체국의 것이었어요. 찾아봤거든요.

— 루브르 우체국은 그 뒤로 문을 닫지 않았니?

— 맞아요. 인터넷에서 봤어요. 2003년 한 해 동안 일요일과 공휴일에

도 내내 문을 열었던 유일한 우체국이었대요. 밤에도 열려 있었죠. 도장은 2003년 1월 4일에 찍혔어요. 확인해 봤는데, 토요일이었어요.

— 그래서?

렐리아가 계속해서 서류를 뒤지면서 물었다.

— 그러니까 엽서를 보낸 사람이 루브르 중앙 우체국에 갔던 때는 금요일 밤에서 토요일로 넘어가는 자정 사이, 아니면 토요일 밤에서 일요일로 넘어가는 자정 전까지라고 볼 수 있어요. '정보 관리 및 저장 작업이 있는 오전 6시부터 7시 반까지'를 제외하면요.

— 그래서 결론은?

— 인터넷에서 해당 시간대의 날씨를 찾아봤죠. 기상 정보를 읽어 줄게요.

「파리 12구 거리에 8cm의 눈. 파리에서는 1999년 1월 13일 이래로 전례 없는 폭설. 오전 11시 30분, 비가 눈으로 바뀌고 작았던 눈발이 점차 굵어지며 사실상 시야를 가림.」

— 그래, 맞아. 그 주 주말에 눈이 정말 많이 왔었지….

— 눈보라가 한창 내리는 중간에 갑자기 익명의 엽서를 보내야겠다는 기이한 필요성을 느낀 거예요. 아닌가요?

우리는 몇 초간, 누군가가 시야를 완전히 가릴지도 모르는 눈보라 속에서 엽서를 보내는 일을 감행한 이유가 뭘까 상상해 보았다. 엄마가 종이 한 장을 흔들며 외쳤다.

— 찾았다! 콜레트 그레의 편지야!

렐리아는 엄마의 자택 주소와 미리얌의 이름이 적힌 봉투 하나를 보여 주었다. 엽서와 완전히 동일했다. 하지만 처음 보는 필체였다. 편지는 오돌토돌하고 두꺼운 푸른색 편지지에 작성되었다. 엄마는 그걸 빠르게 읽고는 아무런 말 없이 편지를 내게 건넸다. 엄마가 혼란스러워하는 게 느껴졌다.

「2002년 7월 31일

친애하는 렐리아에게.

아주 기분 좋은 뜻밖의 연락이구나! 네가 나를 잊지 않았다니! 그리고 라비노비치 가족의 운명을 재구성하려 한다니, 아주 좋은 생각이구나. 네 엄마는 노와 자크, 그리고 부모님을 잃고 크게 상심했어. 네 엄마에게는 너무 힘든 일이었지. 나는 언제나 노에미를 사랑했단다. 노에미는 내게 아주 훌륭한 편지들을 보내 주곤 했어. 분명 좋은 작가가 되었을 텐데.

후회되는 일이 하나 있단다. 피코티에르 근처에 작은 오두막을 가지고 있었거든. 하지만 언제나 군인들이 거길 지나다녔지…. 누군들 알았겠니? 바로 그 길 앞을 지나갈 줄! 그들은 아마 바로 옆에 있는 농장으로 토끼나 달걀을 찾으러 왔던 걸 거야.

나는 네 편지를 오래 보관해 두고 있었단다. 9월에 전화하마…. 만약 내가 떠난다면, 용서해 주렴.

애정 어린 포옹을 담아, 렐리아에게 콜레트가.」

— 콜레트는 왜 '네가 나를 잊지 않았다니'라고 썼을까요?
— 그거야 간단해. 2002년에 나는 조사 중이었어. 콜레트에게 전쟁과 기억에 관해 물어보려고 편지를 보냈거든.

— 편지를 보낸 게 언제였는지 기억해요?

— 2002년 2월이나 3월이었을 거야.

— 3월에 편지를 썼고… 답장을 7월에서야 했네요…. 넉 달이라… 나이가 지긋한 노인이었으니까… 편지를 쓸 시간은 많았을 텐데…. 새삼 7월은 라비노비치 가족 역사에 큰 의미가 있는 달이라는 생각이 들어요…. 콜레트가 편지에서 말한 아이들이 체포된 때도 그렇고. 마치 뭔가가 그녀 안에서 되살아난 듯이….

— 하지만 그 모든 건 콜레트가 6개월 뒤에 익명으로 엽서를 보낸 이유는 설명해 주지 못하잖니….

— 전 오히려 그 반대라고 생각해요! 콜레트는 편지에 이렇게 썼어요.

「후회되는 일이 하나 있단다. 피코티에르 근처에 작은 오두막을 가지고 있었거든.」

'후회'라는 단어의 어감은 꽤 강하잖아요. 가볍게 넘기면 안 될 것 같은데요? 아이들이 체포된 이후로 뭔가 콜레트를 괴롭히는 게 있었던 것 같아요…. 2002년 7월…. 1942년 7월…. 군인에, 토끼에… 마치 어제 일처럼 생생하게 이야기하는 게 이상해요…. 콜레트는 자신이 아이들을 그 오두막에 숨겨줬어야 했다고 생각했던 게 아닐까요? 마치 엄마에게 직접 그 일을 설명했어야 한다고 생각했던 건지도 모르죠. 어쩌면 '자크와 노에미를 우리 집에 숨겼을 수도 있었지만, 어쨌든 들켰을 테니… 나를 너무 원망하지는 마라'라고 말하고 싶었던 게 아닐까요?

— 사실 콜레트가 뭔가 설명을 해야 한다고 느끼는 것 같긴 했어. 뭔가를 해명하려는 듯한 인상을 받았거든.

바로 그때, 모든 것이 내 머릿속에서 분명하고 선명해졌다. 모든 게 완벽하게 아귀가 들어맞았다.

— 엄마, 그 담배 줘 봐요.

— 다시 피우게?

— 아유, 괜찮아요. 절반밖에 안 되잖아요…. 자, 제가 생각하는 바로는 이래요. 전쟁이 끝난 뒤에 콜레트는 죄책감을 느꼈어요. 미리암과는 그 주제에 관해 대화할 엄두를 못 냈죠. 하지만 자크와 노에미가 체포되던 순간을 잊지 못했어요. 그런데 60년이 지난 뒤에 엄마의 편지를 받은 거예요. 엄마가 자신에게 전쟁 당시 일어났던 일에 대한 책임을 물으려 한다고 생각했던 거예요. 불편하고, 놀란 콜레트는 온전한 설명을 담지 못한 답장을 보냈고, 자신의 잘못, 그리고 '후회'라는 감정을 언급했어요. 그녀는 85세였고, 곧 자신이 죽으리라는 걸 알았죠. 후회의 감정을 저승까지 짊어지고 가고 싶지는 않았던 거예요. 그래서 양심의 가책을 덜기 위해 엽서를 보낸 거예요.

— 말은 된다만, 그렇게 믿기에는….

— 모든 게 맞아떨어져요, 엄마. 그녀는 2003년에도 살아있었고, 라비노비치 가족과도 친밀한 사이였죠. 엄마가 몇 개월 전에 편지를 보냈으니 엄마 집 주소도 알고 있었고요…. 더 뭐가 필요해요?

— 그럼, 그 엽서가 일종의 고백이었다는 거니?

엄마는 내 주장을 탐탁지 않아 하며 물었다.

— 바로 그거예요. 그리고 엄청난 실수를 하나 범했어요! 미리암의 이름으로 엄마에게 편지를 보냈다는 거예요. 미리암에게 모든 걸 털어놓고 싶다는 마음이 무의식적으로 발현된 거죠. 콜레트가 엄마를 자주 돌봐줬다면서요. 그게 다 미리암에게 마음의 빚이 있어서 그랬던 게 아니

겠어요? 이 엽서는 호도로프스키가 말했던, 일종의 '심리마술적 행위'인 거예요.

— 난 그게 뭔지 몰라….

— 호도로프스키는 이렇게 말했어요.

「우리의 계통수에는 소화되지 못하고 우리가 계속해서 부담을 벗으려고 노력하는 정신적 충격의 장소가 있다. 바로 이 장소에서 던져진 화살표가 후손에게로 향한다. 해결되지 않은 것은 반복될 수밖에 없고, 한 세대 혹은 몇 세대 이후의 후손 중의 누군가에게 도달하게 된다.」

엄마가 바로 그 후손인 거예요…. 콜레트가 루브르 우체국 가까이 살았나요?

— 아니, 전혀. 아까도 말했지만 파리 6구 오트푀이유 거리에 살았지…. 85세가 된 콜레트가 눈보라 치는 날에 밖을 돌아다니는 모습은 상상할 수가 없어. 토요일에 루브르 우체국까지 걸어갔다면 길모퉁이를 한 번 돌 때마다 뼈가 한 번씩 부러졌을걸…. 말이 안 돼.

— 다른 사람에게 엽서를 대신 보내달라고 부탁했을 수도 있죠…. 예를 들면 그녀 집에서 일하는 사람이라거나… 루브르 근처에 살던 사람이라거나….

— 엽서와 편지의 필체도 서로 연관성이 없잖니.

— 그거야! 얼마든지 위조할 수 있죠….

나는 몇 초간 입을 다물었다. 나로서는 모든 게 이해되었고, 모든 게 들어맞았지만… 나는 나보다 엄마의 직감을 더 신뢰했다. 엄마는 콜레트가 엽서를 보낸 사람이 아니라고 생각하고 있었다.

— 알겠어요, 엄마. 그래도 필체는 서로 비교해 보고 싶어요…. 확실히

해두면 좋잖아요.

　친애하는 프랑크 팔크 씨, 엄마와 내가 엽서의 발신인을 찾은 것 같아요. 이름은 콜레트 그레, 라비노비치 아이들과 서로 잘 아는 사이였고 제 할머니의 친구였어요. 2005년에 세상을 떠났고요. 그녀에 대해 더 많은 정보를 얻는 걸 도와줄 수 있을까요?

　프랑크 팔크는 늘 그랬듯 몇 분 후에 답장을 보냈다.

　제가 명함을 드렸던 제쥐Jésus라는 이름의 범죄학자에게 연락해 보세요.

　사실 오래전에 해야 했던 일이었다.

　선생님, 프랑크 팔크 씨의 추천을 받아 선생님께 제 어머니가 2003년에 받았던 익명의 엽서 사진을 보냅니다. 이것에 대해 어떻게 생각하는지 말해줄 수 있나요? 엽서 발신인의 심리적 특징을 도출해 낼 수 있을까요? 나이나 성별은요? 아니면 우리가 그 사람을 찾는 데 도움이 될 만한 정보가 있을까요? 엽서의 뒷면 복사본도 함께 첨부합니다. 갑작스러운 요청에 귀 기울여 주셔서 미리 감사의 말씀을 드립니다.　안 드림.

　부인, 안타깝지만 필적 감정을 통해 심리적 특성을 파악하기에는 엽서에 담긴 글자들이 충분하지 않습니다. 제가 말씀드릴 수 있는 건, 엽서에 쓰인 글자가 자연스러워 보이지는 않는다는 겁니다. 그게 다입니다.　제쥐 드림.

선생님, 적은 양의 글자로 분석하기엔 망설여진다는 점, 충분히 이해합니다. 선생님이 하시는 작업의 정확성을 해칠 수도 있을 테니까요. 하지만, 그럼에도 불구하고 조금이나마 정보를 주실 수는 없으신가요?

그 정보들을 '핀셋으로 집듯이' 조심스럽게 사용해야 한다는 걸 잘 알고 결과를 받아들이겠습니다.

무한한 감사를 드리며,   안 드림.

부인, 부인께서 말한 것처럼 '핀셋으로 집듯이' 받아들여야 할 정보들을 드리지요.

1. 엠마(Emma)의 마지막 글자 A가 쓰인 방식은 흔하지 않습니다. 아주 드물다고 봐야겠군요. A를 쓴 방식을 보면 의도적으로 필체를 감추려고 한 흔적이 보입니다. 혹은 글씨를 쓰는 데 익숙하지 않은 사람일 수도 있겠네요.

2. 혼란스러운 것은 엽서의 왼쪽에 쓰인 이름의 필체는 조작된 것으로 보이는 반면, 주소를 적은 필체는 '진실해' 보인다는 것입니다. 이는 조작되지 않은 자연스러운 필체를 가리킬 때 우리가 사용하는 용어입니다. 따라서 이 엽서의 왼쪽 글씨를 쓴 사람과 오른쪽 글씨를 쓴 사람이 서로 같은 사람인지 알아야 하는데, 제 생각엔 동일인인 듯합니다만 확신할 수는 없습니다.

3. 주소의 숫자들로부터 얻을 수 있는 정보는 없습니다. 숫자는 0부터 9까지 총 10개뿐인데, 알파벳의 경우 26개나 되지요. 숫자는 결코 그것을 적은 사람의 개인적인 특성을 드러내지 못합니다. 학교에서 숫자를 배우고, 모두가 같은 방식으로 쓰지요. 그리고 살아가면서 거의 바뀌지도 않습니다. 우리가 하는 작업에서는 큰 관심의 대상이 못 됩니다. 당신의 엽서에서 특별히 각

진 필체의 세 숫자를 제외한 나머지는 매우 흔한 방식으로 쓰였습니다. (대문자 역시 비슷한 문제를 가지지요.) 여기까지가 제가 관찰한 전부입니다. 더 드릴 수 있는 말씀은 없습니다.　제쥐 드림.

선생님, 하나 더 요청할 것이 있어요. 저는 특정한 사람을 의심하고 있는데, 그 사람이 쓴 편지를 가지고 있어요. 엽서와 두 페이지짜리 편지 속 필체를 서로 비교해 주실 수 있나요?　안 드림.

부인, 네. 그건 가능합니다. 단, 조건이 하나 있습니다. 그 편지를 쓴 시기가 엽서를 쓴 시기와 동일해야 합니다. 필체는 평균 5년마다 바뀌기 때문입니다.　제쥐 드림.

선생님, 편지는 2002년 7월에 받은 것이고, 엽서는 2003년 1월에 받은 거예요. 시간 차이는 6개월밖에 나지 않네요.　안 드림.

부인, 편지를 보내 주시지요. 제가 뭘 할 수 있는지 알아보겠습니다. 필체의 유사성을 찾을 수 있다면 말입니다.　제쥐 드림.

선생님, 첨부 파일에서 2002년 7월에 작성된 편지를 찾으실 수 있을 거예요. 엽서의 발신인과 동일인일까요?　안 드림.

9장

제쥐는 답장을 주기까지 2주는 걸릴 거라고 미리 알려왔다. 그때까지는 다른 것을 생각해야 했다. 작업의 진도를 빼고, 장을 보고, 딸을 학교에서 데려오고, 유도 학원에 데려다주고, 크레페를 만들고, 간식 상자에 간식 거리를 채워두고, 조르주와 점심을 먹고, 다시 모스크바로 떠난 제라르의 소식을 물어야 했다. 그리고 무엇보다도 초조해하지 않아야 했다.

하지만 온 정신은 다시 문제의 엽서로 향했다.

나는 조르주의 집에서 만났던, 나에게 자신의 책을 선물했던 나탈리 자이드라는 여성에 대해 생각했다. 그녀는 책에서 '이즈코르서Yizkor[71]'에 대해 이야기하고 있었다.

「2차 대전 이후, 전쟁 이전에 세상을 떠난 사람들의 기억과 공동체의 흔적을 보존하기 위해 세상을 떠나지 않았던 사람들의 증언을 모은 책.」

나는 노에미에 대해 생각했다. 노에미가 썼던 소설들과 결국 써내지 못했던 소설들. 그리고 가스실에서 저자들과 함께 사라진 모든 책에 대해 생각했다.

전쟁이 끝나고 정통파 유대인 가정의 여성들은 인구를 다시 늘리기 위해 최대한 많은 자식을 낳는 걸 임무로 삼았다. 내가 느끼기에 그것은 책을 쓰는 행위와 다르지 않았다. 텅 빈 책꽂이를 채우기 위해 최대한 많은 책을 써야 한다는 무의식적인 생각은 하루아침에 생겨난 것이 아니었다. 전쟁이 있던 동안 불태워졌던 건 책뿐만이 아니었다. 저자들까지도 책을 써보기도 전에 불태워졌다.

　나는 이렌 네미롭스키의 두 딸을 생각했다. 성인이 된 그들은 여행용 가방 바닥에 있던 빨랫감 밑에서 《스윗 프랑세즈》의 원고를 발견했다. 그런 식으로 가방이나 옷장 속에 감춰진 채 잊힌 책들이 얼마나 많을까?

　나는 뤽상부르 공원을 산책할 생각으로 집 밖을 나섰다. 라비노비치 가족이 수십 번이고 지났을 뤽상부르 정원의 울적한 매력을 만끽하며 철로 된 의자에 자리를 잡고 앉았다.

　별안간 비 온 뒤의 인동초 향이 났다. 다섯 겹의 속바지를 껴입은 미리얌이 자동차 트렁크 안에 탄 채로 프랑스를 가로질렀던 그 날처럼, 나는 오데옹 극장 쪽으로 걸어갔다. 극장에 걸려있는 건 쿠르틀린의 것이 아니라 헨리크 입센의 〈민중의 적〉 공연 포스터였다. 오데옹 거리를 따라 내려가 뒤퓌트랑 골목의 계단을 지나 에콜─드─메디신 거리로 나왔다. 나는 오트푀이유 거리 21번지와 건물 모퉁이의 작은 육각형 탑 앞을 지났다. 미리얌과 노에미 라비노비치는 바로 그곳, 콜레트 그레의 집에서 꿈을 그리며 몇 시간이고 보내곤 했다. 나는 과거 유대인 소녀들의 목소리에 귀를 기울였다. 몇 미터 떨어진 길에 세워진 표지판에는 다음과 같은 글이 쓰여 있었다.

「오트푀이유 거리 15번지부터 21번지까지, 에콜-드-메디신 거리, 피에르-사라쟁 거리, 라아르프 거리 사이는 중세 시대부터 1310년까지 유대인들의 묘지였음.」

서로 다른 여러 시간대가 끊임없이 소통하고 있었다.

너무 커다란 집 안을 두려워하며 거니는 기분으로 나는 파리의 거리를 지났다. 계속해서 페늘롱 고등학교로 향했다. 내가 2년간 고등 사범학교 입시를 준비했던 곳이 바로 그곳이었다.

나는 마치 20년 전처럼 환하게 밝혀진 쉬제르 거리에서 벗어나 건물 로비의 시원한 어둠 속으로 걸어갔다. 20년의 세월이 빠르게 지나갔다. 당시 나는 미리얌과 노에미가 그곳의 학생이었다는 사실을 알지 못했지만, 내 안의 무언가는 다른 곳이 아닌 바로 그곳에서 공부를 해야만 한다고 느끼고 있었다. 루이스 부르주아는 페늘롱에서 수학하던 당시를 회상하면서 「그것은 다른 사람들이 이해할 수 없는 방식으로 내게 말을 걸었다」라고 썼다. 나는 그녀가 쓴 이 문장을 마음속에 간직하고 있었다.

「과거를 놓을 자신이 없거든 재창조하라.」

커다란 나무 문 아래를 지나면서 미리얌과 노에미가 어느 때보다도 더 친밀하게 느껴졌다. 학교 안뜰의 같은 장소에서 우리는 동일한 감정, 여자아이들이 품는 동일한 갈망을 품고 있었다. 가위 모양으로 조각된 두 개의 시곗바늘이 달린 어두운 나무 시계, 얼룩덜룩한 기둥을 지닌 안뜰의 오래된 마로니에 나무들, 계단의 연철 램프가 그들과 나의 두 눈

속에 똑같이 담겼다.

나는 안뜰을 내려다보기 위해 2층 복도로 향했다. 전쟁은 여전히 거기에 있는 듯했다. 전쟁을 경험했던 이들, 전쟁을 벌였던 이들의 영혼 속에, 그리고 맞서 싸웠던 이들의 자식, 아무것도 하지 않은, 뭔가 더 할 수 있었을 이들의 손주들 안에서, 전쟁은 계속해서 우리의 행동, 운명, 우정, 그리고 사랑을 인도하고 있었다. 모든 것이 우리를 전쟁으로 이끌었다. 계속해서 폭발음이 우리 내부에서 들려왔다.

페늘롱 학교에서 내가 가장 열성적으로 들었던 건 역사 수업이었다. 나는 위기의 요인과 위기를 촉발하는 사건을 탐구하는 법을 배웠다. 원인과 결과. 그것은 한 조각이 다음 조각에 부딪혀 넘어지는 도미노 같았다. 나는 우연한 현상 없이 발생하는 사건들의 논리 사슬을 배웠다. 하지만 우리의 삶은 충돌과 균열로만 이루어졌다. 네미롭스키의 말을 빌리자면, 「우리는 거기서 아무것도 이해하지 못한다.」

그때, 어깨 위에 올라온 손길을 느끼고 나는 소스라치게 놀랐다.

— 뭘 찾고 계십니까?

학교의 관리인이었다.

— 저는 단지, 잘 모르겠어요…. 예전에 여기 다녔었어요. 그냥… 이곳이 얼마나 변했는지 보고 싶었어요. 얼른 나갈게요. 죄송해요.

10장

중국 식당에서 제라르 랑베르를 만났다.

우리는 이번에도 오늘의 메뉴를 주문했다. 제라르가 내게 말했다.

— 그거 알아? 1956년 칸 영화제가 황금종려상 프랑스 경쟁 부문 작품 중에 알랭 레네의 〈밤과 안개〉도 있을 거라고 발표했었어. 그런데 어떻게 됐지?

— 몰라….

— 귀를 크게 열어 봐. 당신 귀는 너무 작긴 하지만. 그렇게 작은 귀는 어디서도 본 적이 없다니까. 잘 들어 봐. 서독 외무부 장관이 프랑스 정부에 그 작품을 배제하라고 요구했어. 내 말 들려?

— 대체 무슨 명목으로?

— 프랑스와 독일의 화해를 명목으로! 양국의 관계를 해쳐서는 안 되니까!

— 그래서 그 작품이 배제됐다고?

— 그렇다니까. 다시 말해 줘? 그래! 그게 바로 검열이라는 거야.

— 그 영화, 칸 영화제에서 상영했던 것 같은데?

— 아! 당시 반발이 심했거든. 영화는 상영이 되긴 했지만… 경쟁 부문 에는 오르지 못했어! 그게 다가 아니야. 프랑스 검열 위원회에서 파일

하나를 통째로 삭제하라고 요구했어. 한 프랑스 헌병이 피티비에 수용소를 감시하고 있는 사진이었지. 나치에 협조했던 게 프랑스인들이라는 말이 너무 많이 나와서는 안 됐거든.

당신도 알겠지만, 전쟁이 끝난 뒤에 사람들은 유대인에 대한 이야기를 지겨워했어. 우리 집에서도 똑같았지. 아무도 전쟁 때 일어난 일에 대해서 내게 말해주지 않았어. 단 한 번도. 그때가 봄이었나? 일요일이었는데, 우리 부모님이 집에 열 명 정도 되는 사람들을 초대했거든. 날이 참 더웠어. 여자들은 얇은 원피스를 입었고 남자들은 짧은 소매의 옷을 입었지. 거기서 무언가가 내 눈에 띄었어. 거기 모인 손님들이 모두 왼팔에 숫자를 문신으로 새겨놓은 거야. 한 명도 빠짐없이. 외할아버지의 형제 미셸, 그리고 그의 아내 아를레트도 왼쪽 팔에 숫자를 가지고 있었어. 그의 사촌과 그 아내 역시. 엄마의 삼촌인 조셉 스터너도. 거기 있던 나는 그 나이 많은 사람들 사이를 한 마리 모기처럼 돌아다녔는데, 그게 그중 누군가의 신경을 거슬리게 한 모양이야. 갑자기 그 사람이 그러더라고.

"네 이름은 제라르가 아니야."

"그래요? 그럼 제 이름이 뭔데요?"

"넌 '악랄한 놈'이지."

조셉 삼촌은 짙은 이디시어 억양으로 말했고, 첫음절에 강세를 주고 나머지는 흘려버리는 식이라 '악랄ー한 놈'이라고 들렸어. 그때의 나는 어렸고, 모든 어린아이는 예민하잖아? 삼촌의 말에 기분이 크게 상했어. 평소에도 나는 조셉 삼촌의 농담을 좋아하지 않았거든. 그런데 갑자기 삼촌이 한 나쁜 말들이 너무나도 거슬렸던 거야. 그래서 엄마의 관심을 빼앗아 내게로 조금 돌린 다음에, 엄마를 따로 불러내서 물었어.

"엄마. 조셉 삼촌은 왜 왼쪽 팔에 문신이 있어요?"

엄마는 불만스러운 입 모양을 하더니 산책이나 하라며 나를 내보냈어.

"엄마 바쁜 거 안 보이니? 저 멀리 가서 놀아, 제라르."

나는 싫다고 버텼지.

"엄마. 조셉 삼촌만 그런 게 아니에요. 왜 모든 손님이 왼팔에 문신을 가지고 있어요?"

그러자 엄마는 내 눈을 똑바로 바라보더니, 눈 하나 꿈쩍하지 않고 이렇게 말했어.

"제라르, 그건 전화번호란다."

"전화번호요?"

엄마는 더욱 설득력 있어 보이기 위해 고개를 끄덕이면서 말했어.

"그래. 전화번호. 나이가 많은 사람들이라 잊어버리지 않으려고 그런 거야."

"그거 좋은 생각이네요!"

그러자 엄마가 대답했지.

"자, 이제 다시는 질문하지 않는 거야. 알겠지? 제라르?"

나는 엄마의 말을 몇 년 동안 철석같이 믿었어. 몇 년 동안이나 그건 참 멋진 생각이라고, 노인들은 팔에 전화번호를 적어놓았으니 집을 잊어버릴 일은 없겠다고 생각했지. 이제 냄을 추가로 주문하자. 정말 맛있어 보여. 하나 더 말해 줄게. 내가 평생을 시달려 왔던 게 하나 있었어. 누군가를 마주칠 때마다 스스로 이렇게 질문했지. '저 사람은 희생자일까, 학대자일까?' 내가 55세가 될 때까지는 그랬지. 하지만 이젠 다 지난 일이야. 지금이야 그런 질문을 하는 일이 드물어졌지…. 85세 정도된 독일인을 만날 때를 제외하면… 뭐…. 다행히, 그 나이대의 독일인과 마주칠 일이 매일 있는 건 아니잖아. 그들은 모두 나치였으니까! 모두! 그들 모두가 말이야! 오늘날까지도 그들은 나치야. 죽을 때까지도 그렇겠지! 내가 1945년에 스무 살이었더라면 나치 사냥꾼들을 만나서 그 일에 내 삶을 바쳤을 거야. 이 세상에서는 유대인이 되지 않는 편이 좋아…. 손해도 아니지만 이득도 아니지…. 자, 이제 디저트나 먹으러 가자. 뭘 먹을지는 당신이 골라.

제라르와 헤어지자, 엄마 렐리아에게서 전화가 왔다. 서류 보관함에서 뭔가 중요한 걸 찾았다고 했다. 나는 엄마의 집으로 향했다.
서재에 도착하자, 엄마는 타자기로 입력한 두 개의 편지를 내밀었다.
— 그건 필체 분석을 맡길 수 없겠네요.
— 읽어 봐. 흥미로울걸.
엄마가 대답했다.

첫 번째 편지는 1942년 5월 16일의 것이었다. 그날은 자크와 노에미가 체포되기 두 달 전이었다.

「마무슈카 슈에게,
이 단어를 보면 내가 잘 도착했다는 걸 알 테지. 할 일이 너무나 많아서 오랫동안 편지를 쓰지 못했어. 빈자리를 채워야 했거든!
…

노가 변한 것 알아채지 못했니? 예전처럼 밝지가 않아. 그래도 내가 너를 버려둔 24시간 동안 노는 나와 그 시간을 함께 보낸 것에 만족해하는 것 같아. 요즘 분위기가 심상찮아. 내 가엾은 강낭콩들! … 함께 픽픽 pic-pic을 타고 시간을 보내지 못해서 나를 원망하고 있지는 않니? 오늘 저녁에 더 길게 편지를 쓸게. 뜨거운 포옹을 담아,

　　　　　　　　　　너의 콜레트가.」

두 번째 편지는 7월 26일, 라비노비치 아이들이 체포되고 13일이 지난 뒤에 온 것이었다.

「1942년 7월 23일 파리에서

나의 작은 마망에게,

네가 21일에 보낸 편지를 집에 도착해서야 발견했어. 타자기를 사용하는 건 내가 편지쓰기를 대충 해치우려는 게 아니라, 일 때문이야. 할 일이 너무 많아. … 그동안의 소식들이야.

첫 번째, 사무실: 토스캉과 우리 사이에 분위기가 험악했어. 에티엔느는 뱅센으로 가버렸지. …

두 번째, 라비노비치 씨인지 그의 부인인지 모르겠지만, 그쪽으로부터 정오에 편지를 하나 받았는데 너무나 슬퍼. 노와 그의 남동생이 다른 유대인들처럼 납치되었고, 그 뒤로 그들의 소식을 듣지 못했대. 원래 그 주는 내가 포르주에 가기로 되어 있었거든. 열의가 부족했다고 생각했는데 알고 보니 나쁜 예감 때문이었던 거야. 미리얌과 만나려고 노력해볼 생각이야. 불쌍한 노! 그녀는 열아홉 살이고 남동생은 겨우 열일곱

살밖에 안 됐어. 파리에 이 사실이 알려진다면 난리가 날 거야. 아이, 남편, 아내, 엄마…. 모두 뿔뿔이 흩어졌어. 세 살 미만의 아이들을 제외하고는 모든 아이를 엄마 품에서 빼앗아버렸대!

세 번째, 레이몬드에게 편지를 썼어. 그녀가 와 주어서 좋아. 포르주에서 도착한 소식 때문에 정오부터 엄청난 좌절감에 시달리고 있었거든.

…

너의 콜레트가.」

편지는 너무나 이상했다. '노와 그의 남동생이 다른 유대인들처럼 납치되었고, 그 뒤로 그들의 소식을 듣지 못했다.' 납치되었다니? 납득이 가지 않는 표현이었다. 평범하고 일상적으로 쓰인 편지의 형태도 마찬가지였다. 유대인 말살 계획이 식료품 배급 문제, 고양이나 비 소식과 동일선에서 언급되고 있었다. 나는 그걸 지적했다.

— 현재의 시선으로 과거를 판단하는 건 옳은 일이 아니야. 언젠가는 지금 우리의 일상도 후손들에 의해 경망스럽고 무책임하다고 여겨질 수도 있어.

— 엄마는 제가 콜레트를 판단하는 걸 원치 않아 하지만… 이 두 편지를 읽으니 더욱 제 생각에 확신이 들어요. 콜레트는 전쟁 중에 라비노비치 가족에게 일어난 일에 깊은 충격을 받았어요. 그리고 평생 그 일에 죄책감을 느꼈고요.

— 그럴지도 모르지.

렐리아가 눈썹을 치켜올리며 말했다.

— 그런데 왜 모든 게 들어맞는다는 걸 인정하지 않는 거죠? 콜레트는 계속 같은 주제를 곱씹고 있었어요! 엄마에게 엽서가 도착하기 6개월 전까지도 말이죠. 우연이라기에는 너무 놀라운데요? 그렇지 않아요?

— 기막힌 우연인 건 사실이구나.

— 그런데요?

— 그런데 익명의 엽서를 보낸 건 콜레트가 아니야.

— 대체 이유가 뭐예요? 어떻게 그렇게 확신해요?

— 딱 맞아떨어지지 않아. 어떻게 설명해야 할지 모르겠구나. 마치 네가 2 더하기 3이 4라고 우기는 것과 같다고나 할까. 네가 아무리 그게 옳다고 증명한다고 해도… 나는 맞지 않다고 대답할 거야. 이해하겠니? 못하겠지.

부인, 전화로 이야기 나눴던 것처럼 몇 개의 단어들을 살펴보는 것만으로는 백 퍼센트 단언할 수 없습니다. 그러나 그 몇 개의 단어들로 보아, 보내 주신 편지의 작성자와 엽서의 작성자는 서로 동일인이 아니라는 것만은 단언할 수 있을 것 같군요. 다른 문의 사항이 있다면 언제든 연락 주시기 바랍니다.

제쥐 F. 범죄학자. 서신 및 문서 전문가 드림.

제쥐와 엄마는 한 가지 점에서 의견이 같았다. 콜레트는 익명의 엽서를 보낸 사람이 아니었다. 나는 크게 실망했다. 무력감도 더해졌다.

모든 것을 멀리 밀어두고 일상으로 돌아갔다. 클라라를 작은 침대에 재웠고, 동화책 《뾰로통한 악어 모모》를 읽어줬고, 내 침대로 가서 누운 뒤 눈을 감았다. 위층의 이웃들이 피아노를 연주하고 있었다. 천장으로부터 들려오는 음악이 나를 감쌌다. 어느 저녁에는 피아노 선율이 마치 가느다란 빗줄기와도 같이 내 방 안으로 떨어지고 있는 것처럼 느껴지기도 했다.

그다음 며칠은 실의에 빠졌다. 아무것도 하고 싶지 않았다. 시도 때도 없이 몸이 으슬으슬 떨렸고, 샤워기의 따뜻한 물줄기 아래에서만 기운을 차릴 수 있었다. 조르주와의 점심 약속을 빼먹었다. 나는 지쳐 있었다. 하고 싶은 것은 오로지 필름 보관소에 가서 르누아르 감독의 영화를 구입해 에마뉘엘 삼촌의 얼굴을 보는 것이었다. 〈게으름뱅이 병사〉와 〈교차로의 밤〉은 찾을 수 있었다. 하지만 〈성냥팔이 소녀〉는 다 나가고 없었다. 크레딧에는 '마누엘 라비'라는 삼촌의 가명이 떠올랐고, 그것을 보자 비현실적이고 매우 슬픈 기분이 들었다. 수면제의 효과가 나타날 때처럼 거스를 수 없는 수면욕이 밀려왔다. 머리 밑에 스웨터를 괴고 에마뉘엘을 생각했다. 렐리아에게 전화를 걸어 삼촌이 정확히 언제, 어떻게 사망했는지 물어볼까 하는 생각도 들었지만, 막상 그럴 용기는 나지 않았다.

현관문 벨 소리에 잠에서 깼다.

문 뒤에서 와인병과 꽃다발을 손에 들고 조르주가 나타났다.

— 당신이 집에서 나오려 하질 않길래…. 뭐라도 하지 않으면 안 되겠다 싶었어. 이렇게라도 안 하면 당신이 너무 보고 싶을 것 같아서.

조르주가 웃으며 말했다. 잠자고 있는 클라라를 깨우지 않으려 조용히 그를 집 안으로 들였다. 우리는 주방에 가서 와인병을 땄다.

— 제쉬로부터 답장은 받았어?

그가 내게 물었다.

— 응. 콜레트는 아니래. 조금 실망했어. 이게 다 무슨 소용인가 싶더라.

— 너무 낙심하지 마. 끝까지 가 봐야지.

— 당신이라면 포기하라고 할 줄 알았어.

— 아니야. 끈기를 가져야지. 계속해서 생각해 봐.

— 해낼 수 없을 것 같아. 그냥 시간만 허비하고 말 거야.

— 더 발견할 것들이 있을 거라 확신해.

— 무슨 말이야?

— 나도 몰라…. 당신이 멈췄던 곳에서 다시 시작해 봐. 그게 당신을 어디로 이끌지 알게 되겠지.

　나는 노트를 펼쳐 조르주에게 보여주었다.

— 여기가 내가 멈춘 곳이야.

　노트의 페이지에는 세 개의 기둥이 그려져 있었다.

　가족, 친구, 이웃.

— 가족이라고는 남아있지 않고… 콜레트라는 친구는 샅샅이 뒤졌으니까, 이제 이웃들만 남았네.

12장

— 40년대에 있었던 일을 마을 사람들을 찾아가서 물어보기라도 하자는 거니?

— 네. 포르주로 가서 이웃들에게 물어봐요. 뭐라도 본 게 있는지, 기억하는 게 있는지 물어보면 되잖아요.

— 정말로 라비노비치 가족을 아는 사람을 찾을 수 있을 거라고 생각하니?

— 당연하죠. 1942년에 아이였던 사람들은 지금쯤 80세가 됐을 거예요. 아직 기억할 수도 있죠. 내일 아침에 포르주로 가요. 클라라를 학교에 데려다주자마자 출발하는 거예요.

다음 날 아침, 렐리아는 포르트 도를레앙에서 빨간색의 작은 트윙고 차를 타고 나를 기다렸고, 차에는 라디오 뉴스가 틀어져 있었다. 엄마의 자동차에서는 차가운 담배 냄새와 향수 냄새가 났다. 오래전부터 익숙한 냄새였다. 조수석에 앉기 위해서는 굴러다니는 잡동사니들을 치워야 했다. 필통, 오래된 추리소설, 한 짝만 남은 장갑, 빈 플라스틱 커피 컵, 엄마의 핸드백.

'형사 콜롬보의 차가 따로 없군.'

나는 그렇게 생각했다.

— 정확한 집 주소를 알아요?

— 아니. 서류 정리함에 포르주에 관한 문서는 많았는데 거기서 주소는 못 찾았어. 말이 된다고 생각하니?

— 뭐, 직접 가서 찾아봐야겠네요. 작은 마을이니까 괜찮겠죠.

　내비게이션에 따르면 1시간 20분이 걸리는 거리였다. 라디오에서는 유럽 의회 선거와 국내 대토론회에 관한 문제를 다루고 있었다. 별안간 하늘이 어두워졌다. 우리는 조사에 집중하기로 했다. 나는 라디오 볼륨을 낮추고 생각을 말하기 시작했다. 1942년 10월의 어느 날, 라비노비치 부부가 포르주의 집을 떠난 뒤로 그곳에서 일어났을 일들을 상상하면서.

— 그들은 체포되기만을 기다렸어요. 독일에서 아이들과 다시 만나기만을 원했죠. 그러니 떠나기 전에 미리 집을 정리했고 이웃들에게도 어떻게 해야 하는지 알렸을 거예요. 믿을 수 있는 누군가에게 열쇠를 복사해서 맡겼을 테고요. 아닌가요? 어쩌면 그 열쇠가 아직 남아 있을지도 몰라요.

— 그들은 그 열쇠를 시장에게 넘겼어.

　내가 놀라 입을 다물지 못하는 동안 엄마는 담배에 불을 붙였다. 나는 기침을 하며 말했다.

— 시장에게요? 그걸 어떻게 알았어요?

— 뒷좌석에 있는 파일을 보렴. 그럼 알게 될 거야.

　나는 팔을 뻗어서 뒷좌석에 있는 초록색 파일을 집었다.

— 엄마. 최소한 창문이라도 열어 줘요. 토할 것 같아요.

— 담배 다시 피우는 거 아니었니?

— 아뇨. 엄마가 담배 피우는 걸 참아야 할 때만 피거든요. 창문 열어요!

파일 안에는 엄마가 〈마테올리 연구단〉에 제출할 서류를 만들 때 모았던 사진들을 복사한 종이들이 담겨 있었다. 그중에 포르주 시장이 개인적으로 작성한, 포르주 시청 인장이 찍힌 편지가 있었다.

1942년 10월 21일, 에브라임과 엠마가 체포되고 12일 후의 편지였다.

「발신인 : 시장

수신인 : 외르 농업국 국장

국장님께,

라비노비치 부부의 체포 이후에 거주지를 폐쇄했다는 사실을 전하게 되어 영광입니다. 그곳의 열쇠는 제가 보관하고 있습니다. 그리고 최근 임명된 외르 시 시민대표가 참석한 가운데 약식 동산 목록을 작성했습니다. 돼지 두 마리는 거주지에서 발견된 곡식과 함께 포셰르 장 씨가 보관하고 있습니다만 오래는 힘들 것으로 보입니다. 포셰르 장 씨가 일당 70프랑(현재 손수 보리타작을 하고 있음.)을 요구하고 있기 때문입니다. 거기에 정원에 따야 할 과일과 채소들이 조금 있다고 합니다. 현 재산을 청산하기 위해서는 공식 관리인을 임명하는 게 필요해 보입니다.

도청으로부터 '지금으로서는 이러한 비정상적인 상황을 해결할 수 없다'는 답변만을 받았기에 국장님께서 몇 가지 지침을 내려주신다면 기쁠 듯합니다.

그럼, 미리 감사의 인사를 보냅니다.

시장.」

시장의 필체는 매우 화려했다. 대문자 'D'는 약간 우스울 정도로 구불거렸고, 'E'는 정교한 형태로 소용돌이처럼 휘날리고 있었다.

— 끔찍한 말을 참 예쁘게도 써놨네요.

— 끔찍한 머저리임이 분명해.

— 엄마, 이 장 포셰르라는 사람의 후손을 찾아봐야 할 것 같아요.

— 그 아래에 있는 편지를 보렴. 외르 농업국 국장이 보낸 답신이야. 국장은 다음 날 바로 행동에 옮겼지. 도청에 편지를 보낸 거야.

「발신인: 비시 정부 외르 농업국 국장

수신인: 외르 도지사 (제3부서)

에브뢰에서,

포르주 시장이 제게 보낸 서신을 첨부합니다. 당신의 코뮌에 거주하던 유대인 라비노비치 부부의 재산을 청산하기 위해, 이들 가정이 보유한 집을 관리할 공식 관리자를 임명하는 것이 좋겠다는 내용입니다.

이는 제 소관이 아니며 해당 사안을 처리할 능력이 제게는 없으므로, 포르주 시장의 요청에 필요한 지침을 도지사께서 그에게 내려주시기를 간곡히 부탁드리는 바입니다.

국장」

— 기관들이 서로 문제를 떠넘기고 있네요.

— 맞아. 아무도 포르주 시장에게 답변하고 싶어 하지 않는 걸로 보여. 도지사도, 농업국 국장도.

— 이유가 뭘까요?

— 업무가 많아서겠지…. '유대인 라비노비치 부부'의 돼지 두 마리와 사과나무 따위를 처리하는 데 쏟을 시간이 없었던 거야.

— 유대인이었는데 돼지를 키웠다는 게 이상하진 않아요?

— 그들은 그런 건 전혀 신경 쓰지 않았어! 돼지를 먹지 않는다는 것 말이야. 더운 기후의 국가에서는 도축한 살점 보관이 어려워서 인체에 해로울 수 있었지. 하지만 그건 2,000년도 더 전의 일이었어! 거기다 에브라임은 유대교를 믿지 않았는걸.

— 그런데 말이죠. 농업국 국장이 자신에게 '능력이 없다'고 대답했던 건 일종의 저항이 아니었을까요? 일 처리를 맡지 않겠다는 것…. 그건 일이 그렇게 흘러가는 걸 막으려던 건 아니었을까요?

— 넌 정말 낙관적이야. 네 그런 성격이 어디서 나왔는지….

— 그 말 좀 그만 해요. 전 낙관적이지 않아요! 종이의 양면을 다 고려해야 한다고 생각하는 것뿐이에요! 이 일화에서 제 흥미를 끄는 건, 같은 시기 동일한 프랑스 기관 내에 정의로운 사람과 비열한 사람이 공존할 수 있을지도 모른다는 사실이에요. 장 물랭과 모리스 사바티에를 생각해 봐요. 두 사람은 같은 세대고, 거의 같은 교육을 받았고, 비슷한 직책을 거쳐 도지사가 됐어요. 하지만 한 사람은 레지스탕스의 수장이 되었고, 다른 한 사람은 모리스 파퐁의 상관이자 비시 정부 하에서 도지사를 지냈죠. 한 사람은 팡테옹에 묻혔고, 다른 한 사람은 반인류적 범죄를 저질렀다는 혐의를 받았고요. 두 사람은 왜 서로 다른 운명을 맞게 됐을까요? 엄마, 담배 좀 꺼요. 이러다 질식하겠어요!

엄마는 창문을 열고 길거리에 꽁초를 던졌다. 나는 그것을 지적하는 않았고, 속으로만 생각했다.

— 파일의 세 번째 페이지를 보렴. 포르주 시장이 가만히 기다리고 있지만은 않았단다. 스스로 문제를 해결하려고 했지. 그는 에브뢰 도청에 방문했어. 그리고 돌아와서 이 편지를 받았지. 1942년 11월 24일. 한 달이 지난 뒤에 온 편지야.

「일반 행정 및 경찰국

경찰청 외사과

참조번호

라비노비치 2239 / EJ

1942년 11월 24일 에브뢰

포르주 시장님께,

시장님,

지난 11월 17일 귀하의 외사과 방문에 따라, 지난 10월 8일 수용된 유대인 라비노비치가 보유했던 돼지 두 마리를 일반 보급품으로 판매하는 것이 허용되었다는 사실을 알려드립니다. 에브뢰 아메이 병영의 일반 보급품 관리청장과 해당 주제로 연락을 취하시면 됩니다. 판매액은 당신의 소관으로 보관될 것이며, 이후에 임명될 임시 관리인에게 배속될 것입니다.」

— 엠마와 에브라임이 살던 집에 임시 관리인이 있었어요?
— 12월에 임명됐지. 라비노비치 가족의 땅과 정원을 관리하는 일을 맡았단다.
— 그가 그 집에서 살았나요?

— 아니, 그건 아니야. 비시 정부에 의해 유대인이 보유했던 다른 모든 기업과 마찬가지로 독일의 국고로 환수, 다른 말로는 약탈당했고 이후에 프랑스 기업인들에게 위탁되었지. 라비노비치의 경우, 임시 관리인이 그 땅의 외부에 접근할 수 있는 노동자들을 고용할 수는 있었지만 내부로 들어갈 수는 없었어.

— 그럼 집은 어떻게 됐나요?

— 전쟁이 끝나고 나서 미리얌은 곧바로 집을 팔고 싶어 했어. 그곳에 가보려고 하지도 않았어. 그건 너무 힘든 일이었겠지. 1955년에 중간에서 공증인이 모든 걸 처리했어. 그 이후로 미리얌은 포르주에 대해서는 더는 언급하지 않았어. 하지만 나는 그 집이 여전히 존재한다는 걸 알고 있었지. 미리얌이 그 집을 팔았을 때 내 나이는 열한 살이었어. 어른들이 나누던 대화를 들었던 걸까? 뭐든 간에 내가 알지 못하는, 유령 같은 내 선조가 '레 포르주'라고 불리던 마을에 살았다는 기억만은 분명히 남아 있어. 지금 네가 그런 것처럼, 그 기억이 머릿속 한 편에 남아 나를 괴롭혔지. 1974년, 내가 서른 살을 맞이했을 때 운명이 나를 그 마을로 데려갔거든. 당시 우리 가족은 네 아버지, 네 언니, 그리고 나, 이렇게 셋이었지. 우리는 친구들과 거의 공동체를 이루어 살았어. 언제나 무리를 지어 다녔지…. 어느 주말, 에브뢰 근처에 가족 별장을 갖고 있던 친구가 있어서 그곳에서 모이기로 한 거야. 미슐랭 지도를 사서 거기까지 가는 길을 연필로 긋고 있는데 포르주라는 이름이 나타났어. 목적지에서 8km 떨어진 지점에 있었지. 충격이었단다. 그 마을이 상상 속의 존재가 아니었다니. 전설이 아니었지. 실제로 존재했던 거야. 토요일 저녁, 우리는 그 친구의 집에서 큰 파티를 벌였어. 매우 흥겨웠지. 사람

들도 많았어. 하지만 나는 파티에 집중할 수가 없었어. 정말로 그냥 포르주에 한 번 가볼 수 있겠다는 생각이 머리를 떠나지 않았어. 잠을 이룰 수도 없었지. 이른 새벽에 차를 타고 내키는 대로 길을 떠났어…. 어떠한 힘이 나를 이끌었거든. 길을 잃지도 않았어. 제대로 찾아갔지. 그리고 어떤 집 앞에서 우연히 차를 멈췄어. 그리고 초인종을 눌렀더니 한 여자가 몇 초 후에 문을 열었어. 나이가 지긋하고, 뭔가 신뢰감을 주는 호감형 얼굴이었어. 머리는 하얗게 셌더군. 그녀가 내게 좋은 인상을 주었지.

"실례합니다. 전쟁 중에 포르주에 살았던 라비노비치 가족의 집을 찾는데요. 혹시 아는 게 있으신가요? 혹시 그 집이 어디 있는지 아세요?"

그러자 노부인이 나를 이상하게 쳐다봤어. 그녀의 얼굴이 창백하게 질리더니 내게 물었지.

"당신이 미리얌 피카비아의 딸인가요?"

나는 몸이 굳어버렸어. 내 질문에 대한 답을 아는 그 부인 앞에서 숨이 턱 막혔지. 그래. 바로 그녀가 1955년에 그 집을 산 사람이었던 거야.

— 엄마…. 엄마가 우연히 차를 세우고 초인종을 누른 첫 번째 집이 바로 엄마의 조부모님이 살았던 그 집이라는 거예요? 그렇게 단박에 찾았다고요?

— 나도 믿기 어려웠어. 하지만 그게 사실이야.

"네. 제가 미리얌의 딸이에요. 여기 근처에서 제 딸과 남편과 함께 주말을 보내러 왔어요. 조부모님이 살았던 마을에 와 보고 싶었거든요. 방해할 생각은 아니었어요."

내가 그렇게 말했지.

"방해라니요, 들어와요. 당신을 만나서 정말 기뻐요."

노부인은 매우 부드럽고 침착한 목소리로 그렇게 말했단다. 나는 정원으로 들어갔지. 집의 정면 모습을 보자 기억이 났어. 그리고 안개가 나를 덮쳤지. 다리가 몸의 무게를 버티지 못하고 후들거리더구나. 마음이 불편해졌어. 그녀는 나를 거실에 앉히고 오렌지 음료를 내왔어. 내가 어떤 심정인지 알았던 것 같아. 잠시 후에 나는 정신을 차렸고, 우리는 대화를 나눴지. 그리고 지금 네가 내게 한 똑같은 질문을 그녀에게 했어. 처음 이곳을 찾았을 때 집이 어떤 상태였느냐고. 그러자 그녀가 이렇게 대답했단다.

"내가 이 집에 온 건 1955년이었어요. 처음 왔을 때 내가 기억하는 건 가구가 부족하다는 거였지요. 값어치가 있는 물건들이 비워졌다는 느낌을 받았거든요. 이사하는 날에 이곳을 다시 찾았을 때는, 사람들이 그 사이에 물건을 가지러 왔었다는 걸 알아차렸지요. 서둘렀던 모양인지 의자들이 바닥에 넘어져 있더군요. 마치 도둑들이 황급히 집을 턴 것처럼 말이지요. 액자 하나가 사라졌다는 게 확실히 기억나요. 처음 방문했던 날 눈길을 사로잡았던, 이 집을 찍은 아주 예쁜 사진이었어요. 그런데 그게 사라졌어요. 액자를 걸어두었던 레일과 함께 사각형의 흔적만 벽에 남아 있었어요."

노부인이 들려준 이야기는 내 마음을 찢어놓았단다. 그들이 훔쳐 간 것은 우리의 추억이었어. 내 엄마와 내 가족의 추억이었지. 노부인이 내게 말했어.

"보관하고 있는 물건들이 몇 가지 있답니다. 창고에 있는 트렁크 안에 두었지요. 원한다면 가져가세요. 당신의 것이니까요."

　나는 아무 생각 없이 그녀를 따라 창고로 갔어. 내게 무슨 일이 일어나고 있는지 이해하지 못했지. 그 오랜 세월 동안 그 물건들은 거기서 가만히, 누군가 자신을 찾으러 오기만을 기다리고 있었던 거야. 노부인이 트렁크를 열었을 때, 감정이 북받쳐 올랐어. 견딜 수가 없었지.

　"트렁크는 다음에 찾으러 올게요."

　내가 말했어.

　"정말요?"

　노부인이 물었지.

　"네. 남편과 함께 올게요."

　노부인은 나를 배웅해 주면서 인사를 하기 전에 현관 문턱에서 내게 이렇게 말했어.

　"잠시만 기다려요. 아무리 그래도 지금 가지고 갔으면 하는 물건들이 있어요."

　그녀는 손에 작은 그림 한 점을 들고 돌아왔어. 종이 한 장 크기의 그림이었지. 투박한 나무 액자가 둘린, 구아슈로 유리병을 그린 작은 정물화였단다. 거기엔 라비노비치라고 서명이 되어 있었어. 우아하고 날카로운 그 필체를 나는 알아보았지. 미리얌의 것이었어. 그건 내 엄마가 그곳에서 부모님과 남동생, 여동생 노에미와 함께 행복하게 살 때 그렸던 그림이었어. 그날 이후 나는 그 그림을 늘 곁에 두었단다.

— 그 후에 트렁크를 찾으러 돌아갔어요?

— 그럼. 몇 주 후에 네 아버지와 함께 갔어. 그땐 엄마에게 그 사실을 알리지 않았어. 놀라게 해주고 싶었거든.

— 아이고…. 좋지 못한 생각이었네요!

— 아주 좋지 못했지. 미리얌과 한 달 동안 여름휴가를 보내러 세레스트로 내려갔어. 보물을 전할 생각에 벅차고 뿌듯한 마음으로 트렁크를 가져갔지. 하지만 그걸 본 미리얌의 낯빛은 어두워졌어. 트렁크를 열더니 아무 말이 없었지. 그 즉시 트렁크를 닫아버렸어. 단 한 마디도, 아무 말도 하지 않았어. 그러고는 그걸 지하 와인 창고에 그냥 뒀단다. 휴가가 끝나고 파리로 돌아가기 전에 나는 몇 가지 물건을 챙기러 갔어. 식탁보, 노에미의 그림, 내 서류 보관함에 있는 사진 몇 개와 행정 서류들…. 별건 없었지. 1995년에 미리얌이 세상을 떠났을 때, 세레스트에서 그녀가 남긴 트렁크를 찾았을 때는 이미 안이 비워진 뒤였어.

— 미리얌이 그걸 버렸을까요?

— 누가 알겠어. 태웠거나, 혹은 누굴 줘 버렸거나.

굵은 빗방울이 자동차 앞 유리창에 후드득 떨어졌다. 그 소리는 마치 작은 구슬들이 부딪치는 소리 같았다. 포르주에 도착했을 때는 비가 세차게 쏟아지고 있었다.

— 집이 어디였는지 기억나요?

— 잘 안 나. 마을에서 숲으로 빠져나가는 쪽이었던 것 같은데. 저번처럼 쉽게 찾을 수 있을지 한번 보자꾸나.

하늘은 밤이 온 것처럼 어둑해졌다. 우리는 스웨터 소매로 유리창에 서린 김을 지우려 했다. 와이퍼는 더 이상 소용이 없었다. 차는 같은 자리를 빙빙 돌고 있었다. 렐리아가 마을을 기억하지 못했다. 마치 악몽 속에서처럼 우리는 계속해서 출발점으로 되돌아왔다. 마치 출구를 찾을 수 없는 원형 교차로에 갇힌 것만 같았고 하늘은 금방이라도 우리 위로 굴러떨어져 내릴 것만 같았다.

　그러다 대여섯 개의 집들이 줄지어 있는 거리에 도착했다. 그 이상은 없었다. 길 건너편에는 밭이 펼쳐져 있었다. 집들은 모두 일렬로 서 있었다. 별안간 렐리아가 말했다.

— 이 거리가 맞는 것 같아. 집들이 마주 보고 있지 않았던 게 기억나.

— 잠깐만요. 저기 '프티 슈망[74]' 거리라고 적힌 게 보여요. 뭔가 떠오르는 거 있어요?

　엄마는 9번 집 앞에서 차를 세우며 말했다.

— 그래. 그 이름이었던 것 같아. 바로 저 집이야. 거의 끝에 있었던 걸로 기억하거든. 하지만 저 모퉁이 집은 아니었어. 바로 그 전 집이었던 것 같아.

— 대문에 적힌 이름을 보고 올게요.

　나는 초인종에 적힌 이름을 보기 위해 빗속을 뛰어갔다. 우산은 없었다. 그리고 흠뻑 젖은 채로 돌아왔다.

— 망수아 가족이에요. 아는 이름이에요?

— 아니. 이름에 'x'가 있었던 것 같은데. 확실해.

— 그럼 이 집이 아닐 수도 있겠네요.

— 서류 중에 집 정면을 찍은 오래된 사진이 있을 거야. 그걸 봐 봐. 비교해 보게.

— 어떻게 비교를 해요? 담벼락이 저렇게 높은데요? 아무것도 안 보여요.

— 지붕 위로 올라가.

— 집 지붕 위로 올라가라고요?

— 아니. 자동차 지붕 위로! 그럼 시야가 탁 트일 것 아니니. 그럼 담벼락 위를 볼 수 있잖아.

— 아니, 엄마. 못 해요. 사람들이 어떻게 생각하겠어요?

— 얼른….

　엄마는 내가 어렸을 때, 자동차 사이에서 소변을 누지 않겠다고 버텼을 때처럼 말했다. 나는 빗속으로 나가서 문을 열어둔 채로 좌석을 밟고 지붕 위로 올라갔다. 비 때문에 바닥이 미끄러워 똑바로 서는 게 어려웠다.

— 보여?

— 네, 엄마. 이 집이 맞아요!

— 가서 초인종 눌러!

　살면서 한 번도 내게 명령한 적 없었던 엄마, 렐리아가 소리쳤다.

　빗물을 뚝뚝 떨어뜨리며, 나는 9번 집 대문의 초인종을 여러 번 눌렀다. 라비노비치 가족의 집 앞에 서 있다고 생각하자 마음이 벅차올랐다. 대문 너머의 집이 내가 왔다는 것을 알고 미소를 지으며 기다리고 있을 것만 같았다.

　나는 그곳에 한동안 서 있었지만 인기척이 없었다.

— 아무도 없는 것 같아요.

　실망한 채로 내가 렐리아에게 손짓했다.

　하지만 바로 그때, 강아지가 짖는 소리와 함께 9번 집의 대문이 활짝 열렸다. 50대로 보이는 한 여자가 모습을 드러냈다. 어깨까지 닿는 염색한 금발 머리에 약간 살집이 있는, 붉은 얼굴을 한 여성이었다. 짖으며 달려드는 개들에게 무어라고 말한 그녀는 내가 선한 의도를 보여주기 위해 한껏 미소를 지었음에도 불구하고 경계하는 눈빛을 보냈다. 저

먼 셰퍼드 품종의 개들은 그녀의 다리 주변을 맴돌았고, 그녀는 개들에게 조용히 하라고 매섭게 말했다. 개들로 인해 고단해 보였다. 나는 개를 주제로 불평하는 일부 개 주인들을 볼 때마다 의문이었다. 아무도 그들에게 개를 기르라고 강요하지 않았는데 말이다. 지금 내게 가장 위협적으로 느껴지는 게 저 여성인지 개들인지 알 수 없었다.

— 초인종을 누른 게 그쪽이에요?

여자가 엄마가 타고 있는 자동차를 흘긋 쳐다보며 외쳤다. 머리카락을 타고 흘러내리는 비에도 불구하고 미소를 지으려 노력하며 내가 말했다.

— 네. 제 가족이 전쟁 때 여기 살았거든요. 50년대에 집을 팔았다는데, 혹시 실례가 안 된다면 정원을 둘러봐도 될까요? 그냥 어떤 모습인지 보고 싶어서요….

여자는 내 앞을 가로막았다. 그녀가 나보다 몸집이 컸기에 집의 모습을 볼 수 없었다. 그녀는 눈썹을 찌푸렸다. 이제는 그녀를 고단하게 만드는 게 개들이 아니라 나인 모양이었다.

내가 다시 말했다.

— 이 집에 제 선조들이 살았어요. 전쟁 중에. 라비노비치라고, 혹시 아세요?

그녀는 한 발짝 뒤로 물러났다. 그녀는 얼굴을 찌푸리며 나를 바라보았는데, 마치 내게서 악취라도 맡은 듯한 모습이었다.

— 여기서 기다려요.

그녀가 대문을 잠그며 말했다. 저먼 셰퍼드들이 다시 거세게 짖기 시작했다. 동네의 다른 개들이 그 소리에 화답했다. 우리가 마을에 왔다는 사실을 이웃에 경고라도 하는 것처럼. 나는 오랫동안 찬물로 샤워하듯 빗속에 서 있었다. 하지만 나는 내크먼이 가꾼 정원, 자크가 그의 할아버지와 함께 만든 우물, 라비노비치 가족이 사라지기 전 그들의 행복한 날들을 지켜보았던 그 집을 이루는 돌 하나하나를 눈으로 확인할 수만 있다면 무슨 일이든 할 준비가 되어 있었다.

얼마간의 시간이 지나고, 자갈이 깔린 길을 걷는 발소리가 들렸다. 대문이 다시 열렸다. 아까의 그 여자는 꼭 마린 르펜을 떠올리게 했다. 엉뚱하게 꽃이 그려진 커다란 우산을 들고 있었는데, 그것이 나의 시야를 가렸다. 그녀 뒤에는 다른 사람이 서 있었다. 초록색 고무장화를 신고 있는 남자였다.

— 정확히 원하는 게 뭐죠?

그녀가 내게 말했다.

— 단지… 방문을… 우리 가족이 여기 살았는데….

뒤에 서 있던 남자가 나를 향해 말을 하는 바람에 나는 문장을 채 끝내지 못했다. 그가 그녀의 아버지인지 남편인지 알 수 없었다. 남자는 매섭게 외쳤다.

— 오, 다른 사람의 집에 이런 식으로 오면 안 되지요! 우린 이 집을 이십 년 전에 샀습니다. 여긴 우리 집이란 말입니다! 다음에는 미리 약속을 잡고 오시지요. 사빈, 문 닫아. 잘 가요, 부인.

그러자 사빈이라는 여자가 코앞에서 대문을 닫았다. 나는 움직일 수 없었다. 깊은 슬픔이 몰려와서 나는 눈물을 흘리기 시작했다. 얼굴 위로 방울져 내리는 비 때문에 티는 나지 않았다.

엄마는 자동차 좌석에 편하게 앉아 결연한 표정으로 정면을 바라보고 있었다.

— 다른 이웃을 찾아가 보자. 우리의 것을 훔친 사람들을 찾게 될 거야.

— 훔쳤다니요?

— 그래. 가구, 액자, 그리고 나머지 것들! 어딘가에는 있을 거 아니니?

그 말과 함께 엄마는 창문을 열고 담배에 불을 붙이려 했지만, 쏟아지는 비 때문에 라이터가 켜지지 않았다.

— 이제 뭘 해야 하지?

— 사람이 살고 있는 것처럼 보이는 집은 두 채네요.

— 그래.

엄마가 생각에 잠긴 채로 말했다.

— 어느 집부터 시작할까요?

— 1번 집으로 가자.

그 집이 차에서 가장 멀리 떨어져 있다는 걸 계산한 엄마가 말했다. 가는 길에 담배를 피우려는 것이었다.

우리는 다시 힘을 내고 정신을 차리기 위해 조금 기다린 뒤, 함께 차에서 내렸다.

1번 집에서는 70세 정도로 보이지만, 어쩌면 나이에 비해 젊어 보이는 것일지도 모르는 사랑스러운 여자가 모습을 드러냈다. 염색한 빨간 머리에 가죽 재킷을 입고 목에 붉은색 반다나를 두르고 있었다.

— 안녕하세요, 부인. 실례합니다. 저흰 가족의 추억을 찾아서 왔어요. 가족이 전쟁 때 이 거리의 9번 집에 살았거든요. 어쩌면 기억하시는 게….

— 전쟁 때라고 했나요?

— 1942년까지 포르주에 살았어요.

— 라비노비치 가족 말인가요?

여자가 쉰 목소리로 물었다. 오랜 애연가의 목소리였다. 그녀의 입에서 마치 오늘 아침에 마주친 사람을 언급하듯 라비노비치라는 이름이 나왔다. 그건 내게 기이한 인상을 주었다.

— 맞아요. 그들을 기억하시나요?

엄마가 말했다.

— 그럼요.

예상과 달리 그녀는 명료하게 대답했다.

— 저기, 댁에 5분만 들어가서 대화를 나눠도 괜찮을까요?

렐리아가 묻자, 그녀는 주저했다. 그녀는 우리를 자기 집에 들이는 걸 원치 않았다. 하지만 라비노비치의 후손인 우리를 거절하는 것도 뭔가 마음에 걸리는 듯했다. 그녀는 우리에게 거실에서 기다리라고 말했고, 무엇보다 젖은 옷으로 소파에 앉지 말라고 말했다.

— 남편에게 알리고 올게요.

여자가 사라진 틈을 타서 나는 집 이곳저곳을 둘러보았다. 그리고 엄마와 나는 소스라치게 놀랐는데, 그녀가 금세 타월을 가지고 돌아왔기 때문이었다. 그녀는 주방으로 향하며 말했다.

— 괜찮다면 소파에 이걸 깔아도 괜찮을까요? 차를 내어 올게요.

여자는 김이 모락모락 나는 찻잔들이 담긴 쟁반을 들고 나타났다. 분홍색과 파란색 꽃이 그려진 영국식 도자기였다.

— 제 집에도 같은 게 있어요.

렐리아가 그렇게 말하자 여자는 흡족해했다. 엄마는 언제나 본능적으로 다른 사람들의 호감을 사는 법을 알았다. 여자가 설탕을 건네며 말했다.

— 라비노비치 가족을 알아요. 또렷이 기억하고 있지요. 어느 날 그 집 엄마가… 죄송하지만 이름이 기억나지 않네요….

— 엠마요.

— 맞아요. 엠마. 그녀가 정원에서 딴 딸기를 가져다주었지요. 친절하다고 생각했어요. 그분이 모친이신가요?

— 아뇨…. 제 할머니세요…. 더 자세하게 기억하는 것도 있나요? 순전히 정말 궁금해서요.

— 가만 보자…. 기억하기로 딸기가 있었고…. 내가 딸기를 좋아하거든요…. 그 집 정원이 참 멋졌는데. 텃밭이 있었고 과수원을 방불케 하는 사과나무들이 있었지요. 또, 이따금 우리 집 정원까지 음악 소리가 들리곤 했어요. 모친께서 피아니스트였지요?

— 맞아요. 제 할머니가요. 어쩌면 마을에서 피아노 교습을 했을지도 모르겠어요. 혹시 아시는 게 있나요?

— 아뇨. 그땐 너무 어려서 기억이 희미하네요.

그녀가 우리를 바라보았다.

— 그들이 체포되었을 때 전 네다섯 살에 불과했어요.

그리고, 잠깐의 뜸을 들였다.

— 하지만 어머니가 뭔가 말씀해 준 게 있었지요.

그녀는 도자기 찻잔을 바라보며 추억에 잠긴 듯, 잠시 생각에 빠졌다.

— 경찰들이 그들을 찾아왔을 때, 어머니는 아이들이 집을 나서는 걸 보았대요. 그들이 차량에 탑승했을 때, 그들은 〈라 마르세예즈〉를 불렀다고 했어요. 그 기억이 강하게 남았다고요. 어머니는 종종 내게 말했지

요. "그 어린 것들이 떠나면서 〈라 마르세예즈〉를 불렀는데….." 하고요.

누가 그들에게 조용히 하라고 할 수 있었을까? 독일인들도, 프랑스인들도 그러지 못했다. 그 누구도 국가를 부르는 그들을 모욕할 수 없었다. 라비노비치 아이들은 그들을 살해할 자들을 비웃을 방법을 찾아냈다. 별안간 그들의 노래가 길을 지나 우리에게까지 들리는 듯했다.

— 집에서 사라진 가구가 있어요. 피아노도요. 혹시 아는 게 있나요?

내가 물었다. 여자는 잠시 침묵하더니 이윽고 말을 이었다.

— 기억하기로 담벼락을 따라서 사과나무들이 과수원처럼 심겨 있었지요.

그녀는 여전히 생각에 잠긴 채 찻잔을 바라보았다.

— 아시겠지만 전쟁 당시 우리는 독일인들의 지배를 받았어요. 그들은 트리갈Trigall 성에서 지냈고요. 교사 한 명이 사라진 일도 있었지요.

갑자기 여자는 머리가 복잡하기라도 한 듯 횡설수설했다. 나는 그녀를 채근했다.

— 네, 그리고요?

— 지금 거기에 사는 사람들은 아주 친절해요.

그녀는 우리를 바라보면서 그렇게 말했다. 마치 눈에 보이지 않는 누군가가 그녀의 말을 듣고 있기라도 하듯.

그리고 거의 아이와 같은 목소리로 말하기 시작했다. 60년 전, 엠마의 정원에서 난 딸기를 먹었다는 소녀의 모습이었다. 일부러 아이처럼 행동하는 걸까?

— 저희가 왜 여기 왔는지 말씀드릴게요. 몇 년 전에 이상한 엽서를 한장 받았어요. 우리 가족에 관한 엽서였죠. 그래서 혹시 이 마을에 사는

누군가가 그걸 보낸 건 아닌지 궁금해요.

그 순간 나는 여성의 눈에 한줄기 섬광이 비치는 것을 보았다. 그녀는 무엇인가 알고 있는 듯 했다. 머릿속에서 하나하나 판단하고 행동하는 게 분명했다. 나는 그녀가 두 가지 감정 사이에서 망설이고 있다고 느꼈다. 그녀는 우리가 이 대화를 이어 나가는 것도, 그녀가 치고 있는 방어막을 밀고 들어오는 것도 원하지 않았다. 하지만 일종의 도덕심이 나의 질문에 대해 대답하도록 만들었다.

— 남편을 데려올게요.

그녀가 불쑥 말했다. 바로 그 순간 그녀의 남편이 나타났다. 마치 무대 뒤에서 자신이 등장할 순간만을 기다리고 있던 배우처럼. 문 뒤에서 우리의 대화를 엿듣고 있었던 걸까? 그랬을지도 모른다.

— 제 남편이에요.

그녀가 자신보다 훨씬 키가 작은 남자를 소개하며 말했다. 턱수염이 나 있고 머리가 매우 하얗게 센 남자였다. 그는 우리를 꿰뚫어 보는 듯 한 푸른색 눈을 가지고 있었다.

그녀의 남편은 소파에 조용히 앉았다. 그는 뭔가를 기다리고 있었지만, 우리는 그게 뭔지 몰랐다. 그는 우리를 바라보았다.

— 남편은 베아른에서 왔어요. 여기 토박이가 아니죠. 하지만 일반 역사에 늘 관심이 많았답니다. 그래서 전쟁 중에 포르주 마을에서 일어난 일을 연구했어요. 어쩌면 그가 저보다는 당신들의 질문에 대한 답을 줄 수 있을 것 같아요.

그녀의 남편이 곧바로 말문을 열었다.

— 아시다시피 포르주 마을은 프랑스의 대다수 마을과 마찬가지로, 그

리고 북부가 특히 그랬듯이 전쟁으로부터 분명한 피해를 보았습니다. 가족과 헤어진 사람들도, 가족을 잃은 사람들도 있었죠. 주민들이 그 모든 걸 극복하는 게 얼마나 힘들었는지 상상도 못 합니다. 당시 상황을 본다면 지금에 와서 그 사람들의 입장에서 생각해 본다는 건 거의 불가능한 일입니다. 우린 그들을 판단할 수 없어요. 아시겠습니까?

그는 현명하고 침착하게 말했다.

— 포르주 마을을 뒤흔든 '로베르트 사건'이 있었죠. 아마 알고 계시겠죠?

— 아뇨. 한 번도 못 들어봤어요.

— 로베르트 람발. 들어본 적 없습니까? 그 이름을 딴 거리도 있는데요. 나중에 한번 가 보세요. 정말 흥미롭죠.

— 그 이야기를 들려줄 수 있나요?

그가 양쪽 바지의 무릎께를 당겨 올리며 말했다.

— 원하신다면. 제 기억이 맞는다면 1944년 8월, 에브뢰의 레지스탕스 한 무리가 나치 군인 두 명을 살해했어요. 당연하게도 점령국인 독일은 이 일을 매우 심각하게 받아들였습니다. 레지스탕스들은 에브뢰를 벗어나 포르주 마을에 피신했죠. 그들을 거둔 사람이 바로 로베르트 부인이었어요. 70세. 당시로는 꽤 나이가 많은 편인 과부였죠. 그녀는 닭과 염소를 기르며 작은 농장에서 홀로 살고 있었습니다. 며칠이 지나고 마을의 누군가 로베르트 부인을 밀고했죠. 그 사실을 알게 된 한 주민이 농장으로 달려와 레지스탕스들에게 도피하라고 알렸습니다. 레지스탕스들은 로베르트 부인에게 함께 떠나자고 제안했어요. 독일군들이 그녀를 취조할 거라는 걸 알았겠죠. 하지만 과부는 거부했고, 그들에게 아무것

도 발설하지 않겠다고 약속했어요. 그녀는 그곳에 남아서 닭과 염소들을 지키고 싶어 했어요. 거기다 자신이 숲에서 도피 생활을 하기에는 너무 늙었다는 걸 잘 알고 있었죠. 레지스탕스들은 도망쳤어요. 그들이 떠나고 몇 분이 지나자 독일군들이 농장에 들이닥쳤습니다. 차량, 오토바이, 기관총과 함께였죠. 그들 열댓 명이 가엾은 로베르트 부인을 에워싸고 레지스탕스들을 어디에 감췄는지 물었고, 그녀는 무슨 말인지 모르겠다고 답했습니다. 그러자 그들은 농장을 뒤지고 모든 걸 헤집어놨죠. 그리고 결국 창고의 건초 더미 아래에서 레지스탕스들이 숨겨놓았던 라디오 송신기를 발견하고 만 겁니다. 그들은 입을 열게 하려고 부인을 마구 때렸죠. 하지만 부인은 입을 열지 않았어요. 그때 차량이 한 대 도착했습니다. 완장을 찬 순찰대가 총을 들고 도망치던 레지스탕스 하나를 잡아 온 겁니다. 그의 이름은 가스통이었죠. 그들은 가스통과 로베르트 부인을 대면하게 했지만, 두 사람 다 입을 열지 않았어요. 자백을 하지도, 다른 사람들이 어디로 갔는지 말하지도, 그들의 이름을 대지도 않았죠. 그러자 독일군들은 가스통을 고문하기 위해 그를 농장의 나무에 묶었어요. 그리고 돌아가면서 그를 때렸지만 그는 비명 한 번을 지르지 않았죠. 그들이 그의 손톱을 뽑을 때도요. 그동안 독일군들은 로베르트 부인에게 그녀의 닭과 염소, 저장고의 와인들과 집의 모든 식량을 사용해 요리를 만들게 했습니다. 그녀는 피투성이가 된 가스통이 묶여 있는 나무 앞에 커다란 식탁을 차려야 했죠. 독일군들은 먹고 마시면서 저녁을 보냈고, 로베르트 부인의 시중을 받으며 이따금 그녀를 때리기도 했어요. 노부인이 비틀거리는 모습에 그들은 웃음을 터뜨렸죠. 밤사이 계속해서 나무에 묶여 있던 가스통은 다음 날 아침이 될 때까지도 입을 열지 않았고, 독일군들은 그를 숲으로 데려갔어요. 땅에 구덩이를 파고 그를 산 채로 묻었죠. 농장으로 돌아간 그들은 가스통이 겪은 일을 들려주면서 부인을 협박했어요. 말하지 않으면 그녀도 처형하겠다고요. 하지만 부인은 끝끝내 버텼죠. 레지스탕스에 관해 자신이 알고 있는 걸 말하지 않았어요. 부인의 고집스러움에 분노한 독일 부사관이 그녀를 나무에 매달아 처형하라고 명령했죠. 군인들이 부인의 목에 줄을 칭칭 감았고, 부사관은 복수심으로 기관총을 발사했어요. 완전히 죽음에 이를 때까지 그녀의 두 다리는 공중에서 발버둥을 쳤죠. 이게 이야기의 끝입니다.

— 로베르트 부인을 밀고한 마을 사람이 누군지도 아시나요?

나는 알았다. 누군가를 채근하는 건 진흙이 가득한 늪을 휘젓는 것과 같다. 결국 물을 혼탁하게 만든다.

— 아뇨. 누가 밀고했는지는 아무도 모릅니다.

그는 자신의 아내가 대답하기도 전에 말했다.

— 부인께서 저희가 여기 온 이유도 전해 주셨을까요?

— 제게 직접 말씀하시죠.

— 우리 가족에 관한 익명의 엽서를 받았어요. 그래서 그걸 작성한 사람이 이 마을 사람인지 확인해 보러 온 거예요.

— 제게 보여주실 수 있습니까?

노신사는 내가 휴대전화로 찍은 엽서의 사진을 조용히 주의 깊게 살펴보았다.

— 그래서 이 엽서가 일종의 고발이라고 생각하시는 겁니까?

아주 좋은 질문이었다.

— 아무래도 익명으로 온 엽서다 보니 이상하게 생각하게 돼서요. 이해하시죠?

— 그럼요.

그가 고개를 끄덕이며 말했다.

— 그래서 말인데, 포르주에 독일군과 가깝게 지냈던 사람들이 있었을까요?

내가 한 말이 거슬렸던 것인지, 그가 인상을 찌푸렸다.

— 말하기 곤란한가요?

— 제 남편이 아까 말했지만, 과거를 돌아보고 싶어 하는 사람은 없어요. 이 마을엔 아주 좋은 사람들이 살았어요.

그의 부인이 끼어들어 대답했다. 부부는 서로를 지켜 주고 있었다.

— 네. 아주 훌륭한 사람들이죠. 교사도 있었어요.

— 아니, 교사가 아니라 교사의 남편이었어요. 그는 도청에서 일했죠.

— 그 사람에 대해 말씀해 주실 수 있나요?

엄마가 물었다.

— 그는 이 마을에서 살았고, 에브뢰에서 일했어요. 에브뢰 도청에서요. 정확한 부서는 모르지만 그렇게 중요한 부서는 아니었던 것 같아요. 그래도 정보에 접근할 수 있었죠. 그가 사람들을 돕고, 경고할 수 있게 되자마자 그는 계획을 세웠죠. 아주 좋은 사람이었어요.

— 아직도 살아있나요?

그러자 부인이 눈물을 글썽이며 말했다.

— 오, 아뇨. 그는 밀고를 당했어요. 전쟁 때 세상을 떠났어요.

— 함정에 빠졌던 겁니다. 두 민병대가 그를 찾아가서 이렇게 말했습니다.

"당신이 영국으로 건너가는 방법을 안다고 하던데요. 경찰이 우릴 뒤쫓고 있어요. 도와주세요."

그는 그들을 구하기 위해 약속 날짜를 잡았죠. 하지만 그날 그 자리에 나온 건 그를 체포하기 위한 독일군이었어요.

— 그게 몇 년도 일인지 아시나요?

— 1944년일 거예요. 그는 콩피에뉴로 끌려갔고, 그 후에는 마우트하우젠 강제 수용소로 갔다고 해요. 그리고 독일에서 수용자로 삶을 마감했죠.

— 전후에 그 교사는 어떻게 대응했나요?

부인은 두 눈을 아래로 내렸고, 아주 부드러운 말투로 말하기 시작했다.

— 그녀는 마을의 교사였고, 우린 그녀를 아주 좋아했어요. 전후에 온통 그 일에 관한 이야기뿐이었지요. 밀고, 그동안 일어났던 사건들… 그리고 시간이 지나면서 사람들은 다른 주제로 넘어가기로 했어요. 교사도 마찬가지였고요. 하지만 재혼하지는 않았어요.

그녀의 목소리는 떨리고 있었고 두 눈은 눈물로 잔뜩 젖어있었다. 내가 말했다.

— 마지막으로 이 질문만 드릴게요. 이 마을에 살고 있는 사람 중에 라비노비치 가족을 아는 사람이 있을까요? 우리에게 그들에 대해 이야기를 들려줄 수 있고, 기억을 간직하고 있는 사람 말이에요.

남편과 아내는 질문하듯 서로의 얼굴을 바라보았다. 그들은 우리에게 들려주길 원하는 것보다 훨씬 많은 것들을 알고 있었다. 눈물을 그친 부인이 말했다.

— 있어요. 생각나는 사람이 있어요.

— 그게 누군데?

　걱정스러운 얼굴로 그녀의 남편이 물었다.

— 프랑수아 가족.

— 아, 그렇지. 프랑수아 가족.

— 프랑수아 부인의 모친이 라비노비치 집에서 가사 일을 했어요.

— 정말요? 그녀가 어디에 사는지 알려주실 수 있나요?

　노신사는 메모지를 뜯어 주소를 적었다. 종이를 우리에게 내밀며 그는 말했다.

— 그녀에게는 전화번호부에서 주소를 찾았다고 하면 될 거예요. 이제 우리는 할 일이 많아서 이만 배웅해야겠네요.

　메모지를 받자 떠오르는 생각이 있었다.

　어쩌면 제쥐에게 필체 감정을 의뢰해야 할지도 모르겠다는.

　밖으로 나오자 하늘은 푸르렀다. 반짝이는 물웅덩이를 반사한 햇빛에 눈이 부셨다. 우리는 자동차까지 아무 말없이 걸었다.

— 프랑수아 가족의 주소 줘 봐요.

　내가 엄마에게 말했다. 우리는 휴대전화의 GPS에 주소를 입력하고 화살표를 따라 주행했다. 가식적으로 조용한 마을에서 우리의 의지에 반하는 무언가가 일어나고 있다는 인상을 받았다.

　주차를 한 뒤, 우리는 안내 받은 주소의 초인종을 눌렀다. 짧은 머리의 노부인이 대문으로 다가왔다. 기하학적 문양이 그려진 파란색 가운을 입고 있었다.

— 안녕하세요, 프랑수아 부인이신가요?

— 네, 전데요.

　약간 놀란 듯한 표정으로 부인이 대답했다.

— 실례합니다만 우리는 가족의 추억을 찾고 있어요. 전쟁 때 이 마을에 살았거든요. 어쩌면 아실지도 모르겠어요. 라비노비치 가족이었어요.

　대문 너머로 부인의 얼굴이 눈에 띄게 굳었다. 형형한 눈빛이었다.

— 원하는 게 정확히 뭐죠?

　우리를 의심하는 말투는 아니었다. 그녀는 우리와는 전혀 관련 없는 무언가를 두려워하는 것 같았다.

— 부인이 그들을 기억하고 있는지 알고 싶어요. 그들에 관해 들려줄 이야기가 있을까 해서요….

— 그걸로 뭘 하려고요?

— 우리는 그들의 후손인데 그들에 관해 아는 게 없어요. 그래서 짧은 일화라도 알고 싶어요….

　부인은 문에서 멀찍이 떨어졌다. 접근 방식이 잘못되었다는 생각이 들었다.

— 잘못 찾아왔나 봐요. 죄송해요. 연락처를 남겨주시면 다른 날에 찾아뵐게요. 나중에요.

　프랑수아 부인은 내 제안에 마음을 놓은 듯 보였다.

— 좋아요. 그동안 기억을 한번 더듬어 보죠….

　내가 가방을 뒤적이며 말했다.

— 여기요. 이 페이지에 적어주세요. 나중에 뭔가 이야기할 게 있다면… 혹시 제가 부인의 성함과 전화번호를 적어도 괜찮을까요?

노부인은 내키지 않은 표정이었지만, 우리를 얼른 돌려보내고 싶었는지 내가 내민 수첩에 자신의 성과 주소, 전화번호를 적었다.

그때, 그녀의 남편으로 보이는 노신사가 정원으로 나왔다. 아내가 모르는 사람들과 문가에서 이야기를 나누는 모습에 걱정이 된 모양이었다. 그는 목에 냅킨을 두르고 있었다.

— 이봐. 무슨 일이야, 미리얌?

그가 아내에게 물었다. 그 말에 렐리아가 나를 돌아봤다. 심장이 쿵하고 떨어지는 것만 같았다. 부인은 우리의 눈에 의문이 담긴 것을 보았다.

— 성함이 미리얌이세요?

당황한 엄마가 물었다. 하지만 부인은 대답 대신 남편에게 말했다.

— 라비노비치 후손들이래요. 알고 싶은 게 있다고.

— 우리는 식사를 하던 중이라고. 지금은 때가 아니야.

— 안 그래도 나중에 얘기하기로 했어요.

그녀는 남편에게 쩔쩔매고 있었다. 그는 식사를 방해받고 싶어 하지 않았다.

— 저기, 부인. 식사 시간을 방해하는 건 매우 무례한 일이라는 걸 잘 알지만… 포르주 마을에서 미리얌이라는 이름을 가진 사람을 만난 게 저희에겐 너무나 놀라운 일이라서요….

— 금방 갈게요…. 타기 전에 오븐에서 감자를 꺼내요. 곧 갈 테니까.

부인이 남편에게 말했다. 남편이 집으로 곧장 들어가자, 부인은 빠른 속도로 이야기하기 시작했다. 그녀의 입만 보일 정도였다. 그녀의 눈이 대문 너머로 반짝였다.

— 저희 어머니가 그 집에서 일했어요. 아주 예쁜 가족이었죠. 그거 하

나는 말할 수 있어요. 그들이 어머니를 대하는 방식은 다른 고용인들이 받는 대우와 차원이 달랐죠. 어머니는 제게 평생 그 이야기를 하셨어요. 그 사람들은 음악을 만들었고, 특히 부인이요. 어머니는 그들 때문에 저를 미리얌이라고 부르기로 했어요. 그 때문이라고 하기엔 좀 그렇지만…, 제 말뜻을 이해하시겠죠? 어머니가 절 미리얌이라 부른 건 그들의 첫째 딸 이름이 미리얌이었기 때문이에요. 자, 이게 다예요. 이제 전 가볼게요. 이러다 남편이 화를 내겠어요.

이야기를 끝낸 부인은 잘 가란 인사도 없이 집으로 들어갔고, 우리는 그 자리에 우두커니 서 있었다. 마치 못 박힌 듯이.

내가 엄마에게 말했다.

— 먹을 거나 사러 가요. 시청 옆에 빵집이 있더라고요. 배고파서 어지러워요.

— 그러자.

차 안에서 샌드위치를 먹으며, 조금 전에 일어난 일들로 우리는 멍한 기분을 느꼈다. 우리는 침묵 속에서 허공을 바라보며 턱만 움직였다.

내가 수첩을 꺼내 들며 말했다.

— 요약해 보죠. 9번 집의 새로운 주인들은 이 일과 아무런 관련이 없어요. 7번 집에는 아무도 없었고요.

— 거긴 점심시간이 지나고 다시 가보자.

— 3번 집에도 사람이 없었죠.

— 1번 집의 그 부인 말이야, 딸기 부인.

— 그 사람이 엽서를 보냈다고 생각해요?

— 모든 게 가능하지. 엽서와 필체를 비교해 보자.

— 그 남편도 고려해 봐야 해요.

— 둘이서 한 일일지도 모르지? 제쥐는 엽서의 오른쪽과 왼쪽의 글씨를 서로 다른 사람이 작성했을 수도 있다고 말했잖아…. 그럼 납득이 되는데….

나는 1번 집의 남편이 메모한 페이지를 펼쳤다.

— 제쥐에게 보내 볼게요. 그가 뭐라고 하는지 보자고요. 그리고 '미리암'의 필체도 있어요.

— 모든 게 정말 이상해….

바로 그때, 렐리아의 핸드백 안에서 휴대전화 벨 소리가 울렸다.

— 발신자 번호가 안 뜨는데?

근심 어린 표정으로 엄마가 말했다. 나는 전화를 받았다.

— 여보세요? 여보세요?

미약한 숨소리만이 들렸다. 전화는 이내 끊어졌다. 나는 놀라 엄마를 바라봤다. 다시 전화가 울렸다. 이번에는 스피커로 전화를 받았다.

— 여보세요? 듣고 있어요. 여보세요?

— 포셰르 씨 집으로 가세요. 거기 피아노가 있을 겁니다.

전화가 끊기기 전, 수화기 건너편의 목소리가 말했다.

엄마와 나는 놀란 눈으로 서로를 바라보았다.

— 아는 이름이에요?

— 당연히 알지. 포르주 시장이 쓴 편지를 다시 읽어 봐.

나는 파일홀더에서 편지를 꺼냈다.

「국장님,

　라비노비치 부부의 체포 이후에 … 돼지 두 마리는 거주지에서 발견된 곡식과 함께 포셰르 장 씨가 보관하고 있습니다만….」

— 왜 그 생각을 못 했죠? 아까 차 안에서 분명 이야기했었는데!

— 레 파주 블랑슈Les pages blanches에 검색해 봐. 그 포셰르라는 사람의 주소가 있을 수도 있으니까. 거길 반드시 가 봐야겠어.

　나는 백미러를 보았다. 누군가 지켜보고 있다는 막연한 느낌이 들었다. 나는 차 밖으로 나가 몇 걸음 걸으며 한숨을 돌렸다. 뒤에 있던 차량이 우리 차를 앞질러 출발했다. 나는 레 파주 블랑슈에서 검색을 해 봤지만 장 포셰르라는 이름은 찾을 수 없었다. 반면에 성으로 포셰르를 입력하자, 주소 하나가 떴다.

— 왜 그래?

　내 표정을 본 엄마가 물었다.

— 포셰르 씨. 프티 슈망 거리 11번지. 아까 거기예요.

　렐리아는 시동을 걸었고, 우리는 왔던 길을 되돌아갔다. 심장이 세차게 뛰었다. 마치 자발적으로 아주 커다란 위험 속으로 들어가는 것 같았다.

— 우리가 라비노비치 후손이라고 밝히면 들여보내 주지 않을 거예요.

— 이야기를 하나 지어내야겠는데. 뭐가 좋을까? 좋은 생각 있니?

— 전혀요.

— 좋아…. 흠…. 우릴 거실로 들여보내서 피아노를 보여주게 할 핑계가 있어야 하는데….

— 우리가 피아노 수집가라고 하면요?

— 안 돼. 우릴 의심할 거야⋯. 골동품상이라고 하면 되겠다. 그거야. 오래된 물건들을 감정하는 사람이라고 하면 관심을 끌 수 있을 거야⋯.

— 만약 거절하면요?

나는 포셰르라는 이름이 적힌 대문의 초인종을 눌렀다. 나이는 많지만 스타일이 좋고 잘 다려진 옷을 입은 남자가 집에서 나왔다. 별안간 거리가 너무나도 조용해졌다.

— 안녕하세요.

나는 비교적 상냥한 말투로 말했다. 그는 잔뜩 멋을 부린 모습이었다. 수염을 바짝 깎았고 두 뺨에서 광채가 났다. 좋은 수분크림을 쓰는 모양이었다. 머리 스타일도 깔끔했다. 나는 그의 정원을 흘긋 보았는데, 거기엔 아주 흉측하게 생긴 기묘한 조각상 같은 것이 있었다. 그걸 보자 아이디어가 떠올랐다.

— 안녕하세요, 선생님. 불쑥 찾아와서 죄송해요. 저흰 파리의 퐁피두 센터에서 일하고 있어요. 아시죠?

— 미술관 아닌가요?

— 맞습니다. 저흰 한 현대 미술가의 대규모 전시를 준비하고 있는데요. 혹시 예술에 관심이 있으세요?

그가 머리를 매만지며 말했다.

— 네. 아마추어 수준이긴 하지만⋯.

— 그럼 저희의 제안에 관심이 있으시겠어요. 저희 측 예술가가 오래된 사진에서 착안해 작업을 하거든요. 정확히 30년대의 사진들이요.

엄마는 남자와 눈을 똑바로 마주치면서 내가 한마디 할 때마다 고개를 주억거렸다.

— 그리고 저희는 골동품 상점이나 개인 소장품 중에서 당시 사진들을 찾아서 그분께 전달하는 일을 하고 있어요….

남자는 내가 하는 말을 주의 깊게 들었다. 눈썹을 치켜올리고 팔짱을 낀 모습을 보자니, 그는 샐러드를 먹을 때에도 아무 채소나 먹지 않는 부류의 사람 같았다.

— 그분의 작품을 위해서는 그 시절을 찍은 사진들이 아주 많이 필요하거든요….

— 우리는 장당 2천에서 3천 유로 사이로 사진을 구입하고 있어요.

렐리아가 말했다. 나는 조금 놀라 엄마를 바라보았다.

— 그래요? 어떤 종류의 사진이죠?.

— 풍경 사진도 될 수 있고, 건축물의 사진이나 단순한 가족사진도 될 수 있어요…. 하지만 반드시 30년대의 사진이어야 하죠.

— 저흰 현금으로 지불합니다.

엄마가 덧붙였다. 남자는 들뜬 기색으로 대답했다.

— 저기, 우리 집에 그 시절 사진들이 몇 장 있는 걸로 알아요. 보여드릴 수 있어요….

남자는 또 한 번 머리카락을 매만졌다. 시원하게 드러난 치아가 흠잡을 데 없이 희었다.

— 거실에서 기다리세요. 짐을 뒤져볼게요. 모든 걸 서재에 정리해 뒀거든요.

거실에 들어서자마자 피아노를 알아볼 수 있었다. 자단나무로 만들어진 아름다운 그랜드 피아노가 장식용 가구로 전락해 있었다. 피아노의 편평한 부분에 덮인 레이스 깔개 위로 도자기 재질의 작은 오브제들이 놓여 있었다. 피아노의 정확한 길이를 가늠하는 건 불가능했지만, 적어도 주일예배 연주자가 치기엔 지나치게 육중해 보였다. 저만큼 커다란 피아노를 연주하려면 공인된 피아니스트여야 할 것이었다. 금빛 물방울 모양의 페달 두 개와, 나무에 플레옐PLEYEL이라는 글자가 조각된 모습은 장엄했다. 상아로 만들어진 흰 건반과 흑단으로 만들어진 검은 건반은 여전히 본래의 화려함을 간직하고 있는 듯했다. 피아노를 마주 보고 의자에 앉은 엠마의 유령이 우리를 향해 몸을 돌려 한숨과 함께 속삭이는 것만 같았다.

'드디어 왔구나.'

그때 포셰르 씨가 거실로 들어왔다. 우리가 자신의 피아노를 살펴보고 있는 모습이 이상했는지, 불쾌해 보였다.

— 피아노가 아주 멋지네요. 오래된 물건 같아요.

애써 감정을 억누르며 내가 말했다.

— 그렇죠? 자, 여기, 여러분이 관심을 보일 사진들을 몇 장 가져왔습니다.

— 가족 대대로 물려받은 피아노인가요?

엄마가 물었다. 그는 불편한 기색으로 말했다.

— 네, 네. 30년대에 이 마을에서 찍힌 사진들이에요. 당신들이 흥미를 보일 것 같네요.

그는 자신이 찾아온 사진들에 매우 만족해 하는 듯 보였다. 그는 흰 치아를 전부 드러내며 웃었다. 그가 내민 상자 안에는 스무여 장의 사진들이 들어 있었다. 라비노비치 가족의 집 전경, 라비노비치의 정원, 라비노비치 가족의 꽃과 동물들…. 엄마는 눈에 띄게 동요하고 있었다. 분위기는 이루 말할 수 없이 불편해졌다. 우리 등 뒤로 느껴지는 피아노의 존재를 모르는 척할 수가 없었다.

— 액자도 있어요. 그것도 찾아올게요.

상자 바닥에서 엄마는 우물 근처에서 찍은 자크의 사진을 발견했다. 정원에 식물을 심는 걸 도와주기 위해 내크먼이 방문했던 그 여름에 찍은 사진이었다. 자크는 외바퀴 손수레를 자랑스럽게 끌면서 렌즈를 바라보고 있었다. 짧은 바지를 입고 아버지를 향해 미소를 짓고 있는 모습이었다.

렐리아는 사진을 손에 쥐며 고개를 푹 숙였다. 고개가 절로 바닥으로 떨어졌다는 게 더 맞는 표현이었다. 눈물이 두 뺨을 타고 흘러내리기 시작했다.

물론 저 남자는 전쟁을 일으킨 장본인도, 부모님을 죽게 만든 책임이 있는 사람도, 물건을 훔친 도둑도 아니었다. 하지만, 그럼에도 불구하고 그를 향한 분노가 치밀었다. 그는 예쁜 액자 속에 담긴, 렐리아가 만났던 새로운 집 주인이 그곳에 이사하기 전에 벽에 걸려있었다던 바로 그 액자임이 분명한, 라비노비치 가족의 집 사진과 함께 돌아왔다.

— 이 사진 속 사람은 누구죠? 당신의 아버지인가요?

렐리아가 자크를 가리키며 물었다. 포셰르 씨는 어리둥절해했다. 엄마가 왜 울고 있는지, 엄마가 왜 매서운 말투로 질문하는지 짐작조차 못하는 눈치였다.

— 아뇨. 제 부모님의 친구들이었던 걸로 아는데요….

— 아, 친한 친구였나요?

— 그런 것 같아요. 이 아이는 이웃에 살던 아이였어요.

나는 엄마가 왜 그런 질문을 했는지 설명하면서 분위기를 전환하려 했다.

— 이런 질문을 드리는 이유는 차후에 법적 문제가 불거질 수 있기 때문이에요. 사진을 배포하려면 먼저 후손들의 허락을 구해야 하거든요. 혹시 후손들을 아실까요?

— 없어요.

— 뭐가요?

— 후손은 없어요.

나는 마음의 동요를 숨기려고 애쓰며 말했다.

— 아, 그럼 문제 될 게 없겠네요.

— 후손이 없다는 게 확실한가요?

공격적인 렐리아의 질문에, 남자는 의심을 내비치기 시작했다.

— 갤러리 이름이 뭐라고 했죠?

— 갤러리가 아니라 현대 미술관이에요.

내가 얼버무렸다.

— 당신들이 함께 작업한다는 예술가 이름이 뭐죠?

얼른 대답을 찾아야 했지만 렐리아는 그의 말을 더는 듣고 있지 않았다. 그때 머릿속에 번득이는 아이디어가 스쳤다.

— 크리스티앙 볼탄스키예요. 아시나요?

— 아뇨. 철자를 어떻게 쓰죠? 인터넷에 찾아볼게요.

여전히 의심스러운 표정으로 그는 휴대전화를 꺼내 들었다.

— 발음 그대로예요. 볼–탄–스키.

그는 휴대전화에 이름을 쳐보더니 위키피디아 페이지를 소리 내어 읽기 시작했다.

— 누군지 모르겠지만 흥미로워 보이네요….

그때 옆방에서 전화벨 소리가 울렸다. 남자는 몸을 일으켰다.

— 잠시 보고 계세요. 전화 받고 오겠습니다.

그는 우리를 거실에 남겨두고 거실을 벗어났다. 그 틈을 타 렐리아는 신발 상자 바닥에 있던 사진 몇 장을 낚아채 핸드백 안에 밀어 넣었다. 그 모습은 내 어린 시절을 떠올리게 했다. 어릴 적 엄마가 카페와 식당에서 각설탕, 소금, 후추, 머스터드 봉지를 가방 안에 가득 채우는 것을 보았던 기억이었다. 그것들은 손님을 위해 비치된 것이었기에, 엄밀히 말해 도둑질이라고 볼 수는 없었다. 집으로 돌아온 엄마는 그것들을 주방에 있던 오래된 트라우 마드Traou Mad 팔레브르통 쿠키 상자에 가지런히 담았다. 그로부터 몇 년이 지난 뒤, 마르셀린 로리단–이벤스의 영화 〈자작나무 들판〉을 보다가, 주인공 아눅 에메가 호텔에서 작은 숟가락을 훔치는 장면에서 엄마의 행동이 어디서 왔는지 깨달았다.

— 다 챙기진 마세요. 티가 날 거예요.

— 피아노를 안 가져가는 걸 다행인 줄 알아야지.

엄마가 핸드백에 사진들을 넣으며 대답했다. 유대인 농담 같은 그 말에 나는 웃음을 터뜨렸다.

바로 그때, 포셰르 씨가 문가에 서 있다는 걸 깨달았다. 그는 한참 전부터 우리를 지켜보고 있었다.

— 당신들 누구야?

우리는 뭐라 대답해야 할지 몰랐다.

— 당장 내 집에서 나가지 않으면 경찰을 부르겠어.

10초 만에 우리는 허둥지둥 자동차로 돌아왔다. 렐리아는 시동을 걸었고 우리는 그길로 떠났다. 엄마는 시청 맞은편의 작은 주차장에 차를 세웠다.

— 운전을 못 하겠어. 다리와 손이 너무 떨려.

— 조금 쉬었다가 가요….

— 포셰르가 경찰이라도 부르면?

— 그 사진은 원래 우리 거잖아요. 자, 정신 차리게 커피라도 한잔하러 가요.

우리는 한 시간 전에 참치 샌드위치를 샀던 빵집으로 되돌아갔다. 커피는 맛이 좋았다.

— 이제 우리가 뭘 해야 하는지 아니?

— 집에 돌아가야죠.

— 아니야. 시청으로 갈 거야. 늘 부모님의 결혼 증명서를 보고 싶었거든.

시청은 14시 30분부터 다시 문을 열었는데, 지금이 딱 14시 30분이었다. 한 젊은 남자가 건물 입구를 열쇠로 열고 있었다. 세 개의 굴뚝과 슬레이트 지붕이 있는, 붉은 벽돌의 거대한 건물이었다.

— 실례합니다. 따로 약속을 잡지 않았는데요…. 가능하다면 결혼 증명서 사본을 떼고 싶어서요.

— 음, 원래 제가 하는 일은 아니지만 제가 해드릴 수 있습니다.

남자는 아주 부드러운 목소리로 대답했다. 그는 시청 복도로 우리를 안내했다.

— 여기서 제 부모님이 결혼을 하셨거든요.

엄마가 말했다.

— 아, 그렇군요. 증명서를 찾아볼게요. 연도가 어떻게 되죠?

— 1941년도예요.

— 이름을 알려주세요. 찾을 수 있어야 할 텐데! 원래 이 일은 조지안이 하는 일인데 오늘 조금 늦네요.

— 제 아버지 성은 피카비아예요. 화가 이름과 같아요. 그리고 제 어머니는 라비노비치예요. 라—비….

바로 그때, 남자가 일순 행동을 멈췄다. 그는 우리의 존재를 믿을 수 없다는 듯 엄마와 내 얼굴을 뚫어져라 쳐다보았다.

— 정말 만나고 싶었습니다, 부인.

그를 따라 들어간 사무실 벽에는 삼색 목도리를 맨 그의 사진이 걸려 있었다. 우리를 맞아준 남자가 바로 포르주의 시장이었다.

그가 서류를 뒤지며 말했다.

— 에브뢰 고등학교의 역사 교사로부터 이 편지를 받았어요. 안 그래도 연락을 드리려고 하던 참입니다. 2차 세계 대전에 관해 학생들과 학습활동을 했다더군요.

시장은 우리에게 편지를 내밀었다.

— 결혼 증명서를 찾아오는 동안 잠시 훑어보세요….

〈레지스탕스 및 유대인 강제수용에 관한 전국대회〉를 맞아 에브뢰의 아리스티드 브리앙 고등학교 학생들이 전쟁 당시 강제 수용된 유대인 학생들에 관한 조사를 진행했다. 그들은 학교의 기록에서 출발해, 외르 지방의 기록 보관소, 쇼아 기념관, 강제 수용 유대인 아동들을 기념하기 위한 국가 위원회의 자료를 토대로 조사를 발전시켜 나갔다. 그렇게 그들은 자크와 노에미의 흔적을 찾아냈던 것이다. 그들은 역사 교사와 함께 포르주 시청에 보내는 편지를 작성했다.

「시장님께,

저희는 상기 가족들의 후손과 연락할 방도를 찾고 있습니다. 더 많은 자료를 모으기 위한 것이며, 특히 에브뢰 고등학교에서 그들의 학교생활에 관한 자료가 필요합니다. 고등학교 위패에 기록되지 못한 이들의 이름을 그곳에 새겨 넣어 그들이 역사에서 잊히지 않기를 바랍니다.

　　　1학년 A반 학생 일동.」

　우리 외에도 나이 어린 학생들이, 너무나도 짧게 끝난 라비노비치 아이들의 생애를 조사하려 했다는 사실에 감격한 엄마는 시장에게 말했다.
— 이 학생들을 만나고 싶어요.
— 그러면 학생들이 아주 기뻐할 것 같네요. 자, 여기 결혼 증명서가 있습니다….

　「칸(알프마리팀) 거주 화가 프란시스 피카비아와 그의 아내 파리 샤토브리앙 거리 11번지 거주 무직 가브리엘 뷔페의 아들인 일천구백십구 년 구 월 십오 일 파리 7구 출생 파리 카시미르 드라비뉴 거리 7번지 거주 이십이 세 대생 화가 로렌조 빈센트 피카비아와 우리 코뮌에 거주하는 경작자 에브라임 라비노비치 및 거주지 동일의 경작자 엠마 울프의 딸인 일천구백십구 년 팔 월 칠 일 모스크바(러시아) 출생 무직 이십이 세 미리얌 라비노비치가 일천구백사십일 년 십일 월 십사 일 열여덟 시 이곳에 출석하여 일천구백사십일 년 십일 월 십사 일자로 그들의 결혼 계약서를 도빌(외르) 공증인 로베르 자콥에 의해 발급받았음을 선언하며, 로렌조 빈센트 피카비아와 미리얌 라비노비치는 서로가 서로의 남편과 아내가 되길 원한다는 사실을 밝혔습니다. 우리는 법에 따라 두 사람이 혼인으로 하나가 되었음을 선언합니다. 함께 출석한 증인인 포르주 거주 도청 총무 직원 피에르 조셉 드보르와 조셉 안젤레티가 부부 및 포르주 시장 아르튀르 브리안스와 함께 아래 서명함으로써 이를 증명합니다.

　서명:

　　　L.M. 피카비아

　　　M. 라비노비치

　　　P. 드보르

　　　안젤레티

　　　A. 브리안스」

— 피에르 조셉 드보르와 조셉 안젤레티라는 사람이 누군지 아세요?

— 전혀 모릅니다. 저는 그때 태어나지도 않았는걸요. 그래도 조지안에게 한 번 물어보겠습니다. 제 비서관이거든요. 모르는 게 없죠. 그녀를 불러오죠.

　이제 막 마흔 살쯤 되어 보이는 시장이 웃으며 말했다. 조지안은 분홍빛이 도는 금발에 매우 둥그런 얼굴을 한 60대 여성이었다.

— 조지안, 이쪽은 라비노비치 가족이에요.

　나는 태어나 처음으로 '라비노비치 가족'이라고 소개된다는 사실이 어색했다.

— 아이들이 여러분을 만나게 되면 정말 기뻐할 거예요.

　조지안이 엄마처럼 부드러운 목소리로 말했다. 그녀가 말한 '아이들'이란 에브뢰 고등학교 1학년 학생들을 지칭하는 것일 테지만, 내가 먼저 떠올린 것은 자크와 노에미였다.

　시장이 물었다.

— 조지안, 피에르 조셉 드보르와 조셉 안젤레티라는 이름을 아나요?

— 아뇨. 조셉 안젤레티는 전혀 모르는 사람이에요. 하지만 피에르 조셉 드보르…. 이 사람은 당연히 알죠.

조지안은 당연하다는 듯 어깨를 으쓱해 보였다.

— 그게 무슨 말이죠, 조지안?

— 피에르 조셉 드보르…. '교사의 남편'이잖아요. 아시죠? 도청에서 근무했다던….

그가 '유대인 라비노비치 가정'을 위해 결혼의 증인이 되어주었다는 사실을 떠올리자 뭉클해졌다. 그는 몇 달 뒤에 주변 사람들을 과하게 도와주려 했다는 이유로 죽임을 당했다. 반면 그를 함정으로 유인했던 자들은 아직까지 노인 요양 시설에서 골골거리며 살아있을지도 모르는 일이었다.

— 라비노비치 가족에 관련한 다른 자료도 있나요?

렐리아가 물었다.

— 이것뿐이에요. 학생들의 편지를 읽고 자료를 찾아보았지만… 여기엔 아무것도 없었어요. 제 어머니 로즈 마들렌에게도 말해 봤지만, 올해 88세이고 치매에 걸려서…. 어머니는 당시 시청 비서로 일하셨거든요. 아, 포르주 위령비에 라비노비치 네 사람의 이름을 새겨 달라는 편지를 받았다는 말은 들었어요.

조지안이 대답했다. 렐리아와 나는 그 말에 같은 반응을 보였다.

— 어머님께서 그 편지를 누가 보냈는지도 기억하던가요?

— 아뇨. 프랑스 남부지방에서 온 편지라고만 기억하셨어요.

— 그 요청서가 온 게 언제였죠?

— 아마 50년대였을 거예요.

— 편지를 보여주실 수 있나요?

내가 물었다.

— 시청 문서를 찾아보았는데, 없었어요…. 찾는 데 실패했죠. 제 생각에는 다른 기록들과 함께 도청 기록 보관소 어느 상자 안에 들어가 있는 것 같아요.

— 50년에 이미 네 사람의 이름을 하나로 모으려 했던 사람이 있었다는 거군….

렐리아가 생각을 소리 내어 말했다. 시장은 우리가 알아낸 사실에 대해, 우리만큼이나 감동한 듯했다. 그가 우리에게 말했다.

— 시청 차원에서 여러분 가족들을 기리는 기념식을 열 수 있다면 좋겠군요. 그리고 그들의 이름을 위패에 새기고 싶습니다. 한 번도 그러지 못했으니까요.

— 그러면 정말 좋을 것 같네요.

렐리아가 시장에게 진심이 담긴 감사를 전했다. 그의 친절함은 우리의 마음을 누그러뜨렸다.

시청을 나서며 우리는 작은 화단 가장자리에 걸터앉았다. 렐리아는 운전대를 잡기 전에 담배 한 개비를 태웠다.

엄마는 발치에 놓은 꽁초를 비벼 껐고, 우리는 자동차를 향해 걸었다. 그리고 저 멀리 자동차 와이퍼 아래로, 보통 주차 딱지가 붙는 곳에, A4 용지 절반 크기의 크라프트 봉투가 끼워져 있는 것이 보였다.

— 저게 대체 뭐죠?

— 난들 어떻게 알겠니?

나만큼이나 놀란 엄마가 대답했다.

— 분명 저게 우리 차인 걸 알고 한 거예요.

— 그리고 우릴 지켜봤겠지….

— 분명 우리가 들렀던 집에 사는 사람 중 하나일 거예요.

　봉투 안에는 엽서 다섯 장이 들어 있었다. 그뿐이었다. 엽서는 닳아서 해진 오래된 끈으로 서로 연결되어 있었다. 세계 대도시의 주요 장소들을 담은—파리 마들렌 성당, 미국 보스턴의 전경, 파리 노트르담 성당, 필라델피아의 다리. 정확히 오페라 가르니에처럼—엽서였다.

　그것들은 모두 전쟁 당시 작성된 것이었다. 수신인은 다음과 같았다.

「에브라임Efraïm 라비노비치,

아미랄 무셰 거리 78번지

파리 75014」

　모든 글자는 러시아어로 쓰여 있었고 날짜는 1939년이었다. 알아볼 수 없는 키릴 문자로 쓰인 문장을 바라보는데 문득, 오페라 가르니에 엽서를 쓴 사람과 관련한 확실하고 결정적인 힌트가 떠올랐다. 내가 엄마에게 말했다.

— 이제 글씨체가 이상했던 이유를 알겠어요! 엽서를 쓴 사람이 프랑스어를 쓸 줄 몰라서 그런 거였어요!

— 그러네!

— 엽서를 쓴 사람은 로마자를 '따라 그렸던' 거고, 그가 원래 쓰는 글자는 키릴 문자였던 거죠.

— 매우 그럴듯한 가정이야….

— 이 엽서는 어디서 보내졌죠?"

— 프라하. 보리스 삼촌이 쓴 거야.

— 보리스 삼촌이요? 그게 누구였더라, 기억이 안 나요.

— 자연주의자, 병아리에 관한 특허를 냈던 에브라임의 형.

— 무슨 내용인지 해석해 줄 수 있어요?

렐리아는 다섯 장의 엽서를 훑어보았고, 그걸 하나씩 내게 보여주었다.

— 아주 일상적인 내용이야. 소식을 궁금해하고 있어. 모두에게 포옹을 보냈고, 각각의 생일을 축하하고, 자신의 정원과 나비들에 관한 이야기를 들려주고, 일을 아주 열심히 하고 있다고 말하고 있어…. 이따금 동생의 답신을 받지 못해 근심하기도 하고…. 이게 다야. 특별한 건 없어.

— 그 엽서를 쓴 것도 보리스 삼촌일까요?

— 그건 아니야. 딸아. 보리스는 다른 사람들과 마찬가지로 세상을 떠났단다. 체코슬로바키아에서 체포됐지. 1942년 7월 30일이었어. 사회혁명당 동료들이 그가 떠나는 걸 막아보려 했지만 내가 찾아낸 증언에 따르면, 그는 도움을 받아 목숨을 부지하는 것을 거부했다는구나. 「그는 자기 민족의 운명을 나눠서 짊어지기로 결심했다.」 보리스는 테레진 강제 수용소로 이송되었어. 나치들이 고안해 낸 '모범적 수용소'로 유명한 곳이지. 그리고 1942년 8월 4일에는 벨라루스 민스크 인근의 말리 트로스티네츠 절멸 수용소로 이송되었어. 그곳에 도착하자마자 구덩이 가장자리에서 뒷덜미에 총알을 맞고 살해당했지. 56세의 나이였어.

— 보리스 삼촌도 아니라면 대체 누굴까요?

— 모르지. 우리가 자길 찾지 않길 원하는 누군가.

— 이제는 그가 그리 멀리 있는 것 같지 않아요.

la carte postale

3부

이름들

클레르에게,

오늘 아침 전화 통화로 네게 할 이야기가 있다고 말했지. 생각을 글로 써야 할 필요가 있겠다 싶었어. 정리하려고. 그래서 메일을 써.

너도 알지. 내가 지금 렐리아에게 엽서를 보낸 사람이 누군지 파악하려 하고 있다는 걸. 조사를 진행하다 보니, 당연하지만 내 안에 있던 것들이 요동치기 시작했어. 많은 자료를 읽다 보니 ≪순간의 포옹L'Étreinte fugitive≫ 속 대니얼 멘델슨의 문장과 맞닥뜨리게 됐어.

「수많은 무신론자와 마찬가지로 나는 미신과 이름들이 가진 힘을 믿는다.」

이름들이 가진 힘. 참 이상하기도 하지. 이 문장이 나를 생각에 빠트렸어. 우리가 태어났을 때, 부모님은 우리에게 각각 히브리어로 된 두 번째 이름을 지어 주었잖아. 숨겨진 이름들이지. 나는 미리암, 너는 노에미. 우리는 브레스트 자매지만 우리 안의 우리는 라비노비치 자매이기도 한 거야. 나는 살아남은 쪽이고, 너는 살아남지 못한 쪽이지. 나는 탈출한 쪽이고, 너는 살해당한 쪽. 둘 중 어떤 게 걸치기에 더 나쁜 옷인지 모르겠어. 어느 한쪽을 고르지는 않을래. 어느 유산을 물려받든 우리 둘 다 지는 쪽이 될 테니까. 우리 부모님은 그것에 대해 생각은 해 보셨을까? 하긴 그땐 지금과는 다른 시대였으니까.

멘델슨의 문장은 나를 동요시켰고, 나는 궁금해졌어. 그리고 네게… 우리에게 물었지. 이러한 호칭을 가지고 우린 뭘 해야 하는 걸까? 오늘에 이르기까지 우리가 그것을 가지고 했던 것, 이 이름들이 우리 안에서 우리의 성격과 세상을 바라보는 방식에 작용했던 것 말이야. 결국 멘델슨의 문장을 다시 인용하자면, 이 이름들이 우리의 삶, 그리고 우리 관계에 미쳤던 영향력은 무엇이었을까? 이름들에 관한 이 이야기로부터 내가 무엇을 추론해 내고 어떤 결론을 내리게 될지 생각해 보았어. 누군가 우리에게 그것을 던져 주듯이 갑작스럽게 엽서에 등장한 이름들. 우리 가족의 성에 숨겨져 있던 이름들.

행복한 것이든 불행한 것이든, 우리의 성격에 아로새겨진 그것들의 영향을.

히브리어 음조의 이 이름들은 마치 피부 아래에 있는 또 다른 피부 같아. 우리 이전에 존재했고, 우리를 초월하는, 우리보다 더 큰 역사의 피부. 나는 그것들이 어떻게 우리 안으로 '운명'이란 개념과 같이 혼란스러운 무언가를 들여보냈는지 알 것 같아.

어쩌면 우리 부모님은 누군가가 걸치기에는 지나치게 버거운 이 이름들을 우리에게 붙여 주지 말았어야 했는지도 몰라. 어쩌면. 만약 우리가 미리얌과 노에미가 아니었더라면 우리 내면과 우리 사이의 일들이 더 쉽고 가벼웠을지도 몰라. 하지만 아마 지금처럼 흥미롭지는 않았을 거야. 아마 우리는 작가가 되지 못했을지도 몰라. 누가 알겠어.

며칠 전부터 나는 나 자신에게 이 질문을 던져봤어.

'어떤 면에서 나는 미리얌인가?'

그것에 대한 내 답을 두서없이 나열해 볼게.

나는 미리얌이야. 언제나 도망을 친, 가족의 식탁에 남아 있지 않은, 목숨을 보전해야겠다는 생각으로 다른 곳으로 떠난 사람이야.

나는 미리얌이야. 상황에 적응하는, 몸을 사리고, 자동차 트렁크에 몸을 구겨 넣고, 눈에 띄지 않고, 환경을 바꾸고, 사회적 배경을 바꾸고, 본성을 바꿀 줄 아는 사람이지.

나는 미리얌이야. 다른 어떤 프랑스인보다도 더욱더 프랑스인처럼 보일 줄 알고, 상황을 예측하고, 적응하고, 그 누구도 내 출신을 묻지 않을 정도로 주변 환경에 섞여들 줄 알고, 신중하며, 예의 바르고, 교양 있고, 사람들에게 약간은 거리를 두고, 약간은 쌀쌀맞기도 한 사람이지. 그런 점에 있어서 사람들은 내게 종종 불만을 표시하지만, 그건 나만의 생존방식이야.

나는 미리얌이야. 경직되어 있지만, 내가 좋아하는 사람들에게만 연약함을 드러내고, 애정 표현을 하는 걸 언제나 불편해하며, 내게 있어 가족은 복잡한 주제야.

나는 미리얌이야. 나는 언제나 출구의 위치를 확인하고, 위험을 피하려 하고, 한계 상황을 좋아하지 않고, 문제가 발생하기 훨씬 이전에 그것을 알아차리고, 지름길을 취하고, 다른 사람들의 행동을 신경 쓰고, 잔잔한 수면을 선호하고, 포위망을 슬그머니 빠져나가지. 그렇게 지칭되었기 때문이야.

나는 미리얌이야… 나는 살아남은 쪽이지.

너. 너는 노에미야. 너는 내가 미리얌을 닮은 것보다 훨씬 더 노에미를 닮았어. 그 이름은 나와 달리 숨겨지지 않았기 때문이야.

예전에 우리는 널 클레르-노에미라고도 불렀어. 마치 하나의 이름처럼.

내가 기억하기로 우리가 어렸을 때… 너는 대여섯 살, 나는 여덟아홉 살쯤 되었을 거야. 어느 날 밤에 네가 건너편 방에서 나를 불렀지. 네가 있던 작은 침대로 널 보러 갔더니, 네가 이렇게 말했어.

"나는 노에미의 화신이야."

다시 생각해 봐도 정말 이상하지 않아? 어떻게 네가 그런 생각을 품게 되었을까? 그토록 어렸는데 말이야. 당시 렐리아는 우리에게 자신의 이야기를 전혀 하지 않았거든.

그 후로 우리는 그 일에 대해서 이야기를 나누지는 않았어. 그 일을 네가 기억하는지조차 모르겠어. 기억하고 있니?

여기까지야.

이 조사의 끝에 내가 무엇을 발견하게 될지, 엽서를 쓴 사람이 누군지 알 수 있을지 아닐지도 모르겠어. 그리고 이 모든 것의 결과가 무엇일지도. 두고 보면 알게 되겠지.

충분히 생각한 다음 회신을 줘. 급할 건 없어. 너는 한참 교정을 보고 있을 테지…. 교정은 고통스러운 작업이잖니. 하지만 힘내. 얼른 네가 쓴 프리다 칼로에 관한 책을 읽어 보고 싶어. 아주 아름답고, 강하고, 네게 중요한 작품이 될 거라 믿어 의심치 않아.

너와 네 프리다에게 포옹을 보내며,

A.

안에게,

언니가 보낸 메일을 받은 뒤로 몇 번이고 다시 읽어 봤어. 솔직히 고백하자면 처음 두 번은 눈물이 나더라.

아픔을 느낀 아이가 시끄럽게 딸꾹질을 하고 몸을 떨며 억누를 수 없이 우는 것처럼, 마치 고통이 자신에게 부당하게 느껴진다는 듯이 울음이 났어.

그러고 나서 또다시 읽었을 때는 더는 눈물이 나지 않았어. 거듭해서 읽으면서 나는 처음 느꼈던 감정을 없앨 수 있었지. 그건 불능과 일종의 공포감이었어.

그것을 없애면서 나는 언니의 질문에 집중할 수 있었고, 오늘 저녁에서야 언니에게 대답을 하려고 해.

그래. 나도 기억해.

어렸을 때 내가 노에미의 화신이라며 언니를 불렀었지. 마치 머릿속에서 상영되는 영화 장면처럼 선명하고 생동감 넘치는 유년기의 기억 중에서, 초반의 몇몇 장면들이 아직도 기억이 나.

맞아. 렐리아는 당시에 그 모든 이야기를 직접 말한 적은 없었어. 하지만 침묵으로는 말하고 있었지. 여기저기에서 드러났어. 서재의 모든 책, 엄마가 보였던 슬픔과 일관성 없는 행동들, 제대로 숨기지 못한 비밀스러운 사진들…. '홀로코스트'는 집 안에서 할 수 있는 보물찾기 놀이와 같았어. 인디언과 카우보이 놀이를 하려면 반드시 그 지표를 따라가야 했지.

렐리아처럼, 큰언니 이자벨에겐 두 번째 이름이 없었어.

그리고 언니, 언니는 미리얌이라 불렸고, 나는 노에미라 불렸지.

언젠가 엄마는 본래 내게 노에미라는 이름을 첫 번째 이름으로 붙여주려 했지만, 아빠가 두 번째 이름으로 하는 게 어떻겠냐 제안했다고 했어. 그게 낫겠다고. 엄마는 내게 "노에미도 얼마나 예쁜 이름인데"라고 말했어. 맞는 말이야.

그러더니 엄마가 말했어.

"하지만 클레르라는 이름도 좋아. 빛을 뜻하거든."

나도 좋다고 생각했어. 엄마의 이름은 히브리어로 '밤'이라는 뜻이었으니까.

그렇게 어릴 적의 나는 진실과 마주할 작정으로, 엄마의 서재에서 슬쩍한 노에미 라비노비치의 사진을 바라보았어. 그야말로 '마주'보았지. 죽은 노에미의 얼굴 속에 나와 닮은 게 뭐가 있나 살피면서 말이야. 나는 우리가 같은 뺨(지금이야 광대뼈라고 말하겠지만, 그땐 어렸으니까)과 푸른 눈을 가지고 있었다는 걸 기억해.

언니의 눈은 미리얌의 것처럼 초록색이고.

나는 노에미처럼 길게 땋은 머리카락을 가지고 있었지.

하지만 내가 십 년 동안 긴 머리카락을 땋고 다녔던 건, 노에미를 따라 하기 위해서였을까? 그건 의문이야. 나는 그에 대한 답을 찾으려 하지 않았어.

사진 속 노에미의 가느다란 눈과 높게 솟은 광대뼈는 꼭 몽골인을 떠올리게해. 그리고 나는 사진을 찍을 때면 눈이 찡그려지면서 결국 사라지지. 우리 선조가 가진, 그런 몽골인 같은 특성이 내게서 엿보였어. 태어났을 때 엉덩이 위쪽에 있다가 나중엔 사라지는 몽고점도 그중 하나일 거야. 엄마는 종종 우리에게 몽고점이 있었다고 말하곤 했잖아. 물론 서른여덟의 나이가 되어서 여섯 살 때를 회상하고, 이곳에서 언니에게 편지를 쓰는 지금의 나는 기억이 뒤죽박죽이고 혼란스러운 건 사실이야.

나는 명확한 이유 없이, 적십자사의 열렬한 자원봉사자로 일했어. 노에미가 아우슈비츠로 향하기 전 임시 수용소 의무실에서 일했을 때와 같은 나이였지. 나는 적십자사에서 매 주말을 보냈어. 그러다 어느 날 갑자기 그만뒀지.

그리고 잠 못 드는 밤이면 이상한 퍼즐 놀이를 하곤 했어.

내가 아주 어렸을 때, 사람들이 내게 "네 가족은 오븐 속에서 죽었단다"라고 말했던 날이 잔인하리만치 생생하게 기억나. 나는 그런 일이 어떻게 가능할 수 있을지 상상해 보면서 우리 집 주방에 있는 오븐을 한참 동안 바라보곤 했지. 그 많은 사람을 어떻게 다 오븐 속에 넣었을까? 그걸 생각하다 보면 결국 지쳐서 머리가 아파오곤 했어. 갓 성인이 되어 부모님이 집을 비운 사이 즉흥적으로 열었던 파티에서 나는 그 빌어먹을 오븐을 부쉈지. 그랬더니 기분이 좋았던 기억이 어렴풋하게 나.

스무 살에 하던 일을 전부 때려치우고 불쑥 뉴욕으로 떠나게 됐을 때, 뉴욕에 있는 쇼아 박물관에 갔어. 전시실이 참 많더라. 그중에서 벽에 걸린 사진 하나를 발견했어. 아주 작은 사진이었지. 그건 미리얌의 것이었어. 알아볼 수 있었지. 기분이 이상해지기 시작했어. 가까이 다가가 보니 설명을 읽을 수 있었어.

「미리얌과 자크 라비노비치. 클라르스펠트 소장품.」

나는 실신했어. 비상구를 통해 박물관 밖으로 나왔던 기억이 나.

맞아. 나는 여섯 살에 분명히 그 기이한 말을 하기 위해 언니를 불렀어. 내가, 죽은 그 여자아이의 화신이라고 말이야. 너무 이른 나이에 죽었고, 그녀를 아는 사람들도 모두 세상을 떠난 연유로, 나도 모르고 아무도 모르는 노에미의 화신이라고. 그 말이 그냥 그렇게 불쑥 나왔어. 그녀는 살아남지 못했어. 나는 그녀에 대해 아는 것이 하나도 없었어. 그 사실이 끔찍했어.

하지만 내가, 우리가 아는 건 그녀가 작가가 되길 원했다는 거야.

그래서 아주 어렸을 때, 나는 내가 작가가 될 거라고 말하고 다녔어. 그리고 나는 정말로 작가가 될 때까지 온 힘을 다해, 그리고 끈기 있게 그 사실을 단언했지.

어린아이들이 말하는 것처럼, '진심으로' 말이야.

그래, 맞아. 오래전, 생각이 끝없이 이어지던 밤이면 나는 이따금 살아 남지 못했던 다른 누군가의 삶을 대신해서 살고 있다고 생각하곤 했어. 그리고 그것이 나의 의무라고도. 지금은 그렇게 생각하지 않아. 내가 살면서 그런 생각을 했던 건, 아플 때 고통을 밀어내기 위해서 했던 거야. 그리고 우린 지금 이렇게 살아가고 있지.

나는 두려움을 뛰어넘고 넘어질 때까지 말뚝박기 놀이를 하던 그런 아이었어. 그리고 어둠을 은닉하기 위해 팔을 문신으로 뒤덮은 사람이었지.

하지만 오늘 이렇게 언니에게 메일을 쓰는 건, 내가 부끄러워할 필요가 없기 때문이야. 나는 더 이상 부끄럽지 않아. 이렇게 말할래. 나는 더 이상 내 팔이 부끄럽지 않아.

그러니까, 맞아, 그런 의미에서 언니는 미리얌이야. 신중하고, 예의 바르고, 올바르게 자랐지. 언니는 출구를 찾고, 위험을 피하고, 한계 상황을 피하는 사람이야. 즉 나와는 정반대지. 나는 위험을 짧게 줄이기 위해 그곳으로 가벼이 뛰어드는 사람이니까.

미리얌은 자신의 목숨을 구했지만 다른 모두는 역사 속으로 사라졌어. 그녀는 아무도 구하지 못했지.

하지만, 미리얌이 뭘 할 수 있었겠어?

나는 언니에게 나를 살려달라고 부탁했어. 아주 여러 번. 언니에게는 부담이었을 거야.

여섯 살 때, 언니에게 내가 노에미의 화신이라고 말했던 때가 있었지. 내가 언니에게 사랑한다고 말했을 때, 언니는 내게 그 말을 해주지 않았고 나를 꼭 안아주지도 않았어. 생생히 기억나는, 또 다른 초반부 장면이야. 나는 언니가 그러는 이유를 이해하지 못할 때도 있었어. 왜냐하면 언니가 말한 것처럼 언니 혹은 미리얌은 경직되어 있고, 쌀쌀맞고, 감정 표현을 불편해했고, 서툴렀기 때문이야.

그리고 나는 어둠이 너무 짙은 밤마다 언니를 불렀지.

이 모든 건 지금의 나에게서는 이미 멀어진 일들이야. 나는 평화를 찾았고 죽지 않았어.

그 이름들이 우리에 대해 무엇을 말해 주냐고? 언니가 물었지.

안–미리얌은 클레르–노에미가 죽지 않게 해달라는, 끊임없는 구원 요청을 받았지. 언니가 엽서의 길을 따라 라비노비치 가족을 구했듯이.

그 이름들이 언제나 순탄치 않았던 우리의 성격과 관계에 어떤 영향을 주었느냐고? 언니가 물었지. 어려운 질문이야.

오늘, 그리고 수년 전부터 나를 구해주려던 언니의 충동은 사라졌어. 그건 언니의 역할이 아니었어. 그리고 나는 나를 죽이는 일을 멈추었지. 언니의 냉담함에 대한 내 불평 역시 사라졌어. 나를 성가셔하던 언니의 마음도 그러길 바라. 성가심 외에도 내가 언니에게서 엿본 감정에는 다른 수많은 이름이 있을 테지만, 다른 단어를 사용하기엔 신중함과 조심성이 필요할 것 같네.

왜냐하면 나 역시 신중하고 조심할 줄 아는 사람이고, 언니도 단순히 배경 속으로 녹아드는 사람이나 식탁을 떠나는 딸이 아니야. 오히려 정반대지.

마흔 살에 가까워지는 지금, 우리는 조금씩 서로를 알아 가게 되는 것 같아. 그토록 오랜 세월을 함께 살았는데, 이제야.

미리얌과 노에미는 서로에 대해 알아 갈 기회가 없었겠지?

우리는 서로 다투고, 배신하고, 이해하지 못하면서 그렇게 살아남은 것 같아.

언니가 무덤으로부터 온 질문을 담은 글을 내게 보내지 않았더라면 나도 이렇게 언니에게 글을 쓰는 일은 없었을 거야.

그렇게 생각은 하지만, 사실 아무것도 모르겠어.

우리는 살아남았어.

그리고 미리얌은 자기 동생을 구할 힘이 없었지.

그건 미리얌의 잘못이 아니었어.

노에미는 글을 쓰지 못했어.

언니와 나는 작가가 되었지.

우리는 심지어 함께 글을 썼고, 그건 쉬운 일이 아니었지만 아름답고 강렬한 경험이었어.

안. 나는 언젠가 내가 언니에게 활기찬 힘이자 피난처가 되어줄 거라는 즐거운 희망을 품고 있어.

빛처럼 환한 힘 말이야.

엽서의 수수께끼를 잘 헤쳐 나가길 바라.

언니와 언니의 딸에게 포옹을 보내며,

내 모든 몸과,

내 모든 팔로,

C.

추신: A dokh leben oune liebkheit. Dous ken gournicht gournicht zein. (하지만 애정 없이 산다는 것은 불가능할 것이다.)[76]

la carte postale

4부

미리얌

— 엄마. 생각나는 게 있어요. 혹시 이 엽서가 이브에게 온 건 아닐까요?

— 그게 무슨 말이니?

— 들어 봐요. 'M. 부르리'가 '미리얌 부브리'가 아니라 '미스터 부브리'를 뜻하는 거였다면요?

— 그건 아닌 것 같구나. 이브는 이 이야기와 아무런 관련이 없어.

— 왜요?

— 잊었니? 이브는 지금으로부터 한참 전인 2003년에 세상을 떠났어. 그러니 불가능해.

— 하지만 엽서는 90년대 초에 쓰였던 거라면서요….

— 그만해. 이브… 이브는 미리얌의 또 다른 삶이었어. 전쟁 이전의 세계와는 아무런 관련이 없는 새로운 삶.

렐리아는 담배를 짓이기며 자리에서 일어났다.

— 너와는 항상 이런 식이야. 어렸을 때부터 그렇게 고집이 세더니.

렐리아가 방을 나섰지만 나는 그녀가 곧 돌아올 것을 잘 알고 있었다. 담뱃갑이 비어 있었기 때문이다. 엄마는 아래층에 있는 담배 포에서 한

갑을 가져왔다.

— 자, 이제 왜 'M. 부브리'라는 표현에 관심을 보이는 건지 말해 보렴….

— 들어 봐요. 엽서를 쓴 사람은 미리얌의 성 중에서 다른 것을 고를 수도 있었어요. 미리얌 라비노비치나 미리얌 피카비아요. 하지만 두 번째 남편의 성을 붙여 '미리얌 부브리'에게 편지를 쓴 거죠. 그러니까… 이브에 대해 더 알아봐야겠다고 생각한 거예요.

— 뭘 알고 싶은데?

— 가령… 엄마와 이브의 사이가 어땠는지?

— 사이랄 것도 없어. 데면데면했거든. 무신경했다고 표현하는 게 맞겠어.

— 엄마한테는 친절했나요?

— 이브는 매우 친절하고, 섬세하고, 지적인 사람이었지. 모두에게 그랬어. 자기 자식에게는 특별히 더. 하지만 내게만은 그러지 않았지. 왜냐고? 나도 모르겠구나….

— 어쩌면 엄마에게서 빈센트의 유령을 보았던 건 아닐까요?

— 그럴 수도 있겠지. 빈센트와 미리얌은 수많은 비밀을 안고 떠났으니까.

— 한 가지 짚고 넘어가고 싶은 게 있어요, 엄마. 언젠가 이브에 관해서 엄마가 이야기했을 때, 그가 한때 공황에 빠졌다고 했잖아요. 그때 그는 어땠어요?

— 갑자기 패닉에 빠져서는 정신을 잃어버렸지. 삶의 방향성을 잃었다고나 할까. 1962년 6월에는 그보다 더 이상한 일이 일어났어. 그는 업무

통화를 하고 있었지. 그런데 갑자기 말을 더듬기 시작하는 거야. 그러더니 크게 공황을 앓고 이후 십 년 동안이나 일을 못 했어.

— 왜 그런 일이 일어났는지 알아낸 사람은 없었어요?

— 딱히 없어. 그는 세상을 떠나기 얼마 전에 이상한 편지를 썼어.

「나는 어떤 불길한 것들은 절대적이고 최종적이라고 여러 번 믿곤 했는데, 현재는 그 모든 걸 모조리 잊어버렸다.」라고.

— 불길하고 절대적인 것이 뭐죠? 잊어버렸는데 다시 떠오른 그게 뭔데요? 뭘 빗댄 거예요?

— 전혀 모르겠구나. 내 직감으로는 전쟁이 끝날 무렵에 그들 셋에게 일어났던 일들에 관련된 것 같아. 하지만 나는 그 시기에 대해서는 아는 게 별로 없어. 그래서 널 도울 수가 없단다.

— 정말 아무것도 모른다고요?

— 몰라. 장 아르프와 함께 자동차 트렁크 속에 숨어 경계선을 넘고, 빌뇌브쉬르로트의 성에 도착한 이후부터 미리얌의 행적에 대해서는 알지 못해.

— 거기서부터 언제까지요?

— 1944년에 내가 태어났을 때까지. 그사이의 일은 네게 들려줄 수가 없단다.

— 그럼 이브가 미리얌과 할아버지의 삶에 어떻게 등장하게 되었는지도 몰라요?

— 몰라.

— 한 번도 알고 싶었던 적 없어요?

— 딸아, 그건 어떻게 보면 부모님의 침실에 들어가는 것과 같은 일이란

다….

— 그게 불편한가요?

— 무슨 일이 있기야 했겠지…. 나는 그 일을 판단하고 싶지 않아. 그들은 원하는 대로 그들의 인생을 살았어. 그리고 전쟁이 일어났던 거고.

— 그럼 제가 조사해 볼게요. 엄마가 모르는 미리암의 시기를 제가 재구성해 보겠어요.

— 그럼 네가 혼자 하렴.

— 만약 엽서를 보낸 장본인을 찾으면 엄마에게 말해 주길 원해요?

— 그건 그때 네가 결정해.

— 어떻게 결정해요?

— 이디시어 속담에 대답이 될 만한 게 있단다.

「A khave iz nit dafke der vos visht dir op di trern ni der vos brengt dikh hekhlal nit tsi trern.」

— 무슨 뜻이에요?

— 진정한 친구는 눈물을 그치게 해 주는 사람이 아니다. 눈물을 흘리게 만들지 않는 사람이다.

1942년 8월. 미리얌이 빌뇌브쉬르로트의 성에 몸을 숨긴 지 벌써 2주가 지났다. 어느 날 밤, 미리얌을 깨운 것은 그녀의 남편이었다. 파리에서 온 빈센트는 그녀에게 거짓말을 했다. 그녀의 부모님으로부터 전화를 받았다고, 아무 문제도 없다고 말했다. 미리얌은 두 눈을 감았고, 곧 막연한 불안의 날들이 끝날 거라고 느꼈다. 동이 트기 전, 두 사람은 자동차를 타고 빌뇌브를 떠났다. 목적지는 마르세유. 그들이 탄 자동차는 미리얌이 처음 보는 종이었다.

'질문을 해선 안 돼.'

미리얌은 되뇌었다.

도시에는 저마다 고유한 향이 있다. 미그달은 오래 지속되는 진한 암석의 향에 경쾌한 오렌지 향이 섞여 났다. 우쯔는 섬유와 정원에 핀 꽃향기가 났다. 달콤하고 풍부한 꽃향기가, 아스팔트와 트램의 금속이 마찰하면서 나는 향과 겹쳤다. 미리얌이 느낀 마르세유의 향은 향기로운 목욕물, 바닷물의 소금기, 항구로 쏟아지는 나무 상자들의 뜨거운 냄새였다. 파리와는 달리 이곳의 상점은 기적과 같은 풍요로움을 선사하고 있었다. 오랜만에 느끼는, 인도를 걷는 행인들의 움직임과 교차로의 혼잡함이 낯설었다. 빈센트와 미리얌은 오 드 코롱과 면도용 무스 향이 나는 항구 술집으로 생맥주를 마시러 갔다. 두 사람은 젊은 연인들처럼 테라스에 자리를 잡았고, 맥주 거품이 가득한 컵 속에 빠진 서로의 입술을 보고 미소 지었다. 약간의 취기가 올랐다. 두 사람은 '오늘의 메뉴'인, 타임으로 시즈닝을 한 양갈비를 시킨 뒤 양손으로 고기를 뜯어 먹었다. 주위에서 온갖 언어가 들려왔다. 마르세유는 휴전 이후 비점령 지역 중에서도 가장 대표적인 안전지대 중 하나가 되어 있었다. 프랑스인과 외국인들이 바다를 건너겠다는 희망을 품고 그곳으로 향했다. 일간지《르 마탱Le Matin》은 마르세유에 '지중해의 새로운 예루살렘'이라는 비아냥조의 별명을 붙여주었다.

빈센트는 자동차 타이어 조각을 가죽끈으로 꿰어 신발을 만들었다. 그는 누나인 자닌과 함께 여행을 다녔다. 어떤 곳에서는 이틀을, 또 어떤 곳에서는 나흘을 보냈다. 그는 절대 어디로 가는지, 왜 가는지 말해 주지 않았다.

미리얌은 마르세유에서 석 달을 머물렀는데, 대부분의 시간을 혼자 보냈다. 카페테라스에서 가볍게 맥주에 취한 채, 미리얌은 누군가 자신에게 노에미와 자크의 소식을 전해 주는 상황을 상상하곤 했다.

'당연히 당신 여동생을 알죠! 우연히 마주쳤어요. 당신의 남동생도요! 당신 부모님이 그들을 찾으러 왔더군요! 아이, 그럼요. 제가 말한 그대로예요!'

때로는 군중 속에서 그들의 형체가 보이기도 했다. 그럴 때면 온몸이 굳었다. 미리얌은 달려가서 젊은 여자의 팔을 붙잡았다. 하지만 돌아본 행인은 매번 노에미가 아니었다. 미리얌은 사과했고, 이윽고 낙담했다. 그런 일이 있던 날의 밤은 언제나 괴로웠지만, 다음날이 되면 다시 희망이 소생했다.

11월이 되어 미리얌은 까느비에르 거리에서 독일어를 듣게 되었다.

'자유 지역'이 점령당했다는 소식이었다. 마르세유는 이제 더 이상 포근한 엄마의 품도, 안전지대도 아니게 되었다. 상점 유리창마다 안내판이 내걸렸다.

「아리아인 외 출입 엄격 통제.」

신분증 검사가 갈수록 빈번해졌고, 이제 영화관 출구에서조차 검사가 진행되었다. 영화관에서는 미국 영화의 상영이 금지되었다.

야간 통행금지가 시행되고 독일 순찰대가 돌아다니게 된 마르세유는 파리와 비슷해졌다. 밤이 되어도 가로등이 켜지지 않았다.

미리암은 담벼락 사이로 빠져나가는 쥐들을 시샘했다. 생제르맹 대로의 마르티니크 럼주 가게에서 그랬던 것과 달리, 이제 그녀는 위험을 즐기지 않게 되었다. 눈에 보이지 않는 힘이 더는 자신을 지켜주지 않는 듯했다. 자크와 노에미가 체포된 이래로 그녀 안의 무언가가 바뀌었다. 두려움을 알게 된 것이다.

하루는 빈센트가 군인들의 존재에도 불구하고 항구로 산책을 나가 바람을 쐬자고 했다. 그는 생루이 광장에서 느긋하게 시간을 끌었다. 미리암은 그의 팔을 붙잡고 그들을 향해 걸어오는 한 젊은 여자를 가리켰다. 그녀는 휴양객처럼 선글라스를 끼고 가벼운 원피스 차림을 하고 있었다.

"저길 봐. 꼭 자닌 같아."

미리암이 말했다.

"자닌 맞아. 여기서 보기로 했어."

우스꽝스러운 옷차림을 한 자닌이 자신의 남동생을 작은 골목길로 데려갔다. 미리얌은 신문 가판대에서 그들을 기다리며 판매원과 대화를 나눴다. 판매원은 진열대에서 '도널드 덕'과 '미키 마우스'의 만화를 빼내고 있었다. 그가 고개를 좌우로 저으며 말했다.

"이것들을 컬러링 북으로 교체하라는 비시 정부의 명령이오…."

그러는 동안 자닌은 남동생에게, 그들에게 가짜 아우슈바이스를 제공해 주던 젊은 여자가 체포되었다는 사실을 알렸다. 스물두 살 나이에 구불구불한 금발 머리카락과 하얀 치아를 지닌, 인형 같은 외모의 여자였다. 그녀의 가족은 릴 지역에 아주 좋은 '주방 도구들', 즉 위조를 위한 당국의 가짜 도장들을 보유하고 있었다.

그녀의 임무는 릴과 파리를 오가며 서류를 운반하는 것이었다. 기차를 탈 때마다 그녀는 독일 장교들이 타는 객차로 급히 달려갔다. 그녀는 교태를 부리며 자신이 앉을 자리가 있냐고 물었다. 당연히 그녀에게 매력을 느낀 장교들은 군화를 부딪쳐 소리를 내면서 그녀를 '아가씨'라 불렀고, 그녀의 짐을 들어 주었다. 그녀는 위조 서류들을 외투 안감에 꿰맨 채로 나머지 여정을 장교들 틈에서 보냈다.

기차역에 도착하면 그녀는 독일인에게 자기 가방을 드는 걸 도와달라고 부탁했고 그렇게 검문을 받지 않고 역을 통과할 수 있었다. 그녀는 예쁜 도자기 인형 같았다.

하지만 한 장교가 우연히 같은 객차 내에서 그녀와 세 번 연속으로 마주쳤고, 결국 그가 그녀의 술수를 간파하고 말았다.

"감옥에서 취조당하는 동안 열 명이 넘는 남자들이 그녀를 거쳐 갔대."

자닌이 뱃속으로 끔찍한 공포를 느끼며 말했다. 남매는 그들에게 '해야 할 일이 있다'며 미리얌에게 파리로 돌아가겠다고 전했다.

"가는 길에 널 내륙에 있는 유스 호스텔에 내려줄게. 거기서 우릴 기다려."

미리얌이 미처 반대할 새도 없었다.

"네가 여기에 있는 건 너무 위험해."

자닌이 운전하는 차량에 올라탄 미리얌은 자크와 노에미로부터 한 걸음 더 멀어지는 기분을 느꼈다. 미리얌은 자닌에게 마지막으로 부탁했다. 부모님을 안심시키기 위해서, 엽서 한 장만이라도 보내고 싶었다.

"우리 모두를 위험에 빠트리게 될 거야."

자닌은 미리얌의 부탁을 거절했다. 그러자 빈센트가 맞섰다.

"그게 무슨 상관이겠어? 어쨌든 우리는 마르세유를 떠나잖아. 그러니 괜찮아."

마르세유 우체국 창구에서 미리얌은 '지역 간 우표' 한 장을 80상팀을 주고 샀다. 그것은 비점령 지역과 점령 지역 간에 왕래가 가능한 유일한 우편이었다. 모든 엽서는 〈우편 검열 위원회〉에 의해 열람되었고, 의심스러운 내용을 담은 엽서는 그 길로 폐기되었다.

「이 엽서는 가족 간 연락에만 엄격하게 허용되어 있으며 쓸데없는 정보는 삭제할 것. 독일당국의 검열이 용이하도록 글씨는 읽기 쉽게 작성할 것.」

엽서에는 내용이 미리 채워져 있었다. 미리얌은 첫 줄 빈칸에 '피카비아 부인'이라고 썼다.

그런 다음, 미리얌은 다음 중에서 하나를 골라야 했다.

— 건강함

— 피곤함

— 죽임을 당함

— 수용자가 됨

— 세상을 떠남

— 소식 없음

미리얌은 「건강함」에 동그라미를 쳤다.

그리고 또 다음 중에서 하나를 골라야 했다.

— 돈이 필요함

— 가방이 필요함

— 식량이 필요함

— (   )로 돌아옴

— (   )에서 일함

— (   )학교에 입학함

— (   )에 합격함

미리얌은 「(   )에서 일함」에 동그라미를 친 다음 빈칸에 「마르세유」라고 적었다.

당국은 엽서 아래편에도 인사말을 미리 적어두었다 : 「애정을 담아.

키스를 보내며.」

자닌이 미리얌의 어깨 너머를 보며 말했다.

"그렇게 쓰면 안 되지. 피카비아 부인은 나야. 그리고 나는 마르세유에서 수배 중이고…."

자닌은 한숨을 내쉬며 엽서를 찢은 뒤 다시 새로운 엽서를 사러 갔다. 그리고는 자신이 직접 엽서를 썼다.

「마리는 건강함. 시험에 합격함. 필요한 모든 것이 있으니 소포는 보내지 말 것.」

차로 돌아가면서 자닌이 말했다.

"너희 둘 다 정말 심각하다. 너흰 정말 아무것도 모르는구나."

차로 이동하는 동안 자닌과 빈센트는 서로 아무 말도 나누지 않았다. 압트로 향하는 도로 위, 지금은 유스 호스텔로 변한 구 수도원 앞에서 차가 멈췄다. 자닌이 미리얌에게 말했다.

"여기에 내려 줄게. 유스 호스텔 주인은 믿어도 돼. 이름은 프랑수아야. 우리 쪽 사람이야."

미리얌은 태어나 처음으로 유스 호스텔에 발을 들였다. 전쟁이 벌어지기 전에 유스 호스텔에 관한 이야기를 들어본 적이 있었다. 벽난로 앞의 의자에서 듣는 노래, 자연 속으로의 긴 산책, 공동 침실에서 보내는 밤. 미리얌은 언젠가 콜레트, 노에미와 함께 그곳이 어떤 곳인지 한 번 가보기로 약속했었다.

1930년대 초, 훗날 《지붕 위의 기병》을 써내게 될, 마노스크 지방의 작가 장 지오노는 짧은 소설을 출간했고 작품은 대성공을 거두었다. 그리고 '귀농'이라는 하나의 운동을 불러일으켰다. 도시 청년들이 작품의 주인공처럼 자연 속에서 살겠다는 열망으로 지방의 마을에 정착해, 버려진 낡은 농장을 수리해서 살았다. 이들은 산업 혁명기에 그들의 조부모가 이주해 온 대도시의 좁은 아파트에 살기를 더는 원치 않는 세대였다.

　유스 호스텔을 드나드는 젊은 남녀의 머릿속은 이상으로 가득했다. 난롯가에 모인 무정부주의자, 평화주의자, 공산주의자들은 기타 연주에 맞추어 신랄하게 토론을 나누었다. 날이 더 깊어지자 입술들은 불화를 잊고 포개어졌고, 화해한 육체들은 어둠에 길들고 싶다는 동일한 욕망을 품었다.

　그리고 전쟁이 일어났다.

　어떤 이들은 군대에 징집되기를 거부했고 감옥에 수감되었다. 다른 이들은 전선으로 보내졌고 그곳에서 목숨을 잃었다. 난롯가에서는 더는 기타 소리가 울리지 않았다. 모든 유스 호스텔이 문을 닫았다.

페탱 장군은 '땅은 거짓말하지 않는다'라는 문구로 다시 귀농 운동을 일으켰다. 1940년 휴전 이후, 그는 유스 호스텔의 영업 재개를 허가했다. 저녁 공연의 주제는 당국의 승인 여부에 의해 정해졌고, 음악은 허용된 곡에 한해 난롯가에서 연주되었다.

유스 호스텔 운동의 창립자 중 하나인 프랑수아 모레나스는 비시 정부의 규칙 아래 자신의 뜻을 굽히길 거부했다. 장 지오노를 기리기 위해연 자신의 유스 호스텔 르갱Regain의 문을 닫을 수밖에 없게 된 모레나스는, 폐허가 된 오래된 수도원 클레르몽 답트Clermont d'Apt에서 세상으로부터 서서히 잊히게 되었다. 이 유스 호스텔은 더는 공식적으로 이름을 내걸 수 없게 되었지만, 지역 내에서는 언제나 식사와 숙박이 가능한 곳으로 알려졌다. 금지된 유스 호스텔이자 저항의 장소인 이곳은 사회에서 배척된 청년들의 피난처로서, 불법적으로, 여전히 존재했다. 평화주의자, 레지스탕스, 공산주의자, 유대인, 그리고 곧 대독 협력 거부자들까지 이곳을 찾아오게 됐다.

미리얌은 방 밖으로 나가지 않았다. 프랑수아 모레나스는 매일 아침 그녀에게 커피 대용품에 적신 러스크 한쪽을 가져다주었고, 미리얌은 정오가 되어서야 그것을 먹었다. 미리얌은 씻지도 옷을 갈아입지도 않았으며, 여전히 다섯 벌의 속바지를 입고 있었다. 그것은 마치 시간을 붙잡으려는 듯, 자신을 더는 돌보지 않으려는 행위 같았다. 미리얌은 자크와 노에미를 생각했다.

　'그들은 어디에 있을까? 무얼 하고 있을까?'

　한 주간 동풍이 불었다. 어느 날 저녁, 미리얌은 빈센트와 자닌이 방 창문을 통해 불쑥 나타난 것을 보았다. 그들은 마치 초록색 거품이 이는 바다가 뱉어낸 것처럼 올리브나무를 헤치고 등장했다. 남편의 얼굴을 보자마자 미리얌은 그가 부모님의 소식도, 동생들의 소식도 전해 주지 않을 것임을 알았다.

　빈센트가 말했다.

　"어서 가자. 좀 걷자. 말해 줄 게 있어. 자닌에 관한 거야."

　자닌 피카비아는 언제나 부모님의 세상과 거리를 둔 채 살았다. 그녀는 위대한 예술가들이야말로 특히나 거대한 이기주의자라고 생각했다. 그녀는 무대 뒤에서 자라 마술 공연의 환상을 믿지 않게 된 마술사의 자식과도 같았다.

자닌은 언제나 자유롭게 살기를 원했고, 남편에게 기대어 살지 않으려 했다. 일찍부터 그녀는 스스로 먹고살기 위해 간호 학위를 땄다.

전쟁이 발발한 직후부터 자닌은, 아직은 '레지스탕스'라고 불릴 순 없지만, 곧 그렇게 불리게 될 조직을 위해 일하기 시작했다.

적십자사의 간호사이자 구급차 운전사였던 그녀는 마르세유로 이전한 영국 영사관과 파리 사이를 오가며 기밀문서를 운반했다. 그녀는 서류들을 모르핀 주사기 아래 붕대 속에 숨겼다.

그다음으로는 영국 비행사들과 낙하산 부대원의 도주를 기획한 셰르부르Cherbourg 집단과 왕래했다. 일종의 도피 망이 되기 전의 형태였다.

그러자 자닌의 이름이 알려지기 시작했다. 자닌은 'MI6'라는 명칭으로도 잘 알려진 영국의 대외정보국인 영국 비밀정보부(SIS)의 눈에 들었다. 1940년 11월, 그녀는 보리스 겡펠-레비츠키와 만났고, 그는 그녀를 영국인들과 연결해 주었다. 그로부터 2개월 후, 자닌은 해상 첩보를 전문으로 하는 새로운 연결망을 구축하라는 지령을 받았다. 그것이 자신의 목숨을 위태롭게 할 거란 걸 알면서도, 그녀는 임무를 받아들였다.

자닌은 자크 르그랑이라는 프랑스인과 함께 일해야 했다. 자닌과 자크의 조직망에는 '글로리아-SMH'라는 이름이 붙었다. 글로리아는 자닌의 암호명이었고, 'SMH'는 자크 르그랑의 암호명이었다. '여왕 폐하의 하인Her Majesty's Service'에서 앞 글자를 딴 'HMS'를 뒤집은 이름이었다.

1941년 2월 글로리아-SMH의 작전은 대성공을 거두었다. 조직의 요원들은 프랑스 브레스트의 정박지에서 독일 선박들과 독일 해군의 순양함인 샤른호르스트Scharnhorst, 그 자매선인 그나이제나우Gneisenau, 중순양함 프린츠 오이겐Prinz Eugen을 발견했다. 이 첩보 덕분에 영국군은 공습을 준비해 이들 선박을 파괴할 수 있었다. 승리였다. 글로리아-SMH는 조직망을 넓히기 위한 자금으로 런던으로부터 10만 프랑을 받았다.

자크 르그랑은 대학생과 고등 교사 중에서 요원을 뽑았다. 그들 대부분은 '우편함' 역할을 했다. 이는 자택에서 서류를 받아주는 사람들을 가리켰다. 이들은 소포 안에 무엇이 들어 있는지 알지 못 했지만, 일을 하는 것만으로도 목숨이 위태로웠다. 이들의 이름을 밝히고 이들의 용기를 찬송할 필요가 있다. 앙리 4세 고등학교의 교사 수잔 루셀, 페늘롱 고등학교의 교사 제르맨 틸리옹, 뷔퐁 고등학교의 교사 질베르 토마종과 알프레드 페롱 등···. 르그랑은 성직자까지 조직에 가담시켰다. 그 성직자는 파리 지역의 라바렌 생-틸레르의 보좌신부인 알레쉬였다. 레지스탕스 조직에 가입하길 원하는 청년들은 알레쉬 신부에게 '고해성사'를 하러 왔고, 그는 여러 연락원에게 이들을 추천했다.

한편, 자닌은 부모님의 주변인 중에서 요원 후보를 물색했다. 예술가들은 유럽 전역을 돌아다니고 대체로 여러 언어를 구사했다. 레지스탕스에 있어 서류를 운반하기에 적합한 모든 직업군은 커다란 가치가 있었다. 한 예로 프랑스 철도 회사의 직원들은 요원 후보로 매우 인기가 높았다.

마르셀 뒤샹의 정부情婦였던, 미네소타 출신의 미국인 메리 레이놀즈는 '젠틀 메리'라는 이름으로 활동하는 요원이었다. 영국 특수작전집행부(SOE)에서 일한 경험이 있는 아일랜드 출신의 작가도 있었다. 그는 믿을 수 있는 훌륭한 번역가였다. 암호명 '삼손'으로 활동한 그의 진짜 이름은 사뮈엘 베케트[77]였다. 글로리아–SMH 조직 내에서 상사였던 그는 빠르게 진급하여 소위를 달았다.

사뮈엘 베케트는 파리 파보리트 거리에 있는 자택에서 일했다. 그는 문서들을 분석하고, 비교하고, 편집하여, 중요도를 결정하고, 긴급성을 따져 순위를 나눈 다음, 그것을 영어로 번역하여 타자기로 작성했다. 그런 다음 자신의 작품 《머피》의 원고 속에 기밀 서류들을 숨겼다. 글로리아–SMH의 일원이었던 알프레드 페롱은 조직에 속한 사진작가의 집으로 원고를 가져가, 서류를 마이크로필름으로 변환시켰고, 그것을 영국으로 보냈다.

자닌이 자신의 남동생 빈센트와 모친 가브리엘을 조직에 가담시킨 것도 바로 이 시기였다. 가브리엘은 60세의 나이에 조직에 들어갔고, 그녀의 암호명은 '마담 픽'이었다.

"자, 이게 이야기의 전부야."

빈센트가 미리얌에게 말했다.

"이제 너도 우리의 일원이야. 우리가 잘못되면 너도 잘못되는 거야. 알겠어?"

자닌이 물었다.

미리얌은 이미 오래전부터 모든 걸 알고 있었다.

자닌은 리옹에 가기 위해 유스 호스텔을 떠나야 했다. 조직의 두 일원, 암호명 '비숍'으로 불린 알레쉬 신부와 제르맨 틸리옹은 그로부터 이틀 전, 사진 25장을 담은 마이크로필름을 전달하기 위해 리옹에 가야 했다. 디에프 해안 방어 계획이 담긴 사진이었다. 하지만 일이 예상과 다르게 흘러갔다.

제르맨 틸리옹이 리옹 기차역에서 독일 경찰에 의해 발각되어 체포당한 것이다. 알레쉬 신부는 수색망을 빠져나갔다. 거대한 성냥갑 속에 감춰진 마이크로필름은 다행히도 그가 가지고 있었다.

그렇게 비숍은 혼자서 임무를 이어 나갔다. 그는 리옹에 있는 연락원인 '미스 홀'에게 마이크로필름을 전달해야 했다. 하지만 두 사람은 약속 장소인 테르미누스 호텔 앞에서 만나지 못했고, 미스 홀은 다음날 다시 왔지만 비숍은 그곳에 없었다. 그다음 날이 되어서야 비숍은 그녀에게 마이크로필름을 전달할 수 있었고, 그 뒤로 홀연히 자취를 감추었다. 그날 이후 조직은 신부의 흔적을 놓쳐 버렸다.

이런 상황이 걱정스러웠던 자닌은 무슨 일이 있었던 건지 알아내려 했다. 리옹에 간 그녀는 미스 홀의 연락원이었던 SOE의 특수 요원 필립

드 보메쿠르, 일명 '고티에'를 만났다. 그는 성냥갑을 열어 보였고, 자닌은 그 속에 디에프 해안 방어 계획이 아닌 쓸데없는 서류들만 들어있는 것을 발견했다. 자닌과 필립 드 보메쿠르는 비숍, 즉 알레쉬 신부가 조직을 배반했다는 걸 알아차렸다.

그가 배반했다는 사실을 증명하듯, 같은 시각 파리에서 요원들이 하나둘 검거되기 시작했다. 자크 르그랑, 일명 'SMH'가 게슈타포에 의해 검거되었고, 필립 드 보메쿠르와 마이크로필름을 만들던 사진작가 역시 붙잡혔다. 사뮈엘 베케트는 자신의 연인 수잔 데슈보-뒤메닐에게, 다른 요원들에게 위험을 알리는 일을 맡겼다. 하지만 도중에 검문을 당한 수잔은 길을 되돌아가야 했다. 이 연인은 작가 나탈리 사로트의 집에 피신했다. 조직 요원 열두 명이 프렌과 로맹빌 교도소에 수감되어 결국 총살당했다. 이후 80명은 라벤스브뤼크, 마우트하우젠, 부헨발트 강제수용소로 이송되었다. 며칠 만에 거의 조직 전체가 죽임을 당했다.

자닌은 요원의 배신에 따른 절차를 이행해 나갔다. 프랑스 전역에서 즉각 활동을 중단할 것을 지시했고, 요원들과의 연락을 차단했다.

이날, 자닌은 프랑스에서 가장·많이 쫓기는 여성 중 하나가 되었다. 자닌은 프랑스를 떠나야 했다. 이제 그녀가 자동차 트렁크에 몸을 숨겨 이동할 차례였다. 사뮈엘 베케트는 친구의 도움으로 6마력 르노 차량을 마련했다. 그리고 그는 아내와 함께 프랑스 남부의 루시용으로 이동했고, 도중에 자닌을 그의 남동생과 미리얌이 피신한 유스 호스텔에 내려준 것이었다.

자닌은 그들에게 스페인을 통해 영국으로 가겠다고 선언했다. 그 말은 즉, 피레네 산맥을 걸어서 건너겠다는 의미였다.

"붙잡히느니 차라리 저 위에서 죽겠어."

자닌은 여성 레지스탕스들이 처하게 될 운명을 알았다. 완벽하고 조용한 범죄, 바로 강간이었다.

미리얌과 빈센트는 어둠 속에서 그녀에게 작별 인사를 건넸다. 포옹도, 위로의 말도, 프로방스 지역의 찬가도, 다시 만나자는 약속도, 무엇보다도 행운을 바란다는 말도, 아무 말도 없이, 다만 액운을 쫓아버리기 위한 악수만을 나누었다.

미리얌과 빈센트. 그렇게 두 사람은 다시 하나가 되었고, 전쟁이 한창인 어느 날 밤에 각자의 여자 형제를 잃었다.

다음 날, 유스 호스텔 소장 프랑수아 모레나스는 두 사람에게 유스 호스텔이 감시당하고 있다고 말했다.

"당신들이 이곳에 머무르는 건 너무 위험합니다. 헌병들이 장부를 뒤지러 올 거요."

프랑수아는 두 사람을 언덕배기에 있는 옆 마을 뷔우Buoux로 데려갔다. 그곳에는 여행객들이 묵을 수 있는 카페 겸 유스 호스텔이 있었다.

"여긴 이미 찼소!"

카페 사장이 말했다.

"좋소. 그럼 샤보 부인을 만나러 가지."

이 지역의 모든 사람은 1차 대전으로 과부가 된 샤보 부인을 존경했다.

"좋아요. 내게 빈집이 하나 있어요. 크진 않지만 두 사람은 묵을 수 있지요. 저기 클라파레드 고원에 있어요. '목매달아 죽은 사람의 집'이지요."

샤보 부인이 미리얌과 빈센트에게 말했다. 프랑수아가 속삭였다.

"완벽하군. 헌병들은 유령을 그다지 좋아하지 않으니까. 거기다 높은 곳에 있으니. 한 번 가 봅시다."

마을에서 아몬드나무 숲을 통과해 쉬지 않고 꼬박 삼십 분 동안 경사로를 오르자 클라파레드 고원에 도달할 수 있었다. 프랑수아는 부부에게 경고했다.

"이곳은 낙하산이 내려오는 지역이라 독일군들이 순찰을 돕니다. 그러니 귀찮은 일을 피하려면 밤에 불을 켜기 전에 창문 덧창을 잘 닫고, 절대 밖이나 창가에서 담배를 피우지 마시오. 그리고 빛이 통과할 수 있는 창문 틈새는 모조리 다 막는 게 좋을 거요. 무슨 일이 일어날지는 아무도 모르니까. 당신들이 여기 있는 한 열쇠 구멍까지도 신경 써야 할 거요."

엄마,

오늘 아침, 기억이 하나 떠올랐어요. 내가 열 살쯤이었을 때, 미리얌 할머니가 언덕으로 산책을 가자고 했죠. 우리는 둘이서 여름 뙤약볕 아래를 걸었어요. 기억하기로, 할머니는 길 가장자리에서 꿀벌의 번데기 하나를 주웠어요. 그걸 저에게 주면서 아주 약하니 조심하라고 말했죠. 그러고는 전쟁 이야기를 들려주기 시작했어요. 저는 그때 거북함을 강하게 느꼈어요.

할머니와 집에 돌아갔을 때, 나는 엄마에게 그 일을 말하고 싶었어요. 하지만 머릿속의 모든 것이 흐릿해서 그것이 무엇이든 재구성해 낼 수가 없었죠. 그때 엄마는 마치 불에라도 덴 것처럼 반응했던 것으로 기억해요. 엄마는 제게 질문을 했지만 저는 기계적으로 "모르겠어요"라고 대답했죠. 그 순간이 어쩌면 지금의 성격을 형성한 하나의 순간이 아닐까 싶어요.

그날 이후로 나는 질문에 뭐라 대답해야 할지 모를 때나 기억해야 하는 무언가를 잊어버렸을 때마다, 미리얌과 엄마에 대한 아주 오래된 죄책감으로 인해 어두운 수렁 속으로 빠지는 기분을 느꼈어요. 그래서 엄마가 죽은 사람들을 깨우러 가자고, 그래서 그들을 되살아나게 하자고 하지 않기를 바랐어요. 그러면 오래전 그날, 미리얌이 내게 했던 이야기를 알게 될지도 모른다고 믿었던 것 같아요.

바로 이 주제에 관해 한 가지 알아낸 게 있어요.

뒤죽박죽이 된 기억 속에서 미리암이 샤보 부인에 관해 이야기했던 게 기억났어요. 자신이 전쟁이 있던 동안 뷔우에 위치한 샤보 부인의 집에서 일 년을 보냈다고요. 레 파주 블랑슈를 뒤져서 그 이름을 찾았어요. 그녀는 여전히 그 마을에 살고 있었죠.

찾아낸 번호로 곧장 전화를 걸었는데, 아주 친절한 목소리의 여성이 전화를 받았어요. 샤보 부인 손자의 아내 되는 사람이었어요. 그녀가 내게 말했어요. "네, 네. 목매달아 죽은 사람의 집이요. 아직도 있어요. 남편의 증조모께서 레지스탕스들을 그곳에 숨겨주었다고 하더라고요. 내일 다시 전화를 거세요. 남편이 저보다더 잘 알고 있으니까요." 남편의 이름은 클로드였어요. 전쟁 중에 태어났다고 했죠. 나는 그에게 전화를 걸 거예요. 그리고 엄마에게 알려 줄게요.

엄마. 엄마가 이 모든 걸 알고 싶어 하는 동시에 슬픔을 느낀다는 걸 알아요. 그래서 미안해요. 그리고 오래전 그날 미리암이 내게 말해 줬던 걸 잊어버린 것도 미안해요.

    A.

목매달아 죽은 사람의 집에는 아무것도 없었다. 침대 시트도 주방 기구도 없었다. 매트리스가 없는 침대, 마루 널빤지로 만든 오래된 벤치, 목을 매달 때 사용되었던 스툴이 다였다. 아무도 차마 건드리지 못한 밧줄도 있었다.

"아직도 쓸 만하네."

미리얌이 밧줄을 풀어 자신의 손 주위로 감으며 말했다.

"매트리스를 구하기 전까지 스파티움으로 다발을 만들어 깔고 자도 돼요. 저기 보이나요? 노란 꽃들 말이에요. 여기선 다들 그렇게 해요."

그렇게 파리지앵들은 집 뒤편의 선명한 녹색과 노란색으로 물들어 있는 관목을 베러 갔다. 작은 붓꽃을 닮은, 황금색 구슬처럼 생긴 꽃들이 달린 관목이었다. 두 팔 가득 꽃가지를 벤 두 사람은 그것을 침대 위에 올려놓았고, 밀짚으로 만든 매트리스처럼 배열한 뒤, 조심스럽게 그 위로 누웠다. 미리얌은 창문틀 안으로 모습을 내민, 동전처럼 동그란 달을 바라보며 생각했다.

'꽃으로 둘러싸인 무덤 같아.'

그녀는 자신이 처한 상황이 갑자기 비현실적으로 느껴졌다. 어딘지도 모르는 곳에 있는 이 방과 자신이 거의 알지 못하는 남편. 미리얌은 그곳으로부터 멀리 떨어진 어딘가에서 노에미도 달을 바라보고 있다고 생각하며 자신을 위안했다. 그 생각이 그녀에게 용기를 북돋아 주었다.

다음 날, 빈센트는 집을 정비할 물품을 구하기 위해 압트 시장에 가기로 했다. 도시는 그곳에서 7km밖에 떨어져 있지 않았다. 그는 새벽이 되자마자 걸어서 길을 떠났다. 농민, 장인, 농장주들이 시장에 내다 팔 양과 상품들을 가지고 길을 따라 걷고 있었다.

하지만 시장에 도착한 빈센트의 기대는 무너졌다. 시장에서는 매트리스도, 이불보도 팔지 않았다. 냄비 하나의 가격은 요리용 화덕의 가격과 맞먹었다. 그는 빈손으로 돌아왔다. 주머니에는 그의 신경과민을 다스리기 위한 로더넘[78] 한 병과 아내를 위한 누가 캔디가 들어 있었다.

빈센트와 미리얌은 집주인인 샤보 부인과 안면을 익혔다. 굳세고, 인자함과 냉철함이 동시에 존재하는 단단한 성격의 샤보 부인은 남자 세 명분의 일을 거뜬히 해냈고, 홀로 외동아들을 키웠다. 모두가 그녀를 존경했다. 그녀는 부유했지만, 언제나 부족한 이들에게 재산을 나눠 주었다. 독일군을 제외하면, 그 누구의 부탁도 거절하는 법이 없었다.

일주일에 한 번 독일군들은 그녀의 자동차를 징발했다. 지역 내에 존재하는 자동차는 그녀의 것이 유일했기 때문이다. 그녀에게는 선택권이 없었지만, 그들에게 술 한 잔을 권하는 일만은 결코, 결코 없었다.

빈센트와 미리얌은 샤보 부인에게 자신들을 공기 좋고 물 좋은 곳에서 살기 위해 온 젊은 부부라고 소개했다. 장 지오노의 소설이 꿈꾸던 삶이었다. 빈센트는 자신을 화가, 미리얌을 음악가로 소개했다. 물론 미리얌은 자신이 유대인이라는 사실을 알리지 않았다. 샤보 부인은 그들에게서 그들이 말한 것 외의 것들을 보았다. 그녀가 두 사람에게 요구한 것은 마을의 생활을 존중하고 올바르게 행동하는 것이 다였다. 그리고 무엇보다도 헌병과 갈등을 빚어서는 안 됐다.

누나의 조직이 와해된 이후로 빈센트에게는 더는 할 일이 없었다. 그리고 처음으로 미리얌과 한 지붕 아래에서 살게 되었다. 마치 신혼부부처럼 하루하루 가정을 건사해야 했다. 먹고, 씻고, 입고, 데우고, 자야 했다. 두 사람이 만난 이후로 그들은 조급하고 두려운 순간만을 경험해 왔다. 위험은 두 사람의 사랑 이야기의 유일한 배경이었다. 빈센트는 그걸 좋아했다. 그에겐 그게 필요했다. 반대로 미리얌은 모든 것으로부터 멀리 떨어진 외딴 농촌에서 맞이하게 된 단순하고 조용한 새 일상이 좋았다.

며칠이 지난 끝에 미리얌은 자신의 남편이 매우 고요하다는 사실을 알아차렸다. 그는 자신의 내면에서부터 빗장을 걸어 잠갔다. 그렇게 미리얌은, 살아있는 그를 볼 때마다 마치 움직이는 그림을 보듯 바라보아야 했다.

그는 어떤 물건에도, 심지어 사람에게도 애착을 가지지 않았다. 그건 그를 매혹적으로 보이게 했다. 지금 이 순간을 제외하면 어떤 것도 그의 관심을 끌지 못했기 때문이다. 그는 체스 게임을 하거나, 식사 준비를 하거나, 벽난로에 불을 지피는 과정에 온 에너지를 쏟을 수 있었다. 하지만 그에게 과거와 미래는 존재하지 않았다. 기억도, 말도 없었다. 그는 압트 시장의 한 농장주와 친해지고, 그와 이야기를 나누고, 그의 일에 관해 수많은 질문을 하고, 그와 함께 와인 한 병을 마시고, 그에게 한 병을 더 권하면서 오전을 보냈다. 하지만 다음 날이 되면 그를 거의 알아보지 못했다. 미리얌과도 사정은 마찬가지였다. 웃으며 즐거운 저녁을 보낸 뒤, 아침에 눈을 뜰 때면 마치 모르는 사람이 자신의 침대 속에 들어와 있는 것처럼 그녀를 바라보았다. 함께 매일매일을 보내도 아무것도 축적되지 않았다. 모든 것을 처음부터 다시 시작해야 했다.

점차 미리얌은 남편이 신체적으로 자신에게서 멀리 떨어지고 싶어 한다는 걸 알아차렸다. 미리얌이 방 안에 들어오자마자 빈센트는 밖으로 나갈 이유를 찾아냈다.

"당신이 샤보 부인을 만나러 가는 동안 나는 시장에 갈게."

모든 것이 그녀와 떨어져 있기 위한 핑계였다.

어느 저녁, 샤보 부인에게 집세를 내러 간 미리얌은 그곳에서 오랜 시간 미적거렸다.

"독일 놈들은 이런 거 못 마실걸."

샤보 부인이 잔을 다시 채우면서 말했다. 미리얌은 목을 매달아 죽었다는 전 집주인에 관해 물었다.

"카미유, 그가 뻣뻣하게 굳어 있는 걸 사람들이 발견했지요. 불쌍한 사람. 옆에서 그의 당나귀가 주인의 발을 핥고 있었어요."

"그가 왜 그랬는지는 아세요?"

"그를 반쯤 미치게 만든 건 고독이었다고들 하지요…. 그리고 그의 정원을 쑥대밭으로 만들던 멧돼지 때문이기도 해요. 이상한 건 그가 종종 죽음에 대해 말하곤 했다는 거예요. 그는 지독한 고통 속에서 죽는 게 늘 두렵다고 말하곤 했어요. 그 생각에 온통 사로잡혀 있었지요…."

부인과의 대화가 길어졌다. 집으로 돌아오는 길에 미리얌은 걸음을 서둘렀다. 시간이 늦어 빈센트가 걱정할까 봐 두려웠다. 집에 도착했을 때는 자정에 가까운 시각이었는데, 빈센트는 이미 잠이 든 뒤였다. 새벽 녘까지 결코 마음의 안정을 찾지 못하던 그가, 미리얌에 대한 걱정은 안중에도 없이 깊은 잠에 빠져 있었다.

그 이후로 미리얌은 남편이 조용해 고통스런 무기력증에 시달리고 있음을 알아차렸다. 그의 몸에 두드러기 반점이 나타났다. 피부에 가려움증이 생겨났고, 얇은 층의 땀으로 덮인 그의 이마는 이따금 번들거렸다. 일주일이 지난 끝에 그가 미리얌에게 선언했다.

"파리로 돌아가겠어. 두드러기 때문이야. 의사를 만나야겠어. 그리고 다른 사람들 소식도 전해 줄게. 당신 부모님을 뵈러 포르주에도 갈게. 그다음에는 어머니의 별장이 있는 에티발로 갈 거야. 거기 창고에 아무도 쓰지 않는 오래된 이불과 시트가 잔뜩 있지. 그걸 가져오겠어. 빠르면 15일, 늦어도 크리스마스 전까진 돌아올게."

미리얌은 그의 말에 놀라지 않았다. 떠나겠다는 말을 하기 전, 그에게서는 항상 잔뜩 흥분이 된 걸 느낄 수 있었다.

빈센트는 11월 15일, 결혼기념일 당일에 떠났다.

'벌써 1년이라니. 재미있는 상징이네.'

미리얌은 생각했다. 그녀는 길가까지 남편을 배웅했다. 주인 뒤를 좇는 개처럼 종종걸음을 해서는 안 된다는 걸 알았다. 혼자이길 원했을 빈센트는 화를 내며 이미 멀찍이 앞서가 있었다.

그래서 미리얌은 걸음을 멈추었고, 가만히 서서 아몬드나무 숲 너머로 사라지는 그를 바라보았다. 11월의 차가운 햇살 속에 그녀의 몸은 굳어 있었다. 울고 싶지 않았다. 하지만 그곳에 도착한 이래로 두 사람 사이의 애정은 부족하기만 했다. 단 하룻밤, 남편은 그녀의 품속으로 마치 아이처럼 웅크린 채 몸을 비볐다. 어둠 속에서 습기를 찾는 거칠고 성급한 몇 번의 입맞춤. 하지만 모든 게 일순간에 멎었고, 어느새 빈센트는 퉁퉁 부은 눈으로 따뜻하고 두꺼운 잠 속으로 사라졌다.

그날 밤, 미리얌은 자신이 쓸모없는 육신을 짊어지고 있다고 느꼈다.

그럼에도 불구하고 미리얌은 그녀에게 아무런 욕망도 가지고 있지 않은 이 수수께끼의 남자를 세상 그 누구와도 나누고 싶지 않았다. 이 아름답고 슬픈 남자는 그녀만의 것이었다. 때론 아이처럼 순진하지만 번득이는 눈을 가진 남편이었다. 서로를 이어주는 반지 하나 만큼의 가냘프고 연약한 친밀함만으로도 충분했다. 물론 그는 하루 종일 그녀에게 아무런 말도 건네지 않았다. 그래서 어쩌란 말인가? 그는 그녀에게 삶과 죽음을 맹세했다. 그것보다 더 중요한 말은 없었다. 두 사람 사이에는 위엄과 고독함이 있었고, 미리얌은 그것들을 아름답다고 여겼다. 남편과 생각을 공유하지도, 일상의 작은 순간들을 나누지도 않았지만, 그가 뱉는 '내 아내를 소개할게요'라는 말만으로도 모든 공허함을 채울 수 있었다. 남자의 아름다움이 자신의 것이라는 오만으로 마음이 부풀었다. 빈센트는 고요했지만 바라보기에 황홀한 사람이었다. 그녀는 그의 아름다움을 단지 바라보기만 하면서, 그렇게 평생을 살아갈 수도 있었다.

이후 몇 주간 미리얌은 달걀과 치즈를 사러 마을로 내려갔다. 뷔우의 주민 수는 60명이 채 안 되었고, 카페 겸 유스 호스텔 하나와 식료품점, 담배 가게 하나가 전부였다.

"그런데 피카비아 부인, 남편은 어디 갔나요? 보이질 않네요."

마을 사람이 그녀에게 물었다.

"잠시 파리에 갔어요. 어머님이 아프셔서요."

"아하, 그렇군요. 참 착한 아들이네요."

"네. 착한 아들이죠."

미리얌은 웃으면서 대꾸했다. 빈센트를 만난 이후로 그는 종종 그녀의 곁을 떠났지만, 언제나 돌아왔다는 사실을 떠올리며 미리얌은 자신을 위안했다.

파리로 가기 위해 빈센트는 아우슈바이스 없이 경계선을 넘어야 했다. 그는 샬롱쉬르손으로 갔다. 그곳에서 프랑스 철도 회사 기술자의 아내가 운영하는 술집 'ATT'로 들어갔다. 그녀는 불법으로 소포를 전달하는 일을 했다. 빈센트는 카운터로 가서 주문했다.

"피콘 펀치 한 잔. 시럽 많이요."

여자는 잔을 닦으며 고갯짓으로 나무 구슬이 달린 커다란 커튼이 쳐진 뒷문을 가리켰다. 빈센트는 화장실에 가듯 조용히, 빗방울 소리를 내는 커튼 사이를 지났다.

'그다지 신중해 보이진 않는군.'

주방으로 들어가면서 빈센트가 생각했다. 주방 안에는 한 사내가 버터를 넣은 오믈렛을 만드는 일에 몰두하고 있었다.

"마담 픽이 안부 전해 달라네요."

빈센트가 그에게 말했다. 빈센트는 주머니에서 500프랑을 꺼냈고, 오믈렛을 만들던 사내는 지폐를 보고는 동작을 멈추었다.

"부인의 아들이오?"

빈센트는 고갯짓으로 그렇다고 답했다.

"마담 픽에겐 돈을 받지 않소."

사내가 덧붙였다. 빈센트는 돈을 주머니에 도로 넣었다. 그다지 놀랍지 않았다. 사내는 그에게 밤 열한 시에 만나자고 했다. 그들은 도시에서 멀리 떨어진 가교 앞에서 만났다. 가교 끝에는 경계를 구분 짓는 철조망이 있었다. 대략 500m를 엉금엉금 기어가야 했다. 그런 다음 사내는 잎사귀로 가려진 구멍 속으로 빈센트를 올려 주었다. 빈센트는 그 사이로 빠져나갔다. 그러고는 들키지 않고, 대로를 따라 몇 km를 걸어 역까지 도달했다. 그곳에서 자신을 파리로 데려다줄 첫차를 기다렸다.

몇 시간이 지난 뒤 그는 파리 리옹 역에 내렸다. 마치 나머지 세상은 존재하지 않는 듯이 파리는 여전히 북적이고 있었다. 빈센트는 보지라르 거리 6번지에 있는 자신의 집으로 곧장 향했다. 고된 여정으로 몸에서 악취가 풍겼고, 기차와 역 대합실 의자의 먼지가 옷에 잔뜩 묻어 있었다. 얼른 옷을 갈아입고 싶었다. 미리얌의 부모님으로부터 도착한 소식은 우편함에 없었다. 그들답지 않았다. 빈센트는 아내에게 포르주에 가서 무슨 일이 있었는지 확인해 보겠다고 약속했던 것을 떠올렸다.

꼭대기 층에 도착한 그는 현관문 밑으로 밀어 넣어진 모친의 메시지를 발견했다. '급히' 자신을 보러 오라는 메시지였다.

모친의 집에 도착한 빈센트는 양손에 도자기로 된 아기 인형을 들고 분주하게 움직이는 가브리엘을 발견했다.

"뭐해요?"

빈센트가 물었다.

"계속해서 일하는 중이지."

"누굴 위해서요?"

놀란 빈센트에게 가브리엘이 웃으며 대답했다.

"벨기에인들."

자닌의 조직이 무너진 이후 가브리엘은 더는 '마담 픽'이 아니라 프랑스-벨기에 레지스탕스 조직을 위해 일하는 '마담 드 피크'가 되어있었다. 조직의 이름은 〈알리 프랑스〉로, 1940년 루베 지역에서 시작된 조직인 〈제로〉와 연관되어 있었다. 가브리엘은 조직을 위해 소포를 배달하는 일을 맡았다.

빈센트는 모친을 바라보았다. 그녀는 61세였지만 거실 서랍장처럼 고고하면서도 어린 소녀처럼 부산스러웠다.

"팔도 아프면서 어떻게 하려고요?"

빈센트는 모르핀으로 그녀의 고통을 줄여 주었던 적이 있었다. 가브리엘은 방을 나가더니, 바퀴가 커다란 남색 유모차를 끌며 돌아왔다. 그 안에는 불법 소포를 감추기 위해 포대기로 싼 도자기 아기 인형이 들어 있었다. 악동처럼 뿌듯한 표정이었다.

'아주 지독한 엄마로군.'

"너도 같이 할래? 남부에서 일할 연락원이 필요해."

빈센트가 한숨을 내쉬며 대답했다.

"네, 엄마. 그것 때문에 오라고 한 거예요?"

"그럼. 네게 맡길 임무가 있거든."

"자닌의 소식은요?"

"이제 곧 스페인 국경을 지날 것 같아. 널 믿어도 되겠니?"

"네, 네, 엄마…. 하지만 그 전에 돈이 필요해요. 포르주의 장인 장모님을 보러 가야 하거든요. 그 후엔 에티발로 가서 창고에 있는 시트와 이불을….”

“알겠다. 자.”

신혼부부의 혼수에 관한 지긋지긋한 이야기를 듣고 싶지 않았던 가브리엘은 그의 말을 끊었다. 그리고 서랍을 열어 돈다발을 꺼냈다. 그녀는 지폐를 센 다음 빈센트에게 네 장을 내밀었다.

“어디서 났어요? 프란시스가 이 돈을 다 준 거예요?”

가브리엘이 어깨를 으쓱하며 말했다.

“그럴 리가. 마르셀이 줬어.”

“뉴욕에 있는 거 아니었어요?”

“맞아. 하지만 다, 수가 있지.”

계단을 내려가면서 빈센트는 주머니 속의 지폐들을 만져 보았다. 돈이 그의 손바닥을 간지럽혔다. 그는 거리를 벗어나 집으로 돌아가기 위해 오른쪽 길모퉁이를 도는 대신, ‘셰 레아Chez Léa’로 가고자 몽마르트 교외 지역으로 향했다.

9장

　빈센트가 그곳의 아편굴에 처음으로 발을 들였던 때는 열다섯 살, 부친 프란시스와 함께였다. 그곳의 분위기는 아버지와 아들을 하나로 만들어 주었다. 두 남자가 단둘이서 보내는 흔치 않은 순간이었고, 그때마다 일은 언제나 나쁘게 흘러갔다. 빈센트는 아버지를 기쁘게 하려고 애썼지만, 프란시스는 그의 눈에 지나치게 잘생긴 아들이 미덥지 않았다. 그가 만약 아내의 연인인 마르셀의 아들이었더라면 그를 더욱 사랑했을 터였다. 그랬다. 이 잘생기고 울적한 빈센트가 뒤샹의 정액이 만든 것이었더라면 그를 사랑했을 것이다. 하지만 불행히도 그의 검은 머리칼과 투우사의 가느다란 허리는, 부인할 수 없는 자신의 스페인 혈통이었다.

　가브리엘과 네 명의 자식을 낳은 뒤, 프란시스는 때론 재능도 별 소용없다는 결론에 도달했다. 재능은 그림을 그리기에는 완벽했다. 하지만 후손을 만드는 데 있어 그 결과는 변변치 못했다.

　자신의 울적한 아이를 어떻게 해야 할지 몰랐던 화가는 그날 아이에게 첫 아편 파이프를 건넸다.

　"한번 해 봐. 머릿속이 맑아질 거다."

　레아 아편굴은 배우나 화류계 여성이 드나드는 곳이 아니었다. 소수

특권층을 위한, 유행하는 아편굴도 아니었다. 셰 레아에 오는 사람들은 탐미주의자들이 아닌 그림자들과만 교류했다. 그곳에 도착한 프란시스와 빈센트는 먼저 길가 쪽을 향해 난 바가 있는 방에서 기다렸다. 프란시스는 아들을 위해 약간의 슘choum을 주문해 주었다. 당시만 해도 살아 있던 주인 레아는 청소년이었던 빈센트에게 목구멍부터 뱃속까지 홧홧하게 만드는, 쌀로 만든 반투명한 술을 가져다주었다. 빈센트는 내장 벽면을 타고 느껴지는 신랄한 고통에 놀랐다. 그 모습은 그의 아버지를 웃게 했다. 비웃음이 아닌, 행복함과 솔직함이 담긴 웃음이었다. 아버지의 웃음에 아들은 취기와 함께 깊은 기쁨을 느꼈다. 아버지가 그를 비웃지 않고 함께 웃어주는 것은 처음이었다.

프란시스가 아들의 슘을 입안에 털어 넣은 뒤 물었다.

"이제 갈까?"

그러고는 아들의 어깨를 두드리면서 말했다.

"아들아. 엄마한테는 아무 말도 하면 안 된다."

빈센트는 이루 말할 수 없는 감정에 휩싸였다. 금지된 장소에서, 아버지 프란시스와 비밀을 공유하면서 '아들아'라고 불리다니. 그리고 친밀한 손동작까지! 빈센트는 아버지가 친구들을 그런 식으로 두드리는 모습을 종종 보곤 했다. 이따금 카페 종업원들도 그로부터 비슷한 식으로 가벼운 따귀를 맞곤 했다. 거기엔 언제나 커다란 웃음이 뒤따랐다. 빈센트는 그날 전까지 한 번도 그럴 자격을 갖지 못했다.

그로부터 8년이 지난 날에, 빈센트는 셰 레아의 문을 밀면서 아버지와 그곳을 처음 방문했던 때를 회상했다. 그날 이후, 그는 가장 아름다운 곳부터 가장 불결한 곳까지 파리의 모든 아편굴을 드나들었다. 하지만 세 레아만이 처음 아편을 경험했을 때의 기이한 맛을 간직하고 있었다. 그 사이 레아는 세상을 떠났고, 아버지는 자신의 최악의 적이 되었다.

빈센트는 건물을 깊숙이 지나 지하로 이어지는 계단을 향했다. 계단을 내려가면서 그는 하수구와 곰팡이로부터 스미는 냄새를 맡았다. 둥근 천장의 굴속으로 들어가면서 그 냄새가 목구멍을 타고 내려오는 것을 느꼈다.

페르시아 양탄자만큼이나 두꺼운 커튼을 걷자, 무한히 반사되는 거울처럼 이어지는 석재 굴의 왕국이 등장했다. 처음 왔을 때는 꽃의 달콤한 향에 뒤섞인 분변처럼, 뜨겁고 쓴 아편 냄새에 기절할 만큼 놀랐다. 하지만 지금, 파촐리 향에 분변이 섞인 축축하고 코를 찌르는 듯한 그 냄새는 빈센트를 안심시켰다. 그것은 마음에 즉각적인 평온을 가져다주었다.

그곳에 처음 왔을 때 벽을 뒤덮고 있던, 물결무늬 자수가 놓인 천과 동양풍의 붉은 벽지가 그를 아시아로 데려다 놓은 듯했다.

그는 그 조악하고 초라한 분위기가 너무나도 좋았다. 그곳은 연극적이면서 싸구려 같았고, 허구적이면서 불결했다. 그곳의 모든 것이 가짜였다. 입구 카운터에 있는 중국인 노파가 걸친 원석, 거대한 부처상, 직원의 펠트 모자까지도. 하지만 빈센트는 그곳을 찾아온 사람들은 거짓말을 하지 않을 거라는 걸 알았다. 그는 가브리엘에게서 받은 돈을 카운터에 올려놓았다. 중국인 노파는 직원에게 그를 안내하라는 고갯짓을 했다.

빈센트는 연기가 자욱한 작은 방들을 통과했다. 그곳에는 반쯤 어둠 속에 잠긴 채 거의 미동이 없는 존재들이 있었는데, 그들은 금방이라도 자신의 영혼이 빠져나가는 것을 목격할 것처럼 보일 만큼 아파 보였다. 그들은 천국의 파편을 두 눈에 담은 채로 작게 헐떡거리는 숨소리를 내뱉었다. 빈센트는 그의 안에서 흥분이 솟아오르고 성기가 반응하는 것을 느꼈다.

바닥 가까이에 놓인 침상에 누운 남녀들은 핏기가 없는 모습이었다. 손가락 끝에 장죽을 걸친 그들은 감각적인 조화를 이루며 서로 몸을 포갠 채, 가느다란 피리를 터지도록 불고 있는 플루트 연주자처럼 보였다. 빈센트는 그들이 부러웠다. 자신도 어서 그 지경에 이르고 싶었다. 그의 몸은 흐물흐물해졌고, 달콤한 독약을 받아들일 준비가 되었다.

그에게 배정된 침상 앞에서 그는 셔츠 소매를 걷고, 편안함을 위해 바지의 가죽 벨트를 풀었다. 그리고 마침내 침대에 누웠다. 대머리, 돌출된 안구, 노란 밀랍 색 낯빛을 한 작은 키의 남자가 그에게 아편을 피우는데 필요한 물건이 담긴 쟁반을 가져다주었다. 옻칠을 한 핏빛의 쟁반은 거울처럼 반짝였다. 빈센트는 처음 아편을 피웠을 때 아버지가 했던 말을 회상했다.

「이게 있으면 너는 다시는 슬프지 않을 거다. 인생의 모든 걱정은 저 문 뒤에 남게 되지.」

하지만 당시의 빈센트는 내장 깊숙한 곳에서부터 치밀어 오르는 위액까지 쏟아냈다. 그 뒤에는 식은땀이 났고 몇 번을 까무러쳤다. 그리고, 약속된 행복감이 찾아왔다. 세 번째로 들이마셨을 때였다. 신성한 고통이었다.

　흐트러진 차림새로 편하게 침상에 누운 빈센트는 근처에 있는 사람들이 내뱉는 쾌락의 한숨을 들으려 애썼다. 길고 무거운 헐떡거림, 어둠 속에서 서로 교차하는 몸들의 은밀하고 추잡한, 밤의 가쁜 신음. 하지만 밀랍 색 얼굴의 직원은 그에게 너무 깨끗하고 사용감이 거의 없는 파이프를 가져다주었고, 빈센트는 그것에 화를 냈다. 직원은 눈을 내리깔며 파이프를 그을린 것으로 바꾸러 갔다. 빈센트는 초조했다. 연기가 폐를 뜨겁게 달구는 것을 느끼고, 할 수 있는 한 가장 오랫동안 그것을 들이마시고 싶었다. 돌아온 직원이 그가 원하던 장죽을 가져오자 그제야 빈센트는 두 눈을 감았다. 그리고 어머니의 손가락을 되찾은 아이처럼 행복하게 파이프를 두 손으로 감쌌다.

　비로소 그는 아편의 노란 냄새를 맡으며 한숨을 내쉬었다. 작은 오일 램프들이 주변을 더욱 노랗게 만들어 마치 성당 같은 장중한 분위기를 자아냈다. 모로 누운 빈센트는 입술 끝으로 파이프를 물고 두 눈을 반쯤 감았다. 그는 나막신 위에 고개를 뉘었고, 노란빛의 요정은 황홀한 창녀의 일을 해나갔다. 노란 요정은 태국 매음굴의 여왕처럼 빈센트를 빨아들였고, 그의 피부는 뒷덜미 아래로 팽팽해졌으며 온몸의 털은 마법에 걸린 머리 가죽처럼 뿌리부터 종아리까지 쭈뼛 곤두섰다. 열띤 흥분 속에서 무거운 안개가 그의 주변을 둘러쌌다. 그는 손을 바지 속에 넣었고, 이윽고 그에게 온 것을 움직이지 않고도 찾아내었다… 황금빛 도취, 환상적인 꿈들, 꼼짝하지 않는 온몸에서 느껴지는 쾌락.

　처음 그가 아편을 했을 때, 프란시스는 피가 몰리며 부풀어 오른 아들의 성기를 보며 미소를 지었다. 어린 아들은 가볍고 무한한 욕망을 이미 알고 있었고, 모든 죄책감을 배출했다. 씁쓸함이 없는 평화로운 쾌락이었다.

빈센트는 제 몸을 만지거나 흔들 필요가 없었다. 부풀어 오른 성기를 살짝 쓰다듬는 행위만으로도, 그것은 그를 육신을 뛰어넘는 곳으로 데려갔다. 하지만 무한한 선의가 그를 그가 사랑하는 모든 것과 이어 주었다. 육신들의 조화, 어린 여자의 살결이 지니는 아름다움, 성숙한 여인의 묵직한 가슴, 남성의 완전함, 그들의 조각상 같은 상앗빛 엉덩이. 그는 움직이지 않고도, 현저하게 증가한 성적 능력으로 주변의 모든 이들과 얽힐 수 있었다. 이제 그는 어린 소년이 아니었다. 그는 제 아버지와 같은 식인귀였고, 거대해진 음경은 남녀를 불문하고 그를 원하는 모든 이들을 만족시킬 수 있었다. 백조의 자그마한 깃털이 눈처럼 천천히 떨어져 내렸고, 분홍색 분말 크림과 같은 관능 속에서 여자들은 부드러워졌으며 그들의 겨드랑이에서는 설탕과 붉은 염료 향이 났다. 그는 그것을 마시기 위해 핥을 필요가 없었고, 그의 성기는 부드러운 솜털을 가진 새처럼 공중을 날았다. 그는 그렇게 몇 시간이고 하늘을 날며 끝날 줄 모르는 쾌락 속에서 그들을 만족시켰다.

처음 아편굴에 왔을 때, 한 남성이 그에게 바짝 다가와 몸을 문질러 댔다. 빈센트는 보호나 허락을 구하기 위해 어딘가에 있을 아버지의 시선을 찾았지만, 프란시스는 아들을 잊어버린 채 꿈쩍도 하지 않았다. 그는 자기 자신마저 스스로 문밖으로 내보낸 뒤였다. 그래서 빈센트는 자신을 쓰다듬는, 마치 목적 없는 산책이나 하릴없이 보내는 하루처럼 부드럽고 간결한 아편의 손길에 자신을 내맡겼다. 그렇게 뜨거운 몸에 기대어 잠든 채 밤이 지나갔다.

몇 시간이고 온전히 지속될 수 있는 감각이었다. 수면과 의식 사이의 몽상 속에서 어머니의 모습이 등장했다.

꿈을 흐릿하게 만드는 건 언제나 어머니 가브리엘과 누나 자닌의 존재였다. 자욱한 연기 속에서 그들이 다가오는 걸 본 빈센트는 불쑥 두 개의 화강암 산맥에, 그를 숨 막히게 하는 거대한 두 품에 의해 갇힌 듯한 기분이 들었다. 세기의 위대한 천재인 아버지 역시 자신의 그림으로 그를 으스러뜨렸다. 아버지의 작품 앞에서 그는 아주 작은 쓰레기, 털 없는 유충에 지나지 않았다. 그는 그들의 나약한 헝겊 인형이었고, 모두가 그를 놀리며 즐거워했다.

빈센트는 정신을 잃은 사람처럼 혼자 웃기 시작했다. 그는 손가락 사이로 두 용맹한 소인들을 뭉갰다. 그러자 울고 싶어졌다. 그의 남동생 때문이었다. 가짜 쌍둥이 동생. 프란시스가 자신과 같은 시기에 다른 여자와 만든 사생아. 그가 증오하는 동생은 지금 어디에 있을까? 그는 범선을 타고 멀리 떠났을지도 모른다.

'나 역시 그를 증오하는 것 대신에 그와 함께 떠나야 했는지도 몰라.'

만족감에 번득이는 두 눈으로, 분칠한 얼굴을 꿰뚫어 보며 빈센트는 정신을 차렸다. 파이프를 다시 들이마실 시간이었다. 마음을 진정시킨 그는 밀랍 색 얼굴의 직원을 불러 계속하겠다는 신호를 보냈다. 그리고 다리에 덮을 담요를 요구했다. 염소 가죽으로 된 담요에서는 강한 악취가 풍겼지만, 온기를 유지해 주었다. 빈센트는 그렇게 미동 없이 있었다. 어쩌면 십 년을, 여전히 입술에 파이프를 문 채로.

빈센트가 깨어났을 때 그는 지금이 며칠인지 알지 못했다. 돈은 다 떨어졌고 의지도 바닥났다. 아편은 그에게서 무언가를 할 이성적인 동기를 모두 앗아갔다. 그 무엇도 할 수 없게 된 빈센트는 포르주에 가는 것 대신, 자신의 아파트에서 온종일 숨어 지냈다.

그는 자신이 왜 파리에 있는지 자문했다.

그는 왜 떠났을까? 그는 아내가 어딘가에서 자신을 기다리고 있다는 것을 기억해 냈다. 하지만 그의 뇌는 그들이 정착했던 마을의 이름을 떠올리지 못했다.

아내에게로 가려면 어떻게 해야 할까?

그가 기억하는 단 한 가지는, 냄비와 이불을 찾으러 모친의 별장이 있는 쥐라로 떠나야 한다는 사실이었다.

10장

미리얌은 여전히 남편으로부터 소식을 듣지 못했다. 목매달아 죽은 사람의 집에서, 수도도 전기도 없이 미리얌은 홀로 기다렸다.

어느 날, 갑자기 몰아치는 바람은 갈수록 차가워지고 있었다.

이따금 샤보 부인이 그녀를 보러 왔다. 과부는 딱딱한 겉모습 안에 부드러운 살결을 지닌 게les crabes 같았다. '라이스raïsse[79]'의 날, 즉 폭우가 내릴 때면 부인은 미리얌을 불러 습기가 덜한 자신의 집으로 오게 했다. 미리얌은 뜨겁게 끓인 물을 이용해 돌로 된 개수대에서 옷을 벗고 바닥에 무릎을 꿇은 채로 몸을 씻었다. 샤보 부인은 그녀에게 장작을 '경제적으로' 사용하는 법을 가르쳐 주었다. 세로 방향이 아닌, 끝과 끝을 맞대어 쌓는 법이었다. 부인이 말했다.

"이러면 공기는 잘 안 통할 수 있지만요."

미리얌은 언제나 채소와 치즈를 담은 바구니를 가지고 집으로 돌아갔다.

크리스마스 이틀 전, 샤보 부인은 크리스마스 전야를 그녀의 아들과 손녀, 그리고 갓 태어난 손자 클로드와 함께 보내자며 미리얌을 집으로 초대했다.

"당신과 나는 성당에서 사람들과 많이 교류하지 않잖아요? 달리 할 일도 없고…. 우리 같이 자정 미사에 참석하는 것도 좋을 것 같아요. 12월의 밤은 추우니 따뜻하게 입고 와요."

미리얌은 부인의 제안을 승낙하는 것 외에 다른 선택이 없었다. 샤보 부인마저 그녀를 유대인이라고 의심해서는 안 됐다. 만약 예배에 불참한다면 마을에서 그녀에 대한 뒷말이 나올지도 몰랐다. 예배 의식을 따르고, 성경을 읽고, 기도문을 낭송해야 할까? 미리얌은 크리스마스 저녁이 보통 어떻게 흘러가는지 알지 못했다. 그녀는 만반의 준비를 하기 위해 프랑수아 모레나스에게 도움을 구했다.

무신론자였던 프랑수아는 유대인 미리얌에게 성호를 긋는 법을 알려주었다.

「성부, 성자, 성령의 이름으로.」

두 손가락을 이마에, 심장에, 그리고 한쪽 어깨에서 다른 어깨로. 미리얌은 몇 번이고 그 동작을 반복했다.

크리스마스 날 아침, 샤보 부인의 집에 빈손으로 갈 수 없었던 미리얌은 에그브룅 계곡으로 호랑가시나무 열매를 따러 갔다. 알피유 산맥은 온통 새하얀 모습이었다. 저 멀리서 남편이 돌아온다는 신호가 보이는 것만 같았다.

마을로 내려가기 전, 미리얌은 빈센트를 위해 문 앞에 메시지를 남겨두었다.

'크리스마스 저녁에 불쑥 등장하는 건 빈센트다운 일이지.'

미리얌은 그가 선물을 품에 가득 안고 눈부신 산타처럼 걸어오는 모습을 상상했다.

「열쇠는 당신이 아는 곳에 뒀어. 나는 샤보 부인 댁에 있으니, 그곳으로 오거나 여기서 나를 기다려.」

꽁꽁 얼어붙은 손가락으로 미리얌은 문 앞에 메모를 붙인 뒤 길을 따라 내려갔다. 프랑수아가 알려준 '아멘' 발음을 여러 번 반복했다. 아슈케나즈 유대인 식으로 '오'와 '메인'으로 발음하지 않고, 제대로 '아', '멘'으로 발음하려고 노력하면서.

성당에는 사람이 가득했고, 아무도 미리얌에게 관심을 주지 않았다. 모든 게 기우였다. 성당 입구에서 샤보 부인이 그녀를 집으로 데려가기 위해 기다리고 있었다. 신부가 부인에게 인사를 했다.

"샤보 부인. 저를 보러 더 자주 성당에 나오셔야겠어요. 이것 보세요. 오늘 저녁에 모범을 보인 것처럼요."

그리고 신부는 미리얌을 가리켰다.

"여기 이분은…."

"신부님, 제게는 일을 하는 것이 곧 기도를 올리는 것인걸요."

샤보 부인이 미리얌의 팔을 잡아끌며 대답했다.

신부는 아무 말 없이 두 사람을 보내 주었다. 그는 과부인 샤보 부인이 홀로 곡식을 수확하고, 과일을 따고, 아몬드, 고기, 우유, 모직을 팔고, 거기에 말을 필요로 하는 사람들을 위해 흔쾌히 빌려줄 마필 네 마리를 관리하는 일까지 맡고 있다는 사실을 잘 알고 있었다. 부인은 일요일마다 성당에 올 시간도 없이 마을의 한 가정 이상을 먹여 살리고 있었다.

샤보 부인은 미리얌을 집까지 데려갔다. 이미 차림이 끝난 식탁에는 흠잡을 데 없이 하얀 리넨 식탁보 세 겹이, 시간이 지나면서 벗겨지는 오래된 침대의 새 시트처럼 서로 겹쳐 있었다. 가운데 식탁보는 다음 날 점심 정찬을 위한 것이었다. 고기가 포함된 유일한 식사였다. 맨 아래에 있는 식탁보는 25일, 남은 음식들을 가지고 차려내는 저녁을 위한 것이었다. 맨 위의 식탁보는 프로방스 지역에서 크리스마스 저녁에 먹는 열세 가지 디저트를 손님들에게 차려 내는 데 사용되었다.

식탁을 장식한 올리브나무 가지와 호랑가시나무 열매는 행복의 증표였다. 삼위일체의 촛불 세 개가 수호 성녀 바르바라의 싹, 12월 4일부터 샤보 부인이 접시에서 싹을 틔운 렌틸콩들 옆에서 불을 밝히고 있었다. 렌틸콩들은 그동안 초록 새싹으로 이루어진 수염처럼, 무성하게 발아해 있었다. 빵은 한쪽은 예수, 다른 한쪽은 손님들, 그리고 나머지 한쪽은 걸인을 위해 세 부분으로 나뉘어 잘렸고, 헝겊에 싸인 채로 찬장 안에 보관되었다. 미리얌은 자신의 할아버지가 키뒤시kiddouch[80] 초반부에 빵을 쪼개던 모습, 그리고 유월절 밤에 예언자 엘리야를 위해 와인 한 잔을 남겨두었던 것을 회상했다.

긴 식탁을 따라 놓인 접시 위에 프로방스의 열세 가지 디저트가 차려져 있었다. 샤보 부인이 미리얌에게 말했다.

"잘 보세요. 다른 데서는 볼 수 없는 광경이니까요! 저건 퐁프 아 릴 Pompe à l'huile[81]이에요. 밀가루가 목마른 당나귀처럼 기름을 빨아들여서 붙은 이름이지요."

미리얌은 버터 덩어리처럼 노란 반죽에 흑설탕이 흩뿌려진, 오렌지꽃 향이 나는 브리오쉬 빵의 냄새를 맡았다.

"절대 칼로 잘라선 안 돼요! 그럼 불운을 불러오거든요."

"이듬해에 쫄딱 망할지도 몰라요."

샤보 부인의 아들이 덧붙였다.

"봐요, 미리얌. 이건 우리의 파쉬슈아pachichòi[82]예요."

샤보 부인은 프로방스 지역의 전통을 보여주며 기뻐했다. 네 개의 접시에 청빈을 맹세한 4개 수도회를 상징하는 '망디앙'들이 놓여 있었다. 씨앗에 'O'가 새겨진 대추야자들은 성가정이 처음으로 대추야자를 맛보았을 때의 감탄을 표현하고 있었다.

"대추야자가 없으면 말린 무화과에 호두를 채워 넣지요."

"이건 다크 누가 캔디예요."

아홉 번째 접시에는 제철 생과일, 붉은 소귀나무 열매, 포도, 브리뇰주의 자두, 요리용 와인에 재운 서양배가 담겨 있었다. 가을 막바지에 맛볼 수 있는, 약간 주름진 것으로 골라야 맛이 있는 초록색 산타클로스 멜론도 빼놓을 수 없었다. 그리고 뷔뉴, 오레이에트, 각각 큐민과 아니스 향을 입힌 나베트, 아몬드 크로캉, 우유 갈레트, 잣 비스코티도 있었다.

잔뜩 차려진 식탁은 팔레스타인에서 먹었던 정찬을 떠올리게 했다. 끔찍했던 열흘간의 대속죄일의 끝을 알리는 쇼파르Schofar[83] 소리와 함께 먹었던 정찬이었다.

회당에서 집으로 돌아왔을 때, 포피 시드 케이크와 흰 치즈가 발린 작은 빵들이 식탁에 차려져 있었다. 할아버지 내크먼은 그것을 크림 커피, 그리고 청어와 함께 먹는 걸 좋아했다.

"파리에서도 크리스마스를 이렇게 보내나요?"

생각에 잠겨 멍해진 미리얌을 본 샤보 부인이 물었다.

"아뇨, 전혀요!"

미리얌이 미소를 지으며 대답했다.

"당신에게 줄 선물이 있어요!"

샤보 부인이 식사를 마무리하며 말했다. 그녀는 오렌지를 하나 가지러 갔다. 미그달의 노동자들이 오렌지를 감싸는 데 썼던 얇은 종이를 알아본 미리얌의 마음이 미어질 듯 아파 왔다. 손톱 밑에 오랫동안 스며들어 있던 오렌지 껍질의 쌉쌀한 맛이 떠올랐다. 어머니가 온 가족이 파리로 갈 거라고 말했던, 그날의 기억이 떠올랐다.

파리, 에펠탑, 프랑스.

그 단어들이 귓가에 약속처럼 울렸었다.

'에브라임, 엠마, 자크, 노에미. 다들 어디에 있는 거예요?'

집으로 돌아가는 길에 미리얌은 자문했다. 마치 밤의 고요 속에서 대답이 튀어나올 것을 기대라도 한 것처럼.

피레네산맥을 통해 스페인 국경을 넘으려면 나흘에서 닷새를 꼬박 걸어야 했다. 국경을 건너는 데는 최소 1,000프랑에서 최대 60,000프랑까지 들었다. 어떤 밀입국 브로커들은 선금을 요구한 뒤 약속한 날에 나타나지 않기도 했다. 도중에 불법 밀입국자들이 죽임을 당하는 일도 부지기수였다. 하지만 개중에는 용감하고 너그러워서, 이렇게 말해도 되는 브로커들도 존재했다.

"지금 가진 건 없지만 다음에 꼭 지불할게요."

그러면 그들은 이렇게 대답했다.

"갑시다. 당신을 독일인들에게 넘길 순 없으니."

자닌은 모든 일화를 꿰고 있었다. 자신이 소개받은 브로커는 산악 안내인으로 최소 서른 번은 밀입국을 성공시킨 이력을 가지고 있었다.

젊은 여자의 등장에 브로커는 걱정했다. 그녀의 키가 고작 어린아이만 할뿐더러, 국경을 넘기에 적합한 신발과 옷차림이 아니었다.

"이게 제가 구할 수 있는 최선이었어요."

"그럼 불평하면 안 됩니다."

브로커가 대답했다.

"먼저 바스크 지방에 들러야 해요."

"우리에겐 잘된 일이네요. 그편이 덜 위험할 겁니다."

"하지만 남쪽 지역이 점령당한 이후로 통행의 안전을 보장할 수 없어요."

"그 말을 저도 듣긴 했습니다."

"그래서 사람들이 발리에 산괴를 통해서 가라더군요. 너무 위험한 길이라 독일군들은 시도하지 않을 거예요."

그러자 브로커는 자닌을 바라보고 무뚝뚝하게 말했다.

"걸을 힘을 아껴두시죠."

자닌은 수다스러운 편이 아니었지만, 두려운 마음을 가라앉히기 위해서는 끊임없이 말해야 했다. 그녀 이전에 국경을 건넜던 이들이 결국 자유가 아닌 죽음을 맞이했다는 사실을 그녀는 알고 있었다. 그래서 자닌은 한 발을 내딛고 국경 방향을 바라보며, 현기증이 난다는 사실을 애써 떨쳐냈다.

가루처럼 눈이 내린 낭떠러지 길을 따라 걷는 자닌의 발이 푹푹 빠지기 시작했다. 브로커는 그녀가 보이는 것만큼 강인하지 않다는 사실을 알게 되었다. 두 사람은 함께 얼어붙은 강을 건넜다.

"한쪽 다리가 부러지기라도 하면 어쩌죠?"

"거짓말하지 않겠습니다. 머리에 총을 쏘는 것으로 끝날 겁니다. 그게 아니면 얼어 죽을 거고요."

고개를 들자, 스페인이 아주 가까이에 있는 것처럼 느껴졌다. 손가락을 뻗으면 캄캄한 밤에 조명이 밝혀진 능선에 닿을 것만 같았다. 하지만 앞으로 걸어나갈수록 불빛은 멀어졌다. 절망해선 안 된다는 걸 자닌은 알고 있었다. 그녀는 철학자 발터 벤야민을 떠올렸다. 그는 스페인 국경을 넘은 직후에, 스페인 사람들이 자신을 다시 돌려보내리라 생각해 스스로 생을 마감했다. 그는 프랑스어로 쓴 마지막 편지에서 이렇게 말했다.

「출구가 없는 상황 속에서 내게는 생을 마감하는 것 외에 다른 선택이 없다.」

만약 희망을 간직했더라면, 그는 살아남을 수 있었을 것이다.

사흘째가 되자, 브로커는 장갑을 낀 손으로 먼 곳을 가리키며 자닌에게 말했다.

"저 방향으로 쭉 걸어가세요. 저는 여기까지입니다."

"뭐라고요? 같이 안 가고요?"

"브로커들은 절대 국경을 넘지 않아요. 당신은 혼자 이 여정을 마무리해야 합니다. 도망자들을 받아주는 작은 예배당이 나올 때까지 곧장 가면 돼요."

그렇게 말하며 그는 뒤를 돌아서, 왔던 길로 다시 떠났다.

자닌은 자신이 어렸을 때, 어느 날 모친이 했던 말을 회상했다. 가브리엘은 일어날 수 있는 죽음의 상황들을 열거했었다.

화재,

음독,

자상,

익사,

질식…

「만약 언젠가 네 죽음을 선택해야 하는 말이 온다면, 딸아, 동사凍死를 택해라. 그게 가장 편안할 거란다. 더는 아무것도 느끼지 못하게 되고, 단지 잠드는 기분만을 느낄 거야.」

12장

한밤중에 미리얌은 목매달아 죽은 사람의 집의 주방 창문을 두드리는 소리에 잠에서 깨어났다.

'빈센트구나.'

미리얌은 확신했다. 미리얌은 차갑고 커다란 군화에 아무것도 신지 않은 발을 밀어 넣고 잠옷 위에 조끼를 걸쳤다. 하지만 어둠 속으로 보이는 형체는 남편의 것이 아니었다. 남자의 키는 매우 컸고, 어깨는 넓었다. 그는 한 손으로 자전거를 잡고 있었다.

"피카비아 씨가 보내서 왔습니다."

남자가 프로방스 억양으로 말했다. 미리얌은 문을 열어 남자를 들여보냈다. 촛불을 켜기 위해 성냥을 찾았지만, 장 시두안이라는 남자는 불을 밝히지 말라는 손짓을 했다. 그는 모자를 벗어 얼굴을 드러냈다.

"당신 남편이 감옥에 있습니다. 디종 교도소에 수감되었죠. 그가 나를 보내 당신을 찾으라고 했습니다. 다음 기차를 타고 떠나야 하니 서둘러요."

미리얌은 어머니로부터 빠르고 냉철하게 생각하는 능력을 물려받았다. 미리얌은 머릿속에 떠나기 전에 해야 하는 모든 일의 목록을 떠올렸다. 숯 확인하기, 음식 흔적을 남기지 않기, 집 정리하기, 샤보 부인에게 메시지 남기기.

"기차를 한 번 갈아타고, 그다음에는 고속버스를 타야 합니다."

장이 미리얌에게 말했다.

"자정이 되기 전에 디종에 도착할 거예요."

동이 틀 때쯤 그들은 카바용-압트 노선으로 연결되는 세농 기차역으로 조용히 움직였다. 사람이 없는 플랫폼에서 장이 신분증 하나를 내밀었다.

"당신은 이제 내 아내인 겁니다."

'나보다 훨씬 예쁜 여자네.'

미리얌은 위조 신분증을 바라보며 그렇게 생각했다.

긴 여정이었다. 차량과 지역 열차를 갈아타는 매분 매초가 위험했다. 날은 추웠다. 미리얌은 충분한 외투를 걸치고 있지 않았다. 몽텔리마르에서 장은 자신의 커다란 니트 조끼를 미리얌의 어깨에 덮어 주었다.

발랑스에서 제복을 입은 독일군들이 검문할 때 '신혼부부'는 숨을 꾹 참았다. 그들은 위조 신분증을 내밀었다. 장은 적 앞에서도 냉정을 유지하는 젊은 여인의 차분함에 경의를 표했다.

디종으로 향하는 마지막 기차의 객실에 둘만 남게 되자, 미리얌은 곤경에서 벗어났다고 느꼈다. 그녀는 밤이 되자 근처 승객들이 꾸벅꾸벅 졸고, 공기 중에 포근하고 온유한 분위기가 감돌고 있는 밤의 기차를 좋아했다. 어떤 결정도 없이 마음을 내려 놓았다.

두 사람은 요즘 같은 때에는 입을 꾹 닫고 있어야 하며, 서로 이야기를 나눠서도 안 된다는 걸 알고 있었다. 하지만 풍경 위로 밤이 내려앉은 그 날, 텅 빈 객실의 포근한 평온이 장과 미리얌으로 하여금 서로 속이야기를 터놓게 만들었다.

침묵을 깨기 위해 미리얌이 입을 열었다.

"제가 처음 탔던 기차는 폴란드를 지나 루마니아까지 가는 기차였어요. 사모바르를 지키고 있던 뚱뚱한 부인이 나를 공포에 질리게 했죠. 그녀의 얼굴은 지금도 완벽히 기억나요…."

"루마니아에는 뭘 하러 간 겁니까?"

"배를 타러요. 팔레스타인으로 가서 부모님과 거기서 몇 년을 살았어요."

"당신 폴란드인입니까?"

"아뇨! 제 어머니의 가족이 폴란드 출신이에요. 하지만 저는 러시아 모스크바에서 태어났죠. 당신은요?"

창문 너머로 검은색 잉크처럼 까만 그림자를 드리우고 있는 나무들을 바라보며 미리얌이 말했다.

"저는 세레스트에서 태어났습니다. 뷔우에서 그리 멀지 않은 곳이죠. 자전거를 타고 마노스크 도로를 타면, 두어 시간이면 갈 수 있어요. 아버지께서는 수레를 만드는 장인이셨어요. 마을 악단에서 코넷을 연주하셨죠. 그리고 제 어머니는 바지 제작사이셨어요."

그가 바지를 보여주기 위해 자랑스레 허벅지를 손으로 탁, 치며 말했다. 미리얌이 미소를 지으며 대답했다.

"멋진 작품이네요. 그럼 당신은 무슨 일을 하죠?"

"저는 교사입니다. 슬프게도 학교에 간 지 참 오래되었네요…. 저도 한때 징역을 살았습니다. 하루는 마을 술집에서 전쟁을 싫어한다고 말했는데, 군 수사 판사에 의해 '패배주의적 발언'이라는 죄목으로 마르세유에 있는 생-니콜라 요새로 소환되었죠. 1년을 감옥에서 보내야 했고요···. 그래서 당신에게 무슨 말을 해야 할지 조금은 압니다. 말씀드리고 싶은 건, 당신의 남편이 가장 필요로 하는 건 용기라는 거예요. 화장실을 차지하기 위한 다툼, 담배를 얻어내기 위한 술책, 독방, 간수들의 멸시, 삭발···. 남편분은 나막신을 신고 걷는 법을 배워야 하고, 몸수색을 당하는 수치와 담배꽁초 거래를 경험하고, 목을 불태우는 술을 마시고, 간수들로부터 가혹 행위를 당하게 될 겁니다···. 하지만 중요한 건 언젠가 당신 남편이 출소할 거라는 사실이죠."

"당신은 언제 출소했나요?"

"1941년 1월 21일이었습니다. 일 년 만에 저는 완전히 다른 사람이 되었죠. 원래는 마른 체형이어서 부모님이 저를 못 알아볼 정도였거든요. 내면도 달라졌습니다. 평화주의자에서 벗어나 레지스탕스들을 돕기로 결심했어요."

"용감하네요."

"용기의 문제가 아닙니다. 그냥 제 식대로 할 뿐이죠. 할 수 있는 대로요. 세레스트 마을에 한 사내가 왔습니다. 이름은 르네였는데, 사람들이 그를 찾아오면 그는 그들에게 할 일을 알려 주고, 작은 임무를 맡겼죠. 저는 심지어 간식도 내줬답니다."

그는 배낭에서 섬세하게 포장된 두 개의 빵조각을 꺼내며 말했다. 미리얌은 웃으며 그와 함께 빵을 먹었다.

"곧 도착하겠군요. 우리의 여정은 여기서 끝납니다. 당신을 한 수감자의 아내가 사는 집에 데려다주겠습니다. 당신 남편과 같은 방을 쓰는 동료예요. 내일이면 그녀가 당신을 남편에게로 데려갈 거예요."

떠나기 전에 미리암은 장 시두안에게 감사 인사를 전했다. 그리고 그의 팔을 붙잡고 말했다.

"저도 임무를 맡고 싶어요."

"좋습니다. 르네에게 말해 둘게요."

릴쉬르라소르그에서 르네 샤르는 일거수일투족을 감시당했다. 그래서 1941년에 그는 아내를 데리고 짐 가방 하나를 챙겨 50km 떨어진 세레스트의 친구 부부 집으로 피신했다.

그는 마로니에 나무들이 심어진 작은 광장을 발견했다. 성당 앞에는 신부 앞에 선 성가대원들처럼 집들이 줄지어 서 있었다. 그는 광장 중앙의 분수대에서 마을의 한 소녀가 지닌 아름다움에 푹 빠졌다. 그녀의 이름은 마르셀 시두안이었다.

르네는 그녀를 보기 위해 매일 분수대로 향했다. 노파들은 벤치에서, 창문 뒤에서, 성당 층계참에서, 의자에 꼭 붙어 앉은 채로 두 사람을 지켜보았다. 마르셀은 자신이 물을 긷는 것을 보기 위해 르네가 광장에 오는 순간을 기다렸다.

하루는 르네가 그녀에게 말했다.

"손수건 떨어뜨렸소."

마르셀은 대답 없이 손수건을 주머니에 넣고 멀어졌다. 그녀는 등 뒤로, 그 광경을 한 톨도 놓치지 않은 구경꾼들의 시선을 느꼈다.

주머니 속 어린 여성의 손가락은 손수건 안으로 밀어 넣어진 종잇조각을 찾아냈다. 거기에 약속 시간과 장소가 적혀있다는 걸 마르셀은 알았다. 노파들 역시 손수건을 주는 행위에 대해 알고 있었다. 그들의 지친 마음이 다시 뛰기 시작했다. 그들은 소녀 시절 가냘픈 몸으로 분수대에서 물을 긷던 때를 회상했다. 노파들은 손수건 안에 감춰진 단어, 손 안에 감춰진 손수건, 주머니 안에 감춰진 손을 추측해 보았다. 마르셀은 훗날 르네 샤르의 작품 ≪히프노스의 단장들Feuillets d'Hypnos≫ 속 '여우 여인'이 되었다.

그런데 마르셀은 이미 마을의 사내인 루이 시두안과 결혼한 상태였다. 하지만 그 누구도 그에게 아내를 제대로 살피지 않았다고 나무랄 수 없었다. 루이는 전쟁 포로로 독일에 가 있었기 때문이다.

마을에는 비밀이 없었다. 모두가 모든 걸 알았다. 이방인이 세레스트 사내의 아내를 취했다. 그는 차후에 대가를 치르게 될 터였다. 그전까지 르네는 본처와 헤어지고 마르셀의 모친이 사는 집에 정착했다. 그리고 그는 어둠 속에서 행동하는 비밀 군대의 수장이 되었다.

도처에 싸울 준비가 된 남자와 여자들이 있었다. 때로는 일가족이기도 했고, 때로는 가까운 이웃임에도 서로가 같은 편인지 모르는 경우도 있었다. 분산되어 있던 초기 단계의 레지스탕스는 점차 하나의 수장을 중심으로 몸집을 키우기 시작했고, 르네 샤르는 그 수장 중 하나였다. 르네는 사람들을 하나로 연합하고, 열정을 불어넣고, 그들을 지휘하고, 그들의 특성을 발견해 내는 능력을 갖추고 있었다. 그는 자신의 편인 사람들의 목록을 작성해 그들에게 임무를 부여했다. 그는 1942년, 알렉상드르라는 가명으로 자신의 지역에서 〈프랑스 조직 통합군〉의 책임자가 되었다. 이는 드골 장군의 지시에 따라 장 물랭이 조직한 비밀 군대였다. 알렉상드르라는 이름은 전쟁 시인, 마케도니아의 왕, 아리스토텔레스의 제자인 알렉산드로스 대왕에서 따온 것이었다.

르네는 자전거, 기차, 지역 버스를 타고 여러 지역을 돌아다니며, 그곳에 몸을 숨긴 친구들과 싸움에 동참하고자 하는 사람들을 찾았다. 그는 세레스트 인근에서 레지스탕스를 도울 수 있는 모든 이들을 연결하는 일을 했다. 그는 항독 지하 단체의 은신처 지도를 그리고 제작했으며, 축사 안에 몸을 숨길 곳, 입구가 두 개인 집, 포위되지 않기 위해 반드시 피해야 할 길들을 찾아냈다. 낙하산 대원들이 불시착할 들판에서는 농민들을 귀찮게 하는 나무를 베어냈다. 그는 자신을 지나치게 대담하다고 여기는 사람의 의견을 묵살시킬 줄도 알았다.

르네 샤르의 사람들은 아직은 무장하지 않았지만, 곧 전선으로 소집될 군인들처럼 열렬히 훈련에 임했다. 그전까지 그들은 첩보 활동에 매진했고, 담벼락에 로렌 십자를 그렸으며, 1943년 1월 11일에서 12일로 넘어가는 밤, 장 지오노의 집 문을 플라스틱 폭탄으로 폭파하는 테러를 기획했다. 부서진 격벽 사이에서 장 지오노는 가까스로 목숨을 구했다. 그들은 왜 위대한 작가를 공격했을까? 그것도 평화를 위해 맞서 싸운 사람을? 어떤 이들은 이해하지 못했다.

"우리와 함께하지 않는 것은 우리에 반하는 것이다."

디종에서 미리얌은 플롱비에르 도로가 내려다보이는 습한 아파트에서 하룻밤을 보냈다. 금발로 염색하느라 머리카락이 거의 다 타버린 여인의 집이었다.

"공중 곡예사로 일하다가 제 남편과 만났어요."

그녀가 미리얌의 이부자리를 준비해 주면서 말했다. 미리얌은 퉁퉁해진 그녀의 살 속에서 운동선수 몸의 흔적을 찾아내지 못했다.

"이만 주무세요. 내일 면회를 가려면 일찍 일어나야 하니까요."

공중 곡예사는 그녀에게 이불을 던져 주었다.

미리얌은 쉽사리 잠에 들지 못했다. 도시를 공습하는 전투기 소음이 들리지 않은 지 오랜 시간이 지나 있었다. 그녀는 창문 너머로 해가 뜨는 것을 바라보았다. 마치 선상 여행을 끝내고 단단한 육지로 돌아온 뒤에도 몸의 흔들거림을 느끼는 사람처럼, 여전히 다리에서 기차의 덜컹거림이 느껴졌다.

디종이 한눈에 내려다보이는 오트빌 요새로 가기 위해서는 들판을 지나서 한 시간을 꼬박 걸어야 했다.

감옥은 벽이 두꺼운 회색 건물이었다.

미리얌은 남편과 다시 만났다. 그를 마지막으로 본 지 두 달이 지난 뒤였다. 그의 눈꺼풀은 금방이라도 감길 듯 무거워 보였고 얼굴은 창백했다.

"머리가 끔찍하게 아프고 허리가 아파."

빈센트가 뱉은 말은 그게 다였다. 감기로 인해 코에서 투명한 콧물이 흘러내렸다.

"대체 무슨 일이 있었던 건지 말해봐."

"계획대로 쥐라에 있는 에티발에 갔어. 거기서 침대 시트와 이불을 챙겼지. 식기도. 다음날인 12월 26일에 짐을 챙겨서 우리가 있는 집으로 돌아가려고 떠났어. 그러려면 경계선을 넘어야 했는데, 갈 때는 브로커가 있었거든? 생각해 보니 올 때는 혼자서도 가능할 것 같은 거야. 하지만 운이 나빴지. 자정쯤 가교에 도착했는데, 거기서 교대 중이던 독일군들을 마주친 거야. 물건으로 가득 채운 가방 때문에 내가 암거래라도 한다고 생각했나 봐. 그게 다야, 자기야. 그래서 이곳에 있게 된 거야."

미리얌은 침묵했다. 남편이 자신을 '자기야'라고 불러준 것은 처음이었다. 그런데다 그는 그녀를 똑바로 바라보지 않았다. 얼굴은 파리했고 시선은 어딘가 모르게 흐릿했다.

"왜 그렇게 몸을 긁는 거야?"

"이가 있어서 그래. 이 말이야! 이! 판사가 오늘이나 내일 형량을 결정한다고 했어. 어떻게 될지 보자고."

미리얌은 남편의 언짢은 태도에 입을 꾹 다물었다. 하나의 질문이 입술을 간지럽혔다.

"우리 부모님 소식은 들었어?"

"아니. 아무 소식 없었어."

빈센트가 차갑게 대꾸했다. 그 말은 마치 주먹처럼 복부로 날아왔다. 미리얌은 숨을 쉴 수 없었다. 면회 시간이 끝났다. 빈센트는 미리얌 쪽으로 몸을 기울여 귓가에 속삭였다.

"모리스의 아내가 나한테 주라고 뭔가 건네지 않았어?"

미리얌은 고개를 저었다. 빈센트는 불안한 표정으로 몸을 일으켰다.

"알았어. 그럼 내일 보자고. 내일. 잊지 마."

그는 미리얌을 향해 미소 지으려 노력하며 말했다.

돌아오는 길에 공중 곡예사가 미리얌에게 사과했다. 그녀가 잊어버린 게 있었다. 빈센트에게 전해 줄 것이 있었던 것이다. 아파트에 도착한 그녀는 검은색의 작은 구슬 같은 것을 보여주었다.

"내일 이걸 손가락 사이에 끼워 놔요. 그럼 감옥 입구에서 간수가 손바닥 검사를 할 때 들키지 않을 거예요. 자, 그리고 나서 그걸 테이블 밑으로 몰래 남편한테 주면 돼요."

"이게 뭔데요?"

미리얌이 물었다. 공중 곡예사는 그녀가 제 남편이 자신에게 무엇을 요구했는지 전혀 모른다는 걸 알아차렸다.

"제 할머니의 감초예요. 관절통을 완화해 줘요."

다음 날, 모든 일이 계획대로 흘러갔다. 빈센트는 검고 반짝거리는 작은 구슬을 혀 아래에 밀어 넣었다. 미리얌은 남편의 얼굴이 사랑의 묘약이라도 마신 듯 환해지는 것을 보았다. 그리고 빈센트는 처음으로 자신의 손으로 미리얌의 얼굴을 만진 채, 시선 너머 저 멀리 무언가를 바라보듯 한참을 가만히 있었다.

　이튿날인 1943년 1월 4일, 빈센트는 4개월의 징역과 1천 프랑의 벌금형에 처했다. 미리얌은 최악의 상황을 걱정했었다. 독일로 떠나야 할까 봐 두려웠던 것이다. 하지만 자신의 아름다운 남편이 프랑스에 머무르는 한, 그녀는 모든 걸 견뎌낼 준비가 되어 있었다.

15장

목매달아 죽은 사람의 집으로 돌아오면서, 미리얌은 클라파레드 고원의 분위기가 전과 그대로인 것을 보았다. 무심한 분위기 속에서 모든 물건이 제자리에 있었다. 1943년 1월의 추위는 뼛속까지 에는 듯했다.

어느 날 저녁, 침실로 가기 전에 미리얌의 등 뒤로 사람의 형체가 나타났다. 미리얌은 깜짝 놀랐다.

"당신에게 줄 게 있어서 왔습니다."

장 시두안이 창문을 두드리며 말했다. 그는 자전거 짐받이에서 커다란 공구함을 낑낑거리며 내렸다. 거기엔 정성 들여 포장한 물건이 들어 있었다. 미리얌은 그것이 갈색 베이클라이트 무선 라디오라는 걸 한눈에 알아보았다.

"당신 아버지가 공학자였고 당신이 라디오에 대해 잘 안다고 했었죠."

"고장이 난 거라면 고쳐줄 수도 있어요."

"제가 바라는 건 그냥 듣는 거예요. 푸르카뒤르를 아십니까?"

"농장이요? 어딘지 알아요."

"거기엔 전기가 들어와요. 거기 주인이 도와주기로 했고요. 우리가 창고에 이 라디오를 가져다 두면 당신이 거기 가서 그걸 듣는 거예요. BBC의 마지막 뉴스 보도를 들어야 해요. 저녁 아홉 시부터 하는 뉴스요. 당신은 쪽지에 모든 내용을 받아 적는 겁니다. 그리고 그걸 프랑수아의 유스 호스텔에 두고 오세요. 주방 찬장 속 향기가 나는 허브 사쉐 뒤, 철로 된 비스킷 상자를 하나 숨겨 뒀어요. 그 안에 종이를 넣으면 됩니다."

"매일 저녁이요?"

"매일 저녁이요."

"프랑수아도 그 사실을 알고 있나요?"

"아뇨. 그에게는 그냥 인사를 하러 왔다고 하세요. 허브차 한 잔을 마시고, 쓸쓸해서 왔다고 하면서 이야기를 조금 나누세요. 그를 불안하게 해선 안 돼요."

"언제부터 시작하죠?"

"오늘 저녁부터요. 뉴스는 정확히 21시 30분에 시작합니다."

미리얌은 푸르카뒤르에 가기 위해 정신없이 달렸다. 농장에 도착했을 때, 그녀는 창고로 슬그머니 들어가 잡음방지 장치를 설치하고, 다이얼을 돌렸다. 라디오가 지지직거리는 소리를 냈다. 미리얌은 특히 바람이 불어와 소리가 들리지 않을 때마다 내용을 알아듣기 위해 라디오에 귀를 바짝 가져다 댔다. 종이도, 손마저도 보이지 않는 은신처의 어둠 속에서, 미리얌은 뉴스에서 보도하는 것을 열심히 받아 적었다. 까다로운 작업이었다.

방송이 끝나면 미리얌은 벽에 바짝 붙어 창고 밖으로 나온 뒤, 프랑수아 모레나스의 유스 호스텔로 향했다. 유스 호스텔은 걸어서 삼십 분 거리에 있었다. 밤의 추위로 피부가 떨어져 나갈 듯했다. 하지만 미리얌은 자신이 유용하다고 느낄 수 있었기에 괜찮았다.

미리얌은 문을 두드리지 않고 프랑수아의 집에 들어가, 그에게 허브 차 한 잔을 함께 마시자고 권했다. 그녀가 몸을 떨고 있자, 프랑수아는 그녀의 등에 유스 호스텔 담요를 덮어주었다. 말라붙은 풀이 달라붙어 있는 모직 담요는 거칠었다. 모직 의류와 흡수력 좋은 면이 찾아보기 힘들어지면서, 피부를 따갑게 만드는 담요조차 귀중한 물건이 되었다.

미리얌은 차를 내리기 위한 허브를 자신이 직접 준비하겠다고 했다. 그리고 허브를 찬장 안에 다시 넣어둘 때 비스킷 통 안으로 종이를 집어 넣었다. 그날은 첫날이었고, 추위와 두려움 때문에 손이 덜덜 떨렸다.

낮에는 두 눈을 감고 글씨를 쓰는 연습을 했다. 날이 갈수록 메시지의 가독성이 좋아졌다. 이제 미리얌은 저녁 뉴스 방송만을 위해 살아가게 되었다.

이 주일이 지난 뒤, 프랑수아가 미리얌에게 말했다.

"당신이 라디오를 듣는 걸 알고 있어요."

미리얌은 자신이 당황했다는 걸 드러내지 않으려 애썼다. 프랑수아가 그 사실을 알아서는 안 됐다.

그에게 모든 걸 털어놓은 사람은 바로 장이었다. 왜일까? 그건 다름 아닌 미리얌의 명예를 지켜주기 위해서였다. 어느 날 모레나스가 그에게 이렇게 말했던 것이다.

"피카비아 부인이 나를 보러 온다네. 이야기를 나누자더군. 이야기. 매일 저녁 말이야."

"가엾은 부인이 쓸쓸한가 보군. 남편이 없으니 말이야."

"어떻게 생각하나?"

"무엇을?"

"자네 생각 말이야."

"무슨 말인지 모르겠는데."

"내가 먼저 다가와 주길 기다리는 걸까?"

프랑수아는 아무런 흑심 없이 가볍게 말한 것이었지만, 그 질문에 장은 괴로움을 느꼈다. 죄책감이 들었던 것이다. 그래서 그는 프랑수아에게 미리암이 매일 저녁 유스 호스텔에 들르는 이유를 설명했다. 그는 침묵에 대한 규칙을 어겼다. 결혼한 여인의 명예를 지켜주기 위해서.

엄마,

조사에 커다란 진전이 있었어요.

장 시두안의 회고록을 읽고 많은 것들을 알 수 있었죠.

그가 이브, 미리얌, 그리고 빈센트에 관한 이야기를 알려 줬어요.

심지어 할머니, 할아버지가 암양의 젖을 짜고 있는 사진의 복사본도 있었어요. 미리얌이 새끼 양을 품에 안고 있는 동안, 빈센트가 엄마 양의 젖을 짜기 위해 몸을 웅크리고 있는 모습이었죠. 두 사람은 참 행복해 보였어요.

마르셀 시두안의 딸이 쓴 회고록도 주문했어요. 전쟁 시기 동안 르네 샤르와 함께 세레스트에서 보낸 어린 시절 이야기를 적은 책이죠. 그녀는 아직 살아있는 것 같아요.

혹시 그녀를 기억하세요? 이름은 미레이예요. 전쟁 당시 열 살 정도였대요.

또 찾아낸 게 하나 더 있어요. 메모 중에서 미리얌이 유스 호스텔 주인인 프랑수아 모레나스라는 사람을 언급한 부분이 있어요.

그는 자신이 경험한 것들을 여러 권의 책으로 써낸 작가예요. 그 역시 여러 차례 미리얌에 대해 언급했어요.

만약 언젠가 엄마가 원할 때, 미리얌이 언급된 문장들을 복사해 줄게요. 그중

한 대목이 특히 마음을 울렸어요. ≪토끼들의 클레르몽 : 1940~1945 압트 지방의 한 유스 호스텔의 기록≫에서 그는 이렇게 썼어요.

「보리스 고원에 미리암이 왔다. 한 남자가 목매달아 죽은 고독한 요새에서 이 여인은 홀로 살았다. 그녀는 종종 나를 보러 와 말동무를 청하곤 했다. 그녀는 막 레지스탕스 조직에 가담해, 전기가 들어오는 푸르카뒤르를 빌려 저녁마다 그곳에서 런던의 라디오 방송을 숨어 듣곤 했다.」

책에서 미리암의 흔적을 발견하고 얼마나 울컥했는지 몰라요, 엄마.
엄마가 생각났어요. 조사를 하다가 아델레이드 오발 박사의 책에서 우연히 노에미를 발견했을 엄마의 모습이 떠올랐죠. 엄마, 제가 이 모든 일에, 그것도 엄마 부모님의 이야기에 파고든다는 사실이 엄마에게는 어려운 일이라는 걸 알아요. 엄마는 클라파레드 고원에서 엄마가 태어나기 전에 일어났던 일을 조사하러 가지 않았죠.
그리고 그 이유를 생각해 봤어요.
엄마, 저는 엄마의 딸이에요. 제게 조사하는 법, 정보를 대조하여 검증하는 법, 작은 종잇조각이 들려주는 이야기를 찾아내는 법을 가르쳐 준 건 엄마예요. 어떻게든 저는 엄마가 가르쳐 준 대로 끝까지 조사를 해볼 거예요. 그리고 계속해서 반복할 수밖에 없어요.
제게 과거를 재구성할 힘을 준 건 바로 엄마예요.

안에게,

어머니는 내게 그 시기의 일을 절대 말해주지 않았어.

단 한 번을 제외하고. 그녀가 내게 말했었지.

「어쩌면 그 순간들이 내 삶의 가장 행복했던 시절이었을 거야. 그걸 알아두렴.」

오늘 아침에 포르주 시장으로부터 온 편지를 받았단다.

시장의 비서, 기억나니? 그녀가 우리를 위해 문서를 찾은 것 같아. 아직 봉투
를 열어 보지는 않았어. 다음에 클라라와 집에 올 때 같이 열어 보자꾸나.

사순절이 끝나는 날이면 풀무를 든 한 무리의 사람들이 여러 마을을 돌아다녔고, 아이들은 떼를 지어 그들의 꽁무니를 따라다녔다. 그중 우두머리는 종이로 만든 달과 낚싯대를 들고 있었다. 흰 얼굴의 여인은 그들의 창백한 여신이었다. 뷔우 성당 앞에서 미리얌은 휘파람과 방울 소리 속에서 뱀처럼 구불거리고, 둥그렇게 모였다가, 다시 행진하는 사람들의 행렬에 몸을 내맡겼다. 청년들은 발목에 작은 종을 매달고 땅바닥에 발을 구르며 공중으로 뛰어올랐다. 그들에게 식량을 가져다주는 땅을 깨우는 행위였다. 그들은 모욕을 내뱉듯이, 입에 풀무를 물고 그것을 이용해 마을 사람들의 얼굴로 공기를 내뿜은 뒤, 한 발로 절뚝거리며 괴상한 춤을 추면서 멀어졌다. 그리고 달걀흰자를 이용해 얼굴에 밀가루를 뒤덮고 사람들을 겁주며 웃음을 터뜨렸다. 노인의 주름살을 가진 어릿광대들이었다. 들쥐처럼 바글거리는 아이들은 태운 코르크 마개로 얼굴을 검게 칠하고, 길을 따라 집집마다 돌아다니면서 달걀이나 밀가루를 달라고 요청했다. 이 파랑돌[84] 행렬 가운데, 미리얌의 귓가에 누군가의 목소리가 울렸다. 미리얌은 상대가 누군지도 모른 채 그의 말을 들었다.

"오늘 밤, 손님이 찾아올 겁니다."

동이 트기 얼마 전에 손님이 찾아왔다. 장 시두안과 지친 기색을 한 어린 남자였다. 얼굴에 핏기가 없었다. 장이 말했다.

"이 아이를 오두막에 숨겨야 합니다. 며칠만입니다. 제가 다시 말씀드리죠. 그동안 메시지를 전하는 건 중단하세요. 이 아이가 그걸 관리하거든요. 나이는 어려요. 이름은 기예요. 열일곱 살밖에 안 됐죠."

미리얌이 남자아이에게 말했다.

"내 남동생이 너와 같은 나이야. 주방으로 가 있으면 내가 먹을 것을 가져다줄게."

미리얌은 어딘가에서 누군가가 자크를 돌봐주기를 바라는 만큼 아이를 돌보았다. 그녀는 빵 한 조각과 약간의 치즈를 준비했고, 그의 어깨에 프랑수아의 모직 담요를 올려 주었다.

"먹어. 몸도 데우고."

"유대인이에요?"

불쑥, 아이가 물었다.

"그래."

아이가 그런 질문을 할 거라 예상하지 못한 미리얌이 대답했다. 그가 빵을 삼키며 말했다.

"저도예요. 더 먹어도 돼요?"

그는 남은 빵 조각을 떨리는 눈으로 바라보았다.

"당연하지."

"저는 프랑스에서 태어났어요. 당신은요?"

"모스크바에서."

"이게 다 당신들 때문이에요."

아이가 식탁 위에 놓인 와인병을 빤히 바라보며 말했다. 샤보 부인이 준 선물이었다. 미리얌은 빈센트가 돌아올 때를 위해 그것을 남겨 놓았다. 하지만 아이의 빛나는 눈빛을 본 그녀는 망설임 없이 병을 집어 들었다.

"저는 파리에서 태어났고, 부모님도 파리에서 태어났어요. 이곳의 모두가 우릴 좋아했어요. 당신 같은 외국인들이 여길 침범하기 전까지는요."

"그러니? 너는 이 상황을 그렇게 생각하는구나?"

미리얌은 코르크 마개를 힘들게 따며 차분하게 물었다.

"제 아버지는 1차 대전에서 싸웠어요. 다시 전투복을 입고 나라를 수호하기 위해 39년에도 참전하려고 했다고요."

"그런데 군대에서 그를 데려가지 않았니?"

기가 미리얌이 건넨 와인 한 잔을 단번에 입으로 털어 넣으며 말했다.

"나이가 너무 많아서요. 하지만 제 형은 나가 싸웠고 결국 돌아오지 못했어요."

미리얌은 한 잔을 더 따라 주었다.

"유감이구나. 네겐 무슨 일이 있었던 거니?"

"아버지는 의사였는데, 한 환자가 우리더러 떠나야 한다고 경고했죠. 온 가족이 보르도로 내려갔어요. 누나, 부모님, 그리고 저까지요. 보르도에서 다시 마르세유로 떠났죠. 부모님이 아파트를 빌리는 데 성공해서 그곳에서 몇 달을 그렇게 지냈어요. 독일군들이 들이닥치자, 부모님은 미국으로 떠나기로 결심했죠. 하지만 마지막 순간에 누군가 우릴 밀고했어요. 이웃들이었죠. 독일군들은 우릴 레밀 수용소로 보냈어요."

"레밀 수용소가 어디에 있지?"

"엑상프로방스 근처에 있어요. 수송 차량도 주기적으로 왔어요."

"수송 차량? 그게 뭔데?"

"기차에 사람들을 전부 몰아넣는 거예요. 당신들이 말하는 것처럼 피치포이Pitchipoï[85]로 향하는…."

"당신들? 누굴 말하는 거야? 외국인들? 너는 꼭 독일인보다 유대인들을 더 싫어하는 것처럼 말하는구나."

"당신들의 언어는 흉측해요."

"그래서 네 부모님은 수송 차량을 타고 독일로 떠났니?"

미리얌은 아이가 보이는 분노에도 평정심을 유지하면서 물었다.

"네. 그리고 누나도 함께요. 지난 9월 10일이었어요. 저는 떠나기 전날 탈출에 성공했고요."

"어떻게?"

"수용소에 잠시 소동이 일어난 틈을 타서 도망쳤죠. 어떻게 된 건지도 모르게 정신을 차려보니 브넬에 와 있었어요. 거기서 농장을 운영하는 사람들이 석 달 동안 저를 숨겨 줬죠. 하지만 부부의 의견이 갈렸어요. 남편은 저를 데리고 있자고 했지만, 그의 부인은 동의하지 않았죠. 부인이 저를 밀고하는 게 두려워서 크리스마스 저녁에 그곳을 떠났어요. 숲속에서 며칠을 보냈는데, 잠에 빠진 저를 사냥꾼이 발견해서 메하르그 방향으로 데려갔죠. 그 사람은 혼자 살았는데, 친절했어요. 술을 마실 때만 빼고요. 술을 마시면 미치광이가 되더라고요. 어느 저녁에는 총을 꺼내 들더니 공중에 발사하기 시작했어요. 무서워서 저는 도망쳤고요. 그다음으로는 페르투이에 있는 한 노부부의 집에서 은신했어요. 그들은 1차 대전 때 아들을 잃었죠. 아들의 짐으로 가득한 방에서 잠을 잤어요. 거기 있는 동안은 좋았어요. 하지만 저도 모르게, 아무 이유 없이 거기서 도망쳤죠. 다시 숲에서 지냈어요. 그러다 기절한 줄 알았는데 깨어났더니 창고에 있었죠. 어떤 남자가 저를 지켜보고 있더라고요. 그게 절 여기 데려다 준 당신 친구예요."

"네가 있었던 수용소에서, 네 또래의 자크라는 남자애는 혹시 못 봤니? 노에미라는 여자애는?"

"아뇨. 모르는 이름이에요. 누군데요?"

"내 남동생과 여동생이야. 7월에 잡혀갔어."

"7월이요? 다시는 못 볼걸요. 현실적으로 생각하세요. 독일로 일하러 간다는 말은 거짓말이에요."

미리얌은 와인병을 손으로 낚아채면서 말했다.

"그래. 이제 자러 갈 시간이야."

그 후 며칠 동안 미리얌은 아이를 피했다. 어느 저녁, 창문에 기대어 있던 미리얌은 장의 자전거 소리를 들었다.

"남자애를 저 위의 모레나스 집으로 데려가야겠어요. 누군가 그를 스페인으로 데려가려고 찾아왔더라고요. 유스 호스텔에서 만나기로 했어요. 프랑수아는 이 사실을 몰라요. 그에게는 기가 파리에서 온 당신의 친구라고 하세요. 우연히 기차에서 만난 사이라고요. 당신은 남편을 만나러 가야 하니까 아이를 데리고 있을 수 없어요."

프랑수아는 회고록에 이렇게 썼다.

「미리얌, 그 고원에 사는 미스터리한 여자가 유스 호스텔과는 전혀 어울리지 않는 한 친구를 데려왔다. 그리고 그는 유대인이라는 이유로 클레르몽에서 살길 원한다고 했다. 그녀는 그를 기차에서 만났다고 했고 그날 그는 배를 곯고 있었다고 했다.」

다음 날, 장은 아무 문제가 없는지 확인하기 위해 미리얌에게 왔다.

"저는 이제 뭘 하죠? 라디오 메시지는요? 다시 할까요?"

미리얌이 물었다.

"아뇨. 지금은 그만둬요. 위험해요. 지금은 모두가 잠자코 있어야 합니다."

목매달아 죽은 사람의 집에서 몇 주가 흘렀다. 미리얌은 삶이 단축되고 멈추었다고 느꼈다. 밤이고 낮이고 덧창 사이와 문틈 아래로 들려오는 거센 휘파람 소리가 마치 저 멀리 적이 오고 있다고 경고하는 듯했다. 고원의 끝없이 펼쳐진 마른나무들 사이, 서리와 부동의 장막 위로 겨울이 놓였다.

그곳 오트프로방스 지방은 라트비아의 평원과도, 팔레스타인의 사막과도 비슷한 구석이 없었다. 하지만 미리얌이 아주 오래전, 태어나서부터, 그리고 짐마차를 타고 러시아의 숲을 지났던 첫 여행에서부터 알았던 무언가와 비슷했다. 바로 망명이었다.

미리얌은 그날 저녁, 정원에 몸을 숨기라고 명령했던 에브라임의 말을 들은 것을 후회했다. 왜 딸들은 항상 아버지의 말에 복종하는 걸까? 그녀는 부모님과 함께 그곳에 머물렀어야 했다.

미리얌은 가족과 보냈던 마지막 몇 개월을 회상했다. 그때의 기억에 검은색 필터가 씌워져 있었다. 여동생에게 거리를 두었던 것. 노에미는 종종 그런 그녀를 원망했고, 그녀와 더 많은 시간을 함께 보내고 싶어 했다. 미리얌은 오로지 결혼만을 기대했다. 진실은 그녀가 여동생으로부터 멀어지고, 이제는 너무 좁아진 방의 창문을 열고 싶어 했다는 것이었다. 두 사람은 더는 어린아이가 아니었다. 몸이 자랐고, 어엿한 성인 여성이 되었다. 미리얌은 자신만의 공간이 필요했다.

미리얌은 종종 오만하게 굴었다. 얌전하지 못한 노에미를 더는 견딜 수 없었고, 식탁에 앉아 모든 사람 앞에서 기어코 속내를 드러내는 노에미의 심리가 거슬렸다. 그녀는 노에미가 가장 내밀해야 할 순간에서조차 지나치게 개방적이라고 느꼈고, 그런 노에미의 자유로운 생활을 옆에서 견디며 불편하게 느꼈다.

그것이 지금은 얼마나 후회가 되는지.

미리얌은 실수를 바로잡겠다고 다짐했다. 소르본에서 집에 돌아가는 길에 노에미와 지하철을 타고, 뤽상부르 공원에서 행인들을 관찰하면서 다시 함께 놀아야겠다고 생각했다. 그러고는 파리 식물원의 습하고 더운 거대 온실로 자크를 데려가겠다고 다짐했다.

미리얌은 침대에 몸을 웅크리고 누웠고, 온기를 유지하기 위해 옷가지와 신문지로 몸을 덮었다. 그리고 느릿하게 졸음 상태에 빠질 때까지 자신을 내버려 두었다. 아무것도 느끼지 못할 때까지. 이제 그 무엇도 그녀를 건드릴 수도, 그녀에게 닿을 수도 없었다.

이따금 그녀는 두 눈을 슬그머니 뜨고, 꼭 필요한 행동이 아니면 최소한으로 움직였다. 달군 벽돌을 침대 안에 넣고, 샤보 부인이 가져다준 빵을 먹고, 다시 방으로 돌아왔다. 오늘이 며칠인지, 지금이 몇 시인지도 몰랐다. 자신이 잠을 자는 건지, 깨어있는지, 사람들이 자신을 뒤쫓고 있는지, 아니면 자신을 잊어버렸는지도 알 수 없었다.

'아무도 나라는 존재를 지켜보고 있지 않은데 내가 살아있는지 어떻

게 알지?'

많이, 할 수 있는 한 최대로 잠을 자는 수밖에 없었다. 어느 날 아침에는 눈을 떴는데, 작은 여우 한 마리가 자신을 가만히 바라보고 있었다.

'보리스 삼촌이구나. 체코슬로바키아에서부터 나를 지켜보러 여기까지 온 거야.'

그 생각이 그녀에게 힘을 주었다. 미리얌은 정신이 마음대로 떠돌게 두었다. 멀리 떨어진 숲속의 자작자무와 사시나무 사이로 햇살이 관통하는 것이 보였다. 체코슬로바키아에서 보냈던 연휴에, 그녀가 보았던 햇살의 떨림이 피부로 느껴졌다.

여우의 몸을 통해 보리스가 그녀에게 속삭였다.

'인간은 자연 없이 살 수 없단다. 인간은 숨을 쉬기 위해 공기를, 마시기 위해 물을, 먹기 위해 과일을 필요로 하지. 하지만 자연은 인간 없이도 잘 살아. 그게 자연이 우리보다 얼마나 우월한 존재인지 증명해 준단다.'

미리얌은 종종 보리스가 아리스토텔레스의 자연과학 이론, 그리고 로마 황제들을 여럿 치료해 주었던 그리스의 의사에 관해 이야기해 주던 기억을 떠올렸다.

「갈레노스는 자연이 우리에게 신호를 보낸다고 주장했어. 예를 들면 작약은 피를 멎게 해주기 때문에 붉고, 애기똥풀은 담즙의 문제를 해결해 주기에 노란 수액을 가지고 있지. 스타치스라는 이름의 풀은 토끼의 귀처럼 생겨서 귓병을 치료해 준단다.」

보리스 삼촌은 50세의 나이에도 자연 속을 장난꾸러기 요정처럼 뛰어다녔고, 사람들은 그런 그를 본래 나이보다 열다섯 살은 더 어리게 보았다. 보리스 삼촌이 젊음을 유지할 수 있었던 비결은 찬물 목욕이었다. 물 치료법을 통해 자신의 결핵을 치료했던 독일인 사제 세바스티안 크나이프로부터 배운 것이었다. 그의 저서인 ≪어떻게 살아야 하는가 : 병자와 건강한 사람들을 위한, 간단하고 합리적인 위생 관리 및 자연에 알맞은 치료법을 통해 살아가는 방법에 대한 경고와 조언≫의 원서는 항상 삼촌의 침대 머리맡에 놓여 있었다.

보리스 삼촌은 셔츠 소매에 메모했다. 이미 주머니가 가득 차 있었기 때문이었다. 그는 갯버들 앞에서 걸음을 멈추고 이렇게 말했다.

"이 나무는 아스피린이란다. 연구소들은 우리가 오로지 화학물질만이 인간을 치료할 수 있다고 믿길 원하지. 그리고 결국 그렇게 됐고."

삼촌은 자매에게 꽃을 따는 법과, 의학적 성분을 손실하지 않으려면 어느 부분을 잡고 뜯어야 하는지 보여 주었다. 이따금 그는 행동을 멈추고 미리얌과 노에미의 어깨를 붙잡아 그들의 상체를 지평선을 향해 떠밀었다.

"자연은 단순한 풍경이 아니란다. 자연은 너희 눈앞에 있는 게 아니라, 너희 안에 존재해. 너희들이 자연 안에 존재하는 것처럼."

어느 날 아침, 여우는 그곳에 없었다. 미리얌은 그가 다시는 돌아오지 않으리라고 느꼈다. 처음으로 미리얌은 창문을 열었다. 클라파레드 고원의 아몬드나무들이 하얀 꽃봉오리로 뒤덮여 있었다. 미약한 한 줌의 햇살이 겨울을 쫓아냈다. 알피유 산맥으로 쏟아지는 햇살이 봄이 오고 있음을 알렸다.

빈센트는 1943년 4월 25일 오트빌-레-디종 교도소에서 출소했다. 그는 곧장 아내에게 향하지 않았다. 먼저 장 시두안을 만나야 했다.

19장

스무 살부터 스물두 살까지의 남성은 모두 신체검사를 위해 시청을 방문해 신분증을 제시해야 했다. 검사 이후에는 소환을 기다려야 했다. 〈강제 노동국〉은 그 이름에서부터 알 수 있듯이 '강제적'이었다. 강제 노동은 2년이 소요되었다.

「독일에서 노동하는 것은 프랑스 노동력 사절단이 되는 것과 같다.」
「유럽을 위해 노동한다면 가족과 가정을 보호할 수 있다.」
「힘든 날들은 끝났다. 아빠가 독일에서 돈 벌어 간다.」

비시 정부는 독일로 보내지는 프랑스 청년들이 새로운 역량을 얻게 될 거라고 믿게 했다. 정부는 개개인의 직업적 자질이 고려될 것이라고 주장했다. 그리고 실제로 60만 명의 청년들이 독일로 떠나게 되었다. 전부는 아니었다. 많은 이들이 명령에 따르는 걸 거부했다.

'불복종자' 및 '반항자'들을 검거하기 위해 가택 수색과 경찰 검문이 실시되었다. 정부는 관련자의 가족에게 보복하겠다고 위협했다. 〈강제 노동국〉으로부터 피신한 청년을 돕는 사람은 누구나 최대 10만 프랑의 벌금형에 처할 수 있었다.

독일로 떠나기를 거부한 청년들은 불법 활동가가 되는 수밖에 없었다. 그들은 농촌으로 떠나 농장으로 숨어들었다. 대다수는 지하 단체에 합류했다. 그들 중 4만여 명이 레지스탕스가 되었다.

르네 샤르는 세레스트의 수장으로서 뒤랑스 지역의 불복종자들을 모으는 일을 맡았다. 그는 그들에게 머무를 곳을 마련해 주었고, 그들의 자질과 신념의 굳건함을 시험했다. 그는 조직원들과 협조했다. 장 시두안이 그를 찾아와 자신의 사촌에 대해 이야기했다. 온건한 문학가이지만 신념이 있는 청년이었다. 그는 그를 클라파레드 고원에 사는 젊은 유대인 여성의 집에 숨겨 주기로 합의했다.

그가 바로 이브 부브리. 내가 찾던 사람이었다.

20장

　미리얌은 목매달아 죽은 사람의 집 현관에 서서, 한 손을 이마 근처로 들어 햇빛을 가리며 먼 곳을 바라보고 있었다. 자신을 향해 걸어오는 사람이 남편이라는 걸 알고는 있었지만, 노인처럼 푹 팬 두 뺨과 근육이 다 빠져서 아이처럼 보이는 그의 몸을 알아보는 건 힘들었다. 빈센트는 기억나는 모습보다 더 작았다. 눈가에 노란색과 초록색 멍자국을 달고 있는 그의 얼굴이 눈에 띄었다.

　빈센트는 사촌지간인 이브와 장에 의해 부축을 받고 있었다. 꼭 두 명의 간호사나 헌병 사이에 있는 것처럼 보였다. 세 남자는 지친 외국인 용병들처럼 집을 향해 힘겹게 걸어오고 있었다. 그들의 바지 주머니는 닳아 해졌고, 도로의 먼지로 입안이 텁텁했다.

　장이 미리얌에게 말했다.

　"내 사촌을 오두막에 지내게 해 주면 좋겠어요. 〈강제 노동국〉 거부자예요."

　남편의 존재 때문에 정신이 없었던 미리얌은 별생각 없이 그의 부탁을 받아들였다. 떠나기 전에 장 시두안은 그녀에게 경고했다.

　"출소한 뒤로 저는 일상에 익숙해지기까지 수 주가 걸렸어요. 조급해

하지 말고, 낙심하지도 말아요."

　그날 저녁, 빈센트는 방에서 자려고 하지 않았다. 그는 다시 자유의 몸이 된 첫날 밤에 야외에서 자는 것을 택했다. 미리얌은 그것에 퍽 안도했다. 동면하듯 보낸 몇 주 내내 상상했던 것과 달리, 빈센트와의 재회는 그녀를 안심시키지 못했다. 오히려 그 반대였다. 최소한 교도소에 있었을 때의 그는 모든 것으로부터 안전했다. 독일군과 프랑스 경찰, 그리고 무엇보다도, 뭐라 이름을 붙일 순 없지만 예감할 수 있는 막연한 위험으로부터.

　이후 며칠간 미리얌은 이브의 형체를 볼 때마다 소스라치게 놀랐다. 그의 존재가 적응이 되지 않았다. 그녀는 남편의 건강에만 온 신경을 쏟았다. 그녀에게 중요한 건 오로지 그뿐이었다. 하루에 두 번씩, 미리얌은 직접 만든 수프와 마을에서 구한 빵을 쟁반에 담아 남편에게 가져다주었다. 남편 가까이에 앉을 때면 자신이 너무나 뚱뚱하게 느껴졌다. 둥근 골반에서 등으로 이어지는 곡선은 꼭 첼로를 연상시켰다. 때로는 자신이 남편의 엄마라도 된 것처럼 느껴졌다.

　며칠이 지난 끝에 빈센트는 기운을 차렸다. 그러자 이번에는 미리얌이 앓아누웠다. 열이 났다. 고열이었다. 체온이 오르고 몸에서 악취가 풍겼다. 그녀의 방으로 하루에 두 번 쟁반을 나르는 일은 빈센트의 몫이 되었다. 이브는 그에게 할머니로부터 배운, 허브차로 열을 내리는 비법을 알려주었다. 그는 빈센트를 데리고 들판으로 탑꽃을 따러 갔다.

　이브의 허브차 덕분에 미리얌은 자리를 털고 일어났다. 빈센트는 이를 기념하기로 했다. 그는 압트 시장으로 괜찮은 저녁거리를 사러 갔다. 그리고 처음으로 미리얌과 이브가 집 안에 단둘이 남게 되었다.

미리얌은 이브의 존재를 불편하게 느꼈다. 이브는 최선을 다했지만, 그것은 오히려 미리얌을 더욱 불편하게 만들었다.

빈센트는 와인 두 병, 순무, 치즈, 훌륭한 잼과 빵을 사서 돌아왔다. 잔칫상이었다. 그가 미리얌에게 말했다.

"이것 봐. 여기서는 염소 치즈를 오래된 밤나무잎으로 감싼대."

미리얌과 빈센트는 태어나 처음 보는 것이었다. 그들은 깨지기 쉬운 선물 포장지를 조심히 벗기듯 잎사귀를 열었다. 이브는 그것이 겨울에도 치즈의 부드러운 감촉을 오래 보관하기 위한 것이라고 설명했다. 그의 설명에 빈센트는 감탄했다.

"로마의 황제인 안토니우스 피우스가 이걸 너무 많이 먹어서 죽었대요."

떠돌이 책장수로부터 그는 매우 재미있는 제목의 책 한 권을 샀다. 1883년, 피에르 로티가 출간한 ≪나의 형제 이브≫라는 책이었다.

"돌아가면서 한 명씩 책을 낭독하는 게 어때요?"

빈센트는 와인을 땄고, 그동안 미리얌은 야채를 손질했다. 이브는 식탁을 차렸다. 빈센트는 손가락에 검은 얼룩을 남기는 밀수입 담배를 피우며 책을 낭독했다.

책은 제목에 등장하는 이브라는 사람에 대한 설명으로 시작했다. 그는 피에르 로티가 배에서 만난, 그가 필시 사랑했을 선원이었다. 빈센트는 첫 문장을 읽었다.

"「이브-마리와 잔 단베오쉬의 아들 케르마덱 (이브-마리). 1851년 8월 28일 생폴드레옹(피니스테르) 출생. 키는 180cm. 밤색 머리카락, 밤색 눈썹, 밤색 눈동자, 평균 크기의 코, 평범한 턱, 평범한 이마, 타원형 얼굴.」자, 당신 차례!"

빈센트는 이브에게 말했고, 이브는 책의 스타일에 맞게 곧바로 받아쳤다.

"「페르낭과 쥘리 소텔의 아들 부브리 (이브-앙리-뱅상). 1920년 5월 20일 시스테롱(프로방스) 출생. 키는 180cm. 갈색 머리카락, 갈색 눈썹, 갈색 눈동자, 평균 크기의 코, 평범한 턱, 평범한 이마, 타원형 얼굴.」

"완벽해요!"

자신이 만든 게임 규칙에 따르는 이브에게 만족한 빈센트가 외쳤다. 그는 계속해서 책을 낭독했다.

"특이점: 좌측 가슴에 닻 모양 문신과 우측 손목에 물고기 장식 팔찌.」

"제 몸에는 문신이 없어요."

이브가 답했다.

"그거야 고치면 되죠."

미리얌은 불안함을 느꼈다. 남편은 언제라도 이상한 행동을 할 수 있는 인간이었다. 빈센트는 검은 숯 조각을 가지고 돌아왔다. 그는 엄숙하게 이브의 손목을 잡고는 책에서 묘사한 팔찌처럼 가느다란 선을 그리기 시작했다. 이브는 손목으로 느껴지는 간질거림에 웃음을 터뜨렸다. 미리얌은 그 웃음이 거슬렸다. 빈센트는 이브의 왼쪽 가슴에도 닻을 그리려고 했다. 미리얌은 남편이 선을 넘는다고 생각했고, 이 게임이 지나치다고 느껴졌지만, 이브는 이미 셔츠 단추를 풀고 있었다⋯. 윤곽이 뚜렷한 몸이었다. 그의 피부에서 나는 강한 땀 냄새에 미리얌은 놀랐고,

빈센트는 흥분했다.

그날 밤 주방에서, 빈센트는 미리암과 이브가 순진하고 순수하다는 걸 깨달았다. 프로방스 출신의 젊은 남자와 외국 출신의 젊은 여성. 그리고 부모님 덕분에 어른들의 놀이에 도가 튼 아이들과 교류했던 빈센트는 그것을 성가시면서도 매혹적이라고 느꼈다.

2년 전, 미리암과 빈센트가 만났을 때 그는 앙드레 지드의 집에서 보낸 밤에 관해 암시가 담긴 말을 했었다. 미리암은 지드의 작품을 읽었지만, 그 말이 무엇을 뜻하는지는 알지 못했다.

빈센트는 미리암이 자신이 어울리던 자유분방하고 조예가 깊은 여자들과는 다르다는 걸 알게 됐다. 그걸 그녀에게 설명하기에는 너무 늦었고, 너무 복잡했다. 두 사람은 이미 부부였다.

미리암이 남자들 사이에 대해 들어 본 몇 안 되는 것들은 오스카 와일드, 아르튀르 랭보, 베를렌, 마르셀 프루스트와 같은 작가들에 관한 이야기가 다였고, 그것들은 추상적인 개념에 불과했다. 그들의 작품은 미리암이 남편을 이해하는 데 도움을 주지도, 인생에 관해 무언가를 가르쳐 주지도 못했다. 산다는 건 어쩌면 한참 시간이 흐른 뒤 어렸을 적 읽었던 책들을 이해하는 법을 깨우치는 것인지도 몰랐다.

빈센트는 이브에 관한 모든 걸 알고 싶었다. 그는 이브를 빤히 바라보며 질문을 던졌다. 마치 과거에 미리암에게 관심이 생겼을 때처럼.

이브는 자신이 갭 도로를 타고 북쪽으로 100km 떨어진 곳에 있는 마을인 시스테롱에서 태어났다고 말했다. 그녀의 모친 쥘리는 장 시두안을 비롯한 가족 대다수가 거주하고 있는 세레스트 출신이었다. 어렸을 때 이브는 모친이 교사로 일하던 학교에서 살았다. 그는 학교가 파하고 각자 집으로 돌아가는 친구들을 부러워했다. 그는 그곳에 가만히 머물러야 했다.

그 후에 그는 디뉴 중학교의 기숙사로 보내졌다. 난방이 잘 들어오지 않는 교실, 습한 침대가 있는 공동 침실에서, 그는 얼음장 같은 물에 몸을 씻으며 추운 몇 년을 보냈다. 먹을 것은 제한적이었고 스웨터는 수선이 되는 경우가 거의 없었다. 이브는 기숙 학교를 끔찍이도 싫어했고, 아무런 친구도 사귀지 못했다. 차라리 책을 읽는 게 나았다. 그는 조셉 페이레, 로제 프리종 로슈, 그리고 위대한 산악인들의 여행기를 좋아했다. 그는 약간 소심하고 온화한 성격을 가졌으나 싸울 줄은 알았다. 하지만 싸우는 것보다는 낚시와 야외 스포츠를 더 좋아했다.

늦은 저녁 이브가 말했다.

"이제 저는 가볼게요. 말이 많았네요."

그는 방을 빠져나가며 사과했다. 빈센트는 미리얌에게 집에 얹혀사는 남자에 대해 어떻게 생각하느냐고 물었다.

"접시만 봐도 알 수 있어."

미리얌이 말했다.

"때론 그렇지."

빈센트가 대답했다.

빈센트와 이브는 떼려야 뗄 수 없는 사이가 되었다. 보름달이 환한 어느 날 밤, 이브는 빈센트에게 에그브룅 강에서 가재를 낚는 법을 알려주었다. 그들은 너무 많이 웃느라 아무것도 낚아오지 못했다. 가재들이 손가락 사이로 쏜살같이 빠져나갔다. 그들은 새벽이 되어서야 돌아왔다. 가져온 거라곤 커다란 송어 한 마리가 다였다. 그것도 거저 얻은 거나 마찬가지였다. 송어는 아침 식사가 되었고, 두 남자는 그것의 형태와 푸짐한 양을 기리며 송어에 '대식가'라는 별명을 붙였다.

미리얌은 빈센트가 낚시에 그만큼 열정을 보이는 걸 처음 보았다. 본래 그는 보통의 남자들이 관심을 두는 것에 전혀 흥미를 보이지 않았다. 미리얌이 그 사실을 지적하자, 빈센트는 알쏭달쏭하게 대답했다.

"모든 건 변해."

두 남자는 바쁜 날들을 보냈다. 집을 나갔다가 들어왔고, 때론 몇 시간이고 사라지기도 했다. 벽을 통해 그들의 발소리와 웃음소리가 들렸다. 하루는 미리얌이 빈센트를 나무랐다. 위험한 행동이었다.

"누가 우리 소리를 듣는다고 그래?"

빈센트가 어깨를 으쓱하며 대꾸했다.

이브와 빈센트가 미리얌의 신경을 긁기 시작했다. 그들이 30대 남자들을 따라 하기 시작하면서부터였다. 그들은 담뱃대에 담배를 채우며 거드름을 피웠고, 이브는 미리얌의 남편과 삶에 관해 토론을 나눴다. 심지어는 미리얌이 비통하게 느끼는 철학 개념들을 거론하기도 했다.

이브는 파리와 예술가들의 환경에 관해 빈센트에게 많은 질문을 했다. 그는 자기 또래의 남자가 앙드레 지드와 허물없이 지낸다는 사실에 놀라워했다.

"그의 작품도 읽었어?"

"아니. 그래도 그에겐 형편없다고 말했지."

이브는 피카소가 마치 자신의 늙은 삼촌이라도 되는 양 말하는 빈센트의 친구가 되었다는 사실을 자랑스러워했다. 짜증이 난 미리얌은 거실에서 그들이 나누는 말을 엿들었다.

"그래서 마르셀이 모나리자에 수염을 그려 넣었대."

빈센트는 종이 한 장을 집어서 거기에 콧수염과 턱수염이 난 모나리자를 그렸다.

"말도 안 돼."

"진짜라니까. 그리고 그 아래에 이렇게 적었대."

빈센트는 연필로 대문자 다섯 글자를 적었다.

"L. H. O. O. Q"[86]

이브는 한 글자씩 따라 읽은 뒤에 문장의 의미를 알아차렸다.

그들은 폭소를 터뜨렸다. 미리얌은 자신의 침실로 물러났다.

21장

이브는 빈센트에게 뷔우에 있는 요새에 가보자고 제안했다. 언덕에 있는 중세의 성채였다.

"정말 아름다워. 꼭 하나의 섬 같지. 자네도 좋아할 거야."

미리얌은 두 남자를 따라가기 위해 얼른 남편의 바지를 꿰어 입었다. 집에 혼자 있는 건 지긋지긋했다.

세 사람은 요새로 이어진 세르 계곡 길을 걸었다. 그들은 가파르게 깎아지른 장엄한 바위 앞에서 아무 말도 할 수 없었다. 암석 계단 위에, 노새들이 올라갈 수 있는 편평한 디딤판이 달린 둥근 탑이 있었다. 폐허의 무질서 속에서 그 누구의 방해도 받지 않고 있는 까마귀들을 마주쳤다.

미리얌은 원통형 궁륭이 씌워진 오래된 성당의 박공 돌 위에 라틴어로 새겨진 봉헌사를 읽었다.

"In nonis Januarii dedication istius ecclesiae. Vos qui transitis… Qui flere velitis… per me transite. Sum janua vitae."

그리고 두 남자를 위해 그것을 해석해 주었다.

"1월 9일 나는 이 성당을 봉헌한다. 이곳을 지나는 당신은… 울고 싶어질 것이다…. 나를 통과하라. 나는 생生의 문이다."

이브는 미리얌과 빈센트에게 알프스의 독수리와 새매를 구별하는 법을 알려 주었다. 그는 손가락을 들어 멀리 있는 벤투 산을 가리켰다. 그는 식물, 동물, 암석들의 이름을 줄줄 꿰고 있었다. 그는 정의하는 것과 자연의 사물에 이름을 붙이는 것을 좋아했다. 미리얌은 그와 마찬가지로 분류하고 정의하는 걸 좋아했던 보리스 삼촌을 떠올렸다. 두 남자 사이의 예기치 못한 가상의 관계가 그녀에게 영향을 끼쳤다. 미리얌은 이브를 다르게 바라보게 되었다.

　요새를 따라 걸으며 암석으로 된 집들을 향해 이동하면서, 미리얌은 앞서가는 두 남자의 뒷모습을 바라보았다. 이브와 빈센트는 키가 같았고, 신발과 옷을 함께 입었다. 하지만 두 사람은 너무나도 달랐다. 빈센트는 표면적인 사람이었다. 껍데기는 훌륭하지만, 그 속을 들여다보는 건 불가능한. 그의 피부 아래, 혈관 속, 몸의 액체 속, 그리고 생각 속에서 미스터리하게 일어나는 모든 일은 그녀와 다른 모두가 이해할 수 없는 영역에 속했다. 반면, 이브는 단 하나의 물질로 구성된 한 덩어리로 이루어진 사내였다. 겉으로 보이는 것과 내면에서 일어나는 게 같았다. 두 남자는 각각 동전의 양면과 같았다.

　뷔우 요새를 구경한 뒤 이브는 두 사람에게 '보리스'를 소개해 주었다. 네모난 돌을 쌓아 만든 오두막은 기적적으로 서로를 지탱하고 있는 편평한 돌로만 이루어진, 이상한 모습을 하고 있었다.

　미리얌과 빈센트가 그중 한 오두막을 통과했을 때 외부의 햇빛과 내부 어둠의 대비가 앞을 보이지 않게 만들었다. 그러나 점차 눈이 적응하면서 두 사람을 둘러싼 주변 공간을 알아볼 수 있었다. 그곳의 공기는 매우 시원했다. 서로 교착된 돌들로 만들어진 천장은 뒤집어 놓은 둥지를 닮아있었다.

"가슴 내부에 들어와 있는 것 같군."

빈센트가 어둠 속에서 미리얌의 가슴을 매만지며 말했다. 그러더니 그는 이브가 보는 앞에서 미리얌을 껴안았다. 미리얌은 그러도록 내버려 두었다. 미리얌은 뭔가가 일어나고 있다고 느꼈다. 하지만 그게 뭘까? 그것에 이름을 붙일 수 없었다. 미리얌과 이브는 동시에 놀랐고 불편함을 느꼈다.

당황한 이브가 설명했다.

"보리스의 기원은 땅이야. 땅에 돌이 많았거든. 돌을 골라내야 했어. 그래서 골라낸 돌들을 옆에 쌓다 보니 한 무더기가 된 거야. 그 무더기로 사람들은 오두막을 지었어. 목동들은 한낮의 무더위를 피하기 위해 이곳을 사용하곤 했지."

돌아오는 길에 그들은 세구앵의 유스 호스텔 겸 술집으로부터 흘러나오는 웃음소리를 들었다. 멀리 떨어진 곳의 삶은 길게 늘어진 오후의 온화함 속에서 평범하게 흘러갔다.

공기 중의 습기가 감각을 둔탁하게 만들었다. 이브는 여성이란 꿰뚫어 볼 수 없는 미스터리한 존재라고 생각했다. 빈센트는 권태를 몰아내기 위해, 비밀이 없는 곳에서 비밀을 만들어 내려 했다. 그는 아주 어려서부터 낯선 상황들을 만끽해 왔다. 그는 아편에 습관을 들인 것처럼 어른들의 외설에도 익숙했다. 시간이 지나면서 그는 남자나 여자의 침실에서 일어나는 일이라면 모르는 게 없게 되었다. 그의 뇌는 언제나 더 많은 양을 필요로 했다. 열기와 피가 농축된 더 진하고 강렬한 쾌락을.

그러나 이따금 그의 타락한 분위기는 커다란 순수함에 자리를 내 주기도 했다. 그럴 때면 그의 상념은 천진하고 명쾌해졌고, 단지 단순한 사랑, 어린아이 같은 즐거움만을 좇게 되었다.

　미리얌은 하루하루 모험처럼 즐거운 삶 속에서 남편이 그토록 행복해하고 그의 건강한 모습을 처음 보았다. 하루는 달팽이를 먹고, 다음날에는 사탕무 잎이나 밀 싹을 먹으며, 떨어진 나뭇가지를 주워 갈비를 굽기 위해 불을 피우고, 쐐기풀 줄기를 세로 방향으로 절반을 갈라서 가느다란 끈으로 만들고, 시트를 세탁하고 햇볕에 말리고, 저녁이 되면 로티의 책을 돌아가면서 낭독하는 삶이었다.
　빈센트가 감정을 실어 읽었다.
　「이브, 나의 형제여. 우리는 지금처럼 슬퍼하고, 우리에게 우연히 닥친 평화와 행복의 순간을 헤매서는 안 될 것이다.」
　빈센트는 행복했다. 하지만 그가 행복한 이유는 미리얌에게 있어 미스터리하고, 은밀하고, 이해할 수 없는 것처럼 여겨졌다. 빈센트는 태어난 직후의 시기를 회상했다. 피카비아 가족을 저녁 식사에 초대할 때, 사람들은 세 명분의 식기를 준비해야 했다. 그 자리에는 프란시스, 가브리엘, 마르셀이 있었다.
　프란시스는 아들에게 물질에 대한 흥미, 그리고 '3'이라는 숫자에 대한 흥미를 물려주었다. 불균형의 원칙 속에서 그 숫자는 끝없는 움직임을 찾게 했고, 예기치 못한 결합과 우연한 마찰을 발생시켰다.

22장

어느 날, 시장에서 돌아온 빈센트는 두 사람에게 가진 돈이 다 떨어졌음을 알렸다. 어머니가 준 마지막 지폐를 다 쓴 것이었다. 이제 그들은 일을 해야 했다.

셋 중에서 유일하게 독일군으로부터 수배되지 않았던 빈센트는 압트 도로에 위치한 작은 과일잼 공장에 고용되기 위해 노력했다. 하지만 작업반장은 그를 석연치 않게 여겼고, 빈센트는 성과 없이 돌아왔다.

다음 날, 이브는 세레스트에 있는 사촌의 집에서 흰 족제비를 잡아 오기 위해 떠났다.

"그걸 먹으려고요?"

미리암이 걱정스레 물었다.

"에이, 아니에요! 토끼를 잡으려는 거예요."

비시 정부는 무기 소지를 금지했기에 숲에서 토끼를 비롯한 사냥감을 사냥하는 건 불가능했다. 하지만 이브에겐 기술이 있었다. 흰 족제비와 커다란 천 가방만 있으면 할 수 있었다.

"구멍을 찾아야 해요. 한쪽에 흰 족제비를 넣고, 겁에 질린 토끼들을 가둘 수 있게 반대쪽 구멍을 가방으로 막는 거죠."

그날 저녁, 굶주린 그들은 토끼 한 마리를 먹었고, 한 마리는 집세를 대신해 샤보 부인에게 주었다. 미리얌은 부인에게 금전적 상황과 이브의 존재를 설명했다.

〈강제 노동국〉으로부터 가까스로 몸을 피한 외동아들이 있었던 샤보 부인은 그녀가 가진 농지에서 일을 할 것을 제안했다.

미리얌은 샤보 부인이 절대 누군가를 실망시키지 않는 부류의 사람이라는 걸 알게 되었다. 반면, 다른 사람들은 언제나 실망스러웠다. 미리얌은 감사를 표하며 부인에게 말했다.

"사람들은 전자에 속하는 이들을 보고 놀라워하지 않아요. 하지만 후자에 속하는 이들을 보고는 매번 놀라죠. 서로 반대가 되어야 하는데 말이에요."

세 사람은 버찌를 따고, 아몬드를 수확하고, 건초를 베고, 보리지와 모예초를 뽑는 일을 돕기 위해 새벽같이 일어났다. 밀밭의 먼지로 머리카락이 희뿌옇게 변했고, 고된 노동으로 피부가 붉어졌다. 그들은 피로와 내리쬐는 햇빛, 벌레에 물리고 엉겅퀴에 할퀴이는 것들을 잘 참아냈다. 심지어, 때때로 특히 무더운 시각에 그늘 속에서 나란히 건초 위에 누워 낮잠을 잘 때는 기쁨이 솟아올랐다.

어느 아침, 잠에서 깬 빈센트의 왼쪽 눈이 마치 메추리알처럼 부어 있었다. 이브는 미리얌에게 작고 빨간 점 두 개를 보여주며 거미에게 물린 것이라고 말했다. 거미 이빨의 흔적이었다. 이브와 미리얌은 빈센트를 집에 홀로 남겨두고 일을 하러 나갔다. 저녁이 되어 돌아왔을 때, 빈센트의 기분은 좋아 보였다. 피부는 가라앉아 있었고, 아무런 고통도 느끼지 못했다. 게다가 저녁을 준비해 놓기까지 했다. 잠에 들기 전에 빈센트가 미리얌에게 말했다.

"두 사람이 집에 들어오는 모습을 보는데, 꼭 연인 같더라."

미리얌은 뭐라 대답해야 할지 몰랐다. 그 문장은 그녀에게 꼭 수수께 끼 같았다. 분명 비난의 말처럼 들려야 할 텐데 그것을 발음하는 빈센트 의 모습은 유쾌하고 가벼웠다. 미리얌은 장 시두안의 경고를 떠올렸다. 그의 말이 맞았다. 그는 예전의 그가 아니었다.

7월 한 달은 불가마에라도 들어간 것처럼 뜨거웠다. 파리에서는 사람 들이 물가로 모여들었다. 센 강변의 테라스에 수영복을 입은 남녀가 빽 빽이 밀집했다. 미리얌, 빈센트, 이브는 뷔우와 시베르그 절벽 사이로 피서를 떠났다. 그곳에는 바위에서부터 사람들이 파낸 구덩이로 물줄기 가 흘러내리는 뒤랑스 강의 수원중 하나가 있었다. 무성한 초록 식물들 이 암석의 건조함, 창백함과 대조를 이루었다. 그 장소는 바위 틈새에 숨겨져 있었는데, 마치 중세 동화에 나올 것 같은 모습이었다. 그곳을 찾아내자 행복감이 밀려왔다. 처음으로 옷을 벗어 던진 건 빈센트였다.

"가자!"

그는 시원한 물로 가득 찬 샘으로 들어가며 나머지 두 사람에게 말했 다. 그러자 이브 역시 옷을 벗고 장난스럽게 물보라를 일으키며 물속으 로 들어갔다. 얌전한 미리얌은 움직이지 않았다.

"이리 와!"

빈센트가 말했다.

"그래요, 와요!"

이브가 거들었다.

미리얌은 그들의 목소리가 바위 아래로 울려 퍼지는 걸 들었다. 미리 얌은 두 사람에게 눈을 감으라고 말했다. 나체로 수영해 본 적은 한 번도 없었다. 샘은 아주 깊었고 물은 부드러웠다. 피부로 와 닿는 촉감이 마치 쓰다듬는 손길 같았다.

집으로 돌아오는 길에 미리얌은 두 남자에게 팔짱을 꼈다. 이브는 당황했지만 티를 내지 않았다. 빈센트는 그녀의 첫 번째 시도를 축하하듯, 아내의 팔을 자신에게로 꼭 끌어다 붙였다. 결혼식 당일에도 그가 그녀의 팔을 그만큼 강하게 붙잡은 적은 없었다. 미리얌은 마치 하늘을 나는 기분이었다.

그렇게 서로 팔짱을 낀 채로 세 사람은 걸었다. 그러다 갑작스레 하늘이 어두워졌다. 이브가 말했다.

"라이스⁷⁹예요."

단 몇 초 만에 뜨겁고 묵직한 굵은 빗방울이 떨어지기 시작했다. 빈센트와 미리얌은 비를 피하기 위해 나무 아래로 달려갔다. 이브가 빈정거렸다.

"벼락 맞고 싶어요?"

빗물이 얼굴과 뒷덜미를 타고 흘러내렸다. 머리카락이 뺨에, 옷이 피부에 달라붙었다.

미리얌이 젖은 돌 위에서 미끄러질 뻔하자, 빈센트는 자신도 그녀 위로 넘어지는 시늉을 했다. 그녀의 허벅지로 강렬한 욕망이 느껴졌다. 그녀는 웃음을 터뜨렸고, 그가 얼굴을 쓰다듬게 두었다. 그리고 바닥에 누웠다. 빈센트는 아래에 누워 미리얌을 꽉 끌어안았다. 미리얌은 두 눈을 감고 남편의 손길에 몸을 내맡겼다. 뜨겁고 묵직한 빗줄기가 허벅지를 홍건히 적셨다. 고개를 돌린 미리얌은 멀리서 이브가 두 사람을 바라보는 것을 보았다. 그리고 그 역시 바닥으로 쓰러지는 것을 느꼈다. 그 순간은 마치 봉인과도 같았다. 이제 세 사람은 서로에게 밀착했고, 그들을 매혹시키는 찰나의 지배를 받았다.

다음 날 아침, 목매달아 죽은 사람의 집에서 그들을 깨운 것은 헌병들이었다. 미리얌의 온몸이 사시나무처럼 떨리기 시작했다. 그녀는 도망갈 생각을 했다. 빈센트가 그녀의 손을 단단히 붙잡으며 말했다.

"아무 일도 없을 거야. 무엇보다 침착하게 굴면 돼. 이곳 사람들은 우릴 좋아하니까."

빈센트의 말이 맞았다. 헌병들은 사람들의 입에 오르내리는 파리지앵들의 얼굴을 보기 위해 방문한 것이었다. 지역민들의 말을 확인하기 위한 의례적인 방문이었다.

'그 사람들은 파리지앵치고는 매력적이에요.'

빈센트가 헌병들을 맞이하는 동안, 미리얌은 이브가 몸을 숨기는 걸 도왔다. 그녀는 재빠르게 오두막을 정리했지만, 헌병들은 그곳을 확인해 보겠다고 하지도 않았다. 그들은 올 때처럼 기분 좋게 떠났다.

그들이 떠난 뒤, 미리얌은 깊은 불안을 느꼈다. 마음을 달랠 수가 없었다. 이제 위험이 그들 주변 도처에 도사리고 있다는 걸 알게 되었다. 그녀는 지역 내에서 일어나는 사건들에 대해 샤보 부인에게 여러 질문을 던졌다.

"압트에서 한 차례 검거가 있었대요."

"보니유에서는 보복이 있었고요."

"마르세유에서 나쁜 소식이 들려왔어요. 전보다 훨씬 더 끔찍하대요."

미리얌은 파리로 돌아가고 싶어 했다. 빈센트가 떠날 계획을 세웠다.

위조 신분증을 가지고 기차에 앉은 미리얌은 이브의 곁을 떠났고 감당하기 어려운 관계를 떨쳐냈다는 사실에 안도했다. 파리 리옹 역을 벗어났을 때, 뜨거운 타르와 먼지 냄새가 구역질을 하게 만들었다. 파리에는 더 이상 버스가 다니지 않았다. 30분마다 운행되는 지하철 한 대뿐이었다.

파리에 마지막으로 있었을 때로부터 1년이 지나 있었다.

현기증이 일었다. 미리얌은 그길로 포르주로 떠나자고 했다. 엄마와 아빠가 보고 싶었다.

그녀와 빈센트는 생라자르 역에서 기차를 탔다. 미리얌은 아무 말이 없었다. 뭔가 잘못되었음을, 포르주에서 뭔가 끔찍한 것이 그녀를 기다리고 있음을 느낄 수 있었다.

부모님 집 앞에 도착한 미리얌은 1년 전부터 그들의 안부를 묻기 위해 보냈던 엽서들이 모두 바닥에 떨어져 있는 것을 보았다.

아무도 그것을 가지러 오지도, 읽지도 않았다.

미리얌은 실신할 지경이었다.

"안에 들어갈까?"

빈센트가 물었다. 미리얌은 말을 할 수도, 움직일 수도 없었다. 빈센트는 창문을 통해 집을 살펴보러 갔다.

"사람이 머문 흔적이 없어. 당신 부모님이 가구에 천을 씌워 놓으셨어. 이웃집에 가서 무슨 일이 있었는지 물어보고 올게."

미리얌은 오랫동안 그렇게 가만히 있었다. 온몸으로 고통이 느껴졌다.

"이웃들이 그러는데, 당신 부모님이 자크와 노에미가 검거된 이후에 떠났대."

"어디로 떠나?"

"독일로."

23장

　몇 주 이내로 연합군의 강제 상륙 작전이 있을 거란 소문이 퍼져 나갔다. 페탱은 파리로 올라와, 시청의 발코니에 서서 프랑스 시민을 향해 연설했다.

　"제가 이곳에 온 것은 파리에 떠도는 뜬소문을 잠재우기 위함입니다. 저는 시민 여러분을 지극히 생각합니다. 제가 이곳을 비운 4년 동안 파리가 조금 변한 것 같군요. 하지만 안심하세요. 가능한 한 즉시 저는 이곳으로 올 겁니다. 그땐 공식 방문이 되겠지요. 그러니 나중을 기약합시다."

　연설을 마친 그는 공습에서 살아남은 부상자들을 방문하기 위해 자동차를 탔다. 카메라들이 병원에까지 그를 따라갔다. 모든 것이 뉴스로 생중계되었다. 기자들은 행렬을 취재하기 위해 오페라 가르니에 광장에 진을 쳤다. 그의 차량이 지나는 길마다 군중이 몰려들었고, 장군을 환호로 맞이했다.

　이브는 예고 없이 파리에 들이닥쳤다. 그는 포르트 드클리냥쿠르의 오래된 건물 꼭대기에 있는 작은 방을 빌렸다. 집주인은 공습이 있을 땐 창문에서 멀찍이 떨어지라고 그에게 당부했다.

그는 지하철을 타고 곧장 미리얌과 빈센트의 집으로 향했다. 노선을 갈아탈 필요도 없었지만, 그는 길을 헤맸다.

상황은 이브가 예상한 대로 흘러가지 않았다. 세 사람은 아무런 걱정이 없던 여름날의 상태로 되돌아가지 못했다. 그때가 아주 먼 과거의 일처럼 느껴졌다. 부부는 이브와 거리를 뒀고, 때로는 아무런 소식도 없이 며칠간 그를 홀로 내버려 두었다. 무슨 일이 일어나는 건지 알지 못했던 이브는 파리에서의 생활을 힘겹게 보냈다. 빈센트는 그에게 전혀 관심을 보이지 않았고, 미리얌만이 이따금 그를 짧게나마 만나러 왔다.

그건 그가 상상했던 셋의 모습이 아니었다. 이브는 아파트에서 더는 외출하려 하지 않았고, 스스로를 그 속에 가두었다. 그리고 그는 나중에 미리얌이 '우울의 시기'라 부르는 시기들을 여러 번 보냈다. 이번은 그중 첫 번째 시기였다.

미리얌은 이브를 납득시키기 위해 포르트 드클리냥쿠르에 방문했다. 시기는 불안정했다. 해방을 목전에 둔 파리에 폭격이 가해졌다. 미리얌은 결국 자신이 남편의 아이를 임신한 것 같다고 털어놓았다. 그것이 이브가 파리의 작은 방에서 보낸 마지막 날이었다. 돌이킬 수 없는 고독이 밀려왔다. 그는 다음날 세레스트로 돌아갔다.

빈센트와 미리얌은 이브에게 모든 진실을 말하지 않았다.

그들은 파리로 돌아온 날부터 프랑스-폴란드 레지스탕스 조직인 〈F2〉를 위해 일하는 2,800명의 요원 중 하나가 되었다.

빈센트는 군인들이 사용하는 암페타민을 구해, 그것을 가능한 한 오랜 시간 깨어있는 데 사용했다. 마약은 위험에 대한 모든 인지를 사라지게 했고, 그는 항상 운에 자신을 맡겼다. 미리얌은 임신으로 인해 보호받는다는 기분을 느꼈고, 그래서 비정상적으로 위험을 감수했다.

그때의 렐리아는 태아에 불과했지만, 두려움을 느낄 때마다 몸이 만들어 내는 담즙의 쓴맛이 입술로 느껴졌다. 미리얌이 엠마의 뱃속에 있을 때, 자신의 엄마가 경찰에 맞서며 심장이 미친 듯이 뛰는 소리를 들었을 때 느꼈던 것과 같은 맛이었다.

24장

몇 달이 지났다. 4월, 5월, 6월. 상륙 작전은 일어났고, 파리의 반란이 뒤따랐다. 빈센트는 거대하게 튀어나온 미리얌의 배를 보았다. 그리고 그곳에서 누가 나올지 자문했다. 딸? 그렇다. 그는 딸을 원했다. 미래의 부모는 멀리서 창문 너머로 들려오는 파리의 전투 소음을 들었다. 그것은 마치 불꽃놀이처럼 낯설었다.

1944년 8월 25일, 폭풍이 지나간 후 적란운이 파리를 뒤덮었다. 빈센트는 드골 장군의 연설을 듣기 위해 파리 시청 광장으로 향했다. 하지만 그곳에 모인 군중을 보고는 마음을 돌렸다. 군중은, 그들이 선한 사람들일 것임에도 불구하고, 그에게 두려움을 주었다. 그는 셰 레아를 둘러보기로 했다.

프랑스인들은 BBC 라디오를 통해 목소리만 들었던 장군의 모습을 처음으로 보게 되었다. 거대한 하얀 대리석 조각상 같은 그는 주변에 몰려든 사람들보다 머리 하나는 더 컸다.

미리얌은 여전히 부모님과 동생들의 소식을 들을 수 없었다. 하지만 계속해서 믿음과 소망을 품었다. 그녀는 임신 막달의 피로함 속에서 자닌에게 반복적으로 말했다.

"그들이 독일에서 돌아오면 이 아기가 가장 아름다운 선물이 될 거예요."

그로부터 넉 달이 지난 1944년 12월 21일 동짓날에 미리얌 라비노비치와 빈센트 피카비아의 딸이자, 나의 엄마인 렐리아가 태어났다. 태어난 곳은 보지라르 거리 6번지였다. 그날, 자닌은 미리얌의 손을 꼭 잡아주었다. 자닌은 혼란하기만 한 나라에서, 그것도 가족들로부터 멀리 떨어져 아이를 낳는다는 것이 어떤 것인지 잘 알고 있었다. 그녀에겐 영국에서 낳은 아들 파트릭이 있었다.

일 년 전, 저 멀리 스페인 국경을 얼핏 보았던 1943년 크리스마스의 밤, 자닌은 만약 자신이 살아남는다면 아이를 가지겠다고 맹세했다. 그녀는 브로커가 가리켰던 방향으로 걸어갔다. 그 이후의 기억은 희미했다.

그녀가 눈을 떴을 때는 스페인이었다. 여자 교도소 안이었다. 스페인 당국은 그녀를 깨워 씻기고, 파일을 작성하고, 취조를 했다. 그녀는 목숨을 구한 동시에 죄수가 되었지만, 적십자사와 인연이 있는 덕에 바르셀로나로 이송될 수 있었다. 그리고 바르셀로나에서 그녀는 자유 프랑스군의 여성 분대에 들어가기 위해 영국으로 갈 수 있었다.

런던에 도착했을 때, 그녀는 백발에 안도감을 주는 눈빛을 지닌 알레쉬 신부가 사실은 이중 스파이 임무를 하며 한 달에 12,000프랑을 받는 독일 정보국 요원이었다는 사실을 알게 되었다. 낮에는 레지스탕스 신부로 살다가, 밤에는 독일에 협력한 대가로 받은 돈으로 파리 16구의 스

폰티니 거리에서 두 명의 정부를 끼고 살았다. 그의 임무는 청년들을 레지스탕스에 끌어들이는 일이었다. 그들을 더 많이 밀고하고 그로부터 수당을 타내기 위해서였다.

그 밖에도 자닌은 조직의 일원 대부분이 목숨을 잃었고, 그중에는 자신의 분신인 자크 르그랑도 있다는 사실을 알게 되었다. 그는 신부의 배반 이후 마우트하우젠 교도소로 이송되었다.

런던에서 자닌은 뤼시엔 클로아렉이라는 브르타뉴 여성을 만났다. 모를레 출신의 이 젊은 여자는 눈앞에서 독일군에 의해 남동생이 총살되는 것을 목격했다고 했다. 뤼시엔은 드골 장군 편에 가담하기로 결심했다. 그렇게 그녀는 '르 장'이라는 이름의, 해초 수거용 소형 선박에 승선했다. 총 17명의 남자들 가운데 그녀 홀로 여자였다. 항해는 20시간이 걸렸다. 그녀의 기지에 감동한 모리스 슈만은 영국에 도착하자마자, 자신의 BBC 방송 프로그램에 그녀를 출연시켰다.

드골 장군은 1943년 5월 12일, 뤼시엔 클로아렉과 자닌 피카비아를 최초의 두 레지스탕스 여성으로서 메달을 수여하라는 포고령을 내렸다.

그리고 얼마 안 가 자닌은 임신을 했다. 다짐한 대로였다.

파리로 돌아온 자닌과 그녀의 아들 파트릭은 뤼테티아에 묵었다. 자유 프랑스군이 독일로부터 탈환한 호텔인 뤼테티아는 초기에 레지스탕스의 주요 인물들을 수용했다. 자닌은 갓 태어난 아들과 함께 몇 주간 그곳에서 쉬었다. 방은 작은 둥근 탑에 위치했고, 꼭대기에는 망루가 있었다. 자닌의 고양이는 원형 창문가에서 머무르는 걸 좋아했다. 자신의 방이 너무나도 호화로워서, 그녀는 빈센트에게 렐리아를 얼마간 맡아

주겠다고 제안했다.

　그녀는 아기가 태어난 이후로 동생 부부의 사이가 썩 좋지 못하다는 걸 알았다.

25장

엄마,

제가 예닐곱 정도였을 때, 저는 엄마의 작은 흰색 르노 5 자동차 뒷좌석에 타고 있었어요. 라스파이 대로를 지나는데, 엄마가 제게 궁전 같은 으리으리한 호텔을 보여 주었죠. 엄마가 태어나고 몇 달을 거기서 살았다고 했어요. 나는 유리창에 얼굴을 가까이 댔어요. 그 건물은 파리 6구 전체만큼이나 커다랗게 보였죠. 나는 엄마가 어떻게 저런 곳에서 살았을까 궁금했어요. 또 하나의 수수께끼, 어린 시절을 따라 늘어선 모든 의문에 더해진 또 하나의 미스터리였어요.

나는 엄마가 두꺼운 크림색 양탄자가 깔린 복도를 뛰어다니고, 카트 위의 신선한 케이크를 낚아채서 그걸 몰래 숨어서 먹는 모습을 상상했어요. 어렸을 때 엄마가 읽어줬던 만화책에서처럼요.

하지만 엄마, 엄마와 과거의 기이한 이야기들은 절대 아이들을 위한 동화가 아니었어요. 그건 실제로 일어났던, 존재했던 일이죠. 어려서부터 늘 경제적 궁핍에 시달렸다던 엄마가 태어난 직후를 뤼테티아 호텔에서 보낼 수 있었던 상황을 알고 나자, 그 모습이 내 안에 하나의 이미지로 새겨졌어요. 가짜이면서 동시에 실제인, 내게 궁전 복도에서 걸음마를 배운 엄마가 있다는 비현실적인 이미지예요.

A.

26장

1945년 4월 초, 〈전쟁 포로, 강제 수용자 및 난민부〉는 수십만 명의 남녀들을 프랑스 영토로 송환하는 일을 진행했다. 오르세 기차역, 뤼이이 병영, 몰리토 공공 수영장, 대형 영화관 르 그랑 렉스와 고몽–팔 리스와 같이 파리의 큰 건물들이 동원되었다. 그중엔 동계 경륜장도 있었 다. 그곳은 현재는 존재하지 않는데, 동계 경륜장은 1959년에 허물어졌 고, 이듬해 그곳에 모리스 파퐁 시장의 명령으로 알제리계 프랑스 무슬 림 수용소가 세워졌다.

뤼테티아 호텔은 처음에 당국이 동원한 건물에 속하지 않았다. 하지 만 당국은 곧 동원 계획을 전부 수정할 필요를 느끼게 됐다. 드골 장군 은 송환된 강제 수용자들에게 호텔의 350개 객실을 제공하기로 했다. 충분한 물자를 투자해 의무실을 꾸리기 위해, 의사들로 구성된 〈보건 관리부〉와 호텔 내부 공간 구획을 조직해야 했다.

드골은 일과가 끝난 후 뤼테티아 호텔로 간호사들을 데려올 차량을 마련했다. 의과 대학 학생들과 사회 복지사들이 자원봉사를 하기로 했 다. 적십자사를 비롯해 여러 기관이 참석했고, 그중 스카우트 대원들은 호텔의 궁전처럼 거대한 복도를 하루종일 돌아다니며 안내 사항을 전달하기로 했다. 육군의 여군 보조 부대가 이들을 지휘하는 일을 맡았다.

호텔은 송환될 사람들뿐만 아니라 의료진과 관리인들을 위해 밤낮 할 것 없이 언제든 식사를 제공하기로 했다. 강제 수용자들을 맞이할 직원의 수만 해도 600명이었다. 뤼테티아 호텔의 주방은 매일 5,000인분을 제공해야 했는데, 이를 위해 식료품 배급 및 저장을 계획했다. 〈암시장 기탁관리부〉에서 뤼테티아 저장고에 식품을 대기로 했고, 경찰은 매일 밀거래로 압수된 음식물을 호텔로 배급하게 되었다. 그중엔 음식 말고도 의복과 신발도 있었다. 트럭 기사들이 매일 압수 창고와 호텔을 왕복해야 했다.

또한 곧 대규모로 도착할, 호텔 입구의 회전문 앞에서 아들, 남편, 아내, 아버지, 또는 조부모를 애타게 기다릴 가족들을 맞을 계획도 마련해야 했다. 주요 골자는 강제 수용자들의 파일을 만들어 호텔 로비에 그것을 게시하는 것이었다. 강제 수용자의 가족들은 실종된 친지의 사진, 그들을 식별하게 해 줄 정보, 그리고 인적 사항이 담긴 두꺼운 종이를 제출해야 했다.

사람들은 라스파이 대로를 따라 1945년 4월 29일부터 치러질 지방 선거 홍보용 판들을 회수했다. 나무판으로 구성된 스물네 개의 판이 못으로 서로서로 연결되어 있었다. 사람들은 그것을 뤼테티아 호텔 로비부터 커다란 계단까지 설치했다. 장차 가족과의 상봉에 필요한 사진과 정보를 담아 수기로 작성된 수만여 개의 파일이 그 위를 뒤덮게 될 것이었다.

안내 및 선별 사무소 역시 조직되어야 했다.

〈전쟁 포로, 강제 수용자 및 난민부〉는 안내 절차가 한 시간에서 두 시간 정도 소요될 거라 예상했다. 명부를 작성하고, 의무실에서 약간의 치료를 받게 하고, 독일에서 돌아온 사람들이 그들의 자택까지 기차를, 파리 시민의 경우 지하철을 타고 귀가할 수 있도록 승차권이나 배급표를 나눠주는 데 걸릴 시간이었다. 돌아온 이들은 강제 수용자 카드와 약간의 돈을 받게 되었다.

4월 26일, 모든 준비가 끝났다. 호텔이 문을 여는 날, 자닌은 도움이 필요한 기관들의 요청을 받고 일을 거들기로 했다.

하지만 일은 〈전쟁 포로, 강제 수용자 및 난민부〉가 예상했던 대로 흘러가지 않았다. 프랑스로 돌아온 사람들의 상태가 이루 말할 수 없이 참혹했던 것이다. 안내 사무소는 그것에 대비하지 않았다. 누구도 그런 상황을 상상조차 하지 못했다.

"어땠어요?"

첫날 일을 마치고 보지라르 거리로 돌아온 자닌에게 미리얌이 물었다. 자닌은 뭐라 대답해야 할지 몰랐다.

"그게… 우리가 예상했던 것과 달랐어."

"어땠길래요? 저도 같이 가고 싶어요."

"기다려 봐. 일이 조금 정리될 때까지…."

다음 날에도 미리얌은 고집을 부렸다.

"지금은 때가 아니야. 첫날에 티푸스로 두 사람이 죽었어. 청소부와 탈의실을 정리하던 어린 스카우트 대원이었지."

"사람들에게 가까이 다가가지 않을게요."

"호텔에 들어가는 즉시 약을 한 바가지 맞게 될걸? 모두에게 살충제를 뿌리고 있거든. 모유에 권장되는 성분은 아닐 거야."

"그럼 안에 들어가지 않고 밖에서 기다릴게요."

"너도 알겠지만, 라디오에서 매일 돌아오는 사람들의 이름을 읽어 주거든? 그 인파 속에 들어가는 것보다는 그냥 여기서 그걸 듣고 있는 게 나을 거야."

"호텔 입구에 서류를 내고 싶어요."

"그럼 사진과 인적 사항을 내게 줘. 대신 작성해 줄게."

미리얌은 자닌을 똑바로 바라보았다.

"이번엔 자닌이 내 말을 들어요. 내일 나는 뤼테티아에 갈 거예요. 아무도 나를 막을 수 없어요."

27장

파리의 태양 아래, 지붕이 없는 버스 한 대가 도핀 광장으로 이어지는 은빛 센 강을 가로질렀다. 버스는 새빨간 립스틱을 바르고 거만한 손톱을 가진 여성들의 아름다움이 빛나는 퐁데자르 다리를 지났다. 차들이 사방으로 오갔고, 운전자들은 창가에 팔뚝을 걸치고 담배를 피웠다. 미군들은 거리를 거닐며, 아찔하게 높은 하이힐을 신고 손가락마다 가느다란 반지를 낀 프랑스 여인들을 구경했다. 몸에 꼭 맞는 꽃무늬 드레스는 그들의 가슴을 부각했다. 수도의 공기는 날마다 온화해졌으며, 보리수나무는 인도 위로 그늘을 드리웠다. 책가방을 등에 멘 아이들이 학교에서 집으로 돌아오고 있었다. 버스는 우안에서 좌안으로, 동역에서 뤼테티아 호텔로 노선을 따라 이동했다. 그리고 귀가하기 바쁜 자동차 운전자들, 상점 문가에 서 있는 상인들, 저마다의 고민에 잠긴 행인들, 거리의 모든 사람이 버스 내부에 있는 존재, 그들의 두드러진 눈두덩이와 기묘한 시선, 그리고 삭발한 머리에 난 혹을 발견하고는 그 자리에 멈추어 섰다.

"정신병원에서 병자들을 데려온 건가?"

"아니야. 독일에서 돌아온 노인들이야."

그들은 노인들이 아니었다. 대부분의 나이는 16세에서 30세 사이에 속했다.

"남자들만 돌아온 건가?"

여자들도 있었다. 하지만 머리카락이 없고, 깡마른 몸을 한 이들의 성별을 더는 알아보기 힘들었다. 몇몇 여자들은 더는 아이를 가질 수 없게 되었다.

동역에서 출발한 기차들이 매시간 파리의 여러 역으로 도착했다. 부르제나 빌라쿠블레로 도착하는 비행기들도 있었다. 첫날 플랫폼에서 유니폼을 차려입은 사람들이 모든 종류의 금관악기를 사용해 〈라 마르세예즈〉를 연주하며 거창한 분위기 속에서 생존자들을 맞이했다. 가장 먼저 내린 건 절멸 수용소에서 돌아온 이들이었고, 다음으로는 전쟁 포로, 마지막으로는 〈강제 노동국〉의 노역자들이 내렸다. 그게 첫날이었다.

기차에서 내린 이들은 곧바로 버스에 올라탔다. 수개월 전 가축용 운송 기차에 올라타기 전, 나치에 의해 검거된 이들이 임시 수용소로 이송되었을 때 탑승했던 것과 똑같은 버스였다. 사람들은 생존자들에게 설명했다.

"하지만 정말 다른 방법이 없었습니다."

생존자들은 서로의 몸에 밀착한 채로 차량 내부에 섰다. 그들은 창문을 통해 수도의 거리 풍경이 지나가는 것을 바라보았다. 파리에 와본 것이 처음인 사람들도 있었다.

이동하는 도중, 그들은 파리 시민들이 가던 길을 멈추고 자신들을 향해 시선을 고정한 것을 보았다. 행인과 자동차 운전자들은 몇 초간 일상의 걱정에서 벗어나, 삭발한 채로 줄무늬 파자마를 입고 거리에 난입한 존재들이 어디서 온 것인지 궁금해했다. 그들은 마치 다른 세계에서 온 객체들 같았다.

"강제 수용자들이 탄 버스 봤어요?"

"먼저 좀 씻길 수도 있었을 텐데."

"왜 죄수복을 입고 있대요?"

"도착하면 돈을 나눠주는 것 같던데요."

"그럼 됐네요."

그리고 다시 일상이 이어졌다.

신호등이 빨간색으로 바뀌었을 때, 그들의 끔찍한 모습에 놀란 한 노신사가 손에 들고 있던, 즙이 많은 붉은 체리 상자를 버스의 창문 가까이 내밀었다. 막대기처럼 앙상한 수십 개의 팔과 실처럼 가느다란 손가락들이 공중으로 다가온 체리를 향해 달려들었다.

적십자사의 한 부인이 외쳤다.

"강제 수용자들에게 음식을 주면 안 됩니다! 위가 감당하지 못할 거예요!"

강제 수용자들은 그것이 자신들의 위장에는 독과 같다는 걸 알고 있었다. 하지만 유혹은 너무나도 강했다.

버스는 다시 좌안과 생 미셸 광장, 생제르맹 대로를 향해 출발했다. 뱃속에서 머물지 못한 체리들이 반대 방향으로 흘러나왔다.

"좀 더 예의를 지킬 수도 있었을 텐데."

한 행인이 말했다.

"좀 더 깨끗이 먹을 순 없나?"

다른 행인은 생각했다.

"냄새가 너무 지독해. 좀 씻지."

28장

버스에 올라타기를 거부한 사람이 있었다. 그것이 자신을 파리에서 드랑시로 데려갔던 바로 그 버스라는 걸 알아보았기 때문이었다. 그래서 그는 역에서 벗어났다. 그리고 여행객들이 빠져나가는 알자스 거리 쪽으로 향했다. 그는 자신이 어디에 있는지 잘 알지 못했고, 길을 잃었다.

"괜찮으세요? 도움이 필요하세요?"

한 행인이 물었다. 그는 고개를 저었다. 그는 사람들이 다시 자신을 버스에 태우는 걸 원하지 않았다. 친절하고 주의 깊은 사람들이 걸음을 멈추고 그를 둘러쌌다.

"안색이 좋지 않아요."

"조심해요. 그를 놀라게 해선 안 돼요."

"헌병에 알려야겠어요."

"선생님, 프랑스어를 하세요?"

"먹을 것을 줘야 할 것 같아요."

"뭔가를 좀 사 올게요."

"신분증을 가지고 계십니까?"

사람들이 불러온 헌병이 그에게 물었다. 남자는 제복을 보고 공포에 질렸다. 하지만 헌병은 친절했고, 그는 가엾은 남자를 병원으로 데려가야겠다고 생각했다. 그런 상태를 한 사람은 지금껏 본 적이 없었다.

"저를 따라오세요. 당신을 치료해 줄 수 있는 곳으로 모시겠습니다. 갖고 있는 송환자 카드는 없습니까?"

남자는 생각했다. 그에게는 오래전부터 신분증도, 돈도, 아내도, 자식도, 머리카락도, 치아도 없었다. 그는 자신을 둘러싼 사람들과 그를 바라보는 사람들이 두려웠다. 그곳에 있다는 사실이 죄스러웠다. 아내, 부모님, 두 살 난 아들, 그리고 수백만 명에 이르는 다른 모든 사람 대신 살아남았다는 사실에 죄책감이 들었다. 부당한 일을 저질렀다는 기분이 들었고, 모든 사람이 그에게 돌을 던지고 헌병이 그를 감옥으로 끌고 가서 법정에 세울까 봐 두려웠다. 한쪽에는 슈츠슈타펠이, 다른 한쪽에는 죽은 아내, 죽은 부모님, 죽은 아들, 그리고 다른 수백만 명의 죽은 이들이 서 있을 터였다. 헌병이 찬 곤봉을 바라보는 것만으로도 아팠다. 달아날 기운이 있기를 바랐지만, 힘이라곤 하나도 남아있지 않았다. 오래전, 언젠가 이 동네, 바로 이 장소에 왔던 때가 생각났다. 그때의 그는 다른 모든 사람처럼 옷을 입었고, 머리에는 머리카락이 있었고, 입속에는 치아가 있었다. 하지만 이제 다시는 그들처럼 될 수 없을 것 같았다. 친절하게도 근처 식료품점에 다녀온 한 행인이 "굶주린 귀환자에게 줄 음식을 사려고 합니다. 치아가 하나도 없어요."라고 이야기했더니, 식료품점 주인이 요거트를 추천하면서 "돈은 받을 수 없어요. 당연히 그들을 도와야지요."라고 말했다고 설명했다. 그리고 행인은 요거트를 남자에게 건넸고, 그것은 그의 위장에 구멍을 냈다. 취약해진 위장이 받아들이기에는 지나치게 무거운 음식물이었다. 지난 1월 슈츠슈타펠에 의해 아우슈비츠에서 추방당한 뒤로 벌써 석 달이 지났다. 그는 최후의 학살, 죽음의 행군, 호송대의 타격 아래 행해진 눈 속에서의 강제 행군, 새로운 모욕, 정권 몰락이 불러온 혼돈, 동일한 가축용 기차를 통한 이동, 배고픔, 갈증, 그리고 귀환할 때까지 생존하기 위한 투쟁에서 벗어났다. 이미 극한으로 치달은 그의 육신에는 불가능한 싸움이었다. 그렇게 그의 심장은 박동을 멈추었다. 그가 돌아온 날에, 파리의 회색빛 거리에서, 알자스 거리로 빠져나가는 계단 아래, 몇 주간의 투쟁 끝에 그렇게 허무하게. 몹시 가벼웠던 그의 몸은 사뿐히, 마치 낙엽이 떨어지듯, 아무 소리 없이 천천히 바닥에 닿았다.

29장

　동역에서 출발한 버스는 뤼테티아 호텔 앞에 도착했다. 인파가 몰려들었고, 아무것도 모르는 미리얌은 그저 사람들의 움직임을 따라갔다…. 자전거 한 대가 발 위로 지나갔지만 아무도 그녀에게 사과의 말을 건네지 않았다. 사람들의 입에서 처음 듣는 도시의 단어들이 나왔다. 그녀가 모르는 단어들이었다. 아우슈비츠, 모노비츠, 비르케나우, 베르겐-벨젠.

　지붕 없는 버스의 문이 거칠게 열렸고, 혼자서는 하차할 수 없는 강제 수용자들은 그들을 호텔까지 호송하기 위해 온 스카우트 대원들의 도움을 받아 버스에서 내렸다. 그들 중 몇몇은 들것에 실려 나와야 했다.

　수용자들을 기다리고 있던 한 무리의 가족들이 그들에게로 달려갔다. 미리얌은 그들의 무례함에 분노를 느꼈다. 그들은 절박한 눈으로 막 도착한 강제 수용자들의 얼굴에 사진을 들이밀었다.

　"이 사람을 아세요? 제 아들이에요."

　"혹시 이 사람 아시나요? 제 남편이에요. 키가 크고 파란 눈을 가졌어요."

　"이 사진 속의 제 딸은 열두 살인데, 그들이 데려갔을 때는 이미 열네 살이었어요."

"어디서 왔어요? 트레블링카라고 들어봤어요?"

하지만 버스에서 내린 사람들은 침묵했다. 그들은 대답할 수 없었다. 그들에게는 겨우 조용히 혼잣말할 정도의 기력만이 남아 있었다. 기운이 있다고 한들 어떻게 이야기한단 말인가? 그들의 말을 믿는 사람은 없을 것이었다.

'당신의 아들은 가마에 들어갔어요, 부인.'

'당신의 아버지는 나체로 개처럼 줄에 묶였어요. 재미로 그런 꼴을 당했죠. 그는 정신이 나간 채로 죽었어요. 추위에 떨면서.'

'당신의 딸은 수용소의 성노예가 되었고, 임신하자 실험을 위해 사람들이 배를 갈랐죠.'

'그들이 패배했다는 걸 알았을 때 슈츠슈타펠은 모든 여자의 옷을 벗겨서 창문 밖으로 던졌어요. 우리가 그들을 차곡차곡 쌓아야 했죠.'

'살아있을 확률은 없어요. 다시는 만나지 못할 겁니다.'

아무도 믿지 못할 그 말을 누가 꺼내려 할까? 애타게 기다리는 이들에게 그런 문장을 어떻게 말할 수 있을까? 그들을 딱하게 여겨야 했다. 어떤 이들은 희망을 심어주기로 했다.

"당신 남편 사진을 보니 기억이 나네요. 맞아요. 그는 살아 있어요."

미리얌은 호텔 회전문 안으로 밀려들어 가는 인파 속에서 이런 말을 들었다.

"아직 저기에는 10,000명이 대기하고 있어요. 그러니 걱정하지 마세요. 그들은 돌아올 거예요."

강제 수용자들은 그것이 헛된 기대라는 걸 알았다. 하지만 희망은 그들을 수용소에서 살아남게 해 준 유일한 것이었다. 한 강제 수용자가 다른 한 여성과 몸이 부딪쳤다. 여자는 자신이 남편을 아느냐고 질문했던 그 강제 수용자가 얼마나 지친 몸을 하고 있는지 모르는 듯했다. 적십자사 간호사가 개입해야 했다.

"송환자들이 지나가는 걸 방해하지 마세요. 모두 부탁드립니다. 그렇게 몸을 부딪쳤다간 이 사람들은 죽을 수도 있어요. 여러분은 나중에 들어오세요. 지나가게 해 주세요!"

사람들은 강제 수용자들을 레카미에 공원 맞은편의 스파 건물로 데려갔다. 그곳에 가기 위해서는 라스파이 대로와 세브르 거리 사이 모퉁이에 있는 뤼테티아 제과점을 지나야 했다. 빈 케이크 진열대 사이로 강제 수용자들이 지나가는 모습이 보였다. 그들은 소독을 위해 줄무늬 파자마를 벗었다. 소지품은 목에 건 비닐봉지 속에 보관되었다. 대부분 바로 그곳에서 살충제 분말이 뿌려졌다. 살충제는 티푸스를 옮기는 기생충들을 죽였다. 고무로 된 옷을 입고, 보호용 장갑을 끼고, 분말이 담긴 양동이를 등에 멘 사람들 앞에서 강제 수용자들은 나체가 되어야 했다. 사람들은 긴 호스를 이용해 분말을 분사했다. 참을 수 없는 대우였다. 하지만 그들은 정말 다른 방법이 없다고 변명했다.

소독과 목욕을 마친 뒤에 깨끗한 옷이 지급되었다. 그런 다음, 그들은 2층에 있는 사무실로 가서 질문을 받았다. 그들 중에서 '가짜' 강제 수용자를 가려내기 위한 절차였다.

비시 정부 하에서 독일에 협력했던 이들은 보복을 피하고자 독일에서 돌아온 강제 수용자들 틈바구니에 몸을 숨겼다. 그렇게 신분을 바꾸기를 기대했다. 그들은 프랑스 전역에서 벌어진 보복 살인을 피하고, 특별

법원과 함께 시행된 숙청의 그물망을 빠져나가려 했다. 프랑스의 몇몇 친독 의용대원들은 그들이 아우슈비츠에서 돌아왔다는 거짓말을 믿게 만들기 위해 왼쪽 팔뚝에 가짜 번호를 새기기도 했다. 그들은 강제 수용 자들이 역을 나와 뤼테티아 호텔로 가는 버스에 탑승하기 직전, 수용자 들 틈에 끼어들었다.

〈전쟁 포로, 강제 수용자 및 난민부〉는 사기꾼을 가려내기 위해 호텔 내부에 설치된 감시소에 활발한 감시를 시행할 것을 요청했다. 그 말은 즉, 모든 강제 수용자가 '진짜' 강제 수용자인지 검증을 받기 위해 신문 을 거쳐야 한다는 말이었다. 어떤 이들은 이것을 모욕으로 받아들였다.

신문을 진행하는 일은 까다로웠다. 수용소 생존자들은 너무나도 당황 해서 제대로 말하지 못했다. 정신이 온전치 못해 사소한 세부 사항에 집 착하거나, 정확한 정보를 제공하지 못했다. 반면 강제 수용자의 신분을 뺏은 이들은 타인에게서 훔친 기억으로 잘 짜인 이야기를 구성할 수 있 었다.

상황은 대부분 나쁘게 흘러갔다. 강제 수용자들은 프랑스 경찰이 난 폭하다고 여겼고, 그들과의 대면을 견디지 못했다.

"당신은 누군데 내게 그런 질문을 합니까?"

"대체 왜 신문을 다시 시작한다는 거예요?"

"나를 가만히 내버려 둬요!"

안내 절차를 설명할 때도 이따금 격렬한 반응을 보이는 이들이 있었 다. 어떤 남자들은 책상을 뒤집어엎었다. 어떤 여자들은 자리에서 일어 나 자신에게 질문을 하는 직원을 손가락질했다.

"당신 내가 기억할 거야! 당신이 나를 고문했어!"

발각된 사기꾼은 호텔 방에 감금되었다. 무장한 감시자가 그를 감시했다. 저녁 여섯 시가 되면 경찰 호송차가 와서 사기꾼을 재판에 회부하기 위해 끌고 갔다.

신문이 끝나면 '진짜' 강제 수용자들은 신분증과 약간의 돈, 그리고 버스 및 지하철을 탈 수 있는 무료 탑승권을 받았다. 그러고 나서는 며칠간 휴식을 취할 수 있는 호텔 방으로 안내를 받았다. 그들은 안내와 각층 관리를 맡은 여성 자원봉사 단체 〈프티트 블루즈petites bleues〉에 의지할 수 있었다. 2층은 관리부에 국한되었고, 위층에는 의무실, 그리고 8층까지 객실이 이어졌다. 4층은 여성 전용이었다.

"걱정하지 마세요. 객실은 모두 난방이 잘 되어 있답니다."

심지어 한여름에도 라디에이터가 켜졌다. 야윈 몸들이 계속해서 추위를 느꼈기 때문이다.

"그 사람들은 푹신한 침대가 있는데도 바닥에서 자려고 해. 정말 이상하지."

강제 수용자들은 침대 안에서는 있지 못해 카펫 위에 누웠다. 대부분 여럿이서 한방을 썼고, 잠에 들기 위해 서로의 몸에 밀착했다. 모두가 자신의 삭발 머리, 몸에 난 종기, 피부를 감염시킨 염증에 수치심을 느꼈다. 그들의 모습이 사람들에게 두려움을 준다는 걸 알았다. 그들을 바라보기만 해도 고통을 느낀다는 것도.

뤼테티아의 장엄한 식당에 늘어선 종려나무 화분들이 거대한 돌, 웅장한 유리창, 장식이 화려한 기둥이 이루는 대칭선을 강조했다. 이 모든 아르데코 양식의 기교가, 호화롭고 기하학적인 풍경을 자아냈다.

강제 수용자들에게 식사가 제공되었고, 그들은 무리를 지어 식탁에 둘러앉았다. 접시를 사용해 음식을 먹는 게 너무나도 오랜만이었다. 마치 세상이 존재하기도 전인 까마득한 과거의 일처럼 느껴졌다. 은잔 속에는 식수가 담겨 있었다. 그것도 그들이 잊었던 것이었다.

식탁 위에는 아름다운 꽃다발이 담긴 화병이 있었다. 꽃다발은 파란색, 흰색, 빨간색 카네이션으로 만든 것이었다. 주불 캐나다 대사와 그의 아내가 강제 수용자들을 위해 우유와 잼을 캐나다에서 가져왔다.

나이를 알 수 없는 한 남자는 목에서 떨어져 나갈 듯이 고개를 앞으로 푹 숙이고, 자신의 앞에 놓인 고기 요리를 가만히 바라보기만 했다. 그는, 수용소에서 쓰던 표현에 따르면, 식량을 '편성'하는 것, 즉 훔쳐 먹는 것이 익숙했다. 그래서 그는 자신이 자리에 앉을 권리가 있는지 알지 못했고, 계속해서 〈프티트 블루즈〉 단원에게 허락을 구했다. 어떤 이들은 더 이상 독일어밖에 구사하지 못했고, 또 어떤 이들은 계속해서 수감 번호만을 되풀이했기에 자원봉사자들도 도울 수가 없었다.

"선생님, 그 칼은 가져가시면 안 됩니다."

"내겐 필요해요. 나를 밀고한 사람을 죽이러 가야 해요."

30장

    미리얌은 자신처럼 제자리걸음을 하는 사람들과 부딪치며 회전문을 통해 뤼테티아 호텔로 들어갈 수 있었다. 그녀는 '가족을 위한 안내 사항'이 적힌 표지판을 찾았고, 커다란 계단 아래에 사람을 찾는 수백 장의 편지, 결혼, 행복한 휴가, 가족의 식사 사진과 군인의 사진 수백 장이 첨부된 수백 개의 파일이 붙어있는 것을 발견했다. 그것들은 호텔 로비의 바닥부터 천장에 이르는 모든 면을 빼곡하게 뒤덮고 있었다. 마치 벽지가 모조리 벗겨진 것처럼 보일 정도였다.

    미리얌은 벽에 가까이 다가갔다. 동시에 로비에 도착한 강제 수용자들도 잿더미 속에 묻혀있던 '이전 세상'의 사진에 이끌려 다가왔다. 그들의 눈은 그것을 바라보고 있었지만, 그 사진들이 무엇을 의미하는지 제대로 이해하고 있는 것 같지 않았다. 거기에 자신의 사진이 붙었더라도 그걸 알아볼 수 있을지 의문이었다.

    "내가 저기 저 남자였는지 어떻게 알지?"

    미리얌은 다른 사람들에게 자리를 비켜주기 위해 뒤로 물러났다. 안내 사무소를 찾으려는데, 한 남자가 정신없이 그녀의 팔을 붙잡았다. 그녀를 가족들을 돕는 자원봉사자로 착각했던 것이다.

"실례합니다. 제 아내를 만났는데, 품속에서 잠이 들었어요. 그런데 깨울 수가 없어요."

미리얌은 자신이 이곳에서 일하지 않는다고 설명했다. 자신도 사람을 찾으러 온 것이라고 말했다. 하지만 남자는 팔을 놓지 않고 버텼다.

"여기로 와 주세요. 제발요."

의자에 앉아있는 그의 아내를 본 미리얌은, 그녀가 잠을 자고 있는 게 아니라는 걸 알아차렸다. 이곳에서 죽음을 맞이한 건 그녀뿐만이 아니었다. 매일 수십 명의 지친 육신이 재회와 귀환으로 인한 벅찬 감정을 이기지 못하고 죽어 나갔다.

미리얌은 안내 사무소 앞에 줄을 서기 위해 그곳을 벗어났다. 그녀 옆에는 전쟁 시기 동안 자신들이 숨겨주었던 폴란드 여자아이를 품에 안은 프랑스 부부가 있었다. 그들이 아이를 발견했을 때, 아이는 두 살이었다. 이제 아이는 다섯 살이었고, 파리 억양의 프랑스어를 완벽하게 구사했다. 그들은 라디오에서 불러주는 이름 중에서 아이 엄마의 이름을 듣고 호텔에 왔다고 했다.

하지만 아이는 삐쩍 마르고 머리가 깎인 엄마를 알아보지 못했다. 아이는 갑작스레 끔찍한 패닉에 빠져 울음을 터뜨렸다. 아이는 악몽 같은 모습의 여자를 원하지 않았다. 소녀는 제 어미가 아닌 여성의 다리에 매달려 호텔 로비가 떠나갈 듯 울었다.

안내 사무소에서 미리얌은 아무런 정보도 얻지 못했다. 그들은 그녀에게 백지의 서류를 주었고, 라디오에서 원하는 이름을 불러줄 때까지 기다리라고만 말했다. 매일 찾아오는 건 만류했다.

"그래봤자 아무 소용없어요."

미리얌은 로비 한구석에서 그곳에 자주 드나드는 것처럼 보이는 한 무리의 사람들을 발견했고, 그들에게 다가갔다. 그들은 매일 호텔에 와서 항간에 떠도는 정보나 소문을 나누었다.

"러시아인들이 프랑스인 강제 수용자들을 빼돌렸대요."

"의사와 공학자들을 데려갔다네요."

"모피 제조사와 정원사들도요."

미리얌은 공학자인 자신의 아버지와 러시아어를 할 줄 아는 부모님을 떠올렸다. 만약 그들이 러시아로 간 거라면 송환자 목록에 그들의 이름이 없는 이유가 납득이 됐다.

"제 남편은 의사예요. 러시아인들이 그를 데리고 있다고 확신해요."

"들리는 말에 의하면 최소 5,000명이 러시아로 갔대요."

"그럼 어떻게 정보를 얻죠?"

"사무소에 물어봤어요?"

"아뇨. 이제 저를 응대해 주지 않아요."

"당신이 시도해 봐요! 새로운 사람에게는 친절하니까요."

"다들 분명 어딘가에 있을 거예요."

"인내심을 가져야 해요. 다들 송환될 거예요."

"야콥 부인에게 무슨 일이 일어났는지 들었어요?"

"남편이 마우트하우젠 수용소 사망자 목록에 있었대요."

"그 이름을 읽자마자 그녀는 기절했어요."

"그리고 사흘 뒤에 누군가 그녀의 집 현관문을 두드리는 소리에 문을 열었죠."

"그런데 거기 남편이 있었대요. 착오가 있었던 거죠."

"그런 경우가 한둘이 아니래요. 영원히 사라지는 건 없잖아요."

"누가 그러던데, 오스트리아에 모든 걸 잊은 사람들이 간 수용소가 있대요."

"오스트리아라고 했어요?"

"아니에요. 독일이에요."

"그곳과 관련된 사람들의 사진이 있나요?"

"아뇨, 없을 거예요."

"그럼 그걸 어떻게 알죠?"

미리얌은 자신의 서류를 호텔 입구에 게시했다. 모든 앨범이 포르주에 있었기 때문에 미리얌은 가지고 있는 가족의 사진이 없었다. 그녀는 대신 커다란 글씨로 가족의 이름을 썼다. 호텔 입구에 펄럭거리는 수십 장, 수백 장, 수천 장의 서류 중에서 단숨에 눈에 띄도록.

에브라임 엠마 노에미 자크

그런 다음, 미리얌은 서명을 하고 주소를 기재했다. 보지라르 거리. 빈센트의 집이었다. 부모님이 자신이 어디에 있는지 알 수 있도록.

서류를 높은 곳에 고정하기 위해 발끝으로 선 미리얌은 팔을 쭉 뻗었다. 금방이라도 넘어질 듯 휘청거렸다. 그녀 옆에 한 남자가 서서 그녀를 바라보고 있었다. 그는 입술에 기이한 미소를 짓고 있었다.

"한 명단에서 내가 죽었다는 사실을 알게 됐어요."

미리얌은 뭐라 대답해야 할지 몰랐다. 서류가 고정된 걸 확인한 미리얌은 출구를 향했다. 그때 한 여자가 어깨를 붙잡아 세웠다.

"보세요. 제 딸이에요."

미리얌은 뒤를 돌아보았다. 미처 대답하기도 전에 여자는 사진을 들이밀었고, 그 거리가 너무 가까워서 아무것도 보이지 않았다.

"검거되었을 때는 이 사진보다 조금 더 나이가 든 상태였어요."

"죄송해요. 저는 몰라요…."

미리얌이 말했다.

"제발요. 찾는 걸 도와주세요."

뺨이 붉은 반점으로 뒤덮인 부인이 말했다. 여자는 미리얌의 팔을 힘주어 당기며 속삭였다.

"돈을 많이 드릴 수 있어요."

"이거 놓으세요!"

호텔 밖으로 나오면서 미리얌은 호텔에 자주 드나들던 사람들의 무리가 분주하게 움직이는 것을 보았다. 그들은 짐을 챙겨서 서둘러 지하철로 향하고 있었다. 미리얌은 무슨 일인지 알아내기 위해 그들을 따라갔다. 그들은 뤼테티아 호텔로 보내져야 했을 40여 명의 여성이 착오로 인해 오르세 역으로 보내졌다는 사실을 전해 주었다. 40명의 여성. 많은 숫자였다. 미리얌은 그들 중에 노에미가 있을 거라고 생각했고, 사람들과 함께 지하철을 타고 쿵쿵거리는 심장으로 오르세 역으로 향했다. 일종의 빛처럼 환하고 즐거운 예감이 그녀를 덮쳐왔다.

하지만 오르세 역에 도착했을 때, 노에미는 그곳에 없었다.

"자크, 노에미, 혹시 아세요?"

"어느 수용소로 보내졌는지 아십니까?"

"여자들은 모두 라벤스브뤼크로 갔다고 하던데요."

"저흰 아는 게 없습니다, 부인. 그건 추측에 불과해요."

"그곳에 있었던 사람들에게 물어보면 안 되나요?"

"죄송합니다. 여기엔 라벤스브뤼크에서 송환된 사람들은 없어요. 그리고 그곳에서 올 사람들은 없을 것 같네요."

"어째서 그들을 찾으러 사람을 보내지 않는 거죠? 제가 자원할게요!"

"부인. 이미 라벤스브뤼크로 사람을 보냈어요. 하지만 송환할 사람이 더는 없었고요."

단어들은 명료했지만 미리얌은 이해하지 못했다. 그녀의 뇌는 '송환할 사람이 더는 없었다'라는 말이 무슨 뜻인지 이해하는 것을 거부했다.

미리얌은 오르세 역을 벗어나 집으로 돌아갔다. 품에 렐리아를 안은 자닌이 문을 열어 주었다. 그녀는 미리얌에게 무슨 일이 있었는지 알 수 있었다. 말은 필요하지 않았다.

"내일 다시 가볼 거예요."

미리얌은 그렇게만 말했다.

그리고 그녀는 매일 뤼테티아 호텔로 가서 가족들을 기다렸다. 그녀 역시 무례해졌다. 호텔 밖을 빠져나오는 강제 수용자들의 관심을 단 몇 초라도 끌기 위해, 그녀는 아무런 망설임 없이 그들을 불러 세웠다.

"자크, 노에미, 혹시 아세요?"

라디오에서 이름이 불리거나 전보를 받은 사람들이 부러웠다. 호텔 로비에 확신에 찬 걸음걸이로 들어오는 태도만 봐도 그들을 단번에 알아볼 수 있었다.

날마다 미리얌은 주최 측에 도움이 되려고 노력했다. 폴란드, 독일, 오스트리아에서 무슨 일이 일어나는지 파악하고자 노력했다. 여러 층을 전전하다 보니 결국 이런 말까지 듣게 되었다.

"오늘은 더는 송환되는 사람들이 없어요. 이만 돌아가세요, 부인."

"내일 다시 오세요. 여기 있어 봤자 소용없어요."

"이제 제발 여길 떠나주세요."

"오늘은 더는 도착하는 사람들이 없다니까요."

"내일 여덟 시부터 사람들이 도착할 거예요. 자, 희망을 가져요."

태어난 지 9개월이 된 아기 렐리아는 끔찍한 복통을 앓았다. 렐리아는 밥 먹기를 거부했고, 자닌은 미리얌에게 딸 곁에 좀 더 머물러 달라고 부탁했다.

"렐리아에게는 네가 필요해. 네가 음식을 먹는 걸 도와줘야지."

미리얌은 일주일 동안 아기를 돌보고 먹이기 위해 뤼테티아 호텔에 가지 않았다. 호텔로 돌아갔을 때는 전과 똑같은 여성들이 사진을 흔들고 다녔다. 하지만 뭔가 바뀐 게 있었다. 전보다 모여 있는 사람의 수가 훨씬 적었던 것이다.

"내일부터는 송환되는 사람들이 없을 거라네요."

1945년 9월 13일, 일간지 《스 수아Ce soir》는 르쿠르투아 씨의 기사를 게재했다.

「살아있는 시체들의 호텔이 되기를 중단한 뤼테티아

동원령이 해제된 라스파이 대로 소재 뤼테티아 호텔은 며칠 내로 주인의 품으로 돌아간다. 원래의 상태로 되돌아가기 위해서는 3개월이 소요될 것으로 보인다. … 호텔은 텅 비었다. 뤼테티아는 인류 최대의 절망적인 사람들에게 문을 닫고, 이제 살아서 행복한 사람들을 위해 내일부터 다시 호텔을 개방한다.」

미리얌은 분노했다. 모든 언론에서 동일한 문장을 읽을 수 있었다. 강제 수용자 송환이 완료되었음을 짐작할 수 있었다.

"끝난 게 아니야. 내 가족들은 어떤 명단에도 이름이 올라가 있지 않았고 집에 돌아오지도 않았어."

희망은 사라졌고 증거는 부족했다. 미리얌은 마음을 진정시킬 수 없었다. 호텔 로비에서 들었던 소문이 떠올랐다.

「아직 저기에는 1만 명이 대기하고 있어요. 그러니 걱정하지 마세요. 그들은 돌아올 거예요.」

「누가 그러던데, 독일에 모든 걸 잊은 사람들이 간 수용소가 있대요.」

미리얌은 일간지와 영상 뉴스에서 발행하는 절멸 수용소의 이미지를 보았다. 하지만 그 이미지와 자신의 부모님, 자크, 노에미의 실종을 일치시키는 건 불가능했다.

'분명 어딘가에 있을 거야. 그들을 찾아야만 해.'

1945년 9월 말, 미리얌은 독일 린다우 주둔군들을 만났다.

그녀는 공군 통역사로 군에 자원했다. 그녀는 러시아어, 독일어, 스페인어, 히브리어, 약간의 영어, 그리고 당연히 프랑스어도 구사했다.

그곳에서 미리얌은 계속해서 가족들을 수소문했다.

어쩌면 자크나 노에미가 수용소를 빠져나가는 데 성공했을지도 모른다.

어쩌면 그들이 모든 것을 잊은 사람들을 위한 수용소 어딘가에 있을지도 모른다.

어쩌면 그들은 프랑스로 돌아올 돈이 없는 건지도 모른다.

모든 게 가능했다. 계속해서 믿음을 가져야 했다.

— 어렸을 때 할머니를 만나러 독일에 간 적 없어요?

— 린다우에? 있지. 아버지가 나를 데리고 적어도 한 번은 갔어. 엄마가 정원 같은 곳의 대야에서 나를 목욕시키던 사진이 있거든⋯. 아마 병영 한가운데였을 거야⋯.

— 그럼 당시에 할아버지와 할머니는 더는 부부 사이가 아니었던 거예요?

— 그건 나도 몰라⋯. 사실 그들은 서로 다른 나라에 떨어져서 살았어. 엄마는 린다우 공군 조종사와 만났던 걸로 기억해.

— 정말요? 그런 얘기는 한 번도 없었잖아요!

— 그가 엄마에게 청혼도 했던 것 같아. 하지만 그가 나를 기숙 학교에 보내길 원했고, 나에 관한 이야기는 듣기 싫어해서 헤어졌던 걸로 알아.

— 그럼 그 세 사람은 언제 다시 만났어요?

— 세 사람?

— 이브, 미리얌, 빈센트요. 세 사람, 다시 만났죠? 엄마가 태어난 후에요.

— 그 일에 대해서는 별로 말하고 싶지 않아.

— 알겠어요⋯. 화내지 마세요. 어쨌든 그 이야기를 하러 온 건 아니니

까요. 시청으로부터 엄마가 받은 우편에 관해 이야기하러 온 거예요.

— 무슨 우편?

— 포르주 시청의 비서가 우편을 보냈다고 했잖아요. 아직 열어보지는 않았다고.

— 그러기엔 너무 피곤하네…. 그게 어디에 있는지도 모르겠구나. 괜찮다면 다음에 찾아보자.

— 조사를 하는 데 그게 분명 도움이 될 거예요. 제겐 꼭 필요해요.

— 내가 이 말까지 꼭 해야겠니? 나는 네가 엽서를 쓴 사람을 찾지 못할 거라 생각해.

— 저는 찾을 수 있다고 확신해요.

— 대체 왜 이 일을 하려는 거니? 무슨 소용이 있다고?

— 저도 몰라요, 엄마. 하지만 어떤 힘이 저를 부추기고 있어요. 마치 누군가가 제게 끝까지 가 달라고 부탁하는 것처럼요.

— 나는 네 질문에 대답하는 게 이제 지긋지긋해! 이건 내 과거야! 내 유년기고! 내 부모님이라고! 이 모든 건 너와는 아무런 관련이 없어! 이제 다른 일로 넘어가면 안 되겠니?

나의 안에게,

아까 일은 정말 미안해. 우리 이 모든 걸 뒤로 밀어두자꾸나.

나는 내 엄마와 끝내 화해하지 못했어. 아마 불가능한 일이었을 거야. 엄마가 나를 수년 동안이나 버려두었던 이유를 내게 설명해 줬더라면 나는 분명 끝까지 갔을 거야. 하지만 엄마는 그렇게 하지 못했단다.

나는 엄마가 존재한다는, 살아 있다는 자책감으로 자기 자신을 죽였다고 생각해. 그리고 엄마의 긴 부재 속에서 나는 요동쳤지.

이유를 내게 설명해 주었더라면 나는 이해했을 거야. 하지만 나는 그 이유를 스스로 파악해야만 했어. 그리고 그랬을 때는 이미 너무 늦은 뒤였어. 더는 엄마가 없었거든.

이 모든 것이 매우 중요한 질문들을 던지고 있어…. 나는 어떻게 해야 할지 모르겠구나. 엄마를 배신하는 것 같은 기분이 들어.

엄마,

미리얌은 전쟁이 자신에게만 해당하는 것이라고 생각했어요.

그래서 그때의 이야기를 엄마에게 들려줘야 할 이유를 느끼지 못했죠. 그러니 제가 하는 조사를 도와주면서 엄마가 미리얌을 배신하는 것 같다는 기분을 느꼈다면 그건 당연해요.

미리얌은 세상에서 사라짐으로써 엄마에게 침묵을 강요했어요.

하지만 엄마, 그녀의 침묵이 엄마에게 주었던 고통을 잊지 마세요. 침묵만이 아니에요. 엄마를 그녀의 이야기 밖에 두었을 때, 그 이야기를 엄마와 관련이 없는 것으로 만들었을 때 엄마가 느꼈던 기분을 잊지 마세요.

제가 하는 조사로 인해 엄마가 많은 혼란을 느낄 수 있다는 거 이해해요. 특히 할아버지, 고원에서의 삶, 할아버지와 할머니의 관계 속에 이브가 등장했던 것과 관련해서요.

하지만 엄마, 그 이야기는 내 이야기이기도 해요. 미리얌이 그랬던 것처럼, 때때로 엄마도 엄마의 이야기 속에서 나를 이방인으로 만들고 있어요. 엄마가 침묵의 세계에서 태어났으니, 엄마의 자식들 또한 말에 대한 갈증을 느끼는 것도 당연해요.

안,

이 메일을 읽으면 내게 전화하렴. 어제 나를 화나게 했던 질문에 대답해 줄게.

그 세 사람이 언제 정확히 다시 만났는지가 아니라. 그건 나도 모른단다. 대신 미리얌, 이브, 그리고 내 아버지가 마지막으로 목격되었던 때가 언제인지 알려 줄게.

— 그건 1947년 11월 만성절 연휴 때였어. 프랑스 남부의 작은 마을인 오통에서였지. 그걸 어떻게 알았냐고? 아주 간단해. 내겐 아버지와 찍은 유일무이한 사진 한 장이 있거든. 너무나도 많이 들여다봐서 외우다시피 하는 사진이지. 하지만 사진에 대한 설명은 남아 있지 않았어. 그래서 어디에서 그 사진이 찍혔는지, 몇 년도에 찍혔는지도 몰랐지. 엄마에게 물어봐도 소용이 없었겠지…. 하루는 세레스트에 있는 친척 시두안의 집에 갔어. 90년대 말이었지. 우리는 별의별 이야기를 나눴어…. 그리고 시두안이 내게 말했어.

"참, 너와 이브가 찍은 예쁜 사진을 우연히 찾았어. 네가 이브의 무릎에 앉아 있는 사진이야. 보여 줄게."

그녀는 서랍을 열더니 사진 한 장을 꺼냈어. 그리고 나는 정말 놀랐단다. 그 사진 속의 나는 내 아버지와 찍었던 사진과 정확히 똑같은 장소에서 똑같은 옷과 머리 모양을 하고 있었거든. 두 사진이 같은 날, 같은 필름으로 촬영된 사진이라는 게 명백했지. 사진의 뒷면을 보았을 때, 나는 마음의 동요를 숨기느라 애써야 했어. 거기엔 「1947년 11월, 오통에서, 이브와 렐리아」라고 적혀 있었거든.

— 그 날짜는… 엄마가 충격을 받았을 만도 하네요.

— 맞아. 내 아버지는 1947년 12월 14일에 스스로 목숨을 끊었으니까.

— 그 일과 그게 관련이 있을까요?

— 그건 영원히 알 수 없겠지.

— 할아버지가 어떻게 돌아가셨는지 정확하게는 기억이 안 나요. 머릿속에 그것과 관련한 기억이 명료하게 남아 있지 않더라고요.

— 파리 경시청 기록 보관소에서 가져온 부검 보고서를 줄게. 서류를 넘겨줄 테니, 스스로 생각해 봐.

34장

빈센트는 벤즈에드린보다 더 최근에 나온 것이면서 더 큰 즐거움을 제공하는 암페타민의 한 종류인 맥시톤을 접하게 되었다. 사탕의 형태였다. 신경계를 자극하면서도 손떨림이나 어지럼증을 동반하지 않고, 뒷덜미로 피로감도 일으키지 않았다. 맥시톤은 빈센트에게 별안간 삶이 매우 단순해진 것 같다는 행복감을 선사했다.

암페타민은 본래 활력을 억제한다고 알려져 있었지만 맥시톤은 그 반대였다. 빈센트는 끝나지 않는 밤이 주는 행복감 속에서 잉태되었다. 그것이 바로 빈센트가 마약에 열광하는 이유였다. 놀라움. 뜻밖의 반응들. 살아있는 인체와 그만큼이나 살아있는 물질들 사이에서 일어나는 화학적 경험, 그리고 시간과 날짜, 주변 환경과 복용량, 기온과 섭취한 음식에 따라 도출되는 절정의 무한한 지속. 그는 화학자와 같은 정확성으로 몇 시간이고 마약에 관해 떠들 수 있었다. 화학, 식물학, 해부학, 생리학의 모든 주요한 부분을 섭렵하고 있는 빈센트는 그 분야에서만큼은 모르는 게 없었다. 독물학이라는 과목이 존재했더라면 가장 어려운 시험이라도 가뿐히 통과했을 것이었다.

빈센트는 자신이 단명하리라고 생각했기에, 현재의 삶을 견디는 날도 얼마 남지 않았다고 생각했다. 부모님은 그에게 자신이 싫어하는 로렌 조라는 이름을 지어주었다. 그래서 로렌조는 스스로 빈센트라는 새 이름을 부여했는데, 그건 일찍이 공장에서 끔찍한 사고로 목숨을 잃은 삼촌의 이름에서 따온 것이었다. 삼촌이 들이마셨던 부식제의 증기는 그의 폐에 구멍을 냈고, 그는 내출혈로 인해 이루 말할 수 없는 고통 속에서 죽어갔다. 삼촌에게는 세 살배기 딸이 있었다. 그리고 빈센트는 렐리아가 세 번째 생일을 맞이하기 며칠 전 목숨을 끊었다.

— 빈센트는 모친의 집 아래, 인도 위에서 약물 과다로 죽었어. 건물 관리인이 그를 발견했지.

— 그래서 관리인이 경찰을 불렀겠네요….

— 맞아. 경찰이 그 일을 수첩에 기록해 놓았어. 내가 그걸 찾았단다. 노랗게 색이 바랜, 가로줄이 그어진 오래된 수첩이었어. 거기엔 다섯 칸으로 된 표가 그려져 있었어. 번호, 날짜와 방향, 신상 명세, 사건 개요. 내 아버지와 관련한 페이지에는 대부분 강도 사건이 많았어. 중간쯤에 아버지의 사망 사건이 있었지. 모든 사건이 똑같은 검은색 잉크로 쓰였는데, 빈센트에 관련한 일만 예외였지. 왜였을까? 경찰관은 아주 밝은 하늘색 잉크를 사용했어. 그래서 시간이 지나면서 내용이 거의 지워졌지. 그는 이렇게 적었어.

「피카비아 로랑 뱅상 씨의 죽음에 관한 조사.」

이상한 형식이지. 그는 아버지의 이름을 프랑스식으로 바꾸어 적었어. 로렌조는 로랑으로, 빈센트는 뱅상으로 말이야.

— 고루한 형식을 좋아하는 경찰관이었나 봐요.

— 그 밖에도 「12월 14일 새벽 1시경 자신의 침대에서 사망」이라고 적어 놓았어. 이건 잘못된 정보야. 내가 알아. 빈센트는 길에서 죽었어. 인도 위였지. 바로 그런 이유로 경찰이 조사를 시작했던 거였어. 내가 찾아본 부검 의학 연구소 기록에서 확인된 사실이야.

— 경찰이 왜 거짓말을 해요?

— 실제 일어났던 일은 이래. 건물 관리인이 길에서 시신을 발견하고 경찰에 신고했어. 그리고 그가 빈센트라는 걸 알아본 관리인이 가브리엘을 깨워서 그녀의 아들이 죽었다고 말한 거야. 가브리엘은 아들을 길에 둘 수가 없어서 침대 위로 올려 달라고 한 거고…. 거기서 혼선이 빚어 졌지…. 경찰관은 사인에 관한 일련의 질문을 던졌어.

「각성제? 알코올 남용? 독성 알코올? 부검 의학 연구소 프리작 박사 에게 보고서 의뢰.」

그렇게 부검 보고서가 존재한다는 사실을 알게 되었지.

그리고 그것으로부터 나는 아버지에 관한 세 가지 사실을 알게 되었어. 그의 사인이 자살로 추정된다는 것. 그의 시신은 가브리엘의 집 아래 길거리에서 발견되었다는 것. 그리고 1947년 12월 한밤중에, 그의 발에는 오로지 샌들만이 신겨져 있었다는 거였어.

— 엄마는 할아버지에게 출생에 관해 질문해 본 적 없었어요?

— 없어. 이상하지만 단 한 번도. 나는 빈센트를 닮았어. 그래서 그다지 의심할 필요도 없었지. 그를 정말 쏙 빼닮았거든. 하지만 어느 날 밤에 이브와 미리얌을 골려주기 위해 질문을 했어.

— 어떤 질문이요?

— 당연히 내가 누구의 딸이냐는 질문이지!

— 왜요?

— 왜였을까? 엄마의 입을 열게 하려고…. 미리얌은 어떤 말도 해 주는 법이 없었거든. 아무런 이야기도 말이야. 진절머리가 났어. 진절머리가. 엄마가 아버지에 관한 이야기를 내게 들려 주길 바랐어. 그래서 엄마를 찾아갔어. 엄마를 침묵 속에서 빠져나오게 하려고. 그러려면 강하게 나가야 했지. 그때 우린 세레스트에 있었어. 긴 연휴였거든. 내가 엄마와 이브를 도발했던 건 초저녁이었어. 그리고 이브는 그것을 제대로 받아 들이지 못했어. 폭풍처럼 끔찍한 밤이 지나갔어.

— 그가 할아버지의 죽음에 죄책감을 느꼈던 걸까요?

— 딱한 사람. 지금은 그게 아니길 바라. 하지만 아마도 그런 마음이 들

지 않았을까? 그게 뭐든 간에. 다음 날 아침이 밝자마자 나는 짐을 쌌고, 그곳에 함께 갔던 네 아빠와 함께 파리로 돌아왔어.

— 그땐 우리가 태어나기 전이었어요?

— 아냐. 너희도 우리와 함께였어…. 그리고 사흘 뒤에 편지를 한 장 받았어.

— 엄마가 원하던 편지였어요?

— 완전히. 당시 나는 내 아버지에 관해 아무것도 알지 못했어. 미리암이 전쟁 때 어떤 삶을 살았는지도 말이야. 내게 단 한 번도 말해 주지 않았거든. 나는 날짜들, 장소들, 단어들, 이름들을 갈망했어. 내 질문이 엄마로 하여금 내게 정보를 줄 수밖에 없도록 만들었던 거야.

— 그 편지, 저도 보여줄 수 있어요?

— 그럼. 내 서류 보관함 속에 넣어두었어. 찾아올게.

36장

「목요일 16시

나의 렐리아, 친애하는 피에르,

렐리아 네가 너의 출신에 관해 아주 부적절한 때에 했던 질문이 이브와 나를 당혹시켰어. 다른 때였더라면 모든 게 차분하게 지나갔을 거야. 이브는 갑작스러운 방식으로 대하기엔 지나치게 예민한 사람이야. (그는 그의 과민함의 대가를 톡톡히 치렀어.) 그러니 네가 한 질문에 대한 주요한 대답을 해 주려고 해.

43년 6월, 유스 호스텔의 주인 프랑수아 모레나스의 친구 장 시두안이 우리에게 뒤편의 집 오두막에 자신의 사촌을 묵게 해달라고 부탁했어. 그렇게 이브는 우리와 함께 살게 되었지.

따라서 43년에 우리 세 사람은 고원에서 함께 살았어. 스탈린그라드에서 희망의 불씨가 타올랐지만 나치는 갈수록 더 공격적이었어. 한가로운 고원에 있었지만, 그곳에도 밀고의 위험은 존재했어. 그래서 빈센트와 나는 1943년 12월에 고원을 떠나 보지라르 거리(가짜 이름으로 집을 빌렸어)로 가기를 결심한 거야. 장 시두안이 준 위조 신분증으로. 그러니까 렐리아 너를 가진 건 1944년 3월, 파리에서야. 1943년 고원에서 살았을 때가 아니라.

　그 시기 파리에서, 1944년 4월 1일부터 빈센트와 나는 레지스탕스 조직에 가담했어. 나는 메시지를 암호화하고 해독하는 일을 맡았어. 에이전트 P2, 5943번, 전투원 신분을 가진, 조직의 상근직원이었지. 나는 모니크라는 이름과 '골고다의 딸'이라는 별명으로 불렸어. 빈센트는 소위였고, 번호는 6427번, 나와 같은 에이전트 P2로 암호화 센터의 장을 맡았지. 그는 리슐리외라는 이름과 '피아니스트'라는 별명으로 불렸어. 우리 두 사람은 44년 9월 30일에 동원이 해제됐어. 네가 태어나기 두 달 전이었지.

　내가 너에게 말하고 싶은 건 이거야. 만약 44년 일사분기에 일어났던 사건들이 연합군에게 불리했더라면, 길거리에서의 총격전, 지하철에서의 대량 검거, 빈센트와 내가 저항 조직의 일원이기에 게슈타포에 의해 언제든 체포될 수 있다는 일상적 위험을 무릅쓰고 아이를 갖고, 또 아이를 그 속에서 살아가게 만드는 일은 절대로 없었을 거야. 하지만 그해 6월 연합군의 상륙 작전과 파리의 해방이 아이의 목숨을 살렸지. 그래서 빈센트는 1944월 12월 21일 목요일, 파리 6구 시청으로 가서 진짜 신분증으로 딸의 출생을 신고했단다.」

― 엄마가 태어난 뒤로는 무슨 일이 있었어요?
― 내 아버지는 시청에서 나온 뒤로 사흘간 종적을 감췄어. 보지라르 거리로 돌아오는 대신 증발해 버렸거든.
― 그가 어디로 갔는지 아는 사람이 없었나요?
― 없었어. 아무도 몰랐어. 그의 상태는 온전치 못했던 것 같아. 왜냐하

면 그가 시청에서 정말 말도 안 되는 짓을 했거든. 내 출생증명서에 적힌 모든 게 가짜였어. 날짜도, 장소도. 그가 모든 걸 지어냈던 거야.

— 마약에 중독된 상태였을까요?

— 어쩌면…. 아니면 레지스탕스로서 고심한 결과였는지도…. 잘 모르겠구나. 어쨌든 그게 내게는 많은 문제를 일으켰어. 내가 공무원이 되었을 때 말이야. 파리 6구 시청의 1심 재판소에 회부되었을 정도였지. 내무부 장관 파스카 하에서 모든 공무원은 '진짜 프랑스인'이어야 했거든. 내 경우는 그렇지 못했어. 사르코지 대통령 때는 카드, 여권, 운전면허증까지… 전부 도둑맞아서 신분증을 다시 만들어야 했는데, 그때도 만만치 않게 고생했어. 행정 직원이 내가 프랑스인이라는 걸 증명해야 한다고 설명했지. "신분증을 모두 도둑맞았는데 어떻게 증명하란 거예요?"라고 내가 묻자, "당신 부모님이 프랑스인인지 증명하세요."라고 대답하더군. 내 어머니는 외국에서 태어났고, 아버지는 스페인 이름을 가지고 있었고, 내 출생증명서는 가짜였지. 누가 봐도 의심스럽잖아. 그때 그렇게 생각했어. 제길, 또 시작됐네.

— 엄마. 할아버지가 돌아가시고 나서 엄마에게 무슨 일이 있었던 거예요?

— 그때 나는 세레스트에 있는 이브의 가족에게 보내졌단다.

독일에서 2년을 보낸 뒤, 미리얌은 프랑스로 돌아왔다.

이브는 침대 위 빈센트의 빈자리를 차지했고, 미리얌이 교수 자격시험을 치르는 걸 격려해 주었다. 미리얌이 시험 준비에 매진할 수 있도록, 이브는 렐리아를 1차 대전으로 과부가 된 앙리에트 아봉의 집에 맡겼다. 이제 이브는 미리얌을 돕고 위로하기 위해 항상 곁에 있을 것이었다. 무슨 일이 있든지.

앙리에트는 처음에 새 하숙생을 받아들이기를 주저했다. 아이들은 언제나 그들이 가져오는 것보다 더 많은 돈이 들어갔다. 필요 이상으로 자주 씻겨야 하기에 사용되는 수건, 깨진 접시, 찬장에서 아이들이 슬쩍하는 빵 때문이었다. 하지만 어미의 곁에 꼭 달라붙은 거무스름한 머리의 어린아이는 마치 제 주인이 그를 버리려 한다는 걸 직감한 강아지처럼 느껴졌고, 그녀는 그런 아이가 가엾었다.

앙리에트는 가난했다. 심지어 매우 가난한 축에 속했다. 그리고 그녀가 맡은 하숙생들은 그녀보다 훨씬 더 가난했다. 그곳엔 렐리아 말고도 잔느가 있었다. 잔느가 언제 태어났는지 아무도 기억하지 못해, 사람들은 그녀의 나이를 백 살 정도라고 말했다. 그녀의 작고 단단한 몸은 꼭 가재 같았다. 두 눈은 멀었지만 손재주가 좋았다. 그녀를 한쪽 구석에 데려다 놓고 무릎 위에 완두콩이나 렌틸콩을 잔뜩 올려두기만 하면, 잔느의 손은 공중에서 분주하게 움직이며 콩깍지를 까고, 분류하고, 껍질을 벗기고, 불순물을 제거했다. 마치 텅 빈 눈의 눈동자가 손가락의 연한 조직 속으로 들어갔다고 해도 믿을 정도였다. 하지만 렐리아는 잔느가 무서웠다. 그녀에게서는 오줌 냄새가 풍겼다. 그 냄새가 너무 강해서, 렐리아는 그녀에게서 도망치려고만 했다.

잔느는 몸을 씻는 법이 없었다. 하지만 앙리에트는 렐리아의 청결에 있어서만큼은 타협을 몰랐다. 앙리에트는 머리카락을 씻겨 주기 위해 렐리아를 세면대 앞의 작은 의자에 앉혔고, 눈에는 장갑을 올려놓고 목 주위에는 수건을 둘러 주었다. 앙리에트는 바닐라 색깔의 돕Dop 샴푸 한 통을 렐리아의 정수리에 탈탈 털었다. 샴푸는 비쌌지만 앙리에트는 그것을 아끼지 않았다. 그녀는 병에 담긴 미온수를 조금씩 계속해서 부었고, 물은 뒷덜미에서 귀를 따라 한 방울씩 흐르며 렐리아를 부르르 떨게 했다.

세레스트 초등학교에서 렐리아는 읽고, 쓰고, 계산하는 법을 익혔다. 교장은 또래의 다른 아이들보다 훨씬 뛰어난 렐리아의 역량을 알아보았다. 그녀는 앙리에트에게 렐리아의 부모가 자녀의 고등 교육까지 염두에 두어야 한다고 전했다. 앙리에트에게 그 말은 꼭 아이가 언젠가 달에 가게 될 것이라는 말처럼 들렸다.

세레스트는 렐리아의 마을이 되었다. 과거 리가가 미리얌에게 유년기의 예상치 못한 배경이 되어 주었듯. 렐리아는 마을의 모든 주민, 그들의 관습, 그리고 성격을 속속들이 알게 되었고, 마을의 돌멩이 하나하나, 외진 장소 하나하나, 아이들이 넘어 다녀서는 안 되는 십자가의 길, 가르데트 길, 마을의 급수탑이 지어진 언덕에 대해 배웠다. 변덕스럽고 거대한 급수탑은 며칠씩이나 연달아 마을로부터 물을 앗아가곤 했다.

앙리에트의 집은 부르가드 거리와 쿠르Cours 코뮌으로 곧장 이어지는 내리막길 사이에 위치했다. 경사가 너무 가팔라서, 렐리아는 항상 달리다가 굴러떨어지곤 했다. 앙리에트의 집과 인접한 집에는 두 악동이 살았다. 루이와 로베르는 벽으로 렐리아를 밀어붙여 장난을 치고는 이내 도망을 갔다.

거무스름한 머리의 렐리아는 진정한 동네 아이가 되었다. 렐리아가 가장 좋아하는 날은 '기름진 화요일[88]'이었다. 렐리아는 그때마다 세레스트의 다른 아이들처럼 '카라크'로 변장했다. 카라크는 프로방스 지역에서 집시와 보헤미안을 지칭하는 단어이다. 아이들은 마을의 광장에 모였다. 누더기를 걸치고 그을린 코르크 마개로 얼굴을 검게 칠한, 들쥐 같은 아이들이 길을 따라 걸었다. 그들은 샐러드 바구니를 들고 집마다 돌아다니면서 달걀이나 밀가루를 얻었다. 저녁이 되면 아이들은 마을 광장에서 심판받고 불태워질, 온갖 색으로 만들어진 허수아비 '카라만트란Caramantran' 수레를 따라갔다. 가장 어린 나이의 아이들은 목이 터져라 소리를 지르면서 허수아비에게 돌을 던졌다. 아이들은 희생을 보며 즐거워했다. 마을 어른들은 이야기했다.

"옛날 옛적에는 젊은이들이 사순절이 끝나면 연회에서 춤을 추었지…. 다 옛날 일이야."

예배 행렬이 있는 날에는 깃발을 따르는 주임 신부의 뒤로 성가대 아이들과 흰옷을 갖추어 입은 여자아이들이 따랐다. 여자아이들은 흰색, 분홍색, 혹은 연청색의 긴 리본으로 장식된 꽃바구니를 들었다.

렐리아가 처음으로 행렬에 참여한 날, 앙리에트는 다른 여인들이 나누는 말을 들었다.

"저 유대인 꼬마는 행렬에 껴선 안 돼."

앙리에트는 분노했다. 그녀는 길길이 날뛰며 렐리아를 제 자식처럼 감쌌고, 그 이후부터 마을 여인들은 입을 잘못 놀리지 않도록 조심해야 했다.

하지만 그 사건은 앙리에트를 슬프게 했다. 그녀는 신이라면 세례를 받은 이들 사이에 낀 렐리아의 존재를 어떻게 생각할지 자문해 보았다.

성당 안의 성모마리아 석상이 렐리아의 흥미를 끌었다. 그녀의 명하고 아름다운 시선, 영원한 기도를 위해 모은 두 손, 주름이 잡히고 흰색 띠로 허리가 잡힌 하늘색 튜닉. 렐리아는 성모마리아 앞에서 사람들이 그녀를 숭배하며 성호를 긋는 모습을 관찰했다. 그리고 그들을 따라 하며 손으로 십자가를 그렸다. 하지만 앙리에트가 말했다.

"아니, 너는 하면 안 돼."

렐리아는 그 이유를 알려고 하지 않았다.

하루는 날아온 돌멩이에 맞았다. 돌멩이는 가까스로 눈을 비껴갔다.

"더러운 유대인."

학교 안뜰에서 렐리아는 그 소리를 들었다.

렐리아는 그것이 의미하는 바는 제대로 몰랐지만, 그것이 자신을 가리키는 말이라는 것은 즉시 알 수 있었다. 앙리에트의 집으로 돌아간 렐리아는 자신에게 일어났던 일을 그녀에게 말하지 않았다. 누군가에게라

도 털어놓고 싶었지만, 그녀의 삶 속으로 들어온 그 단어의 의미를 누가
그녀에게 가르쳐줄 수 있었을까? 아무도 없었다.

나의 엄마 렐리아는 바로 그날, 자신이 유대인이라는 사실을 알았다. 1950년, 초등학교 안뜰에서. 그렇다. 일은 그렇게 일어났다. 갑작스럽고 아무런 설명도 없이. 엄마에게 날아왔던 돌멩이는, 엄마와 비슷한 나이대의 미리얌이 처음으로 가족들을 만나러 갔던 우쯔에서 폴란드인 아이들로부터 맞았던 돌과 닮아 있었다.

1925년은 1950년으로부터 그리 먼 과거가 아니었다.

세레스트의 아이들에게나 우쯔의 아이들에게나, 그리고 2019년 파리의 아이들에게나 그것은 장난에 지나지 않았다. 쉬는 시간에 학교 안뜰에서 외치는 다른 모든 욕설과 다르지 않은 하나의 농담. 하지만 미리얌, 렐리아, 그리고 클라라에게 그것은 매번 하나의 의문이었다.

'나'의 엄마가 '우리'의 엄마가 되었을 때, 엄마는 우리 앞에서 결코 '유대인'이라는 단어를 쓰지 않았다. 그것에 대한 언급 자체를 생략했다. 의식적이거나 의도적인 것은 아니었다. 나는 단지 엄마가 그 문제를 어떻게 다루어야 할지 몰랐던 거라고 생각한다. 어디서부터 시작해야 할지도. 그 모든 걸 어떻게 설명한단 말인가?

내 자매들과 나 역시 같은 폭력에 직면했다. 집 담벼락에 나치 문양이 그려졌던 날이었다.

1985년은 1950년으로부터 그리 먼 미래가 아니었다.

그리고 지금에서야 나는 그때의 내가, 엄마와 할머니가 욕설을 듣고 돌멩이에 맞았던 당시의 그녀들과 같은 나이였다는 사실을 깨달았다. 내 딸이 쉬는 시간 학교 안뜰에서 '자신의 집에서는 유대인을 좋아하지 않는다'는 말을 들은 나이와도 같았다.

무언가 반복되고 있었다.

하지만 그 사실로부터 무엇을 해야 할까? 성급하고 막연한 결론에 빠지지 않으려면 어떻게 해야 할까? 그에 대한 답을 영영 찾을 수 없을 것 같았다.

이 모든 경험으로부터 뭔가를 도출해 내야 했다. 하지만 무엇을? 바로, 증언하는 것. 끊임없이 정의를 놓치는 이 단어에 의문을 제기하는 것이다.

"유대인이란 무엇인가?"

어쩌면 답은 이미 질문 속에 들어있을지도 모른다.

"유대인으로 사는 게 무엇인지 자문하는 것?"

조르주가 내게 주었던 나탈리 자이드의 ≪생존자의 아이들Enfants de survivants≫이라는 책을 읽은 뒤, 나는 유월절 저녁에 내가 데보라에게 무슨 말을 해야 했는지 알게 되었다. 이 대답은 몇 주 늦게 도달했다.

데보라, 나는 '진짜 유대인'이라는 말이나, '진짜 유대인이 아니'라는 말이 무엇을 의미하는지 모르겠어요. 나는 그저 생존자의 아이일 뿐이에요. 그 말은 즉, 유월절 예식의 동작들은 모르더라도 자기 가족을 가스실에서 잃은 사람이에요. 자신의 어머니와 똑같은 악몽을 꾸며, 살아

있는 사람들 속에서 제 자리를 찾으려 애쓰는 사람이에요. 자기 몸이 묘지를 갖지 못했던 사람들의 무덤과도 같은 그런 사람이요. 데보라, 당신은 내게, 내가 '내킬 때만 유대인'이라고 말했죠. 딸이 태어났을 때, 병원에서 딸을 두 팔에 안았을 때, 내가 무슨 생각을 했는지 아나요? 머릿속에 떠오른 첫 이미지가 뭔지 아나요? 그건 바로, 가스실로 보내진 엄마들이 자식에게 젖을 물리는 장면이었어요. 내가 매일 아우슈비츠를 떠올리지 않으면 좋겠어요. 모든 일이 현실과 다르게 흘러갔더라면 좋겠어요. 내가 행정 당국, 가스, 신분증을 잃어버리는 것, 폐쇄된 공간, 개에게 물리는 것, 국경을 지나는 것, 성욕이 주는 흥분, 몰려다니는 남자들, 누군가 내 아이들을 데려갈지도 모른다는 사실, 순종하는 사람들, 제복, 늦게 도착하는 것, 경찰에 체포되는 것, 신분증을 새로 만드는 것… 또한 내가 유대인이라는 사실을 말하는 것을 두려워하지 않게 된다면 좋겠어요. 이 모든 걸 나는 언제나 원해요. '내킬 때만'이 아니라. 내 세포 속에는 너무나도 끔찍한 위험의 순간에 대한 기억이 아로새겨져 있어요. 그건 때로는 내가 진정으로 겪었던 것이거나 혹은 다시 겪어야 하는 것처럼 느껴지죠. 죽음이 언제나 가까이 있는 것처럼 느껴져요. 먹잇감이 되었다는 기분을 떨칠 수 없어요. 종종 일종의 절멸에 처할 것 같다는 기분도 느끼죠. 나는 역사책에서 사람들이 내게 말해 주지 않았던 사실들을 찾아봐요. 더 많이, 계속해서 읽고 싶어요. 지식에 대한 갈증은 결코 해소되지 않죠. 때로는 나 자신이 이방인처럼 느껴져요. 다른 사람들에게는 보이지 않는 장애물이 내게는 보이죠. 내 가족과 '제노사이드'라는 거짓말 같은 단어를 서로 일치시킬 수가 없어요. 그리고 그 어려움이 나를 온전히 구성하고 있어요. 그게 나라는 사람을 정의하죠.

40년에 가까운 세월 동안, 나는 나와 닮은 그림을 그리려고 애써 왔어요. 하지만 성공하지 못했죠. 그래도 이제는 모든 점들을 서로 이을 수 있어요. 그리고 페이지 위에 흩뿌려진, 별처럼 많은 파편 속에서 마침내 하나의 실루엣이 떠오르는 걸 보게 됐죠. 바로, 나는 생존자들의 딸이자 손녀라는 사실이에요.

39장

렐리아는 포르주 시청으로부터 온 봉투를 내게 내밀었다. 봉투 안에는 엄마의 집 주소로 온 편지가 들어 있었다.

— 읽어도 돼요?

— 그럼, 그럼. 읽어 봐.

그녀가 재촉하며 말했다. 나는 편지 속으로 빠져들었다. 커다란 흰색 판지에 공들여 쓴 것으로 보이는 예쁜 필체가 적혀 있었다.

「친애하는 부인,

포르주 시청으로의 지난 방문 이후, 기록 중에서 부인께 언급했던 편지를 찾아보았어요. 아우슈비츠로 강제 수용된 라비노비치 가족 네 사람의 이름이 포르주 망자들을 위한 기념비에 새겨지도록 요청하는 편지 말이에요.

하지만 결국은 아무것도 찾지 못했어요.

하지만 이 봉투는 부인이 흥미로워할 것 같아요. 시청으로 온 것이고 서류철 안에 보관되어 있던 거예요. 열어보지 않았고, 보관되어 있던 상태 그대로 보내드립니다.

우정을 담아,

조지안」

렐리아는 봉인이 된 봉투를 책상 위에 올려놓았다. 거기에는 '노에미의 노트'라고 쓰여 있었다.

나는 그것이 무엇인지 바로 알 수 있었다. 1942년 이후로 아무도 그것을 건드리지 않았다.

"안, 마음이 진정되지 않아서 열어볼 수가 없어."

"제가 해도 돼요?"

렐리아는 고개를 끄덕였다. 나는 크게 숨을 들이쉬었다. 봉투의 봉인을 뜯는 손이 떨리기 시작했다. 무언가 방 안을 가로질렀다. 미약한 전류였다. 렐리아도 나도 느낄 수 있었다. 나는 봉투 안에서 노에미가 빼곡하게 작성한 글로 검게 물든 노트 두 권을 꺼냈다. 빈 줄이 단 하나도 없이 모든 페이지가 촘촘히 채워져 있었다. 나는 첫 번째 노트를 펼쳤다. 노트는 밑줄이 쳐진 날짜로 시작하고 있었다.

나는 소리 내어 엄마에게 내용을 읽어주기 시작했다.

「1939년 9월 4일

오늘은 엄마의 생신이다. 25년 전, '마지막에서 두 번째' 날은 비테크 삼촌의 생신이었다. 우리는 포르주에 살고 있다. 우리는 가족의 휴양지를 지속적인 체류지로 바꾸었다. 전쟁이라는 게 무엇인지 이해하는 데는 이틀이 걸렸다. 바깥의 청명한 하늘을 보고 지금이 전쟁 중이라는 사실을 어떻게 알 수 있을까? 나무, 초록, 꽃. 하지만 아름다운 인간의 삶은 이미 불길하게 무너졌다. 그래도 기운은 좋다. 우리는 버틸 수 있어야 하며, 버틸 것이다. 우리에게는 변화마저 그림처럼 아름답다. 냉소적인 단어지만 사실이다. 우리의 물리적인 삶은 변하지 않았고, 우리는 여전히 같은 행동들을 한다. 단지 우리 주변의 것들만 달라졌다. 우리의 삶 자체가 원래의 축에서 벗어났다. 익숙해지려면 시간이 필요하다. 스스로 바뀌기 위해서. 모든 건 이러한 변모에서 굳건하고 용감하게 벗어나는 것이다. 오늘 런던은 두 시간 동안 폭격을 당했다. 여객선 하나가 침몰당했다. 문명의 야만적인 시기이다. 파리 방향의 하늘에서는 불길한 섬광과 불빛이 나타났다. 우리는 저마다 같은 생각을 품은 채로 그것을 보기 위해 밖으로 나갔다. 우리는 지금이 전쟁 중이라는 사실에 익숙해지고 있다. 밤의 악몽이다. 잠에서 깨어나 내가 처음으로 떠올리는 건, 바로 우리가 싸우고 있다는 사실이다. 들판에서 남자들이 죽고, 폭탄이 떨어지는 도시의 길거리에서 여자와 아이들이 쓰러지고 있다는 사실이다.

5일

우리는 5시 르맹Lemain을 기다리고 있다. 소식이라 할 것은 아무것도 없다. '어떤 것 같다', '그렇다고 하더라'라는 말들뿐. 백작 부인으로부터의 편지도 없다. 히틀러는 미쳤다. 그는 네빌 헨더슨에게 독일과 영국이 유럽을 서로 '공평'하게 나누어 갖자고 제안하지 않았던가? 그런데 그의 말에서 그가 희생하는 게 보인다. 영국이 독일을 폭격했다(?) 그들은 삐라를 뿌렸다. 미리암은 트롬본으로 도, 레, 미, 파, 솔을 연주했다. 우리는 피에르 르그랑을 읽었다. 어쩌면 곧 러시아로 가서 모든 친척을 만날 수 있을지도 모른다. 우리는 그 이후로 일어날 모든 일을 수월하게 만들었다. 혁명 150주년을 맞아 민족 해방 전쟁이 일어났다. 전쟁이 너무 오래 지속되지 않아야 할 텐데. 싸움이 끝나지 않는 한, 우리는 전쟁이 우리의 삶이나 다른 사람들의 삶에 미치는 영향에 대해 생각할 권리가 없다는 사실을 깨닫는 중이다. (미리암과 회의주의)

6일

환상적인 날씨다. 뜨개질, 편지. 어쩌면 옷장까지. 5시 르맹.

9일

때로는 글을 써서 뭐 하나 싶다. 오늘은 좋지 못한 날이다. 아침에 폴란드에 관한 토론이 일었다. 각자 어떤 주장들이 무용하다는 걸 알고 있었지만, 자기 자신을 설득하기 위해 그런 주장을 펼쳤다. 단Dan 가족이 파리에 왔다. 다음 주 내에는 도착할 것이다. 우리가 냉담하게 철학 대학 입학시험의 유용성과 포르주에서의 삶에 관해 이야기하는 동안, 사람들은 죽어가고 있다. 우쯔에 있는 우리 가족들은 모두 살아 있을까? 끔찍한 악몽이다. 그렇다. 정말 좋지 못한 날이다.」

우쯔 가족들이 언급된 부분에서 렐리아는 읽는 걸 중단해 달라고 부탁했다. 엄마에게는 버거운 내용이었다. 엄마는 흥분과 혼란을 느끼고 있었다.

— 일기는 언제까지 이어지니?

엄마가 내게 물었다. 나는 두 번째 노트를 꺼냈다. 역시 내용이 빼곡하게 채워져 있었다. 하지만 그것이 '노에미의 일기'의 나머지 부분이 아니라는 사실을 바로 알 수 있었다.

— 엄마… 이건….

렐리아에게 그렇게 말하면서 나는 눈으로 빠르게 내용을 훑었다.

— … 소설의 도입부예요….

— 읽어 줘.

나는 페이지를 넘겼다. 노트에는 메모, 각 장의 구상, 소설의 대목들이 작성되어 있었다. 모든 게 뒤섞여 있었다. 망설이고, 모색하고, 종이 위에 자기 생각을 어떻게 적을지 머릿속에 떠오른 어떤 대목들을 어떻게 풀어나갈지 고심하는 소설가의 정신적 여정이 무질서하게 펼쳐져 있었다.

그런데, 그중 하나가 나를 멈추게 했다. 믿기 힘들었다. 나는 말을 다할 수 없어 노트를 덮었다.

— 왜 그래?

렐리아가 물었다. 나는 엄마에게 대답할 수 없었다.

— 엄마…. 이 봉투 한 번도 열어보지 않은 거 확실해요?

— 단 한 번도. 왜?

나는 더 말하지 못했다. 머리가 빙빙 돌기 시작했다. 렐리아에게 소설의 첫 페이지를 읽어주기로 했다.

「에브뢰는 9월 말 아침 안개로 뒤덮여 있었다. 겨울의 시작을 알리는 차가운 안개였다. 하지만 공기는 맑고 하늘엔 구름 하나 없어 아름다운 하루가 될 터였다.

안은 도시를 거닐고, 수다를 떨기 위해 학교 입구에서 여자애들을 기다리면서 시간을 보냈다. 학교로 가기 위해서는 병영과 영국 장교들이 머무는 노르망디 관저 앞을 지나야 했다.

　　안은 자신의 음악 노트를 내려놓고 토마토, 양배추, 배를 구경하기 시작했다. 맞은편 거리에는 낮고 작은 집들이 줄지어 서 있었고, 집들을 가로질러 검은색 양말 다섯 짝이 널려 있었다.

　　안이 도시의 말들에 귀를 기울이며 말했다.

　　"사람들이 말하기를 영국으로부터 첫 번째 수송대들이 내일 도착한다는군. 그랑 세르프Grand Cerf에는 작게 본부도 꾸려졌어. 너도 알겠지만, 그들은 정말 멋져."」

　　노에미가 쓴 소설의 여주인공 이름은, 다름 아닌 안이었다.

파리 리옹 역에서 조르주와 만나기로 했다. 리옹 역은 언제나 태양과 여름휴가를 연상시켰다. 나는 임신 테스트기를 사러 약국에 들렀는데, 그 사실을 조르주에게는 알리지 않았다. 기차 안에서 조르주는 주말 계획을 들려주었다. 빡빡한 일정이었다. 빌린 자동차가 아비뇽역에서 우릴 기다리고 있었고, 우리는 보니유 호텔에 짐을 내려놓은 뒤 작은 예배당으로 향할 것이었다. 그곳에서는 예배당에 전시 중인 루이즈 부르주아의 작품을 설명하기 위해, 예술사 전공생이 우리를 맞이할 예정이었다.

내 마흔 번째 생일을 기념하는 날에 그가 보니유를 고른 것은 바로 루이즈 부르주아의 전시 때문이었다. 안내원을 동반한 관람이 끝나면, 우리는 마치 파노라마처럼 마을 전망이 내려다보이는 레스토랑에 점심을 먹으러 가고, 식후에는 포도밭을 산책하고 와인을 시음하기로 했다.

— 그리고 서프라이즈도 있어.

— 나는 서프라이즈 싫어하는데…. 서프라이즈는 불안하거든.

— 그래, 그럼. 서프라이즈로 포도밭 산책과, 와인을 시음하는 중간에 케이크와 촛불이 등장할 거야.

생일이 있는 주말은 시작부터 매우 좋았다. 조르주와 함께 있어서 행복했고, 기차를 타고 프랑스 남부로 향하며 행복했다. 나는 내가 임신했다는 확신이 있었다. 몸이 변하는 신호를 알아차렸던 것이다. 하지만 기차 화장실에서 테스트기를 써보기 위해 파리로 돌아가는 때를 기다리기로 했다. 만약 테스트기가 양성이라면 그 소식은 우리의 일요일 저녁을 아주 기쁘게 만들어 줄 것이고, 정반대의 경우라도 주말이 통째로 실망감으로 물드는 일은 없을 것이었다.

빌린 자동차는 역 앞에서 우리를 기다리고 있었다. 우리는 보니유로 향했고, 조르주가 운전대를 잡았다. 나는 풍경을 감상하기 위해 선글라스를 꺼냈다. 남자와 함께 그곳에 존재하고 있다는 사실 외에 다른 생각을 하지 않아도 되는 건 오랜만이었다. 나는 그의 곁에서 어떤 삶을 살게 될지, 우리가 어떤 부모가 될지 그려보았다. 하지만 어떤 광경이 나를 불러 세웠다. 나는 조르주에게 차를 멈추고, 조금만 길을 돌아가 달라고 부탁했다. 방금 지나온 압트 도로의 과일잼 제조 공장을 다시 보고 싶었다. 로마풍의 아치를 가진 황토색 외벽이 매우 익숙했다.

— 조르주, 나는 이 앞을 수십 번이나 지나간 적이 있어.

그러자 모든 것이 익숙해졌다. 압트, 카바이용, 릴쉬르라소르그, 루시용. 모두 내 과거 속에 불쑥불쑥 등장했던 마을이었다. 어릴 적 할머니 집에서 연휴를 보낼 때 알았던 이름들. 조르주가 호텔을 예약했다던 보니유는 내가 미리얌과 함께 간 적이 있던 마을이었다.

— 보니유, 내가 잘 아는 곳이야! 할머니의 친구가 거기 살고 있어. 그 손자가 내 나이쯤 될 거야.

모든 것이 갑작스럽게 떠올랐다. 그 손자의 이름은 마티외. 그 집에는 수영장이 있었고, 그는 수영하는 법을 알았지만 나는 아니었다.

— 양팔에 튜브를 껴야 해서 창피했던 게 기억나. 그래서 부모님께 수영을 가르쳐 달라고 졸랐지….

창문 밖을 바라보면서 나는 모든 집과 상점의 외벽을 살펴보았다. 마치 한 노인에게서 과거 젊었을 때의 외모를 찾아보듯이. 모든 게 너무나도 기이했다. 나는 휴대전화를 꺼내 그곳의 지도를 찾아보았다.

— 뭘 보는 거야?

조르주가 물었다.

— 우린 지금 내 할머니가 살았던 마을인 세레스트에서 30km 떨어진 곳에 있어.

미리얌이 렐리아를 유모에게 맡겼던 마을. 이브 부브리와 결혼하기 위해 전후에 정착했던 곳. 세레스트는 나의 유년기 연휴를 보낸 마을이었다.

— 할머니가 돌아가신 뒤로 가본 적이 없어. 25년이나 지났네.

호텔 앞에 도착한 뒤, 나는 미소를 지으며 조르주를 바라보았다.

— 뭐가 날 기쁘게 할지 알아? 세레스트로 산책하러 가는 거야. 내 할머니가 살았던 오두막에 가보고 싶어.

조르주는 그날의 일정을 짜느라 많은 시간을 들였기에 그저 웃었다. 하지만 기꺼이 내 말을 들어주기로 했고, 나는 가방을 뒤져 내가 어디서든 가지고 다니는 수첩을 꺼냈다.

— 그게 뭐야?

조르주가 물었다.

— 조사를 위해 필요한 모든 세세한 사항을 기록하는 수첩이야. 미리얌

을 알았던 마을 사람들의 이름이 적혀 있어. 내가 만나볼 수도 있을….

— 가자.

조르주가 열정적으로 말했다. 우리는 다시 길을 떠나기 위해 차에 올라탔다. 조르주는 내게 미리얌에 관한 이야기, 미리얌의 삶과 그녀와 함께 만든 내 추억들을 이야기해 달라고 부탁했다.

— 아주 오랫동안, 그러니까 내가 열한 살 때까지인가? 나는 내 조상들이 프로방스 출신이라고 믿었어.

— 설마.

　조르주가 웃으며 말했다.

— 진짜라니까? 나는 미리얌이 프랑스에서 태어났다고 생각했어. 우리가 연휴 때마다 들르는, 도미티아 가도가 가로지르는 그 마을에서 말이야. 그리고 이브가 내 친할아버지인 줄 알았고.

— 빈센트의 존재를 몰랐던 거야?

— 몰랐어. 어떻게 말해야 할까⋯. 모든 게 혼란스러워서⋯. 내 할머니는⋯ '이브가 네 할아버지란다'라고 말하지는 않았어. 하지만 아니라고도 말하지 않았지. 무슨 말인지 알겠어? 어렸을 때, 누가 내 부모님이 어디 출신이냐고 물으면 나는 '아빠 쪽은 브르타뉴, 엄마 쪽은 프로방스예요'라고 대답하곤 했어. 나는 반은 브르타뉴계고, 반은 프로방스계였지. 내 삶은 그렇게 형성되었어. 그리고 미리얌은 그 공식에 위배될 만한 추억은 일절 언급하지 않았지. '과거 러시아에서'라든가, '내가 폴란드에서 연휴를 보냈을 때'라든가, '내가 어렸을 때 라트비아에서'라든가,

'팔레스타인의 조부모님 집에서'라는 말도 전혀 하지 않았지. 우리는 할머니가 그 모든 장소를 가 보았다는 사실을 알지 못했어.

미리얌이 우리에게 피스투 수프를 만들기 위해 콩 껍질을 까고, 안식일 리본을 사용해 라벤더 꽃병을 만드는 법을 알려주고, 저녁에 마실 허브차를 우리기 위해 보리수꽃을 말리고, 라타피아 술을 담그기 위해 체리 씨를 담그고, 긴 호박의 꽃을 튀기는 법을 가르쳐 줄 때마다, 우리는 가족 대대로 전해지는 레시피를 배운다고 생각했다. 또한, 시원한 온도를 유지하기 위해 덧창을 살짝 열어두고, 하루 중 특정한 시간을 일에 할애하고, 일부는 낮잠을 자는 데 쓰는 법을 배우면서 나는 우리가 조상으로부터 배운 행동들을 영속시킨다고 생각했다. 비록 지금 내 혈통이 그로부터 온 것이 아니라는 걸 알게 되었다고 해도, 나는 여전히 길가의 뾰족한 자갈에, 맞서는 법을 배워야 하는 그 거친 무더위에 묶여 있다.

미리얌은 바람에 의해 모든 대륙으로 날려 보내진 뒤 마침내 이곳, 사람이 살지 않는 땅의 끝자락에 심어진 하나의 씨앗이었다. 그리고 그녀는 이곳에서 삶이 다할 때까지 머물렀다. 시간이 멈춘 채로.

결국 그녀는 조금은 적대적인 그 언덕 위 어딘가에 뿌리를 내렸다. 그곳은 어쩌면 팔레스타인의 조부모 집에서 유년기를 보냈던, 미그달의 자갈투성이 땅과 무더위를 떠올리게 했는지도 모른다. 그때는 그녀가 쫓기고 있지 않던 시기였다.

내가 미리얌 할머니와 보냈던 모든 순간은 바로 이곳, 프랑스 남부에서 흘러갔다. 압트와 아비뇽 사이 뤼브롱 언덕, 나의 또 다른 숨겨진 이름을 가진 그 여성을 만나러 자주 갔던 곳이 바로 이곳이었다.

미리얌은 타인과 일정한 거리를 둬야만 하는 그런 사람이었다. 누군가 너무 가까이 다가오는 것을 원하지 않았다. 이따금 우리를 보는 할머니의 시선에서 불안을 읽었던 기억이 난다. 지금은 그 이유가 우리들의 얼굴이었다고 말하는 게 착각이 아니라는 걸 확신한다. 우리가 웃는 방식이나 대답하는 방식이 과거의 그들과 닮아 보였던 것이다. 그게 할머니를 슬프게 만들었던 게 분명하다.

때로는 할머니가 하숙생을 들이듯 우리와 살고 있는 것 같기도 했다.

할머니는 우리와 함께 식사하고 따뜻한 순간을 공유하면서 행복을 느꼈지만, 마음속 깊은 곳에서는 자기 가족들과 다시 만나기를 기다리고 있었다.

내겐 라비노비치 가족의 딸 미랏슈카와 내가 여름을 함께 보낸 할머니 미리얌 부브리를 연결하고, 보클뤼즈 산과 뤼브롱 산맥 사이를 하나로 연결하는 게 어렵게 느껴진다.

그 모든 부분을 하나로 잇는 건 쉽지 않다. 역사 속 모든 시기들을 하나로 그러쥐는 것도 힘들다. 이 가족은 두 손으로 단단히 붙잡기에는 너무 커다란 꽃다발 같다.

─ 어릴 적의 그 오두막을 다시 보고 싶어. 그러려면 마을 뒤편의 언덕을 올라야 해.
─ 가자.
조르주가 말했다.
길 끝에 다다르면서 나는 햇볕에 그을린 오래된 가죽처럼 거무스름한 피부의 미리얌을 기억해 냈다. 나는 그녀가 가뭄에도 불구하고 반짝거리는 자갈밭 사이를 걷는 모습을 다시 보았다.

— 여기야. 저기 오두막 보여? 저기가 전후에 미리얌이 이브와 함께 살았던 곳이야.

— 목매달아 죽은 사람의 집을 떠올리게 했겠는데?

— 어쩌면 그럴지도. 저기서 나는 매해 여름을 할머니와 보냈어.

그 집은 벽돌, 기와, 콘크리트로 만들어진 작은 건물이었다. 집에는 욕실도 화장실도 없었고, 외부에 여름용 주방만을 하나 두고 있었다. 우리는 7월 초부터 모두 함께 그곳에서 살았다. 사람이나 동물이나 할 것 없이 무더위로 인해 모두 마비되어, 우리는 느린 속도로 살았다. 더위는 우리를 마치 소금으로 만든 조각상처럼 변하게 했다. 미리얌은 아마도 라트비아에서 자신의 아버지가 살았던 대저택이나 자신의 조부모가 살았던 농장에서의 삶을 재현했던 것 같다. 엄마의 머리카락은 길었고 아빠도 마찬가지였다. 우리는 노란 플라스틱 대야에서 몸을 씻었고, 용변은 숲속에 가서 해결했다. 이끼가 뒤덮은 커다란 바위 뒤에서 나는 쭈그려 앉은 채로, 따뜻한 소변이 풀잎 사이로 만들어 내는 물줄기가 지나가는 곳마다 벌레들을 놀라게 하고 마치 분출된 용암처럼 빈대와 개미들을 휩쓸어 가는 모습을 신이 나서 바라보았다.

오랫동안 나는 모든 아이가 연휴마다 가족 구성원들과 커다란 오두막에서 잠을 자고, 매트리스 위에서 낮잠을 자고, 숲속에서 볼일을 본다고 생각했다.

미리얌은 우리에게 잼, 꿀, 시럽에 절인 과일 통조림을 만들고, 텃밭을 기르고, 모과나무, 살구나무, 벚나무로 과수원을 가꾸는 법을 가르쳐 주었다. 남은 과일로 브랜디를 만들기 위해 한 달에 한 번씩 증류주를 만드는 사람이 방문했다. 우리는 식물도감을 만들었고, 작은 공연을 열고, 카드놀이를 즐겼다. 우리는 미리얌이 가르쳐 준 대로, 손가락 사이로 풀 이파리를 팽팽하게 당겨 트럼펫 소리를 내며 놀았다. 소리가 잘 울리게 하기 위해서는 넓적하고 단단한 잎을 골라야 했다. 또, 오렌지 속을 파내고 그 속에 줄기로 만든 심지를 넣어 양초를 만들었다. 오렌지 양초에는 올리브유를 첨가해야 했다. 이따금 시내로 나가 그릴에 구울 소시지, 갈비, 토마토 안에 채울 다진 고기, 머리가 없는 종달새 고기를 사 왔다. 그러기 위해서는 숲을 지나고, 코르크 떡갈나무잎을 은빛으로 반사하는 뙤약볕 아래를 오래오래 걸어야 했다. 어렸던 우리는 맨발로 고통 없이 숲길을 걷는 법을 알았다. 길가의 자갈밭에서 밟아도 아프지 않은 돌멩이를 알아볼 줄 알았고, 조개껍데기 모양이나 상어 이빨 모양의 화석화된 돌을 찾아낼 줄 알았다. 너무나도 두려워 길목의 모든 것들을 굳게 만드는 끔찍한 적과의 전투에서 이기듯, 무더위에 맞서고 그것을 물리치는 법을 알았다. 해가 지고 선선함이 우리를 구원하기 위해 찾아오고, 산들바람이 열을 식혀 주는 축축한 물수건처럼 우리들의 이마를 간지럽힐 때 맛본 승리감은 언제나 황홀했다. 미리얌은 언덕에 살던 여우에게 먹이를 주기 위해 우리를 데려갔다.

"여우들은 착하단다."

미리얌이 우리에게 말했다. 그녀는 여우와 꿀벌들이 자신의 친구라고 말했다. 그리고 우리는 그런 할머니가 그들과 비밀스러운 대화를 나눈다고 믿었다.

삼촌, 숙모, 친척 무리와 보내는 연휴는 어린아이의 꿈처럼 빠르게 지나갔다. 미리얌은 이브와의 사이에서 낳은 자식들인 자크와 니콜을 불렀다.

니콜은 농학자가 되었다.

자크는 산악 안내인이자 시인이었다. 또한 오랫동안 역사학 교수로도 일했다.

그들은 각자 청소년기에 비극적인 사건을 겪었다. 자크는 열일곱 살에, 니콜은 열아홉 살에 일어난 일이었다. 아무도 그들과 관계를 맺지 않았다. 침묵 때문이었다. 그리고 그 가족 안에서는 아무도 정신분석학을 믿지 않았기 때문이기도 했다.

내가 아주 좋아했던 삼촌 자크는 내게 별명을 붙여 주었다. 그는 나를 '노노'라고 불렀다. 나는 그 별명이 좋았다. 어느 만화 영화에 등장하는 작은 로봇의 이름이었다.

미리얌은 점차 기억력을 잃어 갔고, 기이한 행동을 하기 시작했다. 어느 날 아침에는 매우 이른 시간에 나를 깨우러 침대로 왔다. 그녀는 시름에 잠겨 있었고 불안해 보였다.

"짐을 챙겨. 떠나야 해."

미리얌이 내게 말했다. 그리고 신발끈을 가지고 나를 꾸짖었다. 신발끈을 맨 방식이 문제였던 건지, 신발끈이 풀렸던 게 문제였던 건지 이제는 기억나지 않는다. 하지만 그때의 미리얌은 매우 화가 나 있었다. 나는 기계적으로 할머니의 뒤를 따라갔지만, 할머니는 다시 잠을 청하러 갔을 뿐이었다.

얼마간의 시간이 지난 뒤에 미리얌은 언덕에서 자신에게 말을 거는 목소리들을 듣기 시작했다. 잊어버렸던 물건들, 얼굴들, 기억들이 돌아왔다. 아주 소소한 먼 옛날의 기억들이 떠오름과 동시에, 미리얌의 말은 어눌해졌고 글씨도 서툴러졌다. 그럼에도 불구하고 미리얌은 계속해서 글을 썼다. 언제나 글을 썼다. 그녀가 거의 모든 것을 버리고 불태웠기 때문에 우리는 그녀의 서재에서 단 몇 페이지만을 발견할 수 있었다.

「어려운 시기가 도래했고 나는 이상한 불편함 속에 빠져 있다.

자연과 식물에 커다란 애정을 느끼고, 내 주위 몇몇 사람들이 매우 불쾌하게 느껴진다. 나는 그들과 냉담하게 교류를 끊었다. 오해가 거기에 있다고 느껴졌다. 점점 더 호쾌해지는 플라타너스와 보리수나무 근처에 앉아, 잠드는 게 아니라 몽상하는 나 자신을 발견했다. 내 머리가 점차 한 무리의 어리석음에 싫증을 내는 것이기를 바란다. 이곳 숲의 황홀함, 이 공간에서의 우리의 성공을 나는 확신한다. 그럼에도 불구하고 나는 올해 겨울 몇 달간 니스로 돌아갈 예정이라는 사실을 고백하지 않을 수 없다.

그곳에서 나는 홀로 기쁨과 우정을 되찾을 것이다.

자크는 수요일에 돌아온다.」

마지막 몇 년 동안은 미리얌을 돌봐줄 누군가를 세레스트로 불러와야 했다. 미리얌은 더는 혼자서 지낼 수 없게 되었고, 특이한 현상이 발생했다. 미리얌이 프랑스어를 잊어버린 것이었다. 열 살 무렵 뒤늦게 배웠던 프랑스어가 그녀의 기억에서 지워졌다. 더는 러시아어밖에 말하지 못했다. 뇌가 쇠퇴하면서 미리얌은 자신의 언어로 된 유년기 속에 빠졌고, 기억하기로 우리는 그녀와 연락을 이어 나가기 위해 키릴 문자로 편지를 보내야 했다. 렐리아가 러시아의 친구들에게 편지글 형식을 부탁했고, 우리는 그것을 베끼는 데 매진했다. 모든 가족이 참여했다. 우리는 다이닝 룸 식탁에서 문장들을 따라 그렸다. 선조들의 언어로 글자를 쓴다는 것은 꽤나 즐거운 일이었다. 하지만 자신의 나라에서 또다시 이방인이 된 미리얌에게는, 어떤 의미로는 녹록지 않은 일이었다.

오두막을 한 바퀴 둘러본 뒤, 조르주와 나는 차로 돌아갔다. 나는 바로 그때, 약국에서 임신 테스트기를 샀다고 털어놓았다.

— 나는 당신이 임신했다고 확신해. 딸이라면 이름을 노에미라고 짓고, 아들이라면 자크라고 짓자. 어떻게 생각해?

조르주가 내게 말했다.

— 싫어. 누구의 것도 아닌 이름을 지어 줄 거야.

42장

나는 수첩의 페이지를 빠르게 넘겨 보았다. 거기서 뭔가가 나올 것 같았다. 기억을 잘 더듬어 보면 생각이 떠오를 것도 같았다.

— 미레이! 그녀의 책을 읽었어! 그녀가 여전히 거기 살고 있을 것 같아.

— 미레이?

— 그래! 그 꼬마, 미레이 시두안! 르네 샤르가 길렀던 마르셀의 딸 말이야. 지금은 90세쯤 되었을걸? 그녀가 회고록을 썼는데 얼마 전에 그걸 읽었어. 그래서 알아. 그리고… 그녀가 아직도 세레스트에 산다고 했었어! 그녀는 미리암을 알고 있어. 엄마도 알고. 분명해. 이브의 사촌이었던 걸로 기억해.

내가 말하는 동안, 조르주는 레 파주 블랑슈를 뒤지고 있었다.

— 그러네. 여기 주소가 있어. 당신이 원하면 가 보자.

나는 어렸을 적 거닐던 마을의 작은 길들을 알아보았다. 집들이 서로서로 꼭 붙어 있었고, 커브 길은 팔꿈치만큼 좁았다. 삼십 년 동안 아무것도 변하지 않은 듯했다. 앙리에트의 집 맞은편에 ≪히프노스의 단장들≫의 '여우 여인'인 마르셀의 딸, 미레이의 집이 있었다.

우리는 방문을 미리 알리지도 않고 그녀 집의 벨을 눌렀다. 처음에는 엄두가 나지 않았지만, 조르주가 나를 부추겼다. 그가 내게 물었다.

— 손해 볼 게 뭐가 있어?

한 노신사가 거리를 향해 난 창문을 열었다. 미레이의 남편이었다. 나는 그에게 내가 미리얌의 손녀이고, 추억을 찾아왔다고 말했다. 그는 우리에게 기다리라고 말했다. 그러고는 문을 열었다. 그는 친절하게도 우리에게 차 한 잔을 권했다.

미레이는 거기에 있었다. 잘 다듬어진 머리 모양을 하고 검은 옷을 입고서, 뒤뜰의 테이블 앞에 앉아 있었다. 90세, 혹은 그보다 더 나이가 많아 보였다. 그녀는 마치 누군가와 만날 약속을 한 것처럼 기다리고 있었다.

— 가까이 와요. 눈이 거의 안 보이거든요. 가까이 와야 얼굴을 볼 수 있어요.

그녀가 말했다.

— 제 할머니 미리얌을 아시나요?

— 그럼요. 미리얌을 아주 잘 기억하고 있죠. 당신 어머니도 기억해요. 당시 소녀였지요. 이름이 뭐였더라?

— 렐리아요.

— 맞아요, 예쁜 이름이에요. 독특하고. 렐리아. 나는 다른 자식은 몰라요. 정확히 뭘 알고 싶나요?

— 제 할머니는 어떤 분이었나요? 어떤 여성이었죠?

— 오. 신중한 사람이었지요. 말이 많지 않았어요. 마을에서 말썽을 일으키는 일이 전혀 없었지요. 교태를 부리지도 않았어요. 그건 내가 기억

해요.

우리는 오랫동안 이브와 빈센트, 그리고 세 명의 연인과 그것이 불러온 결과에 관해 이야기했다. 또한 르네 샤르에 관해서도 이야기했다. 그가 세레스트에서 어떻게 전쟁을 겪었는지도. 미레이는 솔직했다. 돌려 말하는 법이 없었다. 나는 미레이가 자신의 외딴 정원에서 털어놓고 있는 미리얌과의 추억을 엄마에게 어떻게 전달해야 할지 머릿속으로 고민하고 있었다. 엄마가 지금 나와 함께였으면 좋겠다고 생각했다.

얼마 후, 이만 우리가 떠날 때가 되었음을 느꼈다. 미레이는 눈에 띄게 피곤해하기 시작했다. 나는 이 마을에 할머니에 대해 말해 줄 또 다른 사람들이 있는지 가벼운 마음으로 물어보았다.

— 할머니와 친밀했던 사람이요.

43장

줠리에트는 손주들을 위해 준비한 레모네이드를 내어 주었다. 발랄하고 수다스러운 여성이었다. 그녀는 매우 밝았다. 우리는 미리얌의 알츠하이머와 그녀의 장례식 등, 미리얌에 관한 모든 것에 관해 오랫동안 이야기를 나눴다. 당시 그녀는 간호사였고, 미리얌의 집에서 지내며 그녀의 병환을 끝까지 함께 했다. 당시 서른 살이었던 그녀는 아주 정확한 기억을 가지고 있었다.

— 미리얌이 당신들 이야기를 했어요! 손주들 말이에요. 특히 렐리아, 당신의 어머니에 관한 이야기를 많이 했어요. 미리얌은 항상 당신들 집으로 가서 살 거라고 말하곤 했죠.

— 왜요? 이곳 세레스트에서 살기 싫어했나요?

— 그녀는 세레스트의 자연을 좋아했어요. 하지만 늘 '내 딸의 집으로 가야만 해. 딸은 그들을 알고 있으니까'라고 말하곤 했죠.

— 맞아요. 이제야 기억이 나요….

나는 조르주에게로 몸을 돌렸고, 그에게 설명했다.

— 세상을 떠나기 전 미리얌은 혼란스러워했어. 미리얌은 렐리아가 에브라임, 엠마, 자크, 노에미를 알고 있다고 믿었거든. 어떤 날은 렐리아

에게 '너도 네 조부모들을 알잖니'라고 말하기도 했어. 마치 렐리아가 그들과 함께 자라기라도 한 것처럼.

바로 그때, 조르주는 불쑥 쥘리에트에게 엽서를 보여 줘야겠다는 생각을 했다. 내 휴대전화에 엽서의 사진이 들어 있었다.

— 아, 그럼요. 기억하죠.

쥘리에트가 말했다.

— 뭐라고요?

— 그걸 부친 사람이 나예요.

— 그게 무슨 말이에요? 당신이 이 엽서를 작성했다는 말인가요?

— 아뇨! 저는 그걸 우체통에 넣기만 했어요!

— 그럼 엽서를 쓴 건 누구죠?

— 미리얌이요. 죽기 얼마 전이었어요. 아마 며칠 전이었나. 엽서를 쓰는 걸 제가 조금 도와줬어요. 글씨를 쓰는 손을 제가 잡아 주었죠…. 말년에는 글씨를 쓰는 걸 어려워했거든요.

— 어떻게 된 일인지 자세히 설명해 줄 수 있나요?

— 당신 할머니는 종종 자신의 기억을 글로 남기고 싶어 했어요. 하지만 병 때문에 어려웠죠. 그녀는 내가 알아보기 힘든 내용들을 썼어요. 프랑스어, 러시아어, 히브리어가 뒤섞여 있었죠. 자신이 평생 배웠던 언어들이 머릿속에서 서로 얽혀버린 거예요. 무슨 말인지 아시죠? 하루는 가지고 있던 엽서들 사이에서 한 장을 꺼냈어요. 역사적 기념물들이 담긴 엽서 컬렉션 말이에요.

— 보리스 삼촌이 가지고 있던….

— 맞아요. 그 이름도 기억나네요…. 그녀가 언급했을 거예요. 아무튼

미리얌은 네 개의 이름을 쓰는 걸 도와달라고 했어요. 볼펜을 사용하겠다고 고집을 부렸죠. 그게 분명히 기억나요. 잉크로 쓰면 글자가 지워진다며 걱정했거든요. 그러고는 내게 말했죠.

"내가 내 딸의 집으로 가게 되면, 내게 이 엽서를 보내 줘요. 약속할 수 있나요?"

그래서 나는 그러겠다고 약속했죠. 그 엽서를 집으로 가지고 와서 개인적인 서류들 속에 보관해 두었어요.

— 그리고요?

— 미리얌은 원했던 것처럼 당신 어머니 집으로 살러 가지 못했어요. 여기 세레스트에서 생을 마감했거든요. 솔직히 말하지만, 한동안은 엽서를 떠올리지 못했어요. 그것은 내 서류들 속에 얌전히 놓여 있었죠. 그리고 몇 년이 지난 뒤, 파리에서 남편과 함께 크리스마스를 보낼 때의 일이에요. 2002년 겨울이었죠.

— 네. 2003년 1월이요.

— 맞아요. 여행을 위한 서류들을 모아 놓는 서류철을 가지고 갔는데, 거기엔 신분증, 호텔 예약 서류와 같은 것들이 있었죠…. 파리에서 머무는 동안, 덮개 안으로 들어간 엽서를 발견했어요. 세레스트로 돌아오기 바로 전날이었죠.

— 토요일 아침이요.

— 맞아요. 저는 남편에게 그 엽서를 꼭 보내야만 한다고 말했어요. 미리얌이 그러길 원했다고. 약속했다고. 왜인지는 모르겠지만, 그 엽서를 가지고 세레스트로 돌아가긴 싫었어요. 호텔 옆에 커다란 우체국이 있기도 했죠.

— 루브르 우체국이요.

— 정확해요. 바로 거기서 엽서를 부쳤어요.

— 우표를 거꾸로 붙였던 것도 기억하나요?

— 전혀요. 날이 너무 춥고, 남편이 차 안에서 기다리고 있어서 주의를 기울이지는 못했어요. 그다음으로는 공항으로 달려갔는데 비행기가 뜨지 못했죠.

— 엽서를 봉투에 넣고 작은 메모라도 남길 수 있었잖아요. 우리에게 설명이 될 만한 거요! 그랬더라면 이 모든 수수께끼도 없었을 텐데….

— 그러게요. 하지만 아까도 말했듯이 우리는 비행기 탑승 시간에 늦었고, 폭설이 내린 데다, 남편은 차 안에서 한참을 기다리고 있었어요. 그리고 손에 따로 봉투도 없었고요….

— 그런데 미리얌은 왜 자기 자신에게 엽서를 보내려고 했던 건가요?

— 자신이 기억을 잃게 되리라는 사실을 알고 나서, 미리얌은 내게 이렇게 말하곤 했어요.

「그들을 잊어서는 안 돼. 그럼 그들이 존재했다는 걸 기억하는 사람이 한 명도 남지 않게 될 거야.」

이 책은 내 어머니의 조사와 어머니의 글쓰기가 없었다면 쓰이지 못했을 겁니다. 그러니 이 책은 어머니의 것이기도 합니다.

이 책을 그레구아르에게,
그리고 라비노비치 가족의 모든 후손에게 바칩니다.

나의 편집자 마르틴 사다에게,

제라르 랑베르, 미레이 시두안, 카린과 클로드 샤보, 엘렌 오발, 나탈리 자이드와 토비 나탄, 아임 코르시아, 뒤뢱 탐정, 스테판 시몽, 제쥐 바르톨롬, 비비안 블로슈, 마크 베통에게,

지켜봐 주고 조언을 해 준 피에르 베레스트와 로랑 졸리에게,

이 책을 써내기까지 함께해 주었던 모든 독자 아녜스, 알렉산드라, 아니, 아르멜, 베네딕트, 세실, 클레르, 질리안−조이, 그레구아르, 쥘리아, 렐리아, 마리옹, 올리비에, 프리실, 소피, 자비에에게,

에밀리, 이자벨, 레베카, 리즐렌, 록사나에게,

그리고 쥘리앵 브와방에게 감사의 인사를 전합니다.

1   파리 9구에 위치한 오페라 극장

2   1960년대에 개발된 Saviem 디자인이 적용된 버스

3   르노 RP312. 르노트럭에서 1987년부터 1996년까지 생산했던 저상버스

4   폴란드 중부에 위치한 도시

5   유명한 볼셰비키 혁명가 중 한 사람인 '레프 트로츠키'의 이름을 이용한 언어유희다.

6   동유럽 유태인들이 쓰는 독일어와 히브리어의 혼합어

7   이누이트어의 일종. 캐나다 북부에서 사용되는 방언

8   마노. 대리석 등에 돋을새김을 한 세공품

9   재정 러시아 말기에 있었던 사회주의 정당

10 1917년 10월 혁명(볼셰비키 혁명) 이후 러시아 정부는 그레고리력을 채택했지만 러시아
    정교회는 율리우스력을 고수했다. 오늘날까지 러시아에는 두 달력이 공존한다.

11 러시아 가정의 전통적인 주전자

12 나치 독일에 의한 유대인 대학살 희생자를 추모하는 이스라엘 국립기념관

13 유대인 입장에서의 이교도, 즉 기독교인

14 유대인 안식일에 먹는 스튜 요리

15 유대인이 기도할 때 머리에 뒤집어 쓰는 보자기

16 탈릿의 네 귀퉁이에 달린 술 장식

17 이마와 팔뚝에 묶고 기도하는 가죽끈이 달린 상자

18 Zionism. 팔레스타인 지역에 유대인 국가 건설을 목적으로 한 민족주의 운동

19 제정 러시아의 소설가. 담담한 필체로 인간의 속물성을 비판하고 휴머니즘을 추구하는 단
    편 소설을 주로 썼다.

20 1919년 설립된 자동차 회사. 실험적이고 과감한 홍보 마케팅 전략으로 알려져 있다.

1922년에는 자사의 자동차로 세계 최초로 사하라 사막을 횡단했고, 이듬해에는 세계 최초로 아프리카 대륙도 횡단했다. 1931년에는 레바논 베이루트에서 중국 베이징을 잇는 13,000km 원정에서 세계 최초로 히말라야 등반에 성공했다.

21 '라탱'은 라틴어를 뜻한다. 과거 학생들이 라틴어를 많이 사용한 데서 이름이 유래했다. 소르본의 역사적 중심지로 대학생들이 많은 지역이다.

22 건물 꼭대기 층에 위치한 거실과 침실이 분리되지 않은 단칸방을 말한다. 과거 집안일을 맡은 가정부가 쓰던 방이라 '하녀 방'이라는 이름이 붙었다.

23 1920년부터 1945년까지 존재했던 나치 독일의 정당으로, 다른 이름으로는 '민족사회주의 독일 노동자당', '나치당'이 있다. (편집자 주)

24 유대교의 성인식

25 다른 말로 모세 5경. 구약 성서의 다섯 번째 책

26 20세기 프랑스의 사회주의 정치인. 1936년에 프랑스 총리로 취임하였다.

27 로마가톨릭회 신도를 주축으로 한 프랑스 왕당파 즉 반공화주의 단체이자 이들이 발행한 언론지를 일컫는다. (편집자 주)

28 면적 단위로, 100m²에 해당한다. 현재의 미터법에서는 사용되지 않는다.

29 구소련의 집단농장 체계

30 나치 독일이 폴란드를 침공한 1939년부터 프랑스 공방전이 시작된 1940년 5월까지. 폴란드 침공으로 2차대전이 발발했으나 독일과의 전면전을 우려한 서방 연합국과 나치 독일 간의 전면전이 벌어지지 않았던 시기를 일컫는다.

31 유대인의 재산을 몰수하여 비유대인에게 양도하며, 나치 독일, 추축국 및 점령 지역의 경제생활에서 유대인을 강제 추방하는 것을 의미한다.

32 럼 또는 브랜디에 설탕, 레몬, 더운 물을 섞은 음료

33 미술가인 마르셀 뒤샹은 그의 대표작 〈샘fountain〉을 통해, 창작물이 아닌 기성품(Readymade)도 미술의 재료가 될 수 있음을 보여주었다. (편집자 주)

34 Malheur, '불행, 악'이라는 뜻

35 Molaire, '어금니'라는 뜻

36 Numerus clausus, '입학 제한'이라는 뜻

37 프랑스에서 중등 교육 과정을 졸업하기 위해 치르는 시험으로, 합격자에게는 대학 입학 자격이 주어진다. (편집자 주)

38 예배가 끝났을 때 사망한 가족을 위해 올리는 기도

39 나치 독일의 비밀 경찰

40 Vélodrome d'Hiver, 줄여서 Vel d'Hiv, '벨디브'라고도 불린다.

41 이스라엘의 명예 칭호로, 홀로코스트 때 유대인이 아니면서 유대인을 구하기 위해 목숨을 희생한 사람

42 Schutzstaffel, 경호대 또는 친위대라는 의미이며 나치 독일의 친위대를 말한다.

43 나치 친위대의 대위, 나치 비밀경찰 게슈타포의 구성원으로 1945년 전쟁이 끝날 때까지 프랑스의 저항 운동을 진압하고 수천 명 이상의 포로를 고문하고 살해했다.

44 생선알, 올리브유, 레몬을 기본으로 하는 그리스식 요리

45 메밀가루로 얇고 둥글게 부친 러시아식 팬케이크

46 중동의 으깬 가지 요리로, 가난한 자들의 캐비아라고 불린다.

47 유대교에서 말하는 떠돌이 영령으로, 이승을 떠나지 못해 살아있는 사람의 몸속으로 들어간다.

48 아슈케나즈는 히브리어로 독일을 뜻하며, 본래 독일에 살다가 11~19세기에 동유럽 국가로 이주한 동유럽계 유대인들을 가리킨다

49 프랑스-벨기에 만화 〈땡땡의 모험〉 시리즈 중 하나

50 경찰대 활동을 다룬 1974년부터 1983년까지 방영된 프랑스 TV 드라마

51 유대인 여성의 성인식. 남성의 성인식은 바르 미츠바이다.

52 독일계 유대인인 아슈케나즈 유대인과 구분되는 개념으로 주로 포르투갈, 스페인계 유대인을 말하지만, 종종 중동이나 북아프리카계 유대인을 포함하기도 한다.

53 송어, 잉어 따위에 달걀과 양파 등을 섞어 수프를 끓이는 유대식 요리

54 아돌프 히틀러의 자서전으로, 히틀러 사후 바이에른주 정부가 저작권을 소유하게 되면서 저작권 만료 시한인 2015년까지 독일 내에서 배포 및 출간이 금지되었다. (편집자 주)

55 프랑스 정당 중 하나로, 민족주의와 극우 성향을 띤다.

56 송아지 고기로 만든 프랑스식 스튜

57 주헌절에 먹는 케이크

58 좌익 성향의 프랑스 일간지 《뤼마니테L'Humanité》가 주관하는 음악제

59 프랑스의 군가이자 민중가요이다. 제2차 세계 대전 중, 자유 프랑스와 프랑스 레지스탕스에서 가장 인기가 있던 곡이기도 하다. (편집자 주)

60 유대교의 전례 음악가

61 1960년대 프랑스에서 활동한 극우 학생 단체인 〈연합방어그룹(GUD)〉

62 Shoah, 프랑스어로 '홀로코스트'라는 뜻

63 아트 슈피겔만의 그래픽 노블로, 홀로코스트를 다룬 대표적인 작품

64 프랑스 초등학생들이 급식실에서 하던 놀이로 컵 바닥에 적힌 숫자로 나이를 정한다. 듀라렉스 유리컵 바닥에는 1부터 50까지 주형 번호가 무작위로 적혀있다.

65 Conseil d'État, 프랑스 최고 행정법원

66 '프랑스 유대인 재산 탈취 연구단'으로, 1997년 나치 강점기의 유대인 재산 탈취와 전후의 반환 문제를 연구하기 위해 설립된 연구단이다. 단장인 장 마테올리의 이름을 따 마테올리 연구단이라고도 불렸다.

67 이탈리아계 유대인 화학자 및 작가로서, 아우슈비츠 생존자로서의 경험을 담아 《이것이 인간인가》를 저술했다.

68 세르주 클라르스펠트와 그의 독일인 아내 베아테 클라르스펠트는 일평생 나치 전범을 추적하고 홀로코스트를 기록한 공을 인정받아 2015년 독일 정부로부터 공로 훈장을 수여받았다. (편집자 주)

69 프랑스의 다큐멘터리 영화 감독으로, 홀로코스트에 관해 9시간이 넘는 다큐멘터리 영화 〈쇼아〉를 제작했다. (편집자 주)

70 La Cigogne, 프랑스어로 '황새'라는 뜻

71 유대인의 추도문으로서 죽은 사람들을 기념하는 기도문이다.

72 Jean Moulin, 전쟁 이전 프랑스 아베롱의 도지사였고 전쟁 후에는 레지스탕스가 되어 국민 영웅으로 불렸다.

73 Maurice Sabatier, 사르트 도지사 출신으로 나치에 협력한 비시 정부의 공무원이다.

74 Petit Chemin, '작은 길'이라는 뜻

75 프랑스의 개인 주소록 사이트로, '흰색 페이지'라는 뜻이다. 이름과 성을 입력하면 주소를 찾을 수 있다.

76 프랑스 밴드 'Les Yeux Noirs(검은 눈)'의 노래 〈Liebkeit('애정'을 뜻하는 이디시어)〉의 가사

77 사뮈엘 베케트는 아일랜드 출생의 프랑스 소설가 겸 극작가로, 부조리극의 대명사라 할 수 있는 《고도를 기다리며》를 발표하여 명성을 얻었다. (편집자 주)

78 Laudanum, 영국 의사 토마스 시드남이 의료용으로 개발한 아편 드링크

79 프로방스 지역에서 사용하는 방언으로, '폭우'를 뜻한다.

80 유대교 안식일이나 축제일 밤에 포도주와 빵을 통해 신을 찬미하는 기도

81 '오일 펌프'라는 뜻으로, 프랑스 프로방스 지역에서 크리스마스에 먹는 나뭇잎 모양의 빵이다.

82 프로방스 지역에서 크리스마스에 먹는 견과류 '망디앙'을 의미한다. 망디앙(mendiant)은 불어로 거지, 걸인을 뜻하며 청빈을 약조한 4개 수도회를 상징하는 네 종류의 견과류를 차려내는 것이 전통이다.

83 양각나팔이라고도 불리며, 숫양과 같은 동물의 뿔로 만들어 유대교 축일 및 속죄일에 사

용되는 전통 악기이다.

84 farandole, 프로방스 지역의 전통적인 춤곡

85 드랑시 임시수용소에서 아우슈비츠로 이송되기 전, 프랑스 유대인들이 자신들이 가게 될 거라 믿었던 상상의 장소

86 마르셀 뒤샹은 1919년 모나리자 그림이 인쇄된 엽서에 수염을 그려 넣고, 그 아래에 대문 자로 'L.H.O.O.Q'라고 적었다. 이는 불어로 'Elle a chaud au cu(그녀의 아래가 뜨거워졌 다)'와 동일한 발음으로, 성적인 말장난이다.

87 Bories, '돌 오두막'이라는 뜻

88 사육제의 마지막 날, '재의 수요일' 전날을 의미한다.

발행일 | 2024년 1월 3일 초판 1쇄

지은이 | 안느 브레스트
옮긴이 | 이수진
펴낸이 | 장영훈
펴낸곳 | 사유와공감

책임편집 | 남선희
편집 | 이연제, 김명선
마케팅 | 오미경
디자인 | 디자인글앤그림
인쇄 | 영신사

등록번호 | 제2022-000216호
주소 | 서울특별시 강서구 화곡로 416 17층 1720호
대표전화 | 02-6951-4603
팩스 | 02-3143-2743
이메일 | 4un0-pub@naver.com

홈페이지 | www.4un0-pub.co.kr
SNS 주소 | 페이스북 www.facebook.com/saungonggam
인스타그램 www.instagram.com/saungonggam_pub
블로그 blog.naver.com/4un0-pub

ISBN | 979-11-983464-2-1(03860)

사유와공감은 항상 독자 여러분의 아이디어와 작품 투고를 기다리고 있습니다. 책으로 만들고 싶은 원고가 있으시면, 간단한 기획안과 샘플 원고, 연락처를 적어 **4un0-pub@naver.com**으로 보내 주세요.